The Bedbugs' Night Dance and Other Hopi Sexual Tales

Mumuspi'yyungqa Tuutuwutsi

The Bedbugs' Night Dance and Other Hopi Sexual Tales

Mumuspi'yyungqa Tuutuwutsi

Narrated by
Michael Lomatuway'ma,
Lorena Lomatuway'ma,
Sidney Namingha, Jr.,
Leslie Koyawena, and
Herschel Talashoma

Collected, translated,
and edited by
Ekkehart Malotki

With an introduction by
E. N. Genovese

Illustrations by
Ken Gary

Published for Northern Arizona University
by the University of Nebraska Press

⊖ The paper in this book meets the minimum requirements
of American National Standard for Information Sciences –
Permanence of Paper for Printed Library Materials,
ANSI Z39.48-1984.

Library of Congress Cataloging-in-Publication Data
The bedbugs' night dance and other Hopi sexual tales –
Mumuspi'yyungqa tuutuwutsi/narrated by Michael
Lomatuway'ma . . . [et al.]; collected, translated, and
edited by Ekkehart Malotki; with an introduction by
E. N. Genovese; illustrations by Ken Gary.   p.   cm.
Tales in Hopi and English on opposite pages; introductory
and critical matter in English.
ISBN 0-8032-3190-3 (cl: alk. paper)
1. Hopi Indians – Folklore.   2. Indians of North America –
Arizona – Folklore.   3. Sex – Folklore.   4. Sex customs –
Folklore.   5. Hopi language – Texts.   I. Lomatuway'ma, Michael.
II. Malotki, Ekkehart.   E99.H7B43   1996   398.2'089'974 –
dc20 95-17656   CIP

Contents

Preface

For farmers such as the Hopi Indians of northeastern Arizona, whose primary concern for centuries has been mere survival and continuation of the species in a hostile desert environment with sparse rainfall, human sexuality in all its dimensions is very much seen as an integral part of the human condition. Over the years, the Hopis have experienced outside pressure from missionaries, school superintendents, and government administrators, and an ever-growing acculturation to the dominant Euro-American society. These influences have resulted in substantial and sometimes drastic changes in the Hopi way of life, yet a frank sexual component still pervades many elements of the Hopi cultural fabric.

Obviously, the religious domain has suffered most in this regard. Mastopkatsina, the once important fertility deity in the Hopi kachina pantheon, no longer performs mimetic intercourse with barren women, nor does Kookopölö, the humpbacked kachina who embodies human and vegetal fecundity, appear ithyphallically in the open any longer. However, one can still witness the sexual aggressiveness of the Kokopölmana, a female kachina that embodies fundamental sexual desire and life force. In addition, when the gods visit their earthly protégés during public kachina dances, sacred clowns still entertain in antics that frequently would be termed obscene in Anglo society.

In the secular realm also, with the exception of a taboo that prohibits lovemaking in or near a flowing spring, no explicit taboos exist that govern sexual behavior. Similarly, everyday Hopi life is founded on the principle of the extended family, where parents and children sleep in the same room and where several generations of kin share the same close quarters. Such living space is not conducive to prudery or censorship of the spoken word. Thus, there is no need for euphemisms and awkward Latinisms when it comes to discussing sexual matters referring to human genitalia or expressing basic bodily functions. On the contrary, in the total absence of swear words and other so-called dirty words, which distinguish the vocabularies of English and the other Indo-European languages, the Hopis enjoy a healthy laugh regarding sexually and scatologically explicit situations. Opportunities for such laughs are provided, for example, in the erotic byplay which marks the "sweetheart" relationship between a male and his paternal aunts, or through the sexual overtones or ambiguities that characterize Hopi humor, always conducted in the form of punning, or in the singing of bawdy ditties, generally composed to satirize the opposite gender. In addition to place names, another outlet for this kind of verbal humor, human sexuality is a frequent ingredient of Hopi oral literature. There is hardly an original tale that will not, at one point or another, evoke laughter in the listening audience through some reference to what would be considered pornographic or obscene in Western culture. In fact, one could without exaggeration contend that an axiom of effective Hopi storytelling is that the narrator provide comic relief in this fashion. And although some of these sexually or erotically charged episodes may be an end in themselves, comparable to our dirty jokes—a genre foreign to the Hopis—others may be integral to a serious narrative event and usually address such issues as reproduction, fertility, or general life force.

Nor do Hopi narrators differentiate between sexual and scatological elements in tale plots on the one hand, and violence, death, destruction, witchcraft, etc., on the other. All of these motifs are taken in stride and often intermesh. Sexual topics are seen by the Hopis as vital and functional factors in good storytelling. If left out, much of the earthiness and vigor of the narrative is destroyed. In the Hopi view, "clean," expurgated oral literature simply does not do justice to the ordinary life situation.

In 1979, when I published my first bilingual collection of Hopi stories, the entire corpus of Hopi folklore available at the time exhibited an almost complete absence of erotic or scatological elements. Presented in English only, Victor Mindeleff's clan legends, Jesse W. Fewkes's *Tusayan Migration Traditions*, Henry R. Voth's *Traditions of the Hopi*, and Wilson D. Wallis's *Folk Tales from Shumopovi, Second Mesa* seemed to have been bowdlerized of nearly every conceivable "unprintable" word or action. There are two notable exceptions: one an obscene tale collected by Alexander M. Stephen in his *Hopi Tales*, the other recorded by Mischa Titiev, concerning the hunchback personage of Kookopölö. In the latter, buried in the scientific journal *American Anthropologist*, the reader actually comes across such words as "penis" and "vagina."

Purged of any so-called objectionable references to sex and bodily functions, such expurgated folklore tends to present a rather one-sided and sometimes shallow picture of Hopi culture. The extent of this distortion is easily measured by one reading of Leo Simmons's classic *Sun Chief: The Autobiography of a Hopi Indian*. Its protagonist, Don Talayesva, talks freely not only about his own sexual experiences, but also provides detailed insights into Hopi sexual mores of the time. His honesty in these matters culminates in the confession that "next to the dance days with singing, feasting and clown work, lovemaking with private wives was the greatest pleasure of my life" (pages 281–83).

The emasculation of Hopi oral traditions effected by a prudish expurgation of all "offensive" ingredients contained in them is further exacerbated when the same stories are prettified in other ways, or are rewritten in what one recent Hopi publication of this genre claims to be "poetic prose." To avoid such gross misrepresentation of Hopi culture, the present collection of *mumuspi'yyungqa tuutuwutsi*, perhaps best paraphrased as "arousing tales," is provided bilingually. Guaranteeing cultural sensitivity and authenticity, this methodological approach in the vernacular concomitantly assures linguistic preservation. With the exception of stories 7 and 19, which appeared in previous publications of mine, the narratives included in this anthology constitute original Hopi source materials published for the first time. They owe their existence to the impressive memory of several Third and Second Mesa story rememberers who freely shared their knowledge with me at one time or another during the twenty-odd years I have been conducting research in Hopi linguistic and ethnographic matters.

Unfortunately, only two of the six contributors to this work, Herschel Talashoma and Lorena Lomatuway'ma, are still alive. Herschel, resident of the Third Mesa village of Bacavi, was a major consultant of mine during my early research years and also became the narrator of *Hopitutuwutsi: Hopi Tales*, my first story collection. Story 19 is reprinted here from that work. Lorena, who grew up in the Third Mesa village of Hotevilla, contributed stories 3, 13, 15, 18, and 20. An initiate of the Maraw society, she now resides in Flagstaff, where she has been working with me for more than ten years. In addition to the narratives, most of the ethnographic information in the glossary is hers. Lorena's excellent Hopi and her intimate familiarity with Hopi culture have also made her one of the most valuable contributors to the comprehensive Hopi dictionary project, on which I have been working with my colleagues Emory Sekaquaptewa, Kenneth Hill, Mary Black, and others at the University of Arizona since 1986.

Already deceased are Leslie Koyawena of the Second Mesa village of Shipaulovi and an anonymous contributor from the village of Shungopavi, both situated at Second Mesa. Leslie was one of the most animated storytellers I ever knew. He really enjoyed teasing me with story 7, reprinted here from *Stories of Maasaw: A Hopi God*, and story 14. Stories 1, 6, 16, and 17 were remembered by the man from Shungopavi, who preferred to have his name withheld. Equipped with a near-encyclopedic familiarity with his culture, he was a *tuwutsmoki* or "story bag" in the true sense of the Hopi term for one endowed with an almost inexhaustible repertoire of tales, legends, and myths.

Also deceased are Lorena's brother Sidney Namingha Jr., and Lorena's husband Michael Lomatuway'ma, both from Hotevilla. Sidney's tragic and unnecessary death robbed the Hopi of an extremely talented song poet. Blind from an early age, as was his sister, he had a marvelous memory. From this memory he recalled stories 5, 8, and 9.

Michael added five narratives to this anthology: stories 2, 4, 10, 11, and 12. But he contributed more to this work than the stories. During the early and mid-1980s, when I amassed the largest portion of my Hopi oral literature corpus, in his capacity as my research assistant at Northern Arizona University, Michael helped transcribe my field recordings and edit them from the perspective of his native language. Unrehearsed recordings of stories in the field inevitably contain "flaws" such as repetitions, omissions, unfinished sentences, and grammatical inconsistencies. To prepare the Hopi texts for potential publication, Michael aligned episodes recalled by the narrator after completing his narration and replaced lapses into English by the storyteller with the corresponding Hopi words. On occasion, he also inserted story details familiar to him that had been omitted or forgotten by the storyteller. All lore collected in dialects other than the majority dialect of Third Mesa he adjusted phonologically, morphologically, and lexically to his native Third Mesa dialect. Stories 1, 6, 7, 14, 16, and 17, in this way, were made to conform linguistically to the idiom of all the other narrative and ethnographic text materials contained in this book. Expertly versed in his native language and culture, Michael undertook these editorial tasks with great ease.

The English renderings of the stories and glosses are entirely mine. They attempt to steer a middle course between too close and too free a translation. In this task, Michael's wife, Lorena, was of invaluable assistance. Although I consulted her in all instances where I had translation difficulties, I alone must be held accountable for any errors in the final English versions.

To the six Hopi contributors to this volume I express my sincere and unreserved gratitude. They all felt deeply about the preservation of their oral traditions. For this reason they not only gladly consented to my tape-recording of their tales but also endorsed my intentions to commit them to print.

Next, I need to state my indebtedness to professor E. Nicholas Genovese, chair, Department of Classics and Humanities at San Diego State University. Remembering his interest in erotic literature from the days when, as an instructor, I taught Latin in his department in 1976, I invited him to write an introduction to the sexual stories compiled in this book. He enthusiastically agreed and produced a unique comparison between the erotic motifs occurring in the Hopi stories and similar ones attested in Greek and Latin literature. I would also like to thank Nicholas Meyerhofer, the chair of the Department of Modern Languages at Northern Arizona University, who made valuable suggestions for the preface.

My efforts to salvage as much of Hopi oral literature as possible, carried out in the field from the late 1970s through the mid-1980s, were supported in part by Organized Research funds from Northern Arizona University. I thank all my colleagues who were members of the various Organized Research committees in those years and considered my salvaging efforts worthy of funding.

Improved readability of my English translations once again is credited to Ken Gary of San Diego. As always, he undertook this task with great care. In addition to his editorial services, Ken also was easily persuaded to take on the challenge of creating suitable illustrations for this work. His fine sense of aesthetics, and thorough familiarity with Southwestern Indian cultures, allowed him to produce black-and-white drawings that are instilled with a distinct Puebloan, if not Hopi, flavor. The book has greatly profited from Ken's artistic talent.

Dan Boone, imaging specialist at NAU's Ralph M. Bilby Research Center, generously assisted in preparing Ken's graphics for camera-ready production. Louella Holter, editor at the Ralph M. Bilby Research Center, prepared the entire manuscript for camera-ready production with great diligence and professionalism. Finally, for authority to draw upon these supporting services, I am greatly obliged to Henry Hooper, Interim Vice President of Academic Affairs at Northern Arizona University. To him and to everyone else I say once more a heartfelt *kwakwhay*.

Ekkehart Malotki

Introduction: Some Comparisons of Sexual Motifs in Hopi Folklore and Classical Mythology

Human sexual narrative is an essential cultural fact, and at the same time it is perhaps our greatest cultural paradox. For even in societies that treat all manner of sexual acts openly and frankly, sexual tales imply the dangers of crossing natural boundaries. Each object, each participant, each occasion, each place in the narrative is assigned an individuating integrity that sex compromises or sets at risk. Even in those tales where sex is incidental humorous entertainment, it involves a disruption that draws attention to social or natural roles; moreover, when the sexual event is itself the story's goal it provides for the participants a transition to a new experience that ratifies the social structure within the natural order.

In this brief precursus, I want mainly to consider some of the sexual elements that prompt comparison of Hopi tales and narratives with Greek and Latin literature. I hope to suggest that despite the differences in narrative form and cultural tradition, these pieces exhibit through sexual motifs a common identifiable humanity. Although these Hopi folktales bear similarities to both the Germanic *Märchen* and the classical myth proper, they are also distinct in their own right. On the one hand, while *Märchen* generally portray common persons in nonhuman or magical experiences or involve anthropomorphized nonhumans in relatively banal human events, they tend to avoid traditionally divine characters—gods—and specific, identifiable places. Both of these elements are common in the Hopi tales, as they are in classical myths, for Greeks and Hopis alike establish through identifiable locales a connection with a vague, ahistorical past peopled by divinities as well as humans. Greek fables properly feature animals, but as stereotypical counterparts to humans and gods; in Greek myths, animals or animal-headed monsters are realistically inarticulate. We must therefore look for comparisons not among the overtly divine myths of classical antiquity but among those traditions that feature human beings in a world affected by magical or metanatural forces. Many of these classical stories may fall into the general category of myth, but their characters are no less approachable than their Hopi counterparts. On the other hand, the Hopi tales, which may be no less violent than

Märchen and classical myth, do not suffer the bowdlerization common to both. Sex and other private natural functions are directly related, without embarrassment or excuse.

This Hopi ease with sex may be illustrated in "The Dove and the Navajos": When a dove spies incipient pubic growth on a Navajo's daughter, he coos with mocking delight (as might nosey prepubescent boys). The Navajo shaves his daughter's pudendum to deprive the bird of its entertainment. Because the Navajos were feared and disliked by the Hopis, it seems that we should understand this narrative as Hopi fun at Navajo expense and perhaps as a suggestion of the Navajos' inability to take life as it comes. Whatever the meaning of this puzzling tale, it lacks comparison in classical myth or folklore.

Emanating from precivilization, classical divine myth retains much sexuality: for example, primal Earth and Sky in nightly intercourse or Zeus spilling his seed into the earth or Hades seizing the maid Persephone. On the human side, Homer relates Odysseus's and Penelope's lovemaking after the hero's long absence, and Ovid tells of Myrrha seducing her own father through deception and of the boy Hermaphroditus unwillingly blended with a water nymph into an androgynous form. Yet, as arresting as these stories may be, they lack the more explicit sexuality that we find in nonmythic classical literature. More to the point, they display a formal restraint that seems quite missing in the oral narratives of Hopi informants. Indeed, it would seem that in its public mythic traditions classical civilization eventually repressed the frank language that was fully evident in its profane culture, such as in the plays of Aristophanes, in the Fescennine farces of the early Romans, and in common graffiti.

This selection of Hopi tales provides us with a range of themes and motifs such as the *vagina dentata*, disjunct phalli and vulvae and their substitutes, phallic and vulvar animals, aphrodisiacs, sexual tests, group sex, rape, deception, fecal and urinary associations, subliminally sexual settings. Resorting to psychological and cultural symbolism, we can examine such elements in their narrative contexts to see what they might be indicating about attitudes that distinguish sexuality as a mysterious natural paradox and a cultural limen.

Borrowed from Ekkehart Malotki's earlier *Hopi Tales*,[1] "The Boy and the Demon Girl" teases with eroticism that turns to horror. A boy meets a beautiful girl who shares her lunch with him as he participates in a village rabbit hunt. Following her back to a kiva, he enjoys the meal that she prepares. Then, singing a song, she unties her beautiful hair whorls, but at the moment that he and we should expect her full beauty to be revealed, she turns out to be a hideous monster. The boy barely escapes and takes refuge in the kiva of the Flute society, hides briefly in a player's flute, then barely escapes again. On his grandmother's advice, he flees to his "uncles"—goats who trick the demon girl into climbing down into their pen where they sexually attack her and tear her to pieces.

The recurrent theme of the female's untrustworthiness and of the male's revenge for her violence is magnified by a sexual context and is brought to an artful level by erotic expectations. Physical beauty and foreplay stimulate hope for a most pleasurable erotic union. The narrative is steeped with motifs that trigger sexuality: the bonding of males in the hunt, in the kiva, and in the goat pen; the intimacy of the meals shared alone by the young couple; the enchantment of the girl's singing and of her untying her hair. There is also the bestial sexuality of the goat uncles. In classical tradition, the goat with his huge cods, transmogrified into the god Pan, typifies aggressive, uninhibited, violent, ugly sexuality. Pan brings on the nightmare, strikes terror without warning, and rapes. This narrative focuses on female deception and the naive expectations of the young male. It does not condemn all females (after all, the grandmother advises well), but it does feed on adolescent fears and points to the dangers of dealing with the female, who can disguise evil with charm. Greek myth has its Circe, who used her beauty and hospitality to transform men into beasts, an ancient theme extending back to Babylonian Ishtar. There were also the Sirens, who lured sailors to their shores, where they died of loneliness.

The most literally sexual danger leitmotif, not uncommon in Hopi lore, is the *vagina dentata*. In this collection it appears in "The Toothed *Löwa* Woman (Löwatamwuuti)." Malotki has dealt with it elsewhere, in "The Story of the Jimson Weed Girls": Males foray into an amazon village where, using cottonwood dildos, they copulate with the insatiable young women; the dildos wear down and break the teeth of the girls' voracious vulvae, and the wounds prove fatal.[2] As in "The Demon Girl," the characters are boys on the hunt. Their strength against the unknown as yet depends on their bonding. They have fared well in their hunt for rabbits, prolific animals known for their wiliness and speed. That the boys themselves are like the rabbits they kill soon becomes apparent when they cast the animals into the voracious vagina of the frightening woman in white.

Somewhat like Odysseus and his men in the cave of the Cyclops or at the rock of the female Scylla, they escape only after sustaining a bitter loss. Scylla even approximates the toothed-genitalia Hopi monster inasmuch as her upper torso bears the form of a woman although Scylla is ravenous barking dogs below. In classical myth the literally devouring female appears also as Oedipus's Sphinx, the lion woman who is winged like the Gorgon Medusa to represent a distinct advantage over youthful male challengers. Of course Perseus's winged sandals match Medusa's advantage, but he has to use trickery against this opponent whose look can turn him to stone. The sexual associations of the Medusa are confirmed in iconography: bulging-eyed Gorgons with wide, toothed mouths and thick, protruding tongues appear as apotropaic hexes. They cast the sexually debilitating evil eye, and their phallic tongues in their vulvar maws intimate the destruction of the male through sexual intercourse, or at the very least their ability to match the male's sexuality. The lore of turning men to stone may be a remnant of the male fear of painful priapism excited by gazing upon the female.

The Hopi encounter with Löwatamwuuti near a spring and at the mouth of a cave has vulvar associations, and the youths' retreat into and escape from that cave may be an invasion of the female domain and may thus imply a successful first intercourse. Just as Odysseus gains preparatory wisdom from Circe, and Perseus from Athena, the Pöqangw Brothers are informed of the means to conquer the female by their grandmother, Old Spider Woman. (We note the association of Athena with weaving.) By hurling the rabbit skins filled with pebbles into the toothed vagina, the two boys disarm their foe and dispatch her with phallic arrows. Their first foray into the female realm is a success; they have become men by asserting their wit and bravery.

Focus upon the sexual organs leads to imputing to them a life of their own, as one might suspect from the difficulty humans face in controlling sexual arousal. In "The Prayers for Rain by the Shungopavi Chiefs," penises fall from the sky with the rain, and women use them as substitutes for the available men; in turn the men's prayers are answered with a rainfall of vulvas, which they likewise put to use. These organs have a vitality unmatched by those borne by the opposite sex, but keeping the penises in closed containers breeds disease that is cured only after the organs are discarded like rotten garbage. The association of sexual organs and rotting disease appears in the story of the women of Lemnos, whom Aphrodite afflicts with an odor that drives off their husbands. The myth does not explicitly identify the genitalia as the source of the odor, but another Lemnian tale about the oozing, noisome wound to Philoctetes's leg (perhaps we might understand member) suggests an older tradition about venereal disease.

Although classical art represents phalli as separate objects, even as winged birdlike beings, there is no literally corroborative folklore or mythic literature. In "The Single Women of Oraibi" and "The Bathing Women of Songoopavi," women discover penises that behave not unlike serpents protruding from cliff holes. In one story they use the penises to the exclusion of their husbands, and the husbands kill the organs by squeezing the testicles wherein the male heart resides. The other story, an etiological tale, explains the physiology of the *glans penis*: Attracted by the exposed bathers, the penis falls from his hole and splits his head on the ground. The reptilian characteristics of the penis were not neglected by the Greeks and Romans. Snakes were the embodiment of fertile sexuality and figured in a great many myths of generation and regeneration. Despite their danger, their presence was generally a good omen, and the *ouroboros*, or "tail-devouring" serpent, symbolically idealized sexual union and mysterious regeneration.

The frank sexual terminology used in the Hopi tales bears some comment. There is no Hopi euphemism or polite variation for the male organ, *kwasi*, or for the female pudendum, *löwa*. This is not much different from the Hindus' use of *linga* and *yoni*. Malotki has addressed the delicacy that English speakers expect or require even in the most ribald contexts, and G. Legman has written at length about the problems of contrived propriety.[3] Cultural differences between the Hopi and today's even rather liberal Euro-American reader remain an obstacle. The Hopis are at most a few generations removed from an open family life that generates a society in which oral or visual obscenity is neither immoral nor uncomfortable, but rather is essential to their celebration of life. On the contrary, for most readers of these narratives, millennia of ultra-urbanization begun by the Greeks and Romans and centuries of Anglo-American prudishness have until only in the past generation inhibited an unfettered acceptance of natural human functions. Meanwhile, English speakers have felt bound to generate and resort to a lexicon of sexual synonyms for the sex parts. Even when applying the anatomist's terminology, English speakers unwittingly perpetuate the euphemisms adopted by speakers of classical Greek and Latin.[4] Wisely, Malotki has avoided this dilemma by simply retaining *kwasi* and *löwa* in these translations. Thus he precludes the Latinate or Greekish terminology that tends to impose a clinical tone to natural acts and unpretentious language, and by retaining the sound of the Hopi intimates the magical force of the sex organs.

Physical substitutes for sexual organs appear in these stories as well. In "How the Oraibis Got Their Womenfolk Back," the Hopis lose their women to Navajos and are obliged to masturbate for sexual relief. From a gourd, the chief contrives a communal vulva in which the men generate an embryo. The story rather clearly delineates not merely sex roles but the men's incapability to perform the simplest female household duties, such as preparing food for their journey to retrieve their women. The chief takes the impregnated gourd to the Old Spider Woman; she midwifes the birth of a girl, whom she instructs in female skills. In "The Navajo Widow," a woman crafts a dildo from a cactus. When it breaks off inside her, an elderly medicine man instructs a youth to shoot an arrow into the woman's vulva. Despite the alarming target, the youth succeeds, and the cactus is extracted with the arrow's barbed shaft. The woman is then persuaded to marry the medicine man, which explains why Navajo women marry older men.

There are no similar tales in classical myth despite iconography that shows women employing the *boubon*, or dildo. Art that represents ithyphallic figures such as Dionysus and Priapus prompts us to clarify hints about women's practices in their presence. Similarly, masturbatory acts by males receive little attention in myth.

Aphrodisiacs, however, are more frequent. In profane and scientific classical literature their ingredients are specified, but in myth they are vague love potions prepared by the likes of Circe and Medea. As faded-goddess versions of Hecate, the underworld goddess of witchcraft for help as well as harm, they remind us of the Hopis' Old Spider Woman, a beneficent *dea ex machina* whose abode is in the earth. In "Bedbug Wife and Louse Wife," a louse widow pulverizes her dead husband's penis. She sprinkles the powder into her genitals to achieve orgasm and shares the aphrodisiac with a bedbug widow. Likewise, in the tale of "The Horned Lizard Family," the trampled lizard's widow excises her dead husband's penis for a powdery aphrodisiac. In her absence her daughters use up the powder and enjoy their first sexual experience, but they refill the empty bag with chili powder, to their mother's painful distress.

Because lizards are themselves phallic, the lizard widow's deprivation is compounded, and the aphrodisiac is all the more potent. The daughters' imitation of their mother demonstrates not only how females learn the rites of passage from the matriarch but also how the father continues to exert influence over his daughters. This sublimated incest finds a more blatant classical comparison. I have mentioned the acts of Myrrha, who is aroused with a passion for her father Cinyras not by a powder but by the aphrodisiac arrows of the love god. When Cinyras discovers his seducer's identity he angrily pursues her, but she is saved by being transformed into a myrrh tree. In the classical tale one may easily infer repudiation of the incest, but in the Hopi tale neither the narrator nor the mother shows disgust. Instead, the mother is more concerned that she will be deprived of her sexual enjoyment, and for this she clubs her daughters to death. Thus their sin against their parents, rather than nature or the gods or society, is punished.

In "The Orphan Boy and His Wife," the narrator combines the motifs of aphrodisiac and sexual initiation. Without a father to instruct him in the mysteries of sex, an orphaned youth must receive guidance from Kookopölö, a powerful fertility figure. Comparisons may be drawn from various mythologies, but Kookopölö's nearest classical analogues are Dionysus, Silenus the satyr, Priapus, and the goat god Pan. All four Greek gods have confused characteristics and mythology, including the ithyphallicism and mischief that mark the Hopi god. In "The Long *Kwasi* of Kookopölö," the god extends his penis through a reed to cleverly rape a maiden coming to relieve herself in the refuse dump; only a very remote comparison among the Greek fertility gods is the wooden-phallused Priapus statue that draws women to it in the garden entrusted to the god's favor. In this tale, however, Kookopölö gives erectile ointment to the youth for his loins and prods him into the lunges of intercourse by setting a rooster to peck at corn kernels on the youth's back. In "The Man-Crazed Woman," a variation on the theme of inadequacy, a young man despairs at his inability to satisfy his wife's sexual requirements. His attempt at suicide leaves him with a broken back. Badger heals his back, in the process transforming him into the hunchback Kookopölö. With the administration of some erectile medicine by Badger, the young man now more than satisfies his wife, then punishes her by sprinkling a medicine into her vagina, causing her to take her own life.

In profane classical literature and art, oral sex is not uncommon, but it is missing from classical myth. In Hopi culture, oral copulation is generally not practiced, but in the two tales of the Bedbugs and Cutworms, we can discern the Hopis' repressed fascination for cunnilingus. The male Bedbugs and Cutworms take great pleasure in sucking the delicious blood of beautiful young women. The description of their approach and accomplishment may even be termed erotic. Their enjoyment seems an enviable privilege when they delight the people by dancing and singing about their experiences. Pleasure in viewing the private parts of females is equally erotic in "The Rabbit Worm and the Caterpillar." From a rabbit pelt a worm follows the Caterpillar's lead in gazing upon the "delicious" *löwa* of a Hopi girl, but these pleasures mean their destruction. Likewise, the Cutworm and the Bedbug meet their deaths. At the very least these tales emphasize the intriguing but private mystery of the female's sexuality. Just as the cliff penises attracted to the women's exposed privacy were serpent-like, so the rabbit worm and the caterpillar are phallic.

All these insects violate females' sexual integrity. One is reminded of the accidental violation of the virgin goddess Artemis by Actaeon: For merely gazing upon her naked beauty in a forest pool, he is transformed into a stag and ripped to pieces by his hunting hounds. Natural haunts where there are water and darkness so often provide the setting for the mysterious female. As armed hunters, males typically invade this sacred space and suffer accordingly. But in the village, the male is on surer ground and often succeeds with his cunning to overwhelm the female, as in the story of "The Two Kokopöl Boys." These brothers have a lusty interest in the opposite sex, and despite their grandmother's warning about retaliation from the menfolk, they set out to indulge themselves in seduction.

The elder Kookopölö lacks the aggressiveness of the younger, who teases two sisters with flowers and effectively follows his foreplay with sexual intercourse; furthermore, he succeeds with others. Bemused by the younger's success, though not fully aware of its extent, the elder brother gives up the flower game. When, however, the younger returns from a night with the sisters, who are eager to share him as wives in the same bed, the elder brother is outraged, but he will have no bride in this story. Meanwhile the younger sets about preparing for his double wedding by bagging a buck, and the grandmother washes his and his brides' hair together. The brides prepare the wedding meal, and the trio lives happily ever after.

This strange and complex Kokopöl narrative employs a number of motifs, principally centering on typical sex roles and competition. The younger brother succeeds not because he is more cunning than the elder but because he lacks the elder's impatience and reserve; the younger brims with curiosity and enthusiasm, disregarding his grandmother's caution. The typical male is the hunter: The younger Kookopölö hunts out the sisters, and others, even flirting with the sisters' mother. The girls are corn maidens: They prepare the grain meals, whereas the young male retrieves game. The girls are typically shy, but yield to their own and the youth's sexuality. The tale is male oriented: The younger Kookopölö's success lies in ignoring his grandmother, in winning over his mother-in-law, and in overwhelming the girls with wit, perseverance, and physicality. Furthermore, he not only masters the females but defeats his own kind through deception. He demonstrates his qualifications for being a husband by bringing home the deer and by satisfying not merely one but two beautiful wives.

Lacking any overt classical tradition about sexual trickster twins,[5] we must look for our closest classical match in Heracles and his feckless brother Iphicles, the former sired by Zeus, the latter by a mere mortal. Heracles was famous not merely for his strength, but also for his intelligence. His sexual adventures proved his ultimate downfall, but he began his career with a liaison with all of the fifty daughters of King Thespius. His labors include mostly combats with beasts (including, incidentally, capturing the Cerynitian deer) but also the theft of an Amazon's belt and of golden apples of the Daughters of Evening. Like Odysseus, he either derives from a standard folk hero type or becomes the male exemplar for others in myth and lore alike. Competitive brothers, such as Oedipus's sons and Romulus and Remus, are classical favorites.

The seduction, or rape, of the Itsivu kachina women by the Hehey'a kachinas reminds us of the Romans' rape of the Sabines. In the Hopi tale, the Hehey'as gain the confidence of the Itsivus and identify themselves as "Mate-at-Once." If the Itsivus do not wonder about the name, neither should we. Later, when the Itsivus call to their new friends to hurry down from the village where the Itsivu women are entertaining the Hehey'as, their women interpret their shouts as commands to copulate with the strangers. In the classical legend, Romulus gains wives for his Romans by signaling a rape of the daughters of the neighboring Sabines who have come to Rome for a festival. The Sabine men fail to retrieve the women by force and settle for a treaty. The Itsivu women are duped into their rape, and the Itsivus chase off the interlopers. The Hehey'as's name play reminds us of Odysseus's duping of the Cyclops with the name "Nobody": When avenged by Odysseus, the Cyclops's shouts are heard by his neighbors as "Nobody's killing me!"[6]

Malotki includes in this collection one of his earlier translations of a story that we might classify more properly as myth. "How Maasaw Slept with a Beautiful Maiden"[7] relates an erotic trickster god tale such as we find in the lore of Zeus. Maasaw, the supreme Hopi god, flays an old woman and pulls on her skin in order to rape her granddaughter. After the old woman has been given back her skin, she returns to sleep with the girl. But the girl, having grown to enjoy the experience, inquires about the grandmother's *kwasi*. The old woman replies that it was Maasaw, not she, who had the *kwasi*. Zeus is known for taking on disguises for sexual conquests,[8] but never does he assume the form of a woman. There are, however, stories of hermaphrodites, the discomfiting wonders of classical myth, which this myth of Maasaw seems to suggest.

Not all these Hopi stories center on the sexual accomplishments of the male. Despite its title, "The Choosy Boy" is as much about a maid's competition against other females as it is about her gaining the attentions of a chief's demanding son. With the help of her grandmother and Old Spider Woman, an unremarkable girl is transformed into a smooth- and light-skinned, long-haired beauty who can grind corn flour to the right consistency; furthermore, with the sting and honey of Bee her *löwa* swells with sweet delight, and captures the boy's fancy. The idealization of the female to satisfy the male's erotic fantasy finds a *locus classicus* in the story of Pygmalion, who sculpts a perfect statue that Venus transforms into a perfect woman. The second part of the story involves the jealousy of two young witches who want the boy for themselves. Aided again by Old Spider Woman, the girl passes the tests of bridal cuisine rigged to cause her embarrassment and pain; she also foils the witches' attempt to have her stung by a scorpion. The motif of the young person succeeding through the wisdom of an ancient patron now applies to a female.

The bridal test motif is most attractively worked in the classical tales of the marriage of Cupid and Psyche. Guileless and lovely but curious, the princess Psyche is goaded by her jealous sisters into exposing the true identity of her monster husband. She discovers that he is actually the beautiful god Cupid, and for this she is hounded by a vengeful mother-in-law, Venus. In order to be judged worthy of Cupid, Psyche must perform a series of labors, reminiscent of Heracles's tests: to sort out a heap of grains, to gather wool from killer sheep, to retrieve a jug of water from the river Styx, and to fetch from Hades a box of Proserpina's beauty cream. She is saved from despair and suicide by ants who sort the grain, by a whispering reed that tells her to gather the wool from briar shrubs, by Jupiter's eagle who scoops the water from the Styx, and by a tower that tells her how to get the beauty cream. She defeats Venus and regains her beautiful young husband.

In a story similar to "The Choosy Boy," some of the same motifs recur. "How the Girls Competed for a Handsome Youth" is about a handsome boy who loves a not so beautiful girl. Once again a grandmother and Old Spider Woman provide counsel when the other girls challenge the granddaughter to a series of bridal proofs: the longest hair, the sweetest *pik'ami* pudding, and the biggest *löwa*. With a special medicine and a broom brush the girl's hair grows longest; with the honey of bees her pudding is sweetest; with the stinging of bees her *löwa* becomes huge, and she defeats her rivals for the handsome young man.

According to Bronislaw Malinowski, "pains and precautions" set apart sexual activity in life and in myth.[9] Such difficulties render these simply told but often bizarre Hopi tales as intriguing revelations about this people's culture. Living within social parameters, the Hopis recognize that the power of sexuality generates mystery and that in mystery there is beauty. The Greeks likewise, and the Romans by imitation, sought to apprehend this beauty in their myths, but framed by the artifice of civilization, too often they seem to have stopped short of the natural truth.

E. N. Genovese
San Diego State University

Endnotes

1. *Hopitutuwutsi—Hopi Tales: A Bilingual Collection of Hopi Indian Stories* (Flagstaff: Museum of Northern Arizona, 1978) 137–49.

2. "The Story of the 'Tsimonmamant' or Jimson Weed Girls," in *Smoothing the Ground: Essays on Native American Literature*, ed. Brian Swann (Berkeley: U of California P, 1983) 204–20.

3. "Jimson Weed Girls" 204–5 and n. 2, and *Hopi Tales* xvi–xvii; Legman, *The Horn Book: Studies in Erotic Folklore and Bibliography* (New Hyde Park, NY: University Books, 1963) 239–52.

4. Greek *phallos* derives from "to swell," and Latin *penis* means "tail." *Phallos* is religiously restricted to Dionysiac fertility and is more often the artificial cult object; Greek *peos*, "tail," is for common use without clinical or vulgar distinction. The only variants of Hopi *kwasi* are *suru*, "tail," and *tiyooya*, "little boy," which are relatively rare, however, and do not occur in these narratives. Latin *vulva*, "flap, cover," applies to the whole or part of the female organs; *cunnus* specifies the sexual "cover or vessel"; *vagina*, "cover, sheath," has a transferred use; likewise Greek *kolpos*, "lap, fold," and *khoiros*, "piglet."

5. Castor and Pollux (Polydeuces), the twin Dioscuri, or "Sons of Zeus," may be a remnant of the trickster pair with sexual or fertility associations. In the Heracles cycle there appears a grotesque pair of mischievous ape or dwarf brothers, the Cercopes.

6. Odysseus initially identifies himself in Greek as *Oûtis*, a nonsense name, mistaken as Greek *oútis*, "not anyone."

7. *Stories of Maasaw, A Hopi God*, American Tribal Religions, vol. 10 (Lincoln: U of Nebraska P, 1987).

8. E.g., a shower of gold (Danaë), a mortal man (Amphitryon and Alcmene), a swan (Leda).

9. Rev. in *Nature* 121.3039 (1928): 130.

The Tales

Matsawknanatim

Aliksa'i. Yaw Orayve yeesiwa. Yaw pep wukoyesiwa. Noq pu'
Orayviy kwiningyahaqam yaw ima matsakwnawuutim ki'yta. Yaw
puma ki'ykyangw pu' yaw piw timu'yta. Piw yaw niikyangw pas
mamanhoymuysa. Pay yaw puma pep ki'yyungqe pay pep tuwat
hiita pi songqe hintsatskyangwu.

Noq yaw puma hisat tapkiqw nöönösa. Nöönösaqw yaw na'am
pangqawu, "Pas itaako kur qa wuuhaq pee'iwta," yaw kita. "Noq
nu' kya oovi qaavo komoktoni. Tsangaw naat pay qa pas iyoho'ti,"
yaw aw kita.

"Antsa'a," pu' yaw nööma'at kita.

Pu' yaw oovi puma pan nöönösa. Pu' pay mihikqw pu' yaw pay

The Horned Lizard Family

Aliksa'i. They were living in Oraibi. A great number of people were living there, and somewhere northwest of the village a Matsaakwa or Horned Lizard couple had its home. Having a house there, the couple also had children, all of them girls. Living there they were, of course, busy doing all sorts of things.

One day when they had eaten supper, Horned Lizard Father said, "There is not much wood left, so I guess I'll go after some to-morrow. I am glad it's not too cold yet." This is what he said.

"All right," his wife replied.

When they had eaten and darkness had fallen, they went to bed and slept. Then it got daylight. Mother got up, tended to some

puma tookya. Taalawvaqw pu' pumuy yu'am qatuptuqe pay pi hiita pi songqe hintiqw pu' yaw puma nöönösa. Pu' yaw pumuy na'am hiita himuy tsovala, hiita hinkyangw komoktoniqey puta'. Put yaw tsovalat paasat pu' yaw pam nakwsu. Pay aqw hopqöymiq yaw pami'. Pay pi ephaqam yaw pang naat a'ni pay hoqlöningwuniqw pay yaw oovi pam pangsoq. Pu' yaw pam oovi angqw Orayviy kwiningya pi ki'yyungqw pu' pay pam pang hopqöymi yaw haawi. Pu' yaw pam aw hoqlömi pituuqe pu' yaw pam pep kootinuma. Yaw kootinumt aptsinaqe pu' paas put hin iikwiwtaniqey an aw yuku. Hisat pi kya pi komokwise' put iikwiwyungngwu angqw. Noq pan yaw oovi pan put aw paas yukut pu' pangqaqw put iikwiwkyangw ahoy nima.

Pam pangqw nimakyangw Orayvituy pas wukokawayvöyamuy anga'. Pang yaw pam ahoy nima. Noq yaw pay pi pam qa pas a'ni hoytaqe pay yaw oovi lomatapkiwtaqw pangqw ahoy nimiwma. Niiqe pam oovi pay as kiy pi aw haykyalni'ymaqw pephaqam yaw pisa'atvela. Hisat pi Orayve kawaymuysa akw hintsatskyangwu- niiqe paasat tapkiwmaqw pu' kawayvokmuy oyawisngwu. Noq suupaasat yaw kur pam panga', put koy iikwiwkyangw. Yaw oovi pam su'aw pang pisa'atvelpa wuptoq yaw kur hak Orayngaqw kaway'oyatoqe pang layma. Pu' ima kawayom pay pi qa hiita tusi'y- wisngwu. Niiqe yuutukiwta yaw angqwniqw pay yaw as pam navota, matsaakwa. Noq pay yaw pam qa halayviniiqe naat yaw pöhut ang qa pas ayo' qalavo lasqw pay yaw pas aw öki. Aw ökikyangw pay yaw okiw suukya it matsaakwat komoktaqat aw wuuku. Aw yaw wuukukqe pay yaw okiw put sunina.

Yanti yawniqw pu' paasat oovi yaw nungwu mihi. Nungwu mihikqw pu' yaw nööma'atniqw timat nay qa pitsinaya. Yaw puma put qa pitsinayaqe yaw wuuwantota, qa haalayya. "Ya sen haqami umunaniiqe oovi qa pitu?" yaw pumuy yu'am amumi kitalawu. Yaw puma qa haalayya. "Pay pi kya naat as hisatniqw pituni," yaw kitangwu. "Pay pi kya qa iits wuuhaqtaqe oovi qa iits pitu. Pay kya as naat angqaqwni." Pam yaw okiw as yanhaqam hingqawlawu. Noq pay yaw pas qa pitu. Noq nungwu yaw mihi. Nungwu yaw suutokihaqti. Pu' yaw pay puma put qa pitsinayat pu' pay tookya. Pu' yaw oovi pay kur puma hisatniqw pas tokva.

Pay yaw oovi pas suyan talqw pu' i' yu'am taatayqw pay yaw kur pas na'am qa pitu. Paasat pu' yaw pam timuy taatayna. "Huvam yesva'a," yaw amumi kita. "Pay uma ason naap hiita aw hintote' nöönösani. Nu' kur umunay heptoni," yaw kita. "Pay pi hintiqw pi

things, and then they ate breakfast. After breakfast Father gathered the things he needed to go after wood. When he was ready, he started out. He went down to the east side. In those days that area was still heavily forested; that's why he headed in that direction. From their place northwest of Oraibi, where the Horned Lizards had their house, he descended to the east side. Upon reaching the forest he started collecting sticks. He gathered wood until he had enough. Then he fixed it in the proper manner to transport it home on his back. Long ago, as everyone knows, people had to haul wood on their backs when they went to get some. In exactly that fashion he meticulously bundled up his sticks, shouldered them, and started back home.

Returning home he followed the big horse trail that the Oraibi people had there. And since he was not moving terribly fast, it was already well into the evening as he traveled. He was now approaching his home at a place where there is a sand slope. Sometime back, as is well known, people in Oraibi used to do things only with horses; when it got evening they would go to hobble them. It was exactly that time of day when Horned Lizard was coming through there with his wood on his back. He was just climbing the sand dune when somebody came from Oraibi to take his horses out. Some man was driving them along there, and when horses come along like that, they will not stop for anything in their path. They came galloping along. Horned Lizard heard the horses approaching, but because he is not a very fast creature, he had not completely moved over to the edge of the trail when the horses came charging by. And as fate would have it, one of them stepped on Horned Lizard, who was burdened down with the wood. The horse stepped on him and killed the poor thing instantly. This is how Horned Lizard fared.

In the meantime it had become late. It turned dark night, and still he had not come home to his wife and children. They began to worry and were not happy. "Where on earth could your father have gone that he's not home yet?" This is what Mother kept saying to her children. They were sad. "Well, I guess he'll come home soon," she kept reassuring herself. "It probably took him a while to gather a lot of wood, that's why he's late. He'll come yet." In this way the poor woman kept talking. But he did not return home. It grew late, and then turned midnight. When he still had not gotten back, they went to bed and soon fell asleep.

It was not yet clear daylight when Mother awoke. The father still had not arrived. When she saw this, she woke up her children and said, "Come on, get up. You can fix yourselves something to eat. I'll

pas pam qa pitu," kita yaw pumuy timuy awnit pu' yaw pam kiy angqw yama.

Paasat pu' pam pang wukokawayvönawit aqw hoopoq nakwsu. Pang yaw oovi pamniikyangw pu' pangso pitu. Pay pi pangqw kii-yamuy angqw pangso pisatvelmo qa yaavo. Pangqe yaw pamnii-kyangw put kukheptima. Pay yaw kur as aqwhaqaminiikyangw angqwwat yaw qa kuuku'yta. Panmakyangw pu' yaw pam aw pitu. Okiw yaw koongya'at soosoy putsqeq'iwta. Naat yaw komokiy iikwiwta. Pay yaw mokput tuwa. Yaw qa haalayti pami'. "Pay puye'em sonqa yanhaqam hintiqw oovi pas um qa pitu," okiw yaw pam mokput aw kita. "Noq pay pi nuwupi," yaw aw kita. Pu' yaw pam wuuwa hintiniqey. "Sen nu' pay yantaqat yawmani?" yaw kita. "Hal pay pi nu' ngas'ew itni," yaw pam yan wuuwa. Niiqe pu' yaw pam paasat put kwasiyat angqw tuku. Pu' yaw pay oovi pam putsa yawkyangw pu' pangqaqw ahoy nima.

Pu' yaw pam pituuqe pu' timuy aw pangqawu, "Pay nu' umu-nay tuwa," yaw amumi kita. "Pay kur put okiw aw kawayo wuu-kukqe niina," yaw amumi kita. Pay yaw panis yan pumuy aa'awna. "Noq pay pi nuwupi. Pay pi itam kur hintsatsnani," yaw kita.

Paapiy pu' yaw oovi puma nawus qa na'ykyaakyangw yeese. Pu' yaw i' matsakwwuuti koongyay kwasiyat lakna. Paas yaw pam put lakna. Pam yaw oovi paas lakqw pu' yaw pam put tosta. Pantit pu' paas mokyaata. Pu' yaw pam put kiy ep kyeevelpaqe haqe' tsu-rukna. Yanti yaw pami'.

Pu' yaw puma aapiy yesqw pu' yaw i' matsakwwuuti kya pi pan unangwtingwu kwasitniqey. Pu' yaw put timat tokvaqw paasat pu' yaw pam put mokiwyay hawnangwu. Nen pu' paasat wa'ökye' pu' yaw pam angqw hiisa' yantit pu' yaw löwamiq oyangwu. Pay yaw qa wuuyavotiqw pay yaw pam hin unangwtingwu. Hin unangwte' pu' yaw paasat qatupte' pu' yaw pöpsöva yomtinum-ngwu. "He'tekotsana, he'tekotsana," kitikyangw yaw pam pöpsöva yomtinumngwu. Pas pi yaw hin unangwtingwu. Pas pi yaw is ali, pam hapi yaw put koongyay kwasiyat tos'iwput löwamiq oyaqw oovi'. Pas yaw kwangwahinti. Yantiqw pu' yaw kya pi ang sulaw-tiqw pu' pay pam paasat kwangwavuwngwu. Yantsakngwu yaw pami'.

Noq pu' yaw piw hisat timat tokvaqw pu' yaw pam piw put-niqey unangwtiqe pu' yaw pam piw aqw wuuvi angqw hawnaniqe'. Aqw wupqw yaw kur suukya ti'at qa puuwi, manawya yawi', niiqe yaw pam yuy aw taytaqw yaw pangqaqw hiita horokna, kyeevel-ngahaqaqw. Nit pu' yaw wa'ökqe pu' yaw hiita put mookiwtaqat

go look for your father. I don't know why he's not back." This is what she told her children, and then she walked out of the house.

She started east, walking along the big horse trail. Following it, she soon got there; after all, the distance from their house to the sand slope was not very far. She went around the dune looking for his tracks. They were leading there all right, but there were no tracks coming back. Finally she came upon her husband. The poor thing was completely squashed. He still had his wood bundle on his back, but she found him dead. She was heartbroken. "I had a feeling that something like this had happened; so this is why you didn't come home," the poor woman said to her dead husband. "Well, it can't be helped now," she continued. She pondered what to do. "I wonder if I can carry him the way he is," she said. "Or maybe I'll take at least this along." This is what occurred to her on second thought, where-upon she severed her husband's kwasi. This is all she returned home with.

When she arrived she told her children, "I found your father. The poor thing was stepped on by a horse and killed on the spot." That's all she told them. "We have to accept this, there's nothing we can do about it now." This is what she said.

So from that day on they had to live without a father. Horned Lizard Woman now let her husband's kwasi dry and when it was completely dry, she ground it up into a fine powder. This she poured into a bag and tucked it away somewhere along the ceiling of the house. This is what she did.

So their life went on. Horned Lizard Woman would once in a while get the desire for a kwasi. Whenever this urge came upon her, she would take the little bag down from the ceiling after the children had fallen asleep. Then she would lie down, take a little bit of pow-der out and sprinkle it into her löwa. As a rule it did not take long before she got all worked up and excited. When she reached that point, she usually got up and rocked her body in the corners of the house. While doing that she kept saying, "He'tekotsana, he'tekotsa-na." She absolutely went wild. It was most enjoyable. After all, she had put some of her husband's pulverized kwasi into her löwa. She experienced the most pleasant sensation. When this had happened to her and the effect of the powder had abated, she usually slept very well. This is what she used to do.

One day, when her children had fallen asleep, she got the urge to do it again. Once more she climbed up to the ceiling to get her bag down. But while climbing up there, one of her children was evident-ly not asleep. The little girl observed her mother as she pulled some-

angqw ipwat pu' yaw löway aqw oya. Paas yaw aw ti'at tayta. Nit
pu' yaw hintiqe pu' yaw a'ni pöpsöva yomtinuma. Paas yaw pam
yan yori. Pu' yaw piw aw taytaqw put ahoy kyeevelmoqhaqami
pana.

Yanti yawniqw pu' yaw paasat puma hisat piw talavay nöönösa.
Nöönösaqw pu' yaw pumuy yu'am pangqawu, "Pay pi itam
nuwupi ngasta na'yyungqw itaako kur sulawti," yaw kita. "Noq nu'
oovi pu' haqami hiisa' kohot heptoni," yaw kita. "Pay pi uma pu'
wuuwuyoqamtotiqe son hiita qa nöönösani," yaw amumi kita.

Pay yaw panis amumi kitat pu' yaw pam pangqw haypo ko-
mokto. Pay yaw pam angqe' hiihiita suutsovala. Nit pu' yaw pay
oovi ahoy suptu. Yaw okiw mangu'iwva. Pay yaw oovi puma
tapkiqw nöönösaqw pu' yaw pay pam timuy aw pangqawu, "Itam
pu' pay iits tokni," yaw kita. "Pas nu' mangu'iwva. Pas nu' qa hisat
naap komoktoqe oovi mangu'iwva. Oovi itam pay iits tokni," yaw
kita.

Pu' yaw pay timat suupan unangwtoti. "Antsa'a," yaw aw ki-
tota.

Pu' yaw pay oovi puma panis tapkiqw nöönösat pay paasat
wa'ömti. Pay yaw puma suutokva kura'. Noq pay pi yaw pam qa
wuuhaq komokva, niiqe pu' pumuy talavay yesvaqw pu' yaw piw
amumi pangqawu, "Nu' piw haqami hiisa'ni," yaw amumi kita.
"Pay nu' haqami piw hiisa' yukutoq pay itam hiisavo piw ko'y-
yungwni," yaw kitaaqe pu' yaw oovi pam ep talavay piw komokto.

Naat yaw oovi pam pu' aapiyniqw pu' yaw mi' matsakw-
manawya ura yuy aw taytaqa yaw qööqamuy, tupkomuy amumi
pangqawu, "Pas nu' pu' hisat itanguy aw taytaqw pam hiita yangqw
kyeevelngahaqaqw horoknat pu' löwamiq oyaaqe pas pam yep a'ni
hintsaknuma," yaw pumuy aw kita. "Noq sen pi itam kur aw poo-
tayani," yaw kita pumuy qööqamuy pu' tipkomuy amumi'.

Pay yaw su'an unangwtoti. Pu' yaw paasat pam aqw wuuvi.
Pam pi tuwa'yta haqami tsuruknaqw. Niiqe pu' yaw pam antsa
angqw hiita mookiwtaqat hawnaqw pu' yaw puma soosoyam wa-
'ömtiqe pu' löway ang o'ya. Pay yaw qa wuuyavotiqw pas hapi yaw
kwangwahinti löwayamuy angqw. Pu' hapi yaw puma pep soosovik
pöpsöva yomtinumya. Pas yaw puma kwangwa'ewlalwa. Pu' yaw
amuupa kya pi sulawtiqw pu' yaw qe'toti. "Itam piwyani," pu' yaw
kitota.

Pu' yaw puma piw ang o'ya. Pu' yaw piwya. Pas yaw puma
kwangwa'ewlalwa. Pas pi yaw himu kwangwa'ew. Pantsatskyaa-

thing from a place in the ceiling. She then lay back, took something out from the bundle and inserted it into her löwa. Her daughter was all eyes and watched carefully. Then something happened to her mother, as a result of which she was rocking wildly in and around the corners of the house. Not one detail escaped that little Horned Lizard girl. Finally she saw her mother stashing that thing back up in the ceiling again.

This is what she did, and then one day they were having breakfast again. When they were done Mother said, "The way things are now we are without a father and our supply of wood is gone. I will, therefore, go and search for some wood. You are grown up now and will surely find something to eat." This is what she said to them.

No sooner had Horned Lizard Woman spoken than she started out for wood. She went to a place nearby, quickly gathered all sorts of things, and then came right back again. She arrived home pretty tired, that poor creature. When they were through eating supper she said to her children, "We'll go to bed early. I came home tired. Since I've never been gathering wood before on my own I got quite exhausted. So let's go to bed early." This is what she said.

Her daughters agreed. "All right," they replied.

No sooner had they finished their evening meal than they lay down and fell asleep right away. Horned Lizard Woman had, of course, not brought home a lot of wood. So when they were up in the morning she said to her children once more, "I'll be getting some wood. I'll go get a little bit more so that it will last us for some time." This is what she said. Then she was gone again that morning to gather wood.

The moment she had departed, the little Horned Lizard girl who had watched her mother that one night said to her older and younger sisters, "Recently I observed our mother take something out from a place along the ceiling and put it into her löwa. She then behaved like crazy here in the house. Maybe we should see for ourselves." This is what she suggested to her sisters.

They were all for it. So the little Horned Lizard climbed up to the ceiling. She found the place where her mother had the bag tucked away and indeed brought something back down in a bag. Thereupon all of the girls lay down and sprinkled some of the powder in their löwas. It did not take long and they all experienced these pleasant sensations. Soon they started rocking their bodies in all the corners of the house. They had an extremely good time. Then the effect abated and they stopped. "Let's do it again," they said.

They deposited some more of the powder and started all over.

kyangw pay yaw pas puma put soosokya. Pantotiqe paasat pu' yaw
qa haalaytoti amuupa sulawtiqö'. "Ya itam hintotini?" yaw kitota.
"Itam sen hin itanguy aa'awnayani?"
   "Pay pi itam aqw hiita mokyaatotani," pu' yaw suukyawa kita.
Pay yaw puma sun unangwtotiqe pu' yaw puma tsiilit tostota. Puma
tsiilit tostotaqe put yaw puma aqw mokyaatotat pu' ahoy tsuruk-
naya, kyeevelpaqe.
   Pu' yaw antsa yu'am komokvitu. Komokvituuqe pu' yaw
pumuy tapkiqw nöönösaqw pu' yaw amumi pangqawu, "Itam pay
piw iits tokni," yaw amumi kita. "Nu' mangu'iwvaqe pay as iits
puwniqey naawakna. Oovi pay itam iits tokni."
   Pay yaw timat sunanakwha. Pu' yaw oovi puma tapkiqw nöö-
nösat pu' yaw puma wa'ömti. Pu' yaw oovi matsakwmamanhooyam
pay suutokva. Pu' yaw yu'am kur tuwat put aw kwangwtoyni'yva.
Niiqe pu' yaw pam natsop'unangwtiqe pu' yaw pam puwnikyangw
pu' yaw pam koongyay kwasiyat tos'iwput pangqw hawna. Angqw
put hawnaqe pu' yaw oovi aapiy ang pas supatangwa'ökt paasat pu'
yaw angqw hiisa' ipwat pu' yaw löwamiq oya. Yaw aqw oyaqw pay
yaw qa wuuyavotiqw pay yaw a'ni tuyva. Ana, yaw a'ni tuyva. Pu'
hapi yaw pam okiw pep kur hin hintani.
   Paasat pu' yaw pam put mookiy aqw suupootaqw yaw kur
pangqw tsilitosi. Paasat pu' yaw pam itsivuti. Pay yaw kur piw
timat put sonqa tutwaqe put soosokya. Yaw pan itsivutiqe pu' yaw
pam murikhoy kwusuuqe pu' yaw pam pep timuy amuupa saviva.
Pu' yaw timat taatayayaqe pu' yaw apyeve waytiwnumyaqw pu'
yaw pam pumuy amungk savinuma. "Uma hiitu qa hopiitu, pay kur
uma piw ihimuy soosokya!" Yan yaw hingqawkyangw pumuy
amungk savinuma. Pas yaw pam soosokmuy timuy qöya. Pantiqe
yaw oovi pam naat pephaqam naala qatu, matsakwwuuti. Pay yuk
pölö.

They were really amusing themselves. This stuff was great fun. Carrying on like this they completely used up the powder. Not a trace was left. Now they were not happy any more. "What are we going to do?" they were asking each other. "How on earth are we going to tell our mother?"

"Well, why don't we put something into the bag," one of the girls suggested. The others agreed and ground up some chili. When they were through, they filled the bag with it and tucked it back up along the ceiling.

Then, indeed, their mother returned from gathering wood. They had supper and then she said to her children, "We'll be going to bed early again. I came home tired and therefore want to have an early night. So let's go to bed."

Her daughters readily agreed. When they were through with their supper, they all lay down. The little Horned Lizard girls fell asleep at once. Their mother had come home looking forward to that powder. She would first satisfy herself and then sleep. So she took the bag down, bedded herself down flat on her back, took a little bit of the powder out of the bag and put it in her löwa. It was not long after she had inserted the powder that she felt a terrible pain. It hurt so much the poor woman thought she would go out of her mind.

She quickly checked her bag and found ground-up chili in it. She now turned wild with fury. Her children had obviously discovered the powder and used it all up. In her anger she picked up a stick and began striking indiscriminately at her daughters. The children woke up and started running away from her, but she kept after them, drumming them with her stick. "You ill-behaved creatures, you had to use up all my stuff!" This is what she screamed while she kept striking after them. She clubbed all of her daughters to death. Because of that, Horned Lizard Woman still lives there somewhere all alone. And here the story ends.

Löwatamwuuti

Aliksa'i. Yaw Orayve yeesiwa. Pu' pay yaw piw aqwhaqami ki-
tsokinawit yeesiwa. Noq yaw yep Orayve ima tootim pay peetu
nanasngwamniiqe pay yaw puma ephaqam soosoyam haqam
naanami ökye' pay yaw puma hiita pasiwnaye' pay yaw puma hiita
aw suntote' pay yaw puma hiita pantsatskyangwu. Ephaqam pay
yaw puma hiituywatuy amumum nahoytatatsyangwu. Pu' pay yaw
piw ephaqam puma angqe' suvotsovawnumyakyangw angqe'
tutumaytinumyangwu. Pay tiyo hin qatsi'ytangwuniqw pay yaw
puma pan yeese. Pay yaw pas ephaqamtiqw yaw himuwa naala
hiita hintsakngwu.

Noq suus yaw puma piw tuwat haqam tsovaltiqe yaw as ep

2

The Toothed Löwa Woman

Aliksa'i. People were living in Oraibi and various other settlements all across the land. Within the village of Oraibi lived several boys who were close friends. Every so often they would get together. On such an occasion they usually planned something, and if all agreed to the plan, they would then carry it out. Sometimes they used to compete with other youths in a game of shinny ball. At times they would go about the village in a group and pay visits to the girls during the night. In other words, they led the life of the typical Hopi youth. Only on rare occasions did they venture out alone.

Once when they had gathered again, they were mulling over what to do the following day. Then one of them said, "Why don't we

qavongvaqw hintsatskyaniqey yaw put ang wuuwantota. Noq pu'
yaw haqawa pangqawu, "Ya itam hintiqw qaavo qa maqwisa? Pay
itam pu' wuuyavo qa haqami maqwisqw pas kya pay puma pu'-
haqam angqe' piw ahoy kyaysiwtiy," yaw pam haqawa kita.

Noq pu' yaw pay mimawat su'an unangwtotiqw pu' pay yaw
puma put aw piw sunti. Niikyangw pu' yaw haqawa pay piw pang-
qawu, "Pay itam as haak qa qaavoyani. Pay itam as ason löötokye'
itam qaavo pay haak nasungwni'yyungwni," yaw pamwa kitaqw
pu' yaw pay puma piw put aw suntiqe pu' yaw pay oovi antsa
löötokmi put taviya. Niikyangw piw yaw puma pas aqw tokwisni.
Niiqe pay yaw puma as ngas'ew paayis naalöshaqam tokt pu' paasat
angqw ahoyyani. Yanhaqam yaw puma pep naanami yukuyaqe pu'
yaw piw putwat aw sunti.

Niiqe pu' yaw puma ep mihikqw kiikiy angyaqe pu' yaw puma
imuy yumuy siwamuy qööqamuy yan aa'awnayat pu' yaw piw
pumuy amungem noovatotaniqat ayatota. Noq pay yaw puma
soosoyam naanakwha. Suyan pi yaw puma tootim tuuni'yvayaqw
puma sonqa pumuy amumum pumuy hiituy taataptuy sowiituy
sikwiyamuy kwangwanönösaniqe oovi.

Noq pu' yaw ep qavongvaqw pu' yaw puma tootim nasungw-
ni'yyungqw pu' yaw pumuy tumsimat tuwat novavisoq'iwyungwa.
Pay yaw puma oovi paas soosoyam yuki'yyungqw yaw tapki. Noq
pu' yaw ima tootim ep tapkiqw pu' yaw kiikiy ang nöönösat pu'
yaw piw haqam tsovaltingwuqey pay yaw piw pangsoya. Ep mi-
hikqw pu' yaw puma pas suyan haqamiyaniqey yaw put naanami
pasiwnayani. Niiqe pu' yaw puma put ang wuuwantota. Noq pay
yaw as qa suukya kur haqami pan wuuwantaqw pay yaw puma
teevengewatyaniqey aw sunti. Niikyangw yaw puma Masiipat
aatevengewatyani. Yaw haqawa pumuy amumi pangqawqw yaw
pep taavanghaqam haqam tuukwi'ytaqw pephaqam yaw piw pang-
soq a'ni tuusö'yta. Noq pay yaw puma pangso tapkiqw tsotsval-
kyangw pang aqle' haqe' mamaqani. Yan yaw puma pasiwnayaqe
yaw qavomi soosoyam kwangwtotoya. Yantoti yaw pumanit pu'
yaw puma paasat soosoyam tokwisa.

Noq pu' yaw ep qavongvaqw pay yaw puma pas soosoyam kur
su'its angqe' taayungqe pay yaw oovi su'its nöönösat pu' yaw taa-
vangqöyveq haqam naanami öki. Is tathihi, yaw soosoyam kur a'ni
novamakiwyaqe yaw oovi nanap put enang wuko'ikwiwvaya. Pay
yaw naat oovi qa wuuyavotiqw pay yaw puma soosoyam tsovaltiqe
pu' yaw oovi pangqw Masiipamiqwat nankwusa. Noq pas pi yaw
puma a'ni nòovamokyungqe pay yaw put akw hihin söwtoti. A'ni
yaw pam putuutiqw pay yaw oovi himuwa pay hiisa'haqam mimuy

go hunting tomorrow? We haven't gone out after any prey for a while, and perhaps by now the game animals have again become plentiful." This is what one of them suggested.

His companions felt just like him and all agreed to do it. But one of them added, "Let's not go tomorrow. Let's wait until the next day and spend tomorrow resting." Again, all of them were of one mind, so they put the hunt off till two days hence. But they decided already to go out and spend the night in the area where they were going to hunt. They would camp together there for at least three or four nights before returning. These were the arrangements they made and to which they all agreed.

That evening, as they went to their homes, they informed their parents as well as their older and younger sisters of their plans and asked their female relatives to prepare some food for them. To this the latter readily agreed. They knew full well that when the boys brought home some game, they would engage in a feast with them on the meat of cottontails and jackrabbits.

The next day, while the boys were relaxing, their female clan relatives were occupied with cooking. Each and every one had finished her task by the time it was evening. That night the boys ate in their respective homes, whereupon they again congregated at their usual gathering place. They would make a decision now as to where exactly they would go on their hunt. Consequently, they pondered on this. More than one had a place in mind as to where they should go, but in the end they all decided to go southwest, to a place just southwest of the spring named Masiipa. One of them had told the others that in the southwest was a butte with a deep rock shelter where they could return in the evening after hunting during the day. This was what they planned, and so they all were looking forward to the next day. Having completed their planning they all went home to bed.

The next morning they all were up at dawn and following an early breakfast converged at a site on the southwest side of the village. It was amazing to see the large amount of food each one of them had received, for they all came packing a good load. It was not before they had all assembled that they set out towards Masiipa. Due to the great bulk of food they were toting they were slowed down somewhat. When the weight of their loads bore down on them, they meted out some of the food to their friends, and everyone went along snacking. In due course this method lightened their load

sungwamuy angqw maqaqw pu' yaw puma piw put pangqw noo-
noptiwisa. Pan pay yaw antsa hisatniqw pam qa pas paapu an putu-
niqw pu' yaw puma pay paapu hihin a'ni hoytota.

Panwiskyaakyangw pu' yaw puma haqamiyaqey pangso ökiqw
yaw antsa pephaqam pangsoq a'ni tuusö'ytaqw pu' yaw puma aqw
yungya. Niiqe pam yaw kur pas wuuyavo pangsoq pantaqw pay
yaw puma pas oovi yuumoqhaqami yungkt pu' aqw haqami so'-
taqat aqw öki. Noq pas pi yaw pepeq kwangwakosngwala. Niiqe
pay yaw puma oovi pep put nitkyay o'yaniqey pangqaqwaqe pu'
yaw oovi pantoti. Pay yaw pam pangqw tangawte' son yaw hintini.
Pay yaw pam son peekyeniqat puma pangqaqwaqe pu' yaw puma
pay oovi pep put o'yat pu' yaw pay pangqw ahoy nönga.

Paasat pu' yaw puma pangqw ahoy nöngakqe pu' yaw puma
paasat ang aatsavalqe pu' yaw puma angqe' haqe' tapkimi maqnum-
ya. Noq piw yaw puma kur pas soosoyam maksohovumniiqe yaw
oovi tapkiqw ahoy pep tsovaltiqe yaw soosoyam naanan'ik wuko-
tuni'ikwiwvaya. Pas pi yaw sustsaa' qöyaaqa pakwt naalöqmuy
iikwiwva. Pu' yaw suswuhaqniiqa sunat lööqmuy qöya. Niiqe pu'
yaw puma pay pumuy peetuy pay pangsoq yuumoq tangatota. Noq
pu' yaw puma pay panis nanalniiqamyaqe pu' yaw pay oovi naa-
löqmuy ep tapkiqw soswaniqe pu' yaw puma paasa'niiqamuy iipoq
kiwisni. Pu' yaw puma pay piw peehut enang tuupeye' pay panta-
qat oyi'yyungqw pam yaw pay son hintini.

Niiqe pu' yaw puma pay pas su'awwuhaq iipoq kiwisqe pu'
yaw puma aqw nöngakqe pu' yaw puma pay pep put tuusöt paysoq
iip haqam qööyaqe pu' yaw puma pangso yesva. Paasat pu' yaw
puma pumuy siikwantivaya. Pu' yaw puma pumuy siikwankyaa-
kyangw pu' yaw pumuy pep put töövu'iwtaqat aw oo'oyaya. Pu'
yaw himuwa kwasiwme' is ali yaw kwangwahovaqtungwu. Pay
yaw puma oovi pumuy pas soosokmuy kwasinayat pu' yaw ha-
qawat aapamiqhaqami ayatota yaw pumuy nitkyayamuy angqw
peehut kimaqw yaw puma put enang nöönösani. Noq pu' yaw pam
hak oovi pangsoqniiqe put yaw antsa put pangqw kimakyangw
ahoy yama. Paasat pu' yaw puma oovi noonova. Niiqe pas pi yaw
puma ep kwangwanönösa. Noq pay yaw oovi su'aw mihikiwtaqw
yaw puma soosoyam öö'öyaqe pu' yaw pay put qööhiy angqe
ngöyakiwkyaakyangw pay yaw naanami hiihiita yu'a'atota. Pu' yaw
pay puma oovi hiisavo pantsatskyaqw pu' yaw pay haqawa puw-
mokqw pu' yaw puma pay oovi paasat tokwisniqe pu' oovi pangsoq
yuumoqhaqami apamokiy ooviya. Nit pay yaw puma piw put
angqw ahoy iipoq ipwayaqe pu' yaw pay pangqe aapatotat pu' yaw
pay pangqe tokva.

a bit so that they were able to move at a faster pace.

Eventually, they arrived at their destination, and just as they had been told, they found a big cavern, which they entered. The cave was extremely deep, but they went all the way to the very back where it ended. Here a nice, cool breeze was blowing. Here they left their journey food, as they had agreed. All acknowledged that their provisions would be all right there and not spoil. Hence they left it all within the confines of the cavern and made their way out.

Upon emerging from the cave, they spread out in the area and stalked game until evening. They were all excellent hunters, for when evening came, and they came back together, each arrived with a good load of game on his shoulders. The one who had killed the least came in with fourteen rabbits slung across his back. The lad who had gotten the most had killed twenty-four. The majority of these they hauled into the back of the cave. As there were altogether nine of them hunting, they kept four rabbits which they would have for supper. These they left outside to roast while the rest would keep nicely in the cool depths of the cave.

The hunters now built a fire outside the cavern. Then they sat down by the fire and began to skin the rabbits. Having removed their skins they placed the meat on the glowing embers. As each rabbit roasted, it emitted a pleasant aroma. When they were all cooked, they asked one of the youths to reenter the cave and bring out some of their food so they might have this along with the meat for supper. The youth entered the cavern and came back with the food. Now the hunters settled down to savor their evening meal. It was well into the night by the time they had satisfied their hunger. Sitting around the fire they conversed on a variety of things. After talking for a while one of them became drowsy, so they all decided to retire for the night. They went into the shelter to fetch their bed-rolls. After bringing them out, they spread them out on the ground within the area of the mouth of the cave, crawled into them and fell asleep.

Qavongvaqw pu' yaw puma pay piw pas su'its taatayayaqe pu' yaw pay oovi sunönösat pu' yaw pay piw angqe' nankwusa. Niiqe pay yaw puma piw pas tapkiwmaqw pu' yaw piw pep ahoy naanami öki. Niiqe pay yaw puma piw pas an a'ni qöqya, tis pi yaw puma teevep pu' angqe' pumuy ooviyaqe oovi. Niiqe ep pu' yaw puma suuminiiqe yaw pas lööp sunat navayniiqamuy qöqya. Pavan yaw puma tsutsyakya. Paasat pu' yaw puma pangqaqwa, "Qaavo pu' hak pay pas kyamuysa amungem maqnummantaniy. Pu' hikis piw löötokmi enang. Pu'sa pi itaakwam son naaniyaniy," yaw puma tsutsuytikyaakyangw kitota.

Noq pu' yaw ep tapkimi pay yaw puma piw an pephaqam qööyaqe pu' yaw pay piw pep pumuy wuuhaqniiqamuy siskwayat pu' piw nöönösa. Pu' yaw puma piw nöönösaqe pu' yaw pay piw put qööhiy angqe yeskyaakyangw pay yaw piw hiihiita yu'a'atota. Pay yaw puma kyamuy piw ang u'nantota hakimuywatuy put tuuniy angqw maqayaniqey. Noq pu' yaw hisatniqw pay yaw kur puma lavaysoosokyaqe pay yaw puma paasat oovi pay qa hingqaw-kyaakyangw put qööhit angqe ngöyakiwta. Niikyangw puma yaw put tuusöt aqwwat hootay iitsi'ykyaakyangw yesqw yaw oovi qa haqawa pangsoqwat tuusömiqwat tayta.

Noq pu' yaw puma pan soosoyam qe'toti yu'a'atotaqeniqw paasat yaw sutmakma. Pay yaw panis ima nanaqantsortsa angqe' töötökiy qa pevewwisa. Pu' yaw puma naat pep yesqw yaw tatkyaqw pumuy amumiq suupan himu hoyta. Noq pay pi yaw puma qööhit aqwwat taayungqw pay yaw kur oovi pangsoq hinta. Niikyangw pay pi yaw pan pas sutmakiwtaqw oovi yaw puma soosoyam pay kur nanapta pumuy amumi himu hoytimaqw. Niiqe pu' yaw puma soosoyam tuqayvastota. Noq pu' yaw haqawa pang-qawu, "Meh, kur huvam tuqayvastota'ay. Taq piw hak sumataq itamumiqwat hoyta. Niikyangw pas kur hinta. Piw i' qööhi pas inuusa'niqw nu' pay ayo'wat qa tuwa'ytay. Noq sen pi uma ha-qawat hiita tuwa'yyungway," yaw pam mimuywatuy amumi kita.

Niiqe pay yaw kur mimawat piw nanaptaqe yaw oovi sun yanyungwa. Noq pu' yaw pay naat qa pas wuuyavotiqw pu' yaw haqawa tuwat pangqawu, "Pi pay pas antsa sumataq hak itamumi as hoytaqw pay nu' piw qa hakiy tuwa'ytay," yaw pamwa kita. Noq pay yaw pas antsa hak pumuy amumiqwat waymaqw yaw susma-taq pan töötöqa. Susmataq yaw hak pang himutskit angqe tongtima yaw puma nanvotya. Niiqe yaw puma oovi sun pep yeskyaakyangw yaw tuqayvaasi'yyungwa. Noq pay pi yaw puma naat pas wuukoq pep qööhi'yyungqw pay yaw oovi pas put angqw ayo'wat wuuyavo kootala. Noq pu' yaw pam hak wunuptuqe pu' yaw angqe' taynu-

The following morning the hunters again arose early, and after hurriedly eating their breakfast, started out hunting once more. As evening was beginning to fall, they came together again. Just as during the previous day, they had bagged a large number of game, especially since they had been at it all day. In all, they killed forty-six cottontails and jackrabbits that day. They were extremely pleased. They then said to one another, "Tomorrow everyone will hunt for his aunts only. We may do the same the following day too. How jealous their husbands will be," they exclaimed, laughing at the same time.

That evening they again built a campfire. And just as they had done the previous night, they skinned a fair amount of their kill for supper. After supper they once again sat around the fire conversing. In their minds they tried to decide with which of their aunts they would share some of their prey. After a while they ran out of things to talk about, so they just sat around the fire without speaking. They were sitting in a semicircle with their backs toward the cave so that none of them faced in the direction of the opening.

Now that everyone had stopped talking silence fell over them. Only the crickets continued their unceasing chirping. As the boys sat there, something seemed to be nearing them from the southeast. But since they were staring into the fire, it was impossible to see out in that direction. Due to the silence all around, however, they clearly heard something moving toward them. By now they were all aware of the rustle. One of them said, "Listen, it seems someone is coming our way. I'm not sure who. This fire is blocking my view, so I can't see beyond it. Can you see anything?"

The others, who also had heard the noise, kept still. Before long another one of them said, "No doubt, there's something coming closer, but I too can't see what it is." From the sound, however, it was obvious that someone or something was walking toward them. They clearly heard the brushing against the surrounding bushes. By now they sat there holding their breath and listening to these sounds. The fire was still burning heartily, so it emitted light for a good distance beyond where they were. One of the youths now stood up and scanned the area. No sooner had he done so than he spotted what was coming. It was a being dressed totally in white. Its hair was wild and disheveled. But he could not make out its features. He now urged his friends, "Look, stand up. There's really

ma. Pas yaw pam pantiqe pu' yaw put hiita amumi hoytaqw put
tuwa. Noq yaw pam himu amumi hoytaqa yaw soosok qöötsatsa
yuwsi'yta. Pu' hapi yaw piw himu mots'inta. Noq pay yaw pam hin
soniwqw pay yaw pam put qa pas suyan yori. Paasat pu' yaw pam
mimuywatuy amumi pangqawu, "Meh, kur huvam hongva'ay. Taq
pi yangqw itamumi sumataq pas himu hoytay. Piw himu sumataq
pay pas itamuy oovi angqw pewii'. Pas himu piw sumataq nuutsel-
'eway'oy," yaw pam mimuywatuy amumi kitaqw paasat pu' yaw
puma soosoyam hongvaqe pu' yaw antsa pangsoqwat taatöq hiita
tutwa.

Noq antsa yaw pam himu pangqw pumuy amumi hoytimaqa
yaw soosok qöötsat yuwsi'yta. Pu' yaw pam himu piw pay qa pas
a'ni amumiq as hoytaqw tuwat yaw puma kya pi pas hin yoyri-
kyaniqe yaw tuwat pep sun hongkyangw awsa taayungwa. Noq pay
yaw pam himu pas pumuy amumiq pitutoq pu' yaw pam hin so-
niwqw pu' yaw puma nanapta. Noq pas pi yaw pam himu antsa
nuutsel'eway. Niiqe pu' yaw pam pumuy amumi pitutokyangw pu'
yaw paasat kwasay oomi hölökni'yma. Panmakyangw pu' yaw pam
pas amumi pituqw pu' yaw puma soosoyam put aw yoyrikyaqw
piw yaw pam susmataq löwa'yta. Niikyangw piw hapi yaw put
löwa'at a'ni tama'yta. Pu' hapi yaw put löwa'at piw tsaatsangwtima.

Pay yaw puma panis yan yoyrikyat pu' yaw pay puma naanami
pangqaqwa, "As tum pay watqay. Taq pi i' hak sumataq pas antsa
itamuy hintsanniqe oovi pew itamumi pituy," yaw puma kitotaqe
pu' yaw puma pay tuwat qa put aqle' taatöqwatyat yaw soq tuwat
put tuusöt yuumoqwatsa yuyutya.

Noq pay yaw pam himu paasat tuwat tsuyakqe pu' yaw pay
tuwat yuumosa pumuy pangsoqwat amungk. Pu' hapi yaw pam
pan kwasay hölölni'ykyangw pumuy amungk hoytaqw pavan yaw
put löwa'at susmataq wukotsaatsangwtima. Is uti, pas pi yaw pam
himu qa soniwa.

Pu' yaw puma tootim pangsoq yuumoq ökiiqe pu' yaw puma
tuwat sööwu hiita himuy ang pisoq ömalalwa. Pu' yaw puma pay
paasat peehut tuuniy pep maatatve. Noq pu' pay yaw hak hiisa'
iikwiwmaniqey pay paasa' iikwiltat pu' pangqw yamaktongwu.
Noq pu' yaw puma aqw nöngakwisqw piw yaw pephaqam pay pas
suup hiisaq qeniniqw pep yaw puma put su'aw öki. Pu' yaw puma
as hiihin put aqlavaqe nöngakniqey tuwanlalwaqw pas yaw pam qa
haqawat ayoqwat horokna.

Pu' hapi yaw put löwa'at sutseptsaatsangwtivaqe pas pi yaw
nuutsel'eway. Pas yaw hisatniqw pu' yaw haqawa kur pan wuuwa-
qe pu' yaw put sukw tuuniy tavit pu' yaw put löwamiq tuuva. Pu'

something coming at us. It looks as if it's after us. It has the appearance of a terrible monster," he explained, whereupon the others all jumped up and looked to the southeast.

Sure enough, whatever this thing was, it was garbed completely in white. Its pace was not terribly fast, and as they were anxious to determine what it really was, they stood there staring at it. But it was not until the thing was approaching them that they finally realized what it really looked like. Its appearance was truly terrifying. As it neared them now it began to draw up its dress. By now it was close upon them, and when the boys looked upon it it turned out to be a female whose löwa was clearly visible. What came as a shocking surprise to them, however, was the fact that her löwa was studded with teeth, and opened and closed like jaws.

Confronted with this horrible sight the hunters said to themselves, "Let's get out of here. Looks like this thing wants to harm us; that's why it's coming for us." With that they took to their heels, but instead of rushing southeast past the creature they fled into the depths of the cavern.

The thing was pleased that the hunters had done so and followed straight in after them. Pursuing them with its dress gathered up, its löwa could be seen flapping widely open and shut. What a terror of a creature this was.

When the boys reached the back of the cavern they quickly grabbed their belongings, wasting valuable time in the process. Some of their prey they left behind. Whatever amount each one wished to carry he loaded on his back and then rushed for the exit. On the way out of the cave there was one location with a narrow passage, and it was exactly at this spot that they came upon the monstrous female. They tried various ways of getting past her, but she blocked all of their attempts.

The creature's female organ constantly opened and closed; a horrible sight to behold. As this was going on one of the boys hit upon an idea. He took one of his rabbits and tossed it toward the creature.

yaw pam pantiqw pas pi yaw pam put kwangwanatsankit pu' put kwangwasowa.

Noq pu' yaw pam hak pantiqa pu' yaw mimuywatuy amumi pangqawu, "Kur haqaqwa tuwat sukw tuuniy löwamiq tuuva'ay. Pay kya as itam pantotiqw pay kya as pam naat put tuumoytaqw pay kya as itam put aqlavaqe hin nöngakniy," yaw pam kitaqw pu' yaw pam suukyawa oovi sukw tuuniy ep kwusuuqe pu' yaw pan wuyaqkwanawtaqat aqw löwamiq put tuuvaqw pay yaw pam piw putwat an kwangwakyaatsantat pu' piw putwat kwangwatumoyta. Pu' yaw puma as pep pantsatskyaakyangw pu' aqlavaqe hin nö- ngakniqey tuwanlalwa. Pantsakkyaakyangw pay yaw puma put tuuniy soosokni'ywisa. Pu' pay yaw puma nawus qe'totiqe pu' yaw pay nawus pep ahoy yesvaqe pu' yaw wuuwanlalwa hin pangqw nöngakniqey.

Hisatniqw pu' yaw haqawa pangqawu, "Pay kya as itam soo- soyam sungsaq aqlavaqe iipoq yuutukye' pay kya as itam son hin aqlavaqe qa nöngakniy. Ason pi haqawat ngu'aqw pay ason itam put aw unangtatve' pay itam son put qa angwutotaniy," yaw ha- qawa kitaqw pu' yaw pay puma soosoyam piw put aw sunti. Paasat pu' yaw puma oovi soosoyam pang leetsiltiqw pu' yaw haqawa, "Taw'," kitaqw pu' puma soosoyam aqw yuutu.

Pu' yaw puma pantotiqw pu' yaw pam himu as pep pumuy amungk yotinumkyangw pay yaw kur hiitawat pasniqe yaw oovi pephaqam mapyayatinuma. Pantsaki yaw pamniqw pu' yaw puma put aqle' iipoq nöönganta. Niiqe yaw puma soosoyam nöngakqey unangwtotiqe pu' yaw oovi pay pas hihin pangqw yaaptotit pu' yaw pephaqam huruutoti.

Noq yaw kur puma put aqle' pan yuutukqw yaw kur pam himu pumuy amungaqw sukw hakiy ngu'aqw puma yaw kur qa nanapta. Pas pi yaw paasat hin unangwaniqw pas pi yaw oovi kur hiniwti. Pas pi yaw qa hakiy qatsi'atniwti. Naamahin yaw pam as a'ni töötöqw puma yaw qa hin kya pi naanami tunatyaltotiqe yaw oovi qa nanapta. Pas pi yaw puma qatsiysayaqe oovi. Pas pi yaw hak naapesaningwu.

Niiqe pam yaw pay panis put sukw tiyot ngu'at pu' pay yaw pam put maayat löwamiq panat pu' yaw pay put pantaqat tuumoy- va. Pas pi yaw kur put löwa'at a'ni tama'ytakyangw pu' yaw piw a'ni qala'yyungqat. Pas pi yaw pam oovi naat qa wuuyavotat pay put okiw soosok sowa.

Noq pu' yaw mimawat wuuwayaqw pay yaw puma suupan soosoyam pangqw nöngakqw pu' yaw himuwa pas hin hönginen pan ahoy Oraymiqwat waayangwu. Pay yaw puma oovi pas

The thing grasped it nicely between its legs and devoured it with great relish.

The boy who had done this now encouraged his companions, "Come on, take one of your kill and fling it into her löwa. If we do this, we may perhaps get past her while she's consuming the rabbits." Immediately one of his friends took a rabbit and hurled it between her widely spread legs. As before, the monster neatly grabbed the prey with the teeth of her löwa and gobbled it down. This the hunters kept up now, all the while attempting various ways of getting around her. Slowly but surely they were exhausting their supply of meat. Finally, they had no choice but to cease. Forced to retreat, they continued to plan how best to make their escape.

At long last someone suggested, "Perhaps if we all rushed past her at the same time, we might succeed in making it outside. Should she grab one of us, we can all gang up on her and overpower her." They all agreed with the plan and lined up in a single row. Then one of them shouted, "Go," and they all dashed outside.

The monster tried snatching one of them, but since she could not make up her mind who she was really after, she just stood there with her arms flailing about. Meanwhile, the boys scurrying past her headed outside. When they felt that they had all made it out safely, they continued on for a good distance before they slowed their flight.

As it turned out, however, the monster had nabbed one of them without the others being aware of it. In the excitement and panic no one had realized what was happening. It had been absolute chaos. Even though that poor victim had been screaming at the top of his lungs, the others had failed to hear him in the panic over their own predicament. They had been concerned only about saving their own lives. At that moment everyone had been on his own.

No sooner had the monster woman captured this one youth than she thrust his hands and arms into her löwa and started gnawing on him just as he was. Clearly, her löwa was equipped with an abundance of teeth which were very sharp. Hence it did not take very long before she had completely devoured the boy.

The others, convinced that they had all made their escape, dashed homeward to Oraibi as fast as their legs could carry them. After a good length of time had passed, they halted their run. Only

pangqw lomawuyavototit pu' yaw pephaqam hongva. Pas yaw puma paasat pu' nanapta pam suukya kur qa amumumniqw. Paasat pu' yaw puma qa haalaykyaakyangw pangqw ahoy ninma.

Niiqe pay yaw naat paasat qa pas mihikiwtaqw yaw puma ahoy pep kiive öki. Niiqe pu' yaw puma nawus yan put sulawtiqat yumuyatuy amumi tuu'awwisa. Pu' yaw puma yan nanaptaqe yaw okiw qa haalaytoti. Niikyangw pay pi yaw kur puma hintotini. Yan yaw puma okiw ep mihikqw qa lomananapta. Noq pay yaw puma pas soosoyam put ep qa kwangwahinyungqe pay yaw oovi ahoy kiikiy angya. Pay yaw naamahin as naat ang kivaapa qööhiwyungqw pay yaw pas qa himuwa pangso'.

Pas yaw ep qavongvaqw pu' yaw puma haqam kiva'yyungqey pu' yaw puma pangsoyakyangw pay yaw hin kur pas unangwa'ykyaakyangwyani. Noq pay yaw mimawat pumuy kivasngwamat pay kur nanaptaqe pay yaw oovi qa pas amumi hingqaqwa. Pay yaw panis yungqwsa pumuy paas o'ya. Pas yaw hisatniqw pu' yaw i' hak wuutaqa pangqawu, "Is ohiy, pay hapi himu haqam sumataq qa antaqa hiniwtiqw oovi pas yepeq sutmakiwtay," yaw pam kita. Pam yaw hak wuy pay kur nalqatqe yaw oovi put qa navoti'yta pam pangqaqw qa ahoy pituqw. Noq pu' yaw puma put aa'awnaya puma put hiita aw ökiiqe put pangqaqw qa ahoy wikkyaakyangw ökiiqat. Pu' yaw pam wuutaqa yan tuwat navotqe yaw okiw pep qa hingqawkyangw pay panis suposvalmunkyangw hiisavo qatuwlawu.

Noq pu' yaw pam hiisavo pep pantat pu' yaw pangawu, "Is ohiy. Pi kur pam i' Löwatamwuuti put pantsanay. Pay pam hisatngahaqaqw imuy maqwisqamuy soq haqam pantsanngwuy. Tis oovi himuwa haqami naala maqtoq pam pay pas sonqa put ngu-'angwuy. Noq pay pu' pam as wuuyavo qa haqam hakiy aw naamataqtay. Noq oovi pay itam antsa qa hisat put umumi yu'a'atotay. Noq pay itam son nawus pu' put qa haqami hintsatsnaniy. Niikyangw son hapi itam nanaltyakyangw put haqami hintsatsnaniy. Noq oovi yaapiy tapkimi nu' it hakimuy amungem paahotaqw ason nuy haqawatuy amumi tutaptaqw pu' ason puma pangso put kimaniy. Noq pay pi nu' pu' ööwiniqw oovi haqawa son nawus inungem qa paahongaptoniy," yaw pam kitaqw pu' yaw pay i' hak naat tsayniiqe yaw oovi naatavi. Niiqe pu' yaw pam oovi pay paasat yamakmaqe pay yaw naat qa pas wuuyavotiqw pay ahoy pitu. "Kwakwhay! Ya pay um suptuy? Pay songqa i'niy," yaw pam kitat pu' put ömaatoyna. Paasat pu' yaw pam oovi pumuy hakimuy puma aw taqa'nangwtotiniqat amungem paaholawu.

then did they realize that one of them was missing. Heartsick, they now returned home.

Dark night had not yet fallen when they arrived at the village. Now they had no choice but to go to the home of the missing lad and break the sad news to his parents. Upon learning of their son's fate they became very unhappy and sad. But there was nothing they could do about it now. In this way they learned of this tragic event that night. The hunters, all of whom felt quite depressed, then returned to their homes. Even though there were still lights visible from within the kivas, no one bothered to go there.

Not until the following day did the boys seek out their respective kivas. They were still in a daze. Apparently their kiva mates had heard what had happened to them, but did not pester them about any details. They only uttered words of welcome as they entered. Finally, after quite a bit of time had elapsed, an old man said, "How awful! Clearly something terrible must have happened that it is so quiet here." This elderly man apparently lived alone and had not heard about the lad who did not come home with his friends. So the boys told him of the monster they had encountered and of their missing companion. For a long time the old man, poor thing, just sat there in silence with tears rolling down his eyes when he learned of these events.

After a considerable while he spoke up again. "How sad," he said. "From all appearances it was Löwatamwuuti, Toothed Vagina Woman, who did this to him. Since time immemorial she's been doing this to those who go out hunting. She grabs especially those who go out on a hunt alone. It's been quite a while, though, since she has shown herself to anyone. For this reason we never told you of her existence. Now we will have to destroy her. But we won't be able to accomplish this without outside help. From now until evening, therefore, I'll prepare some prayer sticks for those with special powers and at the proper time I will instruct a couple of you where to take these items. And since I'm feeble due to my age, someone will have to go gather the necessary material for me to fashion these prayer items." Immediately, one of the younger boys volunteered his services. He went out, returning a short time later. "Thanks! You came back so soon?" the old man exclaimed. "This will do fine," he uttered as he took the material from the boy. With that he set to fashioning prayer sticks for those whose aid they would seek.

Noq pu' yaw pam oovi pep put aw tumala'ytaqe pu' yaw pay antsa tapkimi pay wuuhaq yukuuta. Noq pay yaw naat oovi taawa naat ooveniqw yaw kur pam yukuuqe pu' yaw hakimuy ayata yaw put oyawisniqat. Noq pu' yaw pay ima put Löwatamwuutit aw sungway kwa'yyaqam soosoyam naataviya. Noq pu' pay yaw pam wuutaqa qa nakwha, "So'ni, pay uma son pas soosoyam awyaniy. Pay pi uma put umuusungway kwa'yyaqe son put ep haalaytotiqe son pi antsa qa aw naa'o'yaniqey anyungway." Noq pay yaw ima hakim panis lööyömniqat pam pumuy amumi pangqawqe pu' yaw oovi pumuy hakimuy lööqmuy namorta. Niiqe pu' yaw pam oovi pumuy nan'ik it pahotmalay amumi oyat pu' yaw amumi pangqa-wu, "Uma hapi yuk kwiniwi pöqangwwawarpimini. Pay uma son put haqamniqw qa tuwa'ytay. Pay uma aw pituqw pay son pep puma ki'yyunqamuy kii'am umumi qa susmataqtiniy. Noq oovi uma put tuwe' pay uma yuumosa awnen pu' uma ason aw kivats-'omi wuuve' pu' uma aqw aa'awnani uma pang waynumqeyuy. Noq pay pep i' so'wuuti qatuuqa sonqa navote' pay sonqa umuy paki'a'awnani. Noq pu' ason uma epeq pakye' pu' uma pumuy amumi tu'awi'ytani hin uma umuusungway put Löwatamwuutit aw pepeq kwa'yqeyuy. Noq pu' ason pay puma kur naanakwhe' pay puma son umungem aw hin qa wuuwayaniy. Niikyangw ason uma pas angqw yamaknikyangw pu' uma ason it amumi oyaniy," yan yaw pam pumuy amumi tutaptat pu' paasat pumuy nan'ik paahot mookiwtaqat amumi tavi.

Paasat pu' yaw puma oovi pangsoniiqe pay yaw puma pas qa suusa haqam huruutit pay yaw antsa naat pu' masiphikiwmaqw yaw aw pitu. Noq pay yaw antsa pangqaqw haqaqw kootalqw pu' yaw puma oovi pangsoniiqe pu' yaw puma aw kivats'omi wupt pu' yaw aqw taynuma. Noq piw yaw hakim tiyooyat pepeq naayawti-kyangw pu' yaw piw a'ni naatutuptinuma. Pavan yaw hakim qa unangwtala. Pu' yaw pam haqawa aqw, "Haw, ya qa hak qatu?" yaw aqw kitaqw piw yaw antsa hak so'wuuti pumuy paki'a'awna. Noq pu' yaw puma pay qa sööwunit pay yaw aapiy put mokiwyay iikwiwkyangw aqw pakito. Noq yaw puma epeq pakiqw naat yaw mima tiyooyat ayaq kwiningyaq yuupaq naayawi. Noq pu' yaw as pam so'am pumuy meewaqw pas yaw puma qa hin qe'tiniqey unangwti. Pas yaw pam as qa suus pumuy meewaqw pay yaw puma put pas aw qa tuqayvastaqw pu' yaw pam murikhoy kwusu. Nit pu' yaw pam pumuy amuminiiqe pu' pumuy wuvaataqw pas yaw paasat pu' puma qe'tiqe pu' yaw ayamhaqam naqlap qatuw-kyangw ananatikyangw kuriy maprita.

Sure enough, he worked until early evening. By this time he had a large amount ready. The sun was still high above the horizon when he completed his task. Then he asked for volunteers to go and deposit the prayer sticks at a shrine. All the hunters who had lost their friend to Löwatamwuuti came forward. But the old man declined their offer. "No, you can't all go. I know you're unhappy about losing your friend and wish to get even with this monster." However, he insisted that only two of them could go on this errand and so picked two of them. After handing each one of them a bundle of the sacred sticks, he instructed them, "You are to go northwest from here to Pöqangwwawarpi. I'm sure you know where that is. There you are bound to see the home of Old Spider Woman and her two grandsons, Pöqangwhoya and Palöngawhoya. Head straight up to it, ascend their roof and announce your presence. The old woman who lives there will surely hear you and invite you in. Upon your entrance tell them how you came to lose your friend to Löwatamwuuti. If they're willing to help, they'll counsel you what to do. Wait until you're about to depart before handing these prayer sticks to her." These were the instructions which the old man had for the two; whereupon he entrusted to each of them a bundle of prayer sticks.

The two boys now embarked on their errand. Without making any stops they reached their destination just when it was getting dusk. Sure enough, they spotted a place from which a light was being emitted. To this place they headed, climbed on its rooftop, and looked inside. Much to their surprise they spotted down below two youngsters wrestling and flinging each other all over the place. They were going at it with great ferocity. One of the messengers announced their coming. "Haw, is anyone home?" he shouted inside. Sure enough, an old woman asked them to enter. Without hesitating, the two climbed down the entrance ladder with their bundles on their backs. And even though they had entered, the two youngsters were still fighting at the far northwest end of the room. Their grandmother bade them stop, but they showed no intention of quitting. Repeatedly she pleaded with them to stop, but they paid no heed to her. Thereupon she snatched up her rod, stepped up to them and struck them both. Now they ceased their fighting and sitting down next to each other kept yelling, "Ouch," while rubbing their buttocks.

Noq paasat pu' yaw pam so'wuuti pumuy amungem hiita aw
tunösvongyaatat pu' pumuy tuuvingta hintiqw puma paasathaqam
pangqe' waynumqw. Noq pu' yaw puma tuumoykyangw pu' yaw
put aw hiita oovi waynumqey put tu'awi'yta. Noq pu' yaw pam
so'wuuti yan navotqe yaw okiw tuwat amungem qa haalayti. Niiqe
pay yaw pam antsa hakniqw put tuwi'ytaqey pangqawu. Pu' yaw
pam antsa pay hak nukpananiiqat piw pangqawu. Niiqe pay yaw
pam pumuy amumi pangqawu pay yaw ason pam imuy mömuy put
angk hoonaqw pu' ason pay puma sonqa put aw amungem naa'oy-
niqat yan yaw pam pumuy amumi lavayti. Yan yaw puma lomana-
vot pu' yaw puma pangqaqw ahoy kiimi. Niikyangw puma yaw
mooti put mookiy pep pumuy amumi oyat pu' pangqw yama.

Pu' yaw pumuy yamakmaqw pu' yaw pay piw ima tiyooyat
mooti put hiita mookiwtaqat awniiqe pu' yaw put suupurukna. Noq
yaw pam paaho pangqw oongaqw mooti wukovangawta. Noq pu'
yaw puma pay put tuwat qa hin tsuyakt pu' yaw paysoq put angqe'
wahinumqw pu' yaw so'am pumuy amumi a'ni itsivuti. "Huvam qa
paysoq kyan'ew put pang wahinuma'a. Taq pi pam hak put aw hin-
'ur tumaltaqw puma put pew itamungem kima," yaw pam kitaaqe
yaw pumuy amumi a'ni itsivu'iwta.

Noq pas yaw puma put soosok ayo'haqami maspa. Noq piw
yaw put mookit sus'atkyaqe yaw piw lööyöm awtahoyat paas ho'y-
kyangw pu' piw lööyöm tatsit paas piw tatsimrikhot enang qaatsi.
Pu' yaw puma put tuwaaqe pavan yaw puma haalayti. Niiqe pay
yaw puma panis put tuwat pu' pay yaw puma piw put awtay ang
sukw nan'ik hoohut tsokyat pu' yaw pay piw naamu'aniqey yan
hingqawkyangw yaw nangk put tunipiy tumosi'ynuma. Noq pu'
yaw so'am piw amumi as a'ni itsivutiqw qa hin yaw puma tuwat
tsawnat tuwat yaw puma put soy aw taya'iwkyangw naat pep
pantaqw pay yaw i' Palöngawhoya paavay suukuriveq mu'a. Pas
paasat pu' yaw puma piw naangu'aaqe pu' yaw piw naayawtiva.
Noq pu' yaw pumuy so'am hin hintsakkyangw pu' yaw piw pumuy
hisatniqw nahoylangakna. Paasat pu' yaw pam pumuy amumi
tu'awi'yta hak pam himu Löwatamwuutiniiqat. Pu' pay yaw puma
piw put soy aw naanap hingqawtikyangw aw tuuqayta. Son pi yaw
löwa tama'ytaniqw piw yaw pam panhaqam pumuy amumi hing-
qawlawu. Hikis pi yaw put mo'a'at qa tama'yta. Yaayan yaw puma
put aw hingqawtikyangw put soy aw taya'iwkyangw pu' piw put
oovelanta. Noq pay yaw puma kur navoti'yta puma put awtahoyat
akw hapi yaw put Löwatamwuutit niinaniqw oovi yaw puma
pumuy amungem put kwusiva. Pu' paasat piw yaw pumuy so'am
pumuy amumi paas tutapta hintini puma mootinit pu' ason puma

The old woman placed some food before the visitors and inquired as to the purpose of their visit at such a late hour. Still eating, the two explained the reason for their visit. When the old woman learned of the tragic events she sympathized with them. She said she knew exactly who that female was. No doubt, she confirmed, that person was evil. She then promised to send her two grandsons, the Pöqangw Brothers, after her to avenge their friend's death. Upon receiving this good news the two messengers returned home. But before they left they handed the bundles of prayer feathers to their hosts.

No sooner had the youths departed than Pöqangwhoya and Palöngawhoya rushed up to the bundles and quickly unwrapped them. Lying on the very top they found a huge heap of prayer sticks. Without any appreciation for these they scattered them about. Their grandmother chastised them harshly for this. "Don't you be throwing those things about in such a wasteful way. Someone worked hard on them and those two brought them here for us," she said furiously.

But the two boys flung the entire collection aside. And then, much to their amazement, there at the very bottom of the bundle lay two miniature bows complete with arrows. In addition, there were two shinny balls with matching sticks. When the brothers discovered these they were overjoyed. The moment they discovered them, they grabbed hold of a bow, placed an arrow on it and went about aiming at each other, threatening to shoot. Once more their grandmother voiced her displeasure. The two, however, were not easily scared. Instead, they laughed at her, and during this time Palöngawhoya shot his older brother in the butt. Immediately, they grabbed hold of one another and began to fight all over again. After trying various ways to stop them, their grandmother finally succeeded in pulling them apart. Thereupon she began telling them who this Löwatamwuuti was. While they listened to their grandmother, however, they were making all sorts of remarks. How could she be telling them of a vagina possessing teeth? That was impossible. Especially when her own mouth was without teeth. All these things they kept saying to her, laughing and making fun of her at the same time. But Pöqangwhoya and Palöngawhoya also knew that they were expected to slay this Löwatamwuuti. For this reason the two messengers had brought the bows for them. Their grandmother now instructed them what they were to do prior to destroying that Löwatamwuuti. They declared they would indeed be quite willing to do away with her on

put niinaniqat. Noq pay yaw puma qa hin naawaknat pay yaw sonqa pumuy amungem pantiniqey pangqawu. Pay yaw puma pan put hiita naat pu' makiwqey pan yaptaniqey pangqawu.

Qavongvaqw pu' yaw puma pay pas mooti taawanasapnöst pu' yaw kiy angqw yamakqe pu' yaw oovi pangsoq Masiipamiqwat makhoytimakyangw pu' pay yaw piw tatatstima. Naat yaw puma pantsakmakyangw pay yaw puma haqam taavot sen sowit warikne' pu' pay naat qa wuuyavo ngöyvat pay yaw piw niinangwu. Pantsakmakyangw pu' yaw puma pangso pep haqam puma tootim tuusö'ytaqat ep maktootokqat aw pituuqe pu' yaw puma pay paasat pep put tuuniy siikwantiva. Noq su'aw yaw puma pangso pituqw yaw taawa naat pu' paasat pakito. Noq pay pi yaw puma suyan put hakiy nuutaytaqe pay yaw oovi naanahoy yortikyangw pep put pantsaki. Hisatniqw pi yaw pam amumi naamataqtani.

Noq puma yaw put tuuniy siikwantaqe puma yaw oovi paas pumuy siikwantaqe yaw oovi pay pas puukyayat ponovasa paatokput maatapngwu. Niiqe pay yaw puma kur oovi su'aw pakwt naalöqmuy qöya. Paasat pu' yaw puma tuwat qööqe pu' yaw pangso sikwitpe'ykyangw pu' yaw piw paas pumuy puukyayamuy lakni'yta. Noq pay yaw pam puuvukya mooti kur lakqw pu' yaw puma oovi put kimakyangw pu' yaw put tuusöt yuumoqwat paki. Pepeq pu' yaw puma put ang it qalavit hurumokyaatat put paasat haqe' pam tsikpuniqw pu' yaw puma pang put paas tuu'iha. Paas yaw kur puma piw put qalavit maskya'ynuma, sampi tutavot ooviniiqe. Pantit pu' yaw puma put hiita ngahut akw soosok pavoya. Put yaw pay so'am piw paas pumuy maskyatoyna. Yanti yaw pumanit pu' yaw puma put hiita pay pep iip mokmani'yta.

Noq pu' yaw puma oovi pep iip pay qatukyangw put sikwitpey tuumoytaqw pay yaw pas oovi hihin mihikiwtaqw pu' yaw puma navota yaw pumuy amumi himu hoytaqw. Niikyangw pay yaw puma tuwat qa hin tsawnat pay yaw puma pas tuumoytaqey qa qe'ti. Naat yaw puma oovi pep kwangwatumoytaqw pay yaw pumuy amumi himu pitukyangw yaw antsa pay piw pan kwasay hölölni'ykyangw amumi hoyta.

Noq pay pi yaw puma navoti'yta pam himuniqwniiqe pay yaw puma atsatsawnaqey unangwtiqe pu' yaw utitikyangw yaw suqtuptut pu' yaw tuwat pangsowat yuumoqwat wari. Paasat pu' yaw pam himu pumuy amungk pan suusus hoytimakyangw yaw pan kwasay hölökni'yma. Pu' yaw pay mootiwatniiqat ep pan put löwa'at wukotsaatsangwtima. "Is utiy! Ya i' himu pas qa soniwqa sumataq okiw itamuy sumataq hintsanniy?" yaw puma naami kitikyangw yaw pangsoqwat yuumoqwat hoyta. Paasat pu' yaw

behalf of the Oraibis. In this way they would truly earn the gifts they had just received.

The following day the brothers ate their noon meal first and then set out from their home. Proceeding toward Masiipa they went along hunting and playing shinny ball at the same time. Every so often they would flush out a cottontail or jackrabbit and usually dispatched it after a short chase. Eventually, they reached the rock shelter where the young hunters had camped. Here now Pöqangwhoya and Palöngawhoya began skinning their prey. They had arrived with the sun just dipping over the horizon. The two brothers were of course awaiting the arrival of the monster woman, so their heads were darting back and forth as they went about their task. They had no idea when she would show herself to them.

As they were dressing the rabbits, they were careful to leave them with their hides split only along the stomach. Apparently they had bagged fourteen. Next, they built a fire, and as they roasted the meat on the embers, they carefully dried the rabbits' pelts. These pelts were soon dry, so they took them to the back of the cavern. Here they stuffed them with hard pebbles, and sewed them shut. Evidently they had come prepared, bringing these pebbles with them, in line with the instructions they had been given. Next, they chewed some herbal medicine and sprayed it on the stuffed skins. That too their grandmother had provided for them beforehand. This accomplished, they went back out, lying in wait for the monster.

The two brothers now sat there at the mouth of the cave eating their roasted meat. Meanwhile, the night was quite a bit darker. Suddenly, they heard something moving toward them. But they were not in the least frightened and continued eating. They were still savoring the roast rabbit when they spotted the female advancing toward them. She approached them with her dress raised up.

Pöqangwhoya and Palöngawhoya were of course well aware who she was. Pretending to be scared by her, they yelled shouts of terror as they jumped up and scrambled toward the back of the cave. The horrible creature followed them, shuffling along still with her dress hiked up. Just as during her encounter with the hunters her vagina was snapping open and shut as far as it could stretch. "How frightening! Who is this awful thing that seems to be bent on harming us?" they were asking each other while retreating into the inner part of the cavern. By now Löwatamwuuti had reached the narrow

pam himu pangso hiisaq qeni'ytaqat aw pituuqe pu' yaw pay pep
wunuptu. Löwa'at hapi yaw amumi tsaatsangwa.

Pu' yaw i'wa Pöqangwhoya put tupkoy aw pangqawu, "Itaatu-
niy ep sukw kwusut kur löwamiq tuuva'ay. Pi pam sumataq tsöng-
mokiwtaqw oovi pas löwa'at mo'ayat an taptoynay," yaw pam put
aw kitaqw pu' yaw pam oovi pay qa suukwnit pay yaw paykomuy
put aw kima. Paasat pu' yaw pam sukw paavay aw taviqw pu' yaw
puma nangk pu' löwamiq tuuvaqw pay yaw pam put kwangwangu-
'at pu' yaw pay put tuumoyva. Niiqe paasat pay yaw pam qa navota
pam qalavit enang tuumoytaqey. Pam wuuwaqw pam yaw pay put
taptunit ööqa'at. Paasat pu' yaw puma pas naama put tuuniy aw
yukutoqe put yaw puma nangk put aw put tutuva. Paasat pay yaw
puma taya'iwkyangw. Pas yaw haqe'niqw pu' yaw kur pam Löwa-
tamwuuti navota qa sikwitsa tuumoytaqey. Pay yaw paasat kur put
löwayat tama'at kookontiqe pay yaw tuyva. Pu' yaw pam pay paasat
suuqe'tit pu' yaw pam löway aw yooto a'ni pam tuyvaqw. Noq naat
yaw pam pu' put aw yootokq pay yaw pam put sukwat malatsiyat
angqw suukyatku. Paasat pu' yaw pam pay maywat ayo' suutavit
pu' yaw aw taynuma. Paasat pu' yaw puma Pöqangwhoyat put
eykikitaqat aw warikqe pu' yaw puma put hoy aqw mumu'lawu.
Niiqe pay yaw puma pas put unangwayatsa mamavisqe pay yaw
oovi naat qa wuuyavotiqw pay yaw Löwatamwuuti angqe' wa'ök-
mat pay yaw okiw mooki.

Yanhaqam yaw puma naatupkom put hintsanqe yaw pumuy
Orayvituy amungem put aw naa'oyay. Naat kya oovi pam Löwa-
tamwuuti pepehaq pan mokpu wa'ökiwta. Sen pi pay pu'haqam
paas peekye. Pay yuk pölö.

passage of the cave. There she halted, with her löwa opening and closing toward the two brothers.

Pöqangwhoya now said to his younger brother, "Pick up one of our rabbits and toss it at her. She seems to be hungry, that's why her löwa is smacking its lips just like a mouth." Palöngawhoya did as bidden, but instead of taking only one he grabbed three of them and lugged them over to him. Upon handing them to his elder brother the latter flung them one after the other into her löwa. The monster caught them with great ease and started devouring them. At this moment she still had not realized that she was crunching stones that were wrapped inside. She thought that those were the bones of the rabbit. Both brothers now scurried back to their prey and, scooping the rabbits up, took turns throwing them at her. They couldn't help but laugh. A good amount of time had elapsed when Löwatamwuuti finally realized that she was not just eating meat. Her löwa's teeth were breaking off, which caused her pain. All of a sudden she stopped chewing and grabbed for her organ when the pain became excruciating. The instant she grabbed for it, it bit off one of her fingers. Quickly withdrawing her hand she inspected it. At this moment the Pöqangw Brothers ran toward the groaning woman and began shooting her with their arrows. They aimed only for her heart, and it was not long before Löwatamwuuti plopped over and died.

Destroying her in this manner the two brothers avenged the Oraibis. Perhaps Löwatamwuuti is still lying there lifeless. More likely she has completely rotted away by now. And here the story ends.

Kwasisonwuuti

Aliksa'i. Yaw Qa'ötaqtipuy ephaqam yeesiwa. Pu' pay yaw piw ang
haqe' Huk'ova pu' pay piw Tiposqötva, pay paavang kitsokinawit
yaw yeesiwa.

Noq yaw pep Qa'ötaqtipuy ep pay tatkyaqöymiqwat aqw hin'ur
tuupela'yta. Noq yaw pephaqam i' hak Huk'ongaqw tiyo nöömata,
pep Qa'ötaqtipuy epe'. Noq yaw pam maana mootiniqw as pay pas
qa hakiy naawaknangwu. Pu' yaw pam hak piw pas lomamana. Nit
pay yaw pam tiyo put maanat aw pituqw pay yaw kur pam put
hiiyongtiqe pu' yaw pay oovi sonqa panhaqam piw hintiqe pam it
hakiy tiyot amumti. Amumtiqw pu' yaw pam pep put amum qatu.

Noq yaw pam i' wuuti tuwat kwasisonaniqw pay yaw pam taa

3

The Man-Crazed Woman

Aliksa'i. People were living at Qa'ötaqtipu. In addition, they were settled in the villages of Huk'ovi and Tiposqötö.

At Qa'ötaqtipu a boy from Huk'ovi had taken a wife. At first, the girl had not loved anyone. But she was very beautiful, and when she met this boy she grew to like him, fell in love with him, and married him. Now the two were living there as husband and wife.

It so happened that this woman was man-crazed, and since her husband did not satisfy her at all, she disliked him and abused him. The mistreatment he received living with her was such that he finally became ill from it. As a result, the man began to sulk, and whenever he was in this mood, there was no telling what he would

qa put nöömay qa pas aw hintsakngwuniqw pay yaw wuuti putakw
put koongyay qa himuti. Pu' pay yaw pam paasat put koongyay qa
himutiqe pu' yaw pam wuuti pay oovi paasat put pay tutukpani'yta.
Noq pu' yaw pam taaqa pep tutukpanqaqtuqe pay yaw pam putakw
tuutuyti. Pu' yaw pay qöviste' hinwat hintingwu. Pu' yaw pam pan-
te' pu' yaw pam pangsoq haqami pam taatöq tumpoqnen pu' pepeq
pangsoq tsokiwtangwu. Pu' yaw pam paasat hintsaniwe' paavan
wuwniwuysaningwu. Pay as yaw pam hinte' pay paapu qa put
amum qatuni. Pu' yaw pam as pi'ep pangsoq tso'okniqey unangw-
tingwu, aqw tatkyaqöymiq. Pu' pay yaw pam qa suutaq'ewte' pu'
pay yaw piw angqw ahoy pangso nömakiy aw nimangwu. Nii-
kyangw pay yaw pam put amum pas qa kwangwaqtu.

Noq pay pi hisat paavantsatskyangwu, yuyutlalwangwuniqw
pay yaw pam oovi nuutum paavantsakngwu asa'. Niiqe pay yaw
pam hak piw hin'ur warikngwu. Niiqe yaw puma ephaqam wungw-
payaqw pay yaw amungem mootitangwu, put qööngöt wupna-
ngwu. Pu' piw yaw pay hin'ur pasva'. Yaw pasva unangwpakiw-
taqe pam yaw oovi pang piw hin'ur tumala'ytaqe pay hin'ur hiita
tsovalangwu, natwanit. Niikyangw pay yaw pam put wuutit aw qa
himu. Pay kya pi yaw pantaqat wuutit aw paavam pay qa himuni-
ngwuniqw pam wuuti yaw oovi tuwat put kwasit pas momitavi'y-
taqe put koongyay qa himu.

Noq pu' yaw suus piw pantsaniwqe pu' yaw pam piw pangsoq
tumpoq qatuwkyangw yaw okiw wuwanmomoki. Niiqe ep yaw
pam pangsoq qatuwlawkyangw pan yaw piw wuuwanta, "Pay pi
nu' pu' paapu aqw tso'okye' pay nu' paapu qa ahoy awni. Noq pay
nu' pante' paasavo pep tutukpanqatuni. Pay pi son pas hak nuy
kyawnani. Pay pi nu' qa hakiy yep inömay kitsokiyat ep sino'yta.
Pu' hikis pay naap ikiy ep nu' qa hakiy pas sino'yta." Yan yaw pam
wuuwankyangw pangsoq qatuwlawu. Pay yaw oovi paasat pas
tapkiwmaqw pu' yaw pam naa'angwuta. Paasat pu' yaw pam kur
suutaq'ewtaqe pu' yaw pam pangsoq tso'o. Noq pangsoq pi yaw
pavan wuupa tuupelaniqw pam yaw oovi panmakyangw pu' yaw
hisatniqw atkyaq yeeva. Pu' yaw pam pepeq yeevaqe yaw okiw
sumoki. Niiqe pam yaw oovi qa navota hintiqey.

Pas yaw hisatniqw pu' yaw hak put aw kur pituuqe yaw put aw
hingqawlawu. Paasat pu' yaw pam yan unangwtiqe pu' pam yaw
taatayi. Noq hak yaw put aw qatuwta. Niiqe pu' yaw aw pangqawu,
"Qatuptu'uy," yaw aw kita. "Um hintiqw oovi naap yanhaqam
hintsakiy?" yaw aw kita. "Pay um qa pas yantinikyangoy," yaw aw
kita. "Um himu naap naatuholawu. Naap um himu naami nukpan-
tiy," yaw pam hak aw kita. "Um pi qa yanhaqam hintsakt um pi

do. Usually he wandered out to the mesa edge on the southeast and just sat there, his mind full of worries. He had no real desire to go on living with his wife any more. Every so often he felt like throwing himself down the cliffs on the southeast side. But then he would not have the courage to follow through, and would return to his wife's home again. His married life was one great misery.

Long ago people used to have races, and this man participated with the others in this kind of activity. He was an excellent runner, and whenever there was a kickball race, he came in first for his group, kicking the ball up to the mesa top. He also was an industrious farmer. He really had his heart in his fields. He worked hard in them and in return harvested large crops. That, however, did not impress his wife, for to a man-crazed woman such as she, running and farming meant nothing. The thing that mattered most to her was his kwasi, so her husband was nothing to her.

One day the man, who had been abused by his wife, was again sitting by the mesa edge, fraught with worries. As he sat there he kept thinking, "If I jump off here, I won't have to go home and suffer her mistreatment any more. She won't feel any sense of loss. Nor do I have relatives in my wife's village. Even in my own village I have no relatives." This is what went through his mind as he was sitting there. When evening came, the man finally overcame his inhibitions and was willing to go through with his suicide plan. As a result, he flung himself down. The cliff at this place was rather high, and it took a while until he struck the ground. The instant he did, he passed out and was not aware what had happened to him.

Some time later someone came along, talking as he approached the man. At this point the man came to again and opened his eyes. A stranger was sitting by his side and said to him, "Get up! Why are you doing this to yourself? You shouldn't have done such a foolish thing! How could you hurt yourself of your own free will? How could you wrong yourself in this way? You should have asked somebody for medicine. There is a medicine for your problem you know."

hakiy aw ngatuvingtanikyango. Pay put engem piw ngahu oyiy," yaw pam put aw kita.

Pas yaw pam hak kur aw kya pi maatsi'ytaqe yaw oovi yan aw lavayti. Noq yaw pam kur mi' himu honani. Pam yaw aw pitu. Piw yaw kur pam pephaqam ahayp piw ki'ytaqe yaw oovi pangqw kya pi put aw tunatyawtangwu pam pangsoq qatuwtangwuniqw. Niiqe pay yaw pam put aw maatsi'ytaqe yaw oovi pam pantiqw pu' yaw pam put awi. Niiqe pu' yaw pam kya pi put aw pangqawu, "Noq um as qa pas yanhaqam hintsakt um put tuuvingtaqw pay son hak uumi as qa ngahutaniy," yaw aw kita. "Pi pay put hiita engem ngahu oyi. Pay pi musnga oyi," yaw aw kita. "Niikyangw put uuhot-'öqay um hapi qöhikna. Niiqe put akw pi pay um son naat pas pay iits kwangwahintini. Pu' nu' pay put hin aw yukuniy," yaw aw kita. "Put nu' pay aw qa tuwi'ytaqe nu' son oovi put aw yukuni. Niikyangw it musngat pay nu' himu'ytay," yaw aw kita. "Pay nu' putsa ung maqani. Pu' nu' ung put hintsanniqat pay nu' put uumi tutaptaniy," yaw aw kita. "Niikyangw pay um sonqa qalaptuni. Pu' pay son um hintiniy," yaw aw kita. "Pi qa uu'unangwa hintiqw pay oovi um son hintini. Son um mokni," yaw aw kita. "Niikyangw hinwat pi um hinkyangw qalaptuni. Niikyanw pay um nawus pankyangw ason ahoy awni. Pu' nu' ung put musngat maqanaqw um put ason naami ngahutani. Put um hapi naami ngahute' put um hapi son akw qa hin'ur put natkot tumala'ytamantani. Put um natkot tumala'yta-mantanik put um ang sowe' paasat pu' um pas hin'ur tarukni'y-kyangwmantaniy. Pu' um pantinik pay um put hiisakw angqw sowamantaniy. Pu' um naat pay qa kwu'ukt pu' um pay put paa-layat uututsvalay akw uupi'alpehaqam hiisaq lelwimantaniy," yan yaw pam put aw tutaptat pu' yaw antsa put put hiita musngat ngamaqaqw pu' yaw ahoy nima.

Noq pas yaw put ang hin'ur tuutuya. Noq pay himu haqam hintiqw pay pi yaw pam honani put aa'awna hoota'at qöhikqat. Noq pu' yaw pam pantiqe paapiy pu' yaw pam pay pepehaq oovi nawus pankyangw qatu. Pay yaw pam hin hintsakkyangw yaw pangso haqami tupo naahölökintaqe pay yaw oovi pankyangw pepehaq qatungwu.

Noq pu' pam nööma'at pi pay pan aw itsivu'iwtaqe, iingyaw-taqe pay yaw pam oovi qa pas put pas hin kyawna pam qa pituqö. Pay pi yaw haqami pi pami'. Noq pay yaw qa hak put oovi hin navoti'yta pam haqaminiqw. Noq pu' yaw pay pi pam nööma'at pan qahop'iwtaqe paapiy pu' yaw pam put qa pitsinaqe tis'ew yaw oovi haahakimuy tootokna. Pas pi yaw aasakis mihikqw piw pay yaw hakiywat puwnangwu. Pas pi yaw kwasit nanasana. Niikyangw pay

When the man heard the stranger talk like that, he recognized who it was. It was no other than Badger, who had his den nearby. From there he had observed the man as he sat by the precipice again and again. He knew what had been on his mind and had come over to him after he jumped down. Once again Badger spoke. "Rather than jumping off you could have asked for help. Someone would have prepared a medicine for you. You know, there's a remedy for this. It's stiffening medicine," he revealed to him. Then he continued, "No doubt, you broke your spine. Because of this injury you won't get well right away. I certainly can't help you with that. That's not within my power. But I do have this stiffening medicine. That I can give you. And I'll tell you how to use it," he said. "Anyway, you'll recuperate. After all, it wasn't your heart that got damaged. You won't die. Somehow you'll get well and manage to get back home. The stiffening medicine that I'll give you now you must take later. Once you take it, you can couple all you want. Just make sure you swallow the medicine before you're going to have sex. Then you'll always be able to hold a strong and stiff kwasi. You only need to bite off a little piece of the medicine. Also, before you swallow it, always rub a little of the juice together with some saliva on your hips." With that Badger handed him the erection remedy and trotted back home.

The man was in great pain. Obviously, something was injured. Badger had told him that his spine was broken. Hence, the man felt he had no choice but to stay there at the bottom of the cliff. Somehow he succeeded in dragging himself to its base and there he stayed.

His wife, meanwhile, did not miss him when he failed to return. She had no idea where he might have disappeared to. Nobody else, for that matter, knew where he was. His ill-behaved wife thus, when her husband did not show up, spent her nights with all sorts of men. Every time it turned dark she would sleep with somebody else. She really was getting her fill of kwasi. At no time was she worried where her husband was. It never even occurred to her to search for him, for the boys and men continued seeking her out to have sex with her.

yaw put oovi qa hin wuuwantangwu pam haqaminiqw. Pu' pay piw
yaw qa hin angqe' hepnumniqey wuuwanta. Pu' yaw pay kya pi
tootim taataqt put aqw pantsatskya.

Panmakyangw pu' yaw pay oovi hihin pay wuuyavotiqw pu'
pam taaqa piw ahoy kwangwahinti. Pay yaw pam oovi ahoy qatup-
tuqw pay yaw put as qa haqe' tuutuya. Niikyangw pam yaw kur put
hootay pas hin'ur hintsanqe yaw oovi paasat pööla'yta. Nit pu' yaw
pam tutavoyat u'na, put honanit. Niiqe pu' yaw paasat oovi pam put
ang wuuwanlawkyangw pu' yaw pam pan, "Pay pi nu' ahoy aw-
niy," yaw yan wuuwaqe pu' yaw pam pangqw oovi paasat wupto.
Pay kya pi haqe' piw oomiq pöhuniqw pu' pam oovi pangsoniiqe
pu' pay pangqw oovi aw wupkyangw pu' pay haqam pi ki'ytaqe
pay yaw oovi pam yuumosa pangso', pay tapkiwtaqw yawi'. Pu'
yaw pam ep pitu. Niikyangw pam yaw haqam it sihut angqw sit-
kota, pay kya pi yaw taala'niqw oovi. Pu' yaw pam put haqam
angqw pantiqe pu' pam put pang uuyi'yma, pangso, nöömay awi'.
Noq pu' yaw pam ep pituqw pay yaw pam nööma'at put suuma-
matsi. Noq pay yaw pam kya pi tsuyakqw yaw pam oovi ep pituuqe
pu' yaw put aw put ngöytiwa. Ngöytiwqw pu' yaw put angk pan
yottinuma. Pu' yaw pam put pep ngöynuma, pay pep kiy aasonve.

Noq pam pi yaw pay put ngaata, put ngahut pam yaw honani
maqanaqw pam yaw put pantit pu' yaw pam awi'. Niiqe yaw oovi
pam pay pas pan unangwa'ykyangw yaw ep pituuqe pu' put oovi
put aw ngöytiwqw pay yaw pam put angk pan yottinumkyangw
pu' put nawkiqe pu' yaw put sihut haqami oovi hintiqw pu' paasat
pay yaw pam put nöömay ngu'aaqe pu' yaw pay aw pitisna. Pay
yaw pam pas pan unangwa'ykyangw ep pituuqe pay yaw oovi put
aw suuhintsantiva. Pu' hapi yaw pam wuuti tis kwasisonaniiqe yaw
oovi tsuya. Pu' yaw ep oovi puma teevep pep naama pantsak-
kyangw pu' yaw pas tapkina. Pas yaw puma oovi hisatniqw pu'
nöösa. Pu' yaw puma pay panis nöst pu' yaw puma ep mihikqw
puwniqw pu' yaw pam tookyepniiqe yaw okiw put qa puwna,
nöömayu. Pas pi yaw pam put hin'ur tumaltoyna. Tookyep yaw
pam put tsoplawu. Pu' yaw nuwu taltimi pam nööma'at pu'sa
öönati. Pas pi yaw kur pam haqam pan hin'ur mushongvitiqe pavan
yaw pam put qa puwna. Pu' yaw puma oovi taalawna.

Noq pu' yaw pam honani piw put hiitawat ngahut enang kur
maqa. Noq pamwa yaw himu tos'iwtaqaniqw put yaw pam ason put
nöömay löwamiq siwuwuykinani. Noq pu' yaw pam oovi ep mi-
hikqw puma naat pu' piw suus pantininiqw pu' yaw pam put nöö-
may löwamiq put hiita ngahut pantsankqw pay yaw pam okiw ep
qavongvaqw wari. Pay yaw tuskyaphinti kya pi pamniiqe pu' yaw

Quite a bit of time passed until the man got well again. He had recovered to the point where he felt no pain any longer. However, since he had badly injured his back, he had a hump now. He remembered Badger's instructions. Reflecting upon them he said to himself, "I'll go back to her." With that he took a trail up the cliff leading to the mesa top. Once there, he headed straight for home. It was late evening when he arrived. Somewhere along the way he picked some flowers, for it was summer, and came back to his wife with flowers in his arms. She recognized him at once. When he noticed that she was glad to see him back, he went up to her and held the flowers out to her. Playing with her in this way, the man ran away as his wife grabbed for the flowers. She kept chasing her husband around inside her house.

The man, of course, had taken the medicine Badger had given him before his homecoming, and he had arrived in a mood for sex. For this reason he teased his wife with the flowers. She pursued him all over, reaching for them, and finally wrested them away from him. No sooner had she put them down somewhere than her husband grabbed her and started making advances to her. So aroused had he been at the time he arrived that he immediately started copulating with his wife. Being the man-crazed woman that she was, she was elated. Consequently, the two had intercourse there all day long. Finally, it became evening and they had supper. As soon as they were done they went to bed. But the man did not let his wife sleep. He really worked on her and coupled with her all night long. By the time the morning dawned his wife was finally satiated. She couldn't take any more. Evidently, her husband had become so potent that he did not let her sleep. And so both made it to the new day.

The man had also received another medicine from Badger. This one was pulverized and he had been instructed to sprinkle it into his wife's löwa. The man had done so just before they were going to have intercourse one last time. As a result, she became crazy when morning came. Evidently, she did not feel well when she woke up and could not bear to sit still. It was after midday when the woman went raving mad. First she tore off all her clothes. Then she ran to the same place where her husband had jumped off the cliff. Hurling herself down, the poor wretch died instantly. This is how her husband got his revenge.

pay hinkyangw taatayqe pu' yaw pay pam ep qa sun yanta. Pay yaw pan oovi pan taawanasaproyakiwtaqwhaqam yaw pay pam pas pan wari, pam wuuti. Pu' yaw pam yuwsiy soosok maspat pu' yaw pangsoq aqw pam koongya'at tso'okqw pangsoq yaw pamniiqe pu' yaw pam pangsoqhaqami tso'okqe pay yaw pamwa okiw sumoki. Yan yaw pam tuwat put aw naa'oya.

Niiqe aapiy pu' yaw pam pay oovi pep nalqatngwuniqw pu' paasat yaw puma pep momoyam pay yaw paasat pas put naap aw sasqaya. Yaw pam paapiy pumuy momoymuy kwangwa'ewlawu, pan hin'ur mushongvitiqe. Pay yaw aapiy put pan tuwi'yyungwa, Kookopölö, yaw pan pööla'yvaqw. Pas pi yaw pam mansonve yortinuma. Noq pam oovi yaw put hiita taawi'ykyangw wunimangwu:

> Kookopölölö, Kookopölölö
> Hita'nagwvöla'yta, hita'nangwvöla'yta.
> Kookopölölö, Kookopölölö
> Hitaavölmoki'yta, hitaavölmoki'yta.
> Ikuywikiy nu' pööla'yta.
> Kookopölölö paavönmanatuy
> Kiisivitu, kiisivitu
> Vövövö.

> Kookopölölö, Kookopölölö
> Wuutaqa, wuutaqa.
> Kookopölölö, Kookopölölö
> Wuutaqa, wuutaqa.
> Um nuy kuysivut kuysiptoyanani.
> Kookopölölö, wuutaqa.
> Aayay vövö, aayay vövö
> Vövö, vövövövö.

Paapiy pay yaw himuwa wuuti piw pas sonqa awningwu. Noq pu' yaw pay kya pi pam nuutuupa pan hintsaknumkyangw pu' yaw pam son hiitawat piw qa nö'yilangwu. Nuwu yaw puma tsaatsayom pep wuuhaq'iwma, put atsviyo. Pas yaw himuwa son engem qa tiitangwu. Noq pu' yaw pay puma tootim taataqt piw oovi qa tsutsuya pam yaw naala mamantuy kwangwa'ewlawqw, yaw putsa aw homtaqw. Niiqe pay yaw pam oovi pan soosokmuy nöömata.

Noq pu' yaw hisat pam hak maana put engem piw tiita. Tiitakyangw yaw manawyat pam tiita. Noq pu' pay yaw puma kwitavit oovi piw put pan naawinya yaw puma put aw tuwantotani. Noq pu' yaw pam hak maana put engem tiitaqa piw yaw pas hak lomamana. Pam yaw hak pep kitsokive pas susnukngwaniqw paniqw yaw oovi

From that day on the man lived alone, but the women kept flocking to him on their own accord. He really enjoyed them because he was so potent now. Due to his hump he became known as Kookopölö. Wherever he looked, there were girls around him. So whenever he danced, he would sing the following song:

Kookopölölö, Kookopölölö
Having a hump but always helping the women.
Kookopölölö, Kookopölölö
His hump being filled with helpfulness.
I have my water jug in my hump.
Kookopölölö, to the Paavön girl
became as a shade, came as a shade.
Vövövö.

Kookopölölö, Kookopölölö
Old man, old man.
Kookopölölö, Kookopölölö
Old man, old man.
Give me a water vessel.
Kookopölölö, old man.
Aayay vövö, aayay vövö.
Vövö, vövövövö.

From that time on the women kept seeking him out all by themselves. And he, having intercourse with them, got them pregnant. Meanwhile, the number of children was increasing because of Kookopölö. There was not a woman who had not borne a child by him. The boys and men were not happy at all that Kookopölö alone was enjoying all the girls. They were flocking to him only, so in a way he had them all as wives.

One day a young woman gave birth to a child. It was a girl and Kookopölö was the father. At this point the Turd People decided to put him to the test. The woman who had borne Kookopölö's child was extremely beautiful, the prettiest girl in the entire village. It was no wonder the Turds were jealous. They insisted that the baby girl was not Kookopölö's offspring and intended to take his wife away.

pas puma kwitavit pay piw qa tsuyti. Niiqe pay yaw pam manawya
qa put Kookopölöt ti'atniiqat puma pangqawkyaakyangw yaw put
nöömayat nawkiyani. Niiqe pay yaw puma kwitavit pas yan pumuy
aa'awnaya. Niikyangw pu' yaw puma pumuy amumi pangqaqwa,
kur yaw soosoyam haqami tutskwami hiita sitkotawisni. Kur yaw
pam manawya pas suyan put ti'atnen yaw pam put nay sihuyat
kwusunani.

Niiqe pu' yaw puma oovi haqami put tokiltota. Niiqe ep pu'
yaw aw talöngvaqat ep pay yaw puma kwitavit mooti atkyami
hanqe pay yaw puma mooti angqe' it pas susnunukngwat, suslolmat
sihut sitkototaqw pay yaw paasat qa himu pas nukngwa peeti. Noq
pay yaw i' Kookopölö pay okiw it mansitsa pangqaqw yankyangw
tuwat ahoy.

Pu' yaw puma aqw oomiq yayvantqw pepeq yaw tumpoq i'
lomamana put tiy manawyat yaw tsöpkyangw pangsoq qatu. Pu'
yaw himuwa put aqle'nen pu' yaw as put tiposhoyat manawyat aw
sihuy iitaqw pay yaw pam pas qa ngas'ew hiitawat himuyat aw
ponimtingwu. Pas qa ngas'ew yaw hiitawat himuyat aw maavuyal-
tingwu.

Pu' yaw pay pas nuutungkhaqam pu' yaw pam Kookopölö
angqw wupto. Put mansit yaw pam sitko'yma. Pu' yaw pam aw
pituuqe yaw aw iitaqw putsa yaw himuyat suukwusuna pam tiposi.
Noq pay yaw puma piw qa tsuyti. Pay yaw kur pam pas put ti'at.
Noq pay yaw qa hak engem tsuya. Pay yaw as qa pam putni. Pu'
yaw as puma hinwat put Kookopölöt hintsatsnani. Nu'an yaw pöö-
la'ykyangw himu pas piw putniqey naawakna. Qa hin pi yaw pam
himu akwni'ewayniqw yaw pam put aw huru'iwta. Qa hin pi yaw
pam himu nahiyong'eway. Yaw puma put yaayan oovelantotangwu.

Noq pay pi yaw panta, pay yaw pam piw pan hin'ur pasvaniqw
pay yaw oovi pam put amumtiqe pay yaw qa hin okiwhinta pam
maana put engem tiitaqa. Noq pu' yaw pay as mima peetu engem
timu'yyungqw pay yaw pam pumuywatuy qa amumtit pay putwat-
sa maanat piw amumtiqw paniqw yaw puma put piw aw unangw-
tutuyaya. Noq i'wa nööma'at pay yaw kur qa motinömayat an
kwasisonaniiqe pay yaw oovi put aw nakwhani'yta. Paapiy pu' pay
yaw pam taaqa piw pay qa haqawat aw unangwtapngwu himuwa
wuuti aw natsop'ö'qalqw. Pay yaw puma oovi naama kwangwaqtu.

They informed the couple about this and encouraged all the men-folks to descend to the plain below the mesa and pick a flower. The baby girl would be the daughter of the man whose flower she accepted.

A date was set, and when the appointed day arrived, the Turds went down and picked the most beautiful flowers, until there was not a pretty flower left anywhere. Kookopölö, poor thing, thus came back with just a single one of the flower called painted cup.

As the men ascended to the mesa top, the beautiful girl sat by the edge with her little girl in her arms. Whenever one of the Turds came by, he held out his flower to the infant, but she didn't so much as turn her head toward it. And she never reached out for what was held toward her.

Kookopölö was the very last to climb up, with his painted cup in his hand. The moment he arrived and held out the flower to the little girl, she grabbed for it. This made the Turds really jealous. Thus it appeared that the child was Kookopölö's, but they still did not approve of him having that beautiful girl. He should not have her. Somehow they would try to get rid of him. How could he love her, humpbacked creature that he was? Not in any way was he lovable. Here he was, a homely and useless man, and yet the girl had given in to him. This is how the Turds criticized Kookopölö.

But things remained as they were. And since Kookopölö also was a hardworking farmer, the girl who had married him and had borne the child for him did not suffer any need. Though he had children by many others, he did not marry them but stayed only with this girl. The other women were heartbroken about this. Kookopölö's new wife was not as sex-hungry as his first and therefore remained with him. From that time on he did not succumb to any other women whenever they had the urge to have intercourse with him. So the couple lived together in peace.

Noq yaw puma taataqt pu' pay engem qa himuyaqe pay yaw as put hintsatsnani. Niiqe yaw pi'ep put aw hinwat tuwantotangwuniqw pay yaw pam piw hin ang ayo' yamakngwu. Noq pay yaw puma oovi kur put hintsatsnaniqw pay yaw himuwa hiita akw hin aw tuwante' qa su'an yukye' pay pam piw mokngwu. Noq pu' yaw pay puma nawus nang'eknayaqe pu' yaw pay aapiy paapu oovi put nawus qa aw hintsatskya. Noq pay yaw oovi puma pep Qa'ötaqtipuy ep yesqam yaw wuuhaqti. Putsa yaw engem tilalwaqw pay yaw puma oovi pas putsa timat pep wuuhaq yeese. Noq pu' pay yaw oovi put kya pi paniqw pay pan maatatve. Pay paapu qa aw hintsatskyaqw pu' pay pam pan hin'ur pasvaniiqe pay pam pumuy soosokmuy songyawnen enang oovi oyi'yta. Pay naat kya pi oovi pam haqam son pi qa qatu. Pay yuk pölö.

The Turds could not stand seeing the girl married to Kookopölö and were constantly thinking of doing something to him. Repeatedly they tested him, but somehow he survived all their schemes. All those who planned to harm him failed in their endeavors, and died. Eventually, they had no choice but to give up and leave him alone. And so the population at Qa'ötaqtipu grew. Since all the children were Kookopölö's, many of his children were living there. For this reason the Turds finally let go of him. They did not molest him anymore, and since he was an industrious farmer, he in a way provided for all of the people there. He's probably still living there somewhere. And here the story ends.

Pesets'olwuutiniqw Atuwuuti

Aliksa'i. Yaw Orayve yeesiwa. Pu' pay yaw piw aqwhaqami kitso-kinawit yeese. Noq pu' yaw piw pep Orayviy tatkyaqöyvehaqam yaw piw ima pevesets'olt haqaqw korongaqw ki'yyungwa. Niiqe pay yaw puma tuwat pephaqam wukoyese. Pu' yaw pay piw pu-muy amuhayphaqam yaw ima atuut piw tuwat ki'yyungwa. Pay yaw puma piw tuwat pevesets'oltuy su'amunhaqam pephaqam kyaasta.

Noq pu' yaw kwangqattiqw pu' yaw ima pevesets'olt pangqaqw nöngakngwu. Nen pu' yaw mihikqw pu' yaw puma Oraymi naa-kwustangwu. Puma yaw pangsoye' pu' yaw puma pep sinmuy amuupaye' pu' yaw pephaqam pumuy kwangwanonovangwu. Pu'

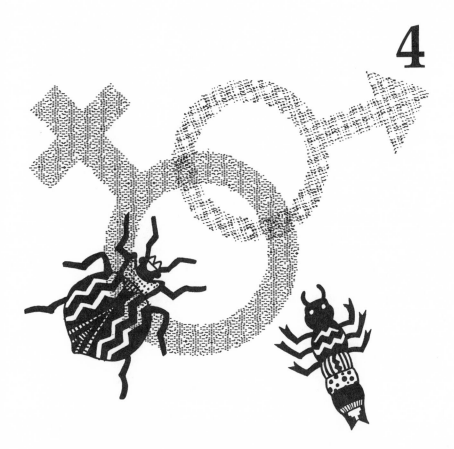

4

Bedbug Woman and Louse Woman

Aliksa'i. People were living at Oraibi and other settlements across the land. On the southeast side of Oraibi, within a hole in the cliff, some Bedbugs had made their abode. A large colony of these creatures resided there. Somewhere nearby the Lice also were at home. Like the Bedbugs, there was a great multitude of them.

Whenever the weather turned warm, the Bedbugs emerged from their hole. At nightfall then, herds of them would make their way to Oraibi. There they went among the villagers and with great relish fed on their blood. Each time a male of the species discovered a beautiful girl or an attractive woman, he would crawl into her crotch and suckle from this spot. Thus, whenever night began to fall, the

yaw himuwa tiyo, taaqa pesets'ola haqam pas lomamanat, lomawuutit tuwe' pam yaw put pas siipoq pakye' pu' yaw pas pangqw tuumoytangwu. Noq pu' yaw mihikiwmaqw pu' yaw pumuy pevesets'oltuy yumat amumi tutaplalwangwu, "Ason pay hak qa pas aapiy hiitawat aw nakwsungwu. Pay ason pas suyan huruvuwvaqw pu' hak awningwu. Pu' hak pay panis öyt pay hak angqw ahoyningwu. Pay hak qa pas taalawvaqw pay angqaqw ahoyningwu." Yan yaw puma pumuy amumi tutaplalwangwu.

Noq pay yaw hiitawat naat noonovaqw yaw pam navote' pu' yaw pay okiw pumuy pep qöyanvangwu. Niiqe pay yaw oovi puma qa sutsep soosoyam ahoy ökingwu. Qavongvaqw pu' yaw puma naanaapa yoyrikye' pu' paasat nanaptangwu hak qa ahoy pituuqat. Peetu yaw kur pay okiw qa namu'ykyaakyangw qa yumu'ykyaa-kyangw ahoy talöngnayangwu. Pu' peetuy taahamat kyamat somat pay naap hakiy hintaqa'at yaw kur qa ahoy pitungwu. Peetu möö-mö'wit möm'önangwt kur yaw qa ahoy ökingwu. Qavongvaqw yaw puma naanami tsaykitangwu. Pay yaw ima pas qa tunatyaltotiqam puma yaw kur qa ahoy ökingwu. Yaniqw yaw oovi puma as pumuy kur u'nantoynaya. Noq pay yaw peetu oovi naap unangwayniqw qa tunatyaltote' qa ahoy ökingwu.

Noq pu' yaw pep Orayve i' hak pas lomamana piw tuwat ki'yta. Noq yaw ima pevesets'olt taataqt tootim pangso sasqayaqam pas put hakiy kyaalavaytangwu. A'ni yaw pam hak naatuwiwta. Pas pi yaw pam hak qötsaqaasi'ykyangw pu' yaw piw wukolöwa'yta. Pay yaw pas putsa angqw suupan kwangwngwu. Pu' yaw pam piw pas huruvuwngwu. Yan yaw puma haqawat ahoy ökye' naanami put kwangwalavaytangwu.

Noq pu' yaw i' hak pesets'oltaqa yaw suus yan pumuy amumi tuuqaytaqe yaw oovi kur tuwat pangso unangwti. Pay yaw pam as pas qa hisat nuutum pangsonit pay yaw puma put lavaytaqe pay yaw kur put pan unangwtoynaya. Noq pu' yaw oovi ep mihikqw pam yaw as pay nana'uyve pösaalay kwusuuqe yamakniqw pay yaw kur nööma'at navota. Niiqe pu' yaw pam put aw pangqawu, "Is uti, ya um hintiqw piw yaasatniqwhaqam haqamini? Taq pi itam pay tokni," yaw aw kita.

Noq pay yaw pam put qa aa'awna qa itsivutoynaniqey oovi. Noq pay yaw pam pas pösaalay qa ahoy tavi. Noq pu' yaw put nöö-ma'at put pas tuvingwiiki. Paasat pu' yaw pam put nawus aa'awna. Aa'awnaqw antsa yaw nööma'at a'ni itsivutiqe pu' yaw put aw pangqawu, "Is uti, yaw um pas hintaqat löwat naawakna? Pay pi nu' pep momoymuy su'antaqat löwa'yta. Pay um paapu oovi qa awha-qamini. Um'eway pi piw qa ahoy pituni. Taq pay nu' naat ung kyaa

parents of these Bedbugs would advise their offspring, "Don't approach a person right away. Wait until you're sure the person's fast asleep, then make your move. And as soon as you've had your fill, come home immediately. Don't wait until daylight to return." In this fashion the Bedbugs were constantly admonished.

When a person became aware that Bedbugs were feasting on him, he would start killing the poor things without mercy. Consequently, not all of the Bedbugs returned home safe and sound. The following day, as they looked around among themselves, they found out quickly who it was that had not come back. Quite a few of them, as they woke up in the morning, were without fathers or mothers. For someone else it was an uncle or an aunt, grandparents or another relative who had not returned. In other cases female and male in-laws had failed to come home. That day there would be quite a bit of mourning. As a rule it was those who had not been cautious who failed to return. For this very reason they were constantly advised what to do and warned of the dangers. Some chose not to heed the advice, so it was their own fault when they got killed.

Now at Oraibi lived an extremely beautiful girl. Small wonder that the male Bedbugs who had been frequenting her raved about her so much. She was widely renowned for white thighs and a big löwa. The way they talked it seemed that only her blood was good to suck. She was also a sound sleeper. In this manner the Bedbugs spoke of her upon their return.

One Bedbug male who happened to overhear their conversation evidently got the urge to seek out this girl too. Never before had he gone to her place with the others, but all of their bragging had gotten him interested. That very night he stealthily picked up his blanket and was about to sneak out the door when his wife heard him. "My goodness," she exclaimed, "why are you going out this late? We'll be going to bed right away," she reminded him.

Bedbug did not tell her why because he did not want to upset her. However, he did not put down his blanket. His wife persisted in questioning him until he gave in and was obliged to confess. When he admitted his intentions his wife became angry. "My gosh," she scolded him, "do you crave a special kind of löwa? I've got one just as good as those women there. So don't you be going there. The kind of person you are, you're likely to get killed. I still treasure you.

kyawna. Pu' um piw timu'ytaqe pumuy amumi enang wuuwani,"
yaw pam wuuti as put koongyay aw kitaqw pay yaw pas pam pang-
soniqey su'qawta. Pay yaw pam pas alöngötniqey yan wuuwan-
kyangw yaw qa tuuqayi.

Noq pay yaw pam wuuti kur yaw son put koongyay angwu'y-
taniqe pu' yaw pay oovi nawus qa piw aw hingqawqw pu' yaw pam
oovi nuutum pangsohaqami'. Niiqe antsa yaw pam tuwat pan navo-
ta. Pay yaw kur puma pas qa a'tsalalwa. Pay yaw pas kur antsa pam
hak maana pas is ali. Panta yaw kur pam hakniqw yaw puma oovi
ep mihikqw put hakiy aw homta. Naanangk yaw puma pangsoq
maqaptsi'yyungqe yaw pangso wupawisiwta. Himuwa yaw papte'
pu' yaw pas pavan öyt pu' piw angqw ayo' waayaqw pu' yaw
paasat angkniiqa tuwatningwu. Pu' yaw mimawat pas payyaniqam
pay qa maqaptsi'yyungwt pay yaw naap hakiy put maanat aqle'
wa'ökiwtaqatyangwu.

Noq pay yaw pas kur antsawat pam hak huur puwngwu. Pay
yaw pas ephaqamtiqw kya pi a'ni kuktsukvaqw pu' yaw pam pang-
soq siipoq maavuyalte' pu' yaw angqe' harinumngwu. Pantiqw pu'
yaw pevesets'olt kweetsikmangwu. Pas pi yaw himuwa hin höngi-
nen pan waayangwu. Yanhaqam yaw puma pevesets'olt pephaqam
naaqavongvaqw hintsatskya.

Noq pu' yaw i' naat pu' suusniiqa yaw yanhaqam pep nu-
kwangwnavotqe pay yaw piw awniqey pay pas yan tunatyaw-
kyangw yaw piw tapkina. Noq pu' yaw oovi piw mihikqw pu' yaw
pam piw nuutum pangso'o. Nit pay yaw pam qa hintit pay yaw piw
ahoy Hopilöwat a'ni ööyiwkyangw nuutum pitu.

Nit pay yaw pam tsivotsikishaqam nuutum pangsonit pay yaw
qa ahoy nuutum pitu. Noq pu' yaw pam nööma'at ep qavongvaqw
put koongyay qa pitsinaqe pu' yaw oovi wuuwanva. Noq paasat
pay yaw pas töngvaqw naat yaw pam qa pituqw pu' yaw pam oovi
kiy angqw yamakqe pu' yaw kiinawit tuutuvingtinuma. Noq pay
yaw puma pas pepsa put maanat kiiyat ep aw yoyrikyaqey yansa
put maanat aawintota. Noq pay yaw kur qa pamsa piw qa ahoy pitu.

Noq yaw ep mihikqw yaw kur hak put maanat aqle' puwqa yaw
navota pumuy hiitu noonovaqw. Pu' yaw pam oovi put maanat taa-
taynaqw pu' yaw puma pep pumuy pevesets'oltuy naama maqnu-
ma. Niiqe ep pu' yaw kur puma put taaqat enang niinaqw oovi yaw
pam qa nuutum ahoy pitu.

Noq pu' yaw piw ayangqwwat imuy atuutuy amungqwwat pu-
ma peetu yaw piw pangso kiimi sasqayangwu. Pu' yaw puma pay
piw panhaqam lomamanat lomawuutit tutwe' pay yaw piw putsa
pas awyangwu. Noq pu' yaw i' suukyawa atu pay yaw as qa hisat

Also, you have children, so think about them." Her berating had no effect on her husband, though, for he was set on going. He was intent on having a different female, so he did not relent.

The wife had failed to dissuade her husband, so she didn't say any more. With that the man headed out to Oraibi with the others. He soon found out for himself that the others had been telling the truth. The girl was most delicious. She was as they had described her, and for this reason many other Bedbugs were flocking to her. One after the other, in a long line, they were waiting to get inside her löwa. Whenever it was a bug's turn, he did not leave until he had sucked his fill. Then the next in line would take his chance. Those who were anxious to satisfy themselves immediately, however, did not wait for the others to finish. Instead, they selected someone sleeping next to the pretty girl.

True enough, the girl was a sound sleeper. It was only in rare instances, apparently when it itched too much, that she reached between her legs to scratch herself. At such a moment the bugs would scatter instantly. They would run as fast as their little legs could carry them. In this fashion the Bedbugs went about their nightly business.

Now this Bedbug who had visited the beautiful girl for the first time was so pleased with his experience that he decided to return the next evening. When night fell again, he once more joined the others. Full of the beautiful girl's blood, he returned home safely.

He had gone to Oraibi about five times when he failed to return. The following morning when his wife discovered that he was not back, she began worrying. The sun had risen, and was high in the sky, yet still he was not home. Now his wife left the house and went about the village, asking people if anyone had seen her husband. The only answer she received was that they had seen him at that girl's place. Evidently, several others also had not returned.

From what she learned, the person sleeping next to that girl had noticed that they were being bitten by bedbugs. She awakened the girl, and jointly they began hunting for these critters. Obviously, they had killed the Bedbug husband, along with some others. They therefore never returned home.

Some of the Lice also had made a habit of frequenting the village of Oraibi. Just as the Bedbugs did, when they discovered a lovely girl or woman they constantly sought her out. One of these Lice, like Bedbug, had never been there previously, but one day had the urge to go. He too had listened to the other males as they bragged about their great adventures with these girls and women. Hearing them

piw tuwat pangsonit pay yaw tuwat hisat pangsoniqey unangwti. Pay yaw pam mimuywatuy taataqtuy amumi tuuqaytaqw pas hapi yaw puma pumuy mamantuy momoymuy kwangwa'u'nanto-tangwu. Noq yan yaw pam piw tuwat pumuy amumi tuuqay-tangwuniiqe pay yaw tuwat hin unangwti. Pay yaw pam pas son tuwat pangso qa nuutumniqey yaw yan naami yuku. Pu' yaw oovi ep mihikqw pay yaw pam as tuwat nöömay qa awini'ykyangw yamaktoq piw yaw pam navotqe pu' yaw tuuvingta pam haqami-niqw. Pu' yaw pam oovi haqaminiiqey pay yaw put aa'awna. Noq pu' yaw pam nööma'at yan navotqe yaw a'ni itsivuti. Pay yaw pam piw it pesets'olwuutit su'an lavayti. Noq pay yaw pam taaqa kur pas pan öqaltiqe yaw oovi pay pas awniqey yaw put nöömay aw pang-qawu. Pu' yaw pam oovi pay nawus put aw qa hingqawu. Pu' yaw oovi pam nuutum pangsohaqami. Noq piw yaw pam put pesets'ol-taqat su'aasaq ep pangso'o.

Noq pu' yaw puma pangso ökiqw antsa yaw atuut kur pangso kyaysiwa. Pu' yaw pevesets'olt kur piw epyaqw pumuy yaw pam piw amumi yori. Noq pu' yaw pam pay pep kiive qa tuwi'ytaqe yaw oovi pay hakimuy tuwimuy amungk pep waynuma. Noq antsa yaw puma pangso haqami pas hakiy lomamanat kiiyat aw yungya. Noq pu' yaw pam nuutum pep put aw homta. Is ali yaw antsa pam haki. Noq pu' yaw oovi panmakyangw pu' yaw pay taalaw'iwma. Noq pu' yaw puma paasat pay nanaptaqam pay yaw oovi pangqaqw ahoy nimanta. Noq pu' yaw imawat pas naat paasat tsoni'yyungqam naat pumuy sinmuy pep noonovaqw pay yaw himuwa taataye' pay yaw okiw hiitawat niinangwu. Yanhaqam yaw pay puma peetu tuwat qa ahoy öki. Pu' yaw ep qavongvaqw pu' pumuy sinomat as angqe' tuutuvingtinumya sen pay as kya himuwa haqam aw yorik-qat. Noq peetu pay yaw pas qa iits angqw ahoyyaqam yaw ephaqam naap haqam pay tokngwu. Niiqe yaw oovi himuwa pay naap hisat-niqw töngvaqw pu' kiy ep ahoy pitungwu.

Noq pu' hapi yaw pay it atuwuutit koongya'at pay naat ep suus-nit pay qa ahoy nuutum pitu. Noq pam hapi yaw kur pas nuutungk paptuqe yaw oovi qa iits pangqw hakiy kiiyat angqw yama. Noq pu' yaw put aakwayngyap put nööma'at qa pitsinaqe pu' yaw oovi pep kiinawit put koongyay oovi tuutuvingtinuma. Niikyangw pay yaw pam pas qa haqam put koongyay tuwa. Pay yaw qa hak put pep hin yori. Pay yaw pas ep mihikqwsa yaw as pam antsa haqam nuutum-niqw pay yaw puma pangqw nimantaqam qa suusa piw aw yoyrik-ya. Pangqw pu' yaw pam oovi pay nawus kiy awi'.

Pu' hapi yaw nuwu pay töngvaqw naat yaw pam qa ahoy pitu. Pu' yaw pam taawanasami put qa pitsine' pu' yaw oovi pay pas

talk he felt a strange sensation come over him. So he decided he would have to go along with the others. Thus, that evening he too was about to depart when his wife heard him and inquired where he was going. He had no option but to tell her. When she learned of his intentions she was furious, and reprimanded him, just like the Bedbug Wife had done with her spouse. But now Louse was set on going and told his wife that he was leaving. She had nothing to reply to him. Consequently, Louse tagged along with the others, leaving for Oraibi at the same time as Bedbug.

When they arrived, they found a great many Lice already there, as well as many Bedbugs. As Louse was unfamiliar with the layout of the village, he followed behind his friends. Sure enough, they had entered the home of a beautiful girl. The Lice were crowding her. What a savory woman she was! As time passed it began to get day-light. Those who noticed this began returning home. But others, too engrossed in feeding on their victims, did not. So some were killed by the people who woke up and became aware of the pests. Because of this some of the Lice did not return home. The following day their relatives went about inquiring as to their whereabouts. Apparently the Bedbugs and Lice who did not leave early would stop and sleep at just any location. They would arrive home when the sun was already high in the sky or at some other unlikely time.

Now Louse Husband had only made his first trip to Oraibi and already he had failed to return home. Apparently, he had been the last to have his turn, hence he had left Oraibi quite late. In the mean-time his wife went about searching for him. But no one had seen her mate. He definitely had been among one of the groups, but those returning home had not seen him. In the end she had no choice but to return home.

By now it was mid-morning, and still her husband had not ar-rived home. Louse Wife decided to go in search of him if he were not back by noon. Noon came and there was no sight of him. So shortly after midday Louse's wife went out from her abode and proceeded toward Oraibi. Somewhere along the way, quite by coincidence, she came upon Bedbug Wife. "My gosh, are you also about at this time of the day?" she inquired.

heptoniqey yan wuuwa. Noq pu' yaw oovi taawanasaptiqw pay yaw pam pas qa pitu. Pu' yaw oovi taawanasapruupakqw pu' yaw pam nööma'at kiy angqw yamakqe pu' yaw oovi pangso kiimi nakwsu. Niiqe pu' yaw pangqw panmakyangw piw yaw pam haqam it pesets'olwuutit su'aw pitu. Niiqe pu' yaw pam put aw pangqawu, "Is uti, ya um piw tuwat yaasatniqwhaqam waynuma?" yaw pam put aw kita.

"Owi, pi nu' ikongyay qa pitsinaqe oovi nu' yuk kiimi hoyta-kyangw pu' put heptima. Noq pay nu' pas naat qa tuwa. Pay pi son hak okiw put qa niinaqw oovi pay hapi pam qa ahoy pitu. Pay pi nu' as meewaqw pay pam pas pangso sus'ö'qalqe pay oovi nuutum pangsohaqami," yaw pesets'olwuuti put aw kita.

"Is uti, okiiw. Ya um tuwat panhaqam? Pi nu' piw oovi panha-qam iwuutaqay qa pitsina. Pay nu' as piw panhaqam meewaqw pay pam pas qa inumi tuqayvastaqe oovi pay piw aw'i. Noq pay nu' piw panhaqam tusiwuwaqe oovi antsa tuwat angqw put hepto," yaw pam putwat aw kita. "Noq pay pi itam kur naama awnen kur ngas'ew angqe' pumuy hepni. Pay pi itam naamaniikyangw aw hin navottoni," yaw pam atuwuuti kitaqw pay yaw mi'wa sunakwha.

Pu' yaw puma oovi namitaqa'nangwa'ykyangw pangsohaqa-mini. Pu' yaw puma oovi naama pangso kiimi pitu. Noq pay yaw puma pas tapkiwmaqw yaw aw pituuqe pay yaw oovi haak qa pu-muy hepnumniqey yan naami yuku. Niiqe pu' yaw puma oovi pay haqam na'uytaqe pu' yaw pay kur pephaqam huur naamiq pölöw-kyangw puwva.

Noq pu' yaw kur i' atu put wuutit koongya'at pay yaw naat pas pangqw kiingaqw qa yama. Pam yaw pay kur pas pep tookyep pakiwta. Pam hapi yaw kur pas nukwangnavota put hakiy awi. Pas pi yaw hak antsa wukolöwa'ykyangw pu' yaw piw pas qötsaqaasi. Noq pu' pam hapi yaw pay pep puuwe' pu' yaw ep mihikqw pay yaw paapu pas mooti put maanat awniqey yan wuuwankyangw yaw pam pephaqam pas talöngna. Noq pu' yaw antsa mihikqw pu' yaw pam pay pas momotihaq paptsiwta. Noq pay yaw pas pam hak maana pas huruvuwqe qa nanvota pam put löwayat angqe' hintsak-numqw. Noq pu' yaw mimawat tuwat maqaptsi'yyungqam yaw put aw pisoq'iwyungwa. "Ta'ay, sööwuu'. Taq itam hapi as tuwatyaniy. Pay hapi suutalawvangwuy. Pay pi um teeveep." Yaayan yaw puma put aw hingqaqwaqe yaw put as aw kyaanavoti'yyungqw pas yaw pam kwangwa'ewlawqe yaw oovi put qa mamatavi. Pay yaw pam oovi piw pephaqam pas mihikna.

Niiqe pu' yaw pam kur hisatniqw maangu'yqe pu' yaw oovi pay as pangqw paasat nimanikyangw yaw ööna ahoy pas kiy awhaqa-

"Yes, my husband didn't come home, so now I'm going to the village to search for him. But I still haven't found him. Someone probably killed the unfortunate thing. I begged him not to go, but he was determined on going. So he went along with the others."

"Oh my goodness, you poor thing. Is that also the situation with you? I haven't gotten my old man back either. Just as you did, I warned him not to go, but he didn't listen to me and went ahead. I too, like you, had an uncomfortable feeling, therefore I came to seek him," she also admitted. "We might as well go together looking for our husbands," Louse Wife suggested. "We're bound to find out what happened."

Supporting one another they continued on toward Oraibi. By the time they reached the village, it was beginning to get dark, so they decided to stop searching for their mates for the time being. Instead, they crawled into a hiding place, and clinging tightly to one another, fell asleep.

Louse, meanwhile, still had not left the beautiful girl's home. He had stayed inside all night because he had discovered how good this girl was. She truly had a large löwa and her thighs were light complected. He figured that if he slept there, then the following night he could be the first to get to the girl. That had been his scheme as it became daylight. Sure enough, that evening he was the first to have his turn. Once more the girl had fallen into a deep sleep and was unaware of his crawling about in her sex organ. The others who were waiting in line prodded him to hurry. "Come on, you're taking too much time. We'd also like a turn at her. Daylight comes quickly, and you've been at it for quite some time now." They were anxious for him to finish, but he was enjoying the girl so much that he would not let go of her. As a result, he was there way into the night.

Finally, he had spent all his energy and dreaded the thought of returning all the way home. When he finally abandoned the girl, the other Bedbugs were elated, but they also were furious at him for taking so long. By now he was so exhausted that he decided to spend the rest of the night in the girl's home. Thus, once again he fell asleep in the same place as he had the previous evening.

miniqe. Noq pu' yaw pam pangqw put maanat angqw ayo' waayaqw pavan yaw mimawat tsutsyakya. Pu' yaw pam pangqw ayo' hoytaqw yaw mimawat put aw itsivu'iwyungwa. Noq pu' yaw pam pay pas mangwu'iwtaqe pay yaw pam oovi piw pep haqam puwni. Pay yaw pam oovi haqam talöngnaqey pay yaw oovi piw pangqw puwva.

Noq pu' yaw ep qavongvaqw yaw pam nimanikyangw pay yaw pam qa pas iits pangqw yama. Noq pu' yaw paasat ima wuutit koongyay hepnumqam yaw pang kiinawit pumuy as okiw hepnuma. Noq yaw amuqle' peetu nimantaqw puma yaw pumuy tuutuvingti-kyangw pang pannuma. Noq pay yaw puma kur nanapta ep tokinen yaw hak put pesets'oltaqat niinaqw. Pu' yaw puma yan put pesets-'olwuutit aa'awnaya.

Pu' hapi yaw pam okiw qa haalaytiqe yaw okiw pephaqam pakmumuya. Pay yaw oovi pas hisatniqw pu' kya pi pam pak'öyqw pu' yaw puma paasat mitwat koongyayat hepto. Noq paasat pay yaw pas töngvaqw yaw puma pang pannuma. Paasat pay yaw oovi qa hak pesets'ola atu pang waynuma. Paasat pay yaw sinom pang iikye' hintsatskya. Noq pu' yaw puma haqe'niqw piw yaw pep sukw kiihut iip yaw hak wuutaqa qatu. Noq su'aw yaw puma pangniqw yaw put atuwuutit koongya'at pangqw taavangqw amumiqwat hoyta. Niikyangw pay yaw pam naat pumuy amumi wuuyavo peeta. Niikyangw pay yaw puma as oovi naatutwaqe yaw oovi pay naanamiq pisoqtoti.

Noq naat yaw pam taaqa haqe'niqw pay yaw kur pam wuutaqa put tuwa. Pu' sinom pi suyan pevesets'oltuy atuutuy qa haalayya. Pu' yaw pam wuutaqa oovi put tuwaaqe pu' yaw put pep kwusut pu' yaw pam put okiw muutsikna. Muutsiknaqe pu' yaw pay okiw put niina. Pantit pu' yaw pam put ayo'haqami tuuvat pu' pang-qawu, "Kwakwhay, nu' ung niina. Pay pi sonqa um'eway pas nuy iqötöva kuktsuknangwu. Nu' ung yantiqw paapu uma qa tilalwe' qa wuuhaq'iwmani. Pi uma qa hiita a'piit," kita yaw pami, put niinaqe.

Paasat pu' yaw i' atuwuuti yan yorikqe pu' yaw tuwat naavak-huruuta. Pay yaw pam oovi pas wuuyavo pep pakmumuyt pu' paa-sat put koongyay aw nakwsu. Pu' yaw pam pep put aw hintsaklawt pu' yaw angqw ahoy mitwat wuutit awi. Niikyang yaw pam hiita mokkyangw ahoy ep pituqw pay yaw pam pesets'olwuuti qa pas put tuuvinglawu pam himuniqw. Paasat pu' yaw puma pay pangqw ahoy nawus nima, ngasta koongya'ykyangw. Paapiy pu' yaw puma oovi pay nalqatu.

Noq pu' yaw kur i' atu put koongyay kwasiyat ahoy kwusiva. Put yaw kur pam ahoy mokva. Niiqe pu' yaw pam put paas laknat

The following morning, when he was ready to return home, he came out of his shelter late in the day. By this time Louse Wife and Bedbug Wife, who were out searching for their husbands, were walking about the village. Encountering those who were on their way home, they sought information from them. Evidently they had learned that Bedbug had been killed, so they told his spouse of his demise.

Bedbug Wife was heartbroken. She just stood there sobbing away. Finally, when she had cried her heart out, the two wives continued on their search for Louse's husband. By now it was mid-morning, a time of day when not a single bedbug or louse could be seen. Now the people of the village were going about their business outdoors. As the two were going along, they saw an old man sitting in front of one of the houses. Just as the two females were passing his place, Louse Woman's husband was bearing toward them from the southwest. Though the distance between them was still quite large, they caught sight of each other and hurried forward to meet.

Louse Husband was still on his way to meet his wife, when the elderly man spotted him. It goes without saying, of course, that people dislike bedbugs and lice. No sooner did the old man discover the louse than he picked it up and crushed it between his fingernails. Having dispatched the poor creature he cast it aside, cursing it, "Thank goodness I killed you. It's probably someone like you that causes my head to itch. Now that you're dead, you won't have any offspring, and your kind won't increase. Your kind are good for nothing." This is how the old man swore after mashing the pest to death.

Louse Wife, who had witnessed this scene, broke into tears. After crying for a long time, she approached her husband's body. There she went through some motions before returning to Bedbug Wife. The latter did not inquire about the contents of a small sack she brought back with her. Thereupon the two had no choice but to return home. Both of them were now without mates and from that day on lived as widows.

As it turned out, Louse Wife had retrieved her husband's penis. That's what she had carried home in the little pouch. She carefully dried it out and then pulverized it into a fine powder. Now that she was widowed and alone, the other Bedbug males desired her. They would go and call on her, but never did she show hospitality to

pu' yaw paasat put lakput paas tosta. Noq pu' pam pi pay pu' nal-
qatqw pay yaw piw oovi mimawat taataqt pu' aw tutungla'yya.
Niiqe puma yaw as oovi put nalqatwuutit pootawisngwu. Noq pay
yaw pam pas qa hisat hiitawat aw su'pata. Pay yaw pam qa piw
kongnawaknaqey yaw amumi pangqawngwu. Niiqe yaw oovi hi-
muwa aw tutumaytoq pam yaw hiitawat aw a'ni itsivutingwu. Pu'
pay yaw i' pesets'olwuuti piw anti. Pas hapi yaw as pumuy aw
homtaqw pay yaw pas puma qa hisat hakiywat aw uunati, naa-
kuwaati.

Noq pu' yaw hisat i' atu mit pesets'olwuutit kiy aw tuutsama.
Noq pu' yaw oovi puma ep tapkiqw nösqw pu' yaw aapiy puma
pay wuuyavo naami kiikinumqw pu' yaw i' pesets'olwuuti pay
nimaniqey pangqawu. Noq pu' pay yaw pam atuwuuti put meewa.
Pay yaw pam haak pep puwni. Nit pu' yaw pam piw put aw
pangqawu pay yaw puma naama qatuniqat yaw pam put aw kita.
Pay pi yaw puma pu' ngasta koongya'ykyangw pu' piw pay timuy
qa oyi'yta. Puma pi pay yaw wuuwuyoqamtotiqe pu' pay oovi pu'
naap nöömamu'yyungwa, kongmu'yyungwa, timu'yyungwa. Noq
pay yaw i' pesets'olwuuti piw sunakwha. Pu' yaw puma oovi
paapiy naama qatu. Noq pu' yaw ep mihikqw i' atu put pesets'olat
aw pangqawu, "Pas hapi nu' piw hiita himu'yta. Ason itamuy
wa'ökqw pu' nu' uumi put maataknani," yaw pam put aw kita.

Noq pu' yaw puma oovi pay paasat wa'ö. Noq pu' yaw pumuy
wa'ökqw piw yaw i' atu hiita mokiwyay enang puwto. Pu' yaw pam
put mokiwyay aw horoknaqe pu' put aa'awna pam himuniqw pu'
pam piw put hintingwuqey. Noq pu' yaw pumuy oovi wa'ökqw pu'
yaw pam put aw pangqawu put angqw hiisa'nit put löwamiq
siwuwuykinaniqat. Pu' yaw pam oovi pantiqw pu' yaw mi'wa
tuwat. Paasat pu' yaw puma put kwasit tos'iwput akw hin unangw-
tiqe pu' yaw pep a'ni yomtinuma, a'ni yaw puma alilitikyangw. Pay
yaw puma pas oovi wuuyavo pep pantsaknumt pu' yaw hisatniqw
kya pi yan unangwtiqe pu' qe'ti. Pu' yaw puma qe'tiqe yaw pang
wa'ökiwkyangw naami taya'iwlawu. Pas hapi yaw puma kwa-
ngwa'ewtaqey naami kitikyangw. Noq pu' yaw puma paapiy pay
pantsakngwu.

Noq pay yaw as oovi ima tutumayt pay paapu qa pangso sas-
qaya qa nukwangwnanaptangwuniiqe. Noq suus yaw i' hak taaqa
piw pang pumuy nalqatwuutit kiiyamuy iikye'niikyangw piw yaw
navota hakim piw pep a'ni hingqawlawqw. Pu' yaw pam oovi haqe'
pangso kukuylawu. Noq pay yaw kur puma wuutit a'ni hingqaw-
lawkyangw piw yaw a'ni alilita. Noq kur yaw pam pumuy amumi
hin wuuwa. Son pi yaw pas suupan puma pan a'ni alilitikyangw

them. She kept telling them that she had no yearning to remarry. As a result, whoever came to woo her was harshly rebuked. Bedbug Wife did likewise. Many males were calling on her, but at no time did either she or Louse Wife succumb to their approaches or offer themselves sexually to them.

Once Louse Wife invited her friend to her home for a meal. That night, after finishing supper, they visited with each other for a good length of time. When Bedbug Wife finally announced that it was time for her to go home, Louse Wife restrained her from leaving. Instead, she asked her to spend the night there. She suggested that they should live together now that they had lost their mates and did not have any children at home. The latter had all grown up and each had their own families. To this Bedbug Wife readily agreed. And so the two lived together from that very night. Louse Wife intimated to her guest, "I happen to have something interesting. Wait until we go to bed, then I'll let you in on my secret."

As a result, the two bedded down right away. Louse Wife had brought a small pouch with her. Upon showing it to her friend, she explained to her about the kwasi powder inside and how to use it. No sooner were they both tucked in than she advised her to help herself to some of the powdery substance and sprinkle it into her löwa. Bedbug Wife complied, while Louse Wife did likewise. Soon the two felt arousing sensations from the pulverized kwasi and began copulating motions, which were accompanied by constant shouts of pleasure. After frolicking around like this for some time they finally calmed down. They just lay there giggling at each other and reminiscing about how much fun it had been. From that night on they used this powder regularly.

The wooers no longer bothered calling on the two women since they were turned away all the time. One evening, however, as a male happened to be passing the widows' home, he overheard loud noises coming from within. Curious, he neared the house and peeped inside. Evidently, it was the two females who were causing the ruckus. Much to his surprise, they were crying out in pleasure.

tuumoytani. Pu' piw yaw pay se'elhaq sinom angqe' öö'öyaya. Noq pu' yaw pam oovi haqe' hiisaq hötsit ang pumuy amumi tunatyawta. Noq pu' yaw pam yorikqw piw yaw puma pep a'ni yomimitinuma put tos'iwput löwavaqe oyaaqe. Pantsakkyangw pu' yaw piw a'ni alilita. Pu' piw puma hisatniqw kya pi pavan hin unangwtiqe pu' yaw pay hapi naamiq yomimita. Pantsakkyangw pu' yaw puma piw hisatniqw ahoy kur yan unangwti. Niikyangw paasat pay yaw puma qa piiw. Noq pu' yaw puma pay qa piwniqw pu' yaw pam taaqa pay paasat aapiy.

Noq pu' yaw ep qavongvaqw mihikqw pu' yaw pam taaqa pay piw pangso ahoy, niikyangw pay yaw pam paasat ep hihin iits. Niiqe paasat pu' yaw pam pas soosok yori. Kur hapi yaw puma pay put hiita akw tsungtaqe oovi yaw pas qa kongnawakna. Paapiy pu' pay kya pi mimawat taataqt yan nanaptaqe pay yaw oovi paapu qa pumuy amumi sasqaya. Yanhaqam pay yaw puma pas qa piw kongta.

Noq pay yaw pas antsa atuut pevesets'olt haqam lomamanat lomawuutit aw ökye' pas sonqa siipoqsayangwu. Naat kya oovi puma naakwatsim pephaqam put tos'iwput akw naahaalayna. Pay yuk pölö.

The man did not know what to make of them. They could not be uttering cries of joy while dining. Besides people had eaten supper quite a while ago. Therefore he kept a close watch on them through a small hole. When he finally caught sight of them, they were gyrating about as if mating, having inserted the kwasi powder into their löwas. All the while that they were carrying on like this they cried out in ecstasy. Eventually, they became so aroused that they thrust their pelvises into each other. At long last they came to their senses again. This time they did not repeat the act, so the male went his way.

The following evening the same man returned, but this time he came a little earlier. On this occasion he witnessed the whole thing. Apparently, the two females were getting their sexual pleasure from this stuff in the pouch. Small wonder they had no desire to remarry. When the other men got wind of this, they avoided their place altogether. This is why Bedbug Wife and Louse Wife never got husbands again.

It is true, though, that whenever Lice and Bedbugs encounter a beautiful girl or a pretty woman, they will head for her crotch. But the two female friends, I guess, are still deriving their pleasure from the pulverized kwasi. And here the story ends.

Kokopöltiyot

Aliksa'i. Yaw yep Orayvehaqam sinom yeesiwa. Pep yaw sinom kyaastangwuniqw pay yaw yan taala'tiqw yangqe'haqe' yaw pay i' hiihiimu si'yvangwu. Yaw uyistiqw mori'uylalwaniniqw tukyamsi pu' heesi, qatsi pu' pay tsu'öqpi, pay paavam hiihiimu lomasi'y-yungqa purumtingwu.

Purumtingwuniqw yaw ima hakim tiyot naatupkom piw pep haqam Kokopölkive yaw qatukyangw yaw puma panis pay okiw so'yta. So'ykyangw pu' yaw puma naatupkom pep qatuuqe yaw put soy aw pangqawlawu, "Itam as tuwat haqami it sihut yukutoniy," yaw kitalawu.

"Ta'ay," yaw kita, "pay pi yangqe' pam hiihiimu si'yvayangwu.

5

The Two Kokopöl Boys

Aliksa'i. People were living at Oraibi. Lots of people were living there, and when it turned summertime all kinds of flowers came into bloom. As a rule, larkspur, mariposa lilies, gilia, and beard tongues all blossomed as it became planting time. At Kokopölki lived two boys. They were brothers and only had their grandmother. Living there with her they kept saying, "We should go pick flowers somewhere."

"All right, why don't you," their grandmother kept replying. "All sorts of flowers are blooming this time of the year. Also, it's the custom for boys and men to tease girls and women with flowers around this time." They talked about this during breakfast.

Pu' pay yangqe' piw put ngöytiwlalwangwuy," yaw kitalawu pam so'am amumi. Pay yaw puma talavay noonovaqw yaw puma it yu'a'atota.

Noq pep Orayve yaw pi hakim naawuutim ki'yta. Noq puma hakim naawuutim piw lööqmuy naatupkomuy mantuy timu'yta. Lomamanat yaw hakim. Pay yaw pas mansayom. Noq pay yaw kya pi puma tiyot pumuy navoti'yta puma pephaqam naatupkom mant qatuqw. Niiqe yaw puma pay pumuy tunatyawkyangw haqami sitkotoniqey wuuwantaqe put yaw puma soy aw ponakni'yta. Noq pu' yaw oovi pam pay pumuy nakwhana. "Ason itamuy nöönösaqw pu' uma yuk atkyamihaqami tutskwami haawe' put ang sitkotani. Nen uma put wuuhaqte' pu' pan put tsu'öqpitnit tukyamsitnit heesitnit qatsit paasa' suuvo somlawkyangw oo'oyni. Pu' uma wuuhaqte' pu' put pangso ayo' Oraymi ngyötiwtoni." Pu' yaw pam pephaqam Orayviy kwiningyahaqam haqam pam Kokopölki. Noq pu' yaw aw taavangqöymi, Mumurvamihaqami, yaw puma put pantsanto.

Noq ima yaw pep mant, naatupkom, pumuy na'am yaw ayam taavang Tuuwanasavehaqam yaw pam tuwat paasa'yta. Pep uylawngwu yaw pay hiihiita, kawayvatngat, meloonit, patngat, morit pu' uuyit. Noq ep yaw piw puma pangsoyaniqat ep puma mant piklawu. Nitkyalawqe naat piklawqw pay yaw puma yumat angwu yaw hawto. Pu' yaw puma mant pikyukuuqe put mokyaatat pay yaw put mokkyangw amungk. Piikiynit toosiynit pay kuuyiy mokyaatat pay yaw puma pangqw haawi. Noq pay yaw puma yumat se'elhaq pep Tuuwanasave uuyiy ep pitu. Niiqe pay yaw puma oovi pay epeq kisveq pay yaw qatuptuqe yaw pumuy nuutaylawqw hisatniqw pu' yaw angqw maatsilti.

Noq puma yaw Kokopöltiyot paysoq yaw amuukwiningye' aqw tupoq haykyawtaqat pangqe puma yaw sitkotinuma. Niikyangw pay yaw puma pas wuuhaqtaqe pangqw pu' yaw puma ahoy nimiwmakyangw pu' yaw puma moohot piw tuku. Pu' yaw pangqw puma put motkyat yawkyangw ahoy soy aw nima. Pu' puma yaw pituuqe pu' puma yaw put somlalwa. Pu' yaw puma put nana'löngöt sihut suuvo oo'oyayakyaakyangw somlalwa. Pas yaw wuuhaqtotaqw paasat pu' yaw puma naatupkom yaw Oraymi put ngöytiwto, mamantuy amumi. Pay yaw puma put matsvongkyangw ep waynuma. Pu' yaw pay puma haqam hakiy maanat wuutit aw pite' pu' yaw pay put angqw sukw somiwtaqat tsoope' pu' yaw put aw ngöytiwlawngwu. Pay yaw puma pep pumuy amumi pan ngöytiwtinumkyangw pu' yaw pay piw hakim nuvööwyatniiqe pu' hiitawat aw ngöytiwkyangw pay piw löwayat ngu'angwu. Pu'

There at Oraibi also lived a couple that had two daughters, both very beautiful and grown-up. The Kokopöl boys were well aware of them. The two girls were on their minds as they mentioned to their grandmother that they were going to pick flowers. The old woman did not object. "As soon as we've eaten, you can go down to the plain and pick your flowers. When you've gathered a lot, tie the beard tongue, larkspur, mariposa lilies, and gilia together and put them in one pile. Then you can go to Oraibi and play 'gift-snatching' with the womenfolk." Since Kokopölki was located somewhere northwest of Oraibi, the brothers descended to a place near Mumur Spring.

The father of the two sisters had a field over in the southwest at Tuuwanasavi. There he used to plant various crops such as watermelon, muskmelon, squash, beans, and corn. That day the family wanted to head out to this field again, so the two girls were baking piki. They were still preparing food for the outing when their father and mother were already descending the mesa. As soon as the girls were done with the piki, they wrapped it up and followed their parents. They also took ground sweet corn and water along. Before long the parents had reached the field at Tuuwanasavi, where they settled down at the field hut and waited for their children. Finally, the two became visible in the distance.

Meanwhile northwest of them, close along the foot of the mesa, the Kokopöl boys were picking flowers. When they had amassed a big bunch, they returned back home, cutting some yucca on the way. With the yucca plants in their arms, they came home to their grandmother. Immediately, they set to tying the flowers together, putting the different flowers in separate piles. After they had tied up a great deal, the two brothers departed for Oraibi to play gift-snatching with the girls. They went around with a handful of flowers, and each time they encountered a girl or woman they pulled out a flower and teased their victim with it. As it was, the two boys were horny already and interested in sex. Thus, every time they got a woman to pursue them they would grab her löwa and squeeze her breasts. This

hiitawat piihuyat piw yaw muutsiknangwu. Pan yaw puma pep momoymuy amuupa put pantsaknumngwu. Pu' yaw puma as mantuy kiiyamuy aqwa. Noq pay yaw qa hak angqaqw amumi yama. Pep yaw puma put ngöytiwtinuma, kiinawita. Yaw puma kwangwa'ewta mamantuy momoymuy mapritaqe. Kwangwa'ewtaqe pu' yaw puma soosokniiqe pu' angqw pu' yaw puma piw ahoy soy awniiqe pu' yaw ep pitu. Yaw naami nananlawu. Haalay'unangway yaw ep nananlawu. "Ya uma piw hintiy?" yaw kita amumi so'am.

"Pas hapi itam kwangwa'ewtay," yaw kita. "Itam oovi hiisavo naasungwnat pu' itam pay piw hawtoniy," yaw kita.

"Ya uma haqe' ngöytiwtinumqe oovi'oy?" yaw kita.

"Pay as Orayvesaniikyangw pas itam kwangwa'ewtay," yaw kitalawu.

Paasat pu' yaw puma oovi hiisavo yantat, "Ta'ay, tumee," yaw kita.

Pangqw pu' yaw puma piw naama. Aqw piw taavangqöymiq haqe' an tuwaaqe pay yaw yuumosa puma pangsoq. Pu' yaw puma aqw hawtokyangw pu' yaw puma wuuwanma sen puma mant haqaminiqw. Pu' sen pi yaw puma uuyiy awi. Soosoyam sen yaw pangsoq uynöngakiwmaqw yan yaw puma wuuwanma haqami pu' yaw puma oovi piw ang pan sitkotinumkyangw pu' yaw piw an niitiqe pu' yaw pangqw pu' yaw piw puma ahoy. Ahoyniiqe pu' yaw piw ep pituuqe pu' yaw piw put somlawu. Pu' yaw puma piw hoyokput pu' somta. "Ta'ay, tumee," yaw kita. "Itam pay piwniy," yaw kita.

"Pay hapi uma paapu qa pas ephaqam tuumaprinumniy," yaw amumi kita, so'am, "taq pu' pay himuma taaqa ismaaqanen hakiy hinwat hintsakngwuy," yaw kita amumi.

Pu' yaw pay, "Ta'ay, pay itam son paapu hakiy pas hin mutstaniy," yaw kitalawu.

Pu' yaw paasat pay puma piw pangqw nakwsu pangso'o, Oraymi'. Oovi naat yaw puma pu' aw pakitoq angqw yaw pay hak wuuti piw amuupew haqami kya pi as pam hiita qöötsaptsomomi pi wahoknatokyangw angqw yaw kuyva. Pay pi yaw hak piw pas lomawuuti. "Yangqw suukyaway," yaw kita pam wuuyoqwa. "Pay um haak ayam nuy nuutaytaniy," yaw kita. "Ason nuy mooti aw ngöytiwlawe' yukuqw pu' um tuwatniy," yaw aw kita.

Pu' yaw pay oovi pam ayam tup wunuwkyangw yaw tunatyawta, hintini pi yaw pamniqw. Pu' yaw paasat si'uyiy angqw put sukw tsoopaqe pay yaw put aw ngöytiwlawu. Aw hiihintsaklawu. Ephaqam atpipoq sihuy iitat pu' piw aakwayngyavaqe suyvoqwat may

is how the two carried on among the women. Next, they sought out the house of the two girls, but no one came out to them. So they continued their gift-snatching throughout the village. They really enjoyed rubbing themselves against the womenfolk. Soon they had used up all their flowers and returned to their grandmother. They were laughing at each other, happy in their hearts. "What did you do?" their grandmother inquired.

"We really enjoyed ourselves," they replied. "We'll rest for a little while and then we'll go down again," they said.

"Where did you do your gift-snatching that you had such a good time?" she asked.

"Well, we only really had fun in Oraibi," they replied.

Having rested for a while, the boys said, "Come on, let's go!"

Together the brothers left. Once more they headed straight for the place on the southwest side where they had found the flowers. Descending the mesa, they kept wondering where the two girls might have gone. Maybe they had gone to their cornfield. Their whole family had probably gone there. This was on their minds as they were picking flowers. When they had gathered a lot, they went home again, where they tied everything up. This time they made the bundles bigger. "All right, let's go," they said, "we'll be off again."

"Don't you rub yourselves against the womenfolk," their grandmother warned them. "If a man notices that and gets jealous, he'll beat you up."

The two promised, "All right, we won't squeeze them anymore."

With that the two Kokopöl boys departed for Oraibi. They were just entering the village when they spotted a woman coming their way. Apparently she was headed out to the trash piles to dump something. She was a beautiful woman. "There's one!" remarked the older of the two. "You wait over there for me," he said to his younger brother. "I'll play with her first. When I'm done, you can have your turn."

So the younger brother remained there by the base of a house watching what the other was going to do. The elder brother pulled out one flower and began to tease the woman with it. He was doing all sorts of things. Every so often he would hold out the flower in front of her, then reach around her to her back with his left hand, more or less embracing her from behind. The woman placed her

aqw piw tavingwu. Pu' yaw pam pay pephaqam put mötsikyapmo-
kiy tavit pu' yaw pep put ngöylawu. Ngöylawkyangw pu' hisatniqw
pu' yaw ngu'a. Ngu'aqw pu' yaw pam pep sihuy akw naahoy maa-
santa, Kookopölö. Pantikyangw pay yaw piw naakwayngyavaqe
löwamiqhaqami sihuy akw söökwiknangwu. Pantsaklawqw pu'
yaw hisatniqw pu' yaw pam wuuti put nawki. Pu' yaw mötsikyap-
mokiy ahoy awniiqe pu' put kwusut pu' yaw aapiy nakwsu. Noq
pu' yaw Kokopöltiyo angqw tupkoy awniiqe pu' yaw put aw pang-
qawu, "Ta'ay," yaw kita, "ason ahoy angqwniqw pu' um tuwatniy,"
yaw aw kita.

Paasat pu' yaw pam oovi tuwat himuy angqw sitkoqey angqw
tsoopaqe pu' yaw nuutayta. "Um tur pay tuwat haak ayam wunuw-
taniy," yaw aw kita.

Noq pay yaw pangqw kiskyami haypo. Ang kiskya'ytaqw pep
yaw pam nuutayta. Noq oovi yaw wuuti ahoy angqwniikyangw pay
yaw taya'iwma. Pu' yaw antsa aw pam wuuti pitu. Pituqw pu' yaw
pam pay put aw ngöytiwtimakyangw yaw kiskyami hoyta. Pakito
yaw pam awniqw pu' yaw pangqw paasat pay wuuti angk. Aw
wuuti angkniqw pay yaw pam oovi qa waaya, tiyo, Kookopölöt
tupko'at. Paasat pu' yaw pam pep put aw ngöytiwlawkyangw pu'
yaw pay pam put tuupelmo wunuptsina wuutit. Pi yaw pas wuupa
pam kiskyaniqw pay yaw naasavehaqam pam put pan yaw tuupel-
mo wunuptsini'yta. Pu' yaw pay pam anawit wunuwkyangw pu'
yaw aqw yomimita, hin'ur yaw muusiwkyangw. Pantsakkyangw
haqami yaw pam wuutit hin unangwtoyna. Pu' yaw pam pay put
aw maqana. Naap pay yaw i' tiyo put aw maqat pu' yaw piw sukw
si'uyiy angqw pantit pu' yaw piw aw maqa. Pu' yaw pam paasat put
hölökna. Kwasayat oomiq yaw yantsana. Hisat pi pay qa lomu'y-
yungngwu. Noq pu' yaw pay pam pep put sootakna yawi', tupko'at,
pay yaw put wuutit. Pep pu' yaw pam put pay sootanta yaw, tsopta
yaw pam put. Paas yaw pam yuku. Yukunat pu' yaw paasat piw
sukw angqw yantit pu' yaw piw aw maqa. Paasat pu' yaw hot-
ngaqw yan palalaykinat pu' löwamiq piw ngu'at pu' yaw aqwha-
qami maatavi. Pu' yaw pam ahoy paavay aqw pisoqti.

"Ya um hintsakqe oovi pas qa pituy?" yaw kita.

"Pi nu' ayoq kiskyamiq pituuqe pepeq aw ngöytiwlawqw
nawis'ew nuy nawkiqw oovi nu' pu' angqöy," yaw aw kita.

Pu' yaw pay, "Pay hapi um piw hintiy," yaw aw kita.

"Qa'ey, pay nu' qa hintiy," yaw kita.

Paasat pu' yaw, "Ta'ay, tumee," yaw aw kita.

Paasat pu' yaw pay tupko'at pay kuwaatuwa. Niiqe pu' yaw
pay pam paavay oovi mooti yaw aw no'angwu. Paasat pu' yaw

trash bundle on the ground and started pursuing the boy, finally getting hold of him. Caught, Kookopölö kept waving his flower up and down. Or, with his hands behind his back, kept poking his flower toward the woman's löwa. Carrying on like this, the woman eventually succeeded in taking his flower away. Then she went back to her trash, picked it up again, and continued on her way. Thereupon the Kokopöl boy returned to his younger brother and said, "All right. When she comes back, it's your turn."

The younger one, too, extracted a flower from his bunch and waited. "Why don't you stand over there," he suggested to his brother.

From where he stood it was not far to an alley, and there the younger brother lay in wait. As the woman approached, she had a smile on her face. Teasing her with the flower, the younger Kookopölö slowly moved farther into the alley, the woman following on his heels. He did not run away. Instead, he played gift-snatching with her until he got her to stand against the wall. The alley was quite long, and it was roughly in the middle where he had the woman pressed against the wall. Standing alongside her he kept thrusting his pelvis into the woman, until he had a big erection. After a while he got the woman all aroused. At this point he let her have the flower, then pulled out one more and gave her that one too. Then he pulled up her dress; all the way to the top he lifted it. Long ago, of course, women did not wear underclothes. He inserted his kwasi into the woman, and began thrusting, having intercourse with her. He finished with a great climax, and when he was done he handed the woman another flower. Slapping her several times on the back and grabbing her löwa once more he finally let the woman go and hurried back to his brother.

"What took you so long?" the older brother cried.

"Well, over there in the alley I kept teasing the woman with my flower. In the end she snatched it away from me, so here I am," he replied.

"I have a hunch you did something to her."

"No, nothing whatsoever."

Whereupon the older Kookopölö said, "Come on, let's go home!"

But his younger brother felt like doing it again. He would let his older brother go first, though. At this moment the same woman

puma haqe'niqw angqw pay pam piw yaw wuuti kuyva. Piw naat hiita yaw mokta. Paasat pu' yaw pam tupko'at paavay aw pang- qawu, "Ta'ay, piw aw ngöytiwtoo," yaw aw kita.

Paasat pu' yaw, "It tur haak yawta'ay" yaw aw kita. Pu' put himuy somiwput tupkoy aw tavi. Pu' yaw lööqmuy put oovi sihuy anqw tsoopat yaw paasat put yawkyangw pu' yaw awi. Pas pi yaw hak lomawuuti. Pu' yaw as pam i' wuuyoqwa put aw hiihintsakqw pay yaw pas put qa aw ponimti. Panis yaw aw yan yorikt put pi yaw hiita maspato. Niiqe pu' yaw oovi panis aw yan yorikt pu' pay yaw aapiy aqw kiskyamiq ayoqwat yaw yamakto. Ayoq qöötsap'atvel- moq yaw yamakto. Yaw pay pam okiwti, paava'at. Niiqe pu' yaw pay pam ep hiisavo wunuwtat pu' yaw pay ahoy namtökt pu' yaw put tupkoy aw pangqawu, "Ya hintiqw pas qa hin inumi ponimti?" yaw aw kita.

"Pi naat hiita yawmaqe'ey," yaw aw kita. "Son pi pam put tsöpkyangw ung put nawkilawniy," yaw aw kita pam tupko'at. "Ason kur angqwniqw pu' nu' tuwatniy," yaw aw kita. "Paasat pay qa hiita hinmaniqe pay sonqa inumi nuy ngöyvaniy," yaw aw kita.

Paasat pu' yaw pay pam kya pi okiwti, mi' paava'at. Pu' yaw pam put tupkoy ahoy sihuy nawkiqw pu' oovi pam tupko'ot pu' piw ep nuutayta. Tupkye' yaw ang tuuwi'ytaqw pep yaw puma tsokiiti, nan'ik si'uyiy mavoko'ykyangw. Paasat pu' yaw puma aw tunatyawtaqw pu' yaw hisatniqw angqaqw kuyva. Pu' yaw pam paava'at tupkoy no'ikna. "Angqw hapi. Ta'ay, tuwat aw ngöy- tiwaa."

Paasat pu' yaw tupko'at sihuy angqw tsoopa. Tsoopat pu' put sihuy paavay aw tavi. "It um haak tuwat inungem yawtani." Paasat pu' yaw pam wuutit aw wari. Naat oovi yaw pu' kiskyami pakitoq pam aw pitu. Pu' yaw pam pep put ngöytiwa. Paasat pu' yaw pay kya pi hin unangwti, pam wuuti. Noq yaw pangqw paava'at aw tunatyawta. Paasat pu' yaw aw hiihin maasanta yaw pam tupko'at. Pantsakkyangw pu' yaw pay angwuta wuutit. Paasat pu' pay yaw pephaqam momokpiy tuuvat pu' yaw put angk yottinuma. Pu' yaw pam ep yan qöqöntikyangw pu' yaw pay pangso kiskyami put ahoy pana. Paapiy pay pam put piw ahoy pas sunasamiqhaqami pitsinat pu' pay aw piw sihuy maqana. Maqat pu' pay piw paasat put hölök- na. Pep pu' pay pam piw put wunuwtaqat tsopta. Löös yaw oovi pam put pantsant pu' paasat angqw ahoy paavay aqwniqw pu' pay yaw paava'at put sihuyat somiwtaqat pay yaw kur ayamhaqam tavi. "Um hintiqw qa aw tunatyalti?" yaw aw kita.

"Pay nu' hakiy tuwat angqw yamaktoqat pu' aw ngöytiwniqe oovi'o," yaw kita. Pay yaw kur pam itsivuti, paava'ata. Pay yaw

reappeared. Once again she carried something in a bundle. The younger Kookopölö urged his brother, "Go at it, do your gift-snatching with her!"

The older replied, "Here, hold this for a while," handing his younger brother his flower bundle. But first he extracted two flowers. With these in his hands he approached the woman. He could see that she was very pretty. He began teasing her in all sorts of ways, but she paid no attention to him. She just gave him a look and went on to discard what she carried. Having passed through the alley, she headed out to the trash mounds. The older brother was bitterly disappointed. He still lingered a while, but then he turned around and asked his younger brother, "Why on earth didn't she react to me?"

"Obviously, she had her hands full, and couldn't snatch those flowers from you," explained the younger one. "I'll have a go when she returns. She won't carry anything then, so I'm sure she'll run after me."

The older brother was in anguish. He retrieved his flowers from his younger brother, who was not waiting his turn. There was a stone bench at the base of a house on which they both sat, each of them hugging his flowers. They watched carefully until the woman reappeared. The older Kookopölö nudged the younger one, "There she comes. Come on, have your turn."

The younger brother pulled out a flower and handed the rest to his brother. "Hold these for me for the time being," he told him. With that he ran toward the woman, reaching her just as she was entering the alley. Immediately, he began teasing her. The woman became excited as the older brother watched. His younger brother waved the flowers around in various ways, winning the woman over. Discarding her bundle, she began grabbing after the flower. Running in circles, the younger brother managed to again lure her back into the alley. As soon as he had gotten her to the middle, he let her have his flower, pulling up her dress again and copulating with her standing up. Twice he did it to her, whereupon he ran back to his brother. He noticed that the latter had put his bunch of flowers down somewhere. "Why didn't you guard my flowers?" he reproached him.

"I'd like to tease a woman, too, if one comes out from there," he replied. He was angry. He was suspicious that his younger brother

pam kur put aw hin wuuwaqe pu' pay pep put sihuyat maatavi. Pu'
yaw paasat aw, "Ta'ay, tumee," yaw aw kita.

Noq pay pi yaw pam tupko'at pay löös tsungqe pay yaw pam
kya pi kwangwa'i. Niiqe pu' yaw paavay aw pangqawu, "Haakiy,"
yaw aw kita. "Itam nan'ivoqniy," yaw kita. "Um yukiq teevengewat-
niqw pu' nu' yukiq hoopoqwatniy," yaw kita.

"Ta'ay," yaw kita.

Paasat pu' yaw puma naangaqw laasi, naatupkom. Paapiy pu'
yaw i' tupko'at teevengewat kiletsit ang pu' yaw panma. Pay yaw
haqam hötsiwmi pite' pu' aw yan kuyvaqw pay yaw himuwa maana
epningwu. Kiy ep pakiwtaqw pu' pay piw pam aw pakingwu, Koo-
kopölöt tupko'at. Pu' yaw put si'uyiy iipaq tavit lööqmuy angqw
yantit pu' yaw pay pep put aw ngöytiwlawngwu. Pantsaklaw-
kyangw pu' pay put pan haqami ayan wunuptsinangwu tuupelmo.
Pu' yaw oomiq sihuy iitsi'ykyangw pu' yaw piw pay aqw yomimi-
tangwu. Pay yaw pam pan kuwaatuwqe pu' pantsakkyangw pu'
pay qa nawkiqw naap aw maqat pu' pay hölöknangwu. Pan yaw
pam pang mamantuy tsoptima momoymuy. Pan yaw pam put
soosoknit pu' pay pam pangqw paasat nima. Put paavay qa nuu-
taytit pu' pay yaw pam pangqw nima.

Pu' yaw pam haqam puma ima mant naatupkom ki'ytaqw pam
pang yaw oovi. Pam aw taymaqw pay yaw qa hak epe. Pu' yaw pam
wuuwaqw puma son yaw qa uuyiy epeq. Pu' yaw pam pay qa kiy
awnit pu' yaw pam pay yuumosa piw peehut sihut yukuto. Put yaw
oovi pam peehut piw aasa'haqam sitkot pu' pam haqaminiiqe pu'
pam moohut pu' yaw piw angqw tsaakiknaqe pu' put tsiitsiktat pu'
put suuvo yan oo'oykyangw somlawu. Pay aasa'haqam yaw piw
somtat pangqw pu' yaw Tuuwanasamiq pumuy mantuy hepto. Pu'
yaw pam pay yuumosa pangsoqniikyangw paasayamuy haqe' aw
pakiqw antsa yaw na'am pepeq kwiningyaq pastinuma. Pu' yaw
pam ang taynumqw ayam yaw taavang suukya maana hintsaknu-
ma. Paasat pu' yaw pam aqw pituqw yaw pam tupko'atwa maana.
Paasat pu' yaw pam put si'uyiy piw angqw lööqmuy yan tsoopat
pu' piw pam awi. Noq pam pi yaw maana pang pastinuma. Noq pu'
yaw pam pangqw awniikyangw angwu ang tayma haqamiwat
pasqalavo hayponiqw. Noq yaw pam aw pituuqe pu' yaw pam aw
tunatyawmaqw yukwat teevenge yaw pam qalavo. Pay ang sivap-
tsotski yantaqw pay yaw pam pangso waayaniqey pam wuuwan-
kyangw. Pu' yaw pam oovi aw pitutokyangw pu' pay aw hiisavo
peetaqw pam yaw tuwa maana.

Pu' yaw Kookopölö aw ngöytiwa. Pu' yaw pay maana yoktaqay
tuuvat pu' angk yottinuma. Pu' yaw pam pep put amum qöqönti

had not told him the truth before, and therefore he had discarded his flowers. "Come on, let's go," he said.

The younger Kookopölö, having had sex twice by now, evidently wanted more. So he said, "Wait! Let's go in different directions. You can go toward the southwest, I'll go here to the northeast."

"Very well," the older consented.

So the Kokopöl brothers parted from each other. The younger followed the house row along the southwest. Whenever he came to a door, he looked in to see if a girl was there. If one was home, he immediately removed two flowers, deposited his bunch outside the house, entered and began teasing the girl. After a while he usually managed to get her cornered against a wall. Holding his flower out above her head he would be thrusting his pelvis into her. He was anxious for more sex, and when a girl did not snatch the flower from him he simply gave it to her. Then he lifted up her dress. In this fashion the younger Kookopölö carried on there, copulating with one woman after another. When he had used up all his flowers, he decided to return home. He did so without waiting for his older brother.

On his way he passed by the house where the two girls lived. He cast a glance inside, but nobody was in. It occurred to him that they were probably at their field. Thus, instead of heading home he went straight to pick some more flowers. Having picked a good amount he went on to cut some yucca leaves. These he tore into strips, with which he tied the flowers into bunches. Upon completing this task, he started out toward Tuuwanasavi in search of the girls. He made straight for his destination. Sure enough, upon entering the field he found their father hoeing weeds in the northwest. As he scanned the area he noticed one of the girls being busy in the southwest. Upon getting closer he realized that it was the younger of the two. He removed two flowers from his bunch and stepped up to her. She, too, was hoeing weeds. Before reaching the girl he had seen that it was not far to the edge of the field. He noticed the stands of rabbit brush by its southwestern edge and decided to run there. He was now nearing the girl, and when only a short distance was left she became aware of him.

At once, Kookopölö began his play. The girl threw away her hoe and ran after him, snatching for the flower. Running around in circles Kookopölö slowly maneuvered the girl to the edge of the field. He could see that her older sister was nowhere in sight. Her mother,

numkyangw pangsoq qalavoq pu' pam put wiiki'yma. Noq pam pi yaw ang taymaqw pay yaw qa haqam mi'wa qööqa'at. Paasat pu' yaw pam yu'am piw yaw qa haqamniqw pay pamsa na'am ayaq kwiningyaq pastinuma. Pu' yaw pam pep oovi put sivapsonmi pana. Noq pangqe' pay yaw lomasaq qeni'yta. Pangso pu' yaw pam put pitsinaqe pep pu' yaw pam pay qa ngöytiwt pu' put aw maqa. Paasat pu' yaw pam piw put pantsana, hölökna. Soosok yaw kwasayat oomiq tsovala. Pas pi yaw lomamana. Pu' yaw pam pep put pas wa'öknat paasat pu' yaw pam pep piw put tsopta. Pantsant paasat pu' pam angqw ayo'. Pu' yaw aw pangaqwu, "Pay um haak yepniy," yaw aw kita. "Pu' um haak yepniqw nu' aw peehut yukutoniy," yaw aw kita. Pu' yaw pam pangqw ahoy sitkoy awniiqe pu' put ang ömaatat pu' paasat angqw maanat aw kimakyangwniiqe pu' put angqw sunasamiq yantaqat aw oyat pu' yaw put tuuvingta, "Ya haqam uuqöqay?" yaw aw kita.

"Pam pay as pephaqam kwiningyahaqam hintsakiy," yaw aw kita.

Pu' yaw aw pangqawu, "Sen nu' son piw suus uumi hintsant pu'niy," yaw aw kita.

Pay yaw kur pam paasat put angwuta. "As'awuy," yaw aw kita.

Pu' yaw pam put piw an wa'öknat pu' soosok hölökna. Pu' yaw pam piw pep put tsoplawu. Tsoptaqe yukuqw pu' maana yaw aw pangqawu, "Haakiy," yaw aw kita, "um pewniy," yaw aw kita.

Pu' yaw puma naama pangqw taqatskiyamuy aqwa'. Pu' pumuy aw pituqw pu' maana yaw sihuy angqe' oyat pu' piikit angqw engem hiisa' mokyaata. "It um tuwat yanmaniy," yaw aw kita. "Ason niikyangw qaavo itamuy noonovanisavotiqw um piw angqwniy," yaw aw kita.

"Ta'ay," yaw kita. "Noq haqami pam uuqöqay?" yaw aw kita.

"Pephaqam kwiningyahaqam songqa hintsakiy," yaw aw kita.

Paasat pu' yaw pam pangqw piw put heptima. Noq pephaqam yaw yu'am piw pan pastinuma. Puma yaw kur soosoyam paslalwa. Pep pu' yaw pam put si'uyiy piw angqw lööqhaqam tsoopat pu' yuyat aw pituuqe pam put aw ngöytiwa. Pu' yaw pam pi yaw suyan maana put aw taytaqw pu' pam pay oovi aw ngöytiwlawkyangw pu' pay qa nawkiqw pu' pam pay naap put aw maqat paapiy pu' pam aqw kwiniwiq yaw pam ahoy nima. Nimiwmakyangw put heptima yaw pam maanat qööqayatwat. Haqam pu' yaw pam piw put aw pitu. Pu' yaw pam paasat pay piw pam putniqey wuuwaqe pu' pam oovi kya pi angqw aw haykyalni'ymakyangw pu' put piw lööqmuy sihuy angqw tsoopa. Pu' yaw pam pep put aw pitutokyangw ang taymaqw pas qa haqami qalavo haypoq pam put

too, was somewhere, and her father was hoeing over there in the northwest. By now he had gotten her inside the stand of rabbit brush. There was a good-sized clearing. No sooner had he gotten the girl there than he quit teasing her and simply presented the flower to her. Thereupon he did what he had done before: he raised up her dress. He gathered it all the way to the top. Was she a beauty! Then he laid her down on the ground and coupled with her. As he got off her he said to her, "Please, stay a moment. I'll go get a few more." With that he ran back to his flowers, picked them up and brought them to the girl. Giving half of his bunch to her he asked, "Where's your older sister?"

"She's doing something there in the northwest."

Kookopölö replied, "Can I do it one more time before I go?"

He won the girl over, for she said, "Why, sure."

So he laid her back down, disrobing her completely. Thereupon the two had intercourse again. When he was finished, the girl said, "Wait, come over here with me."

With that they walked together to the field hut. There the girl placed down her flowers and wrapped up some piki for the boy. "Take this along," she said. "Come back tomorrow when it's time for us to eat."

"All right," Kookopölö agreed. "But tell me, where is your older sister?"

"She must be working at the northwestern end of the field somewhere," she replied.

So the younger Kookopölö went in search of her. The girls' mother, too, was hoeing weeds there. Evidently the entire family was working among the plants. Kookopölö extracted two flowers from his bunch and when he reached the mother, he teased her with them. The girl could see him. When the mother did not snatch away his flowers, he handed them over to her and continued on home in a northwesterly direction. On the way he searched for the older sister. Somewhere he finally encountered her. Immediately he decided to get her also. Approaching her he got two flowers ready. He could tell that it was close to the edge of the field if he wanted to lead her there. The field hut, on the other hand, was a good distance away.

wikniniqw. Pay pi yaw pam haqti pangqw taqatskiyamuy angqw. Pep pu' yaw pam put aw atsangöytiwtinumkyangw pu' yaw pam put piw mavokta. Pu' piihuyat pay yaw pam mutsta. Pu' pay pam maana hin unangwtiqe pu' pay pang yaw pam naap piw wa'ö. Pep pay yaw pu' pam put sihut aw maqanat paasat pu' yaw pam piw pay pep put tsoova. Pu' paasat hiisa' pam sihuy somiwtaqat peetaqe pu' yaw put piw soosok maqa. Pu' yaw pam piw put tsoova. Pam yaw naatupkomuy löösta. Pantit pu' yaw aw pangqawu, "Pay nu' payniy," yaw aw kita.

"Ta'ay," yaw kita, "um peqw inungkni," yaw aw kita.

Pangqw pu' pay piw pam put ahoy kismiq wiiki. Epeq pituuqe pam piw put muupiy angqw pu' yaw piw put mokyaatoyna. "It um tuwat nitkya'ykyangw nimaniy," yaw aw kita. "Ason um qaavo noonovanihaykyaltiqw pu' um piw angqwniy," yaw aw kita.

"Ta'ay," yaw kita.

Pangqw pu' yaw pam nitkya'ykyangw nima. Niikyangw pu' pay pam aqw yuumosa piw haqe' pam tukyamsiniqw pu' pangqw pu' pay pam put piw sitkotima. Paasat pu' yaw pam pas niitiwtaqat sitkotat pu' yaw pam pangqw nimiwma muupiyamuy torikiw-kyangw. Yaw haalay'unangway Oraymiq warikiwta. Pu' yaw pam paasat soy aw pituto. Pam ep pakiqw yaw paava'at ephaqam yanta. Noq si'uyi'at ayam tsaqaptat aqw qeeniwta. Pu' yaw pam, "Ya um put qa soosokoy?" yaw aw kita.

"Qa'ey, qa hak haqam," yaw aw kita. "Noq um peehut yuku-ma?" yaw kita.

"Owi, pay nu' yukumay," yaw aw kita. "Pay nu' ihimuy pep soosokniiqe pu' nu' oovi piw it yukutoy," yaw aw kita.

Pu' yaw pam paava'at aw pangqawu, "Noq um hiita piw tori-kiwta?" yaw aw kita.

"Hep owiy," yaw kita, "pay nu' pep Orayve it mootiwat ihimuy soosikniiqe nu' angqw taavangqöymiq hawtokyangw pepeq nu' pumuy naatupkomuy amumi pituy," yaw aw kita. "Pangqw yaw puma pasngaqw nimiwmakyangw pay it nitkyay puma yaw qa soswaqw puma nuy paniqw pay it maqay," yaw aw kita. Pay yaw pam qa aa'awna mantuy paasayamuy epeqniiqe. Pam yaw qa aa-'awnat put mupimokit pu' pam purukmaqe pu' yaw put so'wuutit aw'i. "Yepey," yaw aw kita, "it pay puma qa soswaqw it inumi oyay," yaw kita.

"Askwaliy," yaw kita.

Pu' yaw pay pam paava'at pay yaw aw hin wuuwa. Niikyangw pay yaw qa aw hingqawlawqw pu' yaw pam put ephaqam som-lawu. Put somlawkyangw yukut pu' yaw paasat tsaqaptat aqw

Pretending to play gift-snatching he embraced the girl, squeezing her breasts. The girl was soon aroused and she lay down of her own free will. Kookopölö let her have the flowers and then had intercourse with her. As a reward he gave her all the tied-up flowers he had left. Then he copulated with her once more. Thus he did it twice with the two sisters. When he was done he declared, "I'll be on my way now."

"Good," replied the girl, "but follow me first."

With that she led Kookopölö back to the shed. There she also wrapped up some of her rolled piki for him. "Here's some food for you on your way home," she said. "Tomorrow, when it's close to eating time, come back again."

"Very well," the boy replied.

Kookopölö now returned home with the food. First, however, he headed back to the area where the larkspur were growing. When he had gathered enough he continued on home, with the piki slung over his shoulder. Happy in his heart, he was running to Oraibi. Finally he reached his grandmother's place. Upon entering he found his older brother sitting there, his flowers soaking in a bowl. "Didn't you use them all up?" the younger one asked.

"No, there was no one around. And you, did you pick some more?"

"Yes, I got some more. I used all of mine up."

Thereupon the older Kookopölö said, "What's that slung over your shoulder?"

"Well, yes," the younger one replied, "I had just given away all of my first batch in Oraibi and was going down the southwest side when I came across the two girls. They were just returning from the field, and because they had not eaten up their lunch they gave me this." He did not tell them that he had been at their field. With that he opened the bag of piki and went to his grandmother. "Here," he exclaimed, "this is what they didn't eat and gave to me."

"Thank you," the old woman said.

The older Kookopölö found this somewhat strange, but he refrained from remarking upon it. Meanwhile, the younger Kookopölö was busy tying up his flowers. When he had finished he poured

kuyqe pu' yaw pangsoq put qeena. "Pay ason hihin hiisavoniqw pu'
nu' kur piw aw hiisavo ngöytiwtoniy," yaw aw kita. "Noq um qa aw
inumumni?" yaw pam aw kita put paavay awi, i' tsaywa.

"Qa'ey," yaw kita, "pay nu' okiwtiy," yaw kita. "Pay qa hak pas
nuy ngöylawngwuniqw pay nu' oovi qa aw piwniy," yaw kita.

"Ta'ay," yaw kita.

Pu' yaw pam tupko'at oovi pay haqami neengem aapataqe pay
yaw pam pangsoq wa'ökiwlawu. Ayan naamangu'yqalaptsinta yaw.
Pantsakkyangw pu' hihin qalaptuqe pu' pay lomasavotiqw paasat
pu' yaw pam pangqw piw nakwsu. Pu' yaw pam pay Oraymi pitu.
Pu' yaw pam kiskyami haykyalni'ymaqw angqw yaw hak maana aw
pakito. Noq pay yaw pam aw pakiqw pay yaw piw pam maana,
mantuwa'at tsaywa. Pep pay yaw pam piw put aw ngöytiwa. Noq
pu' yaw pay pam put piw pep pan kwangwa'i. Pu' yaw pam put
piw oovi wuuhaq maqanaqw pu' put tuuvingta, haqam yaw qööqa-
'atniqw sen pay yaw kiiyat epniqw. "Pam naat qa wuuvi," yaw aw
kita. "Nu' pay amuusavo angqöy," yaw kita.

"Noq um haqami'iy?" yaw aw kita pam i' tiyo.

"Pay nu' yukiq kwiningqöymiq nepnato."

"Pay nu' ung haak nuutaytaniy," yaw aw kita. "Sen pi nu'
umum awniy," yaw aw kita.

"Ta'ay," yaw kitaqw pangqw pu' yaw pam put amum oovi. Pep
pu' puma put kwiivit hiita yaw oovi neevenlawu. Pay lomasa'tat pu'
yaw, "Ta'ay," yaw kita, "pay kya yaasa'niy," yaw kita.

Pu' yaw pangqw puma pay naama ahoy, maanat kiiyat awi. Pu'
yaw pam tiyo put sihuy pay maanat aw soosok oya. "Pay um it
haqami oyaniy," yaw aw kita. Pu' yaw pam piw put kwangwa'i.
Niiqe pu' yaw pay pam pep piw put pantsaklawu. Tsoplawu yawnit
pu' yaw aw pangqawu, siwatwa awi, "Nu' ason mihikqw pu' angqw
kiikinumtoni," yaw aw kita.

"Pay nu' ung nuutaytaniy," yaw aw kita, pam maana. Paasat pu'
yaw pam maana tuuvingta, "Hingqawu uumi uuso um ep itaanovay
kivaq'öy?" yaw kita.

"Pay as pam haalayti," yaw kita.

"Pay ason um mihikqw angqwniy," yaw aw kita.

Pu' yaw pam put pep oovi piw löös aw hintsant pu' pam
pangqw ahoy kiy awi'. Noq paasat pu' yaw pam suyan pu' yaw pam
maanat aw kuyvatoniqe pu' pam oovi pay soy aw pangqawu pay
yaw ep pituuqe, "Itaasoy," yaw aw kita, "itam pay as kya sonqa iits
noonovaniy," yaw kita. "Nu' pay hihin maangu'yqe nu' pay as iits
puwniqey wuuwantay," yaw aw kita, soy awi.

"Ta'ay," yaw kita.

some water into a pot and soaked them. "In a little while I'll go gift-snatching again," he announced. "Aren't you going to come with me?" he asked his brother.

"No, I'm weary of this. I'm disappointed that no one chased after me, so I won't go again," he replied.

"Very well," the younger one answered.

The younger Kookopölö now rolled out his bedding and lay down. He was worn out and had to recover. After a good length of time had passed and he felt a little rested, he departed again for Oraibi. Just as he was approaching the alley a girl was entering. As it turned out, it was his girlfriend, the younger of the two sisters. Just as before he began to tease her with the flowers. He felt a strong desire to have her. Once more he bestowed many flowers on her and then he inquired where her older sister was. Was she at home by any chance? "She hasn't come up yet," she replied. "I came ahead of her."

"Where are you going?" the boy asked.

"I'm going here to the northwest side to pick greens."

"I'll wait for you then," he said, "or maybe I'll come with you."

"That's fine," the girl replied, and so Kookopölö accompanied her. Together they gathered wild spinach. When they had collected a good amount the girl said, "That should be about enough."

Thereupon they both returned to the girl's house. The boy now gave all his flowers to the girl. "Put these somewhere," he said, for already he desired her again, and so the two had intercourse once more. When Kookopölö was done he said to his girlfriend, "I'll come visit you later at night."

"I'll be waiting for you," the girl replied. Then she added, "What did your grandmother say when you took our food to her?"

"She was happy," he answered.

"Come back when it's dark," she reminded him.

Kookopölö coupled two more times with the girl and then returned home. Since he was certain that he would visit the girl again, he said to his grandmother, "Grandma, I wish we could eat a little earlier tonight. I'm somewhat tired and would like to go to bed soon."

"All right with me," the old woman replied.

"Noq sen piw um qa novayuki'ytay," yaw aw kita.

"As'ay," yaw kita, "pay nu' yuki'ytay," yaw kita.

Paasat pu' yaw oovi pam pay amungem tunösvongyaata. Tunösvongyaataqw pu' yaw puma noonova put muupit pu' yaw puma enangyaqw pay yaw pam mi' paava'at pay yaw ayanta. Pay hihin ismaqwuwantaqe pay yaw qa pas put muupit enang tuumoyta. "Ya um hintiqw qa muupit enang tuumoytay?" yaw aw kita. "Pay tsangawpi nuy nitkyatoynaqw um qa enang'ay," yaw pam aw kita paavay aw.

"Pay nu' qa hin naat put tsöngmokiwtay," yaw kitaaqe pay yaw lööqhaqamsa sowat pay yaw qe'ti.

Paasat pu' yaw puma oovi soy amum nösqw pu' yaw pay pam kivats'ova puwniqe pu' yaw pam pangqw pösaalay aw yawkyangw yamakqe pu' put akw naamuupat pu' pankyangw yaw wa'ö. Pam yaw oovi ang wa'ökqe pay yaw kur pam suupuwva mangu'iwtaqe. Pam taatayqw pay yaw pas mihikiwta. Pu' yaw pam qatuptut pu' yaw paasat pangqw nakwsu. Pu' yaw pam Oraymi kiimi pituuqe mantuy kiiyamuy atpipo pituqw pay yaw epehaq ooveq tupatsveq ngumanta. Yaw paasat pam ang haqe' tutuvengat ang pu' yaw pam aqw wuuvi. Wupqe pu' yaw pam pep oovi amumi yan kuyvaqw pay yaw kur put tuwa. "Paki'iy," yaw aw kita, puma naatupkom. "Qa pangqw pantat pakiniy," yaw aw kita.

Pu' yaw pam angqw amuminiiqe pu' yaw aw paki. Pu' yaw oovi put paas puma tavi, mant. Mant put paas taviiqe pu' yaw haqami engem atsvewtaqw pep yaw oovi pam qatuptu. Pu' yaw pam tupko'at paasat pu' yaw tsaqaptat kwusut pu' put aqw kuyt aqw kwiptosit yaw oya. Pu' yaw haqami pösömiq kuysivu qatsqw put angqw yaw muupi kur tangawta. Put yaw put angqw oovi muupit tavimokyaatat pu' tutsayat aw inta. Wuuhaq yaw intat pu' yaw paasat put angqw aw yawkyangwniiqe yaw put tiyot atpipo tavi. "Ta'ay," yaw kita, "pay itam soosoyam noonovaniy," yaw kita.

Paasat pu' yaw puma pep soosoyam pikqentota. Oovi yaw puma pay hihiita naanami yu'a'atikyaakyangw pan pikqentotaqw pay yaw pam maana wuuyoqwa pu' yaw paasat put Kokopöltiyot pay yaw aw pangqawu, "Pay hapi itam naatupkom naama kur uumi naakuwaatiy," yaw kita pam qööqa'at put awi. "Itam naama ung nitkyatoynaqe pay itam naama ung suukw hapi kongtaniy," yaw aw kita. "Noq oovi pay um qa yamakni. Oovi itamuy it nöönösaqw pu' nu' itanguy tuuvingtaqw pay itam yepeq hapi tokni. Pay um itamuy lööqmuy kwangwa'iy," yaw kita pam maana awi. "Noq pay itam oovi yaapiy hapi na'sastivani. Pay itamuy ngumanvaqw um angqw pootamantani. Pu' um itamuy pay paas mongvas'iwtaqw um hisat

"Well, maybe you're not done cooking yet."

"Sure I am. I'm all done."

With that she set out the food for the three of them. As they were having supper they also ate of the rolled piki, but the older Kookopölö was behaving strangely. He felt jealous and therefore did not touch the piki. "Why aren't you having any piki?" his younger brother asked. "I'm so glad they gave me that, and here you simply let it sit."

"I don't feel like having any yet," he said. Then he ate about two and stopped.

When the two brothers had finished supper with their grandmother, the younger Kookopölö decided to go sleep on the roof. He left with his blanket, and after wrapping himself up in it, bedded down. No sooner had he done so than he fell asleep, for he was dead tired. When he woke up it was dark night. He got up and departed for Oraibi. Upon reaching the village he headed to the house where the girls were grinding corn in the upper story. He used the stairs to climb up. Once on top, he looked in on the girls. The two sisters spotted him right away and invited him in. "Come in," they said. "Don't just stand there, come in."

Kookopölö entered. The girls welcomed him and gave him something to sit on. The older sister picked up a bowl, poured water in it and mixed in some *kwiptosi*. In one of the corners stood a vessel which contained rolled piki. Some of that piki she loaded on her arm and then filled a sifter basket with it. When there was a big stack on it she came over with it and placed it in front of the boy. "Here," she said, "let's all eat."

All three of them were now dunking piki into the *kwiptosi* liquid. While doing this they were chatting about all sorts of things. Finally the older sister said to the Kokopöl boy, "We both gave ourselves sexually to you. We both gave you some food to show our interest in you. Therefore, both of us will also marry you. Don't leave yet. As soon as we're finished with our meal, I'll ask my mother if we can all spend the night here. Remember, you desired us both. For this reason, we'll now get ready for the wedding. As soon as we start grinding corn, as is customary, you can come by and visit us. Once everything is complete, we'll go with you on the day you come to get us."

pituqw pay itam paasat umumniy," yaw kita.

Pas yaw pam qa haalayti pu'sa. Naapiy yaw nuvöniiqe pu'sa yaw pam qa haalayti. Paasat pu' yaw pay nawus pam pangqawu, "Ta'ay," yaw kita. "Noq nu' lööqmuy pay umuy pangso wikvaqw ipava navote' hingqawni pam'iy," yaw kita. "Pay pi son hingqawni. Pay pi qa pam pi itamuy pangso wikvani," kita yaw. "Pu' pay son itam piw haqawa put aw naakuwaatiniqey put pan wuuwantaniy," yaw kita. "Pay itam suukw ung naamani naatupkom asniikyangw piw itam pay kya son ung naami kyaakyawnani. Pay pi itam naatupkom suukw ung koongya'ytaniy," yaw kita.

"Ta'ay, pay kya pi son hintaniy," yaw kita.

"Noq oovi um piw pite' pu' um pay uusoy aa'awnaqw pu' hin pi pam lavaytiniy," yaw aw kita.

"Ta'ay," yaw kita.

Pu' yaw oovi puma nöönösa. Nöönösaqw paasat pu' yaw pay puma aapalawa, mant. Aapativa yaw pay. Pay yaw oovi wuuyaq puutsit aapata. Paasat pu' yaw usimnit pay yaw ang piw puhimna. Pamwa yaw tupko'at put muupit pay yaw piw paas mokyaatat pu' yaw ayo' tavi. "It hapi ason um qaavo talavay yawkyangwniy," yaw kita. "I' pay lööqmuy itaamuupiy," yaw kita.

"Kur antsa'ay," yaw kita. Yaw pam kwangwtoyna lööqmuy amum puwniqe. Pay yaw as qa haalaytit pay pi yaw tsangaw piw pas naatupkomniikyangwniqw panissa yaw pam put paavay pam kya pi mamqasi. Niiqe pay yaw pam oovi pay pep amumi yantaqw pay yaw aapalawqe yuku. Pu' yaw aw pangqawu, "Ta'ay," yaw kita, "pay itam pay wa'ömtiniy," yaw kita. "Pay mihi."

Paasat pu' yaw pam amuutsava wa'ö. Pu' yaw pay pam oovi pay qa hiitawat pas nawus aw ma'yta. Pam pi yaw put suyvaqewat tupko'at yaw pam put mooti aw hintsana. Pu' yaw pay pam putwat atsmi wuuvi. Pu' yaw pam put kya pi oovi aw hintsakqw pay pam yaw as oovi qööqa'at kur navota. Niikyangw pay yaw qa aw hingqawlawu. Qa amumi hingqawlawqw pay yaw oovi yukuna. Pu' yaw paas angqw ayo' haahawi pam tiyo. Paas oovi ayo' hawt pu' yaw hikwsuqw pu' yaw aw pangqawu, "Ta'a, pu' um nuywatniy," yaw kita, pam aw qööqa'at. Pay yaw kur pam navotkyangw yaw pam navuwi'yta.

Paasat pu' yaw pay pam oovi piw putwat atsmi wuuvi. Pep pu' yaw pam putwat piw. Pantsaklawkyangw pu' pay yaw pam piw yukuna. Pu' yaw aw pangqawu, "Pay itam hapi yan it tumala'y-yungwniy," yaw kita. "Pay himuwat um aw hintsanqw pay mi'wa qa itsivutit ason yukunat naasungwnat pu' piw mitwatmantaniy,"

Now the younger Kookopölö was sorry. Why did he have to be so interested in sex? Now he felt unhappy. But he had no choice but to say, "That's all right with me. I just don't know what my brother will say when I bring you both."

"He can't say a thing. After all, he's not the one who will bring us to your home. Neither one of us would consider giving ourselves to him. Being sisters, we'll both have you together. Don't worry, we won't get jealous of each other. But both of us will have you as husband," they said.

"That'll be all right by me," he replied.

The girls continued, "Back home ask your grandmother what she has to say about this."

"Agreed," said Kookopölö.

Now they were done with the meal and the girls made the bed. They laid out the bedding really wide and spread their shawls on top of it. One of the sisters prepared a nice bag of rolled piki and set it aside. "This is for you to take along tomorrow morning," she said. "This is piki from both of us."

"Great," Kookopölö exclaimed. He was looking forward to sleeping with both of them. He had been unhappy before, but now he was glad that the two were sisters. The only one he dreaded was his older brother. This is how it felt there in the presence of the two. When the bed was made one of them said, "Well then, let's lie down. It's night time."

Kookopölö lay down between them, but refrained from touching either one. The girl on his left was the first to make advances to him. So he climbed on top of her. The older sister was aware what was going on, but did not say a word. By now Kookopölö had finished and carefully dismounted. Rolling to the side he took a deep breath, whereupon the older sister said, "All right, now it's my turn." Noticing what was going on she had pretended to be asleep.

Obediently, Kookopölö mounted the second girl. Finally, he was done. Then the older sister said, "This is how we'll do it from now on. As you lie with one of us, the other won't get mad. As soon as you're done and have rested, you can have the other."

yaw aw kita.

Yan pay yaw pam pumuy pas nöömata kur'a. Niiqe pay pi himu tuuwutsi pi pay suuhintingwuniqw pay kya pi oovi puma nö'yilti. Nö'yiltiqe pu' yaw pam iits talavay naat taawat pay qa yamakqw pay pam yaw pangqw hawniqe pay yaw pam piw pumuy lööqmuy amumi hintsant pu' yaw amumi pangqawu, "Nu' payniy," yaw kita. "Nu' it pay aw kimani. Nen nu' itaasoy aa'awnaniy," yaw kita. "Noq pu' ason pam pi inumi hin lavaytiniy," yaw kita.

"Ta'ay," yaw kita, "pay itam hapi oovi pay pu' aw pitsinaniy," yaw kita.

Paasat pu' yaw pam pangqw put yawkyangw haawi, mupimokit. Paapiy pu' yaw pam put kiy aw kima. Pam yaw naat pu' kiy aw pitutoq angqaqw yaw paava'at yama. Noq put pu' yaw pam wikikita, mupimokit. Pu' yaw aw yan taytat pu' yaw aw pangqawu, "Um pay piw haqam puta?" yaw aw kita. Paasat pay yaw itsivu'iwkyangw, "Um pay piw qa yep puuwi," yaw aw kita.

Pay pi yaw kur pam aw hingqawniqe pu' yaw aw pangqawu, "Qa'ey," yaw aw kita.

"Pay puye'em um haqam put taavok muupitay," yaw aw kita. Paasat pay yaw panis aw kitat pu' pay ahoy awhaqami pakima.

Pu' yaw pam okiw pay nanahinkinakyangw pu' pam aw angk pakito. Ep pakiiqe pu' yaw pam put soy aw pangqawu, "Itaasoy," yaw aw kita.

"Ya himu'uy?" yaw aw kita.

"Yep nu' it piw muupit kivay," yaw kita. "It tooki nuy mant nitkyatoynaqw nu' oovi it angqw piw kimay," yaw kita.

"Is utiy," yaw kita. Pas yaw wuuhaq mookiwta. "Noq i' pas naatupkomuy angqw?" yaw aw kita.

"Owiy," yaw kita. "Pay pi nuwupiy," yaw kita. "Pay naatupkom nuy it nitkyatoynaqe pay pan inumi lavayti, pay yaw naama suuk piw nuy koongya'ytaniqey yan inumi yukut it nuy nitkyatoynaqw nu' oovi it pu' piw kivay," yaw kita.

"Is uti, haw'apiy," yaw kita. "So'on pi um suukya niikyangw pumuy pas naatupkomuyniy," yaw kita.

"Pay yaw son puma naami hin unangwa'ytaniqey yan inumi lavaytiqw oovi nu' antsa pay hu'way," yaw kita.

Noq ayam yaw paava'at wunuwkyangw pas yaw pam itsivuti. Pay yaw pam haqam put hin yukunaniqey yanwat yaw pam tuwat engem wuuwanta. Noq pam yaw tupko'at yaw oovi aw pangqawu, "Pay pi oovi yaw pay hapi ngumanvaniqey yan inumi lavaytiqw nu' oovi angwu hiita wuuwantaniqat kita inumi'iy," yaw kita.

Paasat pu' yaw oovi pam so'am qa haalayti. Pu' yaw pam itsivu-

Thus the younger Kookopölö had them both as wives. And since things happen rather rapidly in stories, the two of them got pregnant that same night. Early in the morning, before sunrise, when Kookopölö was about to descend from the second story, he had intercourse with each of them once more and then he said, "I'm leaving now. I'll take this with me and then I'll tell my grandmother. She'll have some comment or other."

"Very well," the sisters replied, "we'll get to our preparations now."

With that Kookopölö left with his bundle of rolled piki and carried it home. He was about to enter when his older brother came out. Spotting the piki bundle dangling from his brother's hand, he said, "Where did you get piki again?" And angrily he added, "Also, I didn't see you sleep here."

At a loss how to answer, the younger Kookopölö simply said, "That's right."

"Didn't I know it! No wonder you got the piki yesterday." That's all he said, whereupon he disappeared back in the house.

Somewhat apprehensive, his younger brother followed him. Upon entering he called his grandmother. "Grandmother," he said.

"What is it?" she answered.

"I brought some more piki. The two girls gave me this last night, so here it is."

"Isn't that nice!" she explained. There was a lot in the bundle. "And this is from the two sisters?" she queried.

"Yes," he replied. "Well, this can't be helped now. When they gave it to me, they explained that they had decided to both have me for a husband. That's why I brought this again."

"Oh dear, oh dear, you alone can't marry those two sisters," his grandmother cried.

"But they assured me they would not fight with each other. So I said yes."

The older brother who was standing nearby became furious. He would get even with him, he thought. The younger Kookopölö continued, "The girls said they would start grinding corn and told me to plan ahead for the wedding."

The old woman was in despair. The older Kookopölö, enraged as he was, stormed outside. "Well, that's your problem," he

tiqe pu' yaw pay pam pangqw yama paava'at. "Pay pi um piniy,"
yaw kita. "Pay um naala pumuy amuptsinaniy," yaw kita. "Pay nu'
son ung hiita akw pa'angwaniy," yaw kita pam paava'at awi.
Angqw yamakt pu' yaw paasat angqw pam yaw kya pi haqami son
pi qa waynumto.

Panmakyangw pu' yaw pam, "Pay puye'emi. Taavok inumi pay
ismaqwuway," yaw kita. "Pay qa nu' pi pumuy pantiy," yaw kita.
"Pay nu' pi as pay pay panis amumi ngöytiwqw pay puma nuy
naap kwangwa'iy," yaw kita. "Pay as oovi itam naama imuy aw
pituqw pay i'wa ipava son as qa putwat qööqayatniniqw pay i' pi qa
inumumay," yaw kita.

"Noq uma haqam naapi piw pay naangaqw laasiy?" yaw kita.

"Pay itam yep Orayve ura ngöytiwlawqw pep nu' sukw wuutit
aw ngöytiwqw qa iits nuy nawkiqw pay pam put ep itsivutiy," yaw
kita. "Pay teevep nuy ngöylawqw pay pam put ep sumataq itsivu-
tiqw qa paapiy pay itam qa naami yu'a'atay," yaw aw kita.

"Pay pi kur antsa'ay," yaw kita. "Pay pi um hin yukuniy," yaw
kita. "Pi kya as itam hin amuptsinaniy," yaw kita.

Paapiy pay yaw pam oovi nawus haqe' taahamu'ytaqey pang
pumuy amuupa tuu'awnuma. Paapiy pu' yaw pam amumi popta
pumuy mantuy amumi. Pam yaw oovi qa sööwu tutumaytot pay aw
pakingwu, kiiyamuy awnen pu' pay amumi yu'a'alawngwu. Noq
put yaw tuuvingta puma mant hin put paava'at aw lavaytiqw. Pu'
yaw pam pangqawu amumi pay yaw qa nukwangwnavota pam put
paavay angqwniiqe, yaw kita amumi. "Noq pam pi yaw put himu-
'atay," yaw kita. "Pay pi antsa nuy qa hiitakw pa'angwaniqey
naawakne' pay pi pan'iy," yaw kita. "Pay pi nu' suupan sonqa hin
haqam sowi'yngwat tuwatniy," yaw kita.

Paapiy pu' yaw oovi kya pi puma aw panmakyangw pay pi
puma ayan hin'ur öqalatniiqe pay yaw puma suuna'sasyuku. Pay
aapiy qa nawutstiqw pu' yaw pay puma put aw pangqawu, "Ta'ay,"
yaw kita, "pay hapi itam pi ööyiwkyangw uumi hapi lööqöktoy,"
yaw kita. "Pay itam kur sunaasaq ööyiy," yaw kita. "Naalös taalat
epeq hapi pay um angqw itamuy wiktoniy," yaw aw kita. "Pay itam
yukuy," yaw kita.

"Antsa'a." Pay pam yaw oovi aapiy naalös talqw pu' piw ahoy
amumi poota. Niiqe antsa yaw pay kur puma paas yuki'yta. Pu' yaw
pay oovi pam pumuy pangqw wikkyangw aw kiy awi, kwiniwi. Pu'
yaw ep pituuqe pu' aqw tsa'lawu. "Haw! Kuwawatangwu. Nu' qa
naala waynumay," yaw kita.

"Antsa kya'i, qa naala waynuma. Peqw huvamya'a."

Pu' yaw pam aqw mooti'ymaqat iniyat engem aqw pana. Pu'

screamed. "You can have them both alone. But I won't help you." With that he was gone.

"I knew it," his younger brother exclaimed. "Already yesterday he was jealous. I did not go after these girls. That's not my fault. All I did was play gift-snatching with them. They were the ones who wanted to have sex with me. We met them together and my older brother surely could have gotten the older sister, but he didn't come with me."

"Well, where did you part company?" his grandmother asked.

"Well," he explained, "remember, we were in Oraibi teasing the womenfolk. I was busy with one woman who took a long time taking the flower away from me. That made him angry. That woman went on and on; that's why he must have gotten mad. And ever since we haven't been talking to each other."

"Well, I suppose so," she replied. "But you'll manage somehow. We should be able to get all the necessary things for your brides."

From that day on the younger Kookopölö had to visit all the places where he had uncles, so they could assist him with the wedding. He also regularly checked on his two brides. Without much ado he would enter their house and talk to them. The girls were curious how his older brother had reacted. Kookopölö explained that he had not received an encouraging reply from him. "But that's up to him. If he really doesn't want to help me, so be it. I'm sure I'll get a deer somewhere."

And so the days went by. The girls were grinding corn, and since they were very strong, they were done before long. Soon they said to the boy, "Well, we're pregnant, so we'll come over to your house. We both got pregnant at the same time. In four days you can come and get us. We've finished our preparations."

"Agreed," Kookopölö said. Four days later he visited the girls. True enough, everything was ready. So he took them to his home in the northwest. Upon arrival he shouted inside, "Hey! How about some words of welcome. I'm not coming alone."

"I suppose so. You can't be alone. Come on in," a voice could be heard.

Kookopölö took inside the flat tray with the corn belonging to

pam maana angk paki. Pu' yaw piw sukwat iniyat aqw kwisto. Pu'
yaw piw engem putwat aqw pana. Pu' yaw pam piw suukya maana
aqw paki. Antsa yaw hakimuy wikva, sonewmantuy. Yaw pam
haalayti, so'at. Pu' pam oovi pumuy paas tavi. Pu' yaw amungem pi
yaw nöqkwivi'ytaqe pu' yaw put aw tunösvongyaata. "Ta'ay,
yangqw huvam aw hoyoku'u," yaw amumi kita. "Itam noonovani,"
yaw amumi kita.

Pu' oovi yaw puma nöönösaqw pu' yaw pay amumi pangqawu,
"Pay itam tokniy," yaw kita. "Pay pi uma mihikqw ökiy," yaw kita.
Pay yaw oovi pangqw kwiningyaqw pumuy mantuy engem aapata.
Pu' yaw put tiyot mööyiy aw pangqawu, "Pay um pangqw tuuwi-
ngaqw tuwat aapate' pay um pangqwniy," yaw aw kita. "Pay um
naat son amumum puwniy," yaw kita. Nit pu' yaw amuqle' pay piw
neengem aapata. Pay oovi yaw Kookopölö kur hin amumi tumay-
tini. Niiqe pay yaw pam hihin itsivuti. Pas piw yaw naapas pam
himu amuqle' puwni.

Qavongvaqw pu' yaw pam oovi pumuy kuyvanato. Pu' yaw
pangqw pituuqe pu' pumuy matamiq pana. Pu' yaw puma oovi
pephaqam ngumanta. Pay pi mö'wi paayis pas ngumantangwu. Pu'
yaw oovi pam so'wuuti pay humitay pumuy aqw oo'oyna. Pay yaw
qa pas haqe' tuu'awnuma. Noq pay yaw puma kur kya pi hakimuy
pumuy natkomuyatuy amungem ngumanlawu. Pu' yaw pay kur
oovi Kookopölöt taahamat angqe' oovat tumala'yyungwa. Noq
suupan yaw pas qa himu haqam amungem put hiita oovat hintsaki.
Noq oovi pay yaw puma qa pas suyan haalaykyangw pephaqam
ngumanta. Pi yaw qa hisat himu hak ep pitu. Piw yaw qa hisat hiita
tonit tuuvinglawu.

Noq pay yaw puma aqw pitsina. Qaavo hapi yaw puma asyani.
Pu' yaw oovi qavongvaqw su'its talavay pu' yaw so'wuuti pumuy
yesvana. Pu' yaw amumi pangqawu, "Ta'ay," yaw kita. "Itam yuk
oomi nöngakniy," yaw kita. Pu' yaw pam pangqw pumuy tsam-
kyangw aw kivats'omi yama. Pep pu' yaw pam tsa'lawu, "Pangqe'
kya uma inatkom talahoyya. Uma pew imuy imö'wimuy asnawisni.
Pay haalaykyaakyangoy."

Pu' yaw pay tsölölöta. Pas pi yaw aapiyniikyangw pay kyee'ew-
taqe yaw pumuy aw poosoknaya. Paas yaw puma okiw tseekwekya.
Pantiqw pu' yaw pam so'am haalayti. "Askwali, yantani kya'iy,"
yaw kita. Pangqw pu' yaw pam pumuy ahoy tsamkyangw aqw paki.
Pantit pu' yaw pam pepeq piw pas naap qötta. Tsaqaptat aqw kuyqe
pu' yaw pam aqw qötlawu. Paas pantit pu' yaw amumi pangqawu,
"Ta'ay, pangqw huvam pew yesva'a. Nu' umuy tuwat asnaniy,"
yaw kita.

his first bride. Thereupon the girl herself entered. Then he returned for the other tray. Having brought that inside too, the second girl made her entrance. No doubt, he had come with two beautiful brides. His grandmother was elated and made them feel welcome. She already had a hominy stew going, which she now served. "All right, move up to the food. We're going to eat," she said.

When everybody had finished eating, the old woman said, "Let's go to bed. It was dark night when you arrived." With that she laid out some bedding for the two sisters on the northwest side. To the boy, her grandson, she said, "You can make your bed on the upper platform and sleep there. You can't sleep with them yet," she insisted. Whereupon she made her own bed next to him. Thus it was impossible for Kookopölö to steal to his brides. He was a little upset about this. "Why did the old hag have to sleep next to me of all places?" he thought.

The following morning the old woman took the girls out to greet the sun with a prayer. When they returned, she led them to their metates. There they ground corn. It is customary for a bride to grind corn in the groom's home for three days in a row. The old woman kept filling the metates with kernels. She did not go around asking other people to bring their corn. Still, they were grinding for their new clan relatives. Meanwhile, Kookopölö's uncles were working on the wedding outfits. The girls, however, did not know that. They were under the impression that no one was weaving their wedding robes. For this reason they were unhappy and not grinding very enthusiastically. At no time did a visitor drop in. No one came by to ask for yarn.

Finally, it was time. Tomorrow they would be washing their hair. It was very early in the morning of the fourth day when the old woman woke everybody up. "Let's go out on the roof," she said. With that she led the girls and the boy up on top. There she made an announcement. "I guess you, my offspring, are awake out there. I bid you to come here and wash the hair of my two daughters-in-law. Come happily!"

As a result it started sprinkling. Soon the rain increased, and in the end it was pouring. They all got drenched, poor things. When that happened, the grandmother rejoiced. "Thanks, that's the way it should be," she cried. Thereupon she took the three down below, where she personally made the suds for the shampoo. First she poured some water into a bowl and then she whipped up the suds. When everything was ready, she said, "All right, sit down here in front of me. I, too, will wash your hair now."

Pu' yaw oovi sunasave Kookopölö aw qatuptu pu' nan'ivaqw maanat. Pu' yaw pam pephaqam pumuy aa'asna. Pu' yaw pumuy put Kookopölöt höömiyat enang pumuy mantuy höömiyamuy murikna. "Yantaniy," yaw kita. "Pay askwal uma imöyiy qa peevew-naqe pas naama amum qatuniy," yaw kita.

Pu' yaw pumuy ang navats'oynaqw pu' yaw puma hongva. Pu' pumuy aw pangqawu, "Yep hooma. Uma angqw matsvongtote' talvewi nankwusani."

Pay yaw oovi puma pantoti. Angqw nanap matsvongtotaqe pu' angqw kivats'omi nönga. Pu' yaw pam pumuy wiiki'yma aqw talvewi. Pay yaw oovi puma hiisavo kiy angqw ayo' hant pay pep yaw puma naanawakna. Pu' yaw pay puma ahoy piw kiy awya. Pu' yaw pam so'am pu' pumuy mantuy usimniyamuy royakna. Pu' pumuy oovi wuupatwat an usiitoyna. Pu' yaw amumi pangqawu, "Ta'ay," yaw kita, "yankyangw uma yephaqam itamuy maqsonlaw-ni, itamungem noovalawni," yaw amumi kita. Pu' yaw pam piw pumuy matamiq pana. Pantit pu' yaw aw novatuupata. Pu' yaw puma kur novangumanta. Pu' yaw pumuy oovi piingyaqw pay yaw su'aw tuupa'am kwalalata. Pu' yaw pumuy aw tsaqaptat tavi. Pu' yaw amumi pangqawu, "Yukiq uma intaniy," yaw amumi kita.

Pu' yaw oovi puma pangsoq ngumniy inta. Pu' yaw pam put atkyami hawna. Pu' yaw put tuupat kwalalataqat aqlap tavi. Pu' yaw nan'ivaqw mö'wit aw qatuptu. Pu' yaw pam amumi pang-qawu, so'wuuti, "Pay ason suukya mooti aqw qöqwriqw pu' piw suukyawaniy," yaw amumi kita.

Pu' yaw pam tsaywa mooti murikhot kwusu. Niiqe pu' yaw pam qööqay aw pangqawu, "Pay nu' mootiniy," yaw kita.

Yanhaqam yaw puma pep hintiqe pay aapiy oovi pay naama yaw noovalawu. Pu' yaw puma sutsep wukonovalawu. Pu' yaw pay put pumuy kwasinaqw pay angqe' haqe' yaw pam put oyaatangwu. Noq oovi pay yaw puma qa hisat pas wuuhaq akwsingwnaya. Panmakyangw pu' pay yaw pam Kookopölöt so'at aw pangqawu, "Ta'ay," yaw kita, "pay um haqami sonqa piw maqheptoniy," yaw kita. "Pu' um pas wuukoqniy," yaw kita.

Pu' oovi pam yaw haqami maqto. Pas yaw antsa pam sakinaqe wukotaqat niina. Pu' yaw oovi put ahoy kwusivaqw pu' yaw pay puma put siskwa. Pay yaw pantaqat puma put hayqe pay haayi'yta. Pu' yaw pay piw puma tapsikwit aw nöqkwivi'yta tapkimi. Pu' yaw puma mö'witniiqam aw piw pu' pas wukonovata. Piw yaw puma wukonöqkwivi'yyungwa. Pu' yaw pay naato qa pas pas tapkiqw pay yaw so'wuuti amumi pangqawu, "Pay uma aw tunösvongyaa-taniy," yaw kita. "Pay uma pas kivat an angqe aqwhaqami horo-

Kookopölö sat down in the middle with one girl on each side. Washing their hair, the old woman twisted the hair of the groom and his two brides together. "There now!" she exclaimed. "Thank you two for not doubting my grandchild. You can both live with him now," she said.

With that she wrung out their hair, whereupon the three rose to their feet. Then she said to them, "There is sacred cornmeal. Take a handful and go toward the sun."

So they descended a little ways from the house and there they prayed. Then they returned again. The grandmother now turned the girls' shawls which had been crosswise around their shoulders, lengthwise. "In this way I want you to take care of us and cook for us," she said. Then she led the girls back to the grinding bins. There they ground corn for their meal while the old woman made hot water. The girls had the kernels finely crushed by the time the water was boiling. The old woman handed them a bowl and said to them, "Put your cornmeal in here."

The girls did as bidden, whereupon she set the bowl on the floor. Next to it she placed the boiling water. Both daughters-in-law now sat down, one on each side of the old woman, who said to them, "One of you can stir first and then the other."

The younger one was the first to pick up the stirring stick. "I'll go first," she told her older sister.

From that day on the two kept cooking in this fashion. They always prepared big meals. Whenever they had a portion cooked, they served it. And they never had many leftovers. One day Kooko-pölö's grandmother said to him, "All right, you must go hunting somewhere. Go and get a big game animal."

Kookopölö set out hunting and, indeed, he was lucky and shot a big buck. When he brought it home, they skinned it and hung it up. They also prepared rabbit stew for supper. Once again the two daughters-in-law cooked a large amount, so they had a big stew. It was not quite evening yet when the old woman said to the girls, "You can now serve the food. But set it out all along the walls of the

roykinani." Pu' yaw oovi puma panti. Pu' yaw amumi pangqawu, "Pay ima pep hoopwat ep tuuwive qatuni."

Yaw amumi pangqawt pu' yaw yamakma piw. Pu' yaw epha-qam piw tsaatsa'lawu. "Pangqe' kya uma inatkom yeese. Uma pew imuy mö'wituy noovayamuy nöswisni. Pay haalaykyaakyangoy," yaw yaw pam tsa'lawt pu' yaw pay piw angqaqw paki. Pu' yaw pay ep taavang tuuwive qatuptu. Pay yaw hiisavoniqw pay oovehaqam pusumti. Pu' yaw aqw paki'a'awna, "Peqw huvamya'a. Um kya hak pitu."

Antsa yaw angqaqw hak papki. Piw yaw hiita mookiwtaqat iikwiwta. Noq yaw puma mö'wit tuuwip qatuwtaqw tsaywa yaw moope qatu, pu' qööqa'at yaw qalaveq. Noq yaw pam hak pakiiqe yaw hiita moknumqey yaw tavi. Pu' yaw put ngaaha. Yaw kur oovatniiqe pay yaw put tsaakwwat moope qatuwtaqat aw tavi. Pu' yaw pay hingsap naanangk ökiwta. Pay yaw putwatsa aw mooti o'oyaya. Put yaw paas aptsinayat pu' yaw piw mitwat awyat, qöö-qayata. Paas yaw amuptu himu. Yanhaqam yaw pumuy pephaqam oova amuptu. Yaw puma haalayti.

Pu' yaw puma pephaqam noonova. Himuwa ööye' haalaytit yamakmangwu. Pay yaw oovi soosoyam öö'öyaqe nöngakmaqw pu' puma yaw ang ayo' qenitota. Pay pu' yaw nukwangwmihikiwtaqw puma yaw soosok qenitota. Pu' yaw pay pam so'am pangqawu, "Pay itam tokniy," yaw kita. "Pay itam qaavo naat piw iits taa-yungwni."

Pu' oovi qavongvaqw su'is talavay pu' piw pam pumuy aa'asna. Pay yaw pu' pumuysa mö'wituysa pam asna. Pu' yaw oovi pam pumuy yuwsina oovat soosoknit pu' yaw pam pumuy kuyvanato. Pitsiwmakyangw pu' yaw pam put mööyiy aw pangqawu, "Ta'ay," yaw kita, "um uutuniy iikwiltaniy," yaw kita. "Ima hapi nimani. Noq son um qa amumumni."

Pu' yaw pam oovi tuuniy iikwilta. Pu' yaw puma pangqaqw nönga. Pu' yaw puma pangqaqw su'its pay aqw Oraymiqya. Noq hisat pi yaw tootim kits'ova tsokiwyungngwu. Niiqe pay yaw puma son pi qa angqe' taynumyangwu. Noq pay yaw kur hak pumuy tuwa. Yaw pangqawu, "Yangqw hakim peqwya," yaw kita. "Pas pay mö'wiy," yaw kita. "Angqw yaw qötsqaqsaltima. Niikyangw piw sumataq qa suukya'a."

Pu' yaw puma pep qa sun yanyungwa. Pay yaw amumiq hay-kyalayaqw pay yaw kur pas antsa'a. Pu' yaw haqawa maamatsqe pay yumuyatuy amumiq tuu'awma. "Angqw umuutim pu' pitutoy" yaw kita.

Pu' yaw puma suqtuptu. Pay yaw kur amumi öki. Pay yaw ang-

house." The sisters obeyed. Next she suggested to them, "Why don't you sit over there on the stone bench in the northeast."

With that the old woman went outside and called out another announcement. "I guess you, my offspring, are out there somewhere. Come here to eat the food of these two daughters-in-law. Come happily!" Then she came back in again and sat down on the stone bench in the southwest. It was not long before there was a thud on top. "Come in, whoever you are!" she replied.

Sure enough, a stranger was descending the ladder. He carried a bundle on his back. The two daughters-in-law were sitting on the stone bench, the younger one in front and her older sister at the end. The visitor deposited his bundle and untied it. Then he presented a wedding robe to the younger girl in front. In short intervals others were arriving. One after the other, they placed their gifts at the feet of the first girl. When she had everything, they went to the older one. The entire wedding outfit was there. How happy the two sisters were!

Now the feast got under way. As soon as someone was satiated, he expressed his thanks and left. When everybody was full and had departed, the family cleared the food away. It was dark night when everything was accomplished. Now the grandmother said, "Let's go to bed. We have to rise early tomorrow."

The following day, early in the morning, she washed their hair again, but this time only her daughters-in-law. Then she dressed them in their wedding clothes and took them out to speak the morning prayer to the sun. Upon their return she said to her grandson, "All right, load up your prey. These girls will go home now, and you must go with them."

So Kookopölö shouldered his deer and the three of them left for Oraibi. It was still early in the day. Long ago the boys and young men used to sit on the rooftops at this time of day. They were scanning the area. Suddenly, one of them spotted the three. He cried, "There are some people coming. It must be a bride because there's a white speck shimmering in the distance. Seems there is more than one."

Everybody was restless. As the group was getting closer, it turned out to be true. One of the boys recognized the girls and ran off to tell their parents. "Your daughters are just arriving," he said.

Right away the parents got up. Evidently, they had already arrived for they heard a voice calling out. "Hawaa, relieve us of our loads!"

qaqw tsa'lawu. "Hawaa, it huvam ömaatota'a."

Pu' yaw pay yu'am nayamuy amum amumiq warikqe pu' yaw pumuy haalayti. "Ta'a, pew huvamya'a. Tsangaw kur uma öki." Yaw pam mö'önangw wukotuni'ikwiwva.

Aapiy haqaapiy pu' yaw pam pephaqam pumuy amumum qatu. Pay niikyangw qa na'önaniqw pay atsviy puma hin'ur mongvasya. Pu' yaw piw pay hin'ur mushongviniqw pay yaw pumuy lööqmuy amuptsiwta. Pay hin'ur pumuy mihikqw tumaltoynangwu. Naat kya oovi pay ephaqam piw panta. Pay yuk pölö.

The mother and father ran up to their children and happily greeted them. "Come in! We're so glad you're here." They noticed that their son-in-law had arrived with a large game animal on his back.

From that time on the younger Kookopölö lived there with them. He was industrious and because of him they all profited greatly. And since he was sexually very potent, he was able to satisfy both his wives. He really worked hard on them at night. I guess it's still this way there. And here the story ends.

Hehey'amniqw I'tsivut

Aliksa'i. Yaw Orayve yeesiwa. Noq pu' yaw pay piw aqwhaqami kitsokinawit piw yaw yeesiwa. Pu' yaw piw ima hiihinyungqam katsinam angqe' piw naap tuwat yeese. Niiqe yaw yep Kiisiwuy ep piw puma peetu yeese. Niikyangw yaw pep Kiisiwuy ep pay puma qa suupwat yeskyangw pay yaw puma tuwat itamuy Hopiituy amun qa suup tuwat yeese. Pay yaw puma itamunyungwa. Itam hapi as soosoyam hopimatsiwkyangw pay itam nanap kitsoki'y-yungwa. Noq pay yaw puma kur tuwat piw panyungwa. Pay yaw as puma piw soosoyam hiihiitu katsinam pan katsinmatsiwkyaa-kyangw pay yaw puma tuwat qa suup ki'yyungwa. Pay yaw puma pep Kiisiwuy aqle'haqe' tuwat nanap kitsoki'yyungwa.

The Hehey'as and the Itsivus

Aliksa'i. They were living at Oraibi and in other villages throughout the land. In addition, all kinds of kachinas had made their homes in their own areas. One of these was Kiisiwu, where they inhabited several villages just like us Hopis. All of us are known by the one name Hopi, yet we reside in our own villages. The same was true for the kachinas. The various types are all lumped together under the one name kachina, but they make their homes at many different locatiòns.

At one of these places lived the Itsivus or "Furious Kachinas." They had many similarities with the Hu' and Raider kachinas. Like us mortals they had wives and children, so naturally they also had to

Noq pu' yaw supwat ima hiitu I'tsivut yaw ki'yyungwa. Pay pi puma sonqa ima hiitu Hu'katsinam, Kipokkatsinam puma'e'wayom- ya. Niiqe pay yaw puma tuwat piw nöömamu'ykyaakyangw pu' piw timu'yyungwa. Pu' puma hapi pay son pi qa tuwat pumuy hin oyi'yyungwniqe pu' yaw oovi pay tuwat pasvaya. Niiqe yaw puma put kitsokiy aatatkyahaqam wukovasa'yyungwa. Pay yaw puma pas soosoyam pep tuwat suvo'uylalwa. Pay hisat Hopiikiveq pan himu- ngyamsa haqam suup tutskwamakiwa'yyungwe' pep puma ngyam suup uylalwangwu. Noq panyungwa yaw puma tuwati.

Paasat pu' yaw yan tal'angwvaqw pay yaw ima taataqt, tootim pu' ima pay pas lomawungwiwyungqam pay yaw pas pepsa tatap- kintotangwu. Pas yaw ason puma höqye' soosoyam puma hiita natwaniy o'ye' paasat pu' yaw puma pay ahoy kiimiye' pu' pay aapiy piw hiitawat hintsakvayangwu. Yanyungwa yaw pumaniiqe pay yaw oovi himu Hopiikiveq hintsakqw pay yaw puma qa pas soosoyam aqwyangwu. Katsinmuy yaw amumi tsukulalwaqw pay yaw qa pas soosoyam ep tapkiqw pumuy amumi kiipokngwu. Pu' yaw Powamuyve, Patsavut ep, qöqöntinumyaniqw ep pu' yaw pay hihin pas kyaysiwqam piw naamataqtotangwu. Pu' ephaqam pay yaw tis pas panis suukya haqam pitungwu. Pay yanhaqam yaw puma tuwat hintsatkya.

Noq suus yaw puma nanaptaqw yaw kur puma wuuhaq'iwma. Niiqe pu' yaw oovi pam hak mongwi'am pay naat tömö'niqw pumuy amumi pangqawu, "Itimuy, pas hapi nu' navotqw kur itam wuuhaqtoti. Hapi itamumi piw hoyo. Noq oovi yaapiy naat tal- 'angwtiqw itam son nawus hapi qa itaavasay aw hoyoknayani. Nen pu' itam piw uu'uyaye' pay itam nawus pas wuko'u'uyayani. Pay itam sonqa pantote' pansa piw tömöngvaqw pan tömölnawit hiita naa'aptsinayaniy," yaw pam pumuy amumi kita.

Noq pu' yaw oovi panmakyangw pu' yaw yepeq Hopiikiveq i' angktiwqa yukilti. Noq pu' yaw pay paasat puma pep ki'yyungqam pangso paasay aw sasqativaya hapi put aw wuuyaqtotaniqe. Niiqe ep yaw puma yasniiqat epniiqe pas piw wuuhaqniiqam pep put paa- sat aw tumala'yyungwa. Pay yaw pas antsa kur puma wuuhaqtiqw yaw oovi ima peetu haqawatuy tsaatsakwmuy naat suus pumuy amumumyaqamuy qa tuwi'yyungwa. Niiqe pay yaw puma haalay- totiqe yaw pay oovi qa öö'önakyangw pep tumala'yyungwa. Paapiy pu' yaw panmakyangw pu' yaw uyistiqw pu' yaw puma uu'uyaya- qe pas yaw wuuko'u'uyani. Pas yaw kur puma paasat wuukovasa'y- yungqe yaw naamahin soosoyamyakyangw pay yaw pas sonqe hikistotat pu' paasat uyyukuyani. Paasat pu' yaw puma oovi pangso paasay aw hiihinyungqat poshumiy pas hiisa' tukpu'oopokit ang

provide for them. They did this by farming. Southeast of their village the Itsivus had large fields which they all took care of together. This was much like on Hopi land in the old days when all the members of a given clan grew their crops on the piece of land that had been allotted to them. The Itsivus were the same in this respect.

When the warm season came, the married and unmarried men, as well as all those old enough to be helpful, worked hard in the fields every day until darkness fell. Later in the year, after reaping their crops, they would return to the village and busy themselves with other chores. This is how they lived. Each time a ceremonial event took place in a Hopi community, not every Itsivu went there. If clowns appeared during a kachina dance, not all of them went to punish the clowns in the evening. On the occasion of the Powamuy and Patsavu ceremonies, however, a much greater number of them showed up. Once in a great while, perhaps only one of them came. In this manner the Itsivus lived there.

One day they realized that their population had markedly increased. It was still winter when their leader said, "My children, I've noticed that we've become many. Our group has grown in size. For this reason we'll have to add some land to our existing fields when the next summer comes. This will enable us to plant larger areas. As a result, we'll have enough food for all during the cold season."

Meanwhile, in the Hopi villages the night kachina dances following Powamuya had ended, so the Itsivus started going out to their fields to enlarge them. Compared to the year before there were many more workers in the fields. Their population truly had increased, so much so that some of the men did not even know the children who accompanied them for the first time. They were all of good spirit and showed no signs of laziness in their work. As the days passed it became planting time. They were going to plant a big amount this year. They knew that even if all of them went, it would take several days to finish the planting work. Already they were hauling the various types of seeds in a great many bags to their field.

pangso kiwisa. Pu' yaw puma piw nanap sooyay e'nangya. Pu' yaw peetu kur pay se'elhaq Kiisiwuy ephaqam kuymayaqe pay yaw oovi pep pasve pumuy nuutayyungqw pu' yaw puma ökiwta. Noq pu' yaw puma oovi paasat pay ang put poshumit naahuyvayat qa sööwuyat paasat pay yaw puma pay uylalwa. Teevep yaw as puma uylalwakyangw pas yaw kur qa hin pas put paasay ang uu'uyaqw pay yaw taawanasap'iwma. Pu' yaw oovi pay puma peetu pas qa qe'totit pay yaw imuy pas pu'yaqamuy pangso kiimi ayatota yaw aw sunöswist pu' pay paasat angqw pumuy amungem noovamok-yungwni. Qa hisat hapi yaw puma as yantoti. Pay yaw as puma pas kiimi yan taawanasaptiqw nöswisngwu. Paasat pu' yaw oovi puma tsaatsayom yaw kiimi yuutukqe pu' yaw oovi pay panis nöönösat pu' yaw pay piw ahoy pasmiya. Paasat pu' yaw mimawat pep tuwat nöönösa. Paapiy pu' yaw puma tapkimi yaw piw teevep uylalwat pay yaw pas qa hin naat yukuyaqw pay yaw tapki. Paasat pu' yaw pay qa taalawva. Paasat pu' yaw puma pay nawus pangqw ahoy nimanta.

Qavongvaqw pu' yaw puma pay paapu pas hihin iits pasmiya. Pu' yaw puma piw as ep pas teevep uylalwakyangw tapkimi piw yaw naat qa hin yukuyaqw pay yaw piw qa taalawva. Pas hapi yaw as puma kyaysiwkyangw yaw qa hin yuki'ywisa. Pay yaw puma kur pas son nawus qa hikistotat pu' yaw paasat sen yukuyani. Paasat pu' yaw pay piw oovi qa taalawvaqw pu' yaw puma pay nawus pangqw piw ahoy ninma. Noq naat yaw puma piw qa hin uyyu-kuyaqw pay yaw piw mihi. Qavongvaqw pu' yaw puma piw aw ahoyyaqe pu' yaw piw uylalwa. Noq yaw puma paasay ang yoyri-kyaqw pas yaw kur puma naat qa hin yukuyani. Paasat pu' yaw oovi puma pay hihin nahalayvitota.

Niiqe naat yaw puma oovi pas pisoq'iwyungqw yaw hakim amumi ökiqw yaw puma qa nanapta. Yaw hakim pakwt naalöyöm-niiqamya. Pay yaw pas suukyawa amumi hingqawqw pu' yaw puma nanapta. "Ya uma uylalwa?" yaw kita pam suukyawa.

Pu' yaw pam hak amumi kwuupukqw yaw antsa kur hakim amumi hoongi. "Owiy," yaw pam aw kita. "Pay itam pu' löös pas teevep as uylalwat pas hapi itam qa hin yuki'ywisa. Noq itam itaa-vasay qa soosok uu'uyaye' itam tömölnawit kya son kuukuyvaniy," yaw pam haqawa aw kita.

"Haw'owi? Kur antsa'ay. Noq pay itam piw as yaasaqhaqam paasa'yyungway, niikyangw itam pay taavoksa teevepya. Nit pu' itam se'el piwyakyangw pay naat i' taawa qa pas oovetiqw pay itam yukuyaqe oovi pay nimiwwisay," yaw pam put aw kita. "Noq pay pi uma pas qa yuki'ywisqw pay pi itam umuy pa'angwayani. Pay pi

In addition, they brought their own planting sticks along. A few of the Itsivus had already gone ahead and gotten water at Kiisiwu, so they were waiting at the field as the rest arrived. Having distributed the seeds among the planters, they began without wasting any time. They kept planting, but still had not finished this one lot when it was getting noon. Some continued right on working and told those who were planting for the first time to run back to the village, quickly eat lunch and then return with food for them. They had never done this before. Normally they returned home to eat at midday. The children ran back to the village as bidden. No sooner had they devoured their meal than they came back. Now the rest ate lunch. Thereafter, they continued with the planting until evening, but still the work was not done. Meanwhile it became dark, so they had no choice but to go home.

The following morning the men left for their field a little sooner. Once more they labored all day long until evening, but when the daylight failed their work still remained unfinished. There were many of them, but they were not getting much closer to the end. They would probably have to spend a few more days. Meanwhile it was dark night, so they had to return home again. The next day they were planting again. Looking at their field they realized that this time too they would not finish. So they decided to hurry up a little bit more.

The Itsivus were still busily toiling when some strangers came up without their being aware of them. All in all there were fourteen. It was only when one of them spoke that the Itsivus noticed the men. "Are you planting?" the stranger asked.

One of the Itsivus raised his head and saw the strangers standing there. "Yes," he answered, "we've been planting for two solid days and don't seem to be getting to the end. If we don't sow all our fields, we won't have enough food to make it through the winter."

"Is that so? Well, perhaps so. Our fields are just as large, but we only worked one whole day. This morning when we continued the sun was not yet high in the sky, and already we were done. So we're on our way home," he explained. "However, since you're a long way

as itam qa kyaysiwkyangw pay as itam a'ni hoytangwuy," yaw pam kita.

"Ta'ay, kwakwhay. Son pi itam qa naanakwhani. Pay pi itam okiw pi öwihintsatskyay," yaw pam pumuy amumi kita pu' paasat yaw wunuptuqe pu' yaw pumuy ang naanan'ik poshumit huyta.

Paasat pu' yaw puma oovi pay naap sutskye'wat uytivaya. Niiqe pas yaw puma hakim a'ni haalayvitu. Pu' yaw ima I'tsivut kur pumuy amumi tunatyawyungqe yaw amumi kyaataayungwa. Pas pi yaw hakim a'niya. A'ni yaw haalayvit. Naat yaw imuy I'tsivutuy amungaqw himuwa pu' suup uyqw pay yaw mimuywatuy angqw-niiqa yaw tsange' nanalsikip uyngwu. Yan yaw puma a'ni haalayvit-niiqe yaw oovi aapiy pay wuukoyuki'ywisa.

Panmakyangw pu' yaw pay taawanasap'iwma. Noq pu' yaw pay ima I'tsivut paasat kur hihin tsöngmokya. Niiqe pu' yaw pam suukyawa oovi mimuywatuy amumi pangqawu, "Pay hapi taawa-nasap'iwmaqw itam son as qa pay hiisavoniqw nöönösani. Noq pay tsangaw ima hakim itamumi unangwtatveqw oovi puma itamu-ngem angqw wuukohaykyalaya. Noq pay nu' pumuy amumi pang-qawqw aw kiimiye' pay mooti nöönösaqw pu' ason pi pay puma angqw pew itamungem noovamokyungwniy," yaw pam kitaqw pay yaw mimawat naanakwha. Paasat pu' yaw pam oovi wunuptuqe pu' yaw pumuy amumi nakwsu. Niiqe pu' yaw put sukwat aw pangqawu, "Taaqay, pay hapi taawanasap'iwmaqw uma sonqa tsöngmokiwyungway. Pi uma a'ni tumaltotay. Noq uma pay oovi haak qe'tote' aw kiimiye' uma ep nöönösaniy. Uma ep ökye' uma pumuy momoymuy amumi pangqaqwaqw itamungem noovat na'sastotaqw ason uma öö'öye' pu' put angqw itamungem pew kiwisqw itam tuwat nöönösaniy," yaw pam kita. "Noq pas itam umuy tsutsyakyay. Tsangaw pi uma hakim piw yangqe'yaqe oovi itamumi unangwtatvey. Ya uma hakimyay? Pas hapi uma sumataq pasva a'niyay. Pas itam umumi kyaataayungwa uma a'ni hoyto-taqw'öy. Pas hapi itam umuy qa hin wiikiywisay. Noq pay hapi uma itamungem wuukohaykyalayaqw pay itam son pu' qa naap yukuya-niy," yaw pam aw kita.

Noq puma hapi kur yaw Hehey'amya. Kur yaw puma pu-mayaqw oovi pas panhaqam a'ni hoytiwisa. Hehey'a hapi pas pasva a'niningwuniqw oovi yaw puma I'tsivut pumuy qa wiiki'ywisa.

"Noq hin pi uma hakim tuwat maamatsiwya?" yaw pam aw kita.

"Owiy, pay itam okiw nukusmamatsiwyay. Noq pay pi uma pas put nanaptaniqw pay pi nu' umuy aa'awnaniy," yaw pam aw ki-taaqe pu' yaw oovi aw pangqawu, "Pay okiw itamuy Iits Tsopya'ay

from completing your task, we'd be happy to give you a hand. There are not many of us, but we're very fast."

"All right, thank you. We won't say no to your offer. We seem to be doing quite poorly." With that the Itsivu stood up and distributed seeds among the newcomers.

Thereupon the strangers began planting in an area of their own. It was amazing how fast they worked. The Itsivus watched them with open mouths. They were incredibly efficient and swift. While one of the Itsivus was still planting in one spot, one of the strangers would sow in seven or eight. In this way they were about to finish a big area in a short time.

Soon it was midday. The Itsivus felt somewhat hungry by now, so one of them said to his companions, "It's getting to be noon. We should go eat in a little while. How fortunate we are that those strangers are helping us. They've brought us a lot closer to the end of our work. I'll tell them to go to the village and eat first, and then bring us our lunch on the way back." The other Itsivus agreed, so one of them went up to the strangers. "Men," he said to them, "it's about noon. You must be starving. You really worked hard. Why don't you quit for the time being, go to our village and eat lunch there. When you get there, tell the women to fix us some food. Once you're full, you can come back with it, and then we will eat. We're really grateful to you. I'm so glad you came through here and are able to lend us a hand. Who are you? You seem to be great farmers. It was astounding to watch you planting so rapidly. We were unable to keep up with you. You've done a great deal of our work for us, so I'm sure we can finish the job now by ourselves."

Evidently, those strangers were Hehey'a kachinas. That's the reason they were moving along so swiftly. The Hehey'as are known as outstanding farmers. Small wonder the Itsivus were unable to catch up with them.

"So what's your name?" one of the Itsivus inquired.

"Well, poor us, we have a rather unpleasant name. You'll realize that as soon as I tell you," he replied. "We're known as Iits Tsop-ya'ay, 'Mate at Once,'" he confessed.

yan tuwi'yyungwa," yaw pam put aw kita.

"Haw'owi? Pay hak naap hin maatsiwngwuy. Noq kur antsa uma panhaqam tuwat maamatsiwyay," yaw pam aw kita. "Ta'ay, pay oovi uma pangso kiimiye' uma ep nöönösat pu' angqw itamungem noova'ywisniy," yaw pam put aw kitaqw pu' yaw oovi pam mimuy sungwamuy wangwayqw pu' yaw puma oovi pangso I'tsivutuy kiiyamuy awya.

Pu' yaw puma pep ökiiqe pu' yaw yan pumuy momoymuy amumi tuu'awvayaqw pay yaw puma tuutuptsiwqe pu' yaw pay pumuy amungem aw tunösvongyaatotaqw pu' yaw puma oovi aw yesvaqe pu' noonova. Pu' yaw puma momoyam pay panis aw tunösvongyaatotat pu' pay piw novavisoq'iwyungwa. Noq pu' yaw ima Hehey'am noonovakyangw yaw pumuy pep momoymuy amuupasa taykyaakyangw noonova. Pu' yaw puma öyiwwiskyangw pay yaw naanaapa na'uyyu'a'atota. Kur hapi yaw puma pumuy tungla'ytotiqe yaw pumuy tsopyaniqey yan kur puma nanawinya. Niiqe pu' yaw puma pay paasat pas suusus noonova. Pay yaw puma pas pep nawutsni'ywisa.

Niiqe yaw mimawat pasve okiw pumuy nuutaylalwaqw pas hapi yaw qa iits ahoy öki. Noq pu' yaw oovi pumuy Hehey'amuy nawis'ew öö'öyayaqw pu' yaw pam suukyawa tunösvongyat angqw ayo' waayat pu' pay yuumosa pumuy haqam momoymuyyaqw pangso nakwsu. Niiqe pu' yaw pam pumuy amumi pituuqe yaw amumi pangqawu, "Meh, itam yaw yan nöönösat pu' itam yaw umuy tsopyaniqat yan piw umuukongyam itamumi tutaptota. Ason yaw pas itam pantotit pu' paasat ahoy amungem pasmi ahoy nitkya'ywisniy," yaw aw kita.

"Is uti, so'on pi puma panhaqam umumi naanawaknani," yaw pam haqawa put aw kita.

"As'ay, pay pas antsa puma itamumi pangqaqway. Pay kya pi puma pas qa atsat tsutsyakya itam amungem wuukohaykyalayaqöö'. Pay um qa tuptsiwe' yukiq tumpoqniqw pay son puma angqw qa pansa tsaatsa'lalwaniy," yaw pam put aw kita.

Noq pu' yaw oovi haqawa wuuti pangqawu, "Kur haqawa antsa tumpoqnen aqw tuqayvasta'a. Maataq pi pas antsa'a."

Yaw pam kitaqw pu' yaw oovi hak suukya wuuti pangsoqniiqe yaw pangsoq tuqayvaasi'yta. Noq su'aw yaw paasat ima pasveyaqam pas qa nakwhani'yyungqe pu' yaw pangso kiimi tsaatsa'lalwa, "Uma sööwuyay. Iits Tsopya'ay, itam tsöngmokiwyungway. Iits Tsopya'ay," yan yaw puma kiimi tsaatsa'lalwa.

Pu' paasat yaw pam wuuti navotqe' pu' yaw ahoy kiimi. "Pay kur pas antsa imuy kya pi amumi pan naanawakna. Oovi pay pas

"Is that so? Well, people are given the strangest names. Evidently, that's what you are called. Anyway, why don't you go to the village, eat there and then bring us our lunch," he suggested. The Hehey'a called his companions, and the whole group headed over to the village.

Upon their arrival there they informed the women about the wishes of their men. They believed them and set out food for them. The Hehey'as sat down and started eating. While they were busy eating, however, they were constantly ogling the women. As their hunger was being satisfied, they started whispering among themselves. Evidently, they felt a desire for the women and made plans to have intercourse with them. Part of their scheme was to take their time eating.

The poor Itsivus, meanwhile, kept waiting at the field wondering why on earth the Hehey'as were late. At long last, when the Hehey'as were full, one of them got up from the area where the food was set out and went straight to the place where the women were. No sooner did he get to them than he said, "Listen, your husbands told us to eat first and then copulate with you. Not before doing that should we come with their food."

"Dear me," one of the women replied, "they couldn't be wanting you to do that."

"Sure, it's the truth. That's what they told us because they were so happy that we completed a large part of their work. If you don't believe it, go over to the edge of the mesa. You're bound to hear them confirming this."

Another woman now said, "Someone go to the mesa edge and listen. Perhaps it's true."

With that, one of the women went there and listened. Just about this time the Itsivus at the field were getting restless and impatient, so they were shouting toward the village, "You're tardy, Mate at Once. We're starving, Mate at Once." This is what they kept calling.

When the woman heard this, she ran back. "It's true. That's really what they want us to do, for that's what they're shouting from down below," she told the others.

angqw pansa tsaatsa'lalwa," yaw pam mimuywatuy amumi kita.

Paasat pu' yaw pay puma momoyam pay nawus naanakwhaqe pu' yaw angqe' wa'ömti. Is yaw Hehey'am kwangwtotoya. Pu' paw puma oovi pumuy amuupaya. Pu' yaw himuwa hiitawat naayongwe' pu' put tsopngwu. Pu' yaw puma pep naanaqle' naatsoptota. Pu' yaw tis puma Hehey'am soosoyam tanasiliy kwewkyaakyangwyaqw pavan yaw pep hin töötöqa. Pu' hapi yaw himuwa pas hin unangwte' yaw a'ni, "Hu, hu," kitalawngwu. Pu' yaw himuwa sukw yukune' pu' yaw piw sukwat awningwu. Pep pi yaw momoyam mamant kyaastaqw oovi.

Pu' hapi yaw puma teevep pep pantsatskya. Noq pu' yaw puma pep pantsatskyaqw amuukwayngave pu' yaw ima I'tsivut tsöngso-'iwta. Pay hapi yaw nawutsti puma kiimihaqamyaqw. Paasat pu' yaw pay haqawa pas qa nakwhani'ytaqe pu' yaw pangqawu, "Pay itam nawus naap aw nöswisni. Pay kya pi puma qa ahoy angqwya-niy. Pay kya pi puma panis öö'öyat pay ninma. Noq pay pi puma itamungem itaatumalay angqw haykyalayaqw pay itam tapkiminit pu' qaavo teevepye' pay sonqa paasat yukuyani," yaw pam kitaqw pu' yaw puma oovi pay soosoyam nöswisa.

Noq pu' yaw ima Hehey'am pas naat naatsoviwuy pisoqyaqe qa nanapta pumuy ep ökiqw. Pu' yaw puma pi pay i'itsivutniiqe yaw oovi panis yan yoyrikyat pay yaw paasat wuvaapiy angqe' ooviya. Noq naat yaw Hehey'am kur qa nanapta. Pu' yaw puma angqe' wu-vaapiy ömaatotaqe pu' yaw pumuy amumi yuutu. Paasat pu' yaw puma pep pumuy wuvaatinumya. Okiw yaw himuwa Hehey'a naat qa yukut pay nawus wuutit atsngaqw suts'okt pu' waayangwu. Pu' yaw puma pep pumuy kiinawit ngöynumya. Panmakyangw pu' yaw kur hisatniqw ima Hehey'am soosoyam watqa.

Yanhaqam yaw puma Hehey'am pep pumuy momoymuy ma-mamtuy tsopyay, pumuy I'tsivutuy amumi hin maamatsiwyaqey atsatotaqee'. Pay yuk pölö.

Now the women had no choice but to agree. So they lay down. The Hehey'as were rejoicing. They went from woman to woman and whenever one took a fancy to one of them, he had intercourse with her. There was coupling going on all over the place. In addition to the sounds of the hoof rattles which all Hehey'a kachinas wear tied to their waist, there was a great deal of screaming. Each time a Hehey'a came to his senses again, he kept hollering, "Hu, hu." And no sooner was he done with one woman than he went on to the next. There were lots of women, both married and unmarried.

This was going on and on without any letup on the part of the Hehey'as. In the meantime the Itsivus were famished. It had been ages since the Hehey'as had left for the village. So one of them who could not stand it any longer said, "We'll have to go eat ourselves. I guess they won't come back. They probably ate their fill and headed on home. They certainly brought us closer to the end of our chore. If we work till evening today and tomorrow all day, we should be finished." With that they all went to eat.

The Hehey'as, still busily engaged in intercourse, did not hear the Itsivus coming. As soon as the latter realized what was going on, they went in search of their whips. The Hehey'as were still unaware of their return. Grabbing their whips, the Itsivus ran up to the Hehey'as and started lashing them. The Hehey'as, who were not done yet, had to quickly jump off the women and take to their heels. The Itsivus pursued them all through the village until each and every one was gone.

This is how the Hehey'as succeeded in having intercourse with the women and girls of those Itsivus by lying to them about their real name. And here the story ends.

Maasaw Lomamanat Amum Puuwi

Aliksa'i. Yaw Musangnuve yeesiwa. Noq yaw piw Musangnuviy hopqöyvehaq yaw hakim naamöm ki'yta, pam so'wuutiniqw pu' put mööyi'at. Lomamanat yaw mööyi'yta.

Noq yaw kur ko'am sulawti. Ko'am sulawtiqw yaw pam so'-wuuti oovi Musangnuviy taavangqöymiq atkyamiq komoktoni. Pang teeve yaw a'niniqw oovi pangsoq yaw pam komoktoni. Pu' yaw pam so'wuuti nanatöngpiy kwusut pu' yaw piw wikpangway enang. Hiita akw kohoy somniqey puta'. Pu' yaw pam pangso Tori-vat kwiningqöymi hawqe pu' yaw pang pöövat qalava kootinuma.

Pu' yaw pam naat pay qa pas wuuhaq somqw pay yaw himu

7

How Maasaw Slept with a Beautiful Maiden

Aliksa'i. It is said that Mishongnovi was settled. There, on the east side of the village, lived an old grandmother with her granddaughter, a most beautiful girl.

It so happened that their supply of fuel had been exhausted, so the old woman made plans to collect wood down on the plain to the west of Mishongnovi, where greasewood bushes were plentiful. She picked up her walking cane along with a rope to bind the wood together and descended to the area northwest of Toriva. There, along the bank of a wash, she shuffled about, picking up dry sticks.

put aw pituuqe pay yaw wuvaata. Pay yaw put so'wuutit okiw hi-
mu sunina. Kur hapi yaw pam i' himu Maasawu. Pay yaw kur pam
put haqaqw piw tuwaaqe pu' put pan niinat pu' yaw put tukpusis-
kwa. Pantit pu' yaw pam put so'wuutit puukyayat yaw ang pakiiqe
pas pay yaw pam pamniwti. Pantit pu' yaw pam put nanatöngpiyat
kwusut pu' yaw komokiyat iikwilta. Pangqw pu' yaw pam hihin
hoyta. Hin yaw pam so'wuutiniqw haqaqw hinmangwuniqw paas
yaw kur pam haqaqw taytaqe pam yaw oovi put su'anhaqam
hinma.

Pu' yaw pam tuyqat angqe yanmakyangw pu' yaw pam put so'-
wuutit kiiyat aw pituuqe pu' yaw nanatöngpiy akw saaqat wuviviy-
kina. Noq yaw pam so'wuuti aasakis haqaqw komokve' yaw sonqa
saaqat wuviviykinangwu. Antsa yaw pam pantiqw pu' yaw maana
angqaqw suyma. "Askwali! Ya um pay pitu?" yaw aw kita.

"Owi," yaw kita, "pay nu' pitu," yaw Maasaw yu'a'ata, hopiyu-
'a'ata.

Pu' yaw pam maana put komokiyat angqw langaknaqw pu' yaw
so'wuuti angqw aw wupqe pu' yaw komokiy ngaat pu' yaw ang
tumkye' kotqata haqe' kotqatangwuniiqey. Pu' yaw puma naama
aapami paki. Pay yaw paasat tapki, pay yaw mihikto. Noq yaw kur
pam maana aw öngava'yta. Pu' yaw piw kur somiviktaqw pu' yaw
puma put nöösa. Nösqw pu' yaw so'wuuti pangqawu, "Pas hapi nu'
pay puwmoki. Pas hapi nu' maangu'yqe pas nu' puwmokiwta. Pay
oovi itam puwni," yaw pam mööyiy aw kita.

"Antsa'ay, pay pi um antsa sonqa maangu'i, pi um atkyangaha-
qaqw komokvaqe'e," yaw pam soy aw kita.

Pu' yaw puma haqe' puwngwuniqw pang yaw pam oovi aapa-
taqw pu' yaw puma naama wa'ö. Pu' yaw puma pang wa'ökqw pay
yaw aapiy pas lomawuyavotiqw pu' yaw pam so'at put maanat
aqwwat namtökqe pu' yaw mööyiy mavokta. Mavoktaqe pu' yaw
pay atsmi wungwuvi. "Is uti, ya um hintiqw hintsakniy?" yaw pam
soy aw kita.

"Hep owi, pi pay hak kur yan wuyoote' kwasi'yvangwu," yaw
pam kita. "Nu' pantiqe oovi utsmi hapi wupni," yaw kita.

Okiw yaw as mööyi'at qa naawakna. Noq pay yaw Maasaw
atsmi wupqe pu' yaw pay paasat put tsoptiva. Is, a'ni yaw pam put
lomamanat tsopta. Pu' yaw pam yukuuqe pu' yaw aw pangqawu,
"Yantani," yaw kita. "Pay kur hak yan wuyoote' kya pi yantingwu.

She had not even gathered a large bundle when someone strode up and struck her a blow which immediately knocked her unconscious. The one responsible for this deed was Maasaw. He had evidently been spying on the old woman and now, after stunning her, he started to flay her. That accomplished, he slipped into the old woman's skin, transforming himself into her very likeness. Then he picked up her walking stick, shouldered the bundle of wood and trudged slowly off, imitating her every movement. Maasaw had evidently been studying the old woman's gait as she approached the area.

When he finally turned the corner of the mesa, he came upon the old woman's home and rapped on the ladder with her stick. Each time the old woman returned from hauling wood, she was wont to strike the ladder in just that way. And indeed, no sooner had he struck the ladder than the young girl came out onto the roof. "Thanks!" she shouted to her grandmother. "You are home already?"

"Yes, I have arrived," Maasaw replied, speaking Hopi.

The young girl hoisted the bundle of wood up to the rooftop, whereupon the old woman clambered up, untied the load and stacked the sticks along the edge of the house where the wood was usually piled up. Then both went indoors. By that time it was evening and getting dark. The girl had already prepared bean soup and somiviki, and these the two had for supper. After they had eaten the old lady said, "I'm already sleepy. I got so weary that I'm quite drowsy. I think we'll go to bed," she suggested to her grandchild.

"By all means. Surely you must be worn out," the girl replied. "After all, you hauled the wood a long way."

And so the girl spread out the bedding where the two usually slept and both of them lay down. Quite some time later the old woman suddenly turned over to face her granddaughter and embraced the girl. And then, while grasping her with both arms she little by little worked her way on top. "Dear me!" screamed the girl. "Why on earth are you doing such a thing?"

"Why, my granddaughter, it seems to be a fact that when a woman gets as old as I, she grows a kwasi," the old grandmother explained. "That's just what's happened to me. I've grown a kwasi, and that's why I'm climbing on top of you," she declared.

The poor grandchild had no wish to suffer such act, but Maasaw mounted her all the same and started to couple with her. Oh, how he rammed into the maiden. After he had finished he muttered, "There, let it be thus. I suppose this happens when you grow as old

Pay um naat wuyoote' son tuwat qa kwasi'yvani," yaw pam mööyiy aw kita.

Pantiqw pu' yaw puma puwva. Qavongvaqw talavay pu' yaw so'wuuti pangqawu, "Ta'a, nu' piw komoktoni," yaw pam mööyiy aw kitaaqe pu' yaw piw yamakt pu' yaw piw komokto, pam Maasaw so'wuutit puukyayat ang pakiwkyangw. Pu' yaw pam pangso piw ahoy pituqw yaw angqe' so'wuuti ngasta puukya'ykyangw wa'ökiwta. Okiw yaw suupalangpu. Pu' yaw pam put aw pituuqe pu' yaw pam put so'wuutit puukyayat naapa tsoopat pu' pölölat pu' yaw so'wuutit aqw taatuvaqw pay yaw piw put so'wuutit puukya'at ang ahoy anti. Pu' yaw pay pam put ahoy taatayna. Niikyangw yaw pam mooti put engem ang koota. Niiqe pu' yaw pay piw aasa'haqam soma.

Noq pu' yaw pam Maasaw aapiy nimaqw pu' yaw pam so'wuuti taatayqe pu' pep put iikwiltat pangqw pu' yaw tuwat ahoy komokkyangw nima. Pu' yaw pitu. Niiqe pu' yaw saaqay antsa piw wuviviykina. Pu' yaw maana piw angqaqw suyma. "Askwali! Ya um pitu?" yaw kita.

"Owi, nu' pitu," yaw kita.

"Ta'a, wuuvii'," pu' yaw pam maana put aw kitat pu' komokiyat angqw langakna. Pu' yaw so'wuuti angqw wupqe pu' yaw kohoy ngaat pu' yaw ang kotqata. Pu' yaw pam maana kur pay aasavo piw noova'ytaqw pu' yaw puma tapkiqw piw nöösa. Nösqw pu' yaw pay pam so'wuuti paasat qa hin puwmokiwta. Pay yaw qa hin puwmokiwtaqw oovi puma yaw pay qatuwlawqw pu' yaw mihi. Pu' yaw puma puwniniqw pu' yaw pam maana piw ang aapata. Pu' yaw puma ang naama wa'ökqw pay yaw pam so'wuuti qa hin put maanat aw hintsakniqey unangwa'yta.

Noq pu' yaw pam maana qa kwangwahintaqe pu' yaw pay put soy aw pangqawu, "Ya um hintiqw tooki nuy tsova?" yaw pam put aw kita.

"Is uti, son pini, pi nu' ngasta kwasi'yta," yaw aw kita.

"As hapi, pi um tooki nuy tsoova," yaw pam aw kita. "Pay yaw hak wuyoote' kwasi'yvangwuqat um inumi kita," yaw pam aw kita.

"Pi nu' as qa suusa ung tsoova," yaw so'wuuti kitaaqe qa nakwha.

Pu' yaw pam maana yanta. "Okiwa imöyhoya, pay son kur qa pam nukpantaqa piw ung pantsana," yaw so'wuuti kita. "Pay sumataq pam epeq inumi pituuqe nuy niinat pu' angqw komokta," yaw pam kita. Yaw Maasawuy pam paasat pangqawu. "Pay sonqa pami'. Pam himu nu'an nukpananiiqe son oovi pan qa atsa'ykyangw ung tsoova," yaw pam mööyiy aw kita. "Noq nu' pi ngasta kwasi'yta,"

as me. Wait till you reach old age. You'll most likely grow a kwasi, too."

Following Maasaw's intercourse the two fell asleep. Next morning the old woman announced, "Well, I'm going after fuel again." With these words Maasaw left and shuffled off to gather more wood. He was, of course, still garbed in the old woman's skin. When Maasaw arrived at the same place as the day before, he saw the old woman still lying there stripped of her skin. The wretched creature was nothing but a lump of red flesh. Maasaw now sloughed off the woman's skin, rolled it into a ball, and flung it at her. Lo and behold, the skin stretched back on the woman just as before. Next, Maasaw revived her, but not before he had gathered some wood for her, however. He bundled up about the same amount as she had collected herself, and then left.

The old woman soon came back to life, slung the sticks on her back, and trudged homeward with her wood. Arriving at her house, she banged on the ladder several times in rapid succession. Once more, the girl quickly emerged and shouted, "Thanks! You have come back?"

"Yes, I've come home," said the grandmother.

"All right, come on up." With that the young girl pulled up the fuel wood. Then the old woman climbed up, untied the sticks and stacked them in a pile. As before, the girl had already prepared a meal ahead of time, so the two ate supper. When they had done with their meal, the old woman showed no sign of sleepiness. She was not the least bit tired, so grandmother and granddaughter sat around until night fell. When the two were ready to go to bed, the girl once more spread their bedrolls out. But as they lay down together, the old woman showed no intention of touching the girl.

The girl was restless. Finally she turned to her grandmother and asked, "Why did you couple with me last night, Grandmother?"

"Oh dear, that can't be so, for I have no kwasi," the old woman exclaimed.

"But, you certainly did make love to me last night," the girl retorted. "According to you a woman grows a kwasi when she reaches old age."

"Never in my life did I have intercourse with you," the old woman replied, vehemently denying the accusation.

The young girl just lay there. "Oh my poor grandchild, it must have been that evil old man who had the gall to do that to you. He came up to me, knocked me out, and then carried my bundle of wood here." The old woman was referring to Maasaw. "It could

yaw pam so'at kitalawu. "Pam Maasaw pi taaqaniiqe pay suyan
kwasi'ytaqe oovi pam ung tsoova. Okiw himu imöyhoya," yaw pam
mööyiy aw kitaaqe yaw put ookwatuwi'yta.

Yan yaw pam Maasaw piw pay put sukw nöömatay. Yuk i'
yaasava.

only have been him. He's such a nasty creature that he made up that story as an excuse to make love to you. I certainly don't have a kwasi," her grandmother insisted. "But Maasaw is a man and thus surely possesses one. That's why he coupled with you. Oh my poor, poor grandchild!" the old woman kept muttering out of sympathy for her granddaughter.

This was how Maasaw came to sleep with another female. And here this short story ends.

Mamant Tiyot Oovi Nanavö'ya

Aliksa'i. Yaw Orayve yeesiwa. Noq pep yaw i' hak tiyo ki'yta, suhi-
mutiyo yaw haki'. Noq yaw ima soosoyam mamant put aw tungla'y-
yungwa. Niikyangw pay yaw puma qa pas suhimuyat akw put aw
tungla'yyungqwa. Pay yaw pam piw a'ni pasvaniikyangw pu' piw
a'ni tuulewkya. Niiqe yaw oovi put amumtiqa sonqa kyahakqatuni.
Noq pay yaw pam suukw hakiy pas naawakna. I' maana yaw pay
panis so'ykyangw kwa'yta. Pay yaw pam ngasta yumu'yta. Noq put
yaw i' tiyo pas tuwat naawakna. Pay pi yaw as i' maana qa pas pee-
tuy mamantuy amun lomamana. Noq yaw oovi mimawat mamant
put aw itsivu'iwyungwa. Niiqe puma yaw sutsep pangqaqwa, "Son
pi yaw as pam pan'eway put suhimutiyot siwatwa'ytani," yan yaw

8

How the Girls Competed for
A Handsome Youth

Aliksa'i. People were living in Oraibi. A young man had his house there. He was handsome and all the girls desired him. But it was not only his great looks that made him so attractive. He was also an industrious farmer and an excellent weaver. Whoever got to marry him would enjoy a comfortable life. However, his love was devoted solely to one girl. That girl had been orphaned and only had her grandparents left. She was the one that this youth loved. This girl was not as pretty as some of the other girls, but she was the one that this young man held dear. The girls were infuriated about this and kept saying all the time, "It can't be that a girl with such average

mimawat mamant hingqaqwangwu.

Noq yaw hisat it maanat so'at aw pangqawu, "Pay pi um pu' wuuyoqti," yaw aw kita. "Noq oovi nu' ung hisat son put tiyot aw qa wikni. Noq um oovi na'saslawni," yaw pam hisat put aw kita.

Pu' yaw pay pam maana pay sunakwha kwangwtoyqe. "Antsa'a," yaw pam soy aw kita.

Niiqe paapiy pu' yaw pam oovi na'sastiva. Pu' yaw hisat siwatwa'at piw ep tumayvituqw pu' yaw pam put aa'awna na'saslawqey. Noq pay yaw pam tiyo haalayti. "Pay pi antsa um pantini," yaw aw kita.

Qavongvaqw pu' yaw pay i' tiyo tuwat yumuy pan aa'awna yaw put mantuwa'at na'saslawqö. Noq pay yaw puma it tiyot an haalaytotiqe yaw pangqawu, "Pay pi antsa pantini. Tsangaw itam mö'wi'yvayani."

Pu' yaw pay kur piw sinom nanapta pam maana na'saslawqö'. Noq pay yaw puma pep Orayve mamant it yan nanaptaqe pas yaw qa tsuyti. Pay yaw as qa pam put amumtini. Qa pas pi yaw as pam maana sonwayniqw piw yaw pam tiyo putwat namorta. Niiqe pas yaw puma mamant itsivutotiqe yaw pangqaqwa pay yaw pas son put maanat aw qa hepyani. Son pi yaw pam as put amum qatuni, kitota yaw puma mamant qa naaniyaqam haqam suvotsovawkyangw. Niiqe pu' yaw ima mamant sukw hakiy put maanat kiiyat aqw hoonaya. Yaw soyat aa'awnaqw yaw naalös taalat epeq yaw puma put mööyiyat amum nanavö'yani. Hak yaw suswupa'anga'ytaqa ason put tiyot amum qatuptuni. Yan yaw aqw tuu'awmaniqat yaw puma sukw maanat ayatota.

Noq pu' yaw oovi pam hak maana pan ayatiwqa yaw hisat mihikqw it maanat kiiyat aqwniiqe pu' yaw pam pumuy naamömuy yanhaqam aa'awna. Pu' yaw oovi pam it yan amumi tuu'awvaqe pu' yamakmaqw paasat pu' yaw put maanat so'at aw pangqawu, "Puye'em sonqa yantini. Pay nu' yanhaqam tumoknavotqw pay yaw antsa ima yep mamant put aw tungla'yyungqam son paysoq put tiyot uumi no'ayani. Naat pay yaw puma son suus uumi hepyaqw pas ason puma ung qa pö'aye' pu' ung paasavo maatatveni. Pay pi antsa peetu as sonewmamantniikyangw put qa tuutuyqawvaqe oovi son pi antsa naaniya. Noq pay pi itam kur ngas'ew tuwantani. Pay pi itam sakine' pi tuyqawvani," yaw pam mööyiy aw kita.

Okiw yaw puma qa haalayya. Son pi yaw puma okiw put tiyot tuutuyqawvani. Noq pu' yaw put kwa'at pangqawu, "Pay uma haak qa pas qa haalayniy. Pay nu' kur pu' mihikqw haqami umungem hakiy awniy," yaw pam kitat paasat pu' yaw pam aapamiqhaqaminiiqe pu' yaw pam pepeq hiita pay wuuyavo hintsaklawt pu' yaw

looks should have such a handsome boyfriend."

One day the girl's grandmother said to her, "Well, you are grown up now. One of these days I will therefore have to take you over to the young man. So you make your preparations."

The girl had no objections whatsoever. "Very well," she answered her grandmother, looking forward to this event.

From that time on she therefore started to get ready. One day when her boyfriend visited her again, she told him that she was making her wedding preparations. The boy was delighted. "That's just what I want you to do," he told her.

The following day he in turn informed his parents that his girlfriend was getting ready for the wedding. Just as the boy, they, too, were pleased and said, "Truly, she can do that. We're glad to get a daughter-in-law."

The people heard of course that the girl was getting ready. When the other girls in Oraibi learned of this, they became extremely jealous. How could she marry that boy? She was not in the least bit beautiful, and yet the boy had chosen her. They were furious and proclaimed they were going to test her. It just couldn't be that she would live with him as his wife, they protested jealously where they had gathered. They sent one of them to the girl's house to inform her grandmother that they were going to test her granddaughter in four days. The one with the longest hair was to marry the youth. This message they ordered one girl to carry to her.

So one night that particular girl called at this girl's house and delivered her message to both the grandmother and her granddaughter. When she had left, the girl's grandmother said to her, "I knew it. This was bound to happen. I already had a premonition in a dream that these girls who want that boy would not just hand him over to you. They will put you to the test and won't let you go until they have defeated you. Some of them are very beautiful and were upset when they failed to win the boy. But anyway, we'll try our best, even if it is in vain. If we are lucky we will get the young man." This is what she said to her granddaughter.

The two were depressed. They stood no chance to win the youth. Her grandfather said to them, "Don't be so sad for the time being. Tonight I'll go seek someone out who might help you." With that he entered the back room. He spent a long time there working on something. When he finally came back out he said no word. Instead, he

pangqw yamakt pay yaw pumuy qa amumi hingqawt pu' yaw pay
angqw yamakqe pu' yaw kikwniwiqwat nakwsu. Niiqe kur yaw
pam pöqangwwawarpiminiiqe pu' yaw ep pituuqe pu' yaw aqw-
haqami pangqawu, "Haw, ya qa hak qatu?" yaw as aqw kitaqw pay
yaw qa hak angqw aw hingqawu.

Noq pu' yaw pam piiw. Noq paasat pu' yaw hak pam pepeq
so'wuuti ki'ytaqa yaw kur hihin navotqe pu' yaw pumuy mömuy
meewa. Suupaasat piw yaw puma naat piw pay naayawqe yaw suy
aw qa tuuqayta. Nit pay yaw puma pas qa nanvota. Pu' yaw pam
pas itsivutiqe pu' yaw murikhoy kwusuuqe pu' yaw pumuy putakw
pas wuvaatinumqw paasat pu' yaw puma hihin sun yuku. "Taq
sumataq hak as angqaqw hingqawlawu," yaw pam kitaaqe pu' yaw
pam hakiy aqw paki'a'awna.

Noq pu' yaw pam aqw pakit pu' yaw pumuy soosokmuy
amumi hiita amungem hiita hintiqey yaw amumi oya. Noq yaw kur
pam pumuy naatupkomuy amungem it tatsitnit pu' it tatsimrikhot
yukuqw pavan yaw puma haalaytiqe yaw oovi pay paasat piw
tatatstivaqw pay yaw puma pumuy qa amumi tunatyawta. Noq pu'
yaw kur pam putwat so'wuutit engem it paahot yukuuqe pu' yaw
oovi put aw oyaqw pas yaw pam put haalaytiqe pangqawu, "Is
askwali. Pi qa hak hisat okiw yanhaqam it yep itamungem hinvaqw
pas oovi itam tsutsyakya. Noq pay son um paysoq it itamungem
yanva. Pay kya um as hiita ooviniiqe oovi nuy aa'awnani," yaw pam
put aw kita.

Pu' yaw pam oovi put aw put maanat mööyiy tu'awi'yta. Noq
yaw pam antsa put ookwatuwqe pu' yaw aw pangqawu, "Um qaavo
yuk teevenge Leenangwvat tatkyaqöyminen pep um it peehut wus-
tiwngwuqatni. Pu' um ason put ahoy uukiy aw kime' pu' um put
angqw wuusitani. Pantit pu' um it ngahut uuso'wuutiy aw taviqw
pu' pam it aqw kuyt paasat pu' pam put angqw paamoylawkyangw
put umuumöyiy höömiyat aw pavoyankyangw put naawustoyna-
mantani. Aasakis mihikqw pam pantit pu' puwmantani. Ason pas
pumuy mimuywatuy mamantuy tokilayamuy aqw paasavo pam
pantsakni," yan yaw pam put aw tutaptaqw paasat pu' yaw pam
oovi pangqw put ngahut kimakyangw pu' nima.

Qavongvaqw pu' yaw pam put wustiwngwut yukutoqe pu' yaw
pumuy amungem wuusit yuku. Pu' yaw oovi ep mihikqw put maa-
nat so'at put paas put suukwat wuusit akw put höömiyat naawusna.
Noq pay yaw antsa put höömi'at hihin wupti. "Pay itam yaapiy
yantsakmantani. Noq pay kya su'aw naalös taalat aqwhaqami pay
kya as hin pasiwtani," yaw pam mööyiy wuutaqa kita.

Pu' yaw oovi antsa puma aasakis tapkiqw nöönösaqw pu' yaw

walked out of the door and took off in a northwesterly direction. His destination was Pöqangwwawarpi, the home of Old Spider Woman and the Pöqangw Brothers. Upon his arrival he shouted inside, "Haw! Is anybody home?" There was no answer.

Once more he announced his presence. The old woman residing there apparently had heard something because she asked her grandsons to stop fighting, which they happened to be doing that very moment. But the two paid no attention to their grandmother. They simply would not listen. Now the old woman got angry. She picked up a stick and started striking them. As a result, the boys calmed down somewhat. "There's someone outside calling in," she chided them, whereupon she bade the visitor enter.

Upon entering he first bestowed on Old Spider Woman and her grandsons the things he had made for them in his back room. For the two brothers he had fashioned a shinny ball and the sticks that go with this game. They were overjoyed and at once started playing, no longer heeding the two adults. For the old woman he had prepared some prayer sticks, which she accepted gratefully. "Thank you so much. No one has ever given us anything like this before. No wonder we're so elated. But I'm sure you didn't just bring these gifts for nothing. You came for a reason, so tell me," she urged the man.

Thereupon the girl's grandfather told Old Spider Woman about his granddaughter. She felt pity for the girl and said, "Tomorrow I want you to go southwest. There on the southeast side of Leenangw Spring you must gather some broom material. Take that home and make a hairbrush out of it. Next, I'd like you to give this medicine here to your wife. She must add liquid to it and, after taking some of it into her mouth, spray it over your granddaughter's hair. Then she must comb the hair each night before going to bed. This she must keep up until the date the girls set for the test." With these instructions the man went home with the medicine.

The following day he went in search of the broom material. Out of it he made a hairbrush. So that night the girl's grandmother combed her granddaughter's hair using this brush with great care. Sure enough, already it had grown a little bit longer. "We'll do this from now on. Maybe it'll work by the fourth day, the date for the test," the old man said to his grandchild.

Each evening now after supper the old woman combed her granddaughter's hair. She also mixed the medicine with water and

pam so'wuuti put mööyiy naawusnangwu. Pu' yaw pam piw put ngahut kuyqe pu' yaw piw put enang aw pavoyankyangw put maanat naawustotoyna. Noq pay yaw payistalat aw pay put maanat höömi'at pas tutskwamiq tongokiwta naamahin as yaw wunuwtaqw. "Pu' hapi itam mihikqw suus piw ung naawusnani. Qaavo hapi ura uumi tuwantotaniqw oovi itam suus pu' mihikqw piwni."

Pu' yaw pam oovi put piw an yukuna. Paasat pu' yaw pay pas anga'at tutskwamiq pitsiwtaqw yaw oovi pam waynumqw yaw pam angay lölökinmangwu. Paasat pu' yaw so'at pangqawu, "Pay kya yanhaqam hintani. Qaavo hapi aw talöngwiwtani."

Pu' yaw puma oovi qavomi okiw pay as hihin qa suutaq'ewkyangw puwto. Pu' yaw antsa qavongvaqw pay kya yaw sinom angqe' öö'öyaqw pu' yaw hak tsa'lawu. Niiqe yaw pansoq it maanat kiiyat aqw yaw mamant tsovawmani. Pepeq yaw puma höömiy akw nanavö'yani. Suswupat yaw anga'ytaqa yaw it tiyot amum qatuptuni. Pu' yaw i' tiyo piw naap amumi pootani, hak pi yaw suswupa'anga'ytani. Oovi yaw soosoyam mamant aqw tsovawmani. Yanhaqam yaw tsa'lawu.

Pavan yaw mamant kwangwtotoya. Naanaapa yaw puma pangqawnumya, "Songqa nu'ni. Nu' pi wupa'anga'yta." Yan yaw puma naanaapa hingqawnumya.

Pu' yaw antsa mamant epeq ökiwta. Hisatniqw pu' yaw kur soosoyam tsovalti. Pu' yaw paasat i' maana tuwat amumi yama. Is yaw wukovoli'inta. Paasat pu' yaw pam tiyo pangqawu, "Ta'ay, uma mamant soosoyam leetsiltini," yaw amumi kita.

Pu' yaw oovi puma mamant leetsilti. Sunatniiqam yawya. Paasat pu' yaw i' tiyo angqw amumi nakwsu. Niiqe paasat pu' yaw mooti'ymaqat yaw angayat aw poota. Noq put yaw anga'at kwewtaqmi pitsiwta. Pu' yaw piw angkniiqat aw poota. Pu' yaw pay piw pam aasavathaqam anga'yta. Pu' yaw pam pumuy ang pooti'yma. Peetuy yaw anga'am pas kurimi pitsiwyungwa, pu' peetuy yaw pas tutskwamiq tongokiwyungwa. Noq put yaw mantuwa'at susqalaveq. Noq pu' yaw pam pansoq pitu. Pu' yaw pam put angayat aw pootaqw put yaw pas anga'at tutskwamiq tongokiwkyangw piw naat angqw ayo' puhikiwta. Paasat pu' yaw pam tiyo pangqawu, "Pay i' suswupat anga'ytay," yaw kitat pu' angqw put mantuway ayo' langakna. Noq yaw antsa pas maana angay lölökinta angqw ayo' nakwsuqe. Pay yaw put maanat namorta. Pay yaw pam mimuywatuy pö'a.

Paasat pu' yaw tis pas mimawat mamant itsivutotiqe pu' yaw pangqaqwa, "Pay naat itam piwyani," yaw kitota. "Itam oovi pu' soosoyam pik'amyani. Suskwangwat pik'amqa put amum qatuni,"

sprayed it on the hair as she kept brushing it. On the third day the girl's hair was so long that it touched the floor, even though she was standing upright. "Tonight we'll pull your hair once more. You know, tomorrow they will measure themselves against you. We'll do it, therefore, one last time tonight."

So she treated her once more like that. This time her long hair not only reached all the way to the ground, but when she walked she dragged it after her. Thereupon her grandmother said, "I suppose this will do for now. Tomorrow will be the big day."

The two did not really go to bed with great enthusiasm. Sure enough, the following day, when the people had just finished breakfasting, the village crier made the public announcement. The girls were to gather at this girl's house. There they were to compete against each other with their hair. The girl with the longest hair was to marry the boy. The youth was going to determine himself who was going to be the one with the longest hair. All the girls were therefore to assemble there. This is what the announcement said.

The girls were full of great anticipation. Here and there they were saying to each other, "I'm bound to be the one. I have long hair." In this manner they were bragging among each other.

True enough, before long the girls were arriving there at the agreed place. Soon they were all convened. Now, this girl who had been challenged, emerged from her house. Incredible, how large her butterfly hair whorls were. Thereupon the youth said, "All right, all of you girls get in line."

Obediently, the girls lined up. There were twenty of them. The youth stepped up to them and checked the hair length of the girl who was the first in line. It reached down to her waist. Next, he looked at the girl behind her. Her hair, too, was about the same length. In this manner he went along checking one girl after another. A few girls' hair fell all the way to their buttocks. Several had hair that touched the ground. His own girlfriend was at the very end of the row. He had come to that place now and inspected her long hair. Not only did it touch the ground but it was still spread out on it. Thereupon the youth announced, "This is the one with the longest hair." With these words he pulled his sweetheart out of the line. Indeed, she was dragging her hair as she stepped forward. This is the girl he chose. She had beaten her rivals.

This enraged the other girls once more, so they said, "We'll do it again. This time all of us are going to make a *pik'ami* pudding. The one with the sweetest pudding will live with him."

yaw kitota.

Pu' yaw pay nawus i' maana piw nakwha. Paasat pu' yaw oovi puma mamant ahoy kiikiy angyaqe pu' yaw pivik'amya. Qavong-vaqw hapi yaw i' tiyo pumuy pik'amyamuy aw pootani puma yaahayaqö'. Pu' yaw oovi puma naamöm piw nuutum pik'ama. "Pu' pi pay itam songqa put kwayni," yaw so'at kita. "Niikyangw pay pi itam kur piw ngas'ew nuutum tuwantani."

Pay yaw okiw ep i' maana qa haalaykyangw kur piw puwva. Noq pu' yaw put maanat puwvaqw pu' yaw put so'at tuwat yamak-qe pu' yaw pam kiy iipaq okiw naawakna, pay yaw naap hakiy awi'. Hak yaw okiw pumuy ookwatuwe' pumuy naamömuy pa'angwani. Yanhaqam yaw pam naawaknat pu' yaw tuwat puuwi.

Noq Orayviy taavangqöyngaqw paysoq yaw wuviwat aqlap siisikngaqw yaw ima momoot ki'yyungwa. Noq puma yaw kur it so'wuutit naawaknaqw nanapta. Niiqe pu' yaw puma pangqaqwa, "Itaamöyhoya kur itamuy naawakna," yaw kitota. "Noq pay itam son oovi sööwuyat pay awyani," yaw kitota.

Paasat pu' yaw puma angqw awya, maanat pik'amiyat awi'. Pu' yaw puma pep put maanat pik'amiyat aqw hiisakw poroknayaya. Pang pu' yaw puma pik'amiyat aqw paaqavit tsuruknaya. Pantotit pu' yaw puma put paaqavit aasonaq aqw naanangk momospalay tsölökintota. Suukya yaw aqw tsölö pu' ayo'ningwu. Paasat pu' yaw suukyawa tuwatningwu. Pas pi yaw puma kyaasta. Pas yaw puma oovi soosoyam aqw momospalay tsölöknayaqw pu' yaw mongwi-'am amumi pangqawu, "Yantani. Pay pu' songqa kwangwtini." Paasat pu' yaw puma paaqavit angqw ahoy tsoopaya. Pantotit pu' yaw puma ahoy ninma.

Paasat pu' yaw taalawva. Pu' yaw mamant pik'amiy yaahantota. Pu' yaw i' maana piw nuutum himuy yaaha. Pay yaw oovi su'aw taawat yaymaqw pay yaw epeq mamant ökiwta, it maanat kiyat epeqa. Pik'amiy yaw inkyaakyangw epeq ökiwta. Paasat pu' yaw oovi soosoyam tsovaltiqw pu' yaw pam tiyo pitu. Paasat pu' yaw pam pik'amit angqw yuykutima. Pay yaw antsa pi soosoy as kwangwya. Pu' yaw pam mantuway pik'amiyat aw pituuqe pu' yaw angqw yuku. Pas pi yaw kwangwa, pas pay yaw momospala. Paasat pu' yaw pam pangqawu, "Pay i' suskwangway," yaw kita. "Oovi i' hakiy pik'ami'atniqw pam pewni," kita yawi'. Paasat pu' yaw pam mantuwa'at aw'i. Put yaw kur pam pik'ami'at. Pay yaw piw pam moopeqti.

Pu' yaw pay kur naat son piw pantani. Pay yaw piw mamant qa naaniya, niiqe pu' yaw pangqaqwa, "Qaavo hapi itam suus piwyani. Suswukolöwa'ytaqa hapi amum qatuni," yaw kitota. "Qaavo oovi

This girl had no choice but to agree. The girls returned to their homes and started making *pik'ami*. The following day, after they had dug it up from the pit in the ground, the young man was going to check it out. Grandmother and granddaughter were therefore also making *pik'ami*. "This time we will probably lose him," her grandmother said. "But at least we will give it another try along with the others."

The poor girl was pretty disheartened by the time she fell asleep. Meanwhile, her grandmother went out and prayed outside the house. She prayed to no one in particular. If only someone would have pity on them and help them. After uttering this prayer she also retired for the night.

And on the west side of Oraibi, right next to the trail that leads down from the mesa, bees were living in a crack. They had evidently heard the old woman when she was praying, for they said, "Our granddaughter needs us. Let's go to her without delay." This is what they said.

So they flew to the girl's *pik'ami*. There they punched a little hole into the pudding and stuck a reed through it. Then, one after the other, they started dripping their honey through the hollow of the reed. No sooner had one bee dripped his honey in than he would fly aside so another could have his turn. There were many of them. When all of them had injected their honey into the pudding, their leader said, "This will do now. I'm sure it's going to be sweet." With that they extracted the reed again. Having accomplished that, they flew back home.

Then it became daylight. The girls were unearthing their *pik'ami*. So this girl, too, dug hers out of the earth oven. The sun was just rising when the contestants were arriving at this girl's house. They came carrying their *pik'ami* in flat trays. When all of the contestants had gathered, the youth arrived. He went from pudding to pudding tasting each one. Indeed, they were all sweet. Then he came to the *pik'ami* of his girlfriend. Upon tasting from it he found it extremely sweet. It was pure honey. Thereupon he exclaimed, "This one is the sweetest. So whoever this pudding belongs to, come here to me." Once again his girlfriend walked up to him. It was her pudding. Again she had gotten first place.

That, however, was not going to be the end of the testing yet. Again the girls were not satisfied and said, "Tomorrow we will compete one last time. The girl with the biggest löwa will marry him. So tomorrow we will assemble here once more. We will then determine who is going to live with him." After this challenge they left.

itam piw yep tsovaltini, noq pu' paasat itam hin nanaptani," kitotat
pu' yaw aapiyya.

Paasat pu' yaw oovi puma qavomi maqaptsi'ykyaakyangw piw
tookya. Qavongvaqw pu' yaw put maanat so'at aw pangqawu, "Pay
pi itam kur piw ngas'ew tuwantani. Pay pi pu' son um put qa
kwayni. Noq um oovi yukiq teevenge tumpoqni. Pepeq hawiwat
paysoq aqlap siisikngaqw uutaham hapi ki'yyungwa. Pansoq umni.
Um epeq pite' pu' um put siisikyat atsvaqe kwanaltini. Noq pay son
uumi qa unangwtatveni," yaw aw kita.

Pu' yaw pam oovi pansoq haqami so'at aa'awnaqö'. Noq yaw
antsa pam aqw pituqw yaw siisikngahaqaqw paysoq tu'mumuta.
Pu' yaw pam oovi antsa put siisikyat atsvaqe kwanaltiqw pay yaw
himu löwayat söökwikna. Is ana, yaw a'ni yaw tuyva. Noq pay yaw
pam pas qa ayo' waaya. "Pay pi itaaso nuy yaniqw peqw hoona."
Yan yaw pam wuuwaqe pay oovi nawus sun yanta. Noq put yaw
kur momoot löwayat mumu'ya.

Noq pay yaw kur puma piw put taahamat ep tavoknen put
engem pik'amiyat kwangwtota. Pu' pay yaw kur puma piw nanapta
hintiqw put so'at pangsoq hoonaqw. Pay yaw pam oovi put nuutay-
yungqw yaw pam epeq pitu. Pu' yaw puma antsa put naanangk
pepeq mumu'lalwaqw pay yaw paasat put löwa'at pös'iwmaqe
nuwu pay yaw wuuyoq'iwma. Is tathihi, yaw pam hiisavoniqw
wukolöwa'yvaqw pu' yaw puma pay paasat qe'toti. Pantotiqw pu'
yaw pam pangqw nima. Pas yaw pam naat kiy aw qa pitut pay
kwakwnawma. Pay yaw pas löwa'at wuuyoqti. Paniqw hapi yaw
kur put so'at put pangsoq momootuy aqw hoona. Puma hapi yaw
kur put löwayat mumu'totaqw pu' yaw pam pöstiniqw oovi. Noq
antsa yaw pam panti.

Qavongvaqw pu' yaw hisatniqw piw antsa aw pitu. Pu' yaw
mamant piw tsovalti. Pu' yaw pam tiyo piw pitu. Paasat pu' yaw
pam piw pangqawu, "Pay kya uma soosoyam tsovalti," yaw kita.
"Pang uma leetsiltit pu' wa'ömtini."

Pu' yaw oovi puma mamant pantoti. Paasat pu' yaw kur pam
pumuy löwayamuy ang ngungu'ytimani. Paasat pu' yaw oovi
pumuy mamantuy amuupa pantsakma. Noq pay yaw piw put
mantuwa'at pas suswukolöwa. Pas yaw suukw may akw qa soosok
ngu'a. Paasat pu' yaw piw pangqawu, "Pay i' suswukolöway," yaw
kita. Pu' yaw pam put piw angqw ayo' langakna. Paasat pu' yaw
pay pas mimawat mamant qa hingqaqwa. Himuwa yaw qatuptut
pay aapiyningwu. Yanhaqam yaw pam siwatway tuyqawva. Pu'
yaw pam oovi antsa lööqö. Naat kya pam oovi put amum qatu. Pay
yuk pölö.

The two went to bed waiting for the next morning. The following day the girl's grandmother said to her, "Let's at least give it another try. We will probably lose him this time. Anyway, why don't you go to the southwestern mesa edge. There, right by the trail that leads down, your uncles live in a crevice. That's where I want you to go. And when you get there, position yourself with your legs spread across the crack. I'm sure your uncles will help you."

As requested, the girl went to the spot that her grandmother had described to her. When she arrived, she heard a droning noise somewhere in that crevice. She placed herself across the fissure with legs spread apart. Suddenly something stung her löwa. It was very painful, but she did not run away. "This may be the reason why grandmother sent me here." This is what went through her mind, so she held still. And the bees kept stinging her löwa.

Apparently, these were the same uncles who had sweetened her *pik'ami* pudding the day before. They had also learned why the girl's grandmother had sent her out to this place. For this reason they were already waiting for her when she arrived. And so they kept stinging her one after the other. Slowly but surely her löwa was swelling up and getting larger. Before long it had grown to an enormous size. Now the bees stopped. Thereupon the girl went home. She had not reached her house yet when she was walking pretty spread already. Her löwa had increased tremendously. That had, of course, been the reason why her grandmother had sent her to the bees. By stinging her genitals they would make them swell up. And this is exactly what happened. She now had a huge one.

The following day it was once more time for the contest to begin. The girls had gathered, and the youth, too, was there. He issued his instructions, "Now that you are all gathered, I suggest that you line up there and then lie down."

The girls obeyed. Thereupon he went along checking their genitals with his hand. He did that with all the girls, but again his girlfriend came out the winner. Her löwa was so big that he could not even hold all of it with one hand. So he announced again, "This is the one with the biggest löwa." This is what he said and then he pulled her aside. This time the remaining girls did not protest. They got up without saying a word and left. This is how the youth won his sweetheart. Truly she got married then, and I suppose she is still living with him. And here the story ends.

Hin Orayvit Momoymuy Naaptoti

Aliksa'i. Yaw yep Orayve yeesiwkyangw pay yaw pas naat hisat-
haqam pep yeesiwa. Niiqe pay yaw pangqaqw i' Hopi it Tasavut
amum naatuwqa'yta. Niiqe i' Tasavu pay yaw angqaqw pangso
Oraymi piptukyangw pu' pay yaw pam kiipokte'sa yaw pangso
pitungwu. Noq puma Orayvit yaw imuy kanelmuy, waawakastuy,
kawaymuy, moomorotuy yaw puma hisat a'ni pokmu'yyungngwu.
Niiqe puma yaw yangqe Hotvelpiy kwiningqöyvaqe yaw puma
pumuy laynumyangwuniikyangw pu' yangqe taavangqöyvaqe
Apoonivaqe, Pangwuvaqe paavangqe yaw puma pumuy oyi'yyung-
ngwu. Niiqe pu' yaw pumuy qöqyaninik pu' yaw puma pangso

How the Oraibis Got Their Womenfolk Back

Aliksa'i. People were living at Oraibi. Since ancient time they had made their homes there. From time immemorial the Hopis and Navajos had been enemies. The Navajos had made it a habit of coming to Oraibi solely for the purpose of raiding the village. In those days the Oraibis owned large numbers of sheep, cattle, horses, and donkeys. They used to take them out to pasture in the area northwest of Hotevilla, but kept them southwest of the village around such places as Apoonivi and Pangwuvi. Whenever they wanted to butcher any animals, they drove them up to Oraibi. From

Oraymi pumuy laywise' pep tsamvaye' pu' yaw puma pumuy pangqe taavangqöyvaqe tatkyaqöymiq tsamyangwu. Noq pepeq Orayviy tatkyaqöyveq yaw puma pep tuuwive yaw wukowakaski'y-yungqe pansoq yaw puma pumuy tangatote' pepeq pu' yaw puma pumuy qöyantotangwu. Pu' pay yaw puma pumuy piw tsamvaye' pay yaw puma pumuy qa qöyaninik pay yaw puma piw pepeq pumuy naqvuyamuy tutkilalwangwu, tuvoylalalwangwuniikyangw pu' piw pumuy löhavu'ipwantotangwu, pentotangwu. Pay yaw puma hisatngahaqaqw pumuy pan tumala'yyungngwu.

Noq pu' i' Tasavu pay son pi qa suushaqam piw amuupa nakw-sukyangw pu' pay yan yorikye' pu' yaw pam pumuy oovi paasat piw pangso kikiipo. Pu' puma pumuy amumi kiipokyaqw paasat pu' ima Hopiit pay put kiipokiwuysaye' pu' pay puma pumuy pokmuy amumi qa tunatyaltotingwu. Noq pu' ima peetu Tasavum pan kiipokye' pu' haqawat naa'o'ye' pu' puma pumuy pokmuyatuy tsovalaye' pu' pumuy tsamkyaakyangw yukiq hoopoq oomiq wat-qangwu. Pu' yep Orayve puma it hiita nöösiwqat, qaa'öt, sipalat, ngumnit, piikit puuvut yaw puma pang kiinawit ipwaye' pu' put yaw puma piw kiwiskyaakyangw ninmangwu. Yaayan pay yaw puma hisat angqaqw qatsini'ywisa.

Noq pu' yaw aapiy piw pantaqw pu' yaw puma Tasavum paa-sat pu' piw panwat aw wuuwaya. Yaw puma piw pangso kiipokye' paasat pu' yaw puma imuy mamantuy momoymuy ooviyani. Pu' yaw puma pumuy soosokmuy pangqw tsamye' pu' yaw puma pumuy nöömatotaniqey yan yaw puma it pasiwni'yyungqe pu' yaw puma oovi hisatyaniqey pu' yaw oovi tokiltota. Noq yaw puma hisat pas ayangqeeqe hopkyaqe hisat yesngwuniiqe pangqaqw yaw puma oovi hoytiwiskyangw nawis'ew yaw pangso Oraymi öki. Pep pu' yaw puma piw pumuy amumi kiipokkyangw pu' yaw ima piw hiisa'niiqam oyiwtaqam imuy Hopimomoymuy, mamantuy, tsaats-akwhoymuy, mamanhoymuy tsovalayaqe paasat pu' yaw puma pumuy pokmuy amuupa kwaptotaqe pu' piw aqwhaqami hoopoq-haqami ahoyyaqw paapiy pu' yaw ima taataqt tootim nal'akwsi-ngwa. Qa hak yaw haqam maana wuuti akwsingwqw pu' yaw puma oovi pay nawus aapiy qa hiita nova'ya'yyungkyangw yeese. Pu' yaw as kur hin qa suukyahaqam maana wuuti pumuy amumum pep qate' pu' yaw put noovat amungem tumala'ytani. Noq pu' yaw pep panhaqam qa himu maana wuuti akwsingwqw pu' yaw puma put aw wuuwantota hin as yaw puma haqam hakiy maanatye' pu' nova'ya'yyungwni. Niiqe pu' yaw puma oovi put aw wuuwantota.

Pu' yaw puma put oovi tsotsvalkyangw pu' mimhikpuva aw wuuwantota. Pu' yaw puma piw pangqaqwa puma yaw it löwaval-

there they took them to a location in the southeast where there were large corrals near a ledge. Into these they herded the animals to slaughter them, or at times to cut their ears, brand, or castrate them. From way back in time, the Oraibis had been managing their livestock in this way.

Obviously, Navajos who crossed Hopi territory often became aware of this and came to raid the Oraibis. Frequently, when such an attack took place, the Hopis concentrated on the attack and failed to guard their livestock. A few Navajos usually rounded up the cattle and made off with them in a northeasterly direction. In Oraibi itself they took food such as corn, peaches, flour, and piki and returned home with all their loot. In this fashion the Hopis lived their lives long ago.

In due time, the Navajos decided to go on a raid again. This time, however, they had set their eyes on the Oraibi women. They schemed to round up all the girls and women and take them as wives. After setting a date for the attack, they left their homes in the northeast, eventually reaching Oraibi. There, during the attack, a few of the Navajo men gathered together all the women and girls, even the little ones, loaded them on horses, and retreated to their homes in the northeast. Now only men and boys remained behind in Oraibi. Since not a single girl or woman was left, they had to live there without anyone to help them cook. If at least one girl or woman had been left behind, she could have prepared the necessary food for them. However, all the womenfolk were gone. The men wondered how on earth they could get hold of a girl to cook for them.

Night after night the men gathered, pondering this dilemma. In addition, they said they were becoming weary and frustrated because of their longing for sex. No doubt a man, whether married or

kiwuy akw piw maamangu'a. Pay yaw taaqa tiyo son piw put qa palkingwu. Pu' yaw puma put aw wuuwantotaqe yaw pangqaqwa son yaw puma hoy as qa tsoykintotani. Pay yaw hak piw pante' pu' piw hiisavo öqawi'ytangwu. Noq ii'it yaw puma ang aw wuuwankyaakyangw pu' yaw puma kur put aw pootayani.

Noq pay lavaytangwuniqw pay yaw i' Kwaani'ytaqat kivayat angqw ima tsaatsayom a'aniwqat pay yan lavaytangwu. Noq pay yaw antsa puma Kwaakwant piw pep Orayve yesqw pu' yaw puma yan put navoti'yyungqe pu' yaw puma put aw wuuwantota hin puma hintotiqw antsa pam aw aniwtini. Hakiy puma haqam tsaakwyani, maanat. Niiqe pu' yaw puma oovi put aw pootayaniqw paasat pu' yaw i' imuy Kwaakwantuy mongwi'am pumuy amumi pangqawu, "Ta'ay, uma haqawa kya haqam wuukoq tawiyat tavi'yta. Haqawa put himu'yte' put angqw yawmaqw nu' put aw tumala'yvaniy. Pay son itam qa hakiy maanat as qa tavi'yyungwniy. Son as hak qa itamungem noovalawni. Itam it piikit puuvut hiita itaanovayniqat qa tuwi'yyungway. Pay itsa hiita hurusukit pan'ewakw hiita noovat qa pas hinkyangw yukiwtaqw putsa pay itam tuwi'yyungqe pay itam putsa pas naap noovalalway," yaw pam kita. Pu' yaw puma as piikityanikyangw put yaw puma qa tuwi'yyungqw pu' yaw pam oovi pumuy kivasngwamuy amumi put tawiyat tuuvingta.

Noq antsa yaw kur haqawa it pay pas wuukoq tawiyat tavi'ytaqe pu' yaw pam oovi antsa put ep kwusivaqe pu' yaw put aw taviniqe pu' yaw aw pangqawu, "Yep'ey," yaw aw kita, "yep'e. Yaasakw nu' it tavi'yta," yaw pam put aw kitaaqe put yaw oovi put put mongwiy aw tavi.

Pu' yaw pam aw taynumt pu' yaw put aw pangqawu, "Pay son qa i'niy," yaw pam put aw kita. Paasat pu' yaw pam put kwusunaqe pu' yaw pam put aqw hötakyangw hak aylawe' pangqw aqw hötangwuniqw qa pangqw yaw pam put aqw höta. Pam yaw put putsqayat homo'ngwayat sipnayat angqwwat yaw pam put aqw höta. Paasat pu' yaw pam put aqw hötakyangw pu' yaw pam put saakwiyat poosiyat angqw ipwantaqe paas yaw pam put angqw tsaama. Pantikyangw pu' yaw pam put hiisaqniqat paasaq pu' yaw pam put aqw höta. Niiqe pay yaw pam put paas piw tuwi'yta, löwat aqw hiisaq hötsiningwuniqw. Put yaw pam aw wuuwankyangw yaw pam put pan aqw höta. Paasat pu' yaw pam put kwipt pu' yaw pam piw put angqw ahoy horoknat paasat pu' yaw pam put piw paas aasonngaqw haariqe pu' yaw paasat pas soosok saakwiyat angqw tsaama. Paasat pu' yaw pam pay put qeeni'ylawngwuniikyangw pu' yaw pam put aw naaqavo paas popta. Pam hapi a'ni tsiivoningwuniqw oovi pam yaw put kwangwviwintaqe put pan

not, has a longing for sex. Reflecting on this need, the men said they would have to let out their semen. Each time someone released his tension in this way, he felt strong again for a while. Thinking about these problems, they were hoping to invent something.

Now, it is Hopi belief that children are created in the kiva of the Kwan kiva. Since members of the Kwan society were living in Oraibi, and the men knew this, they were racking their brains what they could possibly do so that a female child could be created. When they were ready to give it a try, the headman of the Kwan society advised them, "Well, I guess one of you has a large gourd some-where in storage. Whoever owns such a container, let him bring it here, and I will start working on this. We must have a girl around. We menfolk have no practical experience with the making of piki and the preparing of other meals. Only *hurusuki* pudding and similar dishes which are easy to make do we know how to fix ourselves." The men wanted piki, but were at a loss as to how to make it. For this reason the Kwan chief asked his kiva brothers to procure a gourd.

Sure enough, one of them had a large gourd stashed away at home. Upon arriving with it, he handed it over to his chief and said, "There it is. That's the size I have."

The Kwan chief inspected it and replied, "This will have to do." Upon receiving it from the man he bored a hole into it, but not where one does when fashioning a rattle. He drilled the hole on the raised part of the gourd where its navel is. Next, he carefully ex-tracted from its hollow all the stringy stuff and seeds. Then he wid-ened the hole to the size that he had in mind. He knew quite well, of course, how big the hole of a vagina is. That's the size he had in mind as he drilled the hole. After boiling the gourd, he took it out of the water and scraped out its interior with great care. In this way he was able to get rid of all the remaining stringy stuff inside. The chief

qeeni'ykyangw pu' put aw piw popta. Niiqe pam yaw oovi put pangqw haqaqw qeeni'ytaqey yaw pangqw horokne' pu' yaw pam angqw mooti pas paas kuksit pu' yaw put angqw lö'öknat pu' piw aqw kuyt pu' pantaqat walalaykinat pu' put angqw hiisaq hikwngwu. Noq kur naat yaw pam tsiivoniqw paasat pu' yaw pam piw put angqw ahoy lö'öknat paasat pu' yaw pam piw put aqw ahoy piw kuyt pu' yaw piw ahoy qeenangwu. Yaayan yaw pam put aw poptaqw pu' yaw aapiy panmakyangw hisat pu' yaw pam piw pantikyangw pu' yaw piw angqw hikqw ep pu' yaw pam pay pas kuuyit an kwangwqe pay yaw paapu qa tsiivo.

Paasat pu' yaw pam pumuy kivasngwamuy amumi pangqawu, "Ta'ay, nu' hapi aw yukuy," yaw pam kita. Niiqe pu' yaw pam pumuy wangwayqe pu' yaw amumi pangqawu, "Ta'ay, yep'ey. Huvam aw yoyrikya'ay," yaw pam pumuy amumi pangqawqw pu' yaw puma oovi awyaqe pu' yaw aw yoyrikyaqw piw hapi yaw antsa pam tawiya it löwat su'an soniwqa pep put atpip qaatsi. Pas pi yaw pam pay löwat aw hayawta. Pas pi yaw pam put hin hintangwuniqw put aa'an yukiwtaqe paas yaw oovi piw mosngya'ykyangw pu' pangiipu'ykyangw pu' piw wiphö'yta.

Noq pu' yaw puma kivasngwamat put tuuvingtota, "Ta'ay, ya hintaniqw oovi um it yukuy?" yaw puma put aw kitota.

"Owiy," yaw kita, "pay hapi itam it löwat akw okiwya. Pu' itam piw it noovat akw enang okiwya. Noq it itam hapi aw hintsakvayaniqw oovi nu' antsa it aw qa naatusi'ykyangw pu' it yukuy," yaw pam pumuy amumi kita.

"Haw'owi? Noq hin itam put aw hintsakvayaniy?" yaw kitota puma put awi.

"Pay hapi itam it tsopyaniy," yaw pam pumuy amumi kita. "Niikyangw itam hapi mooti tuupatotat pu' it aqw kukyaniy. Ason itamuy pantotiqw pu' nu' hapi mooti aw pootaniy. Noq kur ason nuy aw hin navotq kur pay anhaqam kwangwtiqw paasat pu' itam hapi it pantsakvayaniy," yaw pam pumuy amumi kita.

"Kur antsa'ay," yaw puma kitotaqe pay yaw naanakwha.

"Noq itam hapi sonqa tuuvingkyaakyangw it pantsatskyaniqw oovi uma pangqw pew yesvaniy," yaw pam pumuy amumi kitaaqe pu' yaw pam oovi tsoongoy ang tangalawqw pu' yaw puma put amum pangso qöpqömi hooyokya. Paasat pu' yaw pam put tsoongoy ang tangataqw pu' yaw puma pep put naa'itnayaqe yaw oovi tsootsonglalwakyangw pu' yaw put maanat oovi naanawaknakyangw yaw put kwiitsingwuy hooyintota.

Niiqe pu' yaw puma oovi pas paas yukuyaqw paasat pu' yaw pumuy mongwi'am piw pangqawu, "Ta'ay, itam mooti tuupato-

now kept it soaking, checking it every day. This he did because a gourd is very spicy and he wanted to eliminate its spiciness. Finally, after removing the gourd from the liquid it was soaking in, he rinsed it out and drained it. Once more he filled it with water which he sloshed around before drinking a little. Evidently it tasted spicy, for he rinsed it a second time. Then he refilled it with water and let it soak again. In this manner he kept checking on it. Finally, when he drank from it again, it had the taste of pure water. No trace of the gourd's aroma was left.

Turning to his kiva partners the Kwan chief said, "All right, I've finished." With that he called his men over. "Here, look for yourselves." They came over as bidden and inspected it. Lo and behold, the gourd lying in front of him looked exactly like a löwa. It was astonishing how closely it resembled one. It was equipped with all its features, such as clitoris, lips, and pubic hair.

The kiva mates were curious. "What on earth did you make that for?" they asked their chief.

"Well," he replied, "we all suffer from the lack of sex. We're also missing our accustomed food. We'll start doing something with it, that's why I worked on this with great effort until it was finished."

"Is that so? What will we start doing with it?" they continued querying him.

"We'll use it for sex," he answered. "But first let's warm up some water and pour it in. Then I'll be the first to test it. Once I have determined that it tastes right, we can get underway."

"Very well," the men agreed.

"We'll have to do this with praying and smoking of course. So sit down here," he bade them, whereupon he began filling his pipe with tobacco. The men moved over to the fireplace. When he filled his pipe they passed it along from one to the next. Drawing in the smoke, they prayed for a girl child, and then blew the smoke up in the air.

When the smoking ritual was over, the chief said, "All right, we'll heat up some water now, and I'll go first."

taqw pu' nu' mootiniy," yaw pam kitaqw pu' yaw puma oovi tuupatota.

Niiqe pu' yaw puma oovi aw tuupatotaqe pay yaw put su'aw-mukinayat pu' yaw put löwat aqw kukya. Pantotiqw pu' yaw pam put aqwhaqami tuwanlawqw pay yaw pam su'anhaqam mukiniqw pu' yaw pam pangqawu, "Ta'ay, nu' hapi mootiniy," yaw pam kita. "Ason nuy yukuqw paasat pu' uma tuwat inungkyaniy. Niikyangw hak hapi yukye' hak hapi suyvoqwat hawmantaniy," yan yaw pam pumuy amumi tutapta.

Noq pam löwa pi yaw pep qöpqöt kwiningya qatsqw pu' yaw pam oovi pangsoniiqe pu' yaw pam aw pituuqe yaw aw wunuw-kyangw pu' yaw pam pitkunay tsoopa. Pantit pu' yaw pam put atsmi wupqw pu' yaw mimawat put aw usiitoynayaqw paasat pu' yaw pam pep put tsoplawu. Pantsakkyangw pu' yaw pam yukuuqe yaw oovi it hoy pangsoq lö'ökna. Pantit pu' yaw pam angqw hawqe yaw oovi antsa suyvowat hawt pu' yaw paasat pay put tawiyat, löwat ahoy aw naakwapnat pu' yaw pitkunay ang ahoy pakikyangw pu' yaw pangqawu, "Ta'ay, haqawa nam tuwatiy. Pay su'anhaqam kwangwtiy," yaw pam pumuy amumi kita.

Paasat pu' yaw puma oovi antsa pep put tookilat ang put ta-wiyat naanangk tsoplalwa. Aqw puma yaw hoy lö'ökinkyaakyangw pu' yaw hisatniqw pu' yaw puma soosoyam yukuya.

Paapiy pu' yaw puma put pantsatskyangwu. Niiqe paapiy pu' yaw puma pay paapu it löwat paasat akw qa okiwya. Niiqe pay yaw puma oovi paapiy tookilnawit put naanangk tsoplalwangwu. Nii-kyangw puma yaw it maanat oovi naawakinkyaakyangw put pan-tsatskyalalwakyangw yaw it hoy pangsoq lö'ökintotaqw pam yaw oovi pangqw tangawkyangw yaw muki'iwkyangw pay yaw kur pam aw aniwti. Pay kur yaw puma su'an yukuya.

Noq pay yaw puma qa nanapta puma su'an yukuyaqeynii-kyangw pay yaw puma put pep tavi'ykyaakyangw yaw put tsoplal-wa. Noq pumuy amuukwayngyap yaw kur i' tiposi put tawiyat aa-sonngaqw aniwti. Puma hapi yaw kur put tawiyat nö'yilayakyangw yaw qa nanvotya. Noq pu' yaw pam tiposi oovi pangqw pakiw-kyangw pu' yaw pam pangqw wuuyoq'iwma.

Niiqe puma yaw oovi pay naat pangso sasqayaqw pu' yaw himuwa pan löwavalkye' pu' yaw piw put tsopngwu. Niiqe pay pi yaw puma songyawnen uu'uya. Uu'uyaqe pu' yaw puma put aqw hiihikwnaya. Himuwa yaw aw hintsane' yaw hoy aqw lö'ökne' pam yaw songyawnen put aqw hikwnangwu.

Niiqe puma yaw oovi yantsatskyalalwakyangw yaw put tavi'y-yungqw pu' yaw pam wuuyoq'iwmakyangw pay yaw pas hisat

So they warmed up some water. When it had the right tempera-
ture, they poured it into the fake löwa. The Kwan chief tested it
inside, and when he found it to have the proper warmth he said,
"Well, here I go. As soon as I'm done, it's your turn. When you're
done climb down to the left," he instructed them.

The löwa vessel was sitting on the northwest side of the fire-
place. The chief went over to it and stood there removing his kilt.
Next he mounted the gourd and, while the others spread a cover
over him, had intercourse with it. Upon having his orgasm he re-
leased his semen into it. That done, he climbed off, making sure that
it was to the left side. Next, he covered up the löwa gourd and, put-
ting his kilt back on, exclaimed, "Now, let someone else have a turn.
It felt just right."

Thereupon the men, one after another, spent the entire night
coupling with the gourd. Spurting their semen into it, they finally
reached a point where they were all done.

From that time on the Oraibi men kept using the gourd in this
way. Now they no longer suffered from the need for sex. Night after
night they had intercourse with the vessel, one man after the other.
All the time, of course, while they kept doing this and injecting their
semen, they were praying for a girl. Indirectly they succeeded, for
their semen flowed into something inside, where it was nice and
warm.

The men, however, were not aware yet that they had succeeded
in creating life. They continued having intercourse with the gourd,
while the embryo grew inside. They had impregnated the gourd
without realizing it. So the tiny life was in there, slowly getting
bigger. And so the men flocked to the löwa gourd. Whenever one of
them felt the need for sex, he mated with it. It was as if they were
performing the activity of planting. And since they were planting,
they had to water the seed inside the vessel. By spending his semen
a man was watering the inside, so to speak.

Carrying on in this way, the new life inside was growing bigger
and bigger. One day, as it reached the point where it was ready to

yamaknisavotiqw yaw puma ep piw tsootsonglalwa. Noq puma yaw yukuye' puma yaw pay put ahoy it tuwakit atsmi tsokyayangwu- niqw pep yaw pam oovi qatsngwu. Niiqe naat yaw pumuy oovi pan tsootsonglalwaqw piw yaw haqam i' tiposi paklawu. Niikyangw pepehaq tuwakivehaq yaw pam paklawu.

Pu' yaw pam mongwi'am yaw pangqawu, "Meh, ya uma na- naptay?" yaw pumuy amumi kita.

"Owiy, owiy pay itam nanaptay," yaw puma kitota.

"Hapiy, haqaqw hapi tiposi paklawuy," yaw pam kita.

"Owiy, pay itam nanaptay," yaw puma kitota.

"Kur nam aqw pootay," yaw pam mongwi'am kitat pu' yaw pam wunuptut pu' yaw pam aqw kwiniwiq tuwakimiq nakwsuqe yaw aqw pituuqe yaw tuqayvastaqw pangqw yaw put tawiyat angqw yaw tiposhoya pakmumuya. Pu' yaw pam pangqawu, "Pi kur it angqöy," yaw pam kita.

"Kur pangqw pew wiiki'iy," yaw puma put aw kitotaqw pu' yaw pam oovi pep put kwusut paasat pu' yaw pam put tawiyat tsöpkyangw pu' yaw pumuy amumi ahoy nakwsuqe pu' yaw pam put pep qöpqöt kwiningyaqw pumuy amutpip tavi. Pep yaw pam put taviqw naat yaw pam tiposi pangqaqw pakmumuya. "Kwakw- hay," yaw puma kitota, "kwakwhay. Hisnentiqw maananiy," yaw puma kitota. "Pay kur itam su'an yukuyaqw oovi aniwtiy," yaw puma naanami kitota. Pu' yaw puma paasat naatuvinglalwa, "Ta'a, noq itam it hintsatsnaniy? Hak it itamungem wungwnaniy?" yaw puma kitota.

Pu' yaw paasat i' mongwi'am pangqawu, "Owiy, pay nu' yep kwiningqöyve hakimuy yesqamuy paas tuwa'ykyangw antsa pi nu' it aw yan wuuway," yaw pam pumuy amumi kita. "Kur nu' oovi pangsoniy. Nu' pangsonen pep nu' pumuy amumi maqaptsitaqw sen puma son itamungem it aw tunatyaltotiniy. Noq nu' oovi it yantaqat pangso yawmaniy," yaw pam kita.

"Kur antsa'ay. Ta'ay, kur antsa aw'iy. Antsa kya um hakiy tu- wa'ytay," yaw puma kitota.

Paasat pu' yaw pam pangqw yamakkyangw pu' yaw aqw kwi- niwiqniikyangw pu' yaw pam pangso Orayviy kwiniwiniiqe pam yaw kur ayo' Pöqangwwawarpimi. Noq pep yaw i' Kookyangwso'- wuuti imuy mömuy Pöqangwhoyatuy amumum qatu. Noq naat yaw pu' pangso pituuqe yaw as naat pu' aqw hingqawniniqw pay yaw pam so'wuuti mooti put paki'a'awna. Pay pi yaw pam a'ni himuniiqe pay yaw oovi kur navota pam ep pituqw. Noq pu' yaw pam oovi pangsoq pakiqw pay yaw puma kur soosoyam yesqw oovi yaw i' so'amniqa yaw yuk qöpqömi pay qatuwlawqw pu' ima

emerge, the men were busy smoking. As a rule, upon finishing their smoke they placed the gourd back into the storage niche at the far end of the kiva. There it stayed when not in use. They were still engaged in their smoking ritual when, much to their amazement, a baby started crying. The crying came from the niche at the far end of the kiva wall.

The Kwan chief said, "Listen! Did you hear that?"

"Yes, yes, we heard it," they replied.

"For sure, that's the crying of an infant."

"Yes, we heard that."

"Let us check the gourd," the chief said, whereupon he got up and headed toward the niche in the northwest wall of the kiva. Getting there, he placed his ear against the gourd. There was clearly a baby crying inside. "It's in here," he announced.

"Bring the gourd over," the others cried. He picked it up and came back to them, holding it in his arms. He placed it down on the northwest side of the fireplace, right in front of them, with the crying of the infant going on. "Thanks!" the men exclaimed. "Thanks! If we're fortunate, it's a girl. We did the right thing. It worked," they said to each other. But then they began asking one another, "What are we going to do with it now? Who's going to raise the child for us?"

The chief replied, "Yes, I already thought of that. I know some people who live on the northwest side. Let me seek them out. I'll ask them to come for this child in our behalf."

"Very well. All right, go there then. For you seem to know someone there," they encouraged him.

Thereupon the Kwan chief departed. He headed out in a northwesterly direction toward Pöqangwwawarpi. Old Spider Woman was living there with her two grandsons. He had just reached his destination and was about to announce his presence when the old woman bade him enter. After all, she has greater than human powers and was already aware of his arrival. Upon entering, the

naatupkom yaw tuwat pay angqe' tatstinumqe yaw qa unangwtala. Pu' yaw pam epeq pakiqw pu' yaw pam so'wuuti put paas taviiqe yaw oovi aw kuwawata. "Ta'a, qatu'u, um hak piw waynuma," yaw pam put aw kita. "Qa hisat hak yangqaqw itaakiy pakiqw oovi um pewni," yaw pam put aw kitat pu' yaw pam put naqlavo engem atsvewtoynaqw paasat pu' yaw pam pangsoniiqe pu' yaw pam pep qatuptu.

Paasat pu' yaw pam mömuy amumi pangqawu, "Haak huvam qe'ti'i. Pas uma piw yantsakve' qa qe'tingwu. Taq pas hak paki," yaw pam pumuy amumi kita. "I' hak sen umumi'i. I' sonqa pas hintsaknumqe oovi pewhaqami itamumi paki. Oovi uma put ayo' tavit pu' pewni," yaw pam pumuy amumi kita.

Noq pay yaw puma soy pas qa aw tuqayvasta. Hisatniqw pu' yaw haqawa put tatsit wuvaataqe yaw kya pi qa su'anniqw pay yaw pam pumuy soyamuy aqwwat mumamayku. Paasat pu' yaw pam pumuy tatsiyamuy ep kwusuuqe pas yaw qa amumi taviqw pas yaw puma paasat qe'ti.

Pu' yaw pam pumuy amumi tatsiyamuy qa taviqw pu' yaw puma a'ni itsivutiqe yaw soy aw pangqawu, "Pew itaatatsiy tavi'iy. Um itamuy sööwu'ytoyna, taq pi itam as pas kwangwa'ewlawuy. Naapi hak yaasatniqwhaqam piw waynumay," yaw puma itsivu-'iwkyangw soy aw put tatsit tuuvinglawqw pay yaw pam pas pumuy qa amumi tavi. Paasat pu' yaw puma nawus pay sun yuku.

"Owi, naapas uma yantsaktive' qa nanvotngwu. Pay uma haak hiisavo maatapni. Kya hak umumi'i," yaw pam kitat pu' yaw put taaqat tuuvingta, "Ta'a, um kya son paysoq waynuma," yaw pam put aw kita.

"Owiy, pay nu' antsa pas hiita oovi waynumay," yaw pam put aw kita.

"Ta'a, noq sen pi um imuy tiyooyatuy amumi'iy," yaw pam kita.

"Qa'ey, pay nu' angqw uumi'iy," yaw pam put aw kita.

"Ta'a, antsa kya um pas hiita oovi waynumay," yaw pam put aw kita.

"Owiy, noq pay antsa ima tuwqam pi itamumi ökiwtay," yaw pam put aw kita. "Pay it hiita himu'ytiwngwut nöösiwqat itaavokmuy kawaymuy waawakastuy kanelmuy moomorotuy oovi'oy. Noq pay puma pi qa suus yangqw pumuy pan tsamyay," yaw pam put aw kita.

"Owi, pay antsa pi puma qa suus yangqe kwiningqöyvaqe pangsoq hoopoqhaqami pumuy laywisa. Noq put ep um hintsakni?" yaw pam it tuuvingta.

chief noticed that all three were home. The old woman was sitting by the fireplace, while the two brothers were engrossed in playing shinny. Old Spider Woman politely welcomed her visitor. "Have a seat, stranger," she said. "No one has ever entered our house, so come here." With that she offered him a place to sit down next to her. The chief went up to her and sat down.

Old Spider Woman now turned to her grandsons. "Please, stop playing for now. Once you get going, you never quit. We have a guest," she admonished them. "Maybe he came to see you. He must have a special reason for calling on us. So let go of your sticks, put them down and come here."

Pöqangwhoya and Palöngawhoya, however, paid no heed to their grandmother. At one point, when one of them did not strike the ball right, it rolled toward the old woman. Immediately, she picked it up without returning it to them. Now the two brothers stopped. When they failed to get their ball back, they grew angry. "Give us our ball," they demanded. "You're delaying our game. We were having a good time. Why on earth does anyone have to call on us at this time of day?" But their grandmother did not comply with their wish, so the two finally calmed down.

"Yes, it's your own fault. You never obey once you start this game. Let go of it for a time. I think you have a visitor," she said, whereupon she turned to the man and asked, "Well now, you must be about for a reason?"

"Sure, I came for a special purpose."

"Perhaps you came to see these little boys?"

"No, no, I came to speak to you."

"So what is it you're after?" Old Spider Woman asked.

"Well, you know that enemies have been frequenting us," the chief replied. "They raid us for our belongings and food, as well as our horses, cattle, sheep and donkeys. They've taken them along on several occasions."

"Yes, I know that. They've driven them off through this area here in the northwest to their home in the northeast more than once. Do you intend to do something about it?" she asked.

"Qa'ey, pay nu' qa paniqw angqö. Pu' ura piw hiisa' yaasa-ngwuy ephaqam nuutungk piw itamumi kiipokkyangw ep pu' puma imuy itaanömamuy mamantuy mamanhoymuy soosokmuy tsamyay," yaw pam aw kita.

"Owi, antsa pi puma pumuy tsamyaqe pay naat puma pumuy angqe' pi nöömamu'yyungwa, pumuy oyi'yyungwa, pumuy naa-huyva," yaw pam put aw kita. "Noq put aapiy itam qa hiita hakiy nova'ya'yyungwa. It piikit itamungem tumala'ytaniqa qa haqam. Pu' pay aapiy it hiihiita noovat itamungem hintsakniqat qa hiitawat itamuy peetoynayay," yaw pam put aw yan lalvaya. "Niiqe itam put aw wuuwantota. Son as itam hakiy maanat qa tavi'yyungqw hak as itamungem, pep taataqtuy tootimuy totimhoymuy, it noovat tuma-la'ytaqw itam hakiy yu'ykyaakyangw yesniy," yaw pam put aw kita. "Noq kur hak piw pangsoqhaqami itamungem pumuy tsam-toni. Haqami pi puma tsaamiway," yaw pam kita.

"Pas haq'urmiqhaqami'i," yaw pam so'wuuti kita. "Noq kur uma hin kya antsa aqwhaqami ökini. Noq pay antsa pi pam toosi pi nitkya, pu' pam piiki piiw. Noq kur antsa himu umungem put tu-maltaqw uma aqwhaqami tuwat tuwvöötote' uma tuwat aqwhaqa-mi pumuy tsamwise' pay kya as uma antsa pumuy ahoy ökinayani," yaw pam so'wuuti kita.

"Owiy, niikyangw itam taataqt tootim piw itakwwat löwaval-kiwuy akw enang piw okiwtotiy," yaw pam put aw kita. "Niiqe pu' itam oovi yep Kwankivaape pu' itam tsovalti. Noq nu' pep it aw wuuwantangwuniiqe nu' pumuy ikivasngwamuy amumi it yantaqat yu'a'ataqe nu' pumuy tuuvinglawu sen pi puma qa palkiwyungwa. Noq pay yaw puma pankyaakyangw qa hingqaqway," yaw pam kita. "Pay pi kur itam haqam put hakiy wuutit aw hintsatskyaniqe oovi putakw itam piw okiwtotiy," yaw pam kitalawu. "Noq nu' it yantaqat aw wuuwantangwuniiqe nu' put it tawiyat angqw yukuy," yaw pam put yan aa'awna. "Put nu' angqw it löwat yukuy. Paapiy pu' itam pep put naanangk tsoplalwangwuniikyangw kur itam put aniwnayay, nö'yilayay," yaw pam aw kita. "Niiqe peqwhaqami pu' kur pam pangqaqw wuuyoq'iwmakyangw pas peqwhaqami pu' se'el itam qöpqömi yesvaqe pu' itam tsootsongtivayaqw paasat pu' angqaqw paklawuy. Tiposi haqam pakmumuyqw itam nanapta. Now pu' nu' oovi aqw tuwakimiqniiqe antsa tuqayvastaqw pay put angqöy," yaw pam kita. "Noq hin itam put hintotiniqey put itam qa tuwi'yyungwa. Hin wuuti tiy tumala'ytangwuniqw put itam qa tuwi'yyungway," yaw pam put aw kita. "Noq itam kur haqami hakiy aw taqa'nangwtotiniqw pay nu' pewhaqami ung tuwa. Pay kya as um put aw itamungem tumala'ytaniy. Pay kya as um put

"No, that's not why I came. You will recall that a few years ago when they attacked us last, they took off with all of our wives, unmarried women and little girls."

"That's true, and they're still keeping some of them as wives. They distributed them among themselves," he said. "Since that day we've had no cook. There's no one who can make piki for us. They left us nobody who could fix us all those different kinds of dishes," he told her. "We've been thinking about this problem. We desperately need a girl who can take care of us menfolk, married and unmarried men as well as the young boys, one who can provide food for us. We must have a mother. No one so far has been able to get our women back. I don't know where they were taken."

"Far, far away," the old woman replied. "I don't know how you can get there. True, ground sweet corn and piki are good journey foods. I believe if someone could provide these things for you, and you went on the warpath to get your womenfolk, that you could bring them back."

"Sure. In addition, our men and boys suffered from the lack of sex," the chief continued. "For this reason we gathered in the Kwan kiva. Thinking about their sexual needs I discussed the matter with my kiva brothers. I asked them if they missed sex. They answered yes, but did not complain because there was no woman to couple with. As I pondered the situation I made a löwa for them out of a gourd," he confessed. "From that time on we've been coupling with that device, one man after the other. In the process we got it pregnant and created a life. It grew and grew, and just this morning as we sat down by the fireplace and started smoking, we heard a whimpering. It sounded like the crying of a baby. So I went to the kiva niche and listened. The cries were clearly coming from a child inside the gourd. We don't know what to do with it for we lack this practical experience. When we asked ourselves who could possibly help us, it occurred to me to come to you. Perhaps you could take care of that infant for us. Maybe you could raise it for us. I don't even know

itamungem wungwnani. Himu pi'iy," yaw pam kita.

"Haw'owi? Ta'a, pay nu' sonqa put tavi'ytani," yaw pam kita. "Noq oovi um pay aw wiktoni. Um pay aw wikte' um angqw wikqw nu' pay qaavo asnani," yaw pam put aw kita. "Nu' put asnat pu' nu' pay yaapiy put umungem tumala'ytani. Niikyangw ason sunat taalat aqw haykyaltiqw pep pu' ason uma mamaqani. Nen pu' uma haqam put sikwit tutwaqw pu' ason pam sunatsikis talnaqw pu' ason itam put engem nöönösani. Pu' hin pam pep yukiltingwuniqw pay nu' ason put umungem paas tumaltani," yaw pam put aw kita.

"Kur antsa'ay, kwakwhay," yaw pam kitaaqe haalayti pam pumuy amumi unangwtapniniqw. Yan pay yaw sunukwangwnavot pu' yaw pam pay pangqw ahoy orayminiiqe pu' yaw pam ep ahoy pitukyangw pu' pep kivay ep paki.

Noq pu' yaw pam ep pakiqw paasat pu' yaw puma put kivasngwamat put tuuvinglalwa hin pam navotqw. "Owiy, pay nu' nukwangwnavotay. Niikyangw itam hapi qa navoti'yyungwa himu pam pangqw pakiwtaqw. Sen pi maanawya sen pi pay tiyooya. Himuwa pi'iy. Noq nu' yaw oovi aw pay pu' mihikqw aw wikni. Pu' pay hin itam hintotiniqat pay put paas inumi tutaptaqw oovi nu' hapi pay angqw wikto. Noq haqawa kya pay haqam tsaaqat pösaalat tavi'ytay," yaw pam kita.

Noq pu' yaw haqawa pangqawu, "Owiy, pay inuupe pam suukya tsaaqa qatsqw pay nu' put aw kwistoniy," yaw pam kitaaqe pu' yaw pam oovi yamakmaqe pu' yaw pam oovi pangso kiy awhaqami put pösalhoyat kwisto. Pu' yaw pam put pep kwusumaqe pay yaw naat qa pas nawutstiqw pay yaw ahoy ep pituuqe pu' yaw, "Yep-'ey," yaw kita. Pu' yaw pam oovi put aw taviqw pu' yaw pam put kwusunaqe pu' yaw oovi put tawiyat putakw mokyaata. Noq naat yaw pam tiposhoya pangqaqw pan hingqawlawu, pakmumuya. Paas yaw pam oovi put putakw mokyaatat paasat pu' yaw pam piw ahoy pangqw kivangaqw yamakqe pu' yaw pam paasat put pangso wiiki.

Niiqe pu' yaw pam oovi put pep wikkyangw pituuqe pu' yaw pam pumuy kiiyamuy amumiq pakiiqe pu' yaw pam put aw pangqawu, "Yep'ey, yep nu' wikvay," yaw aw kita.

"Is uni, askwali," yaw pam kita. "Pew um wikni."

Paasat pu' yaw pam oovi put so'wuutit awniiqe pu' yaw aw tavi. Noq pu' yaw pam put tsöpaatoynaqe pu' yaw put puruknaqe yaw aw yorikqe yaw aw tayati. "Is okiwaa, yanhaqam uma okiw ephaqam hintoti," yaw aw kita.

"Owiy, pay kur son i' taaqa piw put qa enang tumala'ytangwuy," yaw pam kita.

what sex it is," the Kwan chief said.

"Is that right? Well, I'll certainly take it," she assured the man. "So go get it. After you bring it, I'll wash its hair tomorrow. Then I'll take care of it for you. You, meanwhile, must go hunting until the twentieth day draws near. As soon as you have procured the meat and the child has spent the first twenty days, we'll have the feast for it. I'll do everything according to custom."

"Very well, thank you," the Kwan chief replied. He was grateful to Old Spider Woman and her grandsons for the promised assistance. With this good news he returned to Oraibi. Immediately upon his arrival he entered his kiva.

The chief's kiva mates asked him how he had fared. "I bring good news. But we still don't know what sex the child is in the gourd. It could be a little girl or a little boy. Who knows? Therefore, I'll take the child over to Pöqangwwawarpi tonight. Old Spider Woman there advised me carefully as to what we need to do. Maybe someone has a small blanket at home," he suggested.

One man answered, "Yes, I have a small one at my place. I'll go get it." With that he left the kiva going to fetch the blanket from his house. Before long he returned with it. "Here," he said, holding it out to the chief. He took it from the man and wrapped the gourd in it. The infant inside was still whimpering as before. With the gourd safely bagged the Kwan chief now departed once more.

Arriving at his destination with his bundle he entered the abode of the Pöqangw group. "Here it is. This is what I have," he said.

"How nice, thank you!" Old Spider Woman exclaimed. "Bring it here to me."

The chief complied and handed the bundle over to the old woman. Upon receiving it she unfolded its wrapping. When she caught sight of the gourd in the shape of a vulva she had to laugh. "Oh dear, so this is what you men used to relieve your need for sex!"

"Well, yes. It's obvious that a man has to have sex," he replied.

"Owiy," yaw pam kita, "pay pam put akw enang öqawi'yta-ngwu. Pu' i' wuuti, pam pay piw panta," yaw pam put aw kita. "Pay pam piw palkingwuniiqe pay pam piw oovi putakw enang öqawi'y-tangwu," yaw pam put aw kita. "Askwali, hisnentiqw maanani. Ta'a, oovi um pew hoyokni," yaw pam put aw kitaaqe pu' yaw pam oovi put tsöpkyangw wunuptuqw pu' yaw puma naama oovi pang-so qöpqöt kwiniwi hoyo. Pep pu' yaw pam put pösalhoyat puhiknat pu' yaw pam put atsmi put tawiyat tavi. Noq pep yaw pam tawiya qatsqw pangqaqw yaw pam tiposi pakmumuya.

Noq pu' yaw puma naatupkom put aw yorikqe pu' yaw aw taya'iwtaqw pu' yaw pumuy so'am pumuy meewa, "Uma qa aw taya'iwtani. Uma kya naap hisatniqw siwa'yva. Ta'a, noq oovi haqawa aw aapami pakye' piw angqw sukw pösaalat horoknani," yaw pam pumuy amumi kita. "Pay ura ephaqam suukyawa umuu-vösaala pay tsaaqa qaatsi. Put haqawa angqw yawmaqe itam aqw hötayani," yaw pam pumuy amumi kita.

Paasat pu' yaw pay puma piw put oovi pep naayawva. Haqawa pangso put kwistoniqatniiqe puma yaw pangqawkyangw naayawi, "Pay nu' aw kwistoni."

"So'on piniy, pay nu' awniy," yaw puma kitikyangw pay yaw puma piw pep naatutuptinuma.

Noq pu' yaw pumuy so'am piw amumi itsivutiqe yaw amumi pangqawu, "Paapu huvam qa naayawt haqawa aw suukwisto'o. Taq pi pay son i' okiw yangqw qa öönati," yaw pam kitaqw pu' yaw pay pam suukyawa mitwat suumatapt pu' yaw aapami uukwikmaqe pu' yaw antsa angqaqw sukw piw pösalhoyat yawkyangw yamakqe pu' put soy aw tavi. "Yep'ey," yaw pam aw kitaqw pay yaw puma piw put löwat aw yorikqe pu' yaw pay piw put aw taya'iwta. Niiqe pu' yaw puma put soy tuuvingta, "Ya i' himu'uy?" yaw puma put aw kita.

"Pay i' pi himu'u. Pay niikyangw pi it angqw pam tiposi pakiw-taqw oovi itam aqw hötayani," yaw pam kitaaqe pay yaw pumuy qa aa'awna.

Niiqe pay pi pam naala pi tuhusaniiqe pay yaw pam oovi aqw hötsiyat aqw hintsaklawkyangw pu' yaw put kwanakna. Kwanak-naqw antsa yaw angqw tiposi yamakkyangw pay piw pam yaw an kiivu'yta. Pay yaw pam tawiya kur pas löwaniwtiqw oovi yaw put kiivu'at enang yama. "Is uni, pi kur pay uma pas su'an yukuyaqw pay oovi maana," yaw pam put yan aa'awna. Pu' yaw pam oovi put kiivuyat tuku. Pantit pu' yaw pam piw put siihuyat tukuuqe put pu' yaw pam angqe soma. Pantit paasat yaw pam pumuy tiyooyatuy amumi pangqawu, "Uma angwu aw tuupatani. Pay uma ngas'ew

"I understand," Old Spider Woman said. "Sex keeps a man strong and vital. This is true for the woman, too. She also gets a craving for sex and stays strong when she gets satisfied," she explained. "Oh thank you; let's just hope it is a girl. Come on, move over here," she said to the chief; whereupon she stood up with the gourd in her arms and then together they went over to the northwest side of the fireplace. There she flattened out the little blanket and placed the gourd on her lap. As before, one could hear the crying of an infant inside.

The two Pöqangw Brothers looking at it could not help but laugh. Their grandmother told them to quit. "Don't you laugh. Any moment you may have a younger sister. Here, one of you go get me another blanket from the inner room. One of your small blankets must be lying there somewhere. As soon as I have that, we'll make a hole into this gourd."

Right away the two brothers began to fight. They were flinging each other around, fighting over who should go get the blanket. "I'll go get it," Pöqangwhoya insisted.

"No, I'll go," Palöngawhoya retorted.

The old grandmother's patience was wearing thin. Angrily, she cried, "Stop quarreling and one of you get me that blanket at once. This poor thing here must have had enough by now." As a result one of the brothers quickly released the other and dashed into the inner room. Indeed, he came back with a little blanket and handed it to his grandmother. "Here," he said. Looking at the vulva again, the two brothers were convulsed with laughter. "What is that thing?" they inquired of their grandmother.

"Well, that's something. There's a baby inside. That's why we need to open it," she evaded their question.

As is well known, Old Spider Woman is most skillful. Thus, by making a hole into the vessel she split it open. Lo and behold a little baby emerged, followed by the afterbirth. Evidently the gourd had been transformed into a womb. That's why the placenta also came out. "How charming!" Old Spider Woman cried. "It's a girl. Your wish has been fulfilled." With that she severed the child's umbilical cord, and tied it up. Next, she told the two boys, "Go ahead and

aw su'awmukinaqw pay nu' pantaqat akw ang paahomni," yaw
pam kitaqw paasat pu' yaw puma tiyooyat pisoqtiqe pu' yaw puma
it kuysiphoyat aqw kuyt pu' yaw puma put pangso qöpqömi tsokyat
pu' yaw puma piw put angqe atkyaqe peehut kohot oya. Pantit pu'
yaw puma put aw uwiknaqw pu' yaw puma aw tunatyawtaqw pu'
yaw pam pep tsokikyangw pu' yaw muki'iwma. Hisatniqw pu' yaw
su'an mukiitiqw paasat pu' yaw pam so'wuuti haqawat piw it
tsaqaptat oovi ayata. "Ta'a, haqawa piw it wuukoq tsaqaptat aa-
pangaqw horoknaqw nu' put it tiposhoyat aqw paahomni," yaw
pam kita.

Paasat pu' yaw i' tsaywa tiyooya aw aapamihaqami pakimaqe
pu' yaw pam pangqaqw it pay pas wuuyoqat tsaqaptat horoknaqe
pu' soy aw taviqw paasat pu' yaw pam put aw pangqawu, "Ta'a,
uma angqw pew uukuyiy yawmani. Pay kya mukiiti," yaw put aw
kitaqw paasat pu' yaw pam oovi pangqw qöpqöngaqw put kuysivut
tsöpaataqe pu' yaw pam put pangso yawmaqe pu' yaw pam put
pangsoq tsaqaptat aqw lö'ökna. Pu' yaw pam so'wuuti aqw mam-
kyaqw pay yaw su'anhaqam mukiniqw aqw pu' yaw pam put tipos-
hoyat pana. Paasat pu' yaw pam put manawyat pangsoq naavahom-
totoyna. Paas yaw pam oovi piw put asna. Hin hintaniqat paas yaw
pam put pan tumalta. Pantit pu' yaw pam put piw paas ahoy mo-
kyaata. "Yantani," yaw pam kita. "Ta'a, pay nu' naalaniikyangw son
it yep hin qa wungwnani," kitaaqe paapiy pu' yaw pam oovi pep
put tiposit pumuy amungem wungwinta. Niiqe pam yaw oovi piw
paas put taaqat aw tutapta yaapiynen aqw put tiposhoyat sunat
talnaniqat aqw yaw puma it sikwit haqamyani. Maqwisniqat paas
yaw pam put yan ayata.

Noq pu' yaw pam oovi put Kookyangwso'wuutit tutavoyat
yankyangw pu' yaw pam pangqw yama. Niiqe pu' yaw pam piw
pangqw ahoy pangso kivay awi'. Noq naat yaw puma put sungwa-
mat put pep nuutayyungwa. Pu' yaw pam pay panis pep ahoy
pitukyangw pu' yaw pam pay piw tsoongoy ang piivay tangatat pu'
yaw pam put taqtsokya. Pantit pu' yaw pam pumuy kivasngwamuy
amumi pangqawu, "Ta'ay, uma pangqw piw pew yesvaniy," yaw
pam amumi kita.

Paasat pu' yaw puma piw tsootsongya. Pu' yaw puma put
tangayat naa'itnayaqe yaw pumuy pas paas yukuyaqw paasat pu'
yaw haqawa put tuuvingta, "Ta'ay," yaw kita, "ura um yangqw put
pangso wiikiy. Noq um ep pituuqe hin um ephaqam yoriy?"

"Owiy, pas hapi itam kur su'an yukuyay," yaw pam kita. "Maa-
na aniwtiy," yaw pam kita.

Pu' yaw mimawat pangqaqwa, "Kwakwhay," yaw kitota.

warm up some water. Make it lukewarm so that I can bathe her with it." Right away, the two brothers got busy. They poured water into a vessel and placed it on the fireplace. Adding a few pieces of wood, they got the fire flaming up. They watched the vessel on the fire as the water was getting warm. When it had the proper temperature, the old woman ordered one of the boys to get a pottery bowl. "One of you go get a large bowl from the inner room, one large enough that I can bathe the baby in it."

Palöngawhoya, the younger of the two, disappeared and soon was back with a huge bowl. He gave it to his grandmother, where- upon she said, "Now bring your water over. It must be nice and warm." Palöngawhoya removed the vessel from the fire, brought it over and emptied its contents into the bowl. The old woman dipped her hand into the water, and when she found its temperature just right she placed the baby inside. Now she bathed the little girl. With great care she also washed her hair. She did everything according to tradition. When she was finished, she carefully bundled the little thing up. "That should do it," she said. "Well, I'm all alone, but somehow I'll manage to raise her." She was fully prepared to take charge of this task for the men of Oraibi. Once more she instructed the Kwan chief to procure some meat by the time the baby was twenty days old. She told him that they should all go hunting.

With these orders from Old Spider Woman the chief departed to return to his kiva. His kiva mates were already waiting anxiously. As soon as he arrived, he filled his pipe with tobacco and lit it. Only then did he speak to his kiva mates. "Sit down here by me," he said to them.

Now they all smoked. Handing the filled pipe from one to the other, they finally finished it. Thereupon one of the men asked, "Well, you took the gourd over there. What were you able to find out about it?"

"Well, we succeeded with our plan. A girl was created."

"Kwakwhay."

"Pu'haqam kur itam maana'yvayaniy," yaw pam mongwi'am kita.

"Yaapiy haqaapiy kur itam toosit piikit noonovaniy," yaw puma kitotaqe yaw haalaytoti.

Pu' yaw pam oovi pumuy amumi pangqawu, "Yaapiynen itam hapi yaw sunat taalat aqwhaqami imuy tuutuvosiptuy mamaqaniy," yaw pam amumi kita. "Nen sunat taalat aqw pu' itam put pangso put so'wuutit aw oo'oyayaniy. Aqw aasa' talnaqw pepeq pu' yaw itam put engem nöönösaniy," yaw pam amumi kita.

"Kur antsa'ay," yaw puma kitotaqe yaw puma haalaytoti.

Paapiy pu' yaw oovi puma pep tootim taataqt pay mamaqa-ngwu. Pu' yaw himuwa suukwhaqam lööqhaqam niine' pu' yaw pay pangsoq put Kwanmongwit aw put yawmangwu. Pu' pamwa yaw pu' tuwat put tuunit pangso put so'wuutit aw oo'oyqw pu' pam yaw pu' tuwat pep put tutpekyangw pu' put laakinta.

Noq yaw ep sunattaniqat ep tokinen pu' yaw pam put engem nöqkwivi'ykyangw pu' pik'ama engem, put maanat engem. Niiqe ep pu' yaw totokya'ytaqat ep pu' yaw i' taaqa put pangso wikqa ep pu' yaw piw pangso pootaqe pu' yaw put tuuvingta hin pam maana tiposi hintaqw. Noq pay yaw suuwungwiwma. Pay pi himu tuuwu-tsit ep pantingwuniqw pay yaw pam oovi suuwuyoq'iwma. Noq pu' yaw pam so'wuuti put aw pangqawu, "Uma hapi qaavo angqw nöswisni," yaw aw kita. "Ephaqam tootim taataqt totimhooyam yesqw um pumuy ang soosokmuy tuutsamtaqw uma angqw nös-wisni. Nu' it engem nöqkwivi'ykyangw pik'ami'yta. Noq oovi uma qaavo taawat pay naat qa yamakiwtaqw pay uma angqwyaqw pay itam sonqa su'aw mongvas'iwyungqw pu' songqa yamakniy," yan yaw pam put aw tutapta.

"Kur antsa'ay, pay nu' antsa pantiniy," yaw pam kitaaqe pu' yaw pam piw ahoy kiimi. Pu' yaw pam ep ahoy pituuqe pu' yaw pam pangsoq kivay aqwniiqe pu' yaw pam pepeq imuy kivasngwa-muy paas it yan aa'awna. Nit pu' yaw pam piw aye'wat mimuy kivaptuy ang it yantaqat piw aa'awna. Niiqe yaw puma yan nanap-taqe yaw kwangwtapnaya nöswisniqe.

Noq oovi yaw ep totokyayat ep pay naat qa pas qöyangwnup-tuqw pay yaw puma iits awya. Noq pu' i' so'wuuti ep pay put su'its asnat pu' yaw piw put tungwa. Pantit pu' yaw pam put tiposit wik-kyangw pu' yaw pam put kuyvanato. Paasat pu' yaw puma ahoy pituqw pu' yaw pam put engem aw tunösvongyaataqe pu' yaw oovi put mooti angqw nopna. Paasat pu' yaw puma Orayve tootim taa-taqt totimhooyam awyaqe pu' yaw puma tuwat pep put nöqkwivit

Gratefully, the others cried, "Thanks, thanks!"

"Yes, we've been given a girl now," the Kwan chief said.

"Someday we'll be eating ground sweet corn and piki again," the other men exclaimed happily.

The chief continued, "From today on for twenty days we'll be hunting for big game animals. Throughout this period we'll take our prey over to Old Spider Woman. When the time is up, we'll have a feast for her."

"Very well," the men agreed jubilantly.

And so all the menfolk started going hunting. Whenever one of them bagged a deer or two, he would bring it to the Kwan chief. He, in turn, hauled the prey over to the old woman, who roasted and dried it.

The night before the twentieth day Old Spider Woman had prepared a meat stew for the girl. In addition, she had made some *pik'ami*. That same night the chief came over to check on the baby. He inquired how it was doing. Old Spider Woman replied that it was growing fast. That's how it always is in stories. So the girl was getting older rapidly. The old woman said, "Tomorrow I want you to come eat here. Gather all your menfolk and join me for a feast. I have meat and hominy for you as well as *pik'ami*. If you're here tomorrow before sun-up, we'll probably finish everything by the time the sun rises."

"Agreed. I'll certainly do that," the chief replied and ran back to the village. Back in his kiva he shared this news with his kiva partners, then informed the men in the other kivas. Upon hearing of the news they looked forward to the feast with great anticipation.

That same night, still quite early, before the gray dawn appeared, the Oraibi men started out to Pöqangwwawarpi. Just that morning Old Spider Woman had washed the baby's hair and given it a name. Then she took the little girl with her and went to speak a prayer to the rising sun. Upon their return she dished out some food for her and fed her. Then the Oraibi menfolk arrived and happily

pik'amit nöönösaqe yaw tuwat haalaytoti.

Pu' yaw pam pumuy amumi pangqawu, "Pay nu' yaapiy haak yep it tavi'ytani. Ason i' yep yankyangw wuuyoqtikyangw hiita tuwi'yvaqw pep pu' nu' umumi it maatapni. Pay niikyangw i' sonqa yep ki'ytaqw nu' it hiita tutuwnani. Noovat hin yukiltingwuqat hin hak put tumaltangwuqat puuvut nu' paas soosok tutuwnakyangw pas ason nu' wungwne' pu' umumi ahoy no'aqw pep pu' uma ason hakiy aw no'ayaniqey pantotini. Pu' sen i' hisat hakiy siwatuwtaqw paasat pu' pay nu' sonqa lööqöknani. Pi nu' pi wungwna. Pu' uma namat it qaa'öt na'sastaniqat put uma tuwatyani."

"Kur antsa'ay," yaw puma kitotaqe pay yaw naanakwha.

"Noq pu' uma piw pew tunös'o'yani. Son i' hapi hiita qa tuumoykyangw qatuni, wuuyoq'iwmani," kita yaw pam pumuy amumi. Yanhaqam yaw pam pep pumuy pötskwanaqw pu' puma pangqw nönga.

Paapiy pu' yaw puma oovi pangso it tuupevut hotomnit oo-'oyayaqw put pu' yaw pam so'wuuti put manawyat engem toslawkyangw put kuukuykyangw pu' yaw put hiihikwna. Pan yaw pam pep wungwiwmakyangw pu' yaw pas manti. Paasat pu' yaw pam so'wuuti put it noovat tutuwinta. Hin hak piktangwuniqw, hin hak pik'amngwuniqw, toosit kwiptosit puuvut yaw pam put paas tutuwnakyangw pu' yaw pam soosok put hiita tuwitotoyna. Noq pu' yaw ima Orayveyaqam yaw pangso put engem hiihiita nöösiwqat natwaniy sikwit pangso oo'oylalwa. Paapiy pu' yaw i' so'wuuti yaw it hiita qaa'öt natwanit a'ni himu'ytangwu, hotomnit tuupevut. Pan yaw puma put tavi'yyungwa.

Paasat pu' yaw i' maana novatwi'yvaqe pu' yaw pam oovi hiita noovate' pam yaw oovi paasat hiita aw wukonovatangwu. Pu' yaw pam pangso Oraymi pumuy namuy paavamuy put noovay noonopna. Kwiptosit, toosit, pövölpikit, hiihiita Hopi tuumoytangwuniqw puuvut yaw pam tuwi'ytaqe pam yaw oovi pangso pumuy put noonopnaqe a'ni yaw pam pumuy oyi'yta.

Noq pu' yaw puma Orayvit tuwat pangso put maanat engem hiihiita natwanit sikwit put hiita tuumoytaniqat put yaw puma put engem a'ni na'sastotangwu. Pan pu' yaw puma put maanat aniwnayaqe pu' yaw puma put atsviy yeese.

Noq pu' yaw i' Kwanmongwi pangqawu, "Ta'ay, itam hapi pu' maana'yvaya. Noq oovi nu' awnen nu' hapi itamungem put nitkya-'ayatani. Noq pu' itam pangsoq haqami ima Tasavum itaamomoymuy itaamanmuy tsamyaqw pangsoqhaqami itam tuwat amungk tuwvöötaniy," yaw pam kita. "Nen pu' itam pumuy hiisa'niiqamuy ahoy pew ökinayani, itaanömamuy. Pay pi son angqe' qa timu'y-

ate the stew and *pik'ami*.

Old Spider Woman now said to them, "From this day on I'll keep this girl here with me. When she gets older and has learned some skills, I'll let her come to you. While she is here, I'll teach her how to fix food and take care of it. I'll instruct her in all these things and more. Then, after I've raised her, I'll give her back to you. You must then marry her off to someone. As soon as she finds a boyfriend, I'll prepare the wedding for her and take her over to the boy's house. After all, I raised her. You, her fathers, will be responsible for preparing the corn."

"Very well," the men consented.

"Meanwhile, you must bring good food here. She can't live and grow older without eating." These were the instructions Old Spider Woman laid out for the girl's future. Thereupon the men left.

From that day on the Oraibi men kept bringing roasted ears of corn that were strung together. The old woman ground the sweet corn into powder, mixed it with water and fed it to the child. In this manner it grew up until it was the size of a teenage girl. Now the old woman instructed her in the art of cooking. She taught her how to make piki, *pik'ami*, ground sweet corn, *kwiptosi* and all those other traditional dishes. The Oraibis, in turn, kept providing food such as their crops or meat bagged in a hunt. The old woman had an abundance of corn, crops and baked sweet corn at her place. In this way the Oraibis supported her.

By now the girl had mastered the skill of cooking. Each time she prepared some food she made large amounts, which she fed to her fathers and older brothers at Oraibi. *Kwiptosi*, ground sweet corn, *pövölpiki* and all the other things a Hopi eats, she had learned to cook. By feeding the men these things, she looked after them well. The men, in turn, provided the various crops and meat for her. After all, they had created her, and now they were thriving again, thanks to her.

One day the Kwan chief said, "All right, we have a grown girl now. I'll go over to her and tell her to make journey food for us. We'll go on the warpath against those Navajos who kidnapped our women and girls and bring them back here. They've probably borne

vaya," yaw pam kita. "Noq pu' itam yep pumuy ahoy naaptote' paapiy pu' itam piw natkotivayaniy," yaw pam kita.

"Kur antsa'ay," yaw puma kitota.

"Pay haqawat naat tsaatsakwmuy nöömamu'yyungqam son pumuy qa sölso'iwtay. Noq oovi itam pangso amungk nankwusaniy," yaw pam kita. "Noq oovi nu' pangsonen pu' put itaamanay nova'-yatatoq pu' pam yaapiy tuwat put noovat tunatyaltiqw itam put nitkya'ykyaakyangw pu' aqwhaqami pumuy amungk kuktotaniy," yaw pam kita.

"Kur antsa'ay," yaw puma kitotaqw pu' yaw pam pangqw kivangaqw yamakt pu' yaw pam piw pangqw pangso Pöqangwwawarpimi pumuy kiiyamuy awniiqe pu' yaw pam aw pitu. Noq pu' yaw puma put piw paas tavi. Pu' yaw puma put tuuvingta, "Ta'ay, hiita kya um piw oovi waynumay," yaw puma put aw kita.

"Owiy," yaw pam pumuy amumi kita. "Pay i' itaamana pu' a'ni novahaskye. Noq nu' wuuwantaqe nuy tokiltaqw yaapiy i' maana itamungem it toosit kwiptosit tumala'yvani. Piikit tumala'yvaniy," yaw pam kita. "Itamungem pam nitkyataqw'ö, yaapiy itam pangsoqhaqamiyaniy. Ura itaamomoyam pangqw tsaamiwa. Pangsoqhaqami itam pumuy amungk nankwuse' itam as pumuy ahoy angqw tsamyani. Pay kya naat haqawat yeesey. Pumuy itam ahoy tsamvaye' paapiy pu' itam piw pumuy noovayamuy noonoptivayaniy. Pu' natko piw sinot wuuhaqtangwu. Sino wuuhaqtiqw pu' itam piw yesvaniy. Pay angqe' haqawat naat nöömamuy u'ni'yyungwa, timuy u'ni'yyungwa. Noq itam pumuy ahoy pew tsamvayaniqat nu' tunatyaltiqe nu' paniqw oovi pitsiwiwtay," yan yaw pam pumuy aa'awna. "Noq pay um sonqa navoti'yta haqami puma tuwqam pumuy tsamyaqw'öy. Noq pay kya haqawat tuwat angqe' sulawtiy," yaw pam kita.

"Owi," yaw pam so'wuuti kita. "Owi, pay wuuhaqniiqam qa yeese. Noq oovi peetu pay son nöömamuy timuy tsamvayani. Haqawat sölso'a, pu' peetu tsöngso'a. Uma hin pumuy noonopnayaqw puma pangqe pumuy qa pan noonopnayaqw oovi puma tsöngso'a. Pu' ima peetu namuy paavamuy tupkomuy sölso'a. Puma pay it söölangwuy akw pas okiwtotiqe pay oovi okiw sulawti. Noq pay uma sakinaye' pay uma wuuhaqniiqamuy ahoy pew tsamvayani. Pay nu' son ason piw uumi qa tutaptaniy," yan yaw pam so'wuuti put aw lavayti. "Noq pay itam ason naamaniikyangw antsa umungem put hiita uma nitkya'ywisniqat put umungem tumaltani. Pu' haqawat sen angqe' naat it sipaltsakwput oyi'yyungwa. Uma angqw pew put o'yaqw itam put yep umungem tostani. Pu' haqawat kya naat angqe' it hotomnit oyi'yyungwa. Itam hapi pay tsaa' peetota. I'

some children there. The moment we get them back, we can start having offspring again," he declared.

"All right," the men replied.

"Those of you who had young wives are probably homesick for them. So let's go after them. But first let me go to our girl and ask her to prepare the necessary food. With that as provisions we can march after the enemy," he said.

"Very well," the men agreed. With that the Kwan chief left the kiva and headed over to Pöqangwwawarpi. Upon his arrival he was cordially welcomed by Old Spider Woman and the girl. They inquired about the purpose of his visit.

"Yes," he replied, "our girl is a well-versed cook now. I was thinking that if I set a date, from that day on she could start making ground sweet corn, *kwiptosi*, and piki. If she prepares some journey food for us, we can set out to the homeland of the Navajos. You remember how our women were taken away. If we go after them, we can bring them back. Some of them must still be alive. Once they're back, we can begin eating their food again. Intercourse with them will help increase our numbers again. Once the people increase, life can go on. There are some here who still remember their wives and daughters. I intend to bring them home. That's why I'm here," he explained. "You probably know the area where the enemies took them. Some of them, I'm sure, also have died there."

"Oh yes," the old woman replied. "There are many who are dead. Quite a few of you will not see their wives and daughters again. Some of them died of homesickness, others starved to death. Some perished because they missed their fathers and older and younger brothers. They suffered so much in their longing that they died. If you're lucky, you'll bring a lot of them back, though. Rest assured, I will give you special advice on how to go about that mission. If the two of us set to work here, we'll prepare all the journey food you'll need. Some of you may have stored dried peaches somewhere. Bring them over and we'll pulverize them for you. Others

son yaasa'niikyangw umuptsiwtani. Ason i' maana it piikit tuma-
la'yvaqw pu' pay nu' ason tuwat it kwiptosit aw hintsakvani. Pay
itam naamanen pay itam son umungem it nitkyat qa suuwuhaqtani.
Pu' haqawat taataqt tootim tuwat imuy tuutuvosiptuy amuupa
nankwusaqw pay himuwa sakine' pay angqw pew yawmamantani.
Put itam piw enang umungem nitkyalawni. Yan um oovi ephaqam
tunvotnaqw puma angqw pew put hiita himuy o'yani," yanhaqam
yaw pam piw put aw tutaptaqw pangqw pu' yaw pam piw ahoy
Oraymi'.

Pep pu' yaw pam pumuy panhaqam tunvotnaqw pu' yaw puma
taataqt tootim kiikiy angyaqe pu' yaw puma put hiita tutaptaqw put
pu' yaw puma oovi angqe' tsovalanvaya. Pu' yaw puma put tsova-
layaqe pu' yaw puma put it Kwanmongwit aqw o'yaqw paasat pu'
yaw pam put pangso Pöqangwwawarpimi oo'oya. Pep pu' yaw pam
so'wuuti it maanat amum pu' tuwat put tumala'yva. Pu' yaw puma
piw naama ngumanlawqw pu' yaw i' so'wuuti it kwiptosit enang
tumala'yva. Pu' i' maana yaw tuwat it piikit api'iwtaqe yaw pam
oovi it muupit nömömvut piklawngwu. Pan yaw puma pep put tu-
mala'ykyangw pu' yaw puma piw imuy sowiituy taataptuy pumuy
amungem tutpekyangw pu' pumuy sikwiyamuy laakinkyangw pu'
yaw puma pumuy Orayvituy amungem nitkyalawu.

Noq pay yaw oovi navaysikishaqam talqw pay yaw puma put
wuuhaqta. Pay yaw kya pam aptsiwtani. Noq pu' yaw pam taaqa
piw hisat ep ahoy pituuqe pu' yaw pam pumuy tuuvingta haqe'
puma qalawmaqatniqw pu' yaw pam so'wuuti put aw pangqawu,
"Pay kya aptu. Noq hiisa' pi uma hakimyani. Niikyangw pay uma
hapi qa pas kyaatunatyawwisni. Pay sen hintaqat akw uma qa
soosokmuy pangqw pumuy tsamvayani. Niikyangw it hapi kuuyit
uma qa öwimaskya'ywisni. Haqami i' umuupiki sulawtiqw paapiy
pay uma itsa toositsayani. Hak kuyt pu' put hikwmantani. Kwiptosi
kutsvaptosi pay pam hin'ur'a. Pay itam put niitiwput na'sasta. I'
piiki pay son pas wuuyavotit pay sulawtini. Pu' i' sikwi pay piw
hin'ur'a. Pay ii'it uma nitkya'ywise' pay uma sonqa ahoy ökini.

Niikyangw puma hapi pumuy pas hoopoqhaqami tsamya.
Pepeq wukotupqaniqw pangsoq hapi puma pumuy tsamya.
Niikyangw a'ova pay piw yeesiwa. Niikyangw uma hapi aqw ökye'
uma hapi qa ep pay amumi nankwusani. Pay uma haak tokni. Ason
qavongvaqw pay talhayingwtiqw pu' uma amumi nankwusani.
Niikyangw uma sonqa hiita tunipi'ywisni. Awtat hoohut uma
kiwise' put uma tunipi'ywisni. Pu' um ason qavongvaqw su'its pay
tayte' paasat pu' put uma hisatniqwyaniqat put um ason aw pop-
tani. Noq oovi um tuuwat matsvongte' pu' um put uumapqölngaqw

may have strung up sweet corn. We only have a little left. That wouldn't be enough for you. As soon as the girl here is done with the piki, I'll start on the *kwiptosi*. If we work together, we should be able to have this journey food ready for you in no time. Some of the men and boys can also go hunting for deer. Whatever they're lucky to bag, they are to bring here. We'll also make that into provisions for you. So let everyone know to bring any food they have here." With these instructions the Kwan chief returned to Oraibi.

Having been notified of Old Spider Woman's instructions, the men and boys rummaged through their houses gathering the various food items as requested. Upon receiving everything, the Kwan chief carried the food over to Pöqangwwawarpi. Immediately, the old woman and the girl started working on it. They both ground corn for a long time. Then, while the old woman began with the *kwiptosi*, the girl, who was skilled in making piki, prepared rolled and folded piki. In addition, the two roasted jackrabbits and cottontails and made jerky out of the meat. In this fashion they readied the journey provisions for the Oraibis.

About six days later the two had amassed large amounts of food. That would be sufficient now. Once when the Kwan chief returned again and asked how they were doing with the preparations, the old woman said, "What we have may be enough. I don't know how many of you will be going. But you must not be too overconfident about the outcome of your expedition. As you know, you won't bring all your missing family members back. Be sure, however, to take large supplies of water. Once you run out of piki, you can eat the ground sweet corn. You can mix that with the water and drink it. There's a lot of *kwiptosi* and *kutsvaptosi* prepared. The piki will not last as long. But there's plenty of meat. With all this food you're bound to get back home.

"The Navajos hauled your women off to a canyon far in the northeast. The rim of this canyon is inhabited by people. When you get there, you must not approach them right away. Sleep first. The next morning, when it's close to daybreak, you can rush them. But you need to take weapons along, bows and arrows. Early that morning, when you're awake, check whether it's time to attack. Grab a handful of sand and let it run from the palm of your hand. If the sand runs down and you can't see it, it's too early yet to go. You

siwuwuykinamantani. Kur um put uumapqölngaqw siwuwuykina-
kyangw pay naat put qa tuwaqw pay uma haak qa paasatyat pay
uma haak maqaptsi'yyungwni. Pu' ason hiisavoltiqw pu' um piwni.
Pas ason um hisatniqw put pan uumapqölngaqw pan siwuwuykina-
kyangw pu' um put tuwaqw paasat pu' hapi uma pumuy amumi
nankwusani. Paasat pay puma it hoy akw umumi poklalwaqw pay
uma paasat son put qa tuwa'ynumyani. Niikyangw pam tuwqa naat
paasat puwngwu. Puma qa iits yesvangwu. Noq pay ason nu' imuy
momoymuy mamantuy pumuy uma tsamwisqamuy pay ason nu'
tumaltani. Son uma nanaltyakyangw pumuy amungwu'yyungwni.
Noq pay ason nu' oovi umumumniikyangw pay nu' son pas susma-
taq umumumni. Niiqe pay nu' hapi oovi ason umumwatniikyangw
pu' uumi hin tutaptimaqw pu' ason um pu' imuy uuhongvi'aymuy
amumi it ilavayiy nööngantoyni'ymani," yanhaqam yaw pam put
aw lavaytiqw pangqw pu' yaw pam ahoy Oraymi'.

Pu' yaw pam ep pituuqe pu' yaw pam piw imuy taataqtuy tooti-
muy tsovala. Pep pu' yaw pam pumuy amumi put yu'a'ata hin pam
tunatyawtaqey, pu' yaw nitkya pay piw paas amungem maskya'iw-
taqat. Noq oovi yaw puma hiisa'niiqam put amumyaniqam yaw
naa'o'yani. Noq pu' yaw pam ason naalös taalat epeq pu' piw amu-
mi hin lavaytiniqey yaw pam pumuy amumi kita. "Noq yaapiy oovi
uma it tunipit tumala'yvayani. Uma hoolalwakyangw awtalalwani.
Pu' uma haqawat pay kya naat angqe' umuutunipiy oyi'yyungqam
put aw puuhulalwe' pay uma pas putsa tumala'yyungwni. Puuvut
uma hapi pay na'sastotaqw pu' ason hisat nuy umuy aa'awnaqw ep
pu' hapi itam pangsoq nankwusani. Itangum, itaamamant, itaanöm
ura haqami tsaamiwa. Pangsoq hapi itam pumuy amungk nankw-
use' pay kya as itam hin pangqw pumuy ahoy tsamvaye' pay itam
pumuy ahoy naaptotini. Nen pu' itam piw amutsviy piw noonovani.
Pu' itam piw natkotivayaqw paasat pu' itaasinom piw aw hoyokni.
Pay yaapiy naalös taalat aqwhaqami pay itam amungk aqwhaqami
nankwusaniy. Niikyangw pay kya itam pakwt taalat ang ahoy ökini.
Sen hisnentiqw itam peetuy ahoy tsamvayani. Yan nu' it wuuwan-
kyangw tunatyawkyangw nu' umuy it ayalawu. Yaapiy uma hapi
oovi pay pas putsa aw tumala'yyungwniy," yan yaw pam pumuy
amumi tutaptaqw pu' yaw puma tootim taataqt kwangwtapnaya
pumuy mamantuy momoymuy sinomuy tsamwisniqe.

Paapiy pu' yaw puma oovi pep put tumala'yyungqw aapiy pu'
yaw payistalqat ep pu' yaw pam Kwanmongwi piw pangso Pö-
qangwwawarpimi pumuy amumi hin navotto. Noq ep pu' yaw
puma naamöm i' Kookyangwso'wuutiniqw pu' pam maana pumuy
Orayvituy amungem qa suukw put noovay hiita aw mokyaata.

must then wait a while. A little later you must try again. As soon as you can see the sand running through your fingers it's time for you to move. Should the enemies be shooting their arrows at you at this time you're bound to see them. But the Navajos are usually still asleep at this hour. They never get up early. As soon as you have assembled the women and girls, I'll take care of them. You can't overpower the enemy all by yourselves. I'll be at your side, but I'll be invisible. On the way I'll give you instructions in greater detail. These you can then share with your warriors." With that the Kwan chief returned to Oraibi.

As soon as he arrived there, he gathered his men and boys. He informed them about his plans and that their journey food was ready for them. He asked all those who wanted to accompany him to volunteer. He told them he would have more information for them in four days. "From now on we need to work on our weapons. Start making arrows and bows. Those of you who still have their weapons at home, refurbish them. Prepare all these things. I'll let you know later when it's time to leave. We'll follow our mothers, wives and daughters to the place they were taken and try to bring them back. With their help then we'll be able to eat decent food again. We'll start having real sex again so that our people can multiply. Four days hence we'll set out to that foreign land. I expect us to be home in ten days. With some good fortune we'll bring some of our relatives back. This is what I have in mind, so I'm sharing it with you. Now get on to your weapons," he exhorted them. The men and boys readily agreed for they were looking forward to being united with their daughters, wives and relatives again.

The third day they worked on their weapons, the Kwan chief headed over to Pöqangwwawarpi again. He wanted to find out how the preparations were coming along. He found that Old Spider Woman and the girl had bagged several sacks of food. These the

Paasa' yaw puma pumuy amungem put na'sastaqw pu' yaw pam taaqa pangqw put ahoy kiimi oo'oya. Noq pu' yaw pam imuy hakimuy put aw tunatyawwisniqamuy pumuy yaw pam paas oya. Pu' yaw puma hiituy akw pangso ökiniqey put yaw puma piw aw enang wuuwantotaqe pay yaw puma imuy kawaymuy akwyani. Puma pi yaw pay imuy moomorotuy amuupeniiqe hihin halayvit yaktaqw pay yaw puma oovi pumuy akwyani. Niiqe pu' yaw puma hiisa'niiqam piw oovi pumuy kawayvokmuy tsovalaya. Pu' yaw puma pumuy tsovalayaqe paasat pu' yaw puma pumuy yuwsinaya. Niikyangw puma yaw oovi piw qa neengemsa pumuy yuwsinaya. Puma hapi yaw angqw ahoyye' pu' yaw puma imuy momoymuy mamantuy pumuy amuupa kwaptotaniqe paniqw yaw puma oovi pay hoyokput pumuy yuwsinaya. Pu' yaw puma hiisa'niiqam hohongvit pangsoqyaniqam yaw oovi nankwusaqw pu' yaw ima peetu pay yep Orayve huruutoti. Pay yaw puma haak pepyakyangw pay haak mimuywatuy nuutayyungwni. Sen yaw naap hisat ima tuwqam pumuy amumi ahoy rohomtotiqw kya yaw haqawat qa ahoy ökini. Noq kur yaw paniwtiniqw pay yaw son haqawa qa angqw ahoynen yan tuu'awvaqw paasat pu' yaw puma tuwat pumuy amungkyani. Paas yaw puma it yan naanami yukuyaqw paasat pu' yaw puma pangqawq nankwusa. Pangsoqhaqami yaw puma panwisqw pu' yaw i' Kookyangwso'wuuti angwu pay haqami amuusavo nuutaytato. Panwiskyaakyangw pu' yaw puma nawis-'ewtiqw kur aqw haykyalaya. Pay yaw puma qa suus tokt pu' yaw pangso haqami ökiqw pu' yaw puma pay naanasungwnaniqe yaw oovi pep huruutotiqw suupep yaw kur piw i' Kookyangwso'wuuti pumuy nuutayta. Pephaqam pu' yaw i' Kookyangwso'wuuti put taaqat aw nakwsuqe pu' yaw pam put aw pangqawu, "Ya uma öki?"

"Owiy," yaw pam aw kita.

"Kur'a, pay aw tsaavo peeti. Pay uma qa suus talöngnaya. Noq pay oovi itam haak yepyani. Pay itam sonqa suushaqam tokt pu' pay aqw ökini," yaw pam put aw yan lavaytiqw paasat pu' yaw puma oovi pay pep yeskyaakyangw pay naat maqaptsi'yyungwa. Pu' yaw puma it nitkyay aw pootayaqw pay yaw pam naato'o.

Pu' yaw puma oovi pephaqam pankyaakyangw yeese. Noq pay pi yaw naat angqe' kwaakwangqatniqw pay yaw oovi mimhikpuva qa pas iyoho'tingwuniqw pay yaw puma oovi panis suskomuy uskyaakyangw pangsoq toktaptiwisa. Pu' yaw puma oovi pay piw qa pas qööyat pay yaw puma put nitkyay angqw nöönösangwu. Pas pi yaw pam Kookyangwso'wuuti qa hiita qa aw wuuwat yaw put Kwanmongwit aw hin puma hintotiniqat puuvut tutapta. Niiqe puma yaw oovi qa qööqöötiwiskyangw yaw pangsoq hoyta. Kur

chief lugged back to the village, where he appointed some men to look after them. Next, they decided to use horses to reach their destination. After all, they were faster than donkeys. All those who possessed horses gathered them up, and put their harnesses on them. They did not only think of themselves as riders. On the way home the horses would also have to carry their wives and daughters. For this reason they added additional harnesses. All those warriors who were ready to go now departed. Some stayed behind in Oraibi. They would remain and wait for the others, ready to help in the attack if a messenger returned to notify them. With all these matters decided, the Oraibi contingent was under way. While they journeyed to their destination, Old Spider Woman had already gone ahead to await their coming. Finally, they neared Navajo territory. They had camped several nights before they got there. Eager to rest, they halted exactly at the spot where Old Spider Woman was expecting them. She walked up to the Kwan chief and said, "So you've arrived?"

"Yes," he replied.

"Well, it took you several days, so let's rest here for a while. One more night and we should be there." With that the men camped, ready for the things to come. Checking on their provisions, they noted that there was plenty left.

Since it was still the warm season, the nights were not too cold and the men slept comfortably wrapped in only one cover. They avoided lighting fires and consumed only their journey food. Old Spider Woman had thought of every little detail and had prepared the Kwan chief for everything that could happen to them. And so they moved along without making fires. Had they done so, the enemy would probably have spotted the smoke and tried to elude them. Or they might have attacked. Two warriors were scouting way

yaw pumuy haqam qööyaniniqw pay yaw paasat ima tuwqam son paasat put kwiitsingwuy qa tutwe' pay paasat watqani, sen pay amumi kiipokni. Noq pu' yaw ima hakim pas qaleetaqat pay yaw pumuy haq amupyeve hinmakyangw pay yaw puma haqe' qa susmataqpuva pan hoytikyangw puma yaw kur imuy tuwqamuy pang heptima. Ason yaw kur puma haqam pumuy tuwe' pu' yaw puma paasat pay ahoynen pu' mimuywatuy amungkyaqamuy yan navotnaqw paasat pu' yaw puma pumuy amumi nana'uyve nankwuse' pu' yaw puma pumuy hurungöyakni. Pantotiqw pu' yaw puma pumuy pas soosokmuy qöqyaqw paasat pay yaw son himu pumuy Tasapmuy aa'awnani puma pangqw hoytaqw. Noq kur sen yaw himuwa waayaniniqw pay yaw puma put pas suus ngööngöye' pay yaw son put qa wiikiye' pu' niinayani. Pu' yaw puma oovi piw tokninik puma yaw piw haqe' qa susmataqpuva tokngwu. Ephaqam yaw puma it ngömaptsokit aasonmiq yungye' pangqw pu' yaw puma tokngwu. Yaayan yaw kur pam Kookyangwso'wuuti pumuy amumi paas tutaptaqw pu' yaw puma oovi pay put tutavoyatyaqe pay yaw antsa puma qa haqamwat pumuy tuwqamuy amumi hintsatskyat pay yaw pangsoqhaqami öki.

Qavongvaqw pu' yaw puma piw aapiytota. Pu' yaw puma haqamiwat piw ökiiqe pu' yaw puma naat pay piw haak pepwat yesvani. "Pay itam haak yesvani. Pay itam suutokihaq nankwuse' pay itam hapi aqw taalawnawisni," yaw pam Kookyangwso'wuuti kita. Paasat pu' yaw puma oovi pay pep yeskyaakyangw nasungwni'ykyaakyangw pu' yaw puma it tookilat aw tunatyawyungwa.

Pu' yaw it tookilat naasamiq pituqw paasat pu' yaw pam so'-wuuti put taaqat aw pangqawu, "Ta'a, pay hapi aqw pituqw oovi pay itam hapi nankwusani. Noq oovi um uuhongvi'aymuy yan navotnaniy," yaw pam put aw kitaqw paasat pu' yaw pam oovi aapay angqw ayo'nit paasat pu' yaw pam pumuy yan aa'awna, "Ta'ay, uma umuutunipiy ömaatotaqw pu' itam nankwusaniy. Pay itam aqw haykyalaya. Pay itam su'aw talhahayingqw aqw ökiniy. Niikyangw oovi ason itamuy pas aqw ökiqw pu' nu' mooti hiita aw pootaqw paasat pu' itamyaniy," yaw pam pumuy amumi kitaqw paasat pu' yaw puma pangqaqw nankwusaqe pu' yaw imuy hiisa'-niiqamuy kawaymuy hakimuy momoymuy mamantuy ang pumuy kwaptotaniqey pumuy yaw puma enang tsamya.

Paasat pu' yaw puma aqw haqami ökiqw pay yaw antsa naat paasat qa pas suyan taala. Noq pu' yaw pam Kookyangwso'wuuti put taaqat aw pangqawu, "Taa', pay kya yephaqamni. Um haak pay yep hakimuy paykomuy oyaqw pu' puma pay haak yepyakyangw imuy umuuvokmuy amumi tunatyaltotiqw puma qa haqamiyani.

ahead of the war party. They searched for the enemy, moving only in the dark. Upon discovering the Navajos, they were supposed to turn back and notify the Hopis following behind. All of them together would then secretly proceed and completely encircle the Navajos. All the Navajos would be killed so that no one could tell others who had attacked them. If even one Navajo tried to escape, they would pursue him until they had captured and killed him. Whenever they were ready to bed down for the night they did so in a dark area. Once in a while they entered a grove of juniper trees to sleep. This was how Old Spider Woman had instructed them. And so, going by her advice, they reached their destination without even once encountering the Navajos.

The next day the Hopis pressed on once more. At one point they decided to camp for a while. Old Spider Woman suggested, "Let's stay here for the time being. If we move on at midnight, we should be there by daybreak." So they rested there, paying attention to the time of night.

When the night was at its midpoint, the old woman said to the Kwan chief, "All right, it's time to move on. Inform your men of this." The chief took up his bedroll and told his men, "All right, pick up your weapons. We're moving out. We're getting closer. By daylight, we should reach our destination. There I will check things out before we go on." With these words they set forth again. With them they had as many horses as would be needed to carry their women and daughters.

Sure enough, they reached their destination as the day was dawning. Now Old Spider Woman said to the Kwan chief, "Well, they should be here somewhere. Leave three of your men here so they can guard your animals and prevent them from running away. As soon as you bring your womenfolk here, they can put them on

Noq ason uma hiisa'niiqamuy pumuy umuumanmuy momoymuy
pew tsamvayaqw pu' ason ima paasat pay pumuy imuy umuuvok-
muy amuupa yayvanayat pu' pay ason pumuy tsamkyaakyangw
umuusavoyani. Pu' pay sen uma yangqw amungkyani. Pay pi
tuwqa ephaqam piw ahoy rohomte' pay piw a'niningwu. Noq pay
hisnentiqw uma qa pas pumuy amumum kyaananaptat pay pumuy
amungwutote' uma soosoyam yangqw ahoy ökini," yan yaw pam
so'wuuti put aa'awnaqw pu' yaw pam tuwat mimuywatuy aa'awna.

Paasat pu' yaw puma oovi pay pepeq pumuy o'yat paasat pu'
paw puma oovi piw nankwusa. Niiqe pay yaw puma oovi naat
haqe'yaqw pu' yaw pam so'wuuti put huruutapnaqe pu' yaw piw
aw kur hiita tutaptaniqe pu' yaw aw pangqawu, "Pay haaki. Kur um
yep piw haawe' pu' um piw aw pootani. Hintani pi'i," yaw pam put
aw kita.

Paasat pu' yaw pam oovi huruutiqw pu' yaw pay imawat put
amumyaqam pay tuwat huruutotiqw paasat pu' yaw pam kaway-
vookoy angqw haawi. Paasat pu' yaw pam pephaqam it tuuwat
matsvongtaqe pu' yaw pam wunuwkyangw pu' yaw pam put
siwuwuykina. Pu' yaw pam put aw taykyangw yaw pantsakkyangw
pay yaw pam put qa tuwa. "Pay naat kur peepo. Pay itam haak
yepyani," yaw pam so'wuuti kita.

Pu' yaw puma oovi pay soosoyam pokmuy amungaqw hanqe
pu' yaw puma pay naat piw pepwat maqaptsi'yyungwa. Noq pu'
yaw oovi piw hiisavoltiqw pu' yaw pam piw aw pangqawu, "Ta'a,
kur piiwu," yaw pam put aw kitaqw pu' yaw pam oovi piw peehut
pep matsvongtat paasat pu' yaw pam piwniikyangw pay yaw pam
naat put tuuwat pan siwuwutaqat qa tuwa. Niiqe pu' yaw pam aa-
piy piw löös pantiqe pas yaw oovi naalöstat pu' yaw pam put tuwa.
Paasat pu' yaw pam oovi put Kookyangwso'wuutit pan aa'awna,
"Kur antsa'a, pantani. Pay itam payyani. Nen pay itam sonqa su'aw
aw ökini," yaw pam kita. "Ta'ay, pay uma umuupokmuy amuupa
yayve' uma hapi pay angwu umuutunipiy ipwaye' pay uma paas
put na'sasni'yyungkyangw aw ökiniy," yaw pam pumuy amumi
kita. "Niikyangw pay uma qa sööwu ang imuy taataqtuy taatatayin-
wiskyaakyangw pay uma pumuy tokqamuy amuupa saviwisni. Pay
hak hiitawat puwqat wuvaatamantaniy." It yaw pam put so'wuutit
tutavoyat pumuy amumi lalvaya. "Pantiqw pu' hak put wuvaataqw
pam qa töqtimantani. Qalkyaqe tuqaypiyat ang yaw hak wuvaata-
mantani. Pang uma mamavistiwiskyaakyangw pantsakwisqw pay
puma sawitokye' pay puma son umumi ahoy ma'yyungwni, son
rohomtotini." Yan yaw pam Kookyangwso'wuuti pumuy pangsoq
Tasapkimiq kiipowisqamuy mongwiyamuy aw tutaptaqw paasat

the horses and start out home ahead of you. You can follow later. Once in a while when an enemy fights back, he can really be devastating. I just hope you won't have a hard time overpowering them and all of you will come back alive." The chief related these words of Old Spider Woman to his men.

So they left three men there and continued on. They were still traveling when the old woman stopped the chief in order to give him further instructions. "Slowly. I suggest you get off your horses and check how much light we have."

The chief halted as bidden, and so did his companions. Then he got off his horse, grabbed a handful of sand and, as he stood there, let it run through his fingers. He could not see the sand. "It's not quite time yet. Let's remain here," the old woman said.

Everybody now dismounted and waited. Some time later she said, "All right, try again." Once more the chief picked up a handful of sand. As before, he could not see the sand fall. Twice more he repeated the test, but it was not until the fourth time that he could see the sand. Now Old Spider Woman announced, "Well then, let it be. It's time to go. Mount your horses and take out your weapons. I want you to be ready when we arrive. And don't waste your time waking up the Navajos. Strike them while they are still asleep. Then they can't holler and make any noise. Hit them on the temples along the forehead. Aim for those spots. If you get them in the temples they'll black out and won't be able to lay hands on you and resist."

pu' yaw pam tuwat pumuy hongvi'aymuy it yantaqat aa'awna.
"Ta'ay, kur tuma awyay. Niikyangw uma hapi nahongvitotaniy. Pu'
uma piw naanami paas tunatyaltotiniy," yaw pam kitaqw pu' yaw
puma oovi piw pangqw nankwusa.

Niiqe pu' yaw puma haqamiyaqe pu' yaw puma pangso öki.
Noq antsa yaw puma tuwqam naat kwangwatokq yaw puma pu-
muy amumi ökiqw puma yaw oovi qa nanapta. Noq pu' yaw puma
Orayvit löölöyom, paavaayom paasat pu' nasungwtotaqe pu' yaw
puma pumuy amuupa nankwusa. Noq pay yaw puma piw naanaq-
le' naahaykye' ki'yyungwa. Niiqe pu' yaw puma oovi it tunipiy
enang yankyaakyangw pu' yaw puma ang nankwusaqe yaw oovi
haqam homokiniqw pep pu' yaw puma aqw yungngwu. Noq antsa
yaw himuwa Tasavu haqe' it Hopiwuutit amum wa'ökiwtaqw pu'
yaw himuwa put awnen pu' yaw pam put pay naat puwqat pu' yaw
qalkyaqe pu' pay ephaqam tuqaypive a'ni wuvaatangwu. Pantsak-
wisa yaw puma pumuy pangniikyangw pu' yaw puma imuy ma-
mantuy momoymuy nöömamuy pang piw ipwantiwiskyaakyangw
pu' pumuy pangsoq haqam pumuy pokmatyaqw pangsoq yaw
puma pumuy laayinkyaakyangw pu' yaw piw pangsoq pumuy
oo'oyaya. Pay yaw kur puma naat wuuhaqniiqam yeese.

Pepeq pu' yaw puma pumuy kawaymuy amuupa yayvanayaqw
pay yaw puma naat qa soosoyam pumuy amuupa yayvaqw pay
yaw pumuy kawayvokmat sulawti. Noq pu' yaw pumuy mongwi-
'am pumuy amumi pangqawu, "Pay ima tuwqam piw pokmu'yyu-
ngway. Pay uma pumuywatuy tsovalaye' pay uma piw pumuy akw
enangyaniy. Pay puma ang kawaykiva susmataq tangawkyangw
pay peetu paas yuwsi'yyungway. Pu' pay peetuy yuwsi'am piw
paas ang kawaykiva oyiyaqw imuy qa yuwsi'yyungqamuy oovi
uma yuwsinaye' pay uma piw pumuy enang akwyaniy," yan yaw
pam pumuy amumi tutaptaqw pu' yaw oovi ima pumuy pokmuya-
tuy amumi tunatyawyungqam puma pu' yaw paasat piw pumuy
Tasapmuy pokmuyatuy angqe' tsovalayaqe pu' yaw puma oovi
hiisa'niiqamuy mamantuy momoymuy kawaymuy amuupa qa
kwaptotaqey pumuy pu' yaw puma pumuy amuupa piw kwaptota.
Pan yaw puma pumuy pepeq pumuy amuupa ho'aatotat pangqaqw
pu' yaw puma tsamkyaakyangw pu' ahoy Oraymiq nankwusa.
"Ta'ay, pay itam pisoqtotiniy. Pay naap hisatniqw peetu qa so'qam
pay itamuy angqw ngööngöyaniy," yaw pam haqawa pumuy
amumi kitaqw paasat pu' yaw puma oovi pangqw pas yuutu.

Noq pu' yaw pumuy amuukwayngyap pu' yaw mimawat too-
tim taataqt imuy tuwqamuy pan qöyanwiskyangw pu' yaw puma
piw tuwat pumuy pokmuyatuy ipwanwiskyangw pu' pangqw piw

This is how Old Spider Woman instructed the chief of the Oraibis who had come to attack the Navajos. As before, he passed on the advice to his men. "All right, let's attack. Give it your best. And watch out for each other," he said, whereupon they got underway.

The Hopis had now reached their destination. Sure enough, the Navajo were still sound asleep and completely unaware of the Hopis' arrival. The Oraibi men got into little groups of twos and threes and spread out among them. There were clusters of hogans in various locations. They crept forward with their weapons in hand and whenever they came across a hogan, they entered. When they found a Navajo who was lying with a Hopi woman they stepped up to him and struck him on the temple along his forehead. Dispatching their foes in this way they also brought out their girls, women and wives. They rushed them to the place where they had left their horses and left them there. Lots of them were still alive.

Right away they started loading the women on their horses, but not everybody had mounted yet when they ran out of horses. The chief said, "The enemy has horses. Round them up and bring them here. They are inside the corrals, some even wearing nice harnesses. Those whose harnesses are stored in the corrals, dress first before you bring them here." With these instructions, the three Hopis who had been watching their animals herded the Navajo horses together and placed those girls and women who still were without a horse on a horse. With that they set out to Oraibi. "All right, let's hurry. Some that are not dead might follow us," one of the men said, and they dashed off.

Meanwhile, the other boys and men left behind went on killing the Navajos and taking their horses. First, however, they helped

tuwat watkita. Niikyangw puma yaw mooti pumuy nitkyayamuy pu' piw tunipiyamuy enang ömaatiwiskyaakyangw pu' pangqw ahoyya.

Pu' yaw puma haqami ökikyangw pu' yaw puma pangso mihik-nayakyangw pay yaw puma haak qa pephaqam huruutotiniqat yaw pam mongwi'am pumuy amumi pangqawu. Niiqe pu' yaw puma oovi pay pas tookyep pangqw panwiskyaakyangw pu' yaw puma hisatniqw imuy momoymuy mamantuy amungk ökiiqe paasat pu' yaw puma pangqw pumuy laywisa. Pay yaw puma oovi as haqto-tikyangw pu' yaw talöngnayakyangw pu' piw mihiknayakyangw pay yaw puma naat piw qa yesvani. Pas yaw puma oovi piw talöng-nayakyangw pu' yaw haqami piw ökiiqe pas yaw puma paasat pu' pephaqam yesvaqe pu' yaw puma naanasungwna. Paasat pu' yaw puma piw it nitkyamokiy ang purumnayaqe pu' yaw puma put angqw ipwayaqe pu' yaw puma oovi paasat nöönösani. Niikyangw yaw puma imuy Tasapmuy nöösiwqayamuy hiisa'haqam uu'uyaya-qey put enang pu' yaw puma paasat nöönösani. Puma yaw qa suukya kur pumuy Tasapmuy nitkyayamuy sikwivutsimniyamuy sikwilakniyamuy enangw pangqaqw kiwisqw put yaw puma oovi enangya.

Noq pu' yaw ima tuwqam Tasavum tuwat pepehaq talöng-nayaqw a'ni yaw puma peetu sosniwa. Pay yaw pumuy peetuy kur hiitu qöqya. Noq yaw puma Hopimomoyam mamant soosoyam sulawti. Qa himuwa yaw haqam. Pu' yaw ima Tasavum peetu hihin ö'qawi'ynumya. Niiqe pu' yaw puma pay naat qa pas hinyungqam pu' yaw tuwat natsvalaya. Pay niikyangw pi yaw puma ewawyu-ngwa. Pu' yaw puma natsvalayakyangw kur yaw puma qa wuuhaq-niiqamya. Noq pay yaw kur ima Hopiit pumuy amungk ökiiqe pay yaw kur oovi momoymuy timuy tsamyaqw yaw puma qa nanapta. Niikyangw yaw puma Tasavum qa wuuhaqyaqe yaw oovi kur hin amungkyani. "Pas hapi itam qa hin amumi mamkyayanisa'yay," yaw puma kitota. "Kur hin itam amumi ahoy rohomtotini. A'niya Hopiituy. Naamahin tsavawyaningwu taaqa, naamahin hiisayhoya-ningwu taaqa. A'niya. Son itam yaasa'yakyangw pumuy amu-ngwu'yyungwni. Pay itam qa ökinik amungkyani. Noq itamuy pay a'ni wuukoqöqya. Ta'ay, noq uma hin wuuwantota? Sen itam amungkyani?"

"Qa'ey," yaw kita suukyawa. "Qa'e, pi itam qa antoti. Itam naap qa antotiqe yepeq kur itam itaasinmuy amungem qa antoti. Itam ha-pi wuukosulawti. Noq oovi pay itam qa amungkyaniy. Pi himuma-tu, timatu, nöömamatu. Pi naap himuy oovi angqaqw pew itamumi ökiqw itam qa nanapta. Noq itam amungkye' itam son ahoy ökini.

themselves to the food and weapons of the slain Navajos.

By nightfall the Hopis reached a certain place, but their chief urged them not to sleep there. So they rode on all through the night until they caught up with their womenfolk. They just herded them along. By morning they were far away, but they pressed on. Even as night fell, they did not camp. Not before the following morning did they decide to camp and rest. They unpacked their journey food bags, took out some food and stilled their hunger. Some of them, who had stolen Navajo food, devoured that along with their own. Quite a few of them were having meat slices and jerky that they had taken from the Navajos.

When the Navajo enemies woke up in the morning they noticed that some of them looked terrible. Quite a few of their people had been murdered and all of the Hopi girls and women were missing. Many Navajos were barely able to stay on their feet. Those who were unharmed now gathered, though most of them were injured. There were not many among those who weren't. It was not hard for them to figure out that it was the Hopis who had attacked them and recovered their women without their being aware of it. Since there was only a small group of them, it would be pointless for them to pursue the Hopis. "There's not enough of us to retaliate," they agreed. "We can't fight back. Those Hopis are strong. Even though their men are of tiny stature, they are very courageous. The few of us who are left have no chance to overpower them. We might not return if we pursue them. They killed a great number of us. So, what do you think? Shall we follow them?"

"No," one of them said. "No, it was us who committed the wrong in the first place. As it were, we committed a crime against our own people. Many of us are now dead. For this reason we should not pursue them. Those daughters and wives are their own. They came to recover what belongs to them. If we pursue, we'll

Pay oovi itam qe'yaniy," yaw pam hak amumi kita. "Itaamongwi
sulawti. Noq nu' aqw paaqawni'ytaqe nu' umuy timu'yta. Nu'
umuy kyaakyawnay. Nu' itimuy kyaakyawna. Itangumuy itaanöma-
muy nu' kyaakyawna. Noq pay itam qa amungk aqwhaqamiyani.
Pay puma naap timuy nöömamuy naap himuy tsamya. Pay aqwha-
qamiyani," yantoti yaw pumaniiqe yaw pumuy qa amungkya.
    Pangqaqw pu' yaw puma Hopiit oovi pumuy kawayvokmuya-
tuy tsamvaya. "Noq pi ivokoy wikya," yaw pam hak suukyawa kita.
    "Pay pi wikyani. Pay pi ima yepeq natkolalwaqam yeese. Pay pi
um put oovi aqwhaqamininik pay pi um son angqw ahoy pituni,"
yan yaw pam hiitawat aw lavaytingwuniqw pay yaw puma oovi qa
pumuy amungk angqwya.
    Pangqaqw pu' yaw puma oovi pew Oraymi ahoy tsamvaya. Pep
pu' yaw puma ahoy nöömamuy timuy naaptoti. Pu' haqawat pay
yaw nöömamat pay yaw sulawtoti. Paapiy pu' yaw puma pumuy
ahoy naaptotiqe pu' yaw puma pumuy noovayamuy piw aapiy
noonova. Paapiy pu' yaw puma piw ahoy natkotivayaqe pu' yaw
piw ahoy aw wuuhaqti. Yanhaqam pu' yaw puma oovi piw pepha-
qam wukoyesva. Noq oovi yaw puma hisat pephaqam as wukoyes-
ngwuniikyangw pu' pay ep hikiyom yeese. Haqaapiy pu' pay itam
yang aatsavala. Pangqwsa itam sinom, Kiqötsmovit, Paaqavit,
Hotvelpit, lööpwat Munqapit, ooveqvit, atkyavit. Pay pangqwsa
itam Orayngaqw sinomniikyangw it tsivotsikipwat itam kitsoktota.
Niiqe yanhaqam itam yangqw Orayngaqw sinom peqwhaqami
wuuhaqti.
    Noq pan pi puma pangqw pumuy ahoy ökinayaqe pu' puma
pumuy amumum yesva. Noq pay it lavaytangwuniqw i' Kwaani'y-
taqa it maanat aniwna. Pangqw hapi Kwankivangaqw ima tsaa-
tsayom a'aniwya. Oovi yaw himuwa wuuti qa tilawqa, tinawaknaqa
pangso put Kwankivami pumuy Kwaakwantuy amumi put tuu-
vingtangwu, Wuwtsimuy Soyalangwuy anga. Kuyvate' aqw
naawaknangwu, "Uma as nuy put maqayani." Pangqw hapi Kwan-
kivangaqw i' sino yayma. Tsaatsayom pangqw puma nöönganta.
Oovi yan pep kivaape mihikqw pep tiikiveniqw mihikqwtikive tsay
atkyami hawqw pam yaw pay qa hinta, ispi pangqw puma yaw
a'aniwqw oovi'o. Pu' yan it hiita tselet ang i' qa wimkya nuutum
kwangwtoyqa nuutum hiitaniqey antaniqey antaqw paasat atkyami
hawqw pam pay qa naakwahi'yta. Noq itam naap pu' hiihiita ang
aw hoytoyni'ywisqe oovi ura yashaqam ima mamanhooyam qa
wiiwimkyam nuutumyaqw amungem piw aw nanakwa'yyaqw pam
pay as qa panta. Pam pay pumuy kii'am, tsaatsakwmuy i' Kwanki-
va. Pay yuk pölö.

never return. So let's not go," he said. "Our chief is slain. I'm in line for his position and I have you as my children. I'm fond of you. I'm fond of my children, our mothers and wives. No, we won't go after them. They came to get their own daughters and wives. Let them go home." This is what the surviving Navajos decided.

The Hopis had of course taken the Navajo horses along. "But they stole my horse," one Navajo protested.

"Let them take them. We have horses here that can breed. If you want to go after them, I assure you, you won't come back alive." This was his reply to this man.

And so the Hopis brought their kidnapped relatives back to Oraibi. Unfortunately, the wives of some had died. Now that they had their womenfolk back again, the men were able to eat their beloved cooking once more. Also, they started having sex again, as a result of which the population increased. A great number of people once again came to live in Oraibi. Today, on the other hand, only a few are left there. At some point we Oraibis got scattered all over. The people of Kykotsmovi, Bacavi, Hotevilla as well as upper and lower Moencopi trace their origin to Oraibi. Where there was one Oraibi, there are now five villages. In this manner we Oraibis increased in number up to the present time. And this is how my story goes.

After the Oraibis brought their womenfolk back home, as narrated above, they lived with them again. It was also said that the Kwan chief had created the girl. And it's true, children are procreated in the Kwan kiva. That's why a barren woman who desires a child prays to the Kwan members in the Kwan kiva during Wuwtsim and Soyalangw. When she goes to speak the morning prayer to the sun she will say, "Please, give me a child." For it's a fact, a person is emerging from that Kwan kiva. The little children are coming out from there. For this reason it's quite all right if on the occasion of a kachina night dance a child climbs down into that kiva. After all, they're being born there. Also, if during a social dance an uninitiated child is eager to participate in the social activity and, to indicate his interest, steps down to the lower level of the kiva, it is not required that his mother bring food. But since nowadays we are adding things to our customs, last year when uninitiated little girls participated in a social dance, their mothers were bringing food for them to the kiva, which was not supposed to be. After all, the Kwan kiva is the children's house. And here the story ends.

Tasapnalqatwuuti

Aliksa'i. Yaw kur ituwutsi. Noq pay yaw ang aqwhaqami tuuwa-
qatsit ang soosoy hiitu sinom yesqw yaw oovi piw peetu Tasavum
yeese. Noq pay pi yaw puma qa hisat suup yesngwu. Qa hisat
kitsokive imuy Hopiituy amun yesqw oovi pay yaw puma hakim
hikiyom pephaqam yeese. Pay yaw pephaqam panis paayomhaqam
naanaqlap homoki.

    Noq pep yaw i' hak Tasapwuuti ki'ytaqa pay yaw as koongya'y-
ta. Noq pay yaw puma Tasavum sutsep angqe' naaqöytinumya-
ngwuniqw yaw hisat puma piw haqamiwat pan kiipokq pay yaw
okiw put wuutit koongyayat niinaya. Niinayaqw pay yaw pam oovi
aapiy ngasta koongya'ykyangw qatu.

10

The Navajo Widow

Aliksa'i. This is my story. All kinds of people were living across the land, among them also some Navajos. Unlike the Hopis, who were settled in villages, the Navajos never stayed in a place for very long. A few of them had made their homes where there were three hogans next to each other.

Here a Navajo woman resided who was widowed. As is well known, the Navajos were constantly at war with other people, no matter where they roamed. Hence, once when they raided a place, the woman's husband was killed. From that time on she lived without a husband.

The woman had no desire to get remarried. There were boys and

Pu' pay yaw pam pas qa piw kongnawakna. Noq pay kya pi as ima tootim, taataqt put aw pan tuwanlalwaqw pay yaw pam pas qa hakiy naawakna. Noq pu' yaw pay pam wuuti koongyay sölmoki. Noq pay yaw pam naamahin as pantiqw pay yaw himuwa as awniqw pay yaw pam pas put aw qa naa'unatingwu.

Noq pu' yaw puma put Tasapwuutit aw wuuwantota hintiqw pam pas qa hisat haqawat aw uunatiqat. Noq pam pi yaw kanelvokmu'ykyangw pu' piw kapirvokmu'ytaqe oovi pumuy yaw pay laalayngwu. Pay yaw pam pangqe' pumuy amungk pannumngwu. Noq pu' yaw ephaqam pay as tapkiqw pay yaw as put pokmat ökiqw pay yaw pam nuwu qa amungk pitungwu. Pay pas hisatniqw pu' yaw pam tuwat pitungwu. Pu' yaw puma taataqt put pay aw wuuwantota. Hintiqw yaw pam pas qa haqawat aw unangwtapngwu. Pay pi yaw pam son as qa kwasivalkingwu. Pi yaw pam as naat tsay wuuti.

Noq pu' yaw pam suus piw pay pas tapkiwtaqw pitu. Nit pay yaw pam pas sumataq qa kwangwahinkyangw pitu. Pay yaw pas hinta. Noq pu' yaw put wuutit yu'at tuuvingta, "Ya um qa hinta?" yaw kita.

"Qa'e," yaw kita, "pay nu' as qa hinta. Noq hinti?" yaw aw kita.

"Pay um pas qa suyan soniwa. Pay um sumataq hiita wuuwanta," yaw pam yu'at aw kita.

"Pay as nu' qa hinta," yaw kita.

"Pi um as qa hisat yankyangw pitu. Qa hisat um yanhaqam hinta. Um sumataq hiita ep qa haalayi. Noq sen pi himu haqam hintiqw ooviyo'," yaw kita.

Qavongvaqw pu' yaw pam pay qa laalayto. Noq pu' yaw yu'at piw tuuvingta, "Ya um hintaqe oovi qa laalayto?" yaw kita. "Kya um sen tuutuya. Sen um hiita akw qa kwangwahinta."

"Qa'e, pay nu' as qa hinkyangw pay nu' qa hin laalaytoniqey unangwa'yta," yaw kita. "Noq pay oovi pam itupko as pu' inungem laalaytoni," yaw kita.

Pu' oovi yaw pam tupko'at laalaytoq pu' yaw pam wuuti pay oovi ep qa haqami. Niikyangw pay yaw pam pas susmataq hinta. Pay yaw pas hinta'ewayniqw pu' yaw yu'at piw oovi tuuvingta. Noq yaw pay pam Tasapwuuti paklawu. Pu' yaw pam okt pu' yaw pam yuy aw pangqawu, "Owi," yaw kita, "pay pas nu' antsa hinta," yaw aw kita.

"Noq um hinta?" yaw kita.

"Owi," yaw kita, "pay antsa i' ura ikongya nuutum haqami kiipoktoq pay ura put niinaya," yaw kita.

"Owi," yaw yu'at kita.

men who tried to win her, but she showed no interest in any one of them. She was lonesome for her former mate. Still, each time another man tried to approach her, she rejected his advances.

The menfolk were puzzled why this woman never gave in to one of them. The woman owned some sheep and goats which she took care of herding. As a rule, she followed them around. Once in a while, however, when her animals returned home in the evening, she was not with them. She would then return quite a bit later. The men were at a loss. How could she not be tempted by one of them? She had to feel a longing to have sex with a man once in a while. After all, she was still young.

One day when she came home late in the evening, she did not seem well. There was something wrong with her. The woman's mother inquired, "Are you not feeling well?"

"Sure, I'm fine. Why?"

"You don't look right. You seem to be troubled by something," her mother said.

"There's nothing wrong with me."

"But you've never come home this way. You've never been in such a state. You must be unhappy about something. Did someone have an accident?"

The next morning the woman did not go herding. Once more her mother asked, "Are you so sick that you can't go herding? Are you in pain, or is something causing you discomfort?"

"No, I'm all right. I just don't feel like going herding," she replied. "I wish my younger brother could go for me."

So her brother took care of the animals that day while the woman stayed at home. Clearly she was not well. She looked sick, so her mother asked her again. This time the Navajo woman started to cry. When she had stopped sobbing, she confessed, "Yes, it's true, I'm not well."

"So what's the matter?"

"Well, yes," she replied. "You remember my husband got killed when he joined the others on a raid."

"Yes, I remember," her mother said.

"Noq nu' pas as qa atsat put aw unangwa'yta. Nu' aw una-
ngwa'ytaqw pay as ima yang tootim, taataqt pay yep antsa piw
yesqw pay nu' qa haqawat aw suutaq'ewa. Nu' qa hiitawat piw
amumtiniqey naawakna. Noq nu' pumuy amumi wuuwantaqw son
haqwawa ikongyay an wukokwasi'ytani. Pu' son hak piw an kya
kwangwakwasi'ytaniqw oovi nu' qa haqawat aw nakwha. Nii-
kyangw nu' antsa angqe' laalayngwuniqw antsa i' ura kuuta angqe'
kuuyungwa, ura pöna. Pam pi a'ni kuuta'ytangwuniikyangw pu'
pam piw yangsayoq'a. Pu' pam piw wuuwupaniqw nu' put aw
wuuwaqw pay kya as pam ikongyay himuyat su'anta. Pu' piw su'an
wuuwupaniqw yan nu' put aw wuuwaqe pu' nu' oovi put kuutayat
ang ayo' paas maspa. Paas maspaqw pas pam antsa talhinti. Noq pu'
oovi tapkiqw nu' imuy kanelmuy angqw peqw laalayt pu' nu' put
awningwu. Pu' nu' put aw pite' pu' nu' put akw naatsoptangwu.
Noq pas pam ikongyay himuyat su'aasay'o. Pu' piw su'an wuupa-
niqw pas nu' put akw kwangwahintingwu," yaw pam yuy aw kita.
"Noq pu' nu' löötokhaqam piw panti. Pu' nu' putakw sutsep pan-
tsakngwuniqw pay kya pi pam pay qa huruutiqe pay pam ilöwamiq
qöhi," yaw kita. "Noq oovi pam naat inumiq pakiwtaqw oovi nu' qa
kwangwawaynumngwu. Antsa nu' pay put akw tuutuya," yaw pam
yuy aw kita. "Noq nu' as hin put angqw horoknaniqey as yan
wuuwantaqe oovi nu' hapi ung aa'awna," yaw pam kita. "Noq pay
sen as itam naamanen put hin angqw horoknani," yaw kita.

"Owi," yaw kita, "pay pi nu' ason it itaatuhikyay aw hin tuwi-
hepni. Sen pi pam ungem hin aw wuuwani," yaw put yu'at kita.

Pu' yaw pam oovi put hakiy tuuhikyat, Tasaptuhikyat yaw
wangwayqe pu' yaw yanhaqam put aw lalvaya. Pu' yaw pam
Tasapwuutaqa pangqawu, "Owiy," yaw kita, "pay son hin qa
pasiwtaniy," yaw kita. "Niikyangw it nu' sukw tiyot tuwa'yta. Pam
pas hoohut akw mapsiy," yaw kita. "Noq pay pam son put angqw
qa horoknaniy," yaw kita.

Pu' yaw puma oovi pay qavongvaqw pay iits yaw put pantini.
Noq pu' yaw pam tuuhikya put tiyot yan aa'awna. Pu' yaw oovi
pam put hoohuynit pu' awtay paas aw hin yuku.

Nit pu' yaw puma oovi ep talavay yaw taawat yamaktoq pu'
yaw puma put maanat kiiyat angqw wikya. Pu' yaw puma haqam
tsomomi öki. Pep pu' yaw pam tuuhikya put maanat aw pangqawu,
"Ta'ay," yaw aw kita, "um pewnen yang wa'ökniy," yaw aw kita.
"Um yang wa'ökt pu' um kwanaltiniy," yaw aw kita.

Pu' yaw pam oovi pangsoniiqe pu' yaw kwanaltiqw antsa yaw
pam pöna susmataq aqw pakiwta. Pas pi yaw yaasayhaqam. Noq
pu' yaw pam tuuhikya put tiyot aw pangqawu, "Ta'ay," yaw kita,

"Well, I was very much in love with him. And because I loved him so much, I don't care for any of the boys and men around here. I have no desire to get married to any one of them. Thinking of them, I know full well that not a single one of them has a kwasi to equal the size of my husband's. For this reason I refused them all. In the area where I'm herding, these things with spines are growing. Cactus, you know. They are quite large and also of a good length. In a way they remind me of my husband's thing. Seeing that they are just as long and tall, I carefully removed the spines from one of them. Having done that, it became nice and smooth. In the evening, as I was driving my sheep home, I satisfied myself with this cactus. It was exactly as large as my husband's kwasi. Also, it was as long as his, so I really got to feel good," she admitted. "Two days ago I did it again. But since I had used the cactus so many times, I guess it got weak and broke off inside my löwa. I've been thinking and thinking how to pull it out, that's why I'm telling you now. Perhaps if we try together, we'll manage to extract it," she said.

"I see," answered her mother. "Let me consult our medicine man. He may have a solution for you."

She called a Navajo medicine man and explained what had happened. The medicine man replied, "Yes, that should be no problem. There's a young man I know. He's an excellent sharp shooter with arrows. He'll be able to help you get rid of the cactus," he assured the two.

They were going to do it early the next morning. So the medicine man informed the young man, who carefully prepared his bow and arrows.

The following day, therefore, at the time of sunrise, they led the girl out of her hogan and took her to a hill. There the medicine man instructed the girl, "Well, then, come here and lie down on the ground. Now spread your legs apart."

The girl did as bidden and opened her legs. The piece of cactus was visibly lodged inside of her. It was quite large. The medicine

"it hapi um horoknaniy," yaw aw kita. "Niikyangw um hapi uhoy akwniniy," yaw kita.

"Kur antsa'ay," yaw pam tiyo kita.

Pu' yaw pam tiyo put aw tayta. Pas pi yaw lomawuuti. Pas yaw pavan yaasayhaqam pangsoq pakiwta. Pu' yaw pam wuuti pangqe' haqe' wa'ökqw pu' yaw pam tuuhikya put tiyot aw tutapta haqami pamnen pu' pangqw yaw pam hoohuy akw pangsoq pookyaniqat. Noq pu' yaw pam tiyo oovi pangqw put tsomot angqw taatöwat nakwsuqe pu' yaw pam pay paaptsivothaqam kwilakit pangqw nakwsut paasat pu' yaw pam pep namtö. "Pay kya pangqwniy," yaw pam tuuhikya kita.

"Kur antsa'ay," yaw pam kitaaqe pu' yaw pam put hoohuy hotngay angqw horoknaqe yaw put awtay aw tsoka. Pu' yaw pam wuuti kwanawtaqw pu' yaw put siipoq pookya. Pookyakyangw piw yaw suulöwamiq'a. Pu' yaw pam put awniiqe pu' put angqw horokna. Pas yaw pam kur put yuumoq pakiwta. Pu' yaw pam antsa angqw horoknakyangw piw yaw pam soosok horokna. Pu' yaw pam tuuhikya pangqawu, "Ta'ay, yantaniy," yaw pam kita. "Yantaniy," yaw kitaaqe pu' yaw pam put wuutit ang qatuptsina. Niiqe pu' yaw put wuutit aw pangqawu. "Paapu um hapi qa hisat put haqam akw pantsakni. Put hapi hak haqam akw pante' pay pam sonqa peekyemantaniy," yaw kita. "Um hapi as pay naat pu' peekyewmaqw i' ungu su'antiqe nuy wiktamaqw oovi nu' hapi ung tuyqawvay," yaw pam put wuutit aw kita. "Niikyangw pay nu' yaasay'o, nu' wuuyoq'a. Niikyangw nu' hapi ung himu'yvay," yaw pam put aw kita. "Nu' ung nööma'ytani. Yaniqw oovi nu' it yanti. Noq oovi uma Tasapmamant hapi qa yanhaqam it hiita akw naap naatsoplalwaniqey wuuwantotani. Pay pi itam wuuwuyom yeesey," yaw kita. "Pay itam naat piw an musyangwu," yaw pam kita. "Noq yaapiy hapi oovi i' itaaqatsi itamuy Tasapmuy qatsi'am, yantani. Yaapiy pu' pay himuwa nawus wuuyoqat kongtamantaniy," yaw aw kita.

Yantaqat akw yaw oovi himuwa tsay Tasapmana put tuwat wuuyoqat kongtangwu. Pu' tiyooya yaw piw so'wuutit nöömatangwu. Yanhaqam i' ituwutsi piwniqw oovi yaw Tasavum it pönat pas pu' mamqasya. Puma yaw oovi put pas son haqam aw ökingwu. Yan yaw puma put tuwat navoti'yyungwa yaw wuuti putakw pantiqw putakw peekye' mokngwu. Pay yuk pölö.

man turned to the young man and said, "All right, this is what I want you to take out. Use your arrow."

"Very well," the young man agreed.

He took a good look at the woman now. She was a great beauty. A large piece of cactus was stuck in her löwa. The medicine man had also instructed the young man from where to shoot his arrow at the woman on the ground. So he descended from the hill, striding away to the southeast. Having taken about fifteen steps he turned around. "From there, I guess that's fine," the medicine man said.

"All right," the boy agreed, whereupon he extracted an arrow from his quiver and placed it on the bow. The woman had her legs spread apart, so aiming at her crotch, he shot directly into her löwa. Then he stepped up to her and pulled out the arrow. It had penetrated the cactus deep inside, so he extracted all of it. The medicine man was elated. "That's the way," he cried. "That's the way," whereupon he had the woman stand up. Then he said to her, "Don't ever satisfy yourself with a cactus again, because you're bound to get infected. Your infection was pretty bad already, but your mother did the right thing and came to fetch me. I was able to heal you, so now I own you," he said to her. "I'm high in age, in fact, I'm old, but you are mine now. I'm going to have you for a wife. That's why I did this. So you Navajo girls, don't you think of satisfying yourselves with something like this. After all, there's all of us older men available," he said. "We still manage to get good and stiff. Therefore, from this day on our life, the life of us Navajos, shall be like that: a female must marry an old man."

This is the reason why a young Navajo girl will wed an old man. And a young Navajo boy will take an old woman for a wife. This is how my story went, so today the Navajos are afraid of a cactus. They avoid it whenever possible. They know that when a woman satisfies herself with one, she will get an infection and die. And here the story ends.

Wupakwaskookopölö

Aliksa'i. Yaw Orayve yeesiwa. Wukoyesiwa yaw pepe'. Noq yaw
pep hakim naawuutim kiy'takyangw yaw puma suukw mantiy'ta.
Noq pam yaw hak pumuy ti'am maana pas qa paysoq lomamana-
niqw yaw oovi put aw ima tootim as okiw tungla'yyungwa. Noq
piw yaw pam lomamana pay pas qa hakiy naawakna. Yaw ima
tootim as okiw sutsep put aw hiihin tuwanlalwa, kyahakhooyam.
Hiihiita yaw as akw kwakwangwa'ynayaqw pay yaw pam pas qa
hakiy aw uunati. Naamahin yaw as qa hakiy aw unangwtapqw naat
yaw tootim qa tuutuqayyaqe yaw aqw sasqayaqe qa qe'toti.

Noq pu' yaw pep Orayviy aqlaphaqam yaw i' Kookopölö tuwat
ki'yta. Niikyanqw pay yaw pam panis so'yta. Noq yaw kur pam

11

The Long Kwasi of Kookopölö

Aliksa'i. They were living in Oraibi. Very many people were settled there, among them a couple that had just one daughter. She was extremely beautiful, and the young men desperately craved her love. Surprisingly enough, however, the girl did not care for any of them. The well-to-do boys constantly and in various ways tried to gain her love, but to no avail. With all sorts of things they attempted to gain her favor, but she didn't succumb to anyone. She didn't give in, yet the men were persistent and did not stop making advances to her.

Kookopölö, too, lived somewhere in the vicinity of Oraibi with only his grandmother. One day he also heard about the girl who rejected all her wooers, so he turned to his grandmother and said,

hisat tuwat navota yaw pam hak lomamana pep Orayve pas qa hisat
hakiy tumayat aw unangwtapqw pu' yaw pam oovi soy aw pang-
qawu, "Itaasoy," yaw aw kita, "yep Orayve yaw i' hak maana pas qa
hakiy naawaknay," yaw kita. "Noq nu' wuuwaqe nu' kur tuwat
tuwantaniy," yaw pam soy aw kita.

Noq yaw so'at aw tayati. "Okiwa," yaw aw kita, "son pi tis un-
'ewakw pam naawaknani. Hikis pi uupe suhimutotimuy kur qa
naawakna," yaw aw kitat pu' yaw pay okiw put mööyiy aw hihin
tutsiwnani.

"Pay pi son hintiniy," pu' yaw Kookopölö kita. "Pay nu' pas kur
hin qa tuwantani; pay naap hisat piningwu," yaw kita.

Noq yaw pam maana sutsep taawansave Orayviy hopqöymiq-
haqami kwayngyavoningwu. Pepeq yaw pam kwayngyaptat pu'
pangqw piw ahoy wupngwu. Pay yaw pam aasakis pan kway-
ngyaptate' pay yaw pam pas sutsep yan hintingwu. Noq i' Kooko-
pölö yaw put navoti'ytaqe pu' yaw pam put ang wuuwantangwu
sen pi pam yaw hisat pangsoqniqw pu' yaw pam angknen pu' put
pepeq ngu'ani.

Noq pu' yaw pam hisat mihikqw piw wa'ökiwkyangw pu' yaw
pay piw put wuuwanta hintiniqey, hin aw pituniqey. Nit pu' yaw
pam pan wuuwa, "Pay pi pam sutsep taawansave pangsoq kway-
ngyaptatongwu," yaw pam yan wuuwa. Niiqe pu' yaw pam oovi
hin wuuwantaqey pay yaw pas aw suptsinani. Niiqe pay yaw pam
oovi ep mihikqw pangqw kiy angqw pangsoq kwayngyavoq ha-
ngwanva. Niiqe pay yaw pam suukw tookilat ang pay yuku. Niiqe
pu' yaw pam pangsoq kwayngavoq yaahat pu' yaw pam pang
hangwniy ang it paaqavit tangata, haqam pam maana siisingwu-
niqw suupangso paasavo. Pu' yaw pam put paaqavit ahoy ang
aama. Paas yaw pam put ahoy ang amt pu' yaw pam haqe' put
paaqavit amqey pang yaw pam paas put tuuvoyna. Yaw qa himu
suupan pang hintiqat an soniwa. Yanhaqam yaw pam hinti.

Pu' yaw taalawva. Paasat pu' yaw pam maqaptsi'yta, taawana-
sami. Noq antsa pay yaw piw su'aasatniqw yaw pam maana kiy
angqw yama. Paas yaw pam aw taytaqw angqw yamakkyangw pu'
yaw aqw kwayngyavoq. Pu' yaw aqwhaqami hawma. Is, yaw pam
kwangwtoya. Pu' yaw oovi pam maana aqwhaqami hawmaqw
paasat pu' yaw pam suruy horokna. Paasat pu' yaw pam muusiy
horoknaqe pu' yaw pam put paaqavit ang aqw pani'yma. Pas pi yaw
pam kur wupakwasiniiqe yaw pam oovi aqwhaqami aptu.

Noq pu' yaw pam maana aqw hawqe pu' yaw siisiniqe pepeq
tsukunilti. Pay kya qa sen hiita tavi. Pu' yaw pam pep tsukuniltiqe
pu' yaw pep siisisi. Naat yaw oovi pam pep pantaqw piw yaw himu

"Grandmother, here in Oraibi lives a girl who doesn't love anyone. It occurred to me that I might try my luck with her." This is what he said.

His grandmother laughed at him. "You poor fool," she replied, "how could she take a fancy to anyone as homely as you? She has rejected men much more handsome than you." This is what she said to her grandchild, teasingly laughing at him a little.

"Well, there's no harm in trying," Kookopölö responded. "I simply have to do it. The girl just might fall in love with me."

The girl had made it a habit of going to relieve herself every day at noon. For this purpose she went to the northeast side of Oraibi. There she relieved herself and then climbed back up the mesa. Each time she did exactly the same. Kookopölö was aware of this and was wondering whether he should perhaps just follow her to that place and grab her.

One dark night he was lying in bed again, racking his brain as to what he could possibly do to get the girl. Then it occurred to him, "Well, every day at noon she goes to the dump on the northeast side to relieve herself." This thought gave him an idea. That very same night he dug a ditch from his house all the way to the dump. Having completed the excavation in the course of just one night, he installed a reed which reached exactly to the spot where the girl came to defecate. Then he covered up the reed with earth and carefully removed all traces of his activity. The area looked as if nothing had happened. This is what Kookopölö did.

Then it became daylight. He now had to wait until noon. Sure enough, exactly at midday the girl came out of her house. He watched her carefully as she left, headed in the direction of the dump. Indeed, was Kookopölö excited and full of anticipation! When the girl had disappeared and gone down the mesa side, he pulled out his erect kwasi, and began inserting it into the reed. It was so long that it reached all the way to the end of the reed.

By this time the girl had arrived at her destination and squatted down. Apparently she didn't take anything off, and was squatting there, defecating. She was still in that position, when something

put löwangaqw kwangwahinti. Pas yaw kwangwahintiqw pu' yaw pam yan aqw taatayqw piw yaw aqwhaqami himu pakiwta. Noq pas pi yaw kwangwahintaqw pay yaw pam oovi qa aw hintsaki. Qa aw hintsakkyangw pu' yaw pay pam pep naat tsukuniwkyangw pavan yaw hin unangwa'ykyanqw yaw put aqw naaroyanta.

Pu' yaw Kookopölö tuwat ayangqwwat kiy angqw pisoq'iwta, pavan yaw pamwa piw hin unangwa'ykyangw. Yanti yaw pami'. Pu' yaw pam yukuuqe pu' yaw kwasiy ahoy langtoyna. Pas yaw pam maana tuwat piw an kwangwahinti.

Paasat pu' pay yaw pam maana pay tis pan kwangwahintiqe paapiy pay yaw oovi pas pangsoqsa siisitongwu. Pu' yaw pam antsa pan kwayngyavonen pu' yaw pepeq pantingwu. Pay yaw himu put pan tutskwangahaqaqw put löwamiq pakingwu. Pu' yaw pam pay piw put qa aw hin wuuwankyangw yaw pam put tsungtaqw pay yaw pam qa hisat rohomtiniqey unangwti. Niikyangw pas pi yaw puma naama kwangwahintingwu.

Yantsakkyangw pay yaw kur pam nö'yilti. Niiqe pay yaw aapiy hiisavohaqamtiqw pay yaw pam pas wukovono'yta. Noq pu' yaw na'at put maanat yuyat aw pangqawu, "Ya sen itaati hakiy engem nö'yiwtay?" yaw pam kita hisat put nöömay awi'. "Pas as pam qa hakiy amumningwuniikyangw piw nö'yiwtay," yaw pam put yuyat aw kita.

Pu' yaw ima tootim piw nanapta pam nö'yiwtaqw pu' yaw puma naatuvinglalwa, "Ya sen pam hakiy engem nö'yilti? Pi pas as qa hakiy aw unangwtapngwuniikyangw piw nö'yilti," kitota yaw puma tootim.

Panmakyangw pu' yaw pam tiita, niikyangw pay yaw qa koongya'ykyangw. Noq pay yaw na'at yu'at puma qa pas haalayti pam qa koongya'ykyangw tiitaqw. Pu' yaw pay put na'at pas aw wuuwantangwu. Son pi yaw pam qa hakiy engem tiita. Pu' yaw pam as put pas hin navotniqe pu' yaw pam oovi ima tootim put yaw tur tiyot oovi nanamunwaniqat yan yaw pam yuku. Pu' yaw pam oovi pam son pi put qa tsa'lawu, hisat nanamunwaniqat. Son pi qa paas yukiwtaqat pam tsa'lawu. Yaw puma nanamunwaqw pu' yaw hak haqam sitkotamantani. Sitkotat pu' pangqw put ahoy kima-kyangw nimamantani. Pu' yaw hak pitutokyangw pu' put maanat kiiyat aqwnen pu' put tsaakwhoyat yaw aw hak sitkoy kivamantani. Pu' yaw hakiy, pay naap hakiy, yaw pam tsayhoya sitkoyat kwusu-naqw put yaw pam na'ytani. Yan yaw pam maanat na'at yuku.

Pu' yaw oovi ima tootim kwangwtotoya. Pas pi yaw kyaysiwa oovi. Hak hapi lomanömataniqe oovi. Pu' yaw aw talöngva. Pu' yaw put maanat na'at hin naawaknaqey yaw pumuy tootimuy amumi

pleasant began to happen in her löwa. It was a nice sensation, and when she looked she was quite amazed to see something in it. But since it was so pleasant, she didn't do anything about it. Instead, she squatted there all excited, moving her body against the thing in her löwa.

Kookopölö, in turn, was busy working away with his kwasi from the other end of the reed near his house. He was almost beside himself. This is how he felt. Finally he had his orgasm, whereupon he pulled his kwasi back out. The girl also had a most pleasant experience.

Because of this enjoyable experience, the girl continued going there to relieve herself. And, indeed, each time she went to the dump the same thing happened to her. Out of the ground something would enter her löwa. Someone was having intercourse with her, but she never felt like resisting. Every time both Kookopölö and she had a good time.

Finally the girl became pregnant, and pretty soon her big belly was showing, whereupon her father said to her mother, "I wonder who got our child pregnant. She doesn't go with anyone and yet she is pregnant."

The young men also heard the news and were asking themselves how this could have happened. "Who could have gotten her pregnant? She never gives in to anyone, and here she is with child." This is what the young men were saying.

In due time the girl gave birth to a child even though she had no husband. Her parents were quite unhappy about this. Her father kept pondering this. She had to have borne this child for someone. He was set on finding out, and so he decided that the young men should have a race. He had the time of the race publicly announced and all the rules spelled out. The participants were to race and then pick a flower. Having picked the flower, each runner was supposed to bring it home, run to the girl's house, and offer it to his daughter's little child. Whoever offered a flower the child would accept would be its father. This is what the girl's father decided.

There were many young men anxious to participate, for after all, they stood a chance of winning a beautiful wife. When the day for the event arrived, the girl's father outlined every detail of his plan to

paas yan yuku. Pu' hak hintimantaniqat put yaw pam paas amumi yukuqw pu' yaw puma yuutu.

Pay yaw puma yuutukqw pu' yaw Kookopölö kur navota puma pep put maanat oovi nanamunwaqw. Pu' yaw pam soy aw pang-qawu yaw pam nuutumniqey. Noq yaw so'at pay piw an aw tutsiw-nani, nit pu' yaw aw pangqawu, "Son pi um hakiy wiiki'ytani; pi um hihin hoytinumngwu," yaw aw kitaaqe yaw aw tayati.

Noq pay yaw pam pas sonqa nuutumni. Niiqe pu' yaw pam oovi pangqw yamakt pu' haqaqw puma Orayeptotim yuutukqat pangsoq pu' yaw pam amungk. Naat yaw pam haqe'niqw pay yaw peetu ahoyyaqam put aasawvanta, nimantaqam. Antsa yaw himuwa naap hintaqat sihut matsvongkyangw ahoy nimiwmangwu. Pu' yaw pantsatskya puma'a. Himuwa yaw panis pitutokyangw pay yaw yuumosa pangsoq put maanat kiiyat aqwnen pu' put tsaakwhoyat aw put iitsi'ytangwu, sitkoy. Noq piw yaw pay pam tiposhoya pas qa hiitawat kwusuna. Naanangk yaw as pantsatskya.

Hisatniqw pu' yaw Kookopölö kur tuwat haqam hiita sitkotaqe pu' yaw pam pangqaqw ahoy. Pu' yaw Kookopölö tuwat wuuvi. Pu' yaw pam aqw maanat kiiyat aqwa'. Pay yaw naat pam qa pas put maanat kiiyat aw pituqw pay yaw put ti'at hin u'nangwa, mapyaya-ta pay yawi'. Pu' yaw pam panis aw pakiqw pay yaw pam tsayhoya sus'ö'qala put sitkoyat awi'. Niiqe pu' yaw pam Kookopölö naat pu' put sitkoy put tiyooyat aw iitaqw pay yaw pam put sukwsuna.

Paasat pu' yaw put maanat na'at pangqawu, "Ta'ay, pay pi nu' nuwupi yan yuku," yaw kita. "Pay yan pi nu' naawaknaqe oovi son ahoy hinwattini. Pay oovi yantaniy," yaw pam put Kookopölöt aw kita. Paapiy pu' yaw pam oovi put mö'önangwu'yva, Kookopölöt.

Noq pas pi yaw tootim itsivutoti. Kur pi yaw pam put hiita naawakna. Yantiqw pu' pay naat piw kur ima kwitavit pas qa atsat itsivutoti. Pu' yaw puma tsovaltiqe pu' put yu'a'atota. Hin as yaw puma put nöömayayat nawkiyani? Niiqe yaw puma kwitavit put ang paas wuuwaya hin puma put Kookopölöt kivay aqw panayani-qey. Pay yaw puma put kivay aqw ngemnayani. Kivay aqw ngem-naye' pu' yaw puma pepeq hakiy engem tontotani. Pu' yaw ason pas suutokihaqtiqw pu' yaw puma nöönösaniqey pangqaqwani. Pu' yaw ason pumuy naat noonovaqw pu' yaw puma qööhiy soosok tookyayat paasat pu' yaw puma put niinayani. Yan yaw puma Kookopölöt engem pasiwnaya.

Noq pay yaw kur piw Kookopölö navotqe pu' yaw soy ep pi-tuuqe pu' yaw aw pangqawu, "Itaasoy," yaw aw kita, "nuy navotq yaw ima kwitavit hisat son kivay aw nuy qa ngemnayaniy," yaw aw kita. "Puma yaw pantote' pu' nuy pep niinayaniy," yaw pam put

the young men. Having had explained to them exactly what they were expected to do, they all took off running.

Evidently, Kookopölö heard that a race was taking place over that girl. Immediately, he informed his grandmother that he was going to participate. She responded with teasing laughter and said, "You won't catch up with anyone in that race. You're too much of a slowpoke."

Kookopölö, however, was determined to compete with them. He left the house, went to the place where the Oraibi men had raced off, and set out in pursuit of them. He was running along somewhere, when some of the runners began passing him from the opposite direction, returning home. Each one had some kind of flower in his hand, as the rules required. No sooner did each of the runners arrive than he headed straight for the girl's house and held out his flower to the little child. The baby rejected every flower. One after the other the runners tried, but without success.

Some time later Kookopölö also picked a flower and turned back toward the village. When he arrived at the mesa top, he made his way to the house of the girl. He still had not quite reached the house, when the little child became all excited and waved its hands about. No sooner had Kookopölö entered than the child went wild, craving the flower. The instant Kookopölö held out the flower, the little boy snatched it away from him.

When the girl's father saw this, he was dismayed but said, "All right, there's nothing I can do now; this is the way I wanted it. Since it was my wish to do this, I can't change my mind; this is how it's going to be." This is what he said to Kookopölö. So from that time on he had Kookopölö as a son-in-law.

The young men grew angry. How could the girl love such a creature! The Turds, the denizens of Kwitavi, the Excrement Place, grew especially mad. They held a meeting and discussed how they might take Kookopölö's wife away from him. Carefully they deliberated on a pretext to get him into their kiva. Finally, they decided to simply invite him. When he arrived there they would be spinning wool. Later at midnight they would say that they were going to eat. Then while eating they would extinguish all the fires and kill him. This is the plan that the Turds devised for Kookopölö.

Kookopölö evidently learned about this scheme. He went to his grandmother and told her what he had heard. "Grandmother," he said, "I found out that the Turds are going to invite me to their kiva one of these days. There they want to kill me." This is what he told her.

yan aa'awna.

"Puye'emo," yaw so'at kita, "son puma qa pantotiniqw naapas um hiita qa tuuqayngwu," yaw aw kita. "Pay oovi um qa sööwunit um Kookyangwso'wuutit awni," yaw aw kita.

Pu' yaw pam oovi pangqaqw pangso'o, Kookyangwso'wuutit kiiyat awi'. Pu' yaw pam ep pituqw pam yaw paas put tavit pu' tuuvingta, "Ta'a, son pi um qa hiita oovi waynuma," yaw aw kita.

"Hep owi," yaw aw kita, "pay antsa yep Orayve pu' hayphaqam ura ima tootim nanamunwa it maanat ooviniqw pay nu' pi put tuyqawva," yaw aw kita. "Noq pay ima kwitavit kur pas qa naaniyaqe yaw puma oovi yaapiy hisat nuy sonqa niinayaniqey pay pasiwnaya," yaw aw kita.

"Is uti, pi kur antsa'a," yaw aw kita. "Pay nu' son uumi qa unangwtapni," yaw aw kita. "Ung hapi hisat ngemnayaqw pay um qa hin naawaknat pay amumumni," yaw aw kita, pam so'wuuti. "Pay um amumumnen pay pi um amumum kivayamuy epeq hintsakni. Noq aw hapi pitsinayanik son hapi qa nöönösaniqey pangqaqwani. Pu' paasat umuy noonovaqw pu' haqawa son qööhit qa tookyani."

Noq pay pi yaw pam naala a'ni himuniiqe pay yaw oovi piw navoti'yta. Niiqe pu' yaw pam haqaqw hiita mookiwtaqat horoknat pu' yaw aqwhaqami qörinuma. Hisatniqw pu' yaw pam hiita pangqaqw horoknat pu' yaw pam put Kookopölöt aw pay hiisakwhoyat iita. Pu' yaw pam put kwusuna. Noq pu' yaw pam so'wuuti put aw pangqawu, "Yep'e, i' hapi pay hinur'a," yaw pam aw kitaqw pu' yaw pam Kookopölö put hiita aw yorikqw piw yaw kur pam put hiita ngamaqa. Nit pu' yaw pam put aw pangqawu, "Ason put tootokyayaqw pu' um pay it aapiy mötstani. Noq ason qööhit tookyayaqw pu' um it kivaapeq qa talpuve pavoyani. Pavoyat pu' um oomiq pay piitakni," yaw aw kita. "Pantiqw pay ason pi puma piyani." Pay yaw pam panis yan aw tutapta.

"Ta'ay, antsa'ay kwakwhay," yaw pam aw kitat pu' pam pangqw ahoy nima, ngahuy yawkyangw.

Pu' yaw pam pay mihikqw ahoy pituuqe pu' yaw pam nöömay amum wa'ökqe pu' yaw put kwangwatsova. Pantit pu' yaw pam put kwangwamavoko'ykyangw yaw amum puuwi. Pu' yaw pas qa paaqavit ang pam put tsoova.

Pu' yaw antsa pay naat aapiy lööshaqam talqw pay yaw hak epeq pituuqe yaw put ngemna. "Um itaakivay awniy," yaw aw kita. "Itam tontotaniqw um itamumniy," yaw aw kita.

"Ta'ay, pay nu' ason ungkniy," yaw aw kita.

Pu' yaw pam aapiyniqw pu' yaw pam patukyay kwusut pu'

"I knew it," his grandmother exclaimed. "They were bound to do that since you wouldn't give in and let the girl go. Don't waste any time now; hurry to Old Spider Woman." This is how she counseled him.

So Kookopölö went to Old Spider Woman. Upon his arrival at her place, she politely welcomed him. Then she said, "Well, you must have a purpose for visiting."

"Yes, of course," he answered. "Quite recently, as you may recall, the young men of Oraibi had a race about a girl. When I turned out to be the winner, the Turds were not pleased with the outcome. They have now plotted to kill me." This is what he said.

"Dear me," Old Spider Woman cried, "I will certainly help you. If they ever invite you to go with them, don't object but simply go along. First you'll be working at their kiva together with them. Later when they're going to start with their plan, they will say that they are going to have supper. Once you're eating, someone will extinguish the fire!"

Old Spider Woman, of course, is said to be such a supernatural being that she already knew all of this. She now brought out a bundle and rummaged around in it. After a while she pulled out something small, held it out to Kookopölö and said, "Here, this is powerful." He took it from her, and after inspecting it, noticed that he had been given some medicine. Old Spider Woman now continued, "Before the Turds extinguish the fire, chew this. Once the lights are out, spray this with your mouth in the darkness of the kiva. Then attach yourself to a spot on the ceiling. At that time it will be their turn." These were all the instructions she gave to him.

"All right, thanks indeed," Kookopölö replied, whereupon he returned home with his medicine.

It was dark night when he arrived. After bedding down with the girl, his wife, he enjoyed making love to her. Having done that he embraced her nicely and fell asleep with her. This time he had not used the reed.

And indeed, about two days later, someone called on Kookopölö. He had come to ask him along. "Why don't you come to our kiva?" he said. "We're going to spin yarn, so come and join us."

"All right, I'll come in a minute," Kookopölö replied.

When the other had left, Kookopölö grabbed his spindle and fol-

yaw angk. Niiqe pu' yaw pam ep kivaape paki. Is tathihiya, yaw ep taataqt kyaasta. Pu' yaw puma antsa pephaqam teevep tontota, Kookopölö yaw nuutum, pöl'itsi'iwkyangw. Noq nuwu pay yaw tapkikyangw pu' yaw mihi. Noq naat yaw puma tonlalwa. Noq pay pi yaw pam alöngö qa pep kiva'ytaqe pay yaw naamahin as sunvoti'ykyangw pay yaw qa hingqawlawu. Noq son pi yaw puma hin put engem pasiwnayaqw pam navoti'ytaniqw pay yaw mimawat pisoq tonlalwa. Pas yaw oovi suutokihaqtiqw pu' yaw pam hak ton'aya'ytaqa yaw nawis'ewtiqw amumi pangqawu, "Ta'ay, pay pi kya yanhaqam hintani. Itam nöönösat tokwisniy," yaw pam amumi kita.

Noq pay way puma piw hiita nöönösaniqw pam yaw pay paas pepeq maskya'iwta. Niiqe paasat pu' yaw puma oovi tunösvongyaatota. Nit pu' yaw puma aw yesva. Noq paasat pay yaw pam Kookopölö aapiy pay mo'amiq ngahuy panaaqe pay yaw put mötsitsita, angwu payu'. Naat yaw oovi puma pas pu' noonoptivayaqw pay yaw hak qööhit tookya. Panis yaw hak oovi put tookyaqw pu' yaw pam ngahuy pavoya. Pantit pu' yaw pam su'omiq tso'omtit pu' yaw pam pangqe sukw lestavit huur mavoktaqe pam yaw huur pangsoqhaqami piita. Pu' yaw pam piw ngahuy pumuy amumiq pavoyaqw pay yaw puma soosoyam pööla'yvaya.

Pu' yaw himuwa hakiywat aw tongokqw pay yaw pam pööla'ytangwu. Pu' yaw himuwa pan pööla'ytaqat a'ni wuvaatangwu. Pu' hapi yaw puma pepehaq a'ni naawuvinumya. Peetu yaw pas so'a. Hisatniqw pu' yaw haqawa pangqawu, "Pas hapi sumataq himu hinti. Pas itam soosoyam pööla'yyungkyangw piw pas itamungaqw tutskwava hakim sumataq wa'ökiwyungwa. Kur huvam ahoy qööya'ay."

Yaw haqawa kitaqw pu' yaw puma piw qööyaqw pay yaw pas kur antsa puma soosoyam pööla'yyungwa. Noq antsa yaw peetu so'pum ang aasaqawta. Pu' yaw peetu a'ni naatuho'yyungkyangw yaw ang aasaqawta. Noq Kookopölö yaw oomiq kwangwaviitakiwta. Pas paasat pu' yaw pam angqw haawi.

Yantoti yaw puma'a. A'ni yaw puma pepehaq naahintsatsna. Paasat pu' yaw puma pangqaqwa, "Pay kur pam pas a'ni himu'u. Pay kur pam qa paysoq himu. Pay pi oovi nawus amum qatuni."

Yanhaqam yaw puma put qa nömanawkiya. Noq paasat pu' yaw pay pam Kookopölö pangqw kivangaqw nima. Noq pay yaw kur puma popwaqt piw hin napwatotaqe pay yaw piw ahoy taatayaya, ahoy naanami hin yukuutota. Pankyangw pay yaw aapiy qa wuuyavotiqw pay yaw puma kwitavit pas sulawti. Pay yaw hi-

lowed him. He entered the Turds' kiva. What a huge crowd of men there was! Sure enough, they spent the whole day spinning yarn, and Kookopölö, with his hump sticking out, was among them. Meanwhile it had gotten evening, and then dark night. Still the men continued spinning. Kookopölö, of course, was a stranger in their midst, because this was not his kiva. But even though he had realized this right away, he did not say a word. They thought he could not know what they had in store for him, so they kept busy spinning their wool. Finally, when it turned midnight, the one in charge of the spinning party announced, "All right, this should about do it. Let's eat and then we'll go to bed." This is what he told them.

The food that they were going to have had already been prepared, so they spread the meal out on the floor and everybody sat down. At this moment Kookopölö quickly shoved the medicine in his mouth and chewed it up, ahead of time as advised. They had just started eating, when someone extinguished the fire. No sooner did that happen than Kookopölö spurted forth his medicine and jumped right up to the ceiling. There he clung tightly to a beam until he attached himself to it. Once more he sprayed his medicine, this time down on the men. As a result, all of them got humped backs.

Now whenever one of the men happened to touch somebody else in the dark, and that person turned out to have a hump, he struck him with all his might. Thus, they were all furiously beating one another in the dark. Some even died from the blows. Eventually someone shouted, "Something is not right. We all have humps, and some of us are lying on the floor. Start the fire back up."

So the Turds got the fire going again, and, true enough, they all had humped backs. Some of the men lay scattered around dead. Others were lying around with severe injuries they had inflicted upon themselves. Kookopölö, on the other hand, who all along had been nicely glued to the ceiling, now came back down.

This is how the Turds fared there. They had really wrought havoc on themselves. They now had to admit, "Well, he's no ordinary being, he really is endowed with supernatural powers. Therefore I'm sure he'll stay married to that girl, whether we like it or not."

Thus they failed to take Kookopölö's wife away, and he left the kiva and went home. The Turds, who are sorcerers, managed to transform themselves again, for they came back to life. Somehow they restored themselves, but not much later all of them perished.

muwa hihin haqam tönökt, hihin munukt, pay yaw paasat mok-ngwu.

Yan yaw Kookopölö put Kookyangwso'wuutit pa'angwniyat akw enang pumuy kwitavituy pas soosokmuy qöya. Naat kya oovi pam pephaqam lomanöma'yta, niikyangw son pi qa a'ni timu'yta. Pay yuk pölö.

Whenever one of them tripped or hit against something, he died immediately.

This is how Kookopölö, with the help of Old Spider Woman, killed all the members of Kwitavi, the Excrement Place. He probably still has his beautiful wife. And most likely he also has a lot of children. And here the story ends.

Songoopapmomoyam Naavahomtota

Aliksa'i. Yaw yep Songoopave yeesiwa. Noq yaw puma pep momoyam yaw yuk kwiniwi Qötsasvimi paami yaw puma kuywisngwu. Himuwa yaw pep kuyat pu' yaw pay ephaqam pep naavahomtangwu. Noq pep yaw paahut akwningye' tuupelpa yangsay höötsi. Noq yaw puma momoyam pep naavahomtotangwuniiqe yaw naahölökni'yyungngwu. Niiqe yaw susmataq löwa'yyungngwu.

Noq yaw puma pep pantsatskyaqw yaw piw himu haqaqw amumi hingqawngwu, "Oq, oq, oq, oq," yaw kitalawngwu.

Yaw himu pumuy amumi pangqawqw yaw puma tuqayvasi'ykyaakyangw angqe' taynumyangwu, hiita heptikyaakyangw. Nii-

The Bathing Women of Shungopavi

Aliksa'i. People were living at Shungopavi. The womenfolk of this village used to go to a place northwest of here to get water. That spring was called Qötsasvi. As a rule, a woman, after scooping the water into her jug, would take a bath there. Along the northwest side of the spring happened to be small holes in the cliff wall. Each time, of course, when the women were bathing, they raised up their dresses. Hence, their löwas were clearly visible.

Whenever they did that, a voice could be heard talking to them from somewhere. "Oq, oq, oq, oq," it would say.

The women would strain their ears and scan the area looking for the source of the noise, but they never succeeded in finding it.

kyangw pay yaw pas puma qa hisat hakiy hiita tutwa.

Pu' yaw piw hisat puma pep naavahomtotaqw pay yaw piw himu haqaqw amumi pay piw pangqawu, "Oq, oq, oq, oq," yaw amumi kitalawu.

Pu' yaw himuwa angqe' yan yorikkyangw pay yaw pas hihin hiita tuwa. Yaw himu wukoqötö'yta, ngasta yaw höömi'yta. Pas pay yaw qalatötö. Niiqe yaw pangqw kwiningyaqw korongaqw kuyta. Pangqw yaw pam kuytaqw pay yaw kur pas pam pangqw pang-qawlawu.

Pu' yaw puma pas hin suyan nanaptani, sen pay yaw pas antsa pam pangqw hingqawlawu. Pu' yaw oovi puma pas soosoyam pangsoqwat taykyaakyangw pu' yaw soosoyam pas oomiqhaqami nawlöknaya. Pantotit pu' yaw puma löway angqw tuuvahomti-vayaqw paasat pu' yaw pam himu piw pas pavan pangqw kuyva.

Pantiqw pu' yaw puma momoyam paasat pu' pas oomiqhaqami naahölöknaya. Pu' yaw pam himu piw paasat angqw hihin pavan kuyva. Pantotiqw paasat pu' yaw pama momoyam pu' yaw put aqw wuyaqkwanaltoti. Paasat pu' yaw pam himu kur yaw hin unangw-tiqe pu' yaw pas pavan hin yorikniqe pu' yaw angqw pavan kuyva-nikyangw pay yaw surpakkyangw pay yaw okiw pangqw koro-ngaqw poosi. Yaw posqe okiw yaw qötöy akw yeevaqw pay yaw okiw koopavaqe kwana.

Noq yaw kur pam kwasi pangqw pumuy momoymuy amumi pantsakngwu. Paniqw yaw oovi kwasi pang kwanakiwtangwu, löwasonaniiqe. Pay yuk i' paasavo'o.

One day they were taking a bath again when the creature could be heard talking again. "Oq, oq, oq, oq," it kept saying.

As one of the women scrutinized the area, she caught sight of something. It had a big head, but there was no hair on it. The thing was completely bald. It was peeking out from a hole in the cliff to the northwest. As it peeked out it kept uttering these strange sounds.

The women were eager to find out whether the thing could really talk. So they all stared at it while pulling up their dresses. Then they started sprinkling water on their löwas to wash themselves. As a result, the creature really began to lean out of its hole.

When it reached like that, the women unveiled their bodies all the way up to the chin. Now the thing came out even farther. At this point the women spread their legs apart. The thing, whatever it was, now got all excited and, to see better, strained its head out even farther. At this moment it lost its grip, slipped on the rock and fell out of its hole. As it fell, it struck the ground with its head first, cracking it at the top.

As it turned out, the thing that had been carrying on with the womenfolk there was a kwasi. That's the reason a kwasi is split at the top. And here the story ends.

Nalavutiyo Nöömata

Aliksa'i. Yaw Orayve yeesiwa. Pay yaw hisat pep wukoyesiwngwu,
Orayve. Pay yaw naat ephaqam pantaqw i' yaw hak pep tiyo piw
naatuwi. Niiqe pu' yaw aapiy pam pephaqam nuutum qatu. Nii-
kyangw pam pay yaw qa hakiy pas aw suyan yanta. Pay yaw sunala
haqam ki'yta. Niiqe pay yaw piw ngasta so'yta. Pay yaw qa himu
aw hiita hin tutaplawngwu. Pi pay himuwa so'ytaqw pay pan
himuwa soy angqw hiita tutuqayngwu.

Noq pay yaw i' qa pantaqe i' pi pay yaw pas sunala ki'yta, nala-
vu. Niiqe pay yaw pam oovi piw qa nuutupngyaniiqe pay piw pas
yaw pam sunala pay hinnumngwu. Pu' yaw pan wuuyoqtiqe pu'
pay yaw son pi pam qa maqnumngwu piiw. Niiqe pay yaw hisat pi

The Orphan Boy and His Wife

Aliksa'i. People were living in Oraibi. Long ago many people called this village their home. Among them was a boy who had lost his parents. He lived all alone, without even a grandmother to depend on. Hence there was nobody to instruct him how to act. When someone has a grandmother, one learns many things from her.

So he lived all by himself as an orphan. In addition, he had no friends and never visited anybody. Whatever he did, he kept to himself. As he grew older, he started hunting for game. In those days, the ancient ones used to eat the meat of cottontails and jackrabbits as well as that of big animals such as antelope and deer. The boy, who was just an adolescent, did not really know how to stalk big game,

hisatsinom pay puuvumuy hiituy pi noonovangwu, nöqnonova-
ngwu sowiituy, taataptuy pu' pas wuuwukoqmuy, tsöötsöptuy,
sowi'yngwamuy. Noq pam pi yaw pay naat puhuwungwiwtaqe pay
yaw qa hiituy pas hin maktuwi'ytaqe pu' pay oovi pumuysa maqnu-
ma, imuy taataptuy sowiituy. Pay yaw pumuysa pam tuumoyta. Pu'
pay yaw hin pi pay son piw qa pumuy hin hak tuupengwuniqw pay
yaw naap pi piw pumuy son pi qa aw hin pan tuvotqe pu' oovi pay
yaw piw son put pi qa tuupewput pam nösngwu. Pay pi yaw
himuwa piw nalavunen pay yaw hiita aw piw hin tuvote' pay yaw
piw pan hintsakngwuniqw pay yaw son pi pam qa panhaqam hin-
taqe pay yaw oovi pam pep pankyangw qatu.

Pu' yaw paasat ima mamant momoyam pi yaw ang son pi qa
yeese, pu' tootim taataqt. Pay yaw pam pas qa hakimuy pas amu-
mum hinnumniqey naawaknaqe qa nuutupngyaniiqe. Pay yaw hisat
piw tootim hiitakw nanavö'yangwu. Pu' yaw naataplalwangwu.
Noq pay pam yaw put qa nuutum hintsaki. Pay yaw pam pas pay
nalavuniiqe pay yaw pam tuumamqasi. Pay pi yaw okiw'u-
nangwa'ytaqe pay yaw oovi pam pas qa hiita ang nuutum hinma.
Pu' yaw imuy mamantuy piw qa amuupa pam nuvö'iwnuma. Pay
yaw as pi nukwangw'ewni. Pi qa himu aw hingqawlawqw maman-
tuy kwangwa'ewlawni. Niikyangw pay yaw piw qa panwatniiqe
pay oovi yaw pam pay pankyangw pay qatu. Pu' yaw hiita hintsats-
kiwqat ang pay qa nuutum piw hintsaki. Pay yaw qa nuutum
kakatsinngwu, pu' piw tsetselngwu. Niiqe pay yaw pam oovi pay
pas pay nanap'unangw pay qatu. Panmakyangw pu' yaw pam
paasat wuuyoqtiqe yaw pay angqe' son pi qa tutskwava pay yaw
pam waynumngwu.

Niiqe pu' yaw oovi aapiy panmakyangw pu' pay hak maana aw
pitu. Son pi yaw aw hak qa tungla'ytaqe pay paapiy pam maana put
awningwu. Awningwuniikyangw pay son pi yaw pam put qa pan
unangwtoynaqw pu' yaw pam aw uunatiqw pu' yaw puma naama-
tini. Niikyangw pu' yaw pam oovi kur okiw hin pi put hin yuwsina-
ni. Pi yaw sunalaniiqe. Pu' yaw pay oovi puma son pi naami hin qa
lavaytiqe pu' yaw puma pay naamati ooviniiqe pu' yaw puma pay
naama pan qatu.

Noq pay yaw pam pas put qa amum puwniqey naawaknangwu.
Pay yaw pumuy puwniniqw pay yaw pam hiihin pay neengem
qenilawngwu, pay yaw qa iits puwniqey. Pu' pam yaw it hiita
tuulewnit pay piw tuwi'yvaqe pay yaw pam put pantsakngwu. Pay
yaw himuwa piw put pantsakngwunen pay yaw piw mihikqw pi
piw sööqantangwu, tookilharitangwu. Mimhiknangwu put hiita aw
sööqantanik. Pu' yaw tis tontive' pay yaw piw put aw pantsakngwu.

so he only hunted cottontails and jackrabbits. Only these he ate. And because he knew how to roast them, he did not eat them raw. When someone is an orphan, one does things the way one experiences them, and since he was an orphan he lived like one.

Of course, there were girls and women around him; also boys and men. But he had no desire to mix with them. He was a loner by nature. Long ago boys used to compete in various activities and play with each other. But he always avoided others. Being without parents, he actually was afraid of people. Not thinking much of himself and timid at heart, he did not participate with others. For this reason he also had no interest in girls. He should have had fun with them. However, no one was telling him that he should enjoy the girls. And because that was the case, he just lived the way he was. He also stayed away from all public events, such as kachina or social dances. He did whatever he pleased. In this fashion he grew to be a young man, roaming the land far and wide.

As time passed, a young woman got to know him. Apparently, she took a fancy to him, because she would go to his place. In doing so she got him interested in herself. In the end he gave in to her and they decided to get married, but the poor boy had no idea how to provide her with a wedding outfit. After all, he had no one to depend on. Somehow, though, they talked it over and got married. Now they were living together.

As it turned out, the man had no desire to sleep with his wife. Whenever it was bed time, he made all kinds of excuses for not coming to bed until later. He had learned the skill of weaving, and that was what he was doing. When one engages in weaving, one usually has to card wool deep into the night. This is how a weaver spends his nights. The same is true after one starts spinning. And since this

Yaw wuuhaq tonq yaw taalawvaniqat oovi pay mimhiknangwu. Pu'
pay yaw pas mihikqw pu' paasat piw ayo' tave' pu' yaw puwngwu.
Pan yaw iits pumuy tokniniqw pay yaw pam put nöömay aw pang-
qawngwu, "Pay pi um inuusavo puwni. Pay nu' haak qa puwni. Pay
nu' it aw ason yantit pu' it aw pavan wuukoq tont pu' paasat puw-
niy," yaw kitangwu.

Pu' yaw pam nööma'at pay as okiw ephaqam pan unangwa'y-
kyangw wa'ökye' yaw okiw nuutaylawngwu. Pay yaw pas qa
wa'ökqw pay kur pam piw puwvangwu. Niiqe pay yaw pam put
amum qa pas pas hin kwangwaqtu, put akwa. Put yaw qa aw
hintsakma. Pay pi yaw haqawat piw momoyam put piw hin'ur
tumala'yyungqam put oovi piw palkiyangwuqat pay kitotangwu.
Noq pay kya pi yaw pam pantaqe pay yaw pam put oovi pay as hin
pay maatapniqey kya pi wuuwantangwu. Noq pay yaw i' pi pay qa
panwat wungqe pay yaw pas qa hin pan put wuuwanta. Pu' yaw
piw pam aw hintsanniqey put yaw piw pam qa tuwi'yta, qa hisat
yaw hak put aw panhaqam hingqawqw hin hak put wuutut tavi'y-
tangwuniqw. Puuvut yaw pam qa tuwi'ytaqe yaw kur pam put
hintsanni pasi. Niiqe pay yaw pam pankyangw oovi pay qatu.

Noq pam wuuti pu' yaw pay put iingyaw'ewakw hinta. Pay
yaw pam nuwu put qa himu'iwma. Noq pu' yaw pay pam son pi
piw pay qa navota. Noq pay yaw as hak put aw hin tutaptaqw pay
kya yaw pam sen put wuutiy hak hintsanngwuniqw kya yaw pam
sen put tuwi'yve' pu' yaw pam put pantsanmantaniqey yaw pam
yan wuuwanta.

Noq yaw hisat hak piw put aw pangqawu, hak yaw haqam piw
Kookopölö ki'yta. Pay yaw pephaqam Orayve haqam piiw. Niiqe
put yaw pam tuwat tumala'yta, son pi qee'. Pay yaw nuutumi
musngat ngahutangwu. Pu' yaw sen pay pumuy taataqtuy piw hin
aw ngahutaqw himuwa pay yaw pan unangwtingwu. Pu' yaw piw
hak tinawakne' piw put aw naawaknangwu tsaatsakwmuy oovi.
Noq pu' yaw pam pumuy hakimuy maqangwu son pi qee'.

Noq put yaw pam pan wuuwanta. Niiqe pu' pam yaw put ha-
qam hakiy tuuvingta haqam pam hak Kookopölö ki'ytaqw put pam
tuuvingtaqe pu' yaw pam pangsoni. Niiqe pu' yaw pay pam hisat
mihikqw put nöömay oovi aw pangqawu, "Pay nu' haak pu' mi-
hikqw qa it aw hintsakni, qa sööqantani. Nu' tuwat haqami hiisavo
nakwsuniy," yaw pam put nöömay aw kitaqw pay yaw nakwhana.

"Ta'a, pay pi um tuwat haqaminiy," yaw aw kita.

Pu' yaw oovi pam pumuy nöönösaqw pu' yaw pam pangqw kiy
angqw yamakqe pu' yaw pam pangso haqami. Pu' pam put hakiy
hepto, Kookopölöt. Niiqe pay yaw pam ep pituuqe pu' yaw aqw

man spun a lot, he would sleep only a short time before it became daylight. Normally it was deep into the night before he came to bed. Each time his wife wanted them to go to bed early, he would say to her, "Why don't you go ahead of me? I won't sleep for a while yet. I need to work on this. I'll come to bed after I've spun a lot."

His wife, who desired her husband, had no choice but to lie down. For hours the poor woman would lie waiting, but when her husband failed to join her, she usually fell asleep. For this reason, being married to this man was not very enjoyable for her. He simply would not have sex with her. People say that some women want to have sex a lot and really long for it. This woman was like that. And since she was not satisfied sexually, she was thinking of divorcing her husband. The man, who had grown up so inexperienced, never gave this matter much thought. He really had no idea how to have intercourse with his wife. No one had ever explained to him how to take care of a woman. Being totally unfamiliar with these things, he did not know how to sleep with his wife. This is how he lived there.

The woman became resentful toward her husband and did not want him in her house anymore. Her love for him began to decline. The man, apparently, began to notice this. He kept thinking that if someone could enlighten him and he could learn how to have intercourse with a woman, he could then do it to his wife.

One day someone told him about Kookopölö. He explained that Kookopölö lived in Oraibi somewhere and could take care of his problem. He was in the habit of administering erection medicine. Without fail, any man who received the medication got interested in sex. Also, if a woman wanted a child, she would pray to Kookopölö. He answered the women's prayers and gave them children.

For some time the man thought about what he had been told. Finally, he asked someone where this Kookopölö lived. He decided to seek him out, so one evening he said to his wife, "Tonight I won't be carding wool for a while. I want to go somewhere."

His wife had no objections. "All right, you go wherever you want to go," she replied.

After the two had eaten supper, the man left the house and went in search of Kookopölö. Upon arrival at his place he entered. Kookopölö welcomed the visitor and had him sit down. Then he said,

kiiyat aqw paki, Kookopölöt aw. Pay yaw paas put tavi. Pu' yaw aw pangqawu, "Ta'ay," yaw kita, "son pi um qa hintsaknumqe yaasat-niqhaqam waynumay," yaw aw kita.

Pu' yaw pam aw pangqawu, "Owiy," yaw kita, "pay nu' antsa ung pewhaqami tuwaaqe oovi angqöy," yaw aw kita.

"Ta'ay, ya hiitakwwat um nuy tuway?" yaw aw kita.

Pu' yaw aw pangqawu, "Nu' as nööma'yta. Niikyangw pay nu' qa naatsoviwuy hintsakkyangw wuuyoqtiqe qa nuutupngyal-kyangw wuuyoqtiqe nu' qa tuwi'yta hin hakiy tsopniqey. Noq sen pi um nuy natsoptutuwnaqw pu' sen nuy pan unangwtoynaqw paapu nu' iwuutiy tsopmantani. Inöma sumataq nuy qa himuti. Niiqe pan nuy iingyawtaqw pay nu' aw maatsi'yta. Niiqe oovi nu' as put hintsanniqey tuwi'yve' paapu nu' put tsopmantani. Pay pi ura pang-qaqwangwu, 'Hak taaqanen nöömay tsopngwuy,' kitotangwuniqw nu' put qa pantsanngwu," yaw pam yan aw lalvaya.

Noq pu' yaw pam aw pangqawu, Kookopölö, "Ta'ay," yaw kita, "pay nu' antsa put nuutumi pan ngahulawuy," yaw aw kita. "Nii-kyangw ason oovi um hin taqawe'et haqamni nime'. Put um haqam-nit pu' piw qaa'öt huume' piw um humitat pan angqw mokkyangw umniikyangw pu' um paasat uuwuutiy um angqw wikkyangwniy," yaw aw kita. "Nen pu' uma yaapiy naalös talqw pu' uma angqw-niqw paasat pu' nu' umumi tutaptani uma hintiniqw," yaw aw kita.

"Kur antsa'ay," yaw aw kita, "pay nu' sonqa pantiniy," yaw aw kita.

Pu' yaw pam pangqw oovi ahoy piw nima. Pay yaw oovi mihikiwtaqw pam ep pitu. Pu' yaw pam pay ep pakiqw pay yaw kur pam nööma'at puuwi piiw. Pay yaw pam oovi piw pan pituuqe aqlavaqe wa'ökqe pay yaw pan oovi piw puuwi. Pay yaw pam qa hisat pi yaw put oovi pan aw hintsana.

Noq pu' yaw pay qavongvaqw pu' yaw pam pan haqam sen yaw pam taqawe'etniiqey wuuwantaqe. Pu' yaw pam taalawvaqw pu' pam nöst pu' yaw pam angqe' nakwsu. Pu' yaw pay haqam hak piw pumuy pokmu'ytaqw pam navoti'ytaqe pu' yaw pam pang-soq'a. Pangsoqniiqe pu' yaw pam pay pokmu'ytaqat qa aw tuuving-tat pay yaw pam aqw pangsoq kowaakokiyat aqw paki. Pu' yaw pam pepeq pumuy ngöynuma kowaakomuy. Noq pay pi yaw tataqawe't epeq kyaasta. Pu' yaw pam put sukwat ngu'a. Ngu'aaqe pu' yaw pam pangqw put wiiki kiy awi'.

Pu' yaw pam oovi ep put pan wikvaqe pu' yaw pam pay oovi put hiita ang mokyaata, pay tukput ang pana. Pu' yaw pay pam pantaqat put oovi naat tavi'yta. Pu' yaw pam put nöömay aw pang-qawu, "Um ngas'ew naalöqhaqam qaa'öt huuminiy," yaw aw kita.

"Well, there's got to be a reason you're about at this time of night."

"Yes," answered the man, "I came to consult with you on a problem I have."

"Well, what problem is that?"

The man explained, "I have a wife. But because I grew up not practicing intercourse with any girl and also am a loner by nature, I don't know how to have sex. Maybe you can show me so that when I get into the mood, I can have sex with her. It seems she doesn't love me anymore. I've noticed that she resents me in the house. If I could learn to have sex with her, I could sleep with her. As you know, there is a saying, 'A man should have sex with his wife.' But I, for one, am not doing that."

To this Kookopölö replied, "It's true, I do prescribe remedies for people in these matters. I want you to get a rooster when you get home. Once you have one, shell some corn and store the kernels in a bag. Then come back with both. Also bring your wife along. If you come in four days, I'll show you what you need to do."

"Very well, I'll certainly do that," the man said.

With that he returned home. It was dark night by the time he arrived. Upon entering he noticed that his wife was asleep again. As before, he bedded down next to her and went to sleep without touching her.

The following morning he pondered where he could acquire a rooster. When it got daylight he had breakfast, and set out. He knew a man who had domestic animals, so he headed over to his place. Without asking the owner's permission, he entered his chicken pen and started chasing the fowl. There were lots of roosters. He grabbed one of them and carried it home.

After bringing the rooster home, he bundled it up and placed it in a bag, where he kept it. Then he said to his wife, "Please shell about four ears of corn. Put the kernels in a bag, for tomorrow we'll take them to Kookopölö. I visited with him a couple of nights ago.

"Pu' pumuy put hiita ang mokyaataqw pu' itam qaavo put kima-
kyangw Kookopölöt awniy," yaw aw kita. "Nu' pep hukyaltokha-
qam pitumaqw inumi put tutapta humitatnit taqawe'etnit pu' ung
enang nu' umuy aw wikkyangwniqat inumi tutapta."

Pu' yaw oovi pam panti, pam i' nööma'at. Pu' yaw put pam
huumiqe pu' yaw put mokyaataqw qavongvaqw pu' yaw puma pay
iits pangso'o. Pu' yaw puma ep pituqw yaw pam antsa pumuy
nuutayta. Niiqe pu' yaw amumi pangqawu, "Ya uma pituy?" yaw
aw kita.

"Owiy," yaw aw kita. "Yep itam oovi it yanvay," yaw aw kita.
Pu' put yaw taqawe'et aw tavi.

Nit pu' yaw put humitmokiy aw taviqw pu' yaw, "Ta'ay," yaw
kita, "pay qa sööwuniy," yaw kita. Pu' pam yaw put oovi taaqat aw
mooti musngat ngahuta. Pay pi yaw hak piw put hakiy ang ngahute'
qa pas put nopnangwu. Pay yaw hak haqam put pay lelwingwu. Put
yaw hakiy piw hak nopnaqw pas yaw hak put nöösa'yte' hak yaw
qa mussööpukngwunen pu' yaw hak pay piw put akw naanina-
ngwuniqw pay yaw oovi pam put hakiy piw qa pas aw pan ngahu-
tangwu, qa pas nopnangwuqey yaw kita. Pay yaw pam haqe' pay
put lelwingwu. Yaw hotpahaqe', kwewtaqva pay yaw lelwingwu.
Pantsana yaw oovi pam puta'.

Pu' yaw Kookopölö aw pangqawu, "Ason kur uutiyooya wu-
nuptuqw pu' um nuy aa'awnaniy," yaw aw kita. "Noq pu' paasat
ason aw itam pitsinayaniy," yaw aw kita.

Pu' yaw oovi puma ep naat hiisavo yantaqw pay yaw pam put
wunuptsina. Pam muusi taaqaniiqe pu' yaw aw pangqawu, "Ta'ay,"
yaw kita, "pay wunuptuy," yaw aw kita.

"Kur antsa'ay, yuk umaniy," yaw kitaaqe pu' yaw haqe' amu-
ngem aapata. Pu' yaw oovi, "Yang um wa'ökniy," yaw put nöö-
mayat aw kita. Pu' yaw oovi pam pang wa'ö. Wa'ökqw pu' yaw
paasat put taaqat pu' aw pangqawu, "Ta'ay," yaw kita, "atsva um
tsooraltiniy," yaw aw kita. "Pu' um pa uukwasiy put löwayat aqw
pananiy," yaw aw kita. "Pam aqw pakye' sonqa haqami pakingwu-
qey aqw pakiniy," yaw aw kita.

Pu' yaw oovi puma panti. Pam ang wa'ökqe pu' yaw pam put
oovi löwamiq put himuy pana, kwasiy. Noq pu' yaw pam put
humitat put taaqat hotmi oya. Oyat pu' yaw pam put taqawe'et pu'
aw tsokya. Tsokyaqw pu' yaw taqawe'e pisoq'iwta tuumoytaqe. Pay
pi pam yaw pöngöngötoynangwu. Pantsakqw pu' hapi yaw pam
kya pi put taaqat ep yan pöngöknaqw pu' yomikngwu. Pam yaw
put pan tuuhota. Pu' yaw pam tuwat yomimita put nöömay aqwa'.
Pantsakkyangw pay yaw pam su'an kur yuki'yma. Niiqe pay yaw

He told me to get some corn and a rooster and then come see him together with you."

His wife did as bidden. After shelling the ears, she bagged the kernels, and early the next day the two started forth. Upon reaching their destination, they found Kookopölö already waiting for them. "You've come?" he greeted them.

"Yes," the husband and wife replied. "And this is what we brought." With that the man handed Kookopölö the rooster.

Upon also receiving the corn, Kookopölö said, "All right, let's not waste any time." At first he administered the stiffening medicine to the man. When one does that, one must under no circumstance have the person swallow it. Instead, it is to be spread on the body. Should someone eat the medicine, the stiff kwasi will not go down anymore and a man will die as a result. So Kookopölö insisted that the medicine not be taken internally. It's always smeared on the lower back and around the waist. This is exactly what Kookopölö did.

Thereupon Kookopölö said, "Let me know when your little boy is all the way up. Then we can begin."

Before long the man's kwasi was good and stiff. So he said to Kookopölö, "It's standing up now."

"Very well. Come over here, both of you." With that he rolled out some bedding for the man and his wife. "You lie down here," he bade the man's wife. The woman did as told. Kookopölö now turned to the man and said, "You lie with your stomach on top of her. Then put your kwasi into her löwa. When it goes in, it will go directly into the hole," he explained.

The two did as told. The man placed himself on top of his wife and inserted his kwasi into her löwa. Next, Kookopölö scattered the corn kernels on the man's back. Having done that, he placed the rooster on top of him. No sooner had he done so than the rooster was busy eating. It kept pecking the man, of course, and every time it hit him with its beak, the man jerked his pelvis. The rooster hurt him, so he kept thrusting into his wife. Eventually, he was getting

pam hisatniqw pu' pay pas paasat naap öqalay akw pu' yaw pam yomimita. Pantsakkyangw pu' yaw pam hisatniqw yuku. Pu' yaw pam nööma'at tsungqe pavan yaw pam haalayti.

Yanhaqam yaw pam pep pumuy pan tutuwna. Putakw pu' yaw pam taqawe'e pay soosok pep put sowa. Noq pu' yaw taaqa nöömay angqw ayo' hawqw pu' yaw pam put nööma'at pu' yaw pan qatuptuqw pu' yaw aw pangqawu pam Kookopölö, "Yanhaqam hapi hak put nöömay hintsanngwuy," yaw aw kita. "Pay uma yaapiy pu' sonqa put tumala'ytani. Pay son um pu' qa musmantaniy," yaw aw kita.

"Kur antsa'ay, kwakwhay," yaw kita, "pay pi it pi nu' qa tuwi'y-taqe ooviyoy," yaw kita.

"Pay um pay son yaapiy it qa haalaytapnamantaniy," yaw aw kita.

Yaw puma yanhaqam pep hintit pu' yaw pangqaqw nima. Niiqe pu' yaw aapiy pu' yaw pay antsa mihikqw pam paapu iits put amum pan wa'ökngwu. Niiqe pu' pay pante' muuse' pu' yaw atsmi wupngwu. Panmakyangw pu' yaw pay puma put pas pan tumala'y-taqw pu' yaw pay pam nö'yilti. Niiqe pu' yaw pay aapiy son oovi pi qa tilawu. Noq yanhaqam pam yaw oovi put qa maatavi. Pam yaw put pan ngahutaqe pu' pan aapiy aw hintsanngwuniqw pu' yaw pay pam oovi put pan hurungu'aaqe pu' yaw aapiy puma put oovi nuutum tumala'ytaqw puma yaw oovi pu' yaw timu'yta paapiy puu'. Pay yukhaqami paasavo i'.

the hang of it. Before long he was able to move his pelvis by himself, and soon had his climax. His wife, who finally experienced intercourse with him, was elated.

This is how Kookopölö showed the couple how to have sex. The rooster, meanwhile, had gobbled up all of the kernels. The man now climbed off his wife, and when the latter had gotten up, Kookopölö said, "This is how one does it to one's wife. From now on the two of you can work on this. You're bound to get stiff," he assured the man.

"Thank you, indeed," replied the man. "It's just that I didn't know how before."

"I'm sure you'll be making your wife happy from now on," Kookopölö said.

This is how the couple fared there, and then they went home. From that day on the man would lie down early at night with his wife. As soon as he had an erection, he climbed on top of her. Having sex in this way, the woman got pregnant. Soon she gave birth to a child and gave up her plans to divorce her husband. Because Kookopölö had given the man the medication and he now regularly had intercourse with his wife, she held on to him. They now had sex like all the other married people and for this reason they had children. And here the story ends.

Songoopave Momngwit Yoynanawakna

Aliksa'i. Yaw Songoopave yeesiwa. Noq pas yaw pep qa yokva-
ngwuniqw pu' yaw oovi ima momngwit imuy yooyoyangwtuy
amumi naanawakna. Noq pay yaw as oovi paahu yokvakyangw piw
yaw kwasiituy enang. Puma pi pay yaw as qa kwasiituy naanawak-
na. Noq yaw kwasiituy a'ni enang yooyokqe pas yaw paysoq hayp
puma naanangk paamiq yeevantivaqe yaw hin töötöqya. Pu' hapi
yaw angqe paavaqe kwasiit paayawnumya.
    Pu' yaw tsa'akwmongwi tsa'lawniqe yaw kits'omiq wuuvi. Pu'
yaw pam kits'omiq wupqe yaw yan tsa'lawu, "Ta'ay, pangqe' kya

The Prayers for Rain by the Shungopavi Chiefs

Aliksa'i. People were living at Shungopavi. It had been dry there for a while, so the chiefs decided to pray for rain. As a result the rains came but, much to everyone's amazement, mixed in with the moisture, kwasis were falling from the sky. Obviously, the chiefs had not prayed for kwasis. Hitting the water on the ground one after the other, the organs were making weird noises. Soon they were floating around in the puddles there.

The Crier Chief immediately climbed on a rooftop to publicly announce the event. This is how his announcement went: "Well, you

uma momoyam ngasta kongmu'yyungqam yeesey," yaw kita. "Uma pew kiisonmi haane' hak hintaqat kwasit naawakne' put ang poopongmantaniy," yaw yan tsa'lawu.

Pu' yaw momoyam kwangwtotoya, kwasivalkiwyungwa kya piniiqe pu' yaw puma oovi aw hanqe pu' yaw puma ang yan taynumyaqw peetu pay yaw hingsayhooyam. Pu' piw pas yaw yangsayoqam pu' piw pavan yangsavam. Noq peetu momoyam pas yaw yangsavamuy ang poopongya. Pangqw pu' yaw puma pumuy kiy ang kiwisa. Niiqe pu' yaw puma aapiy pumuy kwasiituy kongmu-'yyungwa.

Noq pu' yaw piw pep nalqattaataqt kyaasta. "Pas as itam piw yoynanawaknaqw sen pu' enang lölwatuy as yokvani. Noq itam tuwat pumuy ang poopongyaniy," yaw kitota.

Pu' yaw aapiy pantaqw pu' piw yokvakyangw pu' yaw piw lölwatuy enang yokva. A'ni yaw yokvakyangw pu' hapi yaw lölwat paysoq paavaqe piqaqata. Pas yaw peetu lölwat pavan yangsaqat. Peetu pay yaw hingsayhooyam, homitslöwhooyam.

Pu' yaw tsa'akwmongwi piw kits'omiq wupqe pu' yaw piw tsa'-lawu. "Ta'ay, pangqe' kya uma nalqattaataqt sonqa löwavalkiwyungway. Yep hapi pumuy lölwatuy enang yokvaqw uma aw kiisonmi haane' hak hiisakw naawakne' paasakw ang poopongmantaniy," yaw kita.

Pu' yaw nalqattaataqt kiinawit nöngamtiqe pu' yaw angqw awya. Pas yaw peetu wukolölwat yangsaqatniqw pumuy yaw puma mooti ang ponginumya. "Is kwakwhay," yaw kitikyaakyangwya. Pangqw pu' yaw puma pumuy kiy ang tuwat tangatotaqw paapiy pu' pumuy yaw nöömamu'yyungwa. Pas pi yaw puma tuwat tsutskyakya.

Noq paapiy pu' puma nalqattaataqt piw tuwat pumuy nöömamu'yyungqe pay yaw puma paapiy oovi paapu qa ang kiinawit imuy momoymuy amuupa tutumaytinumyangwu. Niiqe pay yaw puma oovi piw putakw qa hisatniiqat an tutukpanya. Hisat pi yaw pumuy amumi wuuti a'ni itsivutingwu haqawa haqam put aw hinwat unahepqw. Niiqe pay yaw puma soosoyam oovi aapiy pan pumuy yokvaqw kwangwayese. Qa hak yaw kongwuwantangwu. Pu' yaw piw qa hak nömawuwantangwu.

Noq pu' yaw puma oovi pay aapiy pas pumuysa amumum tootokqe pay yaw puma haalayya. Pu' pay yaw himuwa wuuti naap hisatniqw kwasivalkye' pay yaw pam piw paasat put kwasit akw naatsopngwu. Noq pu' yaw taaqa piw tuwat hisatniqw löwavalkye' pu' pamwa yaw pay piw qa sööwu angqe' hakiy wuutit angk okiwhingqawnumt pay yaw pam paasat put tsopngwu.

women out there who live without a husband come on down here to the dance court. Whatever kwasi you fancy, you can pick it up there."

The women were elated. After all, they were filled with a great longing for sex. They came rushing down to the plaza and looked about. What they saw were kwasis in various sizes. Some were tiny, others big and long. A few women helped themselves to the really long ones. They carried the kwasis home and from that day on kept them in lieu of husbands.

There also lived many single men in the village. So they proposed, "Let's pray for rain again. Maybe it will rain löwas this time. Then we could pick one up."

Sure enough, some time later when the rains came down again, löwas were mixed in. It poured so hard that the löwas could be heard making sloshing sounds in the puddles. Some were huge, others were small and shriveled up.

Once more the Crier Chief ascended to the rooftop and announced the event. "Well, you single men out there, you're bound to be filled with a craving for sex. It just rained löwas along with the moisture, so come on down to the plaza and pick up as large a löwa as you want."

The men who were living without wives came out of their homes and hurried to the plaza. Some of the löwas were big. These were their first choice as they picked them up. "Thanks, thanks," they exclaimed as they helped themselves to the sex organs. They took them back inside their houses and kept them there in lieu of wives. They were overjoyed.

As a result of this godsend, there was no need any more for the single men to look for a lover. Consequently, they were no longer meanly treated as in the past. Before this event, a woman usually reacted with anger when a man tempted her sexually. However, now that the rains had blessed them with genitals of the opposite sex, everybody lived in peace. No woman was thinking of a husband, no man of a wife.

From that time all the single people went to bed with their kwasi or löwa and were content. Whenever a woman felt a longing for sex, she had intercourse with the kwasi. A man who felt desire no longer had to waste his time going around begging a woman for sexual favors. He simply resorted to the löwa.

Noq pu' pay yaw puma piw pumuy akw a'ni mongvasyaqw pu'
pay yaw puma oovi pas soosoyam pumuy kyaakyawnaya. Pay yaw
pas qa hak hisat hakiywat aw put himuy no'a. Noq pay yaw puma
kwasiitniqw pu' piw ima lölwat kur a'ni mokhuurutniiqe pay yaw
puma oovi pas qa so'iwma.

Noq pay yaw puma oovi pas wuuyavo pumuy akw pantsats-
kyaqw pu' pay yaw i' hak suukyawa wuuti tuutuyti. Niikyangw pay
yaw pam hintiqe pantiqw pay yaw ima naamahin pas a'niyaqam
tuutuhikt put aw pas qa maamatsya. Noq pay yaw puma pansa put
aw nanvotya yaw put wuutit löwangaqw a'ni hovaqtungwunii-
kyangw pu' piw yaw pangqw i' peekye soq munngwu. Pu' yaw
pam piw sisiwkukniniqw paasat pu' piw yaw pangqw put löwa-
ngaqw a'ni tuyvangwu. Noq pay yaw oovi naat aapiy qa pas
wuuyavo pantaqw pay yaw pam okiw putakw pas sulawti. Naat
yaw qa haqawa put aw maamatsqw pay yaw pam mooki.

Noq pu' yaw aapiy pantaqw pu' paasat yaw i' hak taaqa piw
tuwat tuutuytikyangw pay yaw pam piw put wuutit mokqat pas
su'an hinti. Is ana pi yaw a'ni tuyvangwu pam sisiwkukniniqw. Pu'
pay yaw piw put kwasiyat angqw pam peekye enang tiwiwitangwu-
niqw okiw yaw pam sutsep a'ni hovaqtuqat paas pekyeqrokiwtaqat
pitkuntangwu. Panmakyangw pu' pay yaw pam tuwat pas putakw
sulawti. Pay yaw pam as mootiniiqe oovi piw as imuy tuutuhiktuy
amuupa naamaataknaqw pay yaw pas qa haqawa put piw aw
maamatsi. Pay yaw puma panis pan nanaptaqw pay yaw pam put
wuutit su'antikyangw pu' piw mooki.

Noq pu' yaw aapiy pantaqw pay yaw paasat qa suukya panti-
kyangw pu' yaw pay mooki. Noq pu' yaw puma pep sinom put aw
wuuwantota. Sen yaw puma hiitakw pan so'iwma. Noq pas hapi
yaw piw mootiniqw pay ima put löwatnit pu' put kwasit himu'y-
yungqamsa pan so'iwma. Nit pu' pay yaw haqaapiy ima naamahin
qa nuutum put himu'yyungqam pay yaw piw tuwat put hiita tuuyat
himu'yvaya. Noq pu' yaw puma oovi paasat pay putakw pas qa
haalayya. Pay hapi yaw pas kur naap haqawa put himu'yvangwu.

Yan yaw puma put hiita aw nanaptaqe pu' yaw puma oovi
haqami hakiy hepyaniqey wuuwantota. Niiqe pu' yaw puma oovi it
kikmongwiy aw paasat pangqaqwa, yaw pam sen haqami pumuy
amungem hakiy tuwani. Noq pu' yaw pay pam oovi kur as pan
wuuwantaqe pu' yaw pam oovi it hakiy pay paas tuwa'ykyangw
pu' yaw pam oovi put hakiy kiiyat awi'. Niiqe pu' yaw pam oovi
pep put hakiy kiiyat ep pituuqe pu' yaw aqwhaqami pangqawu,
"Haw, ya qa hak qatu?" yaw aqw kita.

Noq pay yaw kur hak epeqniiqe pu' yaw pam oovi paasat put

The kwasis and löwas were a great benefit to their owners. No wonder they treasured them greatly, and never shared their prized possessions. And since kwasis and löwas are not easily destroyed, they showed no signs of dying.

The use of these organs had been going on for a very long time when one day one of the single women got sick. She was puzzled why, and the professional medicine men, too, failed to understand the nature of her illness. They only noticed the bad odor emanating from the woman's genitals. Each time she urinated, she suffered great pain inside her löwa. In addition, there was a flow of pus. Soon thereafter the poor woman passed away. Still, no one was able to diagnose the disease.

A few days later it was a man who fell sick. His symptoms were exactly the same as those of the woman who had died. He felt excruciating pain whenever he had to urinate. From his kwasi pus was dripping, so much so that the breechcloth he was wearing was giving off a foul odor and was encrusted from the excreted pus. He too passed away before long. When he first became ill, he had gone for treatment to the medicine men, but none of them had been able to help him. Unfamiliar with the disease, they noticed that he suffered from the same symptoms as the woman.

In the days that followed several more men and women suffered the same fate and passed away. The people were beginning to wonder why they were dying. In the beginning the only victims were those who were in the possession of a löwa or kwasi. Then also people who owned none of these organs contracted the disease. There was a great deal of unhappiness in the village. Everyone seemed to be vulnerable to the disease.

When this became clear, people wondered who to seek out for assistance. They asked their village chief if he knew of anybody. As he mulled their request over, somebody came to mind. So he went to his house. Upon arriving at his destination he shouted inside, "Haw! Is anybody home?"

Evidently, the person in question was inside, for a voice bade the

angqaqw paki'a'awnaqw pu' yaw pam oovi put hakiy kiiyat aqw paki. Noq pam yaw hak pepeq pakiwtaqa yaw pep put qöpqöy aqw pölmo'okiwta. Noq pu' yaw pam epeq pakiqw pu' yaw pam put paas qatu'a'awna. "Ta'ay, qatuu'. Ya um piw waynumay? Pas hapi as qa hisat hak umungaqw yep ikiy pakiy," yaw pam put aw kita.

"Hep owiy," yaw pam put aw kita. "Noq pay nu' pas ungsa tuwaaqe oovi angqw uumi tuwiheptoy. Pas hapi itamuupe i' himu qa lomatuya pitsiwiwtaqw pay hapi qa suukya akw pay sulawtiy," yaw pam put aw kita. "Noq pay pi nu' navoti'yta pay umsa pas sus'a'ni tuuhikyaniqw oovi nu' angqw uumi'iy," yaw pam put aw kita. "Noq sen pi as um inumum awnen pay kya um hakiywat aw yorikye' pay kya um hakiy aw maamatsniy," yaw pam put aw kita.

"Haw'owi? Yaw piw panhaqamoy?" yaw pam kita. "Pay pi nu' kur antsa ungk awnen antsa ngas'ew hakiy aw yorikni. Pay sen pi nu' antsa hakiy aw maamatsniy," yaw pam kitaaqe pay yaw pam sunakwha.

Noq pay yaw pam kikmongwi pas qa ngas'ew put hiita engem hinkyangw pangso put awi. Pay yaw pam navoti'yta pay yaw pam qa hiita oovi tuwat put tuwiy akw tuutumala'ytaqw oovi. Noq pam hapi yaw kur it honanit kiiyat ep pituma. Noq pam yaw pas soosok hiita ngahut tuwi'yta. Pu' yaw pam piw pas sus'a'ni tuuhikyaniqw paniqw yaw pam oovi put aw taqa'nangwti. Niiqe pay yaw pam oovi yan put angqw lomanavot pu' yaw pam oovi pay paasat pangqw nima.

Noq pam hapi yaw pay ep tapkiwmaqw pangsoniiqe pay yaw pam oovi naat qa pas mihikqw pay piw ahoy pitu. Noq pu' yaw pam honani pay kur hiisap put angk awniiqe pay yaw pam oovi naat pu' kiy ep pakiiqe yaw oovi pay naat pu' tuwat tuumoytaqw pay yaw honani ep pitu. Paasat pu' yaw pam tuwat put paas tavit pu' yaw put tunös'a'awnaqw pu' yaw pam oovi pep put amum tuumoyta. Noq pu' yaw pam kikmongwi put honanit aw tu'awi'yta hin pam himuwa hintikyangw pu' mokngwuniqw. Pay yaw pam honani oovi paas yan it navoti'ytaqw pu' yaw puma ööyi.

Paasat pu' yaw puma pangqw put kikmongwit kiiyat angqw yamakqe pu' yaw puma paasat put hakiy putakw tuutuyqat kiiyat awi. Noq pay yaw pam hak paasat kur naat qa puwqe pu' yaw pam oovi pumuy pana. Noq puma yaw kur it hakiy wuutit kiiyat awi. Noq pu' yaw pam honani put aw yorikt pay yaw pam put aw suumamatsi. Niiqe pu' yaw pam put aw pangqawu pam yaw kur peekyeqat. Noq puma hapi yaw put hiita naat qa tuwi'yyungwa. Niiqe pam wuuti yaw oovi kur hin wuuwa.

Noq pu' yaw pam honani put wuutit tuuvingta hakimuy pam

village chief enter. Upon entering he saw a figure sitting hunched over by the fireplace. A voice welcomed the visitor. "There, have a seat. I'm surprised to see you about. None of your people has ever entered my abode before."

"That's true," the village chief replied. "You came to mind, so I came to consult you in a matter. There's a terrible sickness among our people, which has caused the death of many already. But I know you to be the greatest healer there is, so I came to you," he said. "Perhaps you could come with me and take a look at a patient. Maybe you could figure out what the problem is."

"Is that so? Is it that bad? Well, I suppose I can follow you and at least check out one of your sick. Perhaps I can get at the bottom of this matter," he said, agreeing to the chief's request.

The village chief had gone to this medicine man without even a small gift, for he knew full well that he healed without expecting anything in return. As it turned out, he was at the abode of Badger. Badger is familiar with all the medicines there are. He's the most powerful healer, that's why he had asked him for help. Having heard the favorable response from Badger, the village chief returned home.

The chief had left on his mission as it was getting evening. It was not completely dark night yet when he was back. Shortly thereafter, Badger arrived. The chief had just started to eat his supper. He welcomed his guest and invited him to eat, so Badger ate there with the chief. He now told Badger what had happened to one of the victims before his death. By the time they were full, Badger was fully informed.

The two now left the chief's house and went to the house of a woman who was in pain from the disease. She was not asleep yet, so she let them in. The minute Badger looked at the woman, he recognized what was wrong with her. He told her that she was suffering from syphilis. The people had never before experienced this disease. The woman did not know what to think.

Badger now asked the woman with what men and with how

hiisa'niiqamuy amumum naatsoptaqat. Noq okiw yaw pam wuuti hamantiqe pay yaw pam put pas qa aw hingqawu. Noq paasat pu' yaw pam piw put tuuvingta. Noq paasat pu' yaw pam kikmongwi put honanit aw pangqawu pam yaw antsa nalqatwuutiniiqe pay kya yaw antsa qa suukw nakwhanaqw pam put tsoova.

Noq pu' pay yaw pam wuuti paasat pangqawu pay yaw pam qa hisat hakiy amum naatsoptaqey. Noq pu' yaw pam honani put aw pangqawu pay yaw pam son hakiy angqw qa panti. Hak yaw son pay naap put himu'yvangwu.

Noq pu' yaw pam wuuti pay nawus pumuy amumi pangqawu pay yaw pam pas put kwasitsa akw pan naatsopngwuqey. Noq pu' yaw pam kikmongwi put honanit aw pangqawu yaw antsa hisat pam pep yokvaqw ep yaw ima momoyamniqw pu' ima taataqt pan put poopongyaqe yaw oovi putakw pantsatskyangwuqat yaw pam put aw kita. Noq pu' yaw pam honani put wuutit tuuvingta haqam pam put kwasit tavi'ytaqatniqw paasat pu' yaw pam put aa'awna. Noq pam yaw kur put it kuysiphoyat angqw pani'ytangwu. Nii-kyangw pam yaw kur put tumtsokkiy ep tavi'ytangwuniqw pam yaw pep piktaqw pep yaw a'ni yongitingwu. Pu' yaw pam okiw pangqw pakiwtaqe yaw okiw qa hiikwistangwu. Niiqe pay pi yaw pam wuuyavo pangqw piw pantaqw pay yaw kur pam hisat pee-kyeqw pam wuuti qa navotqe pay yaw pam oovi pantaqat akw naat pan naatsoptangwu. Yan yaw puma paasat nanapta yaw kur put angqw peekyeqw.

Noq paasat pu' yaw pam honani put kikmongwit aw hiita nga-hut oovi yukutoniqat tutapta. Nit pu' yaw pam put aw piw tutapta pay yaw pam pas paasat it tsa'akmongwiy ayataqw pam yaw tsa'-lawni. Pay yaw puma momoyam taataqt put akw naahaalaynaya-qam put oyi'yyungqam pay yaw put maspayani. Pay yaw puma sonqa putakw pantoti. Noq pay yaw oovi himuwa pantaqey pang-qawqw pay yaw pam put ason son aw qa ngahutaqw pay yaw pam son putakw qa qalaptumantani. Yan yaw pam put aw tutaptaqw pu' yaw pam oovi put tutavoyat hinti.

Noq pu' yaw pam tsa'akmongwi oovi pan tsa'lawqw pu' yaw puma put oyi'yyungqam pay yaw nawus put maspaya. Yan pay yaw puma okiw put kwayya. Niiqe paapiy pu' pay yaw puma hin mooti yesqey pay yaw piw ahoy pay yeese. Yaw ima nalqatmo-moyam okiw kwasivalkiwyungngwuniqw pu' ima nalqattaataqt okiw piw angqe' it löwat oovi okiwhinnumyangwu pan löwaval-kiye'.

many she had had intercourse. The poor woman got embarrassed and did not answer. Badger repeated his question, whereupon the village chief explained to Badger that the woman was single and that she had probably allowed several men to sleep with her.

The woman, however, insisted that she had not slept with any man. Badger replied that she had to have gotten infected from somebody. She could not have gotten the illness by herself.

Now the woman had no choice but to admit that she had used one of the rain kwasis for intercourse. The chief then explained to Badger that, once after a downpour, the single women and men had indeed picked up these sex organs and were now using them for their own gratification. Next, Badger wanted to know where the woman kept the kwasi. She took him to the water jug where she kept it. The vessel stood in the piki house, and since she always made piki there, it got very warm inside. The poor kwasi in the container was barely able to breathe. And since he had lived in there for a long time already, he had gotten infected. The woman had not noticed the infection and was still satisfying herself with the kwasi. Now it was clear how she had contracted the disease.

Immediately, Badger instructed the village chief to go and get a certain medicine. In addition, he told him to have the Crier Chief make a public announcement. The message he was to broadcast would say that all those single women and men who were enjoying themselves with the sex organs, and still had them stashed away, were to cast them out. Otherwise they would undoubtedly fall prey to the same disease. Anyone already ill with syphilis should let Badger know, so he could administer some medicine to him or her. With the help of this medicine they would certainly get well. The Crier Chief obeyed and made the requested announcement.

Following this public notification, all those who were in the possession of sex organs from the rains had no choice but to throw them away. They were sad about this loss, for now they were forced to live again the way they had lived before. The single women were longing for sex with a man, and the single men, poor things, had to go out again in search of a woman when they felt the urge for sex.

Yanhaqam yaw puma pephaqam pas wuuhaqniiqam yaw put tuutuytotiqw naat yaw pay peetu kur put naapa qa pas paas qalap- tsiwtaqw yaw oovi ephaqam himuwa naat hiitawat angqw peekye- ngwu. Niikyangw pay yaw piw pam honani piw paas pumuy put hiita ngahut maskyatoynaqw pay yaw himuwa oovi pu' pay putakw qa pas mokngwu put hiita naami ngahute'. Pay yuk pölö.

In this manner a great many villagers had gotten sick. A few still were not completely healed, so one or the other still became infected with syphilis. Meanwhile, however, Badger had carefully prepared a medicine for them, and all those who took it survived. And here the story ends.

Orayepnalqatmomoyam

Aliksa'i. Yaw Orayve yeesiwa. Noq yaw pep hisat pay pi qa pas a'ni paahuningwu. Noq pepeq taavangqöyveq yaw Leenangwva. Noq pangsoqhaqami yaw puma kuywisngwu. Noq pay yaw ima momoyam pi pas a'ni kuywisngwu. Pay ephaqamsa himuwa taaqa yaw pay piw kuytongwu, nalqattaqa. Noq pay yaw pangsoq puma pantsatskyangwu. Noq pangsoq kya pi hak haqe' haawe' pu' haqe'niikyangw yaw tuupela'ytaqat atpikningwu.

Noq i' yaw hisat hak wuuti tuwat kuyto. Pu' yaw pam oovi aqw pituuqe epeq kuyt pu' yaw angqw ahoyi. Angqw ahoynikyangw pu' pam pangso pitu, pangso tuupela'ytaqat awi'. Pangso yaw pituuqe pu' yaw pam pep kiisit ep kwangwaqtuptu. Yaw naasungwnat pu'

15

The Single Women of Oraibi

Aliksa'i. People were living at Oraibi. Long ago there was not a great deal of water available there. On the southwest side of the mesa, however, was Leenangw Spring to which the womenfolk flocked for water. Once in a while, a man too would go to get water there, especially if he lived all alone. Day in and day out people were fetching water from that spring. The trail to the spring on which one had to descend led past a steep cliff.

One day a woman was going for water. Upon arriving at the spring she filled her vessel with water and then headed back again. On the way home, as she reached the steep cliff, she decided to sit down in its shade. She thought she'd relax a little before continuing

ason piw aapiyniqe pu' yaw oovi pam pep kwangwakisqatuptuqe
pep yaw pam yanta. Naat yaw pam oovi yantaqw yaw himu atsnga-
haqaqw hingqawu. Pu' yaw pam aqw yan kwuupukqe angqe' as
taynumqw pay yaw as qa himu haqamo. Pay yaw ang pi yaw koro'-
yungwa. Noq pu' yaw pam oovi pay qa hiita tuwaaqe pu' ahoy pep
yan qatuwtaqw piw pay yaw'i. Piw pay yaw angqaqw himu hing-
qawu. Pu' yaw pam as piw aqw kwuupukqe aqw taatayqw pay yaw
piw qa himu haqamo. Naat yaw pam oovi aqw taytaqw yaw sukwat
korot angqaqw himu kuyva. Yaw himu talqötö, ngasta höömi'yta.
Pan yaw angqaqw kuyvat pu' yaw antsa pan hingqawu, "Oq, oq, oq,
oq."

Kwangwakita yawnit pu' ahoy aqwhaqami pakima. Pu' yaw pas
kur pam hin wuuwa, himu pi yawniqw. Pu' yaw pam pas wunup-
tuqe pu' aqw piw yan taytaqw pu' yaw piw angqaqw kuyva. Ang-
qaqw kuyvaqw kur yaw kwasi. Pas pi yaw suhimu. Pavan yaw
talqötöwta. Pan yaw piw angqaqw kuyvat pu' yaw piw aw pang-
qawu, "Oq, oq, oq."

Aw kitat pu' yaw piw aqwhaqami pakima. Yan yaw pam put
yori. Pu' yaw pam pangqw nima. Pam pangqw nimaaqe pu' pituuqe
pu' pay pi hakiy pi songqa sungwa'yta piw, sen kwaatsi'yta. Put
yaw pam aw kiikinumtoqe pep yaw pam it aw lalvaya. Noq pay
yaw kur piw navoti'yta. Antsa yaw pam it aw lalvayqw pu' yaw aw
pangqawu, "Hep owi," yaw aw kita, "pay nu' hisat piw kuytoq
antsa nu' pang put tuupela'ytaqat atpikniqw antsa himu haqaqw
panhaqam hingqawqw nu' pi pay qa aw hin wuuway," yaw kita
awi'. Pay yaw kur oovi pam as piw navotkyangw pamwa pay qa
yori.

Paasat pu' yaw pay puma pepeq pantsatskyangwu. Yaw wuutit
kuytoq aw pantotingwu, pay yaw qa suukya kura'. Pepeq yaw
tuupelpe koro'taqw pang yaw kur puma ki'yyungwa, kwasiit. Noq
pu' taaqa kuytoq pay yaw put qa aw hingqaqwangwu, pay pas
wuutitniqwsa. Yan yaw puma pepeq pumuy momoymuy amumi
pantsatskya.

Noq pu' hisat yaw pam hak wuuti piw kuytoqe pu' aqw paamiq
pituqw pas yaw wuuhaqniiiqam momoyam epeqya. Qa suukya yaw
epeqniqw pay yaw puma pepeq it yu'a'atotaqw pay yaw kur puma
soosoyam navoti'yyungwa, puma pang panyungqw, pang ki'y-
yungqw. Noq peetu pi pay songqa pas put oovi qa kuynana'önt.
Pepeq pu' yaw puma put yu'a'atikyaakyangw pu' yaw pangqaqwa,
"Is uti, pay pi himu nalqatmomoyam angqw pumuy tsamwise'
pumuy kongmu'yyungwniy," yaw kitota.

Yaw pay piw naat nalqatmomoymuy amungem aw wuuwanto-

her ascent to the mesa top. The woman was still resting there when, all of a sudden, she heard a noise from a place above her. She raised her head and scanned the area, but found nothing in sight that could have caused the sounds. The cliff was full of holes, but there was nothing that she could see. So she resumed her comfortable position in the shade. There were the peculiar sounds a second time. Once again the woman raised her chin and looked up. However, there was nothing she could make out. She was still scrutinizing the cliff wall when she spotted something emerging from one of the holes. Something with a shiny head, lacking any kind of hair. As the thing peeked out it uttered, "Oq, oq, oq, oq."

Upon producing these pleasant sounds the thing disappeared. The woman was at a loss what to think. She had no idea what it might be. She stood up training her eyes on the spot up high in the wall. There it was back. Now she recognized what the thing was: it was a kwasi, a handsome fellow with a big bald head. As before when it peeked out, it uttered, "Oq, oq, oq."

No sooner had it spoken than it withdrew into the hollow. This is what the woman beheld there, whereupon she returned home. Upon arriving in the village, she immediately went to visit a friend of hers. When she told her about her experience, the other, much to her surprise, already knew about the noise coming from the cliff. "Yes," she replied when her friend had finished telling her, "I also was passing that cliff one day while fetching water when something spoke from a hole up high, which left me puzzled." She, too, had heard the peculiar sound, but had seen nothing.

This now took place each time a woman went for water. As it turned out, there were several kwasis up there. Evidently, they had made their home in that one hole in the cliff and accosted the women folk on the way to and from the spring. Whenever a man went for water, however, the kwasis did not emerge to talk. They only did this with a woman.

Once when a woman was getting water again and arrived at the spring, she encountered a large group of women there. Several of them were discussing the kwasis. All of them knew full well about their residing in the cliff hollow. Also, it was obvious that for this reason some of them were quite eager to go after water. As they were talking about this matter, they said, "Gee, why don't the single women go and collect the kwasis and keep them as husbands?"

They were thinking on behalf of all the single women who were

ta. Puma pi yaw put ngastaya. Pu' yaw aapiy antsa pantaqw pu' yaw puma hakim pangsoqya. Angqw kwasiit ki'yyungqw pangsoqyaqe pu' yaw puma pas aqw owat tutukwmoltotaqe pu' pas aqw kuukuyva. Puma hapi yaw pumuy tsamyani. Pay pi yaw songqa nalqatmomoyamya. Niiqe pu' yaw puma oovi pantoti. Aw yaw puma owat oo'oyayakyaakyangw pu' put aw wukotutukwmoltotaqw pu' yaw hak aqw wuuve' pay pas koromiq pitungwu. Yantoti yaw pumaniiqw pu' yaw puma oovi pumuy ipwayaqw pay yaw naat pas tsaatsayomu. Pay yaw naat qa pas ö'övawyam kwasiit angqw tangawta. Pay naat pas yaw tsaakwhoyat kwasiyat angsayhooyam. Pu' yaw pay puma pangqaqwa, "Pay itam haak qa tsamyaniy," yaw kitota. "Ason pas wungwye' hongvitotiqw pu' itam tsamyaniy," yaw kitotaqe pu' yaw pay oovi puma pumuy ahoy aqw tangatota.

Noq yaw suukya pi pas anqw wukoyamakngwu. Pam pi yaw songqa na'am. Pay yaw put oovi naat piw qa wikya. Pu' yaw aapiy oovi pantaqw pu' yaw pay puma pangsoq pumuy aw poptaya. Noq pu' yaw kur hisat hongvitoti. Pas pi angqaqw wukonöngakngwu. Pavan yaw wuyaqqötö'yyungwa. Pas yaw pantotiqw pu' yaw puma pumuy pangqaqw tsamyay. Pas kya pi songqe nalqatmomoymuy amuptu.

Paapiy pu' yaw puma pumuy kongmu'yyungway. Noq pu' yaw ima nalqattaataqt tuwat yaw pumuy nalqatmomoymuy amuupa okiwhinnumya. Pu' yaw himuwa hiitawat awniqw qa hin yaw nakwhangwu. Kur hapi yaw pay pam naap pu' koongya'ytangwuniiqe oovi. Yaw puma pumuy amuupa okiwhinnumya, taataqt. Pu' yaw pay kur puma qa naaniya, nalqattaataqt. Niiqe pu' yaw puma pangqaqwa, "Pas son as pantani. Pas as son itam pumuy qa hin kongmuyatuy nawkitotaqw qa pumuy akwye' pu' sen itamumi ahoy su'payamantani. Pas itam qa hiita oovi tookyep pumuy amuupa yaktangwu," kitota yaw puma'ay, nalqattaataqt.

Pu' yaw puma oovi haqam tuwat kivaape put aw pas wukotsovalti, nalqattaataqt. Hin puma nawkitotaniqey aw wuuwantota. Pu' yaw puma aw wuuwayaqe pu' yaw puma hisat mihikqw pumuy amuupayay, nalqatmomoymuy. Paasat pu' yaw puma antsa pumuy put nawkitota. Pay yaw pas hak aw nu'an pakingwu. Pu' naat yaw peetu pas pumuy kongmuy akw tumala'yyungway. Pu' yaw puma pumuy nawkitotaqe pu' pumuy qöqyay, kwasiituy. Löhavuyamuy yaw mumtsiya. Pu' yaw peetu pas angqw tutkitota. Yan yaw puma pumuy qöqyat pu' aqw Orayviy taavangqöymiqhaqami pumuy maspaya. Yaw taaqa hapi pepeq unangwa'ytangwu, löhavuy epeq. Taaqat yaw hak oovi löhavuyat mumtsiqw pam pay yaw mokninik pas akw mokngwu.

without access to a kwasi. Before long the single women sought out the place where the kwasis lived. They decided to stack some rocks on top of each other and look inside the hole. It was their intention to take the kwasis home. After all, they were without husbands. And so this they did. After erecting a large pile of rocks by the cliff, one of the women would climb up until she reached the hole. But as they did this, one after the other, and took the kwasis out they realized that they were still quite young. They were not mature yet, about the size of a little boy's kwasi. They decided, "Let's not take them out for the time being. Let's wait until they're grown and strong." With that they placed them back in the hollow.

The only big kwasi that regularly looked out apparently was the father of the lot. That's why they did not take him along. And so the time went by, with the women frequenting the cliff to check on the kwasis. Eventually the day arrived when they were strong and grown. Those that emerged now were large, sporting big heads. Now the single women came and helped each other to the kwasis. There were probably enough for all of them.

From that day on the unmarried women used these kwasis in lieu of husbands. As a result, all the single men now had a hard time with the single women. Each time one of them approached one, his advances were rejected. After all, there was no need for a man since the woman had her own kwasi. Hence there was a great deal of suffering among these men. They didn't like this situation at all. So they said, "Things can't go on this way. Somehow we must rob the women of their kwasis. Once they can no longer use those for their self-gratification, they'll be kind to us again. Right now we're going around among these women all night long for nothing."

The single men now held a big meeting in one of the kivas to reflect upon the situation. They kept wondering what on earth to do to take those kwasis away from the women. One night they decided to simply call on the single women and confiscate the sex organs. They simply entered their homes without asking prior admission. Upon charging in they caught some of the women in the act with their kwasis. They wrenched the organs away from them and killed them. They accomplished this by either squeezing their testicles or cutting them off. Having destroyed the offensive organs in this manner they hurled them down the southwest flank of the Oraibi mesa. Hopis say that a man's heart is located in his testicles. Therefore, a man will die if his testicles are squeezed hard.

Yanhaqam yaw puma pumuy kongmuyatuy pangsoq maspaya-
qe paapiy pu' yaw puma amuupa piw nukwangwnanvotya. Naat
kya oovi ephaqam mimhikpuva piw songqa amuupaya, nalqatmo-
moymuy amuupa. Pay yuk pölö.

Having dispatched of the kwasis in this manner the single men fared much better again. They're probably still going around among the unmarried women at night in Oraibi. And here the story ends.

Pevesets'olt Yungiwma

Aliksa'i. Yaw Orayve yeesiwa. Noq pu' yaw piw Songoopaviy aa-
hopqöyveq yaw ima pevesets'olt tuwat piw wukoyese. Noq pu' yaw
Paamuynawit ima Songoopavit pay hiihiituy tsetsletuy tiivanlalwa-
ngwuniikyangw puma yaw kivanawit yungiwmangwuniqw pay
yaw ima sinom pang pumuy tiitimayyangwu.

Noq pu' yaw ima pevesets'olt pay pangso kiimi ökiwta. Puma
yaw pep imuy sinmuy noonovangwuniiqe oovi paniqw pangso
ökiwta. Noq pay yaw himuwa pangsonen qavongvaqw pay qa ahoy
pangsoq hopqöymiq nime' pay yaw pam naap hiita ep tsöpölöw-
kyangw pay yaw tuwat teevep taalö' puwngwu.

Noq suus yaw i' suukyawa pesets'oltiyo pay tuwat pangqe'

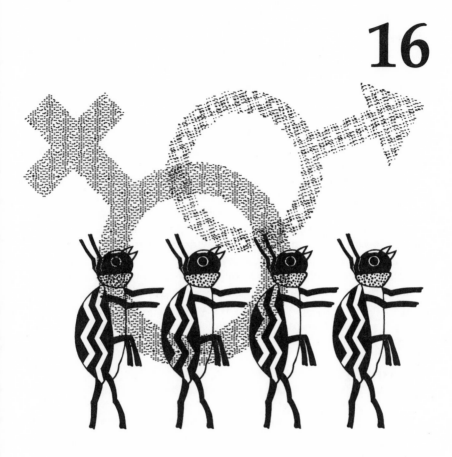

The Bedbugs' Night Dance

Aliksa'i. They say people were living at Oraibi, and also that a large colony of Bedbugs resided on the east side of Shungopavi. During the month called Paamuya the inhabitants of Shungopavi were wont to perform all types of social dances. To do so, the dancers entered one kiva after the other where the people watched these performances.

Now the Bedbugs went back and forth to the village of Shungopavi, where they thrived on the blood of its people. Whenever a Bedbug went there and failed to return home to the east side the following morning, he would simply sleep away the day while clinging onto just about anything.

Paamuyva qa nima. Niiqe pam yaw oovi hakiy wuutit pösaalayat ep tsöpölöwkyangw piw pep mihikna. Noq piw yaw ep mihikqw yaw kur ima tsetslet pang kivanawit yungiwmaniqw pu' yaw pam hak wuuti put pösaalay usiitat pu' yaw pam pangso sutsvowat kivami tiimayto. Noq pam pesets'ola yaw qa hisat naat panhaqam hintiqe yaw oovi wuuwanta, "Haqami pa i'i? Maataq pa i' nuy haqami wiiki?" Pay yaw pam yan as wuuwat pay yaw pam qa hin hawniqey unangwa'yta.

Noq pu' yaw puma haqami pakiqw pavan yaw pepeq sinom qa an'ewakw hintaqw pavan yaw pam tsuyakiwta pumuy sowantani-qey oovi. "Is ali, kur nu' pu' mihikqw pas pavan naasanni," yaw pam yan wuuwaqe pu' yaw pam pay oovi pangqw put wuutit angqw hawt pu' yaw paasat put hakiy aqlap qatuuqat awwatniiqe pu' yaw pam paasat putwat tuumoyva.

Noq naat yaw pam put tuumoytaqw pay hapi yaw iiphaqam pu-susuykuqw pu' yaw pam pay paasat suuqe'tiqe pu' yaw tuqayvasta. Noq naat yaw pay qa pas wuuyavotiqw pay yaw hiitu tawkyaa-kyangw yungta. Noq pu' yaw pam pas hin yorikniqe pu' yaw pam put hakiy wuutit kwasayat atpipaqw yamakt pu' yaw paasat pumuy nuutum tiimayi.

Noq pu' yaw puma pepeq yungqam tiitso'qe pay yaw nöngak-maqw pu' yaw pam as naat pu' piw ahoy tuumoyvaniqw pay yaw piw oovehaqam pususuykuqw pu' yaw pam pay piw ahoy pangqw suyma. Pu' yaw pam paasat piw pas an tiimayi. Noq pay yaw puma tsetslet naanangk pepeq ökiwtaqw pas yaw pam timayiwuysaniiqe yaw qa suusa pas hakiy sowaqw pay yaw kur yukilti. Pu' yaw pam pay paasat pas mihikiwtaqw pangqw nima.

Niiqe pu' yaw pam pepeq kiy epeq ahoy pituuqe yaw yanhaqam yorikqe yaw put kyaatu'awvaqw yaw mimawat put aw kwangwa-tuqayyungwa. Niiqe pay yaw puma tuwat oovi naawinyaniqey yaw put aw pas sunya. Pu' yaw puma oovi piw pas yaw an pangso yungiwmaniqey naawinya. Pu' yaw puma imuy tsutskutuyyaniqey tuwat naawinyaqe pu' yaw oovi haqawa pumuy paasat amungem yeewataqw paapiy pu' yaw puma putakw tuwantivaya. Pu' yaw puma piw pas imuy mamantuy enang tsamyaniqe pu' yaw puma oovi pumuy angqe' tsamtinumya.

Noq pu' yaw puma haqawat pay totoknanaptaniqey oovi pang-so kiimi nana'waklalwa. Niiqe pu' yaw puma oovi hisat nanapta yaw puma piw kivanawit yungiwmaniqat. Paasat pu' yaw puma pas tis kwangwtapnaya. Qa hisat pi yaw puma panhaqam hintsatskyaqe oovi. Pu' yaw pam put tuu'awvaqa pavan yaw pas pumuy tsetsletuy kwangwalalvayqw puma yaw oovi put aqw taykyaakyangw yaw

On one occasion one of the young Bedbugs did not come home at all during the month of Paamuya. As evening approached he was still adhering to some woman's blanket. It so happened that very night that a group of social dancers was going to perform in the kivas; therefore the woman took her blanket, draped it about her shoulders, and proceeded to one of the kivas to watch the dances. Since this Bedbug boy had never done anything like this before, he asked himself, "I wonder where this woman is going. Where on earth is she taking me?" Thoughts of this kind went through his mind, but he had no intention of getting off of her.

Soon the two entered a place with a great many people present. The little fellow was overjoyed as he soon expected to be sucking on all of them. "How delicious! It looks as if I'm going to have myself a feast tonight," he thought as he climbed down from that woman and made for the woman sitting next to her. Then he fell to feeding on his new host.

The Bedbug boy was still sucking at her when the sound of drumming came from outside. Immediately he ceased his activity and listened. Before long some dancers began singing and entering the kiva. These he wanted to see for himself, so he came out from underneath the woman's dress and watched the performance with the others.

When the dancers finished their performance they went out. The Bedbug boy was about to commence nibbling again when drumming sounded outside for a second time. Hastily he reemerged from under the woman's dress and watched attentively, as before. One group of dancers after the other arrived, and he was so engrossed in watching that he completely forgot to bite anyone else by the time all the activities came to an end. So he set out for home because the hour was late.

Upon his arrival back home he had a wonderful story to tell of what he had seen. The other Bedbugs listened to him with awe, and all agreed to do likewise. They made plans to go to the village of Shungopavi and give a performance going from kiva to kiva. Having decided to do the clown dance, they had someone compose a song for them. With this song they began their rehearsals. And since they were also going to take some young Bedbug girls along, they went about fetching them for their practice sessions.

Meanwhile, other Bedbugs took turns going to the village just so they could learn when the next dance would be held. When they heard of a date for another round of social dances, they began to really look forward to the event. After all, they had never experi-

kwangwtapnaya. Pu' yaw puma pas soosoyam kur kwangwtotoya-
qe yaw oovi wukotsovalti.

Paasat pu' yaw oovi pumuy Songoopavituy totokyayamuy aqw
pituqw pu' yaw puma oovi haqamwat kivay epeq tsovaltiqe pu' pay
taawiy ang u'nankyaakyangw yaw yuuyahiwta. Paas yaw puma
oovi naatumaltota. Pu' yaw ima peetu tsaatsayom kur piw pumuy
amumumyaniqw pay yaw puma piw pumuy qa ii'ingyalyat pay
yaw puma piw pumuy enang paas yuwsinaya. Pas yaw puma oovi
paas yukuyat pu' yaw puma pangqw kiimiya.

Pu' yaw puma pep kiive ökiiqe pu' yaw puma it kikmongwit
kivayat aqw mootiya. Pu' yaw puma pepeq ökiiqe pu' yaw puma
pay ooveq mooti taatawlalwaqw pu' yaw pumuy pas so'tapnayaqw
pu' yaw pumuy angqaqw paki'awintota. Paasat pu' yaw puma aqw
yungqw pavan yaw sinom pumuy amumi yoyrikyaqe yaw uninito-
ta. Is, yaw tsutsukuwyam himuwya'iwyungwa.

Paasat pu' yaw pam pepeq tsaatsa'lawqa pumuy ang homnat
pu' amumi pangqawu, "Ta'ay, huvam tuwatya'ay. Uma hakim
sumataq pas haqaqwyay. Niikyangw uma qa tsako'nangwa'ykyaa-
kyangwyaniy. Uma pas tsonyaniy. Tsangaw kur uma angqaqw
kyaysiway," yaw pam pumuy yan öqalaqw pu' yaw puma oovi
tiivantiva. Is yaw tsutsukuwyam naanangk kwangwatso'tota. Niiqe
yanhaqam yaw puma tuwat taawi'yyungwa:

Ah ih, ah ih.
Pesets'ola, pesets'ola
Tuutuhisa.
Iya iya iya hiya
Iya iya iya yahinay, oo, ii.
Pesets'ola, pesets'ola
Tuutuhisa.
Iya iya iya hiya
Iya iya iya yahinay, oo, ii.
Ura itam taala'
Momoymuy löwayamuy tsootsonaya.
Ali, ali, ali, ali.
Ali, ali, iya yahinay, oo, ii.
Halatoni, halatoni.
Halatoni, halatoni.
Yamoskiki, yamoskiki.
Ah ih, ah ih.

enced anything like this. The fellow who had originally reported his impressions of these dances had raved about them in such a way that the rest were looking for a similar experience of their own. Evidently everyone was so keen on going that a great number of participants gathered.

When the Shungopavi dance day arrived, the Bedbugs congregated at one of their kivas. There they went over their song once more, while costuming themselves at the same time. They were most meticulous in their preparations. Apparently some children were thinking of going along also. Much to the children's surprise the older dancers did not object, so they also dressed for the occasion. Soon they were all completely garbed as clowns, whereupon they proceeded toward the village.

Upon arriving at Shungopavi they first headed to the kiva of the village leader. There they chanted their song on the rooftop, but it was not until they had ended their singing that they were invited in. When they made their entrance, the people realized what kind of creatures the visitors were and expressed delight with them. How the little clowns were proud of themselves!

Now the man in charge down in the kiva sprinkled them with cornmeal and exhorted them, "All right, have your turn now. You strangers appear to be from far away. Give your performance wholeheartedly. Put everything you have into it. I'm glad so many of you came." With these shouts of encouragement the Bedbugs commenced their dancing. How adorable it was to see the little clowns hopping gracefully one after the other in a line! And this was how their song went:

Ah ih, ah ih.
Bedbug, Bedbug
Is very skillful.
Iya iya hiya
Iya iya iya yahinay, oo, ii.
Bedbug, Bedbug
Is very skillful.
Iya iya iya hiya
Iya iya iya yahinay, oo, ii.
Remember how during the summer we
sucked the löwas of the womenfolk.
Yummy, yummy, delicious.
Yummy, delicious, iya yahinay, oo, ii.

Pu' yaw puma so'tapnayaqw pavan yaw puma momoyam pepeq tsuyti. Pu' yaw puma piw tun'aya kukunawyamniiqe.

Niiqe pu' yaw puma pangqw nöngakqe pu' piw sutsvoya. Niiqe pay yaw puma pas pansa pang soosokiva yuki'ywisa. Pas yaw puma imuy momoymuy tootimuy tsaatsakwmuy no'aya.

Pay yaw as puma yanhaqam pep pumuy sinmuy a'ni nuutum tayawnayaqw pay yaw kur ima peetu taataqt nöömamu'yyungqam pumuy qa amumi kwangwataayungwa pas piw qa atsat su'an taa-wi'yyungqw. Niiqe yaw puma oovi itsivu'iwyungwa. Nanalt pi yaw puma antsa pumuy nöömamuyatuy löwayamuy tsoonani'yyungwa. Niikyangw pay yaw puma taataqt qa pas pumuy pevesets'oltuy amumi ma'yyungqw pay yaw oovi puma soosoyam qa hintotit ahoy öki. Yanhaqam yaw puma tunatyay aw antsatsnakyangw pu' yaw piw kwangwa'ewtota. Naat kya oovi puma pephaqam yeese. Pay yuk pölö.

Halatoni, halatoni.
Halatoni, halatoni.
Yamoskiki, yamoskiki.
Ah ih, ah ih.

No sooner did they end their song than the women down there howled with laughter. But they were so cute they also amused the other spectators.

When the Bedbugs had made their exit from this kiva, they went on to the next. In this fashion they entered every kiva, never deviating from their prior performance. They really convulsed the women, young men and children with laughter.

In this way the Bedbugs, along with the other dance groups, greatly entertained the people there. The married men, however, looked upon them in contempt, as their song was very revealing. These men fumed with anger. After all, they thought they were the only ones sucking the löwas of their wives. But the men refrained from laying a hand on these little critters, and so they returned home safely. This was how the Bedbugs carried out their plans and at the same time enjoyed themselves. They may still be living there. And here the story ends.

Pas Kyaanawaknaqa Tiyo

Aliksa'i. Yaw Songoopave yeesiwa. Noq yaw pep i' suhimutiyo ki'ykyangw pam yaw pas kyaanawaknaqe qa hakiy naawakna. Niikyangw pam yaw kikmongwit ti'at. Pay yaw naat qa hakiy mantuwtaqw oovi pas yaw mamant naap aw tutumaylalwa. Noq yaw qa hisat hiitawat aw pas hin unangwtavi. Pu' yaw mamant pay as aw pantsatskyaqw yaw hiitawat aw pangqawu, "Nu' hapi pas lomamanat naawaknay," yaw hiitawat aw kitangwu. "Pu' piw sikyavumanat pu' piw wupa'anga'ytaqat pu' piw wukolöwa'ytaqat nu' naawakna. Pu' qötsaqaasit, talqaasit, pay pantaqat hapi nu' pas naawaknay," yaw pam hiitawat aw kitangwu.

Pu' yaw pay himuwa okiwte' pu' pay qa ephaqam pannumt pay

17

The Choosy Boy

Aliksa'i. People were living at Shungopavi. A handsome boy was at home there who was extremely choosy and did not care for any of the girls. Not one of them was good enough for him. He happened to be the village chief's son. Since he had no sweetheart, the girls kept flocking to him, courting his affections, but he never gave in to any of them. Whenever the girls came to woo him, he would say, "The girl I want must be very beautiful. She must be light complected and have long hair. Her löwa must be big, her thighs white and smooth." This is what he used to say.

In the face of such requirements a girl would get discouraged and leave. When another tried her luck, she received the same

angqwniqw pu' yaw himuwa tuwatniqw pu' yaw pam pay pan hiitawat maanat aw lavaytangwu. Noq pu' yaw pantsakkyangw pu' soosokmuy mamantuy amuupa kuyva, yepeq Songoopaveq. Nit pu' yaw oovi Musangnungaqw mamant piw pantsatskyaqw pu' yaw pumuy piw amuupa kuyva. Paasat pu' yaw Supawlapt piw asya. Piw yaw pep qa hiitawat maanat hiqamtiqe paas pu' yaw amuupa kuyvaqw paasat pu' yaw Walngaqw pu' yaw piw tuwantota mamant. Pu' yaw put as aw pantsatskya piwniqw pay yaw pas qa hakiywat hiqamti. Pu' yaw pep puma pangqw soosoyamyaqw pu' yaw Orayngaqw piwya mamant. Pu' yaw pumuy piw soosokmuy amuupa kuyva.

Noq pu' yaw oovi yantaqw pu' yaw yep Songoopave yaw yep taavangqöyvehaq yaw pam qöötsap'atvela. Pepeq pay yaw hakim tuwat qa pas sinomataqniiqam yeese. Niikyangw yaw pam pepeq maana pay yaw tuwat hin'eway. Niikyangw pay yaw piw panis so'yta. So'ytaqw pu' yaw pam maana put soy aw pangqawu, "Itaaso," yaw kita.

"Hintiy?" yaw kita.

"Ura i' yep tiyo kikmongwit ti'at qa hakiy naawaknaqw pay pi as ura aw pantsatskya. Nu' as tuwat tuwantaniy," yaw aw kita.

"Is okiwa, imöyhoya," yaw kita, "itam pi pay tis qa sinotu. Itamumi pi pay qa taywisa. Ung pi pay tis son nakwhaniy," yaw kita.

"Noq pi nu' pay ngas'ew tuwantaniy," yaw kita.

"Kur antsa'ay," yaw kita. "Kur antsa um pan wuuwantaqw pay pi itam ngas'ew tuwantaniy," yaw kita. "Pay pi itamuy pi pay son nakwhani. Itam pi pay okiwhintay," yaw kita.

Nit pu' yaw pam kitalawt pu' yaw kwayngyavomokqe pu' angqw yaw hihin kwayngyavo kya pinit pep oovi naat pu' tsukuniltiqw pay yaw hak aw, "Itse, yaavonitningwu, maanay," yaw kita. "Um yukut peqw pakiniy," yaw kita.

Noq pu' yaw angqw maana ayo'niiqe pu' yaw pep kwayngyaptat pangqw ahoy awniiqe pu' yaw aqw tayta. Yaw aqw hiisaq hötsi. "Kur pi nu' hin uumiq pakini," yaw kita.

"Pay um peqw uukukvosiy rooroyaqw pay songqa wuuyaqtiniy," yaw kita pam hak angqaqw awi, yaw hak so'wuuti'eway.

Paasat pu' yaw pam kukvosiy yan rooroyaqw antsa yaw wuuyaqti. Yaw kivaytsiwaniqw pay aqw paki. "Qatu'uy," yaw kita, i' hak so'wuuti. "Qatu'u imöyhoya," yaw kita. "Pay nu' ung ookwatuwqe oovi nu' ung pan unangwtapna um angqw kwayngyavotatoniqw oovi nu' yep ung nuutayta," yaw kita. "Noq pay pi nu' uumi pangqawni, nu' pi pay piw umumuma," yaw kita. "Noq itam antsa yaw yan okiwhinyungwa. Itam qa sinomu. Noq pay pi antsa

answer. Soon the boy had dealt with all the marriageable girls in Shungopavi. Not one was to his liking. Next, the young women of Mishongnovi sought the youth out. He checked them all out, but they all failed his demands. Nor did the Shipaulovi girls fare any better. He found fault with every one of them. When he was done with them, the girls from Walpi tried their luck. Again, he rejected the lot of them. When no Walpi girl was left, the unmarried women of Oraibi had their turn. The boy took a look at each and every one of them, but they too did not satisfy his expectations.

And so things were between the chief's son and his female courters. On the west side of Shungopavi was an area of ash slopes and trash piles. Here lived some people who were commonly not regarded as fit to make their homes in the village proper. Among them also was a girl who was quite homely. She had only a grandmother. One day she said to her, "Grandmother!"

"What is it?" the latter replied.

"You remember this boy, the son of the chief, who's so particular with girls? I'd like to try also."

"Oh, dear, my poor grandchild, we're not even viewed as people. The villagers don't care for us. That boy would never accept you," she said.

"But I'd like to give it a try at least," the girl insisted.

"Very well then," her grandmother consented. "If indeed that's what you think, we can try. But he won't consider us. We are poor folks."

After talking at great length to her grandmother, the girl felt the urge to relieve herself. She headed out to the toilet area and had just squatted down when a voice said, "Shame on you, girl! Move a little farther away. When you're done come into my abode."

The girl stepped aside. Upon relieving herself she returned to the spot and looked at it. What she saw was a tiny hole. "I can't get into this hole," she protested.

"Just rotate your heel and it's bound to get larger," the voice replied. It sounded like that of an old woman.

The girl obeyed. True enough, no sooner did she rotate her heel than the hole grew wide and the entrance way to an underground kiva appeared. Now she was able to enter. "Sit down," the old woman said, whoever she was. "Have a seat, my granddaughter. I felt pity for you, so I created that urge in you to relieve yourself. I've been waiting for you here. I know your heart is set on trying to win that boy. Let me tell you right away, I'm with you and your granny. It's true, we're poor and do not rank as people. That boy, on the

pi pangqawngwu hiitawat awi, ura sikyavumanat naawakna pu'
talqaasit pu' piw wupahömi'ytaqat pu' piw kur pi kwangwalöwat
pu' piw wukolöwat. Yan hiitawat maanat aw hingqawngwuniqw
pay pi um tuwantaniy," yaw kita. "Niikyangw yaapiy hapi naalös
talqw um hapi awniy," yaw kita. "Um oovi naalös taalat ang angqw
pew talavaymantaniy," yaw kita. "Noq pay nu' sen ung hihin loma-
hintsankqw um aw tuwat pootatoniy," yaw kita.

Pu' yaw oovi pam aasakis qavongvaqw talavay pangsoningwu.
Noq pu' yaw ep suus naat mooti ep pakiqw pay yaw aw pangqawu,
"Ta'ay," yaw kita, "nu' ung asnaniy," yaw kitaaqe pu' put pam
aa'asna, maanat. Aa'asnat pu' yaw piw höömiyat ang piw naawus-
totoyna. Naawustotoynat pu' yaw pay pi okiw okiwmananiiqe pay
yaw hiisavat höömi'yta. Pu' yaw pam put langangatoyna suukwat
akwa. So'wuuti yaw ngahuy aw pavoyat pu' langangatoyna. Pantit
pu' yaw pay wuupa'iwma. Pay yaw su'aw oovi lomawupatiqw pu'
aw pangqawu, "Qaavo um piw angqwniy," yaw kita. "Qaavo um
piw angqwniqw pu' nu' piw ung asnani. Paasat pu' nu' piw uumi
hintsakniy," yaw kita. "Oovi um uusoy aa'awnani, pay nu' yep hapi
yantsakqw pu' ngas'ew it uukanelkwasay tuuvahomni, pu' uu-
kweway pu' uu'atö'öy," yaw kita.

Pangqw pu' yaw oovi pam maana nimaaqe pu' yanhaqam soy
aw lavaya. Noq pu' yaw so'at, "Is tsangawuy," yaw kita, "Kur
askwaliy," yaw kita. "Pam antsa Kookyangwso'wuuti. Pam yaw
itaaso'o. Pam pay itamumay," yaw kita.

Pu' yaw aapiy qavongvaqw pu' yaw oovi pam piw awi, pangso
soy awi'. Pu' yaw ep pituqw pu' yaw piw naawustoyna. Naawus-
toynat pu' yaw piw put langangatoyna. Pu' yaw piw aw wuupati.
Pantit pu' yaw, "Ta'a, uuyuwsiy oya'ay," yaw kita. "Nu' ung paa-
homniy," yaw aw kita. Paasat pu' yaw hiita qeni'yta. Hiita yaw
nganghut qeni'ytaqe pu' yaw putakw maanat paahoma. Paahomt
pu' yaw hiita piw qöötsat ini'ytaqe pu' yaw naat paas mowa'iwtaqw
pu' yaw put iniwtaqat angqw matsvongtaqe pu' yaw putakw put
ang soosovik lewita. Pu' yaw paas yukuuqe pu' yaw pam maanay
aw yorikqw pas yaw sikyavuti. Pu' yaw piw talviti. Pu' yaw pam
so'wuuti aw pangqawu, "Ta'ay," yaw kita, "pay um qaavo angqwni.
Qaavo piw angqwniqw pu' itam pay ung piw yantsanniy," yaw kita.

"Kur antsa'ay," yaw kita.

"Niikyangw um pay susmataq suyan qöötsatiqe um yaapiy pay
uu'usimniy akw huur naakwapnummantani. Noq qa hak ung tuwa-
niy," yaw kita.

Pu' yaw pam pantingwu oovi angqw nime' pay usimniy akw
huur naamoki'ymangwu. Panmakyangw pu' yaw oovi pam nalöstal

other hand, wants a light-complected girl with smooth thighs, long hair, and a large, sweet löwa. That's what he's been telling every girl. Go on, you give it a try. I promise you, four days from now you'll go to him. Every morning for the next four days you must come to me. I'll do my best to make you look prettier by the time you visit the boy."

Every morning now the girl returned to the old woman. The first day the latter said to her, "All right, I'll wash your hair now." Upon completing this task she combed it. She noticed that the girl's hair was quite short. Small wonder, for she was poor and destitute. To lengthen the girl's hair she employed a sword batten. In addition, she chewed some medicine with which she sprayed the hair. Then, pulling and stretching with the batten, she made the girl's strands grow much longer. Upon reaching a good length she told her, "Come back again tomorrow. Then I'll wash and comb your hair again. Meanwhile, ask your grandmother to wash your black woolen dress, your belt and your cape."

Thereupon the girl returned home. Upon explaining to her grandmother what she had experienced, she exclaimed, "How fortunate, thanks! That old woman is Old Spider Woman. She's our grandmother and is siding with us."

The following day the girl once more returned to Old Spider Woman. Upon her arrival her hair was combed and stretched again. As a result, it grew even longer. "Now, take off your clothes," Old Spider Woman said. "I'm going to bathe you." She already had some medicine soaking which she used for the bath. In addition, she had some white paint ready on a tray. From this paint she took a handful and applied it all over the girl's wet body. When she was done, she took a look at the girl. Her skin had become fully light-complected. It also had gotten smooth. "All right," the old woman said. "Tomorrow you must come back. Then we'll repeat the process."

"Very well," the girl replied.

"And because your skin is all white now, you must cover yourself lightly with a shawl from now on when you walk about. No one will notice it then," she added.

The girl did as told. Every time she returned home now she kept herself wrapped in her shawl. On the fourth day she came to Old

qat ep hapi mihikqw pam tiyot awniqat aw kita pam Kookyangw-
so'wuutiniqw pu' oovi pam angqw piw awi.

"Um pitu?" yaw kita.

"Owiy," yaw kita.

"Ta'ay," yaw kita, "pu' hapi nu' ung suus aw yukunani. Paasat
pu' um hapi songqa mihikqw awniy," yaw kita. "Niikyangw pam
hapi suyan piw maanat ngumniyat akw aw tuwantangwu. Pam
tupatsve kyeevelngaqw qalahayit haayi'ytay," yaw kita. "Himuwa
aw ngumniy kimangwuniqw pam pangso put tuuvangwu. Kur put
qalahayit aqw huurtiqw pam hapi ura putniqey kitangwu," yaw
kita. "Oovi um pite' pu' um ngumantani. Um ngumankyangw pu'
um qa pas piingyani. Pay um hakwurkwutni. Pam anaha'niiqe
songqa aw huurtiniy," yaw kita. "I' paas pingpuniiqa talviniqw pu'
pam qalahayi piw talvi. Noq paniqw pam qa aqw huurtingwuy,"
yaw kita.

Paasat pu' yaw pam put oovi höömiyat piw asnaqe pu' paahomt
pu' yaw paas putakw lelwit paasat pu' yaw pam höömiyat pu' piw
suukwat akw yaw langangatoyna. Pantsakkyangw pas yaw tuts-
kwamiqhaqami pitu. Pas yaw wuupati, anga'at. Paasat pu' yaw piw
pangqawu, "Ta'ay," yaw kita, "kur pi antsa hakiy piw pas wuko-
löwa'ytaqat naawaknay," yaw kita. "Niikyangw pay nu' son put
piw ungem aw qa yukuniy," yaw kitaaqe pu' yaw oovi ayawyay
kwusuuqe yaw taatawlawu so'wuuti. Taatawlawqw pay yaw himu
paki. Himu pakikyangw ep yaw yan puuyawnuma. A'ni yaw töqnu-
ma. "Qatu'uy," yaw Kookyangwso'wuuti kita.

"Owiy," yaw kita. "Ta'ay, ya uma hintiqw pas nuy kyetey-
nawaknay?" yaw pam hak kita. Yaw hak wukoqömaptaqanii-
kyangw yaw yang taywava sikyangput akw yalaakwilawta. Pam
yaw kur momo.

"Owiy," yaw kita, "pay antsa nu' ung naawaknay," yaw kita.
"Yep imöyhoya. Antsa yep i' tiyo, kikmongwit ti'at, qa hakiy naa-
waknaqw pu' piw kur pi pas lomamanat, sikyavumanat pu' piw
wupa'anga'ytaqat pu' piw wukolöwa'ytaqat pu' kwangwalöwa'y-
taqat piwniiqe ura hiitawat aw kitangwuniqw paniqw oovi nu' ung
naawaknay," yaw kita.

"Kur antsa'ay," yaw kita.

Pu' yaw, "Ta'a, maanay," yaw kita, "um uukwasay oomiq hö-
löknaniy," yaw kita. "Oovi um naahölöknat pu' um patangwa'ök-
niy," yaw pam so'wuuti maanat aw kita. Noq pu' yaw, "Ta'ay," yaw
kita, "pam yep antsa maana. Um pi hakiy mu'aqw pam pöstingwu-
niiqe wuuyoqtingwuy," yaw kita.

"Owiy," yaw kita.

Spider Woman for the last time. That same evening she was to call on the boy.

"You've come?" the old woman greeted her.

"Yes," the girl answered.

"Very well, today I'll treat you for the last time. Tonight you go to the boy. As you know, he also conducts a test with the girl's corn flour. He has an abalone shell hanging from the ceiling of his second story. Each girl must bring some flour to him, which he then casts on the shell. He's promised to marry the girl whose flour sticks to it. You need to grind corn, therefore, when you get home. But make sure you don't grind it too fine. Keep it coarse. If it's rough, it's bound to stick. Fine flour is too smooth, and the shell is slippery. That's why it won't stick," she explained.

Once more the girl's hair was washed. After receiving a bath, her skin was treated with the white paint and her hair stretched with the sword batten. By now it touched the floor, so long had it become. "All right," Old Spider Woman said next, "he also wants a girl with a large löwa. Rest assured, I'll see to that, too." With that, she picked up a little rattle and started singing. As a result of her singing, somebody entered her abode, flying around in it with a loud humming noise. "Sit down," Old Spider Woman said.

"Yes," answered the visitor. "Well, why do you need me so speedily?" he asked. He was a young black fellow with yellow stripes running from both sides of his nose across his cheeks. No question, he was Bee.

"Yes," Old Spider Woman replied, "I truly need you. This here is my granddaughter. You've probably heard that the village chief's son is very choosy. The only girl he will accept must be beautiful and light-complected. Her hair must be long. In addition, he insists that her löwa be big and sweet. That's where you come in."

"That's all right by me," Bee replied.

"Now, girl," the old woman continued, "pull up your dress and lie down on your back." With that she turned to Bee. "There's the girl. I know that each time you sting a person the place where you sting swells up and gets large."

"Yes, indeed."

"Ta'ay, um oovi löwayat pantiqw wukolöwa'yvaniy," yaw kita. Pu' yaw momo awniiqe pu' oovi put mu'a, löwayat. Noq antsa yaw wukovöstiqw pavan yaw wukolöwa'yta pam maana. "Noq pu' piw kwangwalöwa'ytaqat ura naawakna."

"Owiy," yaw kita, "pay nu' songqa put piw pantiniy," yaw kitaaqe pu' momo yaw löwayat ang momospalay lelwi. Pankyangw pu' yaw pam wukolöwa'ykyangw pu' yaw piw kwangwalöwa'yva. "Yantaniy," yaw kita.

"Kur antsa'ay," yaw kita, "kwakwha, um su'an yukunay," yaw kita.

Paasat pu' yaw oovi pay tapkiwmaqw pu' pam Kookyangw-so'wuuti maanat aw pangqawu, "Ta'ay," yaw kita, "ung hapi su'an yukunay," yaw kita. "Pay hisnentiqw sen antsa pay um tuyqawvaniy," yaw kita. "Pay pi kur pi hinta. Pam kikmongwit ti'atniqw oovi namat yumat songqa engem pavan hakiy kyaanawaknay," yaw kita. "Noq itam pi pay itamu. Noq oovi um pu' nime' pu' hapi oovi um ngumantani. Pay um qa pas piingyani. Put um pölangput aw yaw-maniy," yaw kita.

Paasat pu' yaw oovi pam angqw nima. Niiqe pu' yaw nguman-lawu maana. Pantsakkyangw pu' yaw panti, pay qa pas piingya. Pay yaw su'awvingya kya piniiqe pu' soy aw yanhaqam lalvaya. Noq pu' so'at yaw pangqawu, "Antsa'a, askwali," yaw kita.

Pu' yaw paasat oovi puma nöönösaqw pu' yaw pam tuwat aw'i, tiyot aw'i. Tiyot awniqw pay yaw antsa pam pi yaw sutsep hiita hintsaklawqe yaw hokyanavanlawu. Yaw put hintsaki. Pu' yaw aw pituuqe, "Um hintsakiy?" yaw aw kita.

"Pay nu' hokyanavanlawuy," yaw kita. "Um angqw inumi?" yaw kita.

"Owiy," yaw kita.

Kur yaw aw yorikqw pas yaw hak lomamana. Yaw wuyaqvo-li'inta. Niikyangw yaw piw sikyavumana. Pu' yaw pay tiyo, "Pew paki'iy," yaw kita.

Pu' yaw aw paki. Pu' yaw, "Ta'a, nu' angqw tuwat uumi'iy," yaw kita. "Pay pi um yep soosokmuy amuupa kuyvaqw itam pay pi okiwqatu. Pay itam qa sinotniqw oovi nu' pay tuwat ngas'ew angqw pay tuwantay," yaw pam kita, maana.

"Kur antsa'ay," yaw kita. "Pep qatu'uy," yaw kita.

Pu' yaw pam pay maana hihin kwasay oomiq tsovala. Pas yaw qötsahookya. Qöötsaniqw pam yaw tiyo aw tayta. Pu' yaw pay aw hoyokqe pu' yaw pay qaspa maamapri. Nit pu' yaw pay hölökna. Noq pas yaw talqaasi. Pas yaw qöötsa. Pu' yaw pay tiyo aw pang-qawu, "Ya pay um qa hakiy naat siwatwa'ytay?" yaw aw kita.

"Well, sting her löwa so that it can get big," she ordered Bee.

Bee did as bidden and stung the girl's löwa. It really swelled up and now the girl had a large löwa. "Remember, the boy also wants a löwa that is sweet."

"No problem," Bee replied. "I'll take care of that, too." Thereupon he spread his honey on her genitals. Now her löwa was both large and sweet. "That should do it," Bee said.

"Very well, thank you. You did the right thing to her."

By now it was getting evening, so Old Spider Woman said to the girl, "All right, Bee did the right thing to you. With some good fortune you may indeed win the boy. It's doubtful, though. Being the son of the village leader, his parents and relatives are looking for a woman with status for him. We're just us, poor and low class. But you must go now and grind the corn. Don't grind it fine. Make it into a ball and take it over to the youth," she said.

And so the girl returned home. There she ground corn, but not too fine. As soon as she had achieved the right consistency, she informed her grandmother. "Thanks, indeed," her granny cried out.

Thereupon the two ate supper. Then it was time for the girl to call on the boy. Sure enough, the rumor that he was always busy doing something turned out to be true. He happened to be knitting leggings. "What are you doing?" the girl inquired.

"I'm knitting leggings," he replied. "Did you come to see me?"

"Yes," she answered.

Casting a glance at the girl he noticed that she was very beautiful. She wore her butterfly hairdo in big whorls, and her skin was light complected. "Come in," the boy invited her.

Upon entering, the girl explained, "Well, I came to see you. I know you've inspected all the girls, and that my grandmother and I are poor folk. We're not thought of as people deserving to live in the village. Still, I thought it would not hurt to try and win you."

"Very well," he replied. "Do have a seat."

The girl now gathered up her dress a little and, lo and behold, her legs were white. So white that the boy could not help but stare at them. The girl unveiled her thighs. Stepping up to her, he rubbed them. What a sight! They were smooth and white. The boy asked, "Don't you have a sweetheart yet?"

"Qa'ey," yaw kita.

"Ya tootim hinyungqe oovi ung qa tuwa'yyungway?" yaw kita.

"Um hapi lomamna. Meh, pas um sikyavu. Piw kur um talqaasiy," yaw kita.

"Owi, pay pi nu' okiwhintaqe pay nu' okiw naavahomlawt pu' pay angqöy," yaw kita.

"Haw'owi?" yaw kita. Pu' yaw pay aqw maakwutsi. Pas yaw sumataq wukolöwa. Pu' yaw pam put maamapri. Pantit pu' yaw paasat pay maanat aw pangqawu, "Ta'ay," yaw kita, "pay sen pi umniy," yaw kita. "Nu' uumi hintsanniy," yaw kita.

Pu' yaw put tutskwave wa'ökna. Pu' yaw hölökna. Is, yaw pavan wukolöwa'yta. Paasat pu' yaw pam put atsmi wupqe pu' yaw tumala'yva. Pu' yaw pam put tsoplawqe pam yaw antsa pi kwangwalöwat naawaknaqe pu' yaw oovi put maanat aw pangqawu, "Kur nu' uulöway angqw yukuniy," yaw kita. "Pas hapi um sumataq kwangwalöway," yaw kitaqw pu' yaw oovi pam maana pavan kwanaltiqw pu' yaw malatsiy akw aqw soosota. Pu' yaw aw himu huurtiqw pu' yaw put angqw yuku. Noq pas yaw kwangwa. Noq pam hapi momospala, moomot paala'at. "Puye'em um yanta. Pas um kur kwangwa'löway," yaw aw kita. "Pay pi nu' songqa ungniy," yaw kita. "Niikyangw nu' uuhömiy aw yorikni. Ura nu' piw pas wupa'angat naawakna. Noq pay peetu wutsitote' pay aw hiita enang somyangwuy," yaw kita.

Pu' yaw pam put höömiyat tsawikna. Is tathi, paysoq yaw siwukqe pas yaw peep tutskwamiq pitsiwta. Pam yaw put aw mawpilawu, tiyo. Nit pu' yaw, "Ta'ay," yaw kita, "pay suus peetiy," yaw aw kita. "Um sen ngumni'ynuma," yaw kita. "Put hapi nu' peqw oomiq pölölat tuuvangwu. Kur paysoq pam huurtiqw nu' hapi pay songqa ungniy," yaw pam aw kita.

Noq pu' maana pangqawu, "Owi, pay nu' yep antsa pay hiisa' kinuma," yaw kitaaqe pu' put nguman'iniy aw puruknaqw pu' yaw put angqw tiyo hiisa' pölöla. Pu' yaw put oomiq qalahayit aqw tuuva. Pay yaw aqw huurti. Yaw huurtiqw pavan maana hin unangwti. Pu' yaw pam pantiqe pu' maanat aw pangqawu, "Ta'ay," yaw kita, "pay pi um nuwupi nuy pö'a. Pay oovi yaapiy naalös talqw pu' nu' pay ung aw wiktoniy," yaw kita.

"Kur antsa'ay," yaw kita. Pu' yaw pam pangqw haalay'iwma, maana, tuyqawvaqe tiyot.

Pu' yaw pituuqe pu' yanhaqam soy aw lalvaya. Pam haalayti yaw aw so'at. "Is askwaliy," yaw kita, "pay itam kya hin'ewayomniqw pay kur ung hiqamti," yaw kita.

"Owiy," yaw kita. "Oovi yaapiy yaw naalötokniqw pu' nuy

"No," she replied.

"What's wrong with all the boys that they haven't discovered you yet? You're most beautiful. Your skin is light complected and your thighs are smooth."

"Well, you see, I'm poor and have nothing. But I took a bath before I came."

"Is that so?" Next he reached up under her dress. No question, her löwa was big. Petting it he said, "All right. Maybe you're the one for me. Let me fuck you."

Obediently, the girl lay down on the ground and pulled up her dress. What an enormous löwa she had. The boy climbed on top of her and started working on her. He had intercourse with her. Of course, he also wanted a sweet löwa, so he said to the girl, "Let me taste your löwa. I have a hunch it might be delicious." This time the girl spread her legs apart, whereupon he poked into her with his finger. Something got stuck on it, which he tasted. It was very sweet. That was, of course, Bee's honey. "I knew you would like that. Your löwa is sweet," he exclaimed. "I'll probably take you. But let me take a look at your hair. You know, I like it long. Some of the girls fake its length by attaching a piece," he said.

The girl untied her hair. Its length was incredible! When it fell down it touched the ground. Stroking it, the youth said, "All right, one thing still remains. I wonder if you have any corn flour on you. I'd like to make a ball of it and throw it against this shell. If it sticks, you're bound to be mine."

"Yes, I have a little on me," she replied, unwrapping the tray which held the flour. The boy kneaded some of it into a ball and cast it up toward the abalone shell. It held. When the girl noticed it sticking, she nearly swooned. The boy said, "Well, there's nothing I can do. You beat me. Four days hence, therefore, I'll come to take you to my house."

"Agreed," the girl replied. With a happy heart she returned home, for she had won the boy.

Upon her arrival she told her grandmother all about the experience. She reacted with joy. "Oh, thank you," she exclaimed, "we may be unattractive, but he sure fell for you."

"Yes, and you know what? He'll come to take me to his house in

angqw wiktoniy," yaw kita.

"Kur antsa'ay," yaw kita. "Itam nawus yaapiy songqa pisoqniy," yaw kita.

Pu' yaw oovi puma paapiy soy amum tuwat ngumanlawu, piklawu, pam lööqöktoniqw. Pantsakkyangw pu' yaw puma wuuhaqtaqe pu' nalöstalqw ep antsa yaw mihikqw puma nösqw yaw pay antsa i' tiyo pitu. Antsa yaw hak suhimutiyo. Pu' yaw, "Ta'ay," yaw kita, "nu' ung angqw wiktoy," yaw kita.

"Kur antsa'ay," yaw maana kita.

Noq paasat pu' yaw pam piw navota mi' Kookyangwso'wuutiniiqe pay yaw kur pumuy kiiyamuy hin aw pakiqw puma qa nanapta. Noq pu' yaw oovi puma pu'niniqw pu' yaw pam tiyo yamakqe sisiwkuktoniqe. Pangqw yamakqw pu' yaw maanat aw hak hingqawu. Yaw pep Kookyangwso'wuuti tsöpölöwta hokyave. "Nu' hapi pay umumniy," yaw kita. "Son peetu mamant tsuytini," yaw kita. "Meh, itam pi pay okiw pay okiwhoyatu. Niikyangw um tuyqawvaqw son it ep tsuytiniqw pay nu' oovi umumniy," yaw kita. "Oovi um nuy uunaqvumi tsokyaniy," yaw kitaqw oovi pam maana pu' yaw naqvumi tsokya. "Panmaniy," yaw kita. "Pay pi son uumi hakim qa naat pas a'ni hepyani. A'niyay," yaw kita pam Kookyangwso'wuuti put awi'.

Pu' yaw tiyo kur yukuuqe pakiqw, "Ta'ay, tume'iy," yaw kita. Pu' yaw pangqw pam tiyo put wikkyangw kiy aw wupna. "Kuwawatotangwuy," yaw kita. "Nu' qa naala waynumay," yaw kita.

Angqaqw yumat yaw kuwawata. "Yungya huvamuy," yaw kitota.

Pu' yaw aw paki. Antsa lomaki'yyungwa puma'a. Pu' yaw puma yumat aw put maanat aw yorikqw pas yaw hak lomamana. Yaw wukovoli'inta. "Pew huvamya'a," yaw kita.

"Ta'ay, nu' it hapi lalvayay," yaw kita. "Ura i' hapi maana nuy pö'a. Oovi hapi it pu' nu' lööqöknaniy," yaw kita.

"Kur antsa'ay," yaw kitaqw pu' yaw oovi yu'at put aw pangqawu, "Ta'ay," yaw kita, "qaavo pay hapi iits talavay pay songqa um ngumantaniy," yaw kita. Pu' puma yaw tookya.

Noq yaw puma tokqw pu' yaw pay iits talavay pu' pay put tiyot yu'at maanat yaw aw pangqawu, "Maana, qatuptu'uy," yaw kita. "Um pay ngumantaniy," yaw kita. "Itam songqa hiita nöönösaniy," yaw kita. Niiqe paasat pu' yaw pam oovi put matamiq engem humitat oyaqw pu' yaw pam ngumanta.

Ngumantaqw yaw ang pay sasqaya, kwayngyavohaqam. Noq yaw pephaqam hak ngumanta. Noq pu' yaw i' hak maana wunuu-

four days."

"That's wonderful," her grandmother said. "We'll have to be busy from now on."

And so, from that day on the girl and her grandmother were grinding corn and making piki. After all, the girl would be going to the groom's house to be a bride. Finally, they readied large amounts of the necessary food. And, indeed, the two had just finished supper the evening of the fourth day when the boy showed up. No doubt, he was a handsome youth. "All right, I've come to get you," he said.

"Fine," the girl replied.

When Old Spider Woman learned of this event, she entered the girl's house without the occupants being aware of it. The groom and bride were about to depart, when the boy stepped outside to urinate. No sooner was he gone than the girl heard a voice. It was the voice of Old Spider Woman, whom she detected sitting on her leg with drawn-up knees. "I'll accompany you," she said. "There'll be jealousy on the part of some of the other girls who were after the boy. We're poor, yet you succeeded in winning him. They cannot be pleased with that. That's why I'll go with you. Just put me on top of your ear." The girl complied with her wishes and placed her on the edge of her ear. "That'll do," Old Spider Woman continued. "Some of those girls are bound to challenge you. They're powerful."

Meanwhile, the boy was done urinating and returned. "All right, let's go," he said. With that he took his bride along and led her up to his household. "How about some words of welcome? I'm not alone," he announced upon his arrival.

His parents inside welcomed the two. "Come in," they cried.

Upon entering, the girl noticed that they had a very nice home. The parents, in turn, upon seeing the bride, found her most beautiful. Her butterfly hairdo was done in the traditional style of the marriageable woman. Its whorls on both sides of her head were huge. "Come in," they greeted the two.

"This is the one I've been telling you about," the boy said to his parents. "She's the one who beat me at my own game. Therefore, she will be my bride."

"All right," they replied, whereupon the mother said to the girl, "You know, tomorrow at the crack of dawn it'll be your turn to grind corn." Then they all went to bed.

Early the next day the boy's mother could be heard, "Girl, get up, it's time for you to grind. We'll have to eat." She filled the grinding bin with corn kernels and then the girl ground.

While this was going on, the villagers were headed out to the

saltiqe tuqayvasta. Tuqayvastaqw pay yaw qa hin put tiyot yu'at-
'eway. Put kikmongwit nööma'at pay yaw qa hin pan ngumanta.
Pay kya pi mamant momoyam tuwat tuwi'yyungwa hin töötöq-
ngwu himuwa hin ngumantaqö. Noq yaw pay pas qa hin put
kikmongwit nööma'at'eway ngumanta. Noq pu' yaw pay pam pan
wuuwa, sen pi yaw pam tiyo hakiy tuwa. Pay yaw pam powaqma-
naniiqe pay yaw qa naaniqe oovi pam yaw nimaaqe yaw yuy aw
pangqawu, "Kur um aw kookostoniy," yaw kita. "Itam songqa
qööyaniy," yaw kita.

"Kur antsa'ay," yaw kita. "Um hintiqw pas nuy pangso aya-
lawuy?" yaw kita.

"Pay nu' hiita navota," yaw kita. "Nu' kwayngyavonit angqw
ahoyniqw hak pephaqam ngumanta. Pu' nu' oovi tuqayvasta as'a.
Tuqayvastaqw pay put tiyot qa yu'at ngumantay," yaw kita. "Pam
pi pay pas hin tuwat töötöqqat ngumantangwuniqw i' hak pas
kwangwangumanta, pas pisoqngumantay," yaw kita.

"Haw'owi?" yaw kita. "Pay pi nu' aw kookostoniy," yaw
kitaaqe pu' pam oovi wuuti, yaw put powaqmanat yu'at, yaw put
laaput angqw sisngit pu' yaw angqw aw'i. Niiqe pu' yaw angqw
kiiyamuy aw wuptoq yaw ephaqam hak ngumanta antsa'a. Pu' yaw
aw pakiniqe, "Hawaa'," yaw kita.

"Yungya'a," yaw kita.

"Nu' as angqw kookostoy," yaw kita.

"Ta'ay, pew'iy," yaw kita. "Pay yangqw qööhit angqw naat a'ni
töövuy," yaw kikmongwit nööma'at kita.

Pu' yaw pam pangsoniikyangw matamiq yorikqw yaw antsa
hak epeq lomamana. Pas yaw wuyovoli'intaqa hak ngumanta. Pu'
yaw pam oovi kookostaqe pu' ahoy namtökt pu' yaw put wuutit
tuuvingta, kikmongwit nöömayat, "Ya uma hakiy wupnaya?" yaw
kita.

"Owiy," yaw kita. "Pay antsa itaatiyo put maanat kur naawak-
naqe put tooki wikvay," yaw kita. "Noq oovi itam lööqökni'yyu-
ngway," yaw kita.

"Is antsa ngaspi'iy," yaw kita. "Ngaspi uma hakiy kur antsa
tutway," yaw kita. "Tsangaw piy," yaw kitat pangqw pam yama.

Pay antsa yaw pituuqe pu' yanhaqam put maanay aw lalvayqw
yaw maana'at itsivuti. "Puye'emiy," yaw kita. "Noq um qa maama-
tsi hakniqw'ö?" yaw kita.

"Qa'ey," yaw kita. "Hak pas sonewmana. Hak pi'iy," yaw kita.

Paasat pu' puma as mamantuy ep ki'yyungqamuy amuupa
wuuwa. "Sen haki. Pay hak pas sonewmananiqw nu' hakiy qa
tuwi'ytay," yaw kita. "Pay sen pi pam hak kiyavaqmana," yaw pam

waste dump. Passing the chief's house they heard corn being ground. Also among those going to the dump was a girl. Immediately, she halted to listen. The grinding did not seem to be that of the boy's mother. The chief's wife ground in a completely different manner. I guess the womenfolk knew exactly what it sounded like when one of them ground. This certainly did not sound like the village leader's wife. "Maybe the boy has found a girl," the listener wondered. She was a witch and was not pleased about this at all. Upon returning home she said to her mother, "Please go get some live coals at the chief's house. We need to build a fire."

"All right. But why do you ask me to go there in particular?"

"Well, I heard something. On the way to the dump and coming back, too, I heard someone grinding there. I listened, but it was not the boy's mother who ground. When she grinds it sounds different. This grinding was smooth and quick."

"Is that so? Well, let me go get some live coals there," replied the woman, the witch's mother. She tore some juniper bark to make it soft and pliable and was on her way. Sure enough, as she ascended to the house in question, she heard the sounds of grinding. "Hawaa," she called in before entering.

"Come in," came the reply.

"I came to borrow some live coals," the woman explained.

"Sure, come here. There are still some glowing embers in the fire pit," the wife of the village leader announced.

While stepping up to the fireplace the woman glanced toward the grinding bin. Lo and behold, a beautiful girl with huge butterfly hair whorls was at work there. Upon lighting her bark she turned to the chief's wife and asked, "Do you have a bride here?"

"Yes, we do. Our son loves that girl and brought her here last night as a bride. So she's here grinding as part of her obligations."

"How nice, you are to be envied. I'm glad you found a daughter-in-law." With that she departed.

Upon reaching home she informed her daughter what she had learned. Her daughter the witch grew furious. "I had a hunch something like this would happen," she cried. "Did you recognize the girl?" she asked.

"No, but she's gorgeous. I have no idea who she might be."

The two thought about all the unmarried women in the village. "I wonder who she is. I don't know anyone who's so good-looking.

kita.

"Piiyi. Pay pi itam songqa hin nanaptani haqaqw pi pam'iy," yaw kitaaqe pu' yaw pam put oovi mansungway sukw aa'awnaqw puma pas nasungwa'ytangwu, powaqmanat. Pu' yaw puma hin hintsakkyangw pu' yaw navota, yaw kur pam pangqw Qöötsap-'atvelngaqw maana. Pu' yaw puma pangqawu, "Pam hintiqe oovi pas sonewmantiy?" yaw kita. "Pas okiw hin'ewayhoyaningwu," yaw kitalawu puma.

Noq pu' yaw pay i' yu'am amumi pangqawu, "Pay pi hak naa-mahin hin'ewayhoyaningwu tsaynene," yaw kita. "Hak wuuyoqte' pay sonwaytingwuy," yaw kita. "Pam pi pay umuupe tsay'o. Niiqe antsa hin'ewayhoyaningwu. Oovi pam wuuyoqtiqe kur antsa pas sonewmananiwti. Sonewmananiwtiqw oovi put namortay," yaw kita.

"Pay pi hiisavo koongya'ytani. Pay pi itam songqa tiyot ahoy naaptiniy," yaw puma powaqmanat kita.

"Pay uma tis qa pantsakni. Pay pi tsangaw tuwat put naawak-naqe amumtiy," yaw kita.

Noq pu' yaw pam maana pangqawu, "Nu' pay son put ahoy qa naaptiniy," yaw kita. Yaw hak pam maananiiqe yaw itsivu'iwta.

Pu' yaw aapiy pam lööqökiwta, maana. Pu' yaw pay puma ma-mant awye' amum ngumantotangwu. Noq pu' yaw puma pantsats-kyangwuniqw yaw puma powaqmanat aw suusniiqe amum ngu-manta. Amum ngumantaqw pam yaw mö'wi'iwtaqat malatsiyat himu mu'a. Yaw himu a'ni söökwikna. Pu' yaw mataakiy suuma-tavi. Niiqe pu' yaw malatsiy aw yori. Yaw aw yorikqw pas yaw aqw himu huur'iwta. Huur'iwtaqw pu' pay yaw Kookyangwso'wuuti navotqe pu' yaw pangqawu, "Um pay qa aw hintsakt um put uulengiy akw paas mowanani. Pay pi naat pu'niiqe oovi aqw huur'iwtay," yaw kita. "Um pay ngumantani. Pay um qa putakw ngu'ykyangw ngumantani. Pay ason um piw epeq mowanaman-taniy," yaw kita. "Um put naalös mowanat pu' ason um uutamay akw kuukit pay angqw langaknaniy," yaw kita.

Pu' yaw pam oovi pantsakkyangw put ayantiqw puma yaw maanat aw pay suyan pi puma put yaw pantsanqe aw tunatyawta. Pantsakkyangw, "Ya um qa hinti?" yaw kita.

"As'ay," yaw kita. "Peqw himu nuy tsöötsökqe pas huur'iwta. Nu' as angqw horoknaniqw anaha'ay," yaw kita.

"Nu' angqw ungem horokna," yaw pam suukya maana kita, powaqmana.

Noq pu' yaw pay so'at yep naqvut aw, "Pay um qa nakwhaniy," yaw kita. "Puma naat piw hiitawat put angqw hortoynakyangw pay

Maybe she's from another village."

"I don't know, but we're bound to find out where she's from," the witch girl replied. Right away she told one of her girlfriends, who, like her, was a witch. Somehow the two managed to ascertain that the bride was from the ash and dump area. "How on earth could she have become so good-looking?" they asked themselves. "She used to be ugly," they kept insisting.

The witch's mother explained, "Someone can be homely as a child, but become handsome and attractive upon reaching adulthood. She is younger than you and was never very good-looking. But then she grew older and turned into a gorgeous girl. No wonder that boy chose her."

"She won't have him for a husband very long. We're bound to get him back," the two witches swore.

"Don't you do that. I'm glad he likes her and is staying with her," the mother replied.

But her daughter was not moved. "I must have him for myself," she said, seething with anger.

Meanwhile, the girl was going through her pre-wedding grinding at the boy's house. The other village girls would call upon her and assist her with this chore. On one such occasion the two witches stopped by. As they were helping the girl with the grinding, her finger was suddenly stung by something which fiercely pierced her flesh. She quickly dropped her grinding slab and inspected the wound. A sliver was lodged in her finger. Old Spider Woman had noticed it also. "Leave it alone," she advised the girl. "Just keep it nice and moist with your tongue. It's still stuck in there, but you can go on grinding. Just make sure you don't hold the mano with this finger. Keep wetting the wound. Do it four times, then you can grab the sliver with your teeth and pull it out."

The girl did as told, with the two witches watching her stealthily. "Is there anything wrong?" they inquired.

"Yes, a sliver drove into my finger and is stuck in there. I'm trying to pull it out, but it's really difficult."

"Let me pull it out for you," one of the witch girls volunteered.

Old Spider Woman, however, whispered into the girl's ear, "Don't permit her to do that. While extracting that sliver they'll

hiitawat aw piw tuukyanaqw pu' pam uuma wukovöstiniy," yaw kita. "Pay oovi um qa nakwhani. Pay um naap angqw horoknaniqe kitaniy," yaw kita.

Pay as oovi yaw pam maana suukya pangqawu, "Nu' angqw ungem horokna," yaw aw kita.

Pas a'ni tuutuya. "Pay sen hihin tomakqw pu' um ason angqw horoknaniy," yaw kita.

Pu' yaw pam put mowanlawu. Pantsakkyangw pu' yaw sumataq mowatiqw pu' yaw tamay akw angqw horokna. Yaw himu yaasava. A'ni tsuku'yta yaw. Noq pu' yaw pam mi' so'wuuti aw pangqawu, "Put um aapiy pay qöpqömiq pananiy," yaw kita. "Noq pam uwikni. Pam hapi tumo'alat qalaveq tsuku'at pam a'ni sikyaningwu. Put hak haqami akw naskwiknaqw pam ep peekyengwuy," yaw kita. "Paniqw oovi pay put um uwuknani. Naat puma songqa piw hiitawat qa tuwantaniy," yaw pam so'wuuti aw kita.

Noq pu' yaw pam angqw wunuptuqe pu' pay put qöpqömiq tuuva. Antsa yaw uwi. Pu' ahoyniiqe pu' yaw piw ngumanlawu. Pu' qavongvaqw pu' yaw pam taatayqe pu' yaw malatsiy aw yorikqw pay yaw kur tomakqe pay qa hinta. Pu' yaw pam qavongvaqw pu' yaw piw ngumanlawu. Ngumanlawt pu' yaw pam mö'wi'ytaqa aw pangqawu, "Manay," yaw kita, "um qa itamungem piktaniy?" yaw kita.

"As'awuy," yaw kita.

Pu' oovi pam put engem paavaqriqe pu' yaw pangso tumtsokkimi wiiki. Tumtsokkimiq wikqw pu' yaw pam so'at aw pangqawu, "Um hapi tunatyawkyangwniy," yaw kita. "Puma hapi powaqmanat put tumat aqw hapi a'ni qööha. Pam hapi oovi a'ni mukiniy," yaw kita. "Noq oovi um pay qa piktani mooti. Um pay mooti ang sakwapviqaviktani," yaw kita. "Um ang yangsaqat put pakwamnaqw pam pay songqa put hukyananiy," yaw kita. "Ason put um ang ayo' oyat paasat pu' um piktaniy," yaw kita. "Um qa pay aapiy piktani. Pam hapi töövu'iwtaniy," yaw kita. "Pam songqa uumay soosok kwasinaqw pu' um kur hin akw hintsakniy," yaw pam aw kita, so'wuuti.

Pu' yaw oovi pam put antsa u'ni'ykyangw pu' awi. Yaw tumat aqw qatuptuqw utu, yaw a'ni muki. Pu' yaw pam paqwriy angqw tsöqööqe pu' ang sakwapviqavikta. Soosovik tumat ang pakwamna. Pakwamnat pu' yaw pay kwasi'ewakwtiqw pu' ang put hölöminkyangw ayo' oo'oya. Noq paasat yaw su'aw piw mi' mö'wi'ytaqa angqaqw pakiqw aw pangqawu, "Nu' pay it umungem piw aw yuku. Piw i' kwangwngwuniqw sen pi pay uma ityaniy," yaw kita.

"Is askwali," yaw kita, "pay as naat nu' put uumi pangqawni.

insert some other thing on which they have put a hex. As a result, your arm and hand will swell up. You must not let her do that. Tell her you'll do it yourself."

Once more one of the witches urged, "I'll take the sliver out for you."

The pain was terrible. "When it hurts a little less, you can pull it out," she replied.

As requested, the girl kept moistening the wound. Eventually, the sliver was so wet that she was able to extract it with her teeth. It was quite long and had a sharp point. The old woman at her ear whispered, "Discard it into the fireplace. There it'll burn up. That's the tip of a devil's claw, which is very bitter. The person who pricks himself with it gets infected. That's why you must set it aflame. And watch out, those two are going to resort to other things yet." This is what Old Spider Woman told her.

The girl stood up and threw the devil's claw point into the fire. Indeed, it burned up. Then she returned and continued with her grinding. The following morning, upon awakening, she inspected her finger. The pain had subsided and it was fine. The next day the girl ground again. Having done that her mother-in-law asked her, "Girl, aren't you going to make piki for us?"

"Sure, I will," she replied.

At once she began making the batter. Upon taking it over to the piki house, Old Spider Woman, her grandmother, said to her, "Be careful now. Those two witch girls have built a big fire under the piki griddle. It's extremely hot. I suggest you don't start out with the piki. Make some blue cookies first. Slap the batter on real wide. That'll cool the griddle down. Once you've lifted the cookies off, you can make piki. Don't forget, because the stone will be glowing hot. You would singe your hand and could not use it any more."

Keeping this in mind, the girl knelt down by the griddle and dropped some batter on it. My, was it hot! So she scooped up a handful of the batter and started making the blue cookies. The entire griddle was covered with the batter. When the cookies were done, she peeled them off and put them aside. Just then the mother-in-law entered the piki house. Right away the girl said, "I also made these cookies for you. They're quite tasty. I thought you might like them."

"Thank you," exclaimed the woman. "I was going to tell you

Put pam tiyo pas kwangwa'ytay," yaw kita. "Piw um su'antiy," yaw
kitaaqe pu' yaw pam put inta, mi' mö'wi'ytaqa. Paasat pu' pay yaw
antsa hukya. Hukyaqw pu' yaw pam pik'oya. Pantsakkyangw pu'
yaw pan pikyuku.

Noq paasat angqaqw yaw puma powaqmanat supki. "Pay um
piktay?" yaw kita. "Pas um nukwangwviktay," yaw aw kita. Suupan
yaw puma hapi wuuwaqw songqa pam i' soosoy mapqölngaqw
kuywik'iwtani. Noq yaw qa hintaqw pay yaw pi piklawu maana.
Yaw itsivuti, powaqmanat pay yaw piw qa hintiqw. Pu' yaw powaq-
manat itsivu'iwkyangw nima. Pu' yaw pam oovi piw mö'wi'ytaqa
aw pangqawu, "Maanay," yaw kita, "um pu' pik'amngumantaniqw
pu' itam tapkiqw pay put songqa amyaniy," yaw kita.

"Kur antsa'ay," yaw kitaaqe pu' yaw pam ngumanlawu, put
qöötsat pik'amniqe. Yaw pan oovi put pantsaklawu. Pantsaklawqw
pu' yaw pam angqaqw mö'wi'ytaqa pangqawu, "Mö'wiy," yaw kita.

"Haa?"

"Pay hapi uutuupa kwalalayku," yaw kita. "Oovi um pay
angqw pewniqw pu' itam umum paavaqwriqw pu' itam put aqw
amyaniy," yaw kita.

"Kur antsa'ay," yaw kita.

Noq paasat pu' yaw pam piw so'wuuti aw pangqawu, "Um hapi
tunatyawkyangw paqwritaniy," yaw kita. "Um put aqw qörivaqw
songqa uumay himu angniy," yaw kita. "Um pay qa aw hintsant pu'
ason pas yuk uutsöviy aw pituqw pu' um ayo' poyaknaniy," yaw
kita. "Niikyangw pam pay songqa yaasava himuni. Niikyangw pam
piw hakiy kuukiqw hak putakw ephaqam pas a'ni hakiy aw kyaala-
'at aatsavalqw hakiy maa'at soosoy mokngwuy," yaw aw kita. "Pam
hapi himuni. Ason um put ayo' kur tuuvaqw paasat pu' nu' hapi
ung aa'awnaniy," yaw kita.

Pu' yaw yep oovi maana put paqwrilawu. Antsa yaw paqwri-
lawqw pay yaw himu ang waynum'ewayniqw yaw aw yorikqw
himu ang yaw yaasava antsa waynuma. Yaw a'ni nan'ivoq hokya'y-
ta. Yaw hokya'at niitiwta. Pu' yaw yuk oovi pitutoq pu' so'wuuti
aw, "Ta'ay, ayo' poyakna'ay," yaw kita.

Pu' yaw oovi ayo' poyakna. Ayo' yaw poosi. Kur pam yaw
hotsor'angwu. "Askwali, um su'an yukuy," yaw kita. "Pay um put
qöönani." Pu' yaw oovi pam put maanat aw kitaqw pu' maana yaw
ep kohooyat akw kwusuuqe pu' qöpqömi yawmaqe pu' yaw paasat
put oovi niina. Noq pu' yaw so'wuuti aw pangqawu, "Askwaliy,"
yaw kita, "pantaniy," yaw kita.

Pu' pam mö'wi'ytaqa yaw angqaqw mö'wit aw pakiiqe, "Ta'a,
ya um qa yukuy?" yaw kita.

that my son really relishes them. You did just right." With that she stacked the cookies on a flat tray. By now the griddle had cooled off and the girl was able to spread on the piki batter. Finally, she was done.

That very moment the two witches popped in. "Oh, you've been making piki?" they exclaimed. "What a nice job you're doing." They had expected of course to see the palm of her hand burned and covered with blisters. But it was unhurt. Somehow, the girl had managed to make piki. The witches grew furious when they realized that they had failed. They departed for home, full of anger. Meanwhile, the girl's mother-in-law returned and said, "Girl, I'd like you to grind corn for the *pik'ami* pudding now. We'll bury that in the earth oven later tonight."

"That's fine by me," the girl replied. Once more she began grinding, white corn this time because it was for *pik'ami*. While engaged in this task, her mother-in-law called in, "Daughter-in-law!"

"What is it?"

"Your hot water just boiled. Come here and help me with the batter. Then we can place it in the oven."

"All right," she replied.

At this point Old Spider Woman uttered a warning into the girl's ear. "Be careful when you make the batter. The minute you start stirring your hand will touch some creature. Don't harm it. Let it crawl up to your elbow before you blow it off. Be prepared for a long creature which can bite. The poison can spread in a person's hand and cause the entire arm to wither. I'll signal you when to cast it off."

The girl now made the batter for the *pik'ami*. True enough, some critter was crawling around. Upon taking a closer look, she saw how long its body was. It had an incredible number of legs sticking out on both sides. When it reached her elbow, the old woman said, "Now blow it off."

The girl did as bidden and blew at the critter. As a result, it fell off. It was a centipede. "Thanks, you did just right," Old Spider Woman said. "Burn it now." The girl picked up the centipede with a small stick and carried it to the fireplace, where she threw it on the flames. "Thanks," her grandmother commented again. "That'll do."

Just then the girl's mother-in-law came in. "Well, are you done?" she asked.

"As'a, pay nu' yuki'ymay," yaw kita.

"Antsa'a, pantaniy," yaw kitaqw pu' yaw puma kuysivut aqw silaqvut puhimna. Pantaqat yaw aqw paqwrit wehekna. Pu' yaw, "Ta'ay," yaw kita, "itam pew yawme' pu' itam qöpqömiq panani. Pu' a'ni mukiy," yaw kita.

Noq pu' yaw pam Kookyangwso'wuuti put aw pangqawu, "Ta'ay," yaw kita, "um hapi aqw put panani. Um put aqw panat pu' um angqw ahoy kiimini. Nit pu' ason um put ung mö'wi'ytaqat aw pangqawni, 'Nu' ahoy awnen qööhit aw hintsanni piw,' um aw kitani. Paasat pu' um it ingahuy mömtsani. Pu' um aw pavoyaniy," yaw kita. "Pante' pu' pan pay son hukyani. Puma hapi powaqmanat naat piw put songqa aw hintini. Pu' pam uuqöhi soosoy tsootso'ni. Pu' pam uupik'ami hapi qa kwasiniy," yaw kita. "Paniqw oovi um it hapi pante' aw pitut pu' it aw pavoyaqw pu' pam pay tookyep uwiwitani. Pam son tsootso'niy," yaw pam kita put maanat awi'.

Oovi yaw puma paasat put pik'ama. Nit pu' angqw ahoy kiimi-niqw pu' yaw pam maana pangqawu, "Nu' pay ahoy awnen piw aw hiisa' kohot oyaniy," yaw kita.

"Kur antsa'ay," yaw kita.

Niiqe pu' yaw pam angqw awi. Pangqwniiqe pu' yaw put aw pan pavoyat pu' yaw ahoy angqw piw kiy awniqw puma pay powaqmanat piw tunatyawtaqe pu' yaw kiy awhaqami pam mö'wi pakiqw pu' yaw puma, "Tum aw'i," yaw kita. Pu' angqw awi. Pu' yaw awniqw antsa yaw kwangwa'uwiwita. "Pay pi itam songqa hin put tiyot naaptininiqw pas piw itamuy put nawkilawuy," yaw kitaaqe pu' yaw puma hiita pu' yaw ngahuy piw tuwat aw pavoya. "Yantaniy," yaw kita. "Pay pi son i' qa tsootso'niy," yaw kita. Kitaqw pu' yaw oovi puma ahoy piw.

Pu' yaw qavongvaqw puma pay haqaqw tayta, piw powaqma-nat, hintaqat pik'amit pam yaahani mö'wi. Noq pu' yaw pam tala-vay oovi tiyot yu'at put mö'wiy taatayna. "Mö'wiy," yaw kita, "pay nöqkwivi kwalamtiqw pay um uupik'amiy awnen as aqw qöqriniy," yaw kita. "Noq itam angqw o'yaniy," yaw kita.

"Kur antsa'ay," yaw kitaaqe pu' pam mö'wi oovi angqw pangso pik'amqöpqömiqniiqe pu' ang paas ayo' töövut tsiiwa. Pay yaw naat qa hin pam tsootso'iwta, a'ni muki. Paas yaw ang tsiiwat pu' yaw pam pik'amiy yaahanta. Noq yaahantaqe pu' yaw aqw pitsinaqe pu' yaw angqw tusyavut ayo' qaapukna. Nit pu' yaw pam angqw mö'wi'ytaqa put angqw horokna. "Ta'a, yep'ey," yaw kita. Pu' yaw pam aqw pan qörita.

Noq puma yaw haqaqw tayta, mima powaqmanat. Pay yaw qa hin hinta, pik'ami'at. Pu' pam piw mö'wi'ytaqa, "Is aliy," yaw kita,

"Yes, I'm nearly finished."

"Great." With that the two laid corn husk leaves flat into the earthenware vessel. Into this the *pik'ami* batter was poured. "All right, let's bring this over here now and place it into the ground oven. It's nice and hot."

Once more, Old Spider Woman had to counsel her. "All right, do as you're told and place the vessel into the oven. Then go back to the house. After a little while say to your mother-in-law, 'I'll go back and stoke the fire.' At that time you must chew this medicine here and spray it on the embers. If you do that they won't cool off. Those two witches will almost certainly mess with them to have your fire go out. Your pudding would not bake properly then. With this medicine, however, your fire will burn all night. It won't burn down." This is how she advised the girl.

Both the mother-in-law and the daughter-in-law now buried the *pik'ami* in the earth oven. While returning to the house, the girl said, "let me go back and add some more fuel."

"All right," said her mother-in-law.

Upon getting to the oven she sprayed the chewed medicine on the coals and then went back. The witches had been watching her, and when she had reentered the house, they said, "Let's go over to her *pik'ami* oven." They found the fire in it burning nicely. "Somehow we should have gotten that boy, but she managed to take him away from us," they muttered as they, in turn, sprayed their magic potion on the flames. "That should do it. Now the fire will die down." With that they left.

The next morning the two witches were spying from a secret place. They were curious in what condition the bride would dig up the *pik'ami*. That same morning, upon waking her daughter-in-law, the boy's mother said, "Daughter-in-law, the hominy and meat stew has boiled and is done. Go to your *pik'ami* and stir it. We'll serve it in a minute."

"Fine," she answered, whereupon she headed out to the ground oven. She carefully swept aside the embers on top. They were still live and hot. When the entire cover was removed, she began digging out pudding. First, she reached into the pit and lifted off the flat stones. Then her mother-in-law herself extracted the pudding from the pit. "Here it is," she said, starting to stir it.

The two witch girls observed all of this. Apparently, the *pik'ami* was in perfect condition, for they heard the mother-in-law exclaim,

"pas hapi su'an kwasiy," yaw kita. Noq pu' yaw puma navotqe pay itsivuti. Piw yaw oovi puma qa su'an hintiqw oovi qööhi'at qa tooki. Puma yaw itsivu'iwta. Itsivu'iwtaqe pu' yaw, "Pay pi naat itam suus peetay," yaw kita. "Pu' hapi talavay noonovaniqw itam hapi su'an yukuniy," yaw kita.

"Kur antsa'ay," yaw pam kita, powaqsungwa'at.

Pu' yaw oovi pam paasat maanat pik'amiyat angqw kimaaqe pu' aw pangqawu, "Ta'a, mö'wi, um pang nöqkwivit oyaataniy," yaw kita. "Noq pu' pam antsa umuna tsa'lawniy," yaw kita.

Pu' yaw oovi pam amungem nöqkwivit oyaata. Paas pik'amit piw oyaataqw pu' yaw pam mö'wi'ytaqa koongyay aw pangqawu, "Ta'ay," yaw kita, "um sinmuy aa'awnani. Noq angqw nöswisniy," yaw kita. "Itam pu' hapi mö'wit ahoy wikyaniy," yaw kita.

"Kur antsa'ay," yaw kitaaqe pu' yaw pam oomi kits'omi wupqe pu' tsa'lawu. "Pangqe' kya uma sinom talahoyya. Uma soosoyam peqw nöswisni. Itam mö'wit kiiyat aw wikyaniy," yan yaw pam tsa'lawu.

Noq pu' yaw Kookyangwso'wuuti aw pangqawu, put mö'wit aw, "Pu' hapi maanat angqw antsa nöstoniy," yaw kita. "Puma angqw nöstokyangw puma hapi son it nöqkwivit aqw qa hiita oyani. Hiita oyaqw pu' pam hapi pekyekwangwtiniy," yaw kita. "Pantiqw pu' sinom son put nöönösani. Paasat pu' ung hapi tukopnayaniy," yaw kita. "Noq oovi hapi puma angqw pakini. Pakinikyangw puma songqa hiita piikiy sen pi somivikiy hiita yankyangw angqwni. Pu' um hötsiwpe wunuwte' pu' um pumuy put ömaatoynani. Nit pu' amumi pangqawni, 'Ta'a, pangqw huvam aw qatuptu'u. Pay nu' ason angqe umungem oyani,' um amumi kitani. Noq qa hak put somivikit kwusuni. Put sukwat somivikit ep mookiwtaniy," yaw kita. "Noq pam pay songqa susmataqni. Pam songqa tsinösomiw-tani, natsve. Put hapi um aw yorikye' putwat um kwusuni. Nit pu' put um pay haak tupki'ytani. Nit pu' um pay peehut somivikit tunsösvongyat angqe oyaataniy," yaw kita.

"Kur antsa'ay," yaw kita.

Niiqe pu' yaw oovi angqqw sinom nösmantaqw pay yaw naat qa hak pas pakiqw pay yaw puma angqaqö, powaqmanat. Pu' yaw pam hötsiwpe wunuwkyangw nuutumi kuwawata. "Ta'a, huvam pewya'a. Yangqw uma noonovaniy," yaw kita. Puma pakiqw pu' yaw, "Is askwali, uma put kivay," yaw kita.

"Owiy," yaw kita.

"Pangqw tavini. Pay ason uma aw qatuptuqw pay nu' angqe amungem put oyaataniy," yaw kita.

"Kur antsa'ay," yaw kita puma maanatniiqe pep qatuptu.

"Delicious, it's done just right." They were very upset. Once more they had done something wrong because the fire was not extinguished. In her anger one of them said, "There's another scheme left for us to employ. By the time that family eats breakfast in the morning it will have paid off."

"You bet," her witch friend agreed.

Upon returning with the *pik'ami* the mother-in-law said, "All right, daughter-in-law, serve the meat stew with the hominy now. And then your father can make the announcement for the feast."

The girl did as bidden and dished out the hominy stew. No sooner was she done than her mother-in-law said to her husband, "Go on, let the people know. They're to come and eat with us. Then we'll take our daughter-in-law back to her parents' house."

"All right," he agreed, and climbed on the roof. "I guess you people out there are awake by now. All of you come here to eat. We'll be taking our daughter-in-law back to her house." This is the public announcement he made.

Old Spider Woman spoke up again. "For sure the two witches will also attend the feast," she said. "They intend to put something in the stew so it tastes spoiled. The guests won't be able to eat it, and they will blame you for it. When those two come, they'll probably bring some piki or *somiviki* of their own. You stand at the door and accept their gift. Then say to them, 'Have a seat. I'll serve you in a little while.' Of course they won't help themselves to their own *somiviki*. One of their *somiviki* packages will be bagged. It will be very obvious, because it will have a knot on top. When you spot that, pick it up and hide it somewhere. The rest of the *somiviki* you can set out with all the other food."

"All right," the girl consented.

Meanwhile, the people started out for the feast. Before any of the guests had entered, the two witch girls had already arrived. The bride stood by the entrance way and welcomed them along with the others. "Come on in. Sit down and eat," she said. "Thank you for bringing this food," she said as the two entered.

"Sure," they replied.

"Set it down there. As soon as you're seated I'll serve you."

"Very well," answered the two witches, and they sat down.

Pu' yaw pam put somivikiyamuy aw yori. Noq yaw antsa pam suukya natsve tsinösomiwta. "Pay kya it pangqawu so'wuuti."

Pu' yaw Kookyangwso'wuuti aw kita naqvumiq, "Pay pami. Pay um put tupkyaniy," yaw kita.

Pu' yaw oovi pam kweeway put ang tsurukna. Nit pu' yaw put somivik'init aw yawmaqe pu' yaw ang put oyaata. "Ta'a, huvam noonova'a. Tsangaw uma it kur kivay," yaw kitaaqe pu' put angqe oyaata.

Pu' yaw puma oovi tuumoyta. Tuumoytat pu' yaw put as heeva, somivikiy. Put aqw moroknaqw pam songqa pekyekwangwtini. Pay yaw piw qa tuwa. Niiqe pu' yaw puma itsivu'iwta. "Is uti, pam put hin maamatsqe oovi put qa pew enang tavi?" yaw kitaaqe pu' yaw itsivu'iwta. Pay puma naap hin sunöst pay angqw yama.

Noq pu' yaw pam Kookyangwso'wuuti put aw pangqawu, "Ta'ay," yaw kita, "um it ura put tupkya. Put um pay ngaahat, tsawiknat pu' um soosok mumtsit pu' iipoq tuuvaniy," yaw kita. "Pay son put popkot qa soswaniy," yaw kita.

Pu' yaw pam put horoknaqe panti. Soosok mumtsit pu' yaw iipoq tuuva. Pay antsa pay popkot soswa.

"Pantaniy," yaw kita. "Pu' hapi pay songqa öö'öyyaqw um ang qenitani. Pu' ung yuwsinayaqw paasat pu' um hapi songqa nimaniy," yaw kita. "Niikyangw naat hapi suus peeti uumi piw hepniqw-'öy," yaw kita. "Pu' niikyangw hapi it uumö'öngtotsiyni. Put hapi niikyangw ason ung mö'wi'ytaqa yuwsinani. Ung yuwsinaniqw ung put aqw panananiqw um pay haak qa aqw pakiniy," yaw kita. "Niikyangw um ung mö'wi'ytaqat aw pangqawni, 'Um aqw inungem ngumnit oyaniy,' aw kitani. Um it sakwapngumitnit piw qötsangumnit aqw siwuwuykinani. Nit putakw um angqw kuksiniy," yaw kita. "Pantit pu' um siwuknani. Pangqw hapi piw naat i' putskoomoktaqa pakiwtani. Pam hakiy pas suninangwu. Put pangsoq puma powaqmanat hapi pananiy," yaw kita. "Noq puma put pantiqw angqw ason putskoomoktaqat posqw pu' um put niinat pu' ason um paasat uutotsiy aqw pakini. Um hapi put aqw pakiqw paasat pu' ung kuukiqw pay um son uukiy aqw pituniy," yaw kita. "Yaniqw hapi oovi puma piw naat uumi hepni. Noq oovi um qa suutokniy," yaw kita.

Paasat pu' yaw oovi puma pay put mö'wit yuuyuwsinaya. Yuuyuwsinayaqe pu' yaw paas yuwsinayaqw pu' yaw put tootsiyat ang panananiqw pu' pam pay pangqawu, maana, "Haakiy," yaw kita. "Um aqw inungem put aqw qötsangumnitnit pu' sakwap-ngumnit aqw siwuwuykinani. Nit um put akw angqw kuksini."

The girl now inspected their *somiviki*. True enough, one of them had a knot on top. "I guess this is the one the old woman was talking about."

"Yes, that's the one," Old Spider Woman said into her ear. "Hide it."

She wedged it in behind her belt. Next, she took the tray with the *somiviki* over to her guests and placed it in front of them. "All right, everybody eat now. I'm glad you brought this," she said.

The two witch girls joined the feast. While eating they looked for their own *somiviki*. Dipping it into the meat stew would have caused it to take on a rotten flavor. But they could not find it. Angrily they said, "How on earth did she recognize it and not serve it with the rest?" Quickly they gulped down their food and left.

Now Old Spider Woman said, "Remember the *somiviki* you hid? Untie the knot, open the package, crush its contents, and throw the pieces outside. The dogs can gobble it up there."

The girl obeyed and got the package. Upon crushing up the food she cast it outdoors. Sure enough, the dogs lapped it up.

"That'll do now," Old Spider Woman said. "Everybody has to be satiated now. So clear away the dishes. After that you'll be dressed in your wedding garments and then you can go home. However, those two will challenge you one last time. This time they'll use your wedding boots. Your mother-in-law will assist you with those. When she's about to help you into the boots don't put them on right away. Ask her first, 'Please put some corn flour into them, the blue and white kind.' Then shake the boots and dump the flour out. You'll see, there's going to be a scorpion inside. A sting from this creature is deadly, that's why the witch girls will put one in. As soon as the scorpion falls out of the boot, kill it. Then you can put your boots on. Bitten by a scorpion, you'd never make it to your house. This is how those two are going to challenge you. So don't forget," the old woman said.

Thereupon they started dressing the bride. When she had all her garments on and her mother-in-law was about to help her into her wedding boots, she said, "Wait! Put some white and blue flour into the boots and shake them out with that."

Pu' yaw pam mö'wi'ytaqa oovi panti. Yaw pam angqw si-
wukqw pay yaw pam antsa putskoomoktaqa enang angqw poosi.
"Is uti, pi hintiqw himu yangqaqw pakiwtay?" yaw kita.

"Piiyiy," yaw kita maananiiqe pu' kohot kwusuuqe pu' yaw
akw niina. "Ta'a, yantaniy," yaw kita.

Paasat pu' yaw pam so'wuuti aw pangqawu, "Askwali," yaw
kita, "um hapi su'an yuku. I' hapi pu' nuutungkiy," yaw kita. "Pay
pi sen pi qa piw itamumi hin hepni. Pay as pi yaasa' navoti'ytay,"
yaw kita. "Ta'a, um uutotsiy ang pakini."

Pu' yaw oovi tootsiy ang pakiiqe pu' yaw paas yukunayaqw pu'
yaw pam kikmongwi mö'wiy engem paas nakwakwusta. Nit pu'
yaw, "Ta'ay," yaw kita, "itam hapi ung uukiy aqw wikyani. Oovi
um haalaykyangw umuukiy aqwniy," yaw kita. "Niikyangw i' pay
uukongya songqa umumni. Pay pi um put tuyqawva. Pay uma
yaapiy naama qatuniy," yaw kita.

"Is askwaliy," yaw kita.

Paasat pu' yaw puma nankwsusa. Noq mö'wit nimaniqw tii-
mayyangwu. Noq yaw powaqmanat nuutum haqaqw tiimayi. Ang
yaw mö'winiikyangw qa hinma. Pay yaw kur qa himu hintsanqw
yaw puma itsivuti. Sen hintiqw oovi pay yaw piw pam pok'am put
qa hintsana. Pay kya yaw pam hak tuwat piw pas pavanniiqe oovi
navotngwu pam engem hiita naawinqw. Noq pay yaw pam oovi hak
put paapu hintsanniqe pay nawus nang'ekna.

Yanhaqam yaw oovi pam nimaaqe put tiyot tuyqawva pepeq
Qöötsap'atvelpeq pam nukurmana. Put yaw Kookyangwso'wuuti
pa'angwaqe pan put aw lomayukuqw paniqw oovi yaw pam put
tuyqawva, tiyot qa hakiy naawaknaqat. Panhaqam oovi puma yaw
naama pu' qatu pepehaq kya pi. Pay yuk pölö.

Her mother-in-law did as bidden. Sure enough, as she emptied out one of the boots, a scorpion fell out together with the flour. "Dear me, why's that creature in there?" she cried out in horror.

"I have no idea," the girl replied, whereupon she picked up a stick and killed the beast. "There," she said.

Now she slipped on her boots and when she was all finished, the village chief fashioned a prayer feather for his daughter-in-law. "Well, then," he said, "we'll take you to your house now. Go with a happy heart. Take your husband along, for you won him. From this day on the two of you will be living together."

"Thank you," the girl replied.

Then the procession got underway. When a bride goes home, the people watch, of course. The two witch girls were among the onlookers. They saw her striding along unharmed. When they realized that she was safe and sound they were beside themselves with rage. They were at a loss why their pet had failed to sting her. That girl had to be endowed with great powers to always figure out what they had planned. Knowing that they would never be able to harm her, they finally decided to give up and let the girl go in peace.

In this way the homely girl from the dumping grounds below the village went home having won the boy. Old Spider Woman had helped her in her endeavors, of course, and had seen to it that everything turned out all right. As a result, she now had as husband the boy who had been so particular with girls. I suppose they're still living there somewhere. And here the story ends.

Kookonaniqw Pi'aku

Aliksa'i. Yaw Orayve yeesiwa. Pu' pay yaw piw aqwhaqami kitso-
kinawit yeesiwa. Niikyangw pay yaw ima soosoy hiitu taayungqam
piw ang aqwhaqami yeese, ima popkot, tsiroot. Noq oovi yaw i'
himu kookona yaw piw ayahaq Pa'utsvehaq ki'yta. Noq pu' yaw i'
pi'aku tuwat yep Mumurvat aatatkyaqöyve pasvehaqam ki'yta.

Noq pay pi tuuwutsit ep sutsep hiituwat naakwatsimningwu-
niqw puma yaw oovi pan naakwatsim. Niikyangw pay yaw puma
hiitu piw sunanhaqam hinta. Pay yaw qa himuwa pas halayvi. Pay
yaw puma sunanhaqam suusus waynuma. Niiqe oovi yaw himuwa
mitwat kiiyat aw kikinum'unangwte' pay yaw pam oovi put kiiyat
aqw pay hoyoyotangwu. Pu' pay yaw haqawa oovi piw kiikinum-

18

The Rabbit Worm and the Caterpillar

Aliksa'i. They say people were settled in Oraibi and various villages all across the land. Of course, all the other living creatures such as animals and birds also existed all over. Among them were Kookona, Rabbit Worm, who had made his home at Pa'utsvi, and Pi'aku, Caterpillar, who lived near a field on the southeast side of Mumur Spring.

As is common in stories it so happened that Rabbit Worm and Caterpillar were good friends. Both were quite similar in their characteristics. Neither one of them was able to travel at great speed, so they both moved about equally slowly. Thus, whenever one of them felt like visiting the other at his home, he crept along at a very slow

toqa pay yaw piw aa'apiy hoytangwu. Pay pi yaw puma pan haq'ur-miqhaqaminingwuniiqe pay yaw oovi himuwa pas hiisakis talöng-nat pu' yaw put kwaatsiy kiiyat aqw pitungwu. Pay yaw puma yan tuwat pep naanahoy sasqa. Niikyangw pu' yaw puma pay piw sunhaqam soniwa. I' pi'aku yaw muringpuniqw pu' i' kookona pay yaw piw put an muringpu. Niikyangw i'wa kookona pay yaw qa pi'akut an aala'ykyangw pu' pay yaw piw ngasta poosi'yta.

Noq pu' yaw himuwa haqamiwat kiikinumtoq paasat pu' yaw puma pep naami pite' pu' pay yaw puma hiihiita pay naami yu'a-'alawngwu. Pay ephaqam haqe' puma nakwsuqey pay puta'. Pu' pay hin puma hiniwtapnat ahoy naami pituuqey pay put piiw.

Noq pu' yaw i' pi'aku tuwat it uuyit, imuy Hopiituy natwaniya-muy pas kwangwa'ytaqe pam yaw oovi pay pas paniqw pep put paasat qalave ki'yta. Pay yaw pam tuwat taala' pangqw pangso pasmi put uuyit oovi haypolawngwuniiqe oovi pep tuwat ki'yta. Noq pay yaw qa hak put hisat naat nu'ansana pam pi'aku pep tuumoytaqw. Pay yaw pam oovi naat peqwhaqami qatu.

Noq pu' yaw i' kookona yaw tuwat it sikwit pas kwangwa'ytaqe pam yaw oovi tuwat imuy pay tsaatsakwmuy, sowiituy, taataptuy, tukyaatuy, pay puuvumuy kwangwa'ytaqe pam yaw oovi tuwat pay put hiitawat aw wuuve' paasat pu' yaw pam put sikwiyat ang sowantangwu. Pay yaw pam oovi pep haqam put hiitawat nuutayte' pu' yaw pam sakine' paasat pu' yaw pam put hiitawat aw wup-ngwu. Niiqe pay yaw pam oovi naat put pas taytaqat angqw nös-ngwu. Pay pi pam oovi son it qa tutsonat, pesets'olat anhaqam hinta, pay naat taytaqat angqw ungwayat tsootsonangwu.

Noq pay yaw puma hisat piw kur sunaasaq pangqe' haqe'wat waynuma. Noq yaw i' kookona pay pep haqam himutskit atpipaq pay put hiitawat as nuutaykyangw qatuqw piw yaw himu put angqw aw hoyta. Noq paasat kur yaw pam i' pi'aku pangqw pas-ngaqw nimiwmakyangw pam yaw pay pangso as pay naasungwna-to. Noq pu' yaw pam pangso pituqw piw yaw hak haqaqw put aw hingqawu. "Ya um tuwat yangqe' waynumay?" yaw hak put aw kita. Noq pu' yaw pam angqe' taynumqw piw yaw pam himu pep put aqlap kur as qatuqw pam yaw put qa tuwa.

Paasat pu' yaw pam put aw pangqawu, "Owiy, pi pay nu' as yuk ikiy aw hoytakyangw angqw pew pay naat naahukyanatoy," yaw pam put aw kita.

Paasat pu' pay yaw puma naami yu'a'ativakyangw pu' pay yaw paasat naa'a'awna haqam puma ki'ytaqey. Niiqe pay yaw puma oovi hisatniqw piw naangemna yaw haqawa hakiy kiiyat aw kiiki-numtoniqat. Paapiy pu' pay yaw puma oovi naami sasqativakyangw

pace. Furthermore, he would depart way ahead of time. Since they had to cover quite a distance, each took several days before he arrived at his friend's home. In this manner they went back and forth visiting each other. In appearance, too, they resembled each other quite a bit. Caterpillar had an oblong shape and so had Rabbit Worm. The only difference between them was that Rabbit Worm possessed neither feelers nor eyes like Caterpillar.

Whenever the two got together, they would discuss a variety of things. They mainly talked about their travels and all their adventures prior to their being together again.

Caterpillar was very fond of the crops which the Hopis grew in their fields, hence it made sense that he lived at the edge of a field. During summertime he regularly went into this field because it was close to his home. Until now no one had ever caught him consuming the different plants. Consequently, he still lived there.

Rabbit Worm, on the other hand, had a desire for meat. Hence he sought out the little animals such as jackrabbits, cottontails, or prairie dogs. Whenever he had a chance, he would climb on one of them and feed on its flesh. For this reason, he always lay in wait for one of these critters somewhere, and would hop on one if he was lucky enough. So it was his habit of eating the flesh of live rodents. In this respect he resembled Leech or Bedbug, who also sucked on the blood of living beings.

One time, by sheer coincidence, the two happened to be traveling in the same area at the same time. Rabbit Worm was waiting for a rodent underneath a bush when Caterpillar came upon him. He was, at this moment, on his way home and had decided to rest under the same bush. Just as he reached the bush, someone spoke to him. "You are also about?" the voice said. He scanned the area and, much to his surprise, spied Rabbit Worm right next to him. He had not noticed him before.

Caterpillar replied, "Yes, I was just heading home and came here to cool myself off."

Now the two struck up a conversation and told one another where they were from. At one point they invited each other for a visit at their respective homes. From that day on they began calling

pay yaw puma piw kur naakwatsta.

Yan yaw puma ep susmooti naami pituqw paasat pu' yaw aapiy pay piw hisat naami haqamwat pituqw pu' yaw puma ep naami wuuwanta. "Ya sen hintiqw itam ngasta mantuwa'yta? Pi as pi yang ima Hopiit, tootim, taataqt, mantuwmu'yyungqw pas itam okiw qa hakiy mantuwa'yta," yaw pam pi'aku kita.

"Piiyi, pas pay pas antsa'a. Pay pi hintiqw pi itam antsa okiw ngasta mantuwa'yta," yaw pam kookona kita.

"Pas nu' pay as qa hisat put aw kur hin wuuwantaqw piw hapi taavokhaqam i' hak tiyo yep uuyi'ytaqa piw yep maanat wikkyangw pituqw pay pi puma hintsaknumqe oovi piw naama yangqe' way-numa. Noq pepeq ayaqwat uuyit qalaveq piw kiisi'ytaqw pepeq puma taqatskiveq sumataq naami hintsaki. Noq nu' pumuy amumi put kwangwa'ytuswa. Noq hintiqw pi oovi qa haqawa itamungaqw mantuwa'yta. Noq suushaqam pi as itam hakiy ep salaytimantani," yaw pam put kwaatsiy aw kitalawu.

"Owii, pas hapi as antsa'a, nooqa'? Noq pay kya pi son piw himu itamuy naawaknani," yaw pam kookona tuwat yan lavayti.

Niiqe pay yaw puma oovi as put aw wuuwanlawt pay yaw puma put qa pas naat aw hin pas yukut pay yaw puma piw naahoy. Noq pu' yaw puma ep naahoyniqw paapiy pu' yaw pam kookona tuwat put aw pay wuuwantangwu. Niiqe pay yaw pam wuuwan-taqw pay yaw as hisnentiqw yaw pam mooti hakiy sakinani. Noq pay pi yaw pam piw pas yaavahaq ki'ytaqe pay yaw pam oovi qa hisat haqam hakiy maanat wuutit aw pituuqe pay yaw pam oovi kur kya pi hin hakiy aptuni.

Noq pu' yaw i' pi'aku piw pep pasveniqw pu' yaw himuwa maana wuuti pangso samiitate' pu' yaw pam pang waynumngwu. Nen pu' yaw pam pang piw pop'oltinumqw pu' yaw pam put siipoq taytangwu. Pu' piw yaw pam ephaqam pay pan wuuwangwu, "Pas kya pam yukni," yaw pam yan wuuwe' pu' pam oovi pangso haqa-miwatnen pu' yaw pam pep maqaptsi'ytangwu. Niikyangw paasat pu' yaw pam oovi pangso pas tutskwami haawe' pep pu' yaw pam put nuutaytangwu. Noq pu' yaw kur pam put maamatsiyat hinte' paasat pu' yaw pam put haqamniqw pangsoniqw pu' yaw pam put paasat sisipoqtataynangwu. Yan pay yaw pam ngas'ew pumuy amumi yorta.

Noq suus yaw pam pi'aku yaw piw pep pasveniqw piw yaw ima momoyam kur pangso samiitawisqe puma yaw oovi pangso öki. Noq pu' yaw pam pi'aku put sukw uuyit piw su'atpip qatuqw piw yaw pam hak wuuti put pang aqle' waynumkyangw pu' yaw pam put su'aqwwat pop'oltinuma. Noq pas pi yaw pam pi'aku put

on each other and apparently became friends.

This was how Caterpillar and Rabbit Worm first met. On one occasion when they happened upon one another, they were reflecting on their lives. "I wonder why we don't have sweethearts? These young Hopi boys and men have girlfriends, but poor us, we are without them," Caterpillar said.

"I surely don't know, but it's true. Goodness knows why we're without mates," Rabbit Worm replied.

"I never gave this much thought, but just the other day the young man who owns the plants here brought a young girl here, and together they went about doing something. You see the lean-to there at the edge of the field? Inside that shelter they were having sex. Watching them I really became envious and have a great desire to do the same. So it beats me why neither one of us has a girlfriend. Once in a while it would be nice to enjoy the pleasure of a female," he said.

"Yes, that's right, isn't it? But no one would have us," Rabbit Worm said in return.

The two friends kept racking their brains, but reached no definite conclusion. So they went their own way again. Having parted, Rabbit Worm continued pondering the matter. He kept thinking how nice it would be if perchance he would be the first to win the heart of some girl. But since he lived so far away, he had never encountered a young girl or a woman. He would probably never be able to meet anyone.

Once in a while, when Caterpillar was there in the field, either an unmarried girl or a young woman would be going about picking fresh green corn. In doing so she would have to bend over here and there giving Caterpillar an opportunity to look up her crotch. Then at times he would think, "Perhaps she'll come over here," whereupon he would move to that place and await her arrival. As a rule, he descended all the way to the ground hoping for her to come near him. Whenever he had figured right and the woman approached the spot where he sat at this time, he kept peeking into her crotch. In this way he at least got a glance at the womenfolk.

One day when Caterpillar was in his field, a couple of women arrived to pick some fresh corn. While he was squatting beneath a corn plant, one of these women was moving about his area and kept stooping over. When Caterpillar saw this, he gave all of his attention

tuwaaqe pam yaw oovi paasat pas putsa aw yuki'yta. Pas pi yaw pam put hakiy aw as okiw kwangwa'ytuswa. Pas pi yaw pam hak kur lomawuuti, qötsaqaasi. Noq hisat pi ima Hopimomoyam ngasta aatöqevitkunyungngwuniqw pam yaw oovi put pas paas tuwita. Pas pi yaw pam hak kur wukolöwa'yta.

Noq pu' yaw pam ep qavongvaqw piw tuwat pangso kookonat kiiyat aqwniqw pu' pay yaw puma yu'a'atikyangw pu' yaw piw imuy mamantuy amumiq porokna. Noq ep pu' yaw pam pi'aku put kookonat aw put wuutit yu'a'ata, hin pam ep tavoknen put tuwitaqey.

"Ngaspi'i. Nu' pi pay qa hisat haqam hakiy aw pan yori," yaw pam put aw kitalawu.

"Pay pi'i. Pay kya um as hisat haqam hakiy tuwat aw yorikni," yaw pam pi'aku put kwaatsiy aw kita.

"Owiy, pay kya nu' as sakine' hisat tuwat haqam hakiy aw yorikni sen'e," yaw kookona kita.

Noq pu' yaw puma pay piw pep hiita naami yu'a'alawt pu' pay yaw hisatniqw pas mihikqw paasat pu' pay yaw puma oovi puuwi. Niiqe pay yaw pam pi'aku oovi pas pepeq talöngnat paasat pu' yaw pam pangqw piw ahoy nima.

Noq pu' yaw aapiy piw pantaqw paasat pu' yaw i' kookona piw hisat angqe' maqnumkyangw pu' yaw pam pay piw haqam himutskit atpip pay put hiitawat nuutayta. Noq pu' yaw pam naat pep pantaqw pu' yaw angqaqw put aw sowiniiqe pay yaw piw put himutskit atpipo qatuptuqw pu' pay yaw pam put aw suwupqe pu' pay yaw pam put aapa supki. Noq pu' yaw pantiqw pu' pay yaw pam sowi put naapa pani'ykyangw pu' yaw pay aapiy waaya.

Noq su'ep yaw piw ima tootim taataqt kur yangqw Orayngaqw piw haqamiwat maknöngakiwmaqw piw yaw pam sowi suupangsoqwat waaya. Niiqe pu' yaw pam oovi pumuy amumi pituqw pu' pay yaw puma maamaakyam put sowit tutwaqe pu' pay yaw puma put ngööngöyakyangw pu' pay yaw put niinaya. Noq pu' yaw haqawa oovi put sowit tuyqawvaqa yaw put enang tuni'ikwiwkyangw yaw pangso Oraymi ahoy nima.

Noq pu' yaw pam hak put niinaqa yaw put pep Orayve kiy ep enang iikwiwvat paasat pu' yaw pam pumuy haqe' leetsila. Noq pu' yaw pam haqawa wuuti pep ki'ytaqa yaw pumuy naat nopnani. Niiqe pu' yaw pam oovi pumuy amumi nakwsuqe pu' yaw pam it qötsangumnit pumuy taataptuy sowiituy motsovuyamuy ang put siwuminta. Niikyangw pu' yaw pam piw pang pantsaknumkyangw pu' yaw pam piw pang pop'oltinuma.

Noq pu' yaw pam kookona put sowit ang pakiwtaqa yaw kur

to her. How he desired this female! She was a beautiful woman with light-complected thighs. In those days Hopi women did not wear any underclothing, thus he saw all there was to see of her. He really was taken by the size of her löwa.

The following day he went on a visit to Rabbit Worm. As the two friends were talking, they got onto the subject of girls. Thereupon Caterpillar related to Rabbit Worm what he saw of the woman the day before.

"You lucky guy," Rabbit Worm exclaimed. "I've never seen a woman in this way."

"Well, don't worry. Perhaps someday you'll spy someone just as I did," Caterpillar consoled his friend.

"Yes, maybe if I'm lucky," Rabbit Worm sighed.

In this manner the two continued their conversation until it got late at night, whereupon they went to bed. Caterpillar spent the night at his friend's and then left for home.

And so time went by. One day Rabbit Worm was out hunting again, lying in wait for his prey under a bush. As he was sitting there, along came a jackrabbit that rested under the same bush. Rabbit Worm quickly hopped on him and burrowed between his skin and his flesh. Soon thereafter the jackrabbit took off with the parasite under its skin.

That very day the boys and men from Oraibi happened to be out on a communal hunt, with the jackrabbit headed in the very direction where the hunters were going to gather. As the jackrabbit neared them, they caught sight of it. Immediately, they chased after it and killed it. One of the hunters had knocked it down with his throwing stick, so it was one of the prey he carried on his back on his return home to Oraibi.

Back in the village the man who had gotten this rabbit laid out in a line all of those he had bagged. One of the women who lived there would still have to feed them ceremonially. She did this by stepping up to the line of cottontails and jackrabbits and sprinkling their snouts with sacred cornmeal. While she was going about this business, she kept bending over here and there.

Rabbit Worm, of course, was still inside the jackrabbit and over-

navota pam hak pang hingqawnumqw. Niiqe pu' yaw pam as oovi
aw yamakniqe yaw as okiw pisoq'iwta. Pam hapi yaw tuwat put
wuutit hin pas naap aw yorikye' pu' yaw pam ahoynen pu' yaw
pam put kwaatsiy aw tuwat tu'awi'ytani. Pam hapi yaw tuwat as
put sisipoqtataynaniqe pu' hapi yaw pam okiw pangqw qa sun
yanta. Noq pam hapi yaw put puukyayat aapa pas pakiiqe yaw oovi
kur hin pangqw yamakni.

Noq naat yaw pam pangqw qa yamakqw pay yaw puma mo-
moyam kur pumuy taataptuy sowiituy siikwantivayaniqe pu' yaw
puma oovi pangso pumuy amumi yesvaqe pu' yaw oovi pumuy
siikwantivaya. Niiqe naat yaw puma oovi pantsatskyaqw pay yaw
pam suukyawa wuuti a'ni töqtit pu' yaw pangqawu, "Uti, taq pi i'
kur piw kookona'yta," yaw pam kita. Paasat hapi yaw pam put kur
aw pituuqe pam yaw oovi put sowit puukyayat ang ayo' siingyaqw
pephaqam yaw pam kookona huur tsöpölöwta. Niiqe pu' yaw pam
wuuti put sowit puukyayat ayo' haqami puma pumuy puukyaya-
muy maspitotaqw pangso yaw pam put tuuvat pu' yaw pam piw
put kookonat pay piw pangso enang tuuva. Niikyangw pay yaw
pam put naat qa niinat pangso tuuvaqw pam yaw oovi pangqaqw
yanta. Niiqe okiw yaw pam tusi'iwkyangw pangqaqw panta. Son pi
yaw puma put naat qa niinayani. Pi yaw pam put wuutit tsaawina.
Yan yaw pam nalmamqaskyangw pangqw pakiwta. Niikyangw pay
pi yaw pam okiw qa halayviniiqe pay yaw pam oovi kur hin waaya-
ni. Niiqe pay yaw pam oovi nawus pangqw nakwhani'yta. "Is ohi,
naapas nu' piw it pas ang papki," yaw pam yan wuuwanta.

Noq hisatniqw pu' yaw kur puma yukuyaqw pu' yaw pumuy
amungaqw suukyawa wunuptuqe pu' yaw put pep pukyatsovalnit
awniiqe pu' put aw taynuma hin put ömaataniqey. Niiqe pam yaw
paasat pay hihin put aw kwanawkyangw put aw wunuwta. Noq
suupaasat piw yaw pam kookona angqw oomiq kuyvakyangw piw
yaw pam put wuutit tuwaaqe pu' yaw pam tuwat put sisipoqtatay-
na. Pas pi yaw pam oovi paasat put nukwangwyori. "Is pas hapi is
ali. Yanhaqam kur ima hinyungqw oovi pam pi'aku inumi put pas
kwangwalalvayngwu," yaw pam yan wuuwankyangw put siipoq
tayta. "Tatam pi kur pam inumi put piini'ytangwu yan hiitawat
yorikye'e," yaw pam yan wuuwa.

Noq puma hapi yaw pay naat kur pumuy taataptuynit pu' piw
pumuy sowiituy puukyayamuy warantote' pu' yaw puma put lak-
nayat pu' yaw puma put angqw it sowitvuput yukuyangwu. Noq
pu' yaw pam maana naat pas tsay oovi pangsoniiqe pu' yaw pam
pep put ang pongita. Noq pu' yaw ayangqw wuuti put aw pang-
qawu, "Ura nu' kookonat pangso enang tuuva. Um hapi qa put

heard the woman uttering something. With great haste he began crawling out from underneath the rabbit's skin. His hope was to see the woman's crotch and then back home tell his friend about his feat. After all, Caterpillar had done the same before. Quite anxious to look up the woman's dress, he hurried to make his exit. However, he had bored too deeply into the jackrabbit's skin, and now was stuck and unable to come to the surface.

He still had not succeeded when the womenfolk sat down by the lined-up rabbits and began to skin them. Rabbit Worm was still squirming to get out when one of the women discovered him and screamed in disgust. "How awful, this one has a worm." Apparently, she had just gotten to this particular rabbit and was pulling its skin off when she spotted the parasite clinging to it in the form of a ball. She took the skin and flung it to where they were piling up the rest of the pelts with Rabbit Worm still lodged in it. Fortunately, the woman had not bothered to kill the worm before disposing of the skin. So there the poor thing was among the pile of pelts, greatly concerned for his safety. They were certainly going to destroy him, as he had truly frightened the woman. He was scared inside the skin. Also, he was so slow by nature, he could not readily make an escape. Therefore he had no choice but to remain where he was. "Dear me, I should have never gotten under this one's skin," he was thinking.

At long last the women had completed their chore. One of them stood up and approached the pile of skins, wondering how she would best pick them up. She stood there next to the heap with her legs slightly straddled. That moment Rabbit Worm had managed to emerge to the top of the pile. When he caught sight of the woman, he looked up her dress. What a wonderful view he got! "Oh how delicious she is. So this is what they are like, causing Caterpillar to tell such wonderful stories about them," he thought while staring at the woman's crotch. "No wonder he brags about this to me whenever he sees something like this," he reminisced.

The Hopi women, of course, always saved the pelts of these hares. As a rule, they hung them out to dry and then fashioned rabbit skin blankets from them. The female who had approached the pile was still young and unmarried. Upon starting to pick up the pelts, a woman from the other side of the room warned her, "Remember, one of the pelts I tossed over there had a worm. Make sure

enangni. Taq pi pam himu nuutsel'ewayo'," yaw pam kita. Noq susmataq yaw pam kookona nanvota puma put yu'a'atotaqw. Put pan puma nuutsel'ewakoyat akw piisalantota.

Noq pu' pay pi yaw pam kur hin hintiniqe pay yaw pam oovi pangqw nakwhani'yta. Noq pu' yaw pam maana pay naat put qa aw pituqw pay yaw paasat mimawat pang yaktakyangw pu' pay yaw puma put pukyatsovalnit atsvaqe kwiltinumya. Paasat pu' yaw pam kookona pas pavan yori. Himuwa yaw put atsvaqe kwilakqw pu' yaw pam put sisipoqtataynangwu. Pas pi yaw pam paasat tsoni'yta. Niiqe yaw pam oovi put ang kwangwa'u'nanta. Yaw pam ahoy pite' pam hapi yaw tuwat put kwaatsiy aw it pas hinhaqam kwangwalal-vayniqey yan yaw pam put aw wuuwa.

Noq pu' pay yaw pam maana kur hisatniqw put aw pituuqe pay yaw pam put tuwa naat yaw pan pas nuvöysaniqw. Niiqe pay yaw pam oovi qa hingqawt pu' pay yaw pam put hiita kohooyat akw pep put kwusuniqe pu' yaw pam oovi as put ep kwukwsukyangw pay yaw pam kur hin pantini. Niiqe pu' yaw pam maana oovi pay put ponovehaqam put kohooyat akw söökwiknat pu' pam put sööngön-taqe pu' yaw pam put pay iipoqhaqami wiipikna. Noq pam yaw oovi okiw pay paasat naatuho'ykyangw pu' yaw pepeq wa'ökiwta. Nit pay yaw pam hisatniqw kur okiw mooki. Yan pay yaw okiw pep qatsiy kuyva.

Noq pu' yaw piw aapiy pay wuuyavo pantaqw pu' pay yaw pam pi'aku put kwaatsiy qa pitsinaqe pu' yaw pam oovi put aqw pay pas pootato. Niiqe pu' yaw pam put kiiyat epeq pituuqe yaw aqw pangqawu, "Haw, ya ikwatsi qa qatu?" yaw pam aqw kitaqw pay yaw qa hak angqw hingqawu. Noq pu' yaw pam oovi piwniqw pay yaw pas qa hak angqw hingqawqw pu' pay yaw pam oovi nanap'unangway aqw paki. Pu' yaw pam aqw pakiiqe pu' yaw angqe' taynumqw pay yaw pam pas kur qa suusa pepeq. Pay yaw pam sumataq pas wuuyavo haqami. Noq pay pi yaw pam kur hin put haqami heptoniqe pu' yaw pam oovi paasat pay pangqw nima.

Noq pu' yaw oovi pay aapiy piw lööshaqam talqw pu' yaw pam piw pasminiiqe pu' yaw pam pep piw put ang tuumoynuma. Niiqe ep pu' yaw pam it kaway'uyit naapiyat ang tuumoynuma. Noq pu' yaw pam oovi naat pep put ang wuviwtaqw pay yaw kur pam hak pep uuyi'ytaqa yaw kur put aw pituqw pay yaw pam qa navota. Niiqe pu' yaw pam oovi put tuwaaqe pu' yaw pam put aw pang-qawu, "Ya um hintiqw piw okiw i'uyiy sowantay, taq pi nu' maq-sontat it aniwnaqöö'? Son pi nu' tur ung qa yantsanni," yaw pam kitat paasat pu' yaw pam put pep kwusut pu' yaw pam put aw

you separate that from the others. Those worms are ugly to look at." Rabbit Worm could distinctly hear them talking about him. They were criticizing him for his hideousness.

There was nothing that Rabbit Worm could do, so he remained there in the heap of skins. The young girl still had not approached his pelt while the other women went about the room. As they did, they would walk right over the skin pile. Now Rabbit Worm really got a good look at them. Each time one of them stepped over the pile, he eagerly looked up under her dress. He was completely absorbed in this activity. He also thought how wonderful it was going to be when, upon his return, he would have a marvelous story to share with his friend.

Some time later the girl came over to his heap of pelts. She spotted him while he was still aroused from ogling the women. Without saying a word, she picked up a small stick in order to pick him up. However, she did not succeed. Thereupon she jabbed the stick in his stomach and with him pierced at the end of the stick, flung him outdoors. The poor wretch was in great pain lying out there, and died soon thereafter. This was how Rabbit Worm's life ended.

Meanwhile a good deal of time had gone by without Caterpillar receiving a visit from his friend. So he went over to his home to check in on him. Upon his arrival he shouted inside, "Haw, is my friend at home?" But there was no answer. Once again he announced his arrival. When he still did not get a reply, he entered without an invitation. Scanning the inside, he noticed that his friend had not been home recently. From all appearances he had been away for a good length of time. Since he had no way of going out in search for him, he trekked back home.

About two days later Caterpillar headed over to his field again where he went about eating. On this occasion he was feeding on the leaves of a watermelon vine. He was still on this vine when the owner of the plants came upon him without his being aware of it. When the farmer spotted him, he said to him, "Why are you eating my plants? I worked hard to raise them to this point. I'll have to destroy you," he muttered angrily. With that he picked him up and

tutskwami a'ni tuuva. Noq pay yaw pam pan piw okiw tuwat suuqatsikuyva.

Yanhaqam yaw puma naakwatsim naama qatsiy suukuyva. Yan pay yaw kookona hin pumuy Orayepmomoymuy mamantuy hin yorikqey naat put kwaatsiy qa aw tuu'awvaqw pay yaw puma okiw naama mooki. Pay yuk pölö.

flung him to the ground. In this way, the poor thing's life, just like that of his friend, came to a sudden end.

In this manner the two friends met untimely deaths. Rabbit Worm had not lived to tell his friend about the good look he got at the crotches of the young girls and women of Oraibi. Now both of them were dead. And here the story ends.

Namtökiwma

Aliksa'i. Yaw Orayve yeesiwa. Yaw pep wukoyesiwa. Noq yaw hak pep tiyo pay panis so'yta. Pay yaw tuwat hak qa hingqawlawngwu. Pu' yaw pay nuutum kiva'yta, pay yaw niikyangw qa sutsep pepningwu. Pay yaw kiy ep pam tuwat pay hiita hintsakngwu, a'ni yaw pam tuulewkya. Pay yaw as pi sutsep pep hiita hintsatskyaqw, pay yaw pam hiita pas qa ningwu. Pay yaw qa nuutum hiita hintsakngwu.

Pu' yaw pay as so'at aw pangqawlawngwu, "Um paapu nuutum hiita hintsakmantani. Tootim taataqt haalayyangwu. Pay um son pas sutsep yep inumi yantani. Pay nu' son hintini." Yan yaw put so'at aw as hingqawmaqw, pay yaw pas piw qa pan unangwti. Pay yaw

The Boy and the Demon Girl

Aliksa'i. They were living in Oraibi. They were living in great numbers there, among them a boy who had only a grandmother. He was not very talkative and, although he shared a kiva with the others, he was not often there. He usually was doing something at home. Indeed, he was an excellent weaver. Although there were always people organizing things, he took no interest and as a rule did not participate in these things.

His grandmother kept saying to him, "Go and do something together with the others for once. Boys and men should have a good time. You can't always sit here with me like this. Don't worry, nothing will happen to me." Thus his grandmother was trying to tell him

yan pam pep tuwat qatu.

Noq oovi pantaqw yaw hisat tapkiqw maktsa'lawu. Yaw yukiq
Hotvelmoqwat yaw maqwisni. Noq oovi ep mihikqw yaw so'at piw
aw pangqawu, "Paapu um qaavo nuutum maqtoni. Qaavo ura
neyangmakiwni. Paapu um suushaqam nuutumnen angqe' nuutum
haalayni. Qa paapu um yephaqam inumi yantani."

Paasat pu' yaw tiyo lavayti, "Pay pi nu' ason aw hin wuuwe' sen
nuutumni," kita pam yaw soy awi'.

Pu' yaw antsa oovi talöngva. Yaw oovi puma tuumoytaqw, pay
yaw peetu maamaakyam nöönganta. Pu' yaw mamant piiw. Pan-
tsakkyaakyangw pu' yaw sumataq soosoyam nönga, noq pay yaw
pam piw qa nuutum yama. Noq pay yaw so'at qa aw hingqawu.
Oovi pay yaw se'elhaq maamaakyam songqa aapiyyaqw, pu' yaw
kur pam pan unangwti. Paasat pu' yaw ephaqam yuuyuwsi. Pu'
yaw kur yukuuqe pu' yaw tuwat nakwsu. Orayviy kwiniwiq yaw
pam nakwsu. Yaw pam qalavoq yamakqw pay yaw qa hak haqamo.
Pay yaw kur se'elhaq soosoyam aapiyya. Pangqaqw pu' yaw pam
amungki.

Oovi yaw pam aw kwiningqöymi kuyvaqw aw yaw hak mo'o-
'ota. Pu' yaw pam oovi put hakiy angki. Noq yaw pam angk haykya-
laqw piw yaw hak maana. Pam yaw kur hak tuwat qa iitsniiqe pu'
naat pangsohaqami tuwat pu' pitsiwiwta. Pu' yaw pam angk pitu.
Pu' yaw pam aw pangqawu, "Um pu' tuwat yangqe'?"

"Owi," yaw aw kita, "piw pi oovi umii'."

"Owi," yaw pam tuwat aw kita, "nu' kur qa iitsniqw, pay kur
se'elhaq aapiyya."

"Nu' piiwu," yaw maana kita. "Pay pi itam tur naamani."

"Ta'ay, pay pi antsa itam naamani."

Pay yaw pam sunakwha. Pas pi yaw hak lomamana. Pavan yaw
angqw taala. Paapiy pu' yaw oovi puma naama'a. Pu' yaw puma
Hotvelmoq maamaakyamuy amungk pitu. Nit pay yaw puma qa
pas amumum maqnuma. Pay puma yaw amungk hinnuma. Yaw
puma oovi pepehaq nuutum maqnuma. Noq yaw taawanasaptiqw
pay yaw paasat tiyo pay qöya. Paasat pu' yaw maana pangqawu,
"Pay pi itam tuwat tuumoytani. Ason itam nöst pu' piw amungkni.
Pay pi songqa yangqw pu' ahoyyani." Kitaaqe pu' yaw nitkyay
tsawikna. Ali, yaw somivikit kur moknuma, pu' kuuyit piw. Pep-
haqam yaw puma put kwangwanösa. Paas yaw puma oovi nöst pu'
yaw piw nakwsu.

Noq pay yaw antsa paasat pu' maamaakyam pay ahoy kiimiq-
wat hoyoyota. Pangqw yaw puma piw pumuy amungki. Noq paasat
pu' i' tiyo yaw piw peetuy qöya. Noq puy yaw maana pangqawu.

something, but again he did not change his attitude.

He continued in this manner until one evening a rabbit hunt was announced. They would go hunting in the Hotevilla direction. That night his grandmother once again prompted him, "Why don't you join the others tomorrow? It will be a special hunt with girls and women going along with the boys and men. Take part, for once, and enjoy yourself with the others wherever you hunt. Don't stay here with me."

The boy replied, "I will give it some thought later. Maybe I'll go with them."

Then it was the morning of the hunt day. While the boy and his grandmother were having breakfast, the hunters were already starting to leave. And some girls, too. Pretty soon one might have thought that everybody was gone and that again he had failed to join them. When the hunters had been gone for quite some time, evidently he, too, got the urge to go. He dressed himself for the hunt and when he was ready, he also set out. He headed in the direction north of Oraibi. When he crossed the village boundary no one was in sight. They had all left a considerable time before. So he went after them.

When he got within view of the north side, he saw one person walking along. He followed the stranger and, when he got closer, he saw it was a girl. Evidently she, too, was late and had only gone part of the way. When he caught up with her he said as a greeting, "You are also on your way?"

"Yes," she replied, "and evidently you are too."

"Yes, I am late. The others left quite a while ago."

"I am late too," the girl said, "so let's go together."

"All right, let's indeed walk together."

He had not hesitated to agree. She was a beautiful girl and exceedingly charming. So they went along together. They reached the Hotevilla area soon after the hunters, but they did not hunt with them. Instead they kept their distance. By noontime the boy had already killed a good amount. So the girl suggested, "Why don't we eat our lunch? Afterwards we can follow the hunters again. They will probably return home from here," and she unpacked her lunch. She had delicious *somiviki* in her bundle and also water. They enjoyed their meal and, when they had stayed their hunger, they started out again.

And, indeed, the hunters were already moving back to the village. The couple followed them again and the boy killed a few more rabbits. Thereupon the girl said, "I guess this is about enough. My

"Pay pi kya yaasa'haqamni, pay putuuti," yaw kita.

"Antsa'ay," pam yaw aw kita, "pay itam yaapiy pu' nimiw-mani."

Pangqaqw pu' yaw puma pay qa maqtimakyangw nimiwma. Pay pi yaw paasat tapki. Yaw puma Qöma'wamiq kuyvaqw, pay yaw maamaakyam kur se'elhaq soosoyam ninma. Pangqw pu' yaw puma tuwat oovi pay paasat nima. Panmakyangw pu' yaw puma haqam pam talavay maanat aw pituqw pangso yaw puma pituqw, pu' yaw maana pangqawu, "Itam pewni," yaw aw kita.

"Ya hintiqw oovi'oy?" yaw tiyo aw kita.

"Pay nu' yep ki'yta," yaw kita maana. "Oovi um pewni."

Pu' yaw angqw tumpo'. Pu' yaw pam angki. Noq yaw antsa kur pephaqam kiva. Pep yaw kur i' maana ki'yta. Pu' yaw puma oovi aqw paki. Pu' yaw pam tuunimuy oovi piw aqw tangata. Paasat pu' yaw maana aw pangqawu, "Pay pi tsangaw itam nuutum nu-kwangwnavota. Noq oovi nu' ungem aw oyaqw um nöst pu' ason tuwat nimani."

"Antsa'ay," yaw pam aw kita.

Pu' yaw oovi put engem tunösvongyaata. Pantiqw pu' yaw pam tuumoyta. Pay yaw maana qa amum tuumoyta. Pu' yaw pam tuumoytaqw pay yaw kur maanat qa aw tunatyawta. Noq paasat yaw pam maana tiyot aatavang wunuptut yaw pep hintsaki. Hiita yaw tawlawu. Kitangwu yaw'i, "Namtökiwma, namtökiwma, namtökiwma, namtökiwma, namtö." Kitat pu' yaw namtötöyku. Pantikyangw yaw sutsvaqw poli'iniy tsawikna, noq sukyaktsiyat yaw ang oovi siwu, höömi'at. Pantit pu' yaw angqw kwiniwiq. Pu' yaw pepeq piw anti. Paasat pu' yaw piw sukw poli'iniy tsawikna. Pay yaw pas hihin piw hin sonilti. Pantit pu' yaw angqw hoopo pu' pep yaw piiwu.

Pantiqw pu' yaw pam aw piw yori. Paasat pay yaw qa lomama-na, pay yaw himu'. Paasat pay yaw pam hihin tsawna. Pas yaw pam paasat pu' hiita tuumoytaqey aqw pas yori. Pam pi yaw wuuwanta-qe öngavat tuumoyta, noq yaw kur qa pam'i. Yaw kur pam tootop-tuy tuumoyta. Pumuy yaw kur pam kwiivi'yta. Paasat pu' yaw pam nayö'unangwti. Pu' yaw oovi pam yamakye' naayö'niqey wuuwaqe pu' wunuptu. Nit yaw pam tuuwimoq yori. Paasat yaw pepeq maana. Pas yaw qa soniwa, nuutsel'eway yaw himu'. Pu' yaw pay angqw put aw'i. Pu' yaw pay sumataq yaw put ngu'ani. Noq pas pi yaw qa soniwqw oovi yaw pam waaya. Pu' yaw pay piw angki. Pu' yaw pam pepehaq put ngöynuma. Pu' yaw pam hintsakkyangw saqmi pitu. Noq pay yaw piw saaqa huur hömpawit akw nöömiwta. Pay yaw kur pam hin yamakni.

load is pretty heavy now."

"That's true," he replied. "Let's start on our way home."

So from then on they did not hunt anymore, but just continued walking home. It was late afternoon. When they got in sight of Qöma'wa, all the hunters had already left for home a while ago. They too headed home from there. Eventually they reached the spot where the boy had met the girl earlier that morning and it was then that the girl suggested, "Let's go this way."

"Why?" asked the boy.

"I live here," the girl replied, "so come with me."

She headed towards the edge of the mesa. He followed her and, true enough, there was a kiva—the place where that girl was at home. They entered and then he also brought in his quarry. The girl turned to him and said, "I am grateful we did so well on this hunt. I'll serve you some food now and after you've eaten you can go home."

"Very well," he replied.

She spread some food out for him and he ate. The girl did not join him and while he was eating he did not pay any attention to her. She had sat down somewhat west of him and was busy doing something there. She was singing some kind of a jingle. It went like this: "Turning, turning, turning, turning, turned around!" With that she turned around several times. While she was singing, she loosened her butterfly hair-whorl on one side so that her hair fell over her shoulder. Then she moved north from that place and repeated the song. When she had finished, she untied her other hair-whorl. Her complexion, too, had changed for the worse. She then moved east and repeated the ritual.

Only now he looked at her again. She was no longer the beautiful girl he had been with; she was something else. He became a little frightened. He took a closer look at his food. He thought he had been eating cooked beans, but that was not true. He was eating flies that she had apparently cooked for him. He wanted to vomit. He thought he would have to vomit, so he got up to run out. He looked to the upper level of the kiva where the girl was. She was awful looking, a monstrous being, and she was coming toward him. Apparently she intended to catch him, but because she was so ugly he ran away from her. She pursued him and when he reached the ladder, he found that it was tightly wrapped with hair string so that it was impossible to climb out of the kiva.

Pu' yaw pam pepehaq put angqw waytiwnuma. Pantsakkyangw
pu' yaw pam poyoy u'na. Pu' yaw pam put horoknaqe pu' piw
angqw saqmi wari. Paasat pu' yaw pam poyoy akw atkyaqw oomiq
hömpawit tuki'ymakyangw pu' yamakto. Pay yaw put qa ngu'aqw
pam yama. Pangqw pu' yaw pam kiimiq waaya. Yaw pam ahoy
yorikqw, pay yaw piw angqw angki. A'ni yaw piw himu warta. Pay
yaw pas put sungki'yma. Pu' yaw pam wuuwanma haqami waaya-
niqey. Pay yaw as pam kiy aw waayaniqey unangwtit pay yaw qa
pangso'. Pay yaw oovi put pas wiiki'ymaqw, pu' yaw pam Leelen-
tuy u'na. Puma pi yaw tangawta. Pu' yaw pam pangsoq waaya,
Leelentuy aqwa'.

Naat yaw oovi leelenyaqw pam amumiq paki. Pavan yaw hin
unangwa'ykyangw pu' yaw amumi pangqawu, "Uma as nuy
tupkyayani, nuy angqw himu ngöytaqw oovi'o. Oovi uma as nuy
tupkyayani."

Paasat pu' yaw suukya aw pangqawu. "Pew umni." Pu' yaw
pam angqw aw'i. "Peqw um pakini," yaw aw kita.

Pu' yaw put leenay aqw pana. Pantit pu' yaw piw nuutum
leelena. Oovi yaw pantiqw, yaw oongahaqaqw hak hingqawu, "Ya
qa yep ikong pitu?" yaw angqaqw hak kita.

"Qa'ey," yaw aqw kitota, "qa hak pituy."

"As hapi, pay pew kuk'at so'ta. Uma oovi pew horoknayani."

"Pi pay qa hak pituy," piw yaw aqw kitota.

"As hapi, pay pew kuk'at so'ta."

"Pakye' um naap hepni," aqw yaw kitota.

Pu' yaw antsa paki. Uti, yaw himu qa soniwa, nuutsel'eway.
Pam kya yaw himu Tiikuywuuti. Paasat pu' yaw pepeq pam put
hepnuma. Pay yaw qa tuwa. Noq i' suukya, ura put leenay aqw
panaaqa, pay yaw pas hihin hin leelena. Noq pay yaw kur piw
maana navotqe pu' yaw pay pumuy leenayamuy ang kukuytima.
"Pay as uma tupki'ykyaakyangw pas piw nuy qa aa'awnaya,"
kitikyangw yaw leenayamuy ang kukuytima.

Oovi yaw put leenayat aqw kuyvaniqw pu' yaw pam tiyot iipoq
poyokna. Pay yaw piw masmana sunvota. "Puye'emo," yaw kita,
"pay as uma puye'em tupki'ykyaakyangw pas nuy qa aa'awnaya."

Kitat pu' yaw suymakma. Pay yaw piw ahoy tiyot tuwa.
Pangqw pu' yaw pam kiy aw waaya. Yaw hin unangway'kyangw
kiy ep paki. Pu' yaw so'at suutuvingta, "Ya himu'u, imöyhoya?"

"Hep owi, nuy angqw himu ngöytaqw, oovi um as nuy tupkya-
ni," yaw soy aw kita.

"Pay pi nu' kur ung haqami tupkyani. Noq oovi um pay qa
yepnit yukiq tatkyaqöymiq uutahamuy aqw waayani. Pay yepeq

So he continued to run away from her and while this was going on, he suddenly remembered his knife. He pulled it out, ran to the ladder once more and by cutting the hair string from bottom to top he escaped. He had gotten away without being caught. He ran toward the village. When he looked back he saw her coming after him. She was running extremely fast and was rapidly catching up with him. He wondered where he could go to get away from her. He felt like running home, but on second thought he decided not to. She was about to close in on him when he recalled the members of the flute society, who were assembled in their kiva. So he ran to them.

They were still playing their flutes when he rushed in. Upset and excited, he begged, "Hide me, please, there is a creature chasing me, so please, help me!"

One of the players answered, "Come and climb in here."

The man tucked him away in his flute and continued playing with the others. After he had hidden him, a voice was heard from the roof. "Didn't my husband come here?"

"No," they answered, "no one has come here."

"But he must have, his tracks end right here. Bring him out to me!"

"But there is no one down here," they insisted.

"Yes, there is, his tracks end right here."

"Come in and look for yourself," they suggested.

So she climbed in. What an ugly and detestable looking creature she was! A Tiikuywuuti must be such a creature. She searched for him but could not find him. Then the flute player who had tucked the boy away in his flute played a little bit off-key. The girl heard that, of course, so she walked along the line of flutes, examining each in turn. "You have him hidden here. You just wouldn't tell me," she said as she stepped from flute to flute inspecting them.

When she was about to look into the man's flute, he blew the boy right out of the kiva. Naturally, the demon girl noticed it immediately. "I knew it," she said. "You had him hidden but you wouldn't tell me."

With that she stormed out and spotted the boy as he ran away from her toward his house. When he rushed in, panic-stricken, his grandmother quickly asked, "What is it, grandson?"

"There is a creature pursuing me, so hide me please!"

"I can't possibly hide you. Instead of staying here with me run to your uncles. They are all on the south side."

tatkyaqöyveq puma tangawta," kita yaw awi'.

Noq pay yaw i' tiyo qa maamatsi hakimuy pangqawqö. Nit pu' pay pangqw suyma piiwu. Pangqw pu' yaw pam taatöq waaya. Yuumosa tumpoq yaw pami'. Pam yaw kanelkit su'atsngaqw aqw pituuqe pu' yaw pam aqw haawi. Pay pi yaw kur pam paasat hakiy aw taqa'nangwtiniqe pu' yaw pay tsivaatomuy amumi pangqawu, "Uma nuy tupkyayani. Nuy angqw himu ngöyta."

Noq piw yaw suukyawa aw lavayti, "Pay um pep pantani, pay son ung hintsanni," yaw aw kita.

Suupaasat yaw angqw oongaqw masmana kuyva, pu' yaw pangqawu, "Ya qa yepeq ikong pitu?"

Pu' yaw aw tsivaatom pangqaqwa, "As'ay, yepeq qatuy," yaw aw kitota. "Peqw um haawe' nen wikniy," yaw aw kitota.

"Uma tis peqw wupnayani," yaw kita.

"Pay um putninik peqw hawniy," aw yaw kitota.

Paasat pu' yaw maana pangqawu, "Is uti, taq kya uma..." pay yaw panis kita.

"So'on piniy," yaw aw kitota.

"As'awu, taq kya uma nuy tsopyani."

"So'on pi itam panhaqam hintsatskyani. Peqw haawii'. Um peqw haawe' naap wikni."

Paasat pu' yaw as pay maana aqw hawnikyangw pay yaw piw qa suutaq'ewtangwu. Pantsakkyangw pu' yaw hisatniqw amumiq haawi. Pu' yaw angqw tiyot aw hiisavo nakwsuqw, pay yaw aakwayngyangaqw suukya tsivaato paysoq siikikt pu' sumavokta. Pu' yaw pay pam pep put tsopta. Pu' yaw pay tsivaatom aw homikma. Pas yaw puma put tsovininaya. Nungwu yaw puma put tutkitota. Pay yaw pas öö'öqa'atsa angqe' aasaqawta. Noq naat yaw tsivaatom put ang yomimitinumya, maanat öö'öqayat anga'.

Yan yaw puma tiyot pa'angwaya. Paasat pu' yaw aw pangqaqwa, "Ta'ay, pay pi um nimani, pay pu' son himu uumi hintsakni."

Paasat pu' yaw oovi pam pangqw nima. Pu' yaw pam pituqw yaw so'at haalayti. Pu' yaw pam soy aw soosok put tu'awi'yta. Okiw yaw so'at ookwatuwi'yta. "Noq pay pi tsangaw uutaham ungem aw naa'o'ya," yaw aw kita.

Paasat pu' yaw i' tiyo soy tuuvingta, "Ya pay um pumuy tsivaatomuy pangqawu, puma itahamniiqat?"

"Owi, pay pumuy nu' pangqawu."

"Pay kur antsa'ay," yaw pam soy aw kita, "pay it nu' hin pas suyan navotni. Noq pay pi tsangaw pi oovi nuy pa'angwaya."

Yanhaqam yaw pam tsivaatomuy amutsviy qa masnömata. Pay yuk pölö.

The boy did not understand whom she meant, but in an instant he was gone again and ran south. He reached the edge of the mesa right above the sheep pen. He climbed down into the enclosure and since he had no one to turn to for help, he said to the billy goats, "Please hide me, there is a terrible creature after me."

To his surprise, one of them answered him, "Just stay where you are; that creature won't do you any harm."

That very moment the demon girl appeared at the top and asked, "Didn't my husband come here?"

The billy goats replied, "Yes, he is right here. Come on down and take him along with you."

"Why don't you bring him up to me instead," she suggested.

"If you really want him, you better come down here."

Then the girl said, "Yes, but I guess you ..." and that was all she said.

"Oh no, we wouldn't," they replied.

"Well yes, you just want to rape me."

"No, no, we wouldn't do anything like that. So just come down and take him with you."

The girl was about to climb down but she hesitated again. After wavering for a while, she finally climbed down. She had already proceeded a little distance toward the boy when a billy goat snorted behind her, quickly embraced her and copulated with her there. All the other billy goats then pressed toward her and destroyed her by copulating with her. At the same time, they tore her into pieces. Only her bones were strewn around and the goats were still pushing with their penises even into them.

This is how they helped the boy. Then they said, "All right, you go on home now. She won't harm you anymore."

So then he went back home. When he arrived, his grandmother was glad and he told her everything that had taken place. How sorry she felt for him! "But I am thankful that your uncles took revenge on that creature for you," she said.

Whereupon the boy asked, "Did you actually say that those billy goats were my uncles?"

"Yes, that's what I said."

"Well, I suppose it must be true," he replied. "I was just curious to know for sure. I am most grateful that they helped me."

Thus it was thanks to the billy goats that he did not end up with the demon girl for a wife. And here the story ends.

Höwiniqw Tasavum

Aliksa'i. Yaw Orayve yeesiwa. Pu' yaw piw yangqe kitsokinawit ima
Hopiit yeese. Pu' yaw piw aqwhaqami tutskwanawit peetu himusi-
nom yesngwu. Noq pu' yaw oovi ima hiitu Tasavum pay as tuwat
hisat yangqe pas hopkyaqe haqe' yaakyaqe yesngwu. Qa pay
Orayviy haykye' yaw puma yesngwu. Niikyangw pay yaw puma
navoti'yyungwa puma peetu Hopiit pep Orayve yesngwuniqw. Pu'
pay yaw puma piw mimuywatuy kiyavaqkiva yesqamuy tuwa'y-
yungwa. Noq pu' yaw puma Hopiit piw hiita noonovangwuniqw
pay yaw kur puma puuvut angqw yukuyakyangw pu' pay yaw
puma put kwangwa'yvayaqe puma yaw oovi ephaqam haqamiwat
kitsokimi kanelsikwiy kiwise' pu' yaw puma puuvut hiita oovi pep

The Dove and the Navajos

Aliksa'i. People were living at Oraibi. In addition, there were other Hopi villages. All across the land people of other races also were settled. Among these was a group called Navajo. They too once lived here, but they were located far to the east of the present Hopi villages. Although they did not live anywhere near Oraibi, they knew that some Hopis lived there. They also were familiar with the location of the other Hopi villages. Apparently, they had sampled Hopi cooking and had taken a liking to it. At times they would visit the Hopi villages with mutton and exchange it for piki and flour. Actually, they frequently came in search of these foodstuffs.

There was a Navajo man who lived far to the east with his wife

put tutkyay akw it piikit ngumnit nahoyngwantuutu'yyangwu. Pay yaw puma oovi piw pas son put oovi qa ökingwu.

Noq pam yaw i' hak Tasaptaqa pepehaq piw tuwat ki'ykyangw pam yaw piw nööma'ykyangw pu' yaw pam piw lööqmuy mantimu'yta. Niiqe pam pumuy na'am yaw hisat pumuy Hopiituy yu'a-'atikyangw pu' yaw pam pumuy amumi pangqawu. Yaw ima Hopiit hiita totokya'yyungwe' puma yaw tuwat aw it sikwit naanawakna-ngwu. Noq puma yaw oovi hisat pangso oraymiye' puma yaw it sikwiy huuyawise' pu' puma yaw it piikitnit pu' it ngumnit ooviya-niqat yaw pam nöömaynit pu' mantimuy amumi kitalawu. Nii-kyangw pay yaw pam pumuy mantuysa wikniqey yaw nöömay aw kitalawu. Noq pumuy suukyawa maana'am yaw pay pas wuuyoqa maananiqw pu' mi'wa pay yaw naat pas puhuwungwiwta.

Noq pu' yaw put nööma'at pay nakwhaqe pu' yaw oovi put aw pangqawu, "Ta'a. Pay pi um tuwat put angqw yuki'ytaqe pay pi son tuwat put qa kwangwa'yta. Niiqe pay um son antsa put hiita qa tsöngmokiwta. Pay pi hak hiita angqw yukye' put kwangwa'yve' pay hak son put hiita qa kwangwa'unangwu. Noq oovi uma hisat pas suyanyaniqat um pangqawqw pu' pay naat qa pas aqw pituqw pay ason itam paasat lööqmuyhaqam imuy itaakanelvokmuy niinayaqw pu' itam put ang sikwitotat pu' put haak pay laknayani. Pay pi pangsoq yaavoniqw pay itam pantotiqw pay uma son put peekyenayat aqw ökini," yan yaw pam put koongyay aw lavaytiqe pay yaw pam oovi put sunakwhana.

Noq pu' yaw pam oovi pumuy hisatyaniqat pam put nöömay aa'awnaqw pu' yaw puma oovi ep imuy lööqmuy kaneelotuy pas wi'ytaqamuy niinaya. Niiqe pay yaw ason pas lakkyangw pu' tsakqw paasat pu' yaw pumayani. Pay yaw puma antsa put panta-qat kiwise' pay yaw puma son put peekyenayani. Niiqe pu' yaw puma oovi put tutkyay sikwitotaqe pu' yaw puma put haqe' möyik-naya. Niiqe paapiy pu' yaw puma put aw maqaptsi'yyungwa. Noq pay yaw pam kur wuuhaqti. Pay yaw puma oovi son kur hiita putakw qa wukotu'iyani. Niiqe puma yaw put it tuletat ang kwi-mimnayaqw pu' yaw pam oovi pang pankyangw pu' yaw pam laakiwma. Noq pu' yaw puma pay it siisihuyat ponoyat yaw pay naap soswa. Pay yaw puma kur piw tuwat pan tuwi'yyungqe pay yaw puma oovi pas qa hiita hovalaya.

Noq pu' yaw pam sikwi lakniqat aqw haykyalti'ewakwniqw paasat pu' yaw pam Tasapwuuti piw tuwat it noovatwatniiqe pu' yaw pam oovi pumuy amungem nitkyamaskyata. Noq pu' yaw pam koongya'atwa pu' yaw tuwat imuy kawaymuy tsovalato. Pay yaw pam qa suukw pooko'ytaqe pam yaw oovi pumuy navayniiqamuy

and two daughters. One day he mentioned the Hopis to them and explained that the Hopis needed meat whenever they had a ceremony coming up. They should therefore make a trip to Oraibi to trade their mutton for piki and flour. This is what he suggested to his wife and girls. But he indicated to his wife that he would be taking only his daughters along. One of them was pretty grown up while the younger one was just beginning her teens.

His wife consented and said to him, "All right. As you have tasted the Hopis' food, you've probably come to relish it, even perhaps crave it. Whenever one tastes something and comes to like it, one has wonderful memories of it. So let me know when you are certain about your leaving. Before that day comes, we'll take a couple of our sheep and butcher them. They can dry the the meat during the time before your departure. Since your destination is such a long way to travel, the meat will not spoil before your arrival at Oraibi." This is what she said to her husband, agreeing to his travel plans without hesitation.

As soon as he informed his wife when they would be leaving, they took a couple of nice fat sheep from their flock and butchered them. They would not leave, of course, until the meat was thoroughly dried out. In this condition it would certainly not rot on them. For this reason they stripped the meat off the carcasses, sliced it up into pieces and hung it up to dry. Now they waited for it to become dehydrated. Apparently, there was quite a bit of meat. They would certainly be able to get a lot of items in trade. And so they draped the thin slices of mutton over horizontal poles to dry. The Navajo family, however, consumed the sheep's innards themselves. Apparently, this was their custom. As a result, no part of the butchered sheep was wasted.

When it appeared that it would not be long before the meat was completely dry, the Navajo woman thought of the food for their journey, so she prepared some provisions for them to take along. Her husband, in turn, went to round up their horses. Since he had quite a few, he decided to take six of them along. They would start

tsamni. Paykomuy yaw puma akw mooti tsokiwwisni. Pu' yaw puma haqami maamangu'yyaqw paasat pu' yaw puma mimuywatuy amumiq paasat yayvani. Pantote' pay yaw puma qa pas aqwhaqami huurultiwise' pay yaw puma son ahoy qa iits ökini.

Noq pu' yaw pumuy ep nankwusaniqw pu' yaw pam Tasaptaqa oovi pumuy kawaymuy pas kiy ep tsamva. Noq puma pi yaw pay hisat qa yatkuna'yyungqamuy akw yaktangwuniqw pam yaw oovi pay pumuy hotpa panis it hiita aapatsa puhikna. Pantit pu' yaw pam imuy kawaymuy pay naat puma pumuy qa akw tsokiwwisniqamuy pumuy yaw pam it sikwiyamuy iikwiltoyna. Puma yaw put kanel-sikwit paas hiita ang mokyaatotaqw pu' yaw pam oovi put pantaqat pumuy nityayamuy enang pumuy kawaymuy iikwiltoyna.

Yantiqw paasat pu' yaw puma pumuy pokmuy ang yayvakyangw pu' yaw puma paasat pangqaqw kiy angqw nankwusa. Niiqe pay yaw puma oovi yuk oraymiyaniqat yan yaw pam na'am tunatyawta. Pay yaw puma oovi piw qa suukw ang kuuyi'ywisa. Niikyangw pay yaw pumuy wiwkoro'am qa pas hin wuuwuyoqa. Niikyangw pay yaw puma as wuuyaq kuuyi'ywisqat yan yaw pam na'am wuuwa. Niikyangw su'ep piw yaw pas utuhu'niqw ep yaw oovi pamwa tsay maana yaw put aw qa natuwi'ytaqe pam yaw oovi paanaqmokiwma. Pu' pay yaw pam oovi paasat pi'ep pi pumuy kuuyiyamuy angqw hikwngwu. Pu' pay yaw pam pangqw pantsakmaqw pay yaw puma naat qa pas haqami pas yaavo ökiqw pay yaw pam pumuy kuuyiyamuy pas soosok hiiko. Paapiy pu' pay yaw puma qa kuuyi'ywisqe puma yaw oovi paasat pangqw okiwhinwisa. Noq pu' yaw puma haqami pay pan'ewakw paahu'ytaniqat aw ökiqw pu' yaw pumuy na'am as angqe' paahepnumngwu. Niiqe pay yaw pam as qa suupwat pan angqe' paahepqw pay yaw puma pas qa haqamwat sakinaya. Paasat pu' yaw puma pay nawus piw qa hikwyat pay yaw puma piw aapiytotangwu. Noq haqaapiy pu' pay yaw pumuy kawayvokmat piw tuwat paanaqso'a.

Panwiskyaakyangw pu' yaw puma piw haqami tupo haykyalaya. Noq pep tup yaw i' pas wukosöhöptsoki wunu. Noq pu' yaw pumuy na'am amumi pangqawu, "Pas kya pay as pephaqam paahuniy. Pay pi haqam paahutniqw pay as put aqlap pam himu söhöptsoki'eway kuytangwuy. Noq oovi itam ngas'ew piw pangso tuwantotaniy," yaw pam pumuy timuy amumi kitaqw pu' yaw puma oovi pay pangsowat piw nankwusa. Niiqe pu' yaw puma oovi pangso haqami tupo ö'qalya. Noq pu' yaw puma pangso put söhöptsokit aw ökiqw pu' yaw puma mant pangso kismi qatuptuqw pu' yaw pumuy na'am pangso pas tupo pu' piw paahut hepto. Niiqe pu' yaw pam pang oovi paahepnumkyangw piw yaw pam tuwa.

off riding three of them. Then when these animals became fatigued, they would mount the others. In this fashion they would not have to make so many stops and would be able to return home sooner.

On the day of their departure the Navajo man brought the horses to his home. In days past horses were not ridden saddled, so he only took some blankets and spread them on the backs of the three horses. Next he took the meat, which had been carefully bagged, and loaded it on the three other horses. To this was added all their journey food.

They then all mounted their horses and departed from their home. The father of the girls had set Oraibi as their destination. Due to the length of their journey they had brought along several containers filled with water. These canteens were not very large, but their father thought they had plenty of water with them. It so happened, however, that on this very occasion the weather was extremely hot, and because the younger girl was not used to this, she was constantly thirsty. As a result, she repeatedly drank from their journey water. She drank so much that their entire supply of water was soon gone. Forced to travel without water now they really suffered. Each time they came to a place that looked as if it might have a spring, the father would search for water. He searched around at several locations, but always without any luck. As a result, they had to journey on without any water to drink. Eventually their animals became thirsty, too.

Finally as they trekked along, they neared the base of a mesa. Right at the foot of the mesa stood a gigantic cottonwood tree. Once more the father said to his daughters, "There might be a spring there. Cottonwood trees typically grow near a spring. Let's at least give it a try and see if we find water." So they headed in this direction, striving to reach the mesa base. Upon arriving at the cottonwood tree, the girls sought refuge in its shade while their father

Pay yaw pep haqam pas kur antsa tupahaq yaw paahu nöönganta. Niiqe pay yaw oovi pephaqam pas wuuyaq paa'iwta. Paasat pu' yaw pam oovi pangqw pumuy wangwaylawqe pam yaw amumiq pangqawu, "Uma peqwniy. Pay kur yepeq paahuy," yaw pam pumuy amumiq kita. "Niikyangw uma pumuy itaavokmuy peqw tsamkyangwniy," yaw pam pumuy amumi kita.

Noq pu' yaw puma mant oovi pangsoq pumuy kawaymuy tsamkyangw pu' yaw puma put nay aw pituqw pu' yaw puma soosoyam pangso paamiya. Noq pu' yaw puma pangso paami haykyalayaqw piw yaw pangqaqw i' höwi waaya. Pay pi yaw pam son pepeq tuwat qa hiihikwqe oovi pepeq naat as qatuqw pay yaw puma pangsoqyaqw pu' pam paasat pangqw waaya. Niiqe pu' pam yaw oovi pangqw puuyaltikyangw pu' pay yaw pam aqw oomiqwat waaya. Noq pep yaw put tuupelat ep haqam yaw hiisaq puutsiwyat tuuwiwya'ytaqw pangso yaw pam qatuptu. Niiqe pay yaw pam pangqw tsokiwkyangw pay yaw pam pumuy amumi taynumqw pay yaw puma put qa hin aw wuuwantota.

Noq pu' yaw puma mant put paahut tuwaaqe paasat pu' yaw puma okiw pangso pisoqti. Pas pi yaw puma paasat sunan paanaqmokiwta. Noq pu' yaw pam wuuyoqwa maana pay mooti pangso pituuqe pu' yaw pam oovi pay kur hiita akw hikwniqe pu' yaw pam oovi pay paasat pangqw motolhikwni. Niiqe pu' yaw pam oovi pay paasat aqw po'olti. Noq pu' yaw pam naat pu' aqw pantiqw pay yaw pam höwi pangqw pumuy amumi hingqawu.

Noq pu' yaw pumuy na'am pangqawu, "Meh, taq pi pam höwi sumataq angqw itamumi hingqawuy," yaw pam kita. Noq pay yaw pam höwi hingqawqw pay yaw pam taaqaniqw pu' pam tsaywa maana qa navota. Noq pay yaw pam wuuyoqwa maana kur navotqe pu' yaw pam oovi pay paasat sungwnuptu. Sungwnuptut pu' yaw pam pay pep paasat wun) unumlawu. Nit pay yaw aapiy qa pas wuyavotiqw pu' yaw pam as oovi piw tuwantaniqe pu' yaw pam oovi piw aqw po'olti. Naat yaw pam oovi pu' piw pantiqw pay yaw pam höwi piw angqw hingqawu. Noq pay yaw pam maana suyan navotngwu pam hingqawngwuniqw. Niiqe pay yaw pam oovi put aw hingqawqw pay yaw pam paasat ahoy sungwnupte' pu' yaw pam piw ep wununumlawngwu. Noq pay yaw pam maana aasakis hikwniqey tuwantaqw pay yaw pam piw pangqawngwuniqw pay yaw pam kur hin hikwni.

Noq pu' yaw pumuy na'am pumuy tuuvingta, "Ya hingqawngwuy?" yaw pam pumuy amumi kita. Noq pu' yaw puma tuqayvaasi'yyungqw pu' yaw piiw. Noq pam yaw kur pangqawngwu:

went on to seek water. As he walked about looking, much to his surprise, he did come across a spring. At the very base of the mesa water was flowing out from under the ground. Consequently, there was quite a good amount of water present in a pool. Immediately, he began calling the girls. "Come on over. There's water here," he shouted to them. "And bring the animals along with you."

The two girls did as bidden and brought the horses over to their father. Then they all headed to the spring. As they neared the water a dove flew up. Apparently, it had been drinking there and was still there when the three Navajos came upon it and disturbed it. As the dove got airborne, it flew skyward to alight on a narrow ledge of the mesa cliff. As it perched up there it spied down on the Navajos, but they paid no attention to it.

When the girls caught sight of the pool of water, they rushed for it. The poor things were equally thirsty. The older girl reached the water first, but had nothing to scoop the water out with. So she decided to simply bend over and drink straight from the pool. The moment she leaned over into the pond, the dove uttered something to them from above.

The father said to his daughters, "Listen, it seems that dove is trying to tell us something." What the dove had said, the man and his younger daughter had not understood. The older girl, however, had plainly heard the dove's message and quickly jumped up, and stood about aimlessly. In a little while she decided to try and drink again, so once more she leaned over into the pond. The minute she did so, the dove cooed out the same message. The older girl had no problem understanding the dove's words. They were clearly directed at her. As a result, she jumped up to a standing position again, and aimlessly walked about. Each time the girl attempted to drink, the dove repeated its words, so that she was prevented from getting a drink.

Curious about this odd behavior, the girls' father asked, "What is it saying?" This time they listened with great attention until the dove repeated its message. It went as follows:

Ii'ni' nili, ii'ni' nili.
Iih.
Asdzani bitl'e hodi'il.
Hööwiw, höö, höö, höööö,

kitangwu yaw kur pami'.

Noq pu' yaw pam taaqa pep wunuwkyangw pam yaw pumuy
mantuy amumi taynuma. Pay yaw pam kur navota pam höwi hing-
qawngwuniqw. Niiqe pu' yaw pam oovi pumuy amumi pangqawu,
"Is ohiy. Kya pi sen antsa'ay. Kya sen uma haqawat piw pantaqw
oovi pam pangqw panhaqam hingqawlawuy," yaw pam pumuy
amumi kita.

Noq pay yaw puma qa haqawat hingqawt pay yaw puma pay-
soq naami taynuma. Noq pay pi yaw puma okiw paanaqmokiw-
yungqw pu' yaw pam maana oovi piw tuwantaniqe pu' yaw pam
oovi piw aqw po'oltiqw pay yaw pam piiw. Niiqe pay yaw pam piw
mooti hingqawqey pay yaw pam paasat piw pangqawu. Paasat pu'
yaw pam oovi pay piw ahoy sungwnuptuqe pu' yaw pam oovi piw
pep wununumlawu. Noq pay yaw pam pas kur son pumuy okiw
hikwnani. Aasakis yaw pam pan tuwantaqw pay yaw pam piw
pumuy amumi pangqawqw pay yaw pam piw nawus ahoy sungw-
nuptungwu.

Noq pu' yaw pumuy na'am pumuy amumi pangqawu, "Ta'ay,
pay pi itam soosoyam paanaqso'iwyungqw pay nu' oovi nawus kur
hin qa put angqw tutkitaqw pu' itam paasat piw tuwantotaniy,"
yaw pam pumuy amumi kita. "Pay kya pi uma haqawa pantay,"
yaw pam pumuy amumi kita.

Noq pam höwi yaw kur put pumuy aawinta. Yaw pam himuwa
maana kur panta. Pam suukyawa yaw a'ni wiphö'ytaqat kitangwu
yaw pam höwi. Noq paniqw yaw pam oovi pumuy qa hikwna. Noq
okiw yaw pumuy na'am as qa haalayti pan navotqe.

Noq pu' pay yaw pam wuuyoqwa maana pay naap pangqawu,
"Hep owi, pi' nu' okiw piw panhaqam hinta," yaw pam put nay aw
kita.

Noq pu' yaw put na'at aw pangqawu, "Haw'owi? Ya umwa
okiw piw panhaqam hintay?" yaw pam put aw kita. "Ta'ay, pay pi
nu' son nawus ung put angqw ayo' qa aarilaniy," yaw pam put aw
kita. Niiqe pu' yaw pam oovi pay nawus put awniqw pu' yaw pam
oovi pep put angqw tutkilawu it poyot akwa'. Aarilanta yaw pam
put wiphöyat. Noq pas pi yaw pam kur antsa a'ni wiphö'yta. Okiw
yaw pam wivööruki.

Pas pi yaw pam oovi put pangqw soosok aarilaqw pu' yaw pam

Ii'ni' nili', ii'ni' nili.

Iih.

The woman is hairy in the crotch.

Hööwiw, höö, höö, höööö.

This is what the dove kept cooing.

The man just stood there looking at his daughters. Evidently, he had understood what the dove was trying to convey. So he said, "What a shame! Perhaps it's true. I guess one of you is hairy like that, for that's what the dove is telling us."

Neither one of the girls uttered a reply. The two simply looked at one another. And since they were all thirsty, the girl made another attempt to drink. Once more she bent over the pool, and once more the dove cooed the same words. As before, the poor girl stood erect, stepping nervously from one foot to the other. It was obvious that the dove would not allow her to drink. Each time she tried, it restated its message with the effect that the girl had to stand up.

The father now said to his daughters, "All right, as we're all thirsty, I'll have no choice but to shave that hair off. Then we can try again. One of you must be hairy in the crotch."

Evidently, this was what the dove was communicating to them. One of the girls was endowed with a fuzz of pubic hair. For that reason the dove would not permit the Navajos to quench their thirst. Their poor father was quite distressed when he learned of this.

The older of the two now confessed, "Yes, it's true, poor me, I am like that."

Her father replied, "Is that right? Are you the one with the pubic hair? Well then, I suppose I'll have to shave it off." Obediently, his older daughter stepped up to him, whereupon he took a knife and sheared her pubic hair off. Sure enough, as it turned out, she had a great mass of this hair. The poor girl was just covered with it.

As soon as he had shaven all of it off, the girl gave it another try.

paasat piw tuwantaniqe pu' yaw aqw po'olti. Paasat pu' yaw pam pas ngasta wiphö'ykyangw pangsoq po'oltiqw paasat pu' yaw pam höwi pay qa piw hingqawu. Qa hingqawqw paasat pu' yaw pam na'am pumuy amumi pangqawu, "Ta'ay, pay kur itam son pu' qa hikwyaniy," yaw pam kitaqw paasat pu' yaw puma oovi hikwya. Niiqe puma yaw oovi pas mooti pep put maanat wiphöyat angqw ayo' aarilayaqw paasat pu' yaw pam höwi pumuy hiwkna.

Yantoti yaw pumaniiqe paasat pu' yaw puma hikwyat paasat pu' yaw puma piw it wiwkoroy ang opomnayat pu' yaw puma pumuy kawayvokmuy piw paas hikwnaya. Pangqw pu' yaw puma piw oovi aapiytota.

Noq yan piw yaw kur pam höwi put aw navoti'ytaqe pam yaw oovi ep pumuy pas peep qa hikwna pumuy amumi hingqawlawqe. Okiw yaw pam put maanat hamantoyna. Niiqe pam taaqa yaw oovi put höwit atsviy okiw yaw put maanat löwangaqw aarilaqw pu' pay yaw pam maana okiw paasat ngasta wiphö'ykyangw pangqw Oraymi huuyato.

Panwiskyaakyangw pu' yaw puma pangso Oraymi ökiiqe pu' yaw puma put sikwiy akw it Hopinösiwqat oovi nahoyngwantuutu'yya. Noq pay yaw antsa ima Hopiit pumuy sikwiyamuy oovi tuwat it piikit ngumnit akw tuutu'yya. Niiqe pay yaw puma put tutkyay suhuyayaqe pu' yaw puma oovi pay panis suus pephaqam kiqlavehaqam tookya. Pu' yaw puma pay oovi piw ep qavongvaqw pangqw nankwusa. Pay yaw paasat naat qa pas suyan taalawvaqw pay yaw puma paasat pangqw piw ahoy kiy aqwya. Nit pay yaw puma oovi piw pep haqam mooti wiwkoroy ang kuytotat paasat pu' yaw puma piw angqw nankwusa. Niiqe pay yaw puma paasat ahoyyaqe pay yaw puma piw paasat qa suus tokt pu' yaw puma piw ahoy pangso öki haqam pam höwi pumuy amumi hingqawqw. Niiqe puma yaw paasat pangso piw put kuuyiy pas soosoktotat pu' yaw piw ahoy pangso öki. Niiqe pu' yaw puma oovi pangso kuywis-kyaakyangw pu' yaw piw pangso hikwwisa.

Paasat pu' yaw puma piw pangso ökiqw paasat pu' yaw pam taaqaniqw pu' pam tsaywa maana pay aapiy mooti hiiko. Nii-kyangw pay yaw puma as paasat it höwit suutokya. Noq pay yaw pam höwi naat kur pumuy u'ni'ytaqe pay yaw piw put maanat aw hingqawu pam hikwniqe aqw po'oltiqw. Pay pi puma qa suus piw talöngnayat ahoy pangso ökiqw pay yaw kur put maanat wiphö'at ang ahoy kuukuyvaqw pay yaw pam mooti hingsavat wiphö'ytaqey pay yaw pam piw kur angsavat ahoy wiphö'yva. Noq pay yaw pam höwi kur piw put aw navoti'ytaqe pay yaw pam oovi piw put aw pangqawu:

Once again she bent over the pond. This time the dove kept silent. When the girls' father didn't hear anything from the dove, he remarked, "All right, it looks as if we can drink now." And so they all drank from the pool. Not until the girl's pubic hair had been removed did the dove permit them to drink.

Having quenched their thirst, the three also filled their canteens and saw to their horses' needs. With that they were able to continue their journey.

What was surprising, of course, was that the dove had known about the girl's pubic hair and thereby almost prevented the three Navajos from drinking. The bird really had succeeded in embarrassing the poor girl. Nevertheless, it was because of the dove that the father had been forced to shave his daughter's crotch. In this state, deprived of her pubic hair, the poor girl now continued on her trading mission to Oraibi.

Eventually, the three arrived at Oraibi, where they were able to exchange their mutton for Hopi foodstuffs. It turned out to be true that the Hopis took the Navajos' meat in trade for their piki and flour. Because they quickly got rid of their trade goods, they spent only one night camping at the outer edge of the village. The very next morning they moved out again. It was still before daybreak when they embarked on their journey back home. They did not depart, however, without first filling their canteens to the brim with water. On their way home they again spent several nights before they reached the same place where the dove had harassed them. By coincidence, they had again depleted their water supply as they came to the spring. So they went to the pool to fill their canteens and get a drink.

This time the man and the younger girl were the first to drink. By now they had completely forgotten about the dove. The bird, however, remembered them, so when the older girl bent over and was about to scoop out some water, the dove repeated its ditty. As they had spent several days after their last stop at this place, the girl's pubic hair had apparently grown back to its previous length. The dove was well aware of this and once again cooed as follows:

Ii'ni' nili, ii'ni' nili.
Iih.
Asdzani bitl'e hodi'il.
Hööwiw, höö, höö, höööö,

pay yaw pam piw put aw kita. Noq pu' pay yaw pam maana paasat navotqe pu' pay yaw pam piw hamantiqe pay yaw paasat ahoy sungwnuptu. Pay yaw piw kur höwi pumuy amumi pituuqe pay yaw oovi paasat piw put maanat aw pangqawtivaqe pay yaw kur son piw put hikwnani.

Paasat pu' yaw put maanat na'at piw put tiy aw pangqawu, "Is ohiy, pay kya antsa piw angqw wuuwuptiqw pay hapi oovi sumataq piw ung qa hikwnaniy," yaw pam put aw kita. "Pay pi nu' nawus piw ung pangqw aarilani," yaw pam put aw kitaaqe pu' yaw pam oovi piw put awniiqe pu' yaw pam piw haqe' wa'ökqw pu' yaw pam okiw piw put tiy löwangaqw aarilanta. Paasat pu' yaw pam yukuuqe pu' yaw pam put aw pangqawu, "Ta'ay, pay yantaniy. Pay pi um son kur kya pi nawus qa yantiqw pu' pam ung hikwnaniy. Pay pi um son as pi qa hikqw pu' itamyaniy," yaw pam na'at put aw kita.

Pas yaw pam yantiqw paasat pu' yaw pam höwi piw put maanat pas ngasta wiphö'ytaqat hikwna. Pas yaw pam paasat pu' put qa aw hingqawlawqw pu' yaw pam oovi paasat piw tuwantakyangw pu' yaw pam piw hiiko.

Yanhaqam yaw puma piw hintotikyangw pu' yaw puma piw soosoyam hikwya. Paasat pu' yaw puma piw oovi imuy pokmuy pas paas hikwnayat pu' yaw puma piw kuywikoroy ang opomnayat pangqw pu' yaw puma piw nimanhoyta.

Niiqe pu' yaw puma ahoy pepeq kiy epeq ökiiqe pu' yaw puma it yantaqat put yuy aw tu'awi'yyungqw pas hapi yaw pam pumuy amumi tayati. Pu' yaw pam put maanat aw pangqawu, "Is uti, ya piw i' okiw ung panhaqam hintsanaa?" yaw pam kitaaqe pay yaw pam as put engem qa haalayti pam kur okiw pas pan wivöörukiniqw. Niikyangw pay hapi yaw pam höwi piw put pas no'aqw pay yaw pam oovi piw put maanay aw tayati.

Yanhaqam pay yaw puma put suukw akw pay hihin pas kyaananaptat yaw ahoy kiy epeq öki. Pay yukhaqam i' paasavo'o.

Ii'ni' nili, in'ii' nili.
Iih.
The woman is hairy in the crotch.
Hööwiw, höö, höö, höööö.

Upon hearing this, the girl became embarrassed once more and immediately stood erect. The dove had obviously returned and, by revealing this fact about the girl, was not going to let her drink.

Now the man said to his daughter, "Too bad, perhaps your hair has grown back again, for obviously the dove does not want you to drink. I guess I'll have to shave you once more." With that he approached her with his knife. His daughter lay down somewhere, whereupon he took his poor child and shaved her crotch clean. When he was done, he said to her, "All right, this should do. I suppose this is the only way that dove will let you drink. You need some water before we go on."

Sure enough, now the girl who had lost her pubic hair was permitted to drink. This time when she tried the dove did not sing its ditty.

This is how the Navajo man and his two daughters fared there at the spring. Having quenched their thirst, they let their horses drink and topped off their canteens prior to setting out for home.

Upon their return home they related the incident to the girls' mother. She got a big laugh out of this. Then she turned to her older daughter and said, "How awful, did that bird do that to you, you poor girl?" She was saddened for the daughter when she learned that she was so hairy in her crotch. But the incident with the dove also amused her so much that she could not help but burst out in laughter at her daughter.

This was the ordeal the three Navajos experienced, before returning home from their trading trip. And here the story ends.

Appendix I: Glossary

Aliksa'i

Tuutuwutsniqa sutsep aliksa'it akw yaynangwu. Noq hakim put aw tuuqayyungqam hu'wanayanik hakim, "Oh," kitotangwu. Pu' pay aapiy pam tuutuwutsqw paapiy pu' hakim put piw pay an hu'wantiwisngwu. Noq pay qa soosoyam Hopiit pan tuuwutsit yaynayangwu. Itam Orayngaqwyaqam pay tuwat pan tuwi'yyungqw pu' imawat kiyavaqsinom peetu, "Haliksa'i, kur yaw ituwutsi," yan tuuwutsiy yaynayangwu.

Apoonivi

Apoonivi pi pay Orayviy taavangqöyvehaqam pay hihin kwiningya tuukwi. Pay hihinqötsatukwi. Pam pi Apoonivi. Noq pay pi pam Hopiituy piw pas amumi himu, Apoonivi. Hak yaw mookye' pangsoq yaw hak mooti wupt pu' aapiy piw aqw kwiningqöymiqwat hawngwu. Pu' aapiy hak maskimiqningwu. Pep yaw nan'ivaqw aqw tutuvenga, tatkyaqöyngaqwnit pu' kwiningqöyngaqw. Pu' yaw pepeq ooveq kiihu. Pay hak mookye'sa put kiihut tuwangwu.

Hoohu

Hak it hoohut yukunik hak mooti haqami hoongaptongwu. Niikyangw hak it hiita angqw put yukuniqey put susutskwivut pu' piw hongvit ooviningwu. Noq i' mongpuwvi yaw lomahootiwngwuniqw oovi peetu put ooviye' puma haqami yaavo put ooviyangwu. Pu' pay peetu piw put it teevetnit pu' hunvit angqw put enang yuykuya. Paasat pu' hak put hoongaviy sutskwiptangwu. Pu' hak piw put hoohuy sutsvoqwat tsukutoynat pu' ayoqwat sus'ovaqe hak angqe hövalangwu. Hak put pang hövawtaqat put awtat awatvosiyat aw tsokyat pu' put langaknat pu' put pookyangwuniiqe oovi pang put hövalangwu. Pu' pang hövawtaqat atpik pu' hak put paykomuy homastsiitsikvut kwaptat pu' tahut akw tootonaqw pam aw huurtingwu. Pu' piw hak put homastsiitsikvut haqami so'taqw pang hak piw put tahut akw tootonangwu. Pu' hak hovenaninik hak mooti pantit pu' paasat put pan aw homaskwaptangwu.

Noq pu' it tsaakw awtayat hoo'at paalangput akw atkyamiq lewiwkyangw pu' ang homaskwap'iwtaqw pang pas naap hoove'ytangwu. Pu' it tiposhoyat awtayat hoo'at tsukumiq sakwawsat akw enang pe'ykyangw pam susmootiniiqa it songohut angqw yukiwta-

Aliksa'i

A storyteller usually begins with *aliksa'i*. In reply to this formulaic introduction the listeners utter, "Oh." As the narrator continues with his story, we keep acknowledging his story with this same response. But not all Hopis begin their tales in this manner. We, who trace our ancestry to Oraibi, follow this custom, while some living in the distant villages of the other mesas commence by saying, "Ituwutsi," which means, "It is my story."

Apoonivi (place name)

Apoonivi [untranslatable] is an elevation that lies somewhere southwest of the Oraibi mesa and slightly to the northwest. Of whitish appearance, it is an important place for the Hopis. When someone dies, he first ascends this peak and then, after making his descent to the northwest side, continues his journey to Maski, the "Home of the Dead." There are steps leading up to Apoonivi, both from the southeastern and northwestern flank of the elevation. At its very top is a house. Only the deceased can see this house.

Arrow

To manufacture an arrow one first needs to collect the necessary wood. Desirable are branches which are both very straight and very strong. Apache plume is said to make beautiful arrows, but men going after this plant generally have to travel far. Others use greasewood or cliff-rose to construct their arrows. As a first step, the wooden shafts are straightened out as much as possible. Next, one end of the arrow receives a point, while on the opposite end a groove is cut across the top. Into this groove the bowstring is inserted which, when drawn, projects the arrow. Directly below this grooved end, three split feathers are attached which are held tightly in place by means of sinew wrappings. The other ends of the feathers are also bound to the shaft with sinew. Should a person intend to decorate his arrow, he does so, of course, prior to mounting the feathers.

The arrow that comes with a child's bow is painted red at the lower end. The portion where the feathers are mounted has its own distinct decoration, and the bottom tip is painted blue-green. The very first arrows a baby boy ever receives are fashioned from a small

ngwu. Pu' put susmooti makiwqat angqw hakim ayo' sukw taviye' pu' hakim put tiyooyat siihuyat aw somye' pu' put haqam pam tiitiwqw hakim pep put kyeevelmoq tsuruknayangwu.

Pu' Hopiit it tsuu'at kyalmokiyat akw put hoy hisat lelwiya-ngwu. Pu' himuwa put tuwqat akw mu'aqw pam put aasonmi pakye' pu' pam put aatsavalqw pu' pam putakw pay sumokngwu. Pu' puma hisat naat putsa pas tunipi'yyungngwuniiqe puma put hoohuy engem pan piw tsikwanpit himu'yyungngwuniiqe oovi hoo'am kur ngölöwtaqw puma putakw hoohuy sutskwiplalwa-ngwu. Noq pam hiita hurut angqw yukiwkyangw pam ang paayom sen naalöyömhaqam porom'iwyungngwu. Niikyangw hin puma put sutskwiptotangwuniqw pam pu' pay suutokiwa.

Paaqavi

Paaqavi pi pay nuutungk kitsokti. Puma pi pay Orayve naaho-niwyaqat ep hooniwyaqe mooti Hotvelpe yesva. Nit pu' peetu ahoy as oraymiyaqw qa tangatota. Pu' pay pangso Paaqavit aw naakwii-pa. Noq i' Kuwannömtiwa, Tuwawungwa, pumuy pep amungem kitsokta.

Honani

Hopitniqw i' honani a'ni tuuhikyaningwu. Pu' pay i' Hopi piw put katsina'yta. Niiqe pam oovi ephaqam hiita akw naawalawe' pam put aw naawaknangwu put qalaptsiniqat oovi. Pu' i' honani piw peetuy Hopiituy wu'ya'am.

Tuupevu

Tuupevu pay i' tawaktsi tuupewtaqaningwu. Put hak koysömiq tuupengwu. Noq pu' hakim put pangqw ipwaye' pu' put hotom-nayat pu' put taplakni'yyungngwu. Paasat pu' pam pas lakqw pu' hakim hisat piw tuupevutyanik hakim pay put panis ahoy kwalak-nayaqw pay pam piw ahoy antingwu. Noq i' katsina pay pas son piw put enang qa na'mangwu'yvangwu.

Pesets'ola

Pevesets'olt hakimuy tokvaqw pu' hakimuy amumiye' pu' amuupa ungwat tsoonantotangwu. Pu' hakiy ep kuktsukvaqw pu' hakim naaritotangwu. Nen qa tokve' pu' ahoy qööhiy uwiknaye' pu' pumuy maqnumyangwu, pesets'olmaqnumyangwu. Hakimuy qööyaqw pay watqangwu, tuupelpa yayvantangwu. Pu' hakim pang pumuy mutsimintotangwu. Hakimuy tuupela'am ungwat akw tuutuwuuvuningwu.

reed. One arrow from this first bundle is set aside for his umbilical cord which is tied to it and then stuck into the ceiling at the home of his birth.

In former days the Hopis used to coat their arrows with rattlesnake poison. When such an arrow was shot at a foe and penetrated his body, the poison would spread within his system and bring on a quick death. In former times when the arrow was one of the few Hopi weapons, they also used shaft straighteners to align their crooked shafts when necessary. This implement was made from some hard material and had three or four perforations. How exactly it was employed has been forgotten, however.

Bacavi (Third Mesa village)

Bacavi [correctly Paaqavi, meaning "Reed"] was the last Hopi village to be founded. When during the schism of Oraibi the "hostiles" were driven out, they first settled in Hotevilla. Some of them tried to return to Oraibi, but were not admitted. It was then that they established themselves at Bacavi. Kuwannömtiwa, a member of the Sand clan, was the one who built the village there for his followers.

Badger

For the Hopi, the badger is a great medicine man. They also have him as a kachina. Therefore at times when a person is suffering from some malady, he prays to the badger to heal his ailment. The badger is also the clan ancestor of some Hopi.

Baked Sweet Corn

Tuupevu is sweet corn baked in a pit oven. After removal from the underground oven it is strung up and then dried in the sun. Once the *tuupevu* has hardened and people want to eat some, they need only boil it for it to return to its moist state. A kachina always includes *tuupevu* when he comes bearing gifts.

Bedbug

When people fall asleep, they are visited by bedbugs who suck their blood. As a result, people itch and scratch themselves. When they cannot go back to sleep then, they make a fire and hunt around for the pests. No sooner is a fire lit, though, than the latter run away, usually climbing up the walls. There people squash them so the walls are marked with streaks of blood.

Qa Naani

Himuwa hiita ep pay sen kyaahintini sen hiita neengem nuk-
ngwat sen lolmat himu'yvaniqw hak put aw qa kwangwatayte' hak
pan qa naaningwu, qa pam hapi pantiqe oovi. Noq pu' himuwa
panhaqam hintiqw mi'wa ayangqw aw qa kwangwataytaqa pay pas
put son hinwat qa sasvingwu. Ephaqam pam put powaqsasvingwu.
Pu' ephaqam himuwa pangqawngwu pam mashuyi'ytaqe oovi put
hiita nukngwat aw pitu. Pay yanhaqam pam put naap hin sas-
vingwu.

Tsivaato

I' tsivaato wuko'ala'ytangwu, pu' piw sisiyaqa'ytangwu. Kya pi
pam kapirmomoymuy amuupa sominumqw pay himuwa aw
sisiwkukngwu. Paniqw oovi pam sisiqrokiwtaqat yaqa'ytangwu.

Pu' himuwa taaqa panis momoymuy amuupa yannumqw pu'
put oovi piw pangqaqwangwu, "Tsivaato'iwta. Oovi yaqay aw
sisiwkukta."

Pay pi hiituwat Hopiit pi Tsivaatongyam. Pay pi hintiqw pi pu-
muy pangqaqwangwu.

Pösaala

It Hopivösaalat put pi pay Hopiit naap yuykuya. Noq put pi pay
taataqt tootimsa pööqantotangwu. Pu' puma naap piw put engem
tontotangwu put yukuyanik. Pay pi puma son put qa suukw qöö-
tsatnit pan tonyat paasat pu' akw ang peenayaniqey pu' put kuwan-
totangwu. Nen pu' put pantaqat enang pu' nana'löngöt pööqaya-
ngwu. Noq pu' pam ang hingsa' puuvutsi naanangk pöqniwtangwu.
Qöötsaniqw pu' haqe'wat piw qömviningwu. Pu' ephaqam piw
sakwawsa angqe enangningwu.

Awta

It awtat hak yukunik hak mooti haqami it hiita hongvit hurut
awtangaptongwu. Noq i' kwingvisa pas put aw awiwa. Pu' put
awtangaptamaqa put ahoy kwusive' pam put mooti ang hin hinta-
niqat pan paas tsatsvit pu' paasat hin ngölöwtaniqat pan pam put
hiita aw somi'ytaqw pu' pam pan laakiwmangwu. Pu' pam paas
lakqw paasat pu' pam put engem awatvostiwngwut yukungwu.
Pam it tahut naat mowa'iwtaqat, murukiwtaqat put awatvostoy-
nangwu. Pu' himuwa piw aakwayngyavaqe it tahut enang tsokyaqw
pam put enang hongvi'ytangwu. Noq it yantaqat awtat ta'ikwiwtaqa
yan tuwi'yyungngwu. Pam pantaqa hakiy naamahin put a'ni
langaknaqw pam naamahin a'ni ngölöltikyangw qa qöhikngwu. Pu'

Begrudge/Envy the possession or enjoyment of something

Whenever a Hopi does something spectacular or acquires something valuable or good, another person is bound to be envious. The person will begrudge the former his good fortune because he is not the one who has been blessed with it. In such a case, the person who is jealous will almost always put the other down in some way. He may label him a sorcerer, or even claim that he sold a corpse to gain his things of value. In these ways Hopis typically slander one another.

Billy Goat

The Billy Goat has big horns and a urine-covered nose. I guess that whenever it sniffs around on the female goats, it gets urinated on by them. For this reason the billy goat's nose is encrusted with urine.

So they say about a man who always goes around among the women, "He is a billy goat. Therefore he's peeing on his own nose."

Some Hopis are members of the Billy Goat clan. I have no idea why this clan is named like this.

Blanket

Hopi blankets are manufactured by the Hopis themselves. As a rule, it is the men and boys who do the weaving. They also carry out the spinning themselves. They definitely spin a white yarn, and if a weaver wants to create a blanket with varicolored stripes, he dyes the yarn. Then he weaves it in different colors. Normally a blanket is woven in narrow consecutive bands. These bands are usually black and white, but occasionally a blue-green stripe is also part of the design.

Bow

To make a bow one first sets out to get the necessary wood, which needs to be strong and rigid. Oak is most suited for this purpose. Upon returning from one's collecting trip, one first prepares the wood by hewing it properly. Then it is lashed to something so that it will attain the desired shape in the drying process. Once the wood is thoroughly dried, one fashions the bowstring. Generally, the string attached to the bow is of animal sinew which one twists while it is still moist. Some bow makers also place sinew along the back of the bow in order to give it more strength. Such a bow is referred to as "one which carries sinew on its back." A sinew-backed bow does not break, even when drawn with great force, and is curved in a

hak put pan a'ni langaknaqw pam hoohu a'ni öqalat yamakngwu.
Pu' i' yantaqa awta piw pay qa it tsako'awtat an putsqaningwu.
Pam pay hihin sumringpuningwu. Noq pu' i' tsako'awta piw na-
na'löngöt kuwanat akw pe'ytangwu. Put ngungu'ypi'at qöötsani-
ngwuniikyangw pu' put nan'ivaqw sakwawsat akw pe'ytangwu.
Pu' paasat put atsve paalangpuniikyangw pu' paasat sikyangpuni-
ngwu. Pu' qalaveq pam pay it kavihintööqökput akw so'tangwu.
Noq pu' it sakwawsatnit pu' it sikyangpuyat ang paayom sen naa-
löyömhaqam qömvit akw tsokom'iwtangwu. Pu' pam aakwayngya-
vaqe paalangpuningwu. Pu' put awatvosi'at piw soosoy paalang-
puningwu. Pu' himuwa piw aakwayngyavaqe sakwawsat akw
lölöqangwve'ytangwu, hotsitsve'ytangwu. Niikyangw pamwa paa-
sat it qömvit atsva pan pe'ytangwu. Pu' pam mongaqw ngungu'y-
piyat nan'ivoqniikyangw pu' awatvosi'at piw sikyangpuningwu.
Noq ima totimhooyam pantaqat awtat Powamuyvenit pu' Nimanti-
kive makiwyangwu.

Poli'ini

I' maana wuuyoqte' kongtanisaytiqw pu' put yu'at aw poli'in-
nangwu. Niiqe pam mooti put paas naawusnat pu' pam put angayat
sunasavaqe tsiikyat pu' paasat it ngölat akw pu' sutsvaqw aw
yukunat pu' paasat ayangqwwat piwningwu. Pu' himuwa maana
wupa'anga'ykyangw pu' piw a'ni höömi'yte' pam wokovoli'inta-
ngwu. Noq Hopi pan wukovoli'intaqat aw sutsep kwangwa'ytuswa-
ngwu. Noq it maanat poli'ini'at it povolhoyat masayat aw pay hihin
hayawtaqw oovi paniqw pam poli'ini yan maatsiwa.

Pi'aku

Pi'aku pi pay hakiy mori'uyiyat tuwe' pay pas ep ki'yvangwu.
Put tuumoytangwu hakiy mori'uyiyat. Pu' hin'ur kya pi ööye' pay
nanayö'ngwu. Oovi himuwa tsay hin'ur nösngwunen suunayö'-
ngwuniqw put aw pangqaqwangwu, "Pi'aku'eway panis nanayö'-
tinuma."

Hotsor'angw

Hotsor'angwuy pi pay hak mamqasngwu, nuutsel'ewayniqw
oovi. Wuuhaq mamlatsi'yta. Piw pam hakiy kuukinik pas hin'ur
kuukingwu. Pu' piw pam qa iits mokngwu. Naamahin hak put
tutkitaqw naat mamlatsi'at poninitotangwu.

sharp arc. When the bowstring is drawn hard, the arrow is released with great velocity. The bow described above is not flat like the child's bow. Rather, its wood is slightly rounded.

Unlike the adult bow, a child's bow is decorated with an array of colors. The place where it is held is painted white; this area is flanked on both sides with blue-green. Next comes a red section followed by yellow. The outer ends are painted purple. The blue-green and yellow color zones are spotted with either three or four black dots. The back of the bow is colored red, as is also the entire length of the string. Some bows have blue-green zigzag designs painted on their backs. While the designs are applied on a black background, the rest of the inside from the handle outward is yellow, which is also true for the bowstring. Children's bows are given to the young, uninitiated boys during the Powamuy and Niman ceremonies.

Butterfly Hairdo

When a girl reaches a marriageable age, her mother styles her hair in a way termed *poli'ini*. First she brushes her hair thoroughly before parting it in the center. Then, using a wooden hoop for support, she fashions a whorl on each side of her daughter's head. When the girl's hair is long and luxuriant, she will inevitably have large whorls. A girl wearing her hair in this fashion is most attractive in the eyes of the Hopi. The similarity of the whorls in the girl's hair style to the wings of a butterfly account for its appellation *poli'ini*, or "butterfly hairdo."

Pre-adolescent girls, on the other hand, have a hairdo referred to as *naasomi*. The *naasomi* is worn on both sides of the head above the ears and is not as large as the *poli'ini*.

Caterpillar

Whenever a caterpillar discovers a person's bean plants, it makes its home there. Then it gobbles up the plants. As it gets satiated, it vomits. Thus, each time a child overeats and vomits right away, people say, "He's like a caterpillar that goes around vomiting."

Centipede

Centipedes are dreaded because they look repulsive. They have many legs (literally, "fingers"). Whenever one wants to bite a person, it bites him really hard. A centipede does not die quickly. Even though it is cut into pieces, the insect's legs keep moving.

Tsuku

Hisat pi pas hak tsukut pakingwu. Tsukuwimkyate' pu' tsuku-
lawngwu. Orayvi pi pan put tuwi'yta. Pam pi oovi mangpukqötö'y-
tangwu, pu' piw sowisrut naaqa'ytangwu. Pu' puma pay taalö' hiitu
katsinam tiivaniqw pu' amumi tsukulalwangwu. Pu' tapkiqw
Kipokkatsinam amumi kiipokngwu. Pu' pumuy amumi kukyat pu'
wuvaatotangwu. Pu' piw naat ahoy amumi ökye' pu' pumuy kwats-
totangwu, amungem hiita kivayangwu.

Qaa'ö

Hopit qatsiyat ep i' qaa'ö pas qa sulawningwu. Hak tiitiwe'
tsotsmingwut mooti enang yu'ytangwu. Pu' itam put angqw hiita
yuykuya, nöösiwqat, hoomat, ngumnit. Himu haqam hintsakqw i'
qaa'ö sen put angqw himu yukiltiqa pam qa hisat pep qa sulaw. Noq
oovi pam it Hopit aw pas himuniqw oovi antsa hiita taawit'ewakw
ep hiitawat qaa'öt tungwani'yte' pay piw pam put yu'ytangwu. Pu'
hak mokqw pu' pay piw putakw hakiy engem homvöötotaqw pu'
hak paasat haqaminiqey put angningwu.

Taavo

Ima taatapt hisat yangqe Hopiikivaqe kyaastangwuniqw ima
Hopiit angqe' pumuy oovi maqnumyangwu. Hisat naat qa haqam i'
himu kaneeloningwuniqw puma pumuynit imuy taataptuy, sowii-
tuysa pas nönöqkwipyangwu. Pu' himuwa ephaqam pay naala
maqtongwu, pu' ephaqam pam piw pay haqawat sungwa'yma-
ngwu. Pu' piw hisat it maakiwuy pas tiingapyat pu' paasat ep pu'
aqw pituqw paasat pu' puma pas soosoyam maqwisngwu. Pu'
paasat piw tömöngvaqw naat pu' nuvatiqw paasat piw haqam
maqwisngwu, paasat hapi puma susmataq kuuku'yyungngwuniqw
oovi. Pu' himuwa pay piw taavot puukyayat angqw neengem
homitotstangwu.

Tsa'akmongwi

I' tsa'akmongwi hisat imuy Tepngyamuy tuwat amungaqwni-
ngwu. I' kikmongwi put hiita tsa'law'ayataqw pu' pam put tsa'law-
ngwu. Pu' hiita hintsakpit engem tokiltotaqw sen Nimantotokyat
sen maakiwniqat pay ii'it pam tsa'lawngwu. Noq pu' put aw hin
tsa'lawniqat tutaptaqw pam put pas su'an tsa'lawngu. Kur sen
haqam natönvastani sen öhömtiniqw pam piw pas put su'antingwu.

Clown

Long ago a person used to get initiated into the business of clowning. After becoming a member of the Clown society he could then act as a clown. At least, that is how Oraibi tradition had it. This particular clown wore a cap made of sheep fur which had jackrabbit ears attached as earrings. On the occasion of a kachina day dance then these clowns used to clown for the kachinas. In the evenings one group of Raider kachinas attacked the clowns in turn. Upon tracking them down they whipped them. After coming back a second time, these Raider kachinas made friends with the clowns again by bestowing gifts on them.

Corn

Corn is ever present in the life of a Hopi. At birth, a perfect ear of white corn represents the symbolic mother of a child. From corn a variety of items are made: food, sacred cornmeal, flour. Wherever a special event is going on, corn or its byproduct is never missing. Corn is so precious that whenever it is incorporated into a Hopi's song, it is spoken of as his mother. At death, a path of cornmeal is made along which the deceased travels wherever he is destined to go.

Cottontail

Long ago cottontails were quite abundant in Hopi country so that the Hopis went about hunting them. At the time when sheep did not yet exist, cottontails and jackrabbits were the Hopis' only source of stewing meat. Hunting was done either alone or with a partner. However, communal rabbit hunts were also announced for specific dates in those days. When a set date was reached, everybody went out to hunt. Frequently, people went out hunting in winter, immediately after a snowfall, because then the animals' tracks could be readily seen. People also used to fashion snowboots for themselves out of cottontail skins.

Crier Chief

In the past the person in charge of public announcements came from the Greasewood clan. Whenever the *kikmongwi*, or "village leader," commissioned him to make an announcement, he would do his bidding. If a date had been set for a certain event such as the Niman ceremony or if there was to be a hunt, the *tsa'akmongwi*, or "crier chief," would announce it publicly. After he had been instructed as to the announcement, he would carry it out verbatim. If the *kikmongwi* cleared his voice at a certain spot or coughed, the crier would do likewise.

Masmana

I himu Masmana pam pi haqam pi ki'yta. Pay himuwa taaqa haqami hintsantongwu sen maqtongwu, pu' pam piw awningwu. Pu' haqami aw pite' pu' pay put hakiy taaqat sen tiyot kiy aw ngemnangwu. Pu' himuwa pay nakwhe' pu' pay amumningwu.

Pu' kiy ep pitsine' pu' pay son pi qa nopnangwu. Pu' hakiy aw tunösvongyaate' pay hiita hakiy tsöqayat hurusuki'ytangwu. Pu' tootoptuy nöqkwivi'ytangwu. Pu' pay himuwa put tunösvongyat aw yorikye' qa suutaq'ewningwu angqw nösninik. Tuutuyoyngwu. Pu' pay oovi angqw atsatumoytangwu. Pu' pam maana hiitawat nopni'ykyangw pu' pay aapamiq pakye' pu' pay son pi hiita qa na'sastangwu. Pu' angqw ahoy yamakye' pu' ang tunösvonyat ahoy ayo' oyangwu. Pu' hakiy aw pangqawngwu, "Nu' uumi wunimani. Ung tiitaptani. Pu' ason nuy tiitso'naqw pu' pay um yep puwni inumum."

Oovi paniqw pam nukpanmana. Hin'ur himuniikyangw pay qa nukwangwvewat hiita hintsaki. Pay tuwat hakiy tsopniqey panwat pam pumuy taataqtuy kiy aw ngeeminta. Pam pi pay hak maana sonqa mokt pu' ahoy taatayi. Pay kya hak himu powaqmananiiqe oovi hiitawat aw sonewmanat akw naamaataknangwu.

Naanan'i'voqniiqa

Hopi hiita naanan'i'vo hintinik kwiningyaqwsa mooti yaynangwu. Pu' teevenge angkningwu, pu' taatöq, pu' hoopoq, pu' oomi, pu' atkyami. Kuwana paas qeni'yta. Sikyangpu kwiningyaqwningwu, pu' sakwawsa taavangqw, pu' paalangpu tatkyaqw, pu' qöötsa hoopaqw, pu' qömvi oongaqw, pu' maasi atkyaqw.

Pu' oovi himu sihu piw pay anta. Himuwa sihu haqamiwat makiwa'yta. Heesi kwiningyaqw, tsorosi taavangqw, pu' mansi tatkyaqw, pu' poliisi hoopaqw, pu' aqawsi oongaqw, pu' soosoy himu sihu atkyaqw.

Pu' i' natwani piw naanan'i'vaqw qeni'yta. Uuyi kwiningyaqw, pu' mori'uyi taavangqw, pu' kawayvatnga tatkyaqw, pu' melooni hoopaqw, pu' tawiya oongaqw, pu' patnga atkyaqw.

Pu' ima tsiroot piw naanan'i'vo qeni'yyungwa. Sikyats'i kwiningyaqw, pu' tsooro taavangqw, pu' kyaaro tatkyaqw, pu' poosiw hoopaqw, pu' tuposkwa oongaqw, pu' kyelewya atkyaqw.

Pu' i' nana'löngö qaa'ö piw naanan'i'vaqw qeni'yta. Takuri kwiningyaqw, sakwapqa'ö taavangqw, palaqa'ö tatkyaqw, pu' qötsaqa-'ö hoopaqw, pu' kokoma oongaqw, pu' tawaktsi atkyaqw.

Demon Girl

A Masmana or "Demon Girl" can have her abode just about anywhere. She usually approaches a man when he goes to do something, for example, hunting. Upon meeting a married or unmarried man, the Demon Girl invites him to her house, and if he agrees, he follows her there. Upon reaching her home the girl will feed her victim. The food she sets out typically is a pudding consisting of human brains. The stew has flies for meat. As a rule, the man is not inclined to eat this when he looks at it. He'll be nauseated. So he pretends to eat. The girl will now go into a back room to prepare something. Upon returning she clears away the set-out food and then says to her victim, "I'll entertain you now by dancing for you. After finishing my dance you can sleep here with me."

For this reason a Masmana is evil. Endowed with supernatural powers, she engages in bad doings. Her main goal for inviting men to her house is to have sexual relations with them. Apparently the girl died and then came back to life again. I guess she's a sorceress, for she always shows herself as a beautiful girl.

Directions

Whenever a Hopi intends to do something with the different directions, he always begins with the northwest. Then follow southwest, southeast, and northeast. These [solstitial, not cardinal] directions are supplemented by the direction up, or zenith, and the direction down, or nadir.

Every direction is associated with a specific color. The northwest is yellow, the southwest blue, and southeast red, and the northeast white. Up is gray and down black.

The same is true for the flowers. Each particular direction is linked with a flower. Thus, the mariposa lily goes with the northwest, larkspur with the southwest, Indian paintbrush with the southeast, and evening primrose with the northeast. The sunflower is associated with the zenith and all kinds of flowers with the nadir.

The crops, too, have their established places in the sequence of directions. Corn goes with the northwest, beans with the southwest, watermelon with the southeast, and muskmelon with the northeast. Squash is reserved for the up, and the gourd for the down.

From the realm of birds the yellow warbler belongs to the northwest, the bluebird to the southwest, the parrot to the southeast, and the magpie to the northeast. The little sparrow hawk is the bird of the zenith, the canyon wren the bird of the nadir.

Finally, there are the different-colored corn ears that have their

Hopi pay naanan'i'voq tungwni'ytaqat tuwi'yta. Meh, kwiniwi, teevenge, taatö, hoopo. Niiqe oovi pay hak hakiy hiita haqami aa'awnanik putakw hakiy hiita tuwanangwu. Pu' pay kiy aapave piw pay putakw hiita hak hakiy aa'awnangwu. Meh, hak sen pösaalay qa tuwe' pu' tuuvingtangwu, "Ya haqam ipösaala qaatsi?" "Pep aapave hopkye' tuletat ang kwimikiwta."

Höwi

Imuy höwiituy pi pay Hopi piw nösngwu. Tsaatsayom pumuy maqwise' pay tuupeyangwu. Pu' pay pumuy soswangwu. Pu' ephaqam pay hiisa' paykomuy naalöqhaqam qöye' pay kivaqw pay hakim put aw tuupeye' matayamuy naanaqasyangwu; pam pay hihin wuuyoqaningwuniqw oovi.

Tuwqa

I' tuwqa pay haqawa hakiy hiita akw yuuyuynaqa, hakiy qa aw yan unangwa'ytaqa, tuwqaningwu. It naaqöyiwuy ep hakiy aw kiipokqa pam mitwat tuwqa'atningwu. Pu' hikis himuwa hakiy naap sino'at hakiy tuwqa'ytangwu. Noq hisat ima himusinom Tasavum, Payotsim, Yotsi'em, Kumantsim, Kaywam, Tsimwaavam, Kooninam, puuvuma himusinom hisat yukiq Hopiikimiq kikiipokyangwuniiqe oovi puma paniqw Hopiituy hisattuwqamat.

A'ni Himu

Hak a'ni himunen pay naap hinwat pantangwu. Niikyangw ephaqam himuwa pay soq nukpanvewat pantangwu. Pu' pay hak piw a'ni himunen hak hiita pavanniiqat tuwi'ytangwu. Noq oovi ima katsinam a'ni hiitu puma it yooyangwuy tuwi'yyungqe oovi. Pu' ima qataymataq yesqam puma piw it Hopit tuwiy akw pa'angwantotaqe oovi piw a'ni hiitu. Pay it tuuwutsit ep puma qa suukya pakiwta, i' Kookyangwso'wuutiniqw pu' put mömatniqw pu' i' Pavayoykyasiniqw pu' i' Maasaw, pu' Taawa, pay ii'ima puma hiitu. Noq i' Hopi pumuy tuwiyamuy son naap hintiniqe oovi pam pumuy amumi put hiita tuwiyamuy tuuvingtimakyangw yep qatu.

directions. Yellow corn relates to the northwest, blue corn to the southwest, red corn to the southeast, and white corn to the northeast. Sweet corn is reserved for the zenith and purple corn for the nadir.

Of course, the Hopis have names for all these directions. Thus, *kwiniwi* refers to the northwest, *teevenge* to the southwest, *taatö* to the southeast, and *hoopo* to the northeast. And if a person wants to tell someone an object's location, he uses the directional terms to point out the place. The same holds for locations inside the house. For example, if someone can't find his blanket, he asks, "Where is my blanket?" "There, inside, along the northeast side [of the house] it is draped over the hanging beam," comes the reply.

Dove

The dove is one of the birds the Hopis eat for a meal. When children go hunting for doves, they usually roast them before they eat them. Once in a while when someone kills three or four doves and brings them home, people fight over their gizzards when roasting them because the gizzard is relatively large.

Enemy

An enemy is someone who causes another person harm or grief or is not friendly toward him. In a war the enemy is the one who raids the other side. Of course, even one's own tribesman can be one's enemy. Long ago such tribal groups as the Navajos, Apaches, Comanches, Kiowas, Chemehuevis, and Yavapais came to raid the Hopi villages and, consequently, were the Hopis' enemies of old.

Extremely Powerful Being

A being may have greater than human powers for a variety of reasons. Sometimes these powers are rooted in evil. Other times, exceptional powers may be based on the ability to achieve great things. The kachinas are extremely powerful beings in this sense, because they know how to produce rain. All those who exist invisibly and aid the Hopis with their knowledge are considered beings of superhuman strength. Many of them, such as the Old Spider Woman and her two grandsons, Pöqangwhoya and Palöngawhoya, and Pavayoykyasi, Maasaw, and the Sun god, appear in many myths and tales and perform many feats. Since the Hopis cannot perform these feats, they constantly plead to these beings to support them in their lives, each being using its own special methods.

Mö'wi

I' hakimuy aangaqwvi'am nöömataqw put nööma'at pamningwu, mö'wi. Noq oovi hakim himungyamniqw pangqw puma taataqtuy nöömamat möömö'witningwu. Niiqe hakim soosoyam ngyam pu' piw hakimuy amumumyaqam pumuy mö'wi'yyungngwu. Pu' piw hakimuy ti'am nöömataqw pam piw mö'winingwu. Noq paasat pay ima taataqtsa put namat put mö'wi'yyungngwu.

Noq pu' pam mö'wi pas himuningwuniqw oovi hakim put qa tungwayangwu. Hak put yaw tungwaqw i' taawa yaw hakiy enang pakingwu. Noq pay hintiqw pi pangqaqwangwu.

Qöpqö

I' qöpqö pay sutsep kivaapeq it saaqat su'atpipningwu. Noq put akwniwi hakim hiita hintsatskyangwu. Pu' pam hisatqöpqö hisat pay nevewvutsqaningwuniikyangw pu' pam aqw atkyamiqwat pay hiisavo hötsiningwu. Pu' pam it tusyavut akw angqe ngöyakiwtangwu. Noq pu' puma hiita qööqööyaniqey put saaqat atpik maskya'yyungngwu. Noq pu' i' hak put aw tunatyawtaqa pam tsoylan-'aya'amningwu.

Leelent

Orayveq Leelent pi pay piw pas qatsitotangwu. Noq pay pi puma piw as lööpwatyangwu, Masilelentniqw pu' Sakwalelent. Noq Orayve pi pay suukw yaasangwuy ep qe'yat pu' piw ayoqwat yaasangwuy ep pi piwyangwu. Puma pi sumataq Tsuutsu'tuy amumum nana'waqtiwisngwu. Pu' puma leelenyaqam pu' put mit wupalenat ang leelentiwisngwu. Puma pi Leelent peetu leenat heeki'ytaqat ang leelentiwisngwu, nan'ikyaqeyaqam leelentiwisqam pas piw nukwangwyuwsi'ywisngwu. Pitkunkyaakyangw, mötsapngönkwewa'ykyaakyangw, pu' piw pavayoykyasit iikwiwyungngwu. Pu' nukwangwsupnaltsöqa'asi'yyungngwu. Pu' pankyaakyangw puma pu' qötöveq lensit kopatsoki'yyungngwu. Noq lööyöm taaqat moopeqniiqamsa put atö'öt ustakyangw nan'ivaqw mooti'ymangwu. Noq pu' puma mima maanat yoywuupaqam oovatsa kwasa'ykyangw pepeq sunasaveq wunimantimangwu.

Ngöytiwpi

Tsöötsöptuy amungem yuutukqw pu' puma haqawat pay qa kuuyit oovi yuutukniqam puma uuyitote' pu' pepeq paahut atkyaq pumuy nuutayyungngwu. Soosokmuy yayvaqw pu' puma pangqw nankwusangwu. Peetu tsaatsayom kokomvitkuntotaniqam put pitkunyungngwu. Pu' pay hiita uuyit meloonit kawayvatngat puma

Female In-Law

Mö'wi is a kinship term reserved for the female who marries a man that is related to one clan-wise. Thus, the wives of the men of a certain clan are *mö'wi* to all members of that clan and the phratry it belongs to. When a son marries, his wife is also a *mö'wi*. But in this case only the father and his male clan relatives consider her as their *mö'wi*.

Because a *mö'wi* is generally very revered, we do not address her by name. However, if someone mentions her by her given name, he is said to be taken along by the setting sun. Why this saying exists, no one knows.

Fire Pit

Within a kiva the fire pit is always situated just beneath the entrance ladder. It is in the area northwest of this fire pit that most activities take place. The ancient fire pits were usually square and slightly dug into the floor. Their side walls consisted of flat rocks. The fuel was always kept in stock underneath the ladder. The person who looked after the fire was known as *tsoylan'aya*, or "fire tender."

Flute Society Members

Long ago, the members of the Flute society used to entertain the people in Oraibi with their ceremonies. There were two groups, the Gray Flutes and the Blue-green Flutes. In Oraibi they performed every other year, taking turns with the initiates of the Snake society. Some of the Flute members used to play a flute with a broad rim at the end. They were usually the ones walking along the outer sides of the group as it made its procession into the village. They were beautifully costumed, dressed in kilt and embroidered kachina sash, and wore a *pavayoykyasi*, or "moisture tablet," on their back.

Gift-Snatching Game

At the occasion of the Antelope society race those who do not run for water go get plants and then wait for the runners down below by the spring. As soon as all the runners have reached the top of the mesa, those waiting by the spring start out. Some of them, children, wear the dark purple breech clout of this occasion if they care to do so. They, too, then climb up the mesa bringing with them

pangqw kiwiskyaakyangw yayvawisngwu. Pu' oomiq ökye', "Yap-pahaha!" töqtotit pu' yuutukngwu. Pu' momoyam mamant pumuy ngööngöyangwu. Uuuyiyamuy, meloonit, kawayvatngat nawkitotangwu. Pu' pay ep haqawa taaqa ngöwtiwniqey naawakne' pay paasat ngöwtiwngwu. Hak taaqa son oovi hiita kitpik yawnumngwu. Himuwa wuuti tuwe' pay put nawkingwu.

Pu' qavongvaqw Tsuutsu'tuy amungem piw pay an hintoti-ngwu. Pu' tsu'titso'qw aapiy naalös taalat ang tootim taataqt ngöy-tiwlalwangwu.

Kuyvato

Pay pi itam sinom qa sun tuptsiwni'yyungqe oovi itam qa suukw hiita aw naanawaknangwu. Noq itam Hopiit pi tuwat it hakiy qataymataq qatuuqat aw itaa'unangwvaasiy oo'oyaya. Nii-kyangw pay itam qa put pas aw put oo'oyaya. Hak talavay naat pay pas su'its talpumiq put hiita neengem pu' piw sinomuy, timuy, sinmuy amungem hiita lolmatniqat pangsoq naawaknangwu. Noq pu' pam taawa put ömaate' pu' pam put haqami kimakyangw tuwat yang oova nakwsungwu. Pu' hak piw pan kuyvate' pay taawat naat qa pas yamakqw hak pantsantongwu.

Ngumanta

Wuuti maana ngumantanik pam mooti hiisa'niqey paasa' huumit pu' paasat put wuwhingwu. Pu' pam put pantiqw pu' i' tsiipu'atniqw pu' i' aa'avu'iwyungqa ang ayo' löhökngwu. Paasat pu' pam put hakomtamiq oye' pu' pam put pangqe haakokinta-ngwu. Ephaqam put hakomtat mataaki'at pööngalaningwu. Pu' hak putakw put tuqyaknangwu. Tuqyaknat pu' pam paasat piw ahoy oomiq kweete' paasat pu' pam put angqe piw pan ngumantangwu, angqe haanintakyangw pu' pam hihin tsaatsakwtangwu. Paasat pu' pam put hakwurkwakyangw pu' kur pay pangsayniniqw pu' pam ahoy put intangwu. Inte' pu' pam haqam tulakinsivut qööhe' paasat pu' pam put aqw tulaknangwu. Pangsoq pu' pam put laknat paasat pu' put angqw ahoy tsaame' pu' pam put pingyamtamiqwat oya-ngwu. Pu' pam put pangqe möyikni'ykyangw put hukyani'y-kyangw pu' pam ason hukyaqw paasat pu' pam put angqe pii-ngyantangwu. Pu' pam put paas put piingye' pu' pam paasat put tsaatsayat pu' ang tsiipuyat ayo' maspat paasat pu' hak piw epha-qam angqe haananik pantingwu.

corn, muskmelon and watermelon. Upon getting up to the top they shout, "Yap pahaha!" and then dash off. Women and girls now chase after them and snatch the crops away from them. Any man who wants to participate in this gift-snatching game may do so. One thing is for certain: a man cannot take anything around with him [at this time] as he walks about the village. For he's bound to be spotted by a woman, who will take away whatever he carries with him.

The next day, people do the same thing in connection with the Snake society race. As a matter of fact, during the four days follow-ing the end of the Snake dance, both boys and men challenge the womenfolk with the gift-snatching game.

Going Out to Speak the Early Morning Prayer

Since people hold a variety of beliefs, we each pray to different gods. Thus, we Hopis address our heartfelt wishes to "one who lives unseen." But we do not really address our prayers directly to this being. Rather, we turn early in the morning toward the rising sun and pray for all beneficial things concerning ourselves, our relatives, our children, and people in general. The sun, upon receiving these prayers, takes them to a place unknown. The appropriate time for this prayer ritual is just before sunrise.

Grinding Corn

When a woman or girl intends to grind corn, she first shells the amount of corn she wants and then winnows it so that the chaff and worm-eaten kernels can be separated. Next, she puts the corn ker-nels into the coarse grinding stone and there begins to crush them, coarse-grinding everything. This done, she brings the corn back up in the slanted metate and grinds it repeatedly to make it finer. Final-ly, the corn becomes cornmeal, and when it is the desired texture, she scoops it from the grinding bin. Next, she builds a fire under a roasting pot, and dry-roasts the cornmeal until no trace of moisture is left. Then she places the corn in a finer metate, spreading it out there to cool off, at which time she fine-grinds it. This accomplished, she sifts the cornmeal to remove any remaining chaff and, if she wishes, grinds it once more.

Kutsvaptosi

Hakim kutsvaptostotanik hakim mooti tuupeptotangwu. Koy-sömiq samit amyaqw pu' pam pangqw pankyangw kwasingwu. Pu' qavongvaqw hakim put yaahayangwu. Noq pu' pam tuupevuni-ngwu. Pu' hakim put siingyayat pu' hotomnayangwu. Pu' hakim put laknayangwu. Pu' pam lakqw pu' hakim put huumiyangwu. Pu' pantotit pu' hakim put hakwurkwayangwu. Pu' put paas piingyaya-ngwu. Noq pu' pam toosiniwtingwu. Pu' hakim put pay ephaqam qömyangwu. Pu' pay ephaqam piw pantaqat maptaklalwangwu. Pam pi kutsvaptosi.

Asnaya

Imuy kwusi'ytaqatnit pu' maanat lööqökiwtaqat paayis ngu-mantaqat ep qavongvaqw pumuy asnayangwu. Noq pumuy sinomat pi epyangwuniiqe oovi puma pumuy aa'asnaye' puma pumuy höömiyamuy naami muriwankyaakyangw pu' amumi pangqaqwangwu, "Yantaqw uma naami huurte' uma wuuyavo naama qatuni. Uma naama wuyootini."

Haw!

I' taaqa hikiy hiita navotnanik mooti, "Haw!" kitat pu' paasat hiita pangqawniqey pangqawngwu. Meh, hisat kya pi himuwa hakiy kiiyat aw pite' mooti aqw pangqawngwu, "Haw!" Pu' pay paasat angk sen ayangqawngwu, "Ya qa hak qatu?" Pu' paasat himuwa haqami kivami hakiy sen wikte' pam mooti kivats'omi wuuve' pu' piw aqw pangqawngwu, "Haw! Ya pam qa pepeq pakiwta?" Noq wuutitaataptuynen pu' tuwat, "Hawaa!" kitangwu.

Hawaa!

Wuuti haqami naakwayte' sen kivamiqnen pu' aqw pangqaw-ngwu, "Hawaa! It huvam ömaatota'a." Pu' angqw noovayat ömaa-totangwu.

Hak wuuti tuutsamte' pay piw pangqawngwu, "Hawaa! Tuma nöswisa." Pu' angqw hakiy hu'wane', "Say!" kitangwu.

Hehey'a

I' suukya katsina antsa piw Hehey'a yan maatsiwa. Noq peetu ima Kuwanhehey'am puma pay pas suhiituniqw pu' pumuy

Ground Sweet Corn

Whenever people intend to make ground sweet corn, they first need to bake some sweet corn. For this purpose the fresh corn is placed into an earth oven where it is baked overnight. What is removed the following morning then is the finished baked sweet corn. The ears are now husked and then strung up on a line. Next, they are dried. Once they are dry, they are shelled and then ground. After the initial coarse grinding they are fine-ground. As a result, the kernels turn into fine powder. People now either use the powder to make unbaked *qömi* cakes or they eat it by picking it up in pinches with their fingers. That is ground sweet corn.

Hair-Washing Ritual

As part of the wedding ceremony the bride grinds corn at the groom's house for three days. On the morning of the fourth day the hair of the bride and groom is washed ritually by their relatives. As they do this, they twist hair strands from both of them together and say, "Now that you are fastened closely together, share your life for a long time. Become old together."

Haw!

When a man wants to let something be known to another person, he first announces his presence with "Haw!" and then tells him what he wants to say. Thus, long ago it used to be that when a male person approached someone else's home he first shouted "Haw!" Following that he might have added, "Is anyone at home?" Or on another occasion today, if a man is to fetch another person at a kiva, he will first ascend the kiva roof and then also call in, "Haw! Is he down there?" In the case of a woman, on the other hand, the appropriate exclamation is "Hawaa!"

Hawaa!

Whenever a woman goes to take food somewhere, for instance to a kiva, she shouts in through the hatch, "Hawaa! Take this off my hands." As a result, people relieve her of the food.

Also, when a woman invites others to a meal, she always says, "Hawaa! Let's go eat." The customary reply to this invitation is, "Say!"

Hehey'a (kachina)

There is one particular kachina whose name is Hehey'a. One type, known as Kuwanhehey'a, or "Colorful Hehey'a," is very

taaha'am pay tuwat okiw hin'ewayniikyangw pu' piw ahoytuqayta. Noq i' Hehey'amuy Taaha'am mangpukqötö'ykyangw pu' tsiilit nakwa'ytangwu. Pu' pam qömvit taywa'ykyangw pu' toritsangwtangwu. Pu' pam piw sööngöt yaqa'ytaqw put ooveq it koyongot masa'at aqw tsööqökiwtaqw pu' put poosi'at qa haalayqat an soniwngwu. Panmakyangw pu' pam tumatsöqa'asi'ykyangw pu' paalangput akw maynit pu' qaspe nan'ip sowi'ingwtanat peeni'ytangwu. Pu' pam piw it kapir'aapat torikiwkyangw pu' atsva sipkwewtangwu. Pankyangw pu' pam it pas pitkunat kurivaqe pitkuntangwu. Pu' pam piw hokyanavankyangw pu' put angqe kwewawyat akw namoy ang somi'ytangwu. Pankyangw pu' pam lomasawkototskyangw pu' honhokyaasomkyangw pu' pam piw it tsöptanat pi'alhaytangwu. Pu' pam imuy Hehey'amuy amumum pite' pam pumuy pay amuqle' wunimantinumkyangw pu' paasat pumuy hiita taawi'yyungqw pam put maasantangwu. Pu' piw pam imuy manawyatuy ngumantaqw ep puma lööyöm piw pumuy amumum pite' puma pumuy matayamuy iikwiwnumngwu. Pu' pumuy manawyatuy wunimaqw puma pumuy nan'ivaq qatuwkyangw pu' piw taawit an maasankyangw pu' pumuy manawyatuy toosiyamuy aw pingvoptangwu. Pu' puma pay qa suukya imuy Sooso'yoktuy amumum ökingwu wikpangwa'ykyaakyangw.

Hopi

Itam Hopiit pay pas kyaahisat yepeq yesvakyangw naat pay itam yepeqya. Niikyangw i' pay qa itaatutskwa. Itam pay naat yep haakyese. Niikyangw itam yaw pay soosok hiituy sinmuy amumum as Öngtupqaveq nöngakkyangw pay itam pangqw naanan'i'voq nankwusa.

Noq i' hak mooti yep qatuuqa itamumi hin tutaptaqw pay itamsa naat pay put tutavoyat hihin anhaqam yeese. Noq itam yaw mooti angqe' haqe' wuukonankwusat pu' peqw Hopiikimiq öki. Niiqe itam yaw angqe' a'ni kiiqötotaqw naat pam angqe' hongya. Niiqe itam oovi songyawnen angqe' hiisaq tutskwa'yyungqey put akw itam angqe' tuvoylatota. Noq pu' peetu piw pay as angqe' nankwusaqam pay as piw itamun hopiitniikyaakyangw pay puma haqamiwat ökye' pay puma hiita akw pep pas huruyesva. Noq itam hapi as naat yuk yaw haqami Tuuwanasami mooti ökit pu' paasat pep pas suus yesvaniqat yan as i' itamumi tutavoniqw pay pumawat qa pantoti.

Noq pu' i' Hopi as hiita qa nukpanat himuyat suupan hintsakqe oovi pan natngwani'yta. Noq pay peetu itamungaqw nuunukpant.

handsome. Hehey'amuy Taaha'am, the "Uncle of the Hehey'a," on the other hand, is very homely and speaks backwards. He has hair consisting of lamb's wool and adorns his head with a bunch of red peppers. His face is black with a distorted mouth. For a nose he has a corn cob in whose top is inserted a turkey wing feather. His eyes are sad-looking. Kaolin is used for his body paint, and red deer hoofs are depicted on both sides of his arms and thighs. His whole upper torso is clad with a goat skin, and his waist is girdled with a silver concho belt. In addition, the Uncle wears a kilt and footless black stockings that go up to the knee and are tied to the shin by means of narrow woven belts. His brown-colored moccasins are decorated with embroidered ankle bands, and from his hips dangles a rattle made of antelope hoofs. Wherever the Uncle arrives in the company of the Kuwanhehey'a, he acts as their side dancer and mimes the words of their chants. During the performance of the Sa'lako puppet drama, a pair of Hehey'a Uncles participates who tote on their backs the grinding stones of the little puppets. During the actual dance of these two marionettes, the two Uncles act out the words of the song in pantomime and also check the fineness of the sweet cornmeal the puppets are grinding. More than one Hehey'amuy Taaha'am also come with the So'yoko ogre kachinas. In this role, they carry ropes.

Hopi

We Hopis settled here ages ago and we are still here. But the land is not ours. We are here only as tenants. We made our emergence from the underworld at the Grand Canyon with all sorts of other people and from there migrated into all directions. The being who first inhabited this upper world gave us certain instructions, and we are the only people that still live in some ways by these instructions. Tradition has it that at first we undertook a great migration before arriving here in Hopi country. Along the way we left many ruins which still exist. It is as if we marked the land area that is ours in this way. Some of those who went through the migration are Hopis just as we, but when they arrived at certain locations, they settled there permanently for some reason. Yet our destination was a place called Tuuwanasavi, "Earth Center," and only after reaching this place were we to settle for good. These were our instructions though they were not followed by the others.

It seems as though a Hopi does not do any evil, thus the name Hopi. But some of us are evil.

Matsaakwa

Hopi pay it matsaakwat kyaptsi'ytangwu. Pam yaw imuy yooyoyangwtuy pok'amniqw oovi hak yaw put yuuyuynaqw puma yaw hakiy mu'ayangwu. Paniqw oovi himuwa haqe' waynumqw pay itam put qa aw hintsatskyangwu. Noq ima Songoopavit tuwat tuptsiwni'yyungqw yaw matsaakwa tuuhikyaningwu. Paniqw oovi tsaatsayom haqe' yayvantinumyaqw himuwa roopikye', pelekqw angqw ungwtiqw puma yaw put matsaakwat hepyangwu. Pu' puma put matsaakwat aw taviyaqw yaw pam matsaakwa may akw ang ma'ynumngwu, ang pay mamkyangwu. Pas suupan tuuhikyat antingwu. Pantsaknumngwuniqw oovi puma pan tuptsiwni'yyungwa pam tuuhikyaniiqat. Noq pay kya pi pam hakiy pantsanqw pay hakiy haqam hintaqw pam put aw lomahintsanngwu, tomaknangwu. Paasat pu' puma piw matsaakwat maatatvengwu. Paniqw oovi pay hakim tsaatsayomye' matsaakwat qa niinayangwu, hakim pay put paasyangwu.

Hotvela

Hotvela pi nönganva. Orayngaqw hisat pangsoq maqwisngwu. Nen pepeq hikwyangwu. Angqw tumpoq aapiy atkyamiq pisa'atvela. Noq pang hin'ur hoqlö'yta, hohu'yta. Noq pay paniqw oovi pangqaqwangwu, "Ho'atvelmoq hikwwisa."

Naahonaniwuy ep Yukiwma pumuy qa Pahannanawaknaqamuy naalakni'yma, haqami yaw Kawestimay aqwa'. Nit pay puma ho'atvelay oomi tapkinaya. Niiqe pay pep puma yesva. Niiqe pu' pay ang naanaqle' saavulalwa kohot. Niiqe pay qööqöötota. Nit pay qa aapiy puma nankwusa. Niiqe pu' pay pep kitsoktota. Noq pu' pam pay paapiy pu' Hotvelpi.

Hu'katsinsa

Ima tuuwuvaatatoqam Hu'katsinat Angwusnasomtaqat tokotswuutit yuy amum pitungwu Powamuyve tsaatsayom katsinyungtaniqw. Puma moohot somiwtaqat wuvaapi'ytangwu. Putakw puma tsaatsakwmuy wuvalawngwu. Pan puma tsaatsakwmuy tuwitoynangwu. Pu' pay yukye' pu' naawuvaatangwu, pu' yuy piw wuvaatat pu' angqw yamakngwu. Pay ima Hu'katsinat piw pan töötöki'yta, "Huu, hu," pu' qalaveq pangqawngwu, "Ko'aha."

Horned Lizard

The Hopis have great respect for the horned lizard. Being a creature of the rains, they claim that a person molesting it will be struck by lightning. For this reason, the horned lizard is left well alone when encountered.

The people of Songoopavi believe the horned lizard to be a medicine man. Thus, when children go climbing around somewhere and one gets scratched or chafes his skin in a way that it bleeds, they search for a horned lizard. They then entrust the injured child to the lizard, which starts probing the injury just as a medicine man would when laying hands on the body of a patient. This is why they believe that the horned lizard is truly a medicine man. By doing this to the child the lizard heals the injury, causing the pain to stop. After this it is released. Thus, children don't molest the horned lizard and certainly never kill it.

Hotevilla (Third Mesa village)

Hotevilla [correctly Hotvela] is a flowing spring. Long ago, men from Oraibi used to go hunting near this spring. They always quenched their thirst there. From the mesa edge to the spring and on down to the plain extended a dune slope. This area was heavily forested with juniper trees. For this reason people used to say, "Let's go to Hotevilla, or 'Juniper Slope,' to drink."

At the time of the Oraibi split Yukiwma [the leader of the Hostiles] was moving all those Hopis who didn't care for the White man's way to a place called Kawestima. By evening the people reached the top of "Juniper Slope," so they camped there. Since they built many fires, they chopped a lot of wood there. In the end, however, they failed to proceed to their destination of Kawestima, so they established a village there. From that time on this village was called Hotevilla.

Hu' Kachina

There are two Hu' kachinas who, at the time of the Powamuy ceremony, come to whip the children that are to be initiated into the kachina society. They always arrive with their mother Angwusnasomtaqa, who is a mean-spirited woman. The kachinas use tied yucca for whips with which they beat the children. That's how they teach the children [the secrets of their society]. When they are done whipping the initiates, they first strike each other with the yucca and then their mother. Then they leave [the kiva]. The cries the two kachinas utter are, "Huu, hu," [hence their name]. They end their cries with, "Ko'aha."

Huk'ovi

Huk'ovi pi Orayviy taavang tuukwi. Pep pi piw pam kiiqö. Noq pay kya pi sutsep pep huuhukngwu. Noq oovi paniqw pay kya pam put tungwayaqw oovi pam Huk'ovi.

Putskoho

It putskohot i' Hopi pay hisat himu'yta. Noq i' putskoho putsqaningwuniiqe oovi pan maatsiwngwuniikyangw pu' pam piw hisat pe'ytangwu. Noq i' kiisa yaw put Hopit maqa. Pam kiisa hiita maqnume' pam haqaqw oongaqw hiita niinaniqey aw poste' pam qa masasatimangwu. Noq pam pangqw pan postoq put masa'at pay it putskohot pas su'anhaqam soniwngwu. Pu' pam put masay akw songyawnen put hiita wungwve' pu' put sawitoknat pu' paasat aw ahoynen pu' put niinangwu. Noq Hopi putakw imuy taataptuy sowiituy maqnumngwuniiqe oovi pam it taavot pan'ewakw haqam warikne' pu' pam put angk putskohoy tuuvangwu. Noq pu' pam put su'an wungwvaqw pam taavo hokyaqhikye' pam qa waayangwu. Paasat pu' pam put awnen pu' pam put pay naap niinangwu.

Noq pu' i' piw himu putskoomoktaqa suruy oomiq ngölöwtaqat iitsi'ynumkyangw waynumngwuniqw pam suupan it putskohot pannumngwu. Noq pu' i' Wawarkatsina put aw maatsiwqa pam put putskohot yawtangwu. Noq pu' i' piw katsina Putskookatsina yan maatsiwqa piw put putskohot motsovuy atsva peeni'ytangwu.

Hurusuki

Pay pi wuuti hurusuktanik pam mooti tuupatangwu. Pu' pam kwalakqw pu' pam put aqw it sakwapngumnit sen qötsangumnit aqw siwuwutoynangwu. Pantsakkyangw pu' pam put qöritangwu. Pu' pam hisatniqw huruutiqw pam pay paasat yukiltingwu.

Sowi

I' sowi pay it taavot an a'ni tumqaniikyangw pam put epniiqe pay hihin wuuyoqa. Pu' ima Hopiit pay pumuy piw noonovaqe oovi pumuy sikwiyamuy oovi maqnumyangwu. Pay haqawa ephaqam naalaningwu. Pu' pay piw it maakiwuy ep puma pumuy soosok hiituy nöqkwakwangwtuy oovi maqnumyangwu. Noq pu' maakiwniniqw i' tsa'akmongwi piw put pas tsa'lawngwu hisat haqam pan maqwisniniqw. Pu' piw himuwa put tuuni'yvaqw haqawa put tuupeqa piw put engem it hakwurkwit angqw tangu'viktangwuniqw

Huk'ovi (place name)

Huk'ovi is a butte southwest of Oraibi. There is a ruin there. It seems to be windy there all the time. For this reason the location is referred to as Huk'ovi, "Windy High Place."

Hunting Stick

The Hopis have possessed the *putskoho* or "flat hunting stick" for ages. The label *putskoho* is derived from the fact that it is broad and flat. Long ago it also had a design. The prairie falcon is believed to have given this weapon to the Hopis. When this bird is out hunting and is about to make a kill, it will swoop down from the sky upon its prey without flapping its wings. As it dives from the sky in this manner, its wings very much resemble this flat hunting stick. One gets the impression that the bird hurls its wings at the prey to knock it into a daze before it returns to slay it. The Hopis make use of this stick when hunting cottontails and jackrabbits. It is thrown at them after they are flushed out of their hiding places. If the animal is struck just right, the stick will break its leg, thereby preventing it from making a getaway. The hunter then walks up to his prey and kills it.

In the eyes of the Hopis a scorpion appears to be toting about a flat hunting stick by the manner in which it scuffles along with its stinger curved upwards. Named after the scorpion is Putskoomoktaqa, a runner kachina, who actually carries the flat hunting stick with him. In addition, there is one kachina called Putskookatsina who has this hunting stick depicted just above his snout.

Hurusuki (food dish)

When a woman intends to prepare *hurusuki* she first boils water, into which she sprinkles either white or blue flour, stirring everything at the same time. When the mixture thickens the *hurusuki* is finished.

Jackrabbit

The jackrabbit is as skittish as the cottontail but is quite a bit larger. Jackrabbits were consumed by the Hopis, so they were hunted for their meat. Sometimes a person will go out stalking them alone. On a communal hunt, however, everyone goes out hunting for all the animals that have good meat. Such a hunt was formally announced by the town crier with specifics as to place and time of the venture. When a jackrabbit was brought home, a female member of the hunter's household would roast the prey and bake a special

pam sowitangu'viki yan maatsiwngwu. Pu' pumuy sowiituy puu-
kyayamuy angqw hisat piw it sowitvuput yuykuya.

Katsina

I' katsina it Hopit aw pas himu. Noq pam katsina pay as qatay-
mataq qatukyangw pay haqawa Hopiikiveq pumuy wangwayqw
pay puma pepeq pas naap ökingwu. Noq pay hakim paasat pumuy
oovi tuwa'yyungngwu. Nen pu' puma piw hakimuy taawanawit
songyawnen tiitaptotangwu. Niikyangw pay puma soosok hiita
lolmatniqat enang tunatyawkyaakyangw hakimuy pootayangwu.
Pu' hakimuy amungem na'mangwuy siwamuy noovayamuy
oo'oyayangwu. Noq pu' puma tiitso'nayaqw pu' hakim piw pumuy
yuwsinayat pu' pumuy amumi okiwlalwangwu. Puma hapi naanan-
'i'vo tuu'awwisqw pew yooyangw piptuniqat oovi. Niikyangw Hopi
pay qa neengemsa it yan naawaknangwu, pay pam sopkyawatuy
sinmuy paanaqso'iwyungqamuy amungem enang naawaknangwu,
pu' piw imuy popkotuy amungem pu' uuyiy piw engem. Pay pam
soosok hiita hiihikwqat engem pumuy amumi yoynawaknangwu.

Pu' puma pay haahaqe' piw ki'yyungwa. Haqam paahu yama-
kiwtaqw pay puma pang tuwat yeese. Niikyangw pay puma imuy
oo'omawtuy akw yaktaqe oovi puma putakw hakimuy poptaya-
ngwu.

Noq Hopi hisat as it katsinawuy qa naap hintsakngwu. Hisat
ima pas katsinam pas naap imuy Hopiituy amumi ökiwtangwuniqw
pay pi i' Hopi nukpananiiqe oovi pay pumuy haqaapiy qa kyaptsi'y-
maqw pu' puma pay son pi put ep haalaytotiqe pu' pay puma
pumuy pas suus maatatve. Niikyangw pay puma pumuy piw put
tuwiy mooti amumi no'ayat pu' haqamiya. Paapiy pu' pay Hopi
nawus naap put katsinawuy hintsakma.

Wungpaya

Hisat Hopiit kivanawit yesngwu. Pu' Powamuymi haykyaltiqw
pu' pay puma yuyutyangwu, natwantotangwu, it qööngöt akwa'.
Pu' hiituwat kivapt hakiywat wuptuvaniqat taviyangwu. Pu' puma
soosokingaqw kivangaqw tutskwami hanngwu. Pu' pep puma
leetsiltingwu. Pu' pam wuptuvaniqey taviwtaqa haqe' tuuwuuyaqw
pep wunuwtangwu, qööngöy atpipoq kukuy pani'ytangwu. Pu' hak
amungem maasaknaqw pu' yuutukngwu. Pu' wuptuvayaniqam put
wungpayangwu, qööngöy. Pu' pan puma put wungpayakyaa-
kyangw haqe' qöniwwisngwu. Pu' mooti oomi kiimi qööngöy wup-
naye' puma mootitota.

cake of cornmeal called *sowitangu'viki* for this occasion. Blankets were made from jackrabbit pelts.

Kachina

A kachina is something very special to a Hopi. Although the kachina gods live unseen, they appear in person when one calls them at Hopi country. At that time they are visible. Upon their arrival, they entertain us all day long. They visit us with intentions that everything will be good. They bring us gifts which consist of foods prepared by their sisters. At the conclusion of their dances we present them with prayer feathers and pray to them that they will take our messages into every direction so that we may be constantly visited by rain. But a Hopi does not pray solely for himself, he prays for everyone who is thirsty, including animals and plants. He prays to the kachinas for rain for all things.

The kachinas inhabit a variety of places. They reside where springs surface. They travel about by way of clouds, and that is the mode they use when they visit us.

Way back in the past the Hopis did not carry out the kachina ceremony on their own. At that time it was the real kachinas who came to the Hopis. Because some Hopis were evil, however, and began to show disrespect for the kachinas, the kachinas abandoned them. But before they departed, they turned over their secrets to the Hopis. From that time forward the Hopis had to carry on the kachina cult on their own. As a result, they endure hardships whenever they do so.

Kicking the Stone Ball

Long ago, Hopi [men] used to spend a lot of their time in the kivas. As the time of the Bean Dance ceremony neared in the month of Powamuya (approximately February), they would run and practice for foot races using a kicking ball. As a rule, the various kiva groups appointed a starter for the kicking stone race, whereupon they all descended to the plain below the mesa. There they lined up. When all those appointed to start kicking were positioned at the starting line, they placed their foot under the ball and, upon a given signal, dashed off. The ball was now advanced by throwing it with the foot. At a given point the teams turned back, and the group that first got the stone up to the mesa top was the winner.

Kiisiwu

Kiisiwpi paahu, Orayviy angqw hoopahaq haqam. Noq pep yaw katsinam ki'yyungwa. Noq Hopi pi pay pangso enang pumuy amumi piw yoynawaknangwu. Pu' pay Ninmaniqamuy amungem taala' pay pangsosa salapmokwisngwu. Pu' kiisonve tsööqökiwtaniqat pay piw pep putyangwu, Kiisiwuy epe'.

Pu' oovi pumuy amungem nakwakwustote' pu' pangso put haqami Kiisiwuy aw hom'oywisngwu. Pu' pep puma pumuy amumi naanawaknakyangw paasat pu' puma put uuyiyamuy angqw sokoptotangwu. Pan puma pangso qatsihepwisngwu.

Pitkuna

It pitkunat i' Hopi piw naap yuykukyangw pu' pam put yuuyuwsi. Pu' ima katsinam piw put enang yuuyuwsiyaqw pam pay pas sonqa pe'ytangwu. Pay i'sa Sootukwnangw qa pe'ytaqat pitkuntangwu. Pam qa pe'ytaqa pay paasat kwatskyavu yan maatsiwngwu. Pu' hak put pitkuntaqw pam pay piw putvoqwat hötsiniikyangw pu' pangsoqwat piw pe'atningwu. Noq pu' put atsva hak ephaqam mötsapngönkwewtangwu.

Pu' i' pitkuna pe'ytaqa pam angqe sus'atkyaqe qömvit akw aqwhaqami pay hiisa' puutsit akw tuu'ihiwtangwu. Noq pu' hisat put atsva as pay hihin wuuyaqa piw sakwawsat akw lewiwtangwuniqw pu' pay qa himuwa haqam pantaqa. Pu' put qömvi'ytaqat atsva payp sen naalöphaqam piw naat pöqangwkukve'ytangwu. Noq pu' pam nan'ikyaqe piw tuu'ihiwtangwu. Noq sus'atkyaqeniiqa pam it qöötsatnit pu' it paalangput akw ang atkyamiq tuuwuhiwyungngwu. Noq pam pang tuuwuhiwyungqa it oomawuy yoylekiyat tu'awi'ytangwuniqw oovi put atsve i' oomawuy piw tu'awi'ytaqa pe'ytangwu. Pam aasonve soosoy qömviniikyangw tutuvengve'ytangwu. Pu' pam qöötsat akw angqe uutsiwkyangw pu' yoylekiyat aw paasavo paalangput tutskwa'ytangwu. Pu' put paalangput ang atkye' pam it hiisaq puutsit akw tukiwtangwu.

Kiva

Yang kivanawit pay hiihiitu katsinam tiilalwangwu. Niikyangw pay qa pumasa it kivat akw mongvasya. Pay hiituywatuy wiimiyamuy aw pituqw puma piw pang yungiwta. Ima taataqt it Wuwtsimuy ang puma pang hintsatskyangwu. Pu' ima Popwamuyt, Leelent, Tsuutsu't, pay puuvuma haqamwat yungiwtangwu.

Noq ima momoyam piw naap wiimi'yyungqe oovi ima Mamrawt Lalkont piw haqamwat put aw pituqw pep kivaape yungiwtangwu. Niiqe oovi pay qa taataqtsa pang yesngwu. Pu' ima tsetslet

Kiisiwu (place name)

Kiisiwu is a spring, somewhere northeast of Oraibi, quite a distance away. People say that kachinas live there, so a Hopi will direct his prayers for rain to this spring also. In the summer, pine branches are retrieved from Kiisiwu for the Home Dance kachinas. The same is true for the pine tree that is planted on the plaza during this ceremonial occasion. In preparation for these activities, prayer feathers are fashioned for the kachinas which are then deposited at the spring. Only after praying to the gods there are the pine branches taken. In this manner the Hopis trek to Kiisiwu in search of new [spiritual] life.

Kilt

The kilt, which is woven by the Hopi men themselves, forms part of the native apparel. Whenever it is worn by the kachinas, it is nearly always embroidered. The only exception is Sootukwnangw who dresses in one that is unadorned. Such a plain kilt is called a *kwatskyavu*. Properly worn, the kilt is open on the right where the decorated side also shows. On certain occasions the embroidered sash, known as *mötsapngönkwewa*, is worn over the kilt.

The embroidered kilt has a narrow black border all along the bottom edge. In the past, above the border there used to be a somewhat broader band of blue-green, but kilts like this are not made anymore. Also located right above that black edge are about three or four pairs of vertical marks which are called *pöqangwkuku*, "Pöqangw tracks." Each end of the kilt is decorated with embroidery. In the very bottom field are alternating white and red stripes in vertical alignment which symbolize the rain falling from the clouds. Hence, above them is a design depicting a cloud. The design, which is entirely black inside and resembles the steps of a staircase, is enclosed by a white border while the background up to the rainfall symbols is red. Below the red is a narrow band which separates the red from the rainfall pattern.

Kiva

Many different kachinas hold their dance performances in the kivas. But they are not the only ones who make use of the kiva. When the initiated members of a secret society are to hold their ceremonies, they also assemble within these underground structures. For example, the men stage their religious activities here during Wuwtsim. In addition, the Powamuy, the Flute and the Snake societies, to mention only a few, congregate here for their secret

tuwanlalwe' pay puma piw kivanawit pantsatskyangwu. Noq pu' hakim taataqt tootimnen yangqe' tömölnawit piw hakim kivaapa yesngwu. Pu' hakim pay pang hiihiita pay taqahiita tumala'yyungngwu. Ephaqam himuwa tuulewniy pangso yawme' pam pep put langakni'ytangwu. Pu' hakim piw it hiita tihut, awtat, puuvut hiita Powamuymi pang kivanawit yuykuyangwu. Pay ima tsaatsayomsa qa wiiwimkyam pangso qa yungtangwu. Pas ason Paamuynawit pu' piw angktiwqat ep ima katsinam pang yungiwmaqw pu' pam tsay pangsoq yuy soy amum tiimaytongwu. Pu' puma pangsoq ep tiimaywise' puma pay tuuwingaqwsa tiitimayyangwu imuy momoymuy amumum. Hikis ima mamant naamahin wiiwimkyamniikyangw hisat qa nanalt pangsoq tiimaywisngwu, pu' piw tsetsletuy tuwantawise'.

Noq ima hisatsinom as soosoyam kivat ang yesngwu. Niiqe oovi i' kiva Hopitniqw pay piw kiihuningwu. Niikyangw pam pay itamuy pu' hinyungqat ki'yyungqw qa pantangwu. Pam hisat pay yaw tutskwat aqw hangwniwkyangw pu' ki'amiwtangwu. Niiqe oovi himuwa pangsoq pakininik pam pay it saaqatsa ang pangsoq pakingwu.

Kookopölö

I' hapi Kookopölö piw katsina. Niikyangw pam paykomuy silaqapmotsovu'yta. Qömvit qötö'ykyangw qöötsat akw angqe sunasavaqe hoveelo'yta. Pu' qömvit qöötsat akw tuutuwuuvut ngöna'yta. Pu' piw ngölö'vo'yta. Pu' suyngaqw ngölöshoyat yawtangwu, pu' putngaqwwat aaya'yta. Pu' pam piw pööla'yta. Pu' pam pay mamantuy momoymuy amuupa ngöytiwtinumngwu tuupevuy.

Pay ephaqam mihikqwtikive Kookopöltsa yungiwmangwu. Songoopave Kookopölö kwasihayiwtangwu. Pay hiita aw pituqw pam pantaqa pep pitungwu, kwasiy qa tupki'ytaqa.

Kwaakwant

Pay pi i' himu Kwaani'ytaqa Wuwtsimuy ep pas pumuy angqw moopeqa. Pay pi hisat naat puuvut yungtiwisqw pu' hiihiimu naat aw antaqw Kwankivamiqsa ima Wuwtsimt yewastuvinglalwangwu. Pu' imuy Aa'altuy pu' puma Kwaakwant pumuy aya'yyungngwu. Puma Aa'alt pumuy amungem hiita hintotingwu. Oovi it Wuwtsimuy ep pumuy yungqw pu' pam Aala'ytaqa Wuwtsimtuy amungem qööqöötanik Kwankivamiqsa pam mooti put kwistongwu, töövuyamuy. Pangqw pu' pam ahoy naat pas kivay aqwnen pepeq

endeavors.

Since the women, too, have rituals of their own, the Maraw, Lakon, and Owaqöl societies also carry out their ceremonies in a kiva. So these religious chambers are not occupied solely by men. Social dancers, too, use the kivas to practice. In winter men and boys occupy the kivas engaging in whatever activities are assigned to them. Thus, one may bring his weaving to the kiva and set up a loom there. For Powamuya, kachina dolls, bows and arrows, and other items of this nature are manufactured. A kiva is off limits only to uninitiated children. It is not until the month of Paamuya and the night dances following the Powamuy rites, that these children, accompanied by their mothers or grandmothers, are allowed to witness the dances. On these occasions they watch the dances, together with the women, from the raised area to the southeast of the kiva's interior. At one time even young initiated girls were not permitted to witness dances unaccompanied. The same was true when they went there to practice for a social dance.

The ancestors of the Hopis all lived in kivas once. Thus, in the eyes of the Hopis, the kiva is also a home. However, it was not like the dwellings we inhabit today; it was simply a hole dug in the ground with a cover on top. Entering the kiva was, therefore, only possible by descending a ladder.

Kookopölö (kachina)

Kookopölö is a kachina with a three-pronged husk nose. His head, which is black, is bisected by a white stripe. Around his neck he wears a black and white ruff. His eyes are circled around at the outer corners and his ears are red. In his left hand he carries a crook staff, in his right a rattle.

The kachina runs about the womenfolk playing the gift snatching game with them. For a gift he uses baked sweet corn. Once in a while during a night dance a whole group of Kookopölös performs, dancing in the various kivas. In Shungopavi, at a certain ceremonial function, Kookopölö appears naked, that is, his penis is not covered up by anything.

Kwan Society Members

An affiliate of the Kwan, or "Agave," society is thought to hold the highest rank among the four Wuwtsim groups. Long ago when the kivas were still entered for the performance of the Wuwtsim ritual and when the ceremonies were still intact, the various Wuwtsim groups would go to the Kwan kiva first to ask there for

mooti pumuy amungem qööngwu. Pangqw pu' pam Wuwtsimtuy amuupa amungem qööqöötimakyangw ahoy aqw kivay aqwningwu. Pas pantiqw pu' puma tuwat noovamokwisngwu. Pay pi i' Kwaani'ytaqa suukw aala'ytangwu. Pu' sowi'yngwat ustangwu. Pu' putngwaqwwat lansat yawtangwu, pu' suyngaqwwat mongkoy yawkyangw eyokinpit enang. Pu' qöötsat pukuwtangwu. Pu' unangwpa nan'ik atkyamiq tsokokotangwu. Maayat ang piw nan'ivaqw pu' hokyava piw ang tsokokotangwu.

Kwiptosi

Hak kwiptosit yukuninik qötsaqa'öt huumingwu, pay hiisa'niqey paasa'. Pu' hak put kwipngwu. Pu' aw popte' angqw pay suukw ngarokngwu. Pay qa pas paas mowatiqw pu' hak pay put angqw tsamngwu. Pu' ang kuuyiy tsoykuqw paasat pu' hak naksivut tsokyangwu. Pu' aqw naakit oyangwu. Pu' pam naakit mukiitiqw pu' hak put humitkwiviy angqw aqw hiisa' oyangwu. Pu' hak put ep qöritangwu. Pu' pam patotoykye' kwase' pay hihintaskyaptiqw paasat pu' hak angqw kutuktsayanpit aqw inte' pu' tsaatsayangwu. Pan hak soosok kutukte' pu' hak hiisavo piw put mööyangwu. Pu' pam hihin tsakqw paasat pu' hak put hakomtamiq oyangwu. Pu' hak put soosok piw hakwurkwangwu. Pu' ang tsiipu'at ayo'ningwu. Paasat pu' piw hak put tulaknangwu. Pantit pu' hak paasat put pingyamtavaqe put haanangwu. Paasat pu' hak piw naat put tsaatsayangwu. Paasat pu' hingsayhooya tsiipu'at ang ayo'ningwu. Paasat pu' pam kwiptosiningwu.

Kiqötsmovi

Kiqötsmopi pi pay Orayviy hopqöyveq pay hihin tutskwave kiiqö. Niikyangw pam pay tsomove kiiqö. Noq put pi pangqaqwangwu, Kiqötsmo.

Noq pu' pay ima haqawat Orayvit pay pahannawakintotiqe pu' tutuqaykit yukuya kiqötsmot aatatkya. Pu' Orayngaqw pangso peetu tsaatsayom tutuqaymanta. Noq pu' pay yumat pangso haani kiqötsmot aqlavo, niiqe pu' pay pang kiitota, pu' huuyankitota. Noq pay pam pan pepeq kitsokti. Niiqe pu' pay kiqötsmoviniwti.

permission to dress in ceremonial garb. The Kwan members had the Al, or "Horn," society initiates as helpers. The latter would do things for them. Thus, when the Kwan members were in session during Wuwtsim and an Al member wanted to make fire for all the Wuwtsim groups, he would first go to the Kwan kiva and get glowing embers there. From there he returned to his own kiva and lit a fire for his own group. Then he would visit the remaining societies and build fires for them before reentering his own kiva. Next, all the societies went to get food.

In appearance the Kwan member is distinguished by one horn. He wears a buckskin for a mantle and carries a lance in his right hand. In his left he holds the *mongko*, or "chief stick," and a bell. His face is daubed white, and on both sides of his chest dotted lines run down his body. Arms and legs are also covered with dots.

Kwiptosi (food dish)

To make *kwiptosi* one first shells as much white corn as desired. The corn is then boiled. Checking its softness, a kernel is cracked every so often with one's teeth. Before the corn is completely soft, it is taken out, and the water is allowed to drain. Next, a kettle for parching corn is put on the fire. It is filled with dune sand, and when the latter is hot, some of the boiled corn kernels are put inside. Now everything is stirred. Once the kernels start popping and are done and slightly browned, one places them into a sifting scoop and sifts them. Once all the corn is parched, it is spread out to dry for a while. As soon as it is slightly dry, it is heaped on the coarse grinding metate. Now everything is ground to a coarse flour. This in turn is sifted to eliminate the chaff. Next, the coarsely ground cornmeal is roasted in a vessel over the fire. Then the fine-grinding process is completed on the fine-grinding metate. The resulting flour is now sifted once more, thereby removing tiny pieces of chaff. Then it is finally *kwiptosi*.

Kykotsmovi (Third Mesa village)

Kiqötsmo is a ruin situated on the northeast side of Oraibi where the ground is somewhat flat. Actually, the ruin lies on a mound, hence the name "Ruin Hill."

[After the arrival of the White man] some Oraibi people wanted to adopt Anglo ways, so they built a school southeast of Kiqötsmo. There some of the Oraibi children went to school. In time, their parents moved down from the mesa to a place near Kiqötsmo and established their homes there. Next, they built a trading post. Thus, a

Saaqa

Hisat naat qa haqam i' hötsiwaningwuniqw ima hisatsinom kiy aw saaqatsa ang yungta. Noq oovi himuwa pas mooti kits'omiq it saaqat sen tutuvengat ang wupt pu' paasat ang atkyamiq aapami naat pay piw saaqat ang pakingwu. Noq pu' pay it Pahaanat angqw itam it hötsiwat himu'yvayaqe oovi pu' putsa ang kiimi yungta. Hikis kivamiq itam pu' pay pan yungta.

Leenangwva

Leenangwva Orayviy taavangniqw hisat ima hisat'orayvit yaw pangsosa pas kuywisngwu, pep kya pi pay pas sutsep paahuningwuniqw oovi. Noq pu' ima Leelent hisat piw Orayve kya pi yungiwte' puma tiikive sen totokpe pep piw pas hintsatskyangwuniqw oovi pam pumuy aw maatsiwa. Noq pu' piw it nevenwehekiwuy ep piw ima mamant taataqtuy tootimuy amumum pep tsovalte' pu' pangqw nankwusaqw pu' paasat ima tootim taataqt pangqw neevenwisngwu.

Sikyavu

Hisat Hopi pi pay sutsep taavitsa ep hiita hintsakngwuniiqe pam oovi pay hisat qa pas kwangw'ewakw toko'ytangwu. Niiqe oovi himuwa haqam sikyavuniqw put Hopi aw kwangwa'ytuswangwu, tis oovi maanat. Himuwa maana wuuti oovi pan sikyavunen pam putakw son'ewakoy aw hoyokni'ytangwu.

Anga

Hisat Hopi höömiy pay qa tukungwuniiqe pam oovi hisat wuuwupat anga'ytangwu. Noq pam piw pay itakw enang naasuhimu'ytangwu. Pu' hisat tiyoniqw pu' manawya wupa'anga'yte' pam pay angaapuyawtangwu. Noq pu' maana wuuyoqte' pu' pam naasomkyangw pu' pam kongtanisayte' pu' pam poli'intangwu. Noq pu' tiyo pay pas ason taaqate' pu' paasat hömsomngwu.

village was founded there which became Kykotsmovi (correct spelling Kiqötsmovi), "Ruin Hill Place."

Ladder

Long ago, when doors in the modern sense did not yet exist, the only way the ancient people entered their homes was by means of ladders. In those days, therefore, one had to ascend to the rooftop first either by way of steps or on a ladder and then climb indoors, again, by using another ladder. But now that the Hopi have acquired doors from the White man, they enter a house only through them. Even for kivas this entrance mode is the preferred one today.

Leenangwva (place name)

Leenangwva, "Leenangw Spring," lies southwest of Oraibi. It was the main spring where the old residents of Oraibi went to fetch water. Apparently, there was a constant supply of water there. Way back when the members of the Len, or "Flute," society were going through their rites in Oraibi, they did something important there on the final day of the ceremony or the day before; thus that spring is named after them. Also, at the time of Nevenwehe, unmarried girls used to congregate there along with men and older boys. After proceeding from the spring, the boys and men gathered wild greens.

Light-Complected Person

Because in the past the Hopis carried out most of their activities in the sun, their skin was usually dark-pigmented. Hence, when a person had fair-complexioned skin, he or she was usually admired because of it; this is especially true of a female. Light-colored skin, therefore, enhances the beauty of a Hopi girl or woman.

Long Hair

In the past the Hopis never cut their hair. They wore it in long tresses, which added to their handsomeness and beauty. As a rule, when young girls and boys wore their hair long in this manner, they let it flow down their backs. During adolescence a girl wore her hair rolled up and tied to the sides of her head. Later, as she reached marriageable age, she dressed it in large whorls resembling the wings of a butterfly. A young man used to fold his long hair and tie it into a bun on the back of his head.

Atu

Hak atu'yve' sunvotngwu. Hakiy qötöve kuktsukngwu. Pam pay hakiy ungwayat tsoonantangwu. Noq oovi ep kuktsukngwu. Pu' hak atu'intiqw pu' hakiy yu'at ang atumnangwu. Pu' pumuy ang ayo' maspaqw pay hak powaltingwu. Pu' ephaqam pas hiitawat qa atumnayaqw pu' puma ang naavintingwu. Noq hak ang haritaqw pu' ang uyatingwu. Paasat pu' hakiy aw pangqaqwangwu, atu'ya.

Söqavungsino

Söqavungsino pi himu o'okiwhoya, pay pas qa hiita himu'ytaqa. Pu' piw qa nuutum sinomatsiwta. Niiqe oovi pay puma söqavungsinom haqe' kwayngyavaqe ki'yyungwa.

Löwatamwuuti

Löwatamwuuti pi pay hak mokpu. Maskingaqw ahoy pituuqe pam hakimuy taataqtuy tootimuy maknöngakqw pu' pam amuminingwu mihikqw. Pay pam hak as qa nuutsel'ewakw soniwa. Pay wuuti, niikyangw löwa'at yaw tama'yta.

Pu' pam oovi pumuy hakimuy awnen pu' yaw amumi nawlöknangwu. Noq pu' löwa'at tsangwingwitangwu. Pu' kwanawkyangw amungk waynumngwu. Pu' maamaakyam tsaatsawne' pu' pay as watqaniqey u'nangwyangwu. Pu' pay ephaqam wuuhaqniiqamuy sowiituy taataptuy qöqye' pu' pay put aw maspitotangwu. Löwamiq tuuvayaqw suusowangwu. Pu' pan puma put naapiy laayi'yyungngwu. Pu' tuunimuy soosokye' pu' pay kur hiita aw tuuvayanik pu' pay watqangwu.

Maasaw

I' hak himu Maasaw yaw susmooti yep it tuuwaqatsit ep qatuqw ima Hopiit pew nönga. Noq pam yaw hak it yep tutskwat hakiy engem pas himu'ytaqat aw tunatyawta. Niiqe pam oovi imuy Hopiituy hu'wanaqw pu' puma yep yesva. Noq pu' pam hak yaw pay son hisat pas hin soniwqey pankyangw hakiy aw naamaataknani. Pi yaw pam nuutsel'ewakw pitsangwa'yta. Pu' kur pam hakiy aw pituninik pam yaw suhopiniikyangw suhimutaqaniikyangw yaw hakiy aw namtaknangwu.

Noq pu' pam antsa imuy Hopiituy hu'wana yep yesniqatniqw pu' puma as put aw ö'qalya put mongwi'yyungwniqey. Noq pay pam qa nakwha. Pay yaw itam naat a'ni hin tunatyawkyaakyangw

Louse

Whenever a person gets lice, he notices it right away, for his head itches. The itching is caused when the lice suck blood from a person's scalp. As soon as a child gets afflicted with head lice, his mother picks the lice from his hair. When they are all removed, one is cured again. Once in while, however, if someone is not deloused, the lice multiply. As one scratches then, the skin gets infected with sores. Such a person people refer to as *atu'ya*, "one with a head full of lice."

Low-Class Person

A *söqavungsino*, or "low-class person," is one who is destitute and poor. He has no possessions of his own and is not recognized as a *bona fide* member of the community. People of this status live along the refuse area of the village.

Löwatamwuuti

The Löwatamwuuti, or "Toothed Vagina Woman," is a dead being who came back from the underworld. She typically seeks an encounter with men and boys at night when they go out hunting. As a woman, she does not have a repulsive appearance, but her vagina is studded with teeth. Upon approaching the men she usually reveals her genitals by pulling up her dress. Her vagina opens and closes as if chewing, and with spread legs she then goes in pursuit of the men.

The hunters become so scared that they feel like taking to their heels. But once in a while, if they have killed a lot of jackrabbits and cottontails, they hurl these at the woman. They throw them into her vagina, which rapidly devours them. In this manner the hunters fend the woman off. However, once they have used up all of their prey and don't have anything to throw anymore, they run away.

Maasaw (deity)

Maasaw was the first inhabitant of the land when the Hopis emerged into this upper world. He is its overseer for another being who is the true owner of our world. Permission for the Hopis to settle here was therefore given by Maasaw. Owing to his grotesque features, it is said that he will never reveal his real face to anyone. Should he approach someone, however, he will do so in human form and as a very handsome man.

After being granted permission to inhabit his land, the Hopis entreated Maasaw to be their leader, but he refused. He told them

pew öki. Ason yaw itam put aw antsatsnaqw paasat pu' yaw pam sen pantini. Pay yaw as pam antsa mooti yepniikyangw pay yaw pam naat nuutungktatoniqey pumuy amumi yan lavaytit pu' haqami naatupkya.

Masiipa

Masiipa pay Kiqötsmoviy taavangqöyvehaq Kaktsintuyqat hopqöyvehaqam. Pas piw hin'ur nöönganta. Niikyangw pay hintiqw pi pam Masiipa. Pay as pi qa maasi kuuyi angqw nöönganta. Niikyangw aqle' tsotsmo. Pay pi masitsotmo, nayavuniiqe ooviyo. Pay kya oovi paniqw pam Masiipa.

Tuuhikya

Ima Hopitutuhikt pay piw tuwat qa suupwatya. I' suukyawa öqatuhikyaniiqa pay pas hakiy ööqayatsa haqam hintaqat put aw mamkyangwu, put aw yukungwu. Pu' i' suukyawa piw ngatwi'ytaqa, pam it soosok hinyungqat ngahut tuwi'ytangwuniiqe pam putakw tuwat hakiy tuuyayat qalaptsinangwu. Noq pu' i' piw suukya povosqa pam piw pay tuwat pas naap hinwat tuwi'yta. Pam hakiy hiita aw tuwe' pu' pam hakiy hintaqat put aa'awnat pu' paasat hak hin put qalaptsinaniqat pam hakiy put piw aa'awnangwu. Pu' pam piw ephaqam hakiy ep it hiita tuukyaynit horoknangwu. Pay ephaqam it hiita kuutat'ewakw sen sotsavat'ewakw hakiy aw himuwa panaqw pam put hakiy ep horoknangwu. Pu' sen hak pay hiita ep qa nanap'unangway qa an hintiqw pu' pam piw put hakiy aw tuwe' pu' pay put hakiy aa'awnat pu' hak hin put aw ahoy antsanniqat hakiy aw tutaptangwu. Noq ima povosyaqam pu' pay sulawtiqw oovi qa hak pu' put tuwi'yta.

Pu' Hopi piw navoti'ytaqw i' honani piw a'ni tuuhikyaningwu. Noq ima tuutuhikt tuwat piw pay hiita aw yankyaakyangw putakw sinmuy tumala'yyungwa. Ephaqam himuwa it hoonawuy pan'ewakw hiita pay pavanniiqat namaqangwunen pam put na'ykyangw pu' put pantsakngwu.

Musangnuvi

Pam Musangnuvi pi pay susmooti peqw pituuqe pam yep Kwangwup'oviy taavangqöyveq mooti kitsokta. Kitsoktat pu' pam as songoopaviniwtiniqe pu' pam oovi pangso kikmongwit aw maqaptsita. Pu' yaw pam piw a'ni lavayi'yta, a'ni yaw nukpantuqayta kya pi pam Musangnuvi. Noq yaw kikmongwi hingqawqw pay yaw pam piw naap hin put aw sulvaytingwu. Noq pay yaw pam put aw pangqawu, "Pay kur uma hin yep Songoopave itamum

that they had arrived here with great ambitions that must be fulfilled before he would become their leader. He added that it was true he was the first being on this earth and he would also be the last. After these words he disappeared from sight.

Masiipa (place name)

Masiipa, or "Gray Spring," lies somewhere southwest of the village of Kykotsmovi and northeast of the promontory of Kaktsintuyqa. The spring's water flow is strong, but the reason for its appellation is obscure, for the water that wells up from it is not gray. However, nearby are hills of a gray color. Maybe that's how the spring got its name.

Medicine Man

There is more than one type of Hopi medicine man. One is the bone doctor who treats or cures only maladies of a person's bones. Another one is the herb doctor, knowledgeable in the use of all medicinal plants, who performs his remedies by means of them. The last is the crystal gazer or shaman who has his own method of treatment. Looking through his crystal, he will diagnose the ailment of a person and then instruct him in the appropriate treatment. At other times he will remove the object causing the sickness. For instance, he may draw out a thorn or a shell implanted in the patient by another person. Moreover, if the shaman detects that someone has unknowingly violated a taboo or committed some other wrong act, he will enlighten the person and instruct him in the remedy he should apply. These shamans no longer exist, and with them has died the knowledge of their practice.

The Hopis also perceive the badger as a great healer. Medicine men in general rely on some animal as they serve their patients. Sometimes a medicine man may choose a powerful being such as a bear to be his symbolic father to help him practice his skills.

Mishongnovi (Second Mesa village)

When the Mishongnovi [correctly Musangnuvi, untranslatable] people arrived here, they first settled on the southwest side of Kwangwup'ovi. In due course, when they expressed a desire to become integrated members of the village of Shungopavi, they approached the *kikmongwi* to ask his permission. Tradition has it that they were very loquacious and that they spoke quite aggressively. Whenever the *kikmongwi* said something, they were quick to give a negative reply. But the *kikmongwi* of Shungopavi spoke to them as

yesniy," yaw kita. "Pay itam wuuhaqti yep'e. Pu' uma pas antsa yep itamum Hopiituy amumum yep yesninik uma pep hoop tuukwive naap kitsoktotani. Pep hapi nu' ivoshumiy hiihiita tanga'yta. Kur uma pas antsa yep itamumyaninik uma pangsoye' uma pep kiitote' pu' uma pep ivoshumtangay tuuwalayaniy," yaw amumi kita. Pu' yaw pay Musangnuvi nakwhaqe pu' panti.

Neyangmakiw

Neyangmakiw pi mamant tootimuy amumum maqwisniniqw oovi paniqw pam neyangmakiw. Put pan tsa'lawqw pu' hisatyaniqw mamant noovalalwangwu. Hak amumum maqtoniqey naawine' pu' talavay pay iits novawutngwu, somivikit yukuniqey. Pu' put yukye' kwasine' put mokyaatangwu. Pu' hakiy na'at pu' sen pay paava'at taaha't engem moorot sen kawayot yuwsinaqw hak putakwningwu. Pay maamaakyam haqami tsovaltiqw pay amumum hakim mamant pangso tsovaltingwu.

Pu' pangqw nankwusaqw mamant amuupa tunatyawnumya-ngwu. Haqam himuwa taavot sowit niinaqw pu' mamant aqw naanaqasyangwu. Mooti aqw pituuqa askwaltat pu' nawkingwu. Pu' hak pumuy aw piw enang tunatyaltingwu, hiisa'niiqamuy hak nawkye' pu' hakimuy ökiqw hakiy yu'at tiyot engem piktangwu. Pu' hak put piikit pumuy amuupa oyaatangwu. Pay pangso pam yukiltingwu.

Munqapi

Hisat yepeq Munqapeq naat qa kitsokiningwuniqw ima peetu Orayvit pepeq uuyi'yyungngwu. Pepeq a'ni paahuniqw oovi pepeq himu a'ni aniwtingwu. Pu' himuwa pepeq uuyi'yte' pam pas Oray-ngaqw pangsoqhaqami naapningwu. Pu' himuwa kawayvooko'yte' pam putakwningwu. Pu' pam pepeq uuyiy ang tumaltat pu' piw angqw ahoy nimangwu. Noq pu' pay pepeq peetu Hopisinom kitsoktota. Niikyangw pam pepeq lööp natsve kitsoki. Noq imuy atkyawat ki'yyungqamuy pay atkyavit yan tuwi'yyungwkyangw pu' imuy ooveq ki'yyungqamuy ooveqvit yan tuwi'yyungwa.

Mumurva

Mumurva pi Orayviy taavangqöyve pay pas hihin tutskwave-haqam.

follows: "There is no way that you can live with us here in Shungo-
pavi. We have become quite numerous here. If your heart is indeed
set on living here with the Hopis, build your own settlement at that
butte off to the northeast. There I have my seeds stored. If you really
want to settle here among us go to that place, establish a village, and
guard my seeds." The Mishongnovis consented and did exactly that.

Mixed Hunt

The concept of the mixed hunt is based on the fact that on this
occasion young men and girls go hunting together. As soon as the
event has been announced, the girls prepare food on the day they
intend to go. Whoever plans to participate in the hunt mixes her
batter early in the morning to make *somiviki*. As soon as she is done
cooking her food, she wraps it up in a bundle. Then a girl's father,
older brother, or uncle saddles a burro or horse with which she can
ride out. The girls then join the hunters at their gathering place.

Upon setting out on the hunt, the girls pay close attention to the
hunters. Wherever one of them kills a cottontail or a jackrabbit, the
girls race for it, competing with each other. The one who gets there
first thanks the boy for the kill and takes it away from him. The girl
also keeps track from whom she acquires rabbits and how many.
Upon her return to the village the girl's mother then makes piki for
her daughter. This piki the girl distributes among the hunters. After
that the mixed hunt is over.

Moencopi (Third Mesa village)

In the days when there was no village yet at Moencopi [correctly
Munqapi, denoting "Place where there is water flowing"] some of
the Oraibi people had their fields there. Because there is an abun-
dance of water there, things grow profusely. A farmer who had
crops growing at that place would go to that site by foot all the way
from Oraibi, tend to his field, and then return. Today there is a com-
munity inhabited by some Hopis. Actually, two villages are situated
there, one above the other. Those who reside in the lower one are
known as *atkyavit* or "down-people" while those living in the upper
one are called *ooveqvit* or "up-people."

Mumurva (place name)

Mumurva, or "Mumur Spring," lies on the southwest side of
Oraibi, a little distance away from the mesa in the open.

Tasavu

I' himu Tasavu imuy wuuwuyoqamuy lavaytangwuniqw puma yaw naat pay pu' hayphaqam peqw pas öki. Pay yaw as puma hisat pas haqe' hopkyaqehaqe' yesngwuniikyangw pu' pay puma angqw peqwwat hoyoyoyku. Noq pu' Hopi piw pangqawngwuniqw Tasavu pas uyingwuningwuniiqe oovi pam hiitawat paasayat angqw pas son hiita qa kimangwu ahoy nime'. Pu' hisat hakimuy tsaatsakwmuyniqw hakimuy yumat namat amumi pangqaqwangwu, yaw hak qahop'iwtaqw pay yaw puma hakiy Tasapmuy amumi huyayamantani. Pu' piw yaw puma hakiy wikyangwuqat puma pangqaqwangwu. Noq oovi himuwa kiimi pituqw hakim put mamqasyangwu. Pu' Hopi pay pumuy naat pu' peqw ökiqw pay puma angqaqw pumuy amumum naatuwqa'yyungngwu. Noq oovi pay qa suukya put aw qatsiy kwahi. Noq pay naat pu' hayphaqam ima Hopiit pumuy amumum pas naakwatstota.

Naalös

Hopi pay pas sutsep naalössa aqw hiita hintingwu. Pu' pam pay piw nanalsikisniikyangw pu' piw suukop enang akw hintsakma. Noq oovi hiituwat sen hiita yungiwte' kur puma pas aqwhaqami pan yungiwtaninik puma suukop taalat ang aqw yungiwtangwu. Pu' puma ephaqam pay panis nanalsikis sen naalös yungiwtangwu. Pu' oovi piw himuwa hiita sen aw maqaptsitaninik pam piw naat naalös pantit pu' pay paasavoningwu. Ason pepeq pu' pam hinwat put aw lavaytingwu, kur pay qa aapiy hu'wananinik. Pay oovi qa himu Hopit hiita himu'at qa naalöq aqw tuwani'yta. Pu' pay i' hak itamuy it hikwsit maqaaqa pu' pay paayista itamuy powataqw oovi pu' yaw pam kur piw naat itamuy hiitawat akw powataniniqw paapiy pu' yaw itam pas hin yesniqey pas pan yesni.

Kookyangwso'wuuti

Kookyangwso'wuuti pi pas nawiso'aningwu. Hak oovi hiita pas tuwi'yvaniqey naawakne' put aw tuuvingtangwu. Pay naap hisat pas piktuwi'yvaniqey piw sen tsaqaptat nawiso'tiniqey sen yungyaput oovi hak aw naawaknangwu. Pam pi Pöqangwhoyatuy so'am. Pay oovi piw puma Pöqangwhoyat put su'anta, hiihiita tuhisat. Pay pi tuuwutsit ang pam hiitawat pa'angwangwu hinwat sen tuwqamuy engem qenitangwu. Piw hiitawat aw hin tutaptangwu hintiniqat.

Navajo

The elders tell of the Navajo as having arrived only relatively recently in the Hopi area. They say that long ago Navajos used to live farther northeast, but they started migrating in this direction. Moreover, the Hopis claim that Navajos are such thieves that they are certain to pilfer something from one's field on their way home. When we were children our mothers and fathers warned us that if we were badly behaved they would trade us to the Navajo. They also said that Navajos would kidnap people. So it is small wonder a Navajo is feared when he comes into the village. Ever since the Navajos arrived in this area the Hopis and Navajos have been enemies. As a result, more than one Hopi lost his life to them. It has only been in more recent times that the Hopis and Navajos have become friendly toward each other.

Number Four

A Hopi always does things four times, or in multiples of four, for example, eight and sixteen times. Thus, when a group of people are engaged in a ceremony which is planned to run its entire length, they will be in session for the full sixteen days. At other times, they may go on for only eight or even four days. By the same token, when a Hopi seeks a response to his inquiry, he will ask only four times and then quit. At that point he will be given an answer if he did not receive one right away. Thus, there is not a single thing in Hopi culture that does not require the number four as a determiner. Likewise, the creator has now purified us thrice. If he cares to repeat this purification and cleanses us once more, thereafter we will live as we should.

Old Spider Woman (deity)

Old Spider Woman is a personage extremely talented in all creative arts. For this reason, whenever a Hopi girl or woman wishes to acquire a certain skill, she turns to her in prayer. For example, one may want to learn how to make piki, to become skilled in pottery making or wicker plaque weaving. On each occasion one prays to her. Since she is the grandmother of the Pöqangw Brothers, Pöqangwhoya and Palöngawhoya are just like her, versed in many things. In stories Old Spider Woman helps anyone in need. Thus, she has ways of doing away with a person's enemies. Also, she always gives a person advice on what to do.

Orayvi

Peetuyniqw Hopi yaw Songoopave susmooti kitsokta. Noq pu' yaw puma hakim pep naatupkom i' kikmongwiniqw pu' tupko'at kya pi hiita ep neepewtiqw pu' i' tupko'atwa yaw pangqw naakopanqe pu' pam kwiniwiqniiqe pu' Orayve tuwat naap kitsokta. Noq pay pi qa soosoyam it sun navoti'yyungqw peetuyniqw Hopi pay Öngtupqaveq yamakkyangw pu' angqe' mooti nakwsukyangw pu' paasat Orayve mooti kitsokta.

Noq pu' hayphaqam puma pep it Pahanqatsit, tutuqayiwuy ep piw neepewtotiqw pu' paasat puma pep naahonayaqw pu' ima qa Pahannanawaknaqam pu' pangqw nöngakqe pu' oovi Hotvelpeq tuwat kitsoktota. Pu' pay puma piw tuwat hiita ep neepewtotiqe pu' puma peetu Paaqavitwat ep yesva. Noq pu' ima peetu pay Pahannanawaknaqam Orayve huruutotiqam atkyami hanqe pu' piw pepwat tuwat yesva. Pay puma pep tumalyesva. Noq pam pepeq pu' Kiqötsmovi yan natngwani'yta. Paasat pu' piw peetu Munqamiqwat hintiqw pi oovi tuwat nönga. Niikyangw pangsoq pay ima Orayvit hisat sasqaya. Puma pepeq paasa'yyungngwuniiqe oovi pangsoq naap hisat sasqayangwu. It naatsikiwuy akw pu' oovi Orayviy kwiniwiqwat pu' qa suukya kitsoki.

Pa'utsvi

Paamuya

Paamuya pi pay Kyaamuyat angkningwu. Niikyangw piw pam pi Hopiituyniqw haalaymuyaw. Put qaatsiptuqw panis muytutwat pay pususuykinayangwu. Pu' pay ang kivanawit pususutoynayangwu, taatawlalwangwu. Pu' hiituwat mantangatotaniqey naawinye' pantotingwu.

Paavönmana

Paavönmana pi pay uuyiningwu, sami'uyi. Soosoy pam uuyi. Meh, naat sami'ykyangw uuyiwtaqw pay hak put pangqawngwu, pavön'uyi. Pu' pay piw panwat Pavönmana. Pu' pay pam piw tungwni maanat engem. Pu' taawit ang pay piw pan tungwani'ytangwu, Paavönmna.

Palöngawhoya

Palöngawhoya it Kookyangwso'wuutit mööyi'atniikyangw pam it Pöqangwhoyat tupko'at.

Oraibi (Third Mesa village)

According to some, the Hopi first settled at Shungopavi. There the *kikmongwi* and his younger brother are said to have differed over some matter. As a result, the younger brother left, headed northwest and started his own community at Oraibi [correctly Orayvi, untranslatable]. However, not everyone shares the same version of this event. Some others say that the Hopis, after their emergence at the Grand Canyon, first embarked on a migration before they established their settlement at Oraibi.

Then, in the more recent past, the people there clashed again due to different views regarding the White man's way of life, in particular, schooling. This led to the banishment of those who rejected the Anglo way of life. In turn they established the village of Hotevilla. After renewed differences there, some people settled at Bacavi. Next, several of those who wanted the way of the whites and had remained at Oraibi moved below the mesa and founded another village where they worked for the government. Today that place is known as Kykotsmovi. Yet others for some reason migrated to Moencopi where the Oraibi people had been going on foot for a long time already because they owned fields there. Thus, as a result of the banishment, several villages now exist northwest of Oraibi.

Pa'utsvi (place name of unknown location)

Paamuya (month)

The lunar month of *Paamuya* (approximately January) follows *Kyaamuya* (approximately December). In the eyes of the Hopis *Paamuya* is a happy month, for as soon as the moon appears and people spot it, they start beating their drums. Drumming and singing can be heard in all of the kivas then. Whenever some of the men decide to bring girls into the kivas for social dances, they do so.

Paavönmana

The term Paavönmana, "Paavön Girl," refers to a corn plant, especially the fresh corn plant. It encompasses the entire plant. Thus, a corn plant with stalk and fresh ears is called *pavön'uyi*, "whole corn plant." Instead of Paavönmana, the word is also spelled Pavönmana. Paavönmana is also used as a girl's name and occurs in songs.

Palöngawhoya (deity)

Palöngawhoya is the grandchild of Old Spider Woman and the younger brother of Pöqangwhoya.

Pangwuvi

Pangwuvi pi pay Orayviy pas taavangqöyvehaq tuukwi, wupa-muritukwi. Pay hisat kya pi paavangwt pangqe Hopitutskwavaqe yesngwu. Niikyangw pay pep put tuukwit ep pas kyaastangwu. Pu' pang put tuukwit ang yayvantangwu. Pu' pepeq ooveq put tuukwit atsveq pay kya pi pas ki'yyungngwu. Noq oovi paniqw pam Pa-ngwuvi.

Patsavu

Patsavu pi Wuwtsimt natngatotaqw pu' aapiy yasmi Powamuy-mi pu' puma patsavu'intotangwu. Paasat pu' kyaysiwqam katsinam ökingwu. Pu' puma ang qöqöntinumyangwu kivanawit, Hee'e'wuu-tit amum. Puma put yu'yyungwa.

Pu' Hee'e'wuuti hisatniqw kits'omiq wupngwu. Pu' epeq hot-ngay tsoope' wiiwilaqw pu' naanan'i'voq katsinam yuutukngwu, itsivutote'. Pu' sinmuy kiinawat tangativayangwu. Pu' naalöstiqat ep pu' pay soosoyam puma ökiwisngwu piw. Pu' paasat pu' Katsin-mamant wuko'inyungngwu. Pu' piw Qöqöqlöhooyam ho'apuy akw put iikwiwyungngwu. Pu' ep kivami ökye' pu' ep qöniwisngwu. Pu' amumi tsa'lawngwu katsinmongwi naanasungwnaniqat. Paasat pu' puma put o'yangwu, iniy. Pu' piw tsa'lawngwu timuy qa wiiwim-kyamuy naakwapnayaniqat. Pu' hakimuy napruknayaqw pay kur soosoyam katsinam haqami watqangwu.

Kwasi

Hisat Hopitsatsayom ngasta yuwsi'yungngwu. Pay tiyooya kwasihayiwtangwu, pu' manawya piw susmataq löwa'ytangwu. Pay hakim qa amumi hin wuuwantotangwu. Piw hak pay tiy engem qa haamanngwu. Pu' pay piw puma tsaatsayom qa akw naa'ove-lantotangwu. Pay pam pankyangw wuuyoq'iwmangwu. Pu' pas ason tiyosayte' pu' pay napnay akw kwasiy tupki'ytangwu.

Noq hakim tuutuwutsye' pay tsaatsakwmuy amuqlap kwasit löwat enang tungwantotaqw pay qa haman'ewayningwu. Pu' pay ephaqam tsuytingwu. Niikyangw pay hak qa haman'iwtangwu yu'a'ate'. Pu' pay hakim akw naayuyuynayangwu. Pu' Hopi pay kwasit enang lavayi'yta. Hiita noovalawe' noovatiqw pay pangqaw-ngwu, "Ya qa kwasi?" Sen piw pangqawngwu, "Is ali, kwangwa-kwasi." Pay hak qa hamantingwu pangqawe'. Pay pi hak hiita noovat pangqawe' pangqawngwuniqw ooviyo.

Pangwuvi (place name)

Pangwuvi is a high, oval-shaped mesa quite a distance south-west of Oraibi. I guess a long time ago mountain sheep used to inhabit the Hopi land in that area. Apparently, great numbers of this animal once lived there on top of the mesa. And because mountain sheep were usually climbing up this formation and had their homes there, it was called Pangwuvi, "Mountain Sheep Place."

Patsavu Ceremony

Patsavu is a ritual extension of the Powamuy ceremony that is performed only if the Wuwtsim society held an initiation the year before. Bean plants heaped on trays figure importantly in the ritual. In addition, large numbers of kachinas make their appearance during Patsavu. They do so by way of several ceremonial circuits which take them from kiva to kiva. During these processions they are accompanied by Hee'e'wuuti, who is considered their mother.

At one point Hee'e'wuuti ascends a rooftop where she removes her quiver and waves it in the air. As a result, the kachinas get angry and dash into every direction to chase all of the people [i.e., specta-tors] inside their homes. When the kachinas return for the fourth time, the Katsinmanas come with huge trayfuls of bean plants that have actual string beans attached. The young Qööqöqlö kachinas [impersonated by the new Wuwtsim initiates from the previous year] also have loads of beans on their backs in carrying baskets. Upon reaching the [last] kiva, they go around it in a circle, where-upon the kachina chief invites all of them to rest. So they set their burdens down. Next, he orders [parents] to cover the eyes of their uninitiated children. When the latter uncover themselves again, the whole multitude of kachinas has disappeared.

Penis

Long ago, Hopi children customarily did not wear clothes. Thus, a little boy's penis was openly exposed, and a little girl's vulva was clearly visible. People found nothing wrong with their children run-ning around like this. No parent was embarrassed because of this. Nor did the children criticize each other for going naked. In this way a little boy grew older. Not before he reached boyhood then did he cover his penis up with a shirt.

When people tell stories, it does not bother them to mention the word penis or vulva next to their children. Occasionally people will burst out laughing, but no one is embarrassed when he talks about genitalia.

Pu' ima tsutskut pay ephaqam piw put kwasiy akw tsuku-
lalwangwu. Pay put maatakintotangwu hinwat. Pu' pay sinom tsuy-
tingwu.

Pik'ami

Hak pik'amitninik hak qötsaqa'öt huumingwu. Pu' hak pay put
hiisa'niqey aasa' huumit pu' hak put kuuyit aqw tuuvahomngwu.
Pu' hak put pay tutsayat aw tsaakwaknangwu. Pantit pu' ang kuuyit
tsoykuqw pu' hak pay hiisavo haqe' put mööyangwu. Pu' pay pas
pavan lakqw pu' hak put hakwurkwangwu. Pu' put piw pay paas
piingyangwu. Pu' hak put tsaatsayangwu. Pu' ang tsiipuyat ayo'
maspangwu.

Pantit pu' hak tuupatangwu, sen pay mooti tumqöpqömiq
qööngwu. Pu' hak pangsoq qööhi'ykyangw aw tunatyawtangwu.
Aqw tsootso'qw pu' piw aqw qöönangwu. Pu' angqw mukipkye'
pu' qöötsa angqw piw oomiq hoytangwu, tuupelayat anga'. Pu' pam
oomiq pituqw paasat pu' hak ngumniy paavaqwringwu. Hakiy
tuupa'at kwalakqw pu' hak wuukoq tsaqaptat aqw ngumniy oyat
pu' hak aqw tuupat kuyngwu. Pu' hak murikhot akw qöqringwu.
Pu' soosoy ngumni mowatiqw pu' hak aqw ngaakuyvaniy oya-
ngwu. Pu' hak put enang qöritangwu. Pu' pam putakw piw hihin
paatingwu. Pu' pay hak put qörilawngwu, paqwriy.

Pu' pay pas hihin hukyaqw pu' hak nevewsivut angqw silaqvut
puhimnangwu, atkyangaqw mooti pu' naanan'ikyaqe put piw akw
kiitoynangwu. Pantit pu' hak aqw paqwriy wuutangwu. Pu' kiy
wiikiqw pu' piw hak angqe hoyoknangwu. Pu' pantaqat aqw hak
wutstangwu, paqwriy. Pu' aqw oopokqw pu' pay piw put silaqvut
akw aqw uutangwu. Pantit pu' hak put tumqöpqöy aqw panangwu.
Pu' tusyavut aqw puhiknat pu' angqe aqlavaqe tsöqat akw aqw
uutangwu.

Pantit pu' hak tövumoste' pu' put atsmi put oyangwu. Pantit pu'
kohot piw atsmi oyat pu' hak aw uwiknangwu. Pu' pay pam pep
tookyep pantangwu. Pu' qavongvaqw pu' ang ayo' qötsvit maspat
pu' aqw hötangwu. Pu' oongaqw silaqvuyat angqw qaapuknangwu.
Pu' paasat piw hak naat aqw qöqringwu. Paas hak piw qöqrit paasat
pu' hak put angqw oyangwu, tutsayay awi'. Pam pi pik'aminingwu.

People also tease each other with these things. For example, the Hopis will use the word *kwasi*, "penis" in puns with *kwasi*, "cooked, done." Thus, when preparing food someone may ask, "Isn't it done?" [pun: "Isn't it a penis?"]. Or when a food gets done, someone will comment, "How delicious, it's well done!" [pun: What a delicious penis!]. No one gets embarrassed saying this. For when you talk about food, you just say it.

The clowns occasionally horse around with their penises. They show them openly, as a result of which people laugh.

Pik'ami (food dish)

When a woman wants to make *pik'ami* pudding, she shells white corn. After removing the desired quantity she washes the kernels in water and strains them through a yucca sifter. After the water has drained off, she lets the kernels dry in the sun for a while. When they are dry, she first coarse-grinds them, then fine-grinds them. Now the corn flour can be sifted and all the chaff is being removed.

As a next step, the woman prepares hot water, or maybe she makes a fire first in the stone-lined ground oven. Once the fire is going inside it, she must watch it. As soon as it burns down, she adds more fuel. Now the oven gets hot, indicated by the white color that creeps up along its stone walls. As the white heat reaches the top of the pit, the woman makes a batter out of her corn flour. As the hot water comes to a boil, she dumps the flour into a large pottery bowl and then pours the boiling water into it. Next, she stirs it with a stick. When all the flour is soaked, yeast is added. All of this is stirred again. Now the whole mass gets liquid and turns into the desired batter, which needs constant stirring.

After the batter has cooled off a little, a box-shaped container is lined with corn husks, first on the bottom and then on all four sides. It's almost like building a house. Next, some batter is poured in. As it reaches the side walls of the container, more husks are added. Batter is again poured in and husks added until the container is full. Now, the top, too, is closed off with husks. This done, the squarish can is placed into the ground oven. Finally, a flagstone is placed across the opening, and cracks around its edges are sealed with mud.

After this is accomplished, the woman makes charcoal and places it on top of everything. Wood is added to the charcoal and then lit. This fire stays there all through the night. The following morning the ashes are removed and the oven opened. After peeling off the husk, the contents of the oven are stirred first before they are taken out and put on a sifter. The result is *pik'ami* pudding.

Piiki

I' piiki pas it Hopit hisatnösiwqa'at. Wuuti piktanik pam mooti tumay aqw qööngwu. Qööt pu' pam tuupatangwu. Tuupate' pu' kwalakqw pu' pam put sakwapngumniy aw wuutangwu. Ngumniy aw wuutat paasat pu' pam qötsvit aqw piw kuyqw pu' put paqwri'at put qöösapkuyit akw kuwantingwu. Pu' put tuma'at mukiitiqw pu' pam put sivostosit sumitsovalat paasat pu' pam put ang taqtsokt pu' paasat put akw tumay ang maamapringwu. Pam pantiqw pu' put tuma'at ahoy taviltingwu. Pu' pam paasat pik'oyqw pu' pam paasat kwasingwu. Put pam sukw ang ayo' hölöknat pu' pam piw ep lelwingwu. Pu' pam put mootiniiqat put naat pu' ang lelwiqey atsmi taviqw pu' pam pay söviwangwuy akw mowatingwu. Paasat pu' pam put muupat pu' ayo' tavingwu. Nit paasat pu' pam pay piw antikyangw pu' pay pansa put aapiy yuykungwu, put muupankyangw pu' put naanatsva oo'oyngwu.

Pay it Kookyangwso'wuutit pangqaqwangwuniqw pam yaw tuhisaniikyangw pu' piw nawiso'aniqw oovi himuwa piktuwiyvanik pam yaw put aw naawaknangwu. Noq ayam Orayviy taavangqöyve pep atkyahaqam pam kur piw ki'yta. Noq oovi hak pan piktuwi'yvanik hak pangso put kiiyat aw kohot kimangwu. Pu' hak hoomat enang put aw oyangwu.

Tumtsokki

Tumtsokki pi hiisay kiihuningwu, qa pas wuukoqni. Pu' hak haqamiwat pösömiq poksite' pu' hak pangsoq tumat engem qöpqöte' pu' pepeq put tumay aw tsokyangwu. Nen pu' pay hak pep put ep piktangwu. Pam pi tumtsokkiningwu.

Tuma

Tuma pi pay qötsa'wa. Sun pöövöngala haqamniqw pay hak hiisaqatniqey naawakne' paasaqat angqw tukungwu. Pu' hak put angqw kwusive' pu' hak put sutsvaqwwat ruurukwangwu. Paas hak pan ruurukwaqw pu' sun tutskwatiqw pu' hak put talvitangwu, talvi'owat akwa'. Hisat pi melonsivosit soonayat mötskyangw put ang wutstangwu. Pu' putakw ang talvilawngwu.

Pu' talvitiqw pu' hak put aqw qööhi'ytangwu. Pay ephaqam pas hak suus taawanawit put aqw qööhi'ytangwu. Pu' qavongvaqw pu' piw aqw qööhe' paasat pu' hak put ang kawaysivosit toste' pu' put ang oo'oykyangw ang uwikintangwu. Pu' ang uwikqw hiisavo ang uwikni'ytat pu' hak put ang kanelpukyat akw hiisaqat ang tsiikye' pu' hak put akw ang ruurukwangwu. Pay hak navaysikis pantsanngwu.

Piki (food dish)

Piki is an ancient food of the Hopis. When a woman plans to make it, she begins by heating up her stone griddle. She then boils some water and pours it on the blue flour. That accomplished, she adds wood ashes mixed with water which gives the batter its hue. As soon as her stone griddle is hot enough, she spreads ground melon seeds over it and allows them to burn into the stone. Then she makes her first piki, stacking them next to her. As she continues with the process removing each piki sheet, she spreads a new layer of batter over the griddle. The previously baked piki is next placed on top and becomes moist from the steam of the new batter. The completed piki can then be rolled up for storage. From that point on she continues rolling and stacking one piki on top of another.

It is said that Old Spider Woman is skillful, and talented in many things, so someone eager to learn to make piki prays to her. Old Spider Woman also resides somewhere southwest of Oraibi. Thus, whenever a girl wishes to learn the art of piki making, she takes some wood to her abode and leaves it there for her along with some sacred cornmeal.

Piki House

The piki house is a small house which does not take up a lot of space. One only needs to build a chimney in the corner of a room and dig a fire pit underneath it for the piki griddle. After placing the griddle over the fire pit, one can make piki on it. That's what a piki house is.

Piki Stone

The piki griddle is made from a white rock that occurs in layers of different thickness. One removes as large a chunk from it as one wants. It's the women who typically go to quarry it. After bringing a slab home, it is rubbed on one side. By doing this very carefully, the slab becomes nice and flat. Then it is smoothed with a polishing stone. Long ago, a woman would chew the germs contained in the watermelon seeds and then spit them on the rock. With these it was polished then. As soon as this task is accomplished, the slab is fired from underneath, sometimes for a whole day. The following morning a new fire is lit under it, whereupon one pulverizes watermelon seeds on top of it. After spreading the powder all over the griddle, it is lit. When the powder catches fire, one lets it burn for a while. Next, one tears off a little piece from a sheep skin and rubs the stove with it. This is done six times.

Paasat pu' hak qötsangumnit paavaqwre' pu' hak ep pik'oy-
ngwu. Pu' pay put ang lelwiqw qa ang hölökqw pu' hak pay kohot
akw ang ayo' qaqputangwu. Pu' ason hak ep pik'oyqw pas suupan-
taqa ang hölökqw paasat pu' pam tuma kotwaltingwu.

Sooya

Hopi uylawe' pam it sooyat akw uylawngwu. Noq hisat pam it
teevet angqw yukiwtangwu, pam a'ni huruningwuniqw oovi. Pu'
hak uylawe' hak haqam uyninik hak pep mooti it tuuwat ayo' kwee-
tat pu' paasat hak sooyay awk aqw qölötangwu. Paasat pu' hak hiita
uylawqey put wuuwankyangw hak hiisavat hötsit qölötangwu. Paa-
sat pu' hak hiisaq qölötaqey pu' hak pangsoq poshumiy oyangwu.
Hak mori'uylawe' hak pay put qa pas it humi'uyit engem an aqw
hötangwu. Mori'uylawqa pay tsange'haqam aqw oyaqw pu' i'
himu'uylawqa pangsoq pakwt lööqmuy poshumiy oyangwunii-
kyangw pam hihin hötsit aqw put uyngwu. Paasat pu' pam mooti it
mowa'iwput akw aqw amt pu' paasat hak it lakput angk aqw
amngwu. Pantit pu' hak aapiy hiisa' piw kwilakit nakwsut pu'
pepwat uyngwu. Hak mori'uylawe' hak pay lööshaqam kwilakit ep
pu' piw uyngwu, pu' it humi'uyit uylawqa pay paayishaqam
kwilakt pu' pep piw uyngwu.

Kiisonvi

I' kiisonvi pam pay haqamwat kitsokit ep pay sunasavehaqam-
ningwuniqw oovi pam pan natngwani'yta. Noq himu hintsakye' sen
katsina pite' pam pep wunimangwu. Pu' pay piw aapiy hiihiimu
tiitikive pep hintsakiwa. Meh, pay ima Tsuutsu't, Lalkont, Kwaa-
kwant, pay ii'ima pep tiikive'yyungngwu.

Pu' pay pangqw naanan'i'vaqw kiikihu aqwwat hongyangwu.
Pu' pay angqw piw aw kiskya'yyungngwu. Pu' hisat himuwa hiita
huuyaniniqw haqawa put engem pan tsa'lawqw pu' pam paasat piw
ephaqam pep huuyangwu.

Powamuya

Powamuyat ep hakimuy powatotangwu, sinmuy. Noq oovi pam
Powamuya. Hakimuy pi Powamuymongwi powatangwu soosok
hiita angqw, qa masasatotani, qa potsatsatotani momoyneyang it
muuyawuy ang. Noq it muuyawuy ep katsinam haaruy höqye' put
totokpe talavay tsaatsakwmuy amungem kivayangwu. Pu' ep mi-
hikqw pu' kivanawit yungiwmangwu, tiikive'yyungngwu. Qa
wimkya pay pumuy qa tiimaytongwu.

Now one can mix white corn flour into a dough and spread it on the griddle. If the dough does not lift off after smearing it on, one scrapes it off with a stick. As soon as the whole layer of dough lifts off properly after applying it, the griddle is perfect.

Planting Stick

To plant, the Hopis use a planting stick. In the old days it was normally fashioned from greasewood, due to its hardness. At the spot where one intends to plant, one first pushes the sand away, whereupon a hole is dug with the planting stick. Depth and width of this hole are determined by the type of seed to be inserted in the ground. When sowing beans, the hole need not reach down as far as for corn. Approximately seven beans are used per hole in comparison to corn, which requires about a dozen kernels and a somewhat deeper hole. The pit is then filled again and the seeds are covered first with moist sand followed by dry sand. A few paces are then stepped off before another hole is dug. When sowing beans, seeds are planted about every two strides. Holes for planting corn, on the other hand, should be at least three paces apart.

Plaza

The plaza is usually situated somewhere near the middle of a village. Hence it is used as the dance court if a ceremonial activity is taking place, for example, and kachinas have come. Various other dances are also performed in the plaza. The Snake, Lakon, and Kwan societies, for instance, carry out their dance performances there.

Houses are erected on all four sides of the plaza, and alleys lead into it. In the past, when certain items were to be traded, someone would make a public announcement on behalf of the vendor, who would then sell his things at the plaza.

Powamuy Ceremony

At the occasion of the Powamuy ceremony, or "Bean dance," people are being purified. That's the reason for its name, Powamuya. It is the Powamuy leader who does the purifying. He purifies people from everything, especially not to be dancing in social dances any more. During the month of Powamuya (approximately February) the kachinas harvest bean sprouts and bring them to the children on the morning of *totokya*, "the ceremonial eve." That same night there are kachina dances in the kivas which uninitiated children are not permitted to watch.

Pöqangwhoyat

Ima naatupkom Pöqangwhoyat lööyömniikyangw puma qa sun maatsiwa. I' wuuyoqwa Pöqangwhoya yan maatsiwqw pu' tupko-'atwa Palöngawhoya yan maatsiwa. Puma pay panis so'ykyangw puma put amum qatu. Noq pam so'wuuti i' Kookyangwso'wuuti.

Noq pay tuuwutsit ep puma sutsep hiita qahophintsakngwu. Niikyangw pay puma piw a'ni nu'okwatniiqe oovi sinmuy pay pas son hiita akw qa pa'angwangwu. Noq puma piw tuwat tatatsiwuy pas hiita'ytaqe puma sutsep pantsakngwu. Pu' puma piw haqe' waynume' puma piw pay pas sonqa pankyangw angqe' waynum-ngwu. Pu' piw puma sutsep naayawngwu. Pu' yaw puma piw pay okiw hin'ewayhoyat, yaqaspirukhoyat, saskwitsa yuwsi'ytangwu. Pu' puma hiita hintsakye' piw qa unangwtalawvangwu. Noq oovi pumuy so'at hiita meewantaqw puma pas qa nanvotngwu. Pu' pam hinwat pumuy hiita qe'tapnaqw puma put soy aw a'ni itsivutingwu. Pu' puma pay soosovik yesqe oovi puma pay hiitawat tuuwutsit ep pay kiihayphaqam ki'yyungngwu.

Noq i' hikwsit himu'ytaqa, i' qataymataq qatuuqa, pumuynit pu' peetuy a'ni hiituy enang mooti yuku. Noq pumuy so'am pas put hakiy soosok hiita yukuuqat amumniqw yang i' hiihiimu yukilti. Noq pu' puma naatupkom it tuuwaqatsit nan'ivaqw huur ngu'y-taqw oovi i' tutskwa sun yep yanta. Pumuy hapi put maatapqw pu' i' tutskwa pay paasat soosoy riyayaykuni.

Noq haqawat pangqaqwaqw pam hak pumuy yukuuqa yaw pumuy siihuyamuy, kyelevosnayamuy, nuumayamuy, unangwaya-muy, puuvut hiita it sotsavat angqw yukuqw paniqw yaw oovi pumuy qa himu hintsanngwu. Noq pu' peetu piw pangqaqwaqw yaw ima hisatsinom tuwvöötote' puma pumuy amumi naanawaknat pu' nankwusangwu.

Pöqangwhoya

I' Pöqangwhoya pay it Kookyangwso'wuutit mööyi'at.

Pöqangwwawarpi

Pöqangwwawarpi Orayviy kwiningya. Masvoksit pay hihin hoop taatöqwat aqw wawarviikya. Pep pay Pöqangwhoyat kya pi pay tatatslawngwu. Pay puma wawarviikyay paysoq taavangqöy-miq tumpoq ki'yta. Niiqe oovi pay puma pep wawarviikya'yta.

Noq pay hak naap waynume' pangqe'nen pep pay piw sonqa natwantangwu. Tatkyaqwwat aw pite' pu' pep owavangalnit aasap wunuptungwu. Pu' aqw kwiniwiqwat owavangalnit aqw warik-ngwu. Pu' ep qöniwmakyangw pu' pay ahoy piw taatöqningwu. Pu'

Pöqangw Brothers (deities)

The Pöqangw Brothers are two in number, but they do not share the same name. The elder is known as Pöqangwhoya while his younger brother is named Palöngawhoya. They only have a grandmother with whom they live. That old woman is the famous Old Spider Woman.

In stories the two boys are always mischievous. But they can also be very benevolent and are sure to aid people in some way. Since they are ardent shinny players, they are constantly engaged in this game. Whenever and wherever they roam they play shinny. They are also forever fighting with each other. The brothers are said to be very homely, runny-nosed and dressed in rags. Each time they do something they are completely engrossed in their activity. Thus, when their grandmother pleads with them to stop, they simply won't listen to her. And when she finally manages to stop them somehow, they become very upset with her. Since in stories the two live all over, they normally reside close to a village somewhere.

Pöqangwhoya (deity)

Pöqangwhoya is the grandson of Old Spider Woman.

Pöqangwwawarpi (place name)

Pöqangwwawarpi, or "Pöqangw Running Place," lies northwest of Oraibi. A short distance northeast and southeast of Masvoksö is the race track where the two Pöqangw Brothers play shinny ball. Just to the southwest of the race course, right by the mesa edge, is their home. That's why their race track is there.

Whenever a Hopi is under way on foot and comes through that area, he is bound to practice running there. As he approaches from the southeast, he positions himself in line with the rock pile that is there. Then he dashes off toward another rock pile northwest of there. Using this as a turning point, he runs back to the starting place in the southeast. After reaching it, he rubs both his legs and then blows off [what is "on" his hands from the rubbing action]. Next, he breaks off a piece of snakeweed, deposits it on the rock pile and weighs it down with a stone. As a result, the person's legs are no longer tired.

aqw pite' pu' hokyay ang mawpangwu, pu' ang ayo' poyaknangwu. Pantit pu' maa'övit tsaaqe' pu' put owatsmot aw tavit pu' aw owat akw tangu'angwu. Hak pante' pu' yaw mangu'yqalaptungwu.

Pövölpiki

Pövölpikit yukuniqa pay kuuyiy kwalaknat pu' paasat ngumniy tsaqaptat aqw oyat pu' kuuyit kwalalataqat ngumniy aqw wuutangwu. Pu' pam piw hak qöötsapkuyiy aqw wuutakyangw pu' put enang qöqringwu. Pu' pay pan naawaknaqa pay aqw piw kwangwa'öngat oyangwu akw kwangwtaniqey oovi. Noq hisat ima momoyam it yöngöt tos'iwput akw put kwangwtotangwu. Noq pam i' yöngövövölpikingwu. Kur put paqwri'at pas paakuypuniqw pu' pam put ngumnit akw huruutangwu. Pu' pam hihin huruutiqw paasat pu' pam put may akw angqw hingsakw tutkilawkyangw pu' put pölölantangwu. Pu' pam put yukye' pu' pam pay piw kuuyit piw aqw kwalaknangwu.

Paaho

I' himu paahoniqa pam pay soosok hiita angqw yukiwkyangw pu' piw qa sun yuykiwa. Niikyangw pam pay qa hisat kwavöhöt angqw yukilti. Pu' pay piw it koyongvöhöt angqw enang paaholalwa. Meh, pay kivaapa panyungwa, haqaqw kyeevelngaqw haayiwyungngwu. Pu' pay imuy katsinmuy ninmaniniqw pu' pumuy put huytotangwu. Pu' pay piw ima hiihiitu Kwaakwant, Aa'alt, Wuwtsimt puma piw qa sunyungqat paaholalwa. Pu' piw Soyalangwuy ep qa suukya paaho yukiltingwu. Pay imuy hiituy amungem put yuykuyaqw puma tuwat put ömaatote' yaw tuwat haalaytotingwu. Pu' pay piw pam hakiy unangwvaasiyat, okiwayat enang yawmangwu. Pu' pay himuwa tuuhikya hakiy aw mamkyaqa piw paahot enang hakiy hiita tuuyayat enang hom'oytongwu. Pu' pay Hopi qa hiita qa engem paahotangwu. It taawat, muuyawuy, pu' imuy qataymataq yesqamuy, pu' pay aapiy soosok hiituy amumi enang taqa'nangwqey pumuy amungem pam piw paaholawngwu.

Tsa'lawu

Hisat himuwa sinmuy hiita navotnaninik pam hakiy tsa'law'ayatangwu. Pu' ephaqam i' pas tsa'akmongwi naap put hiita tunvotnangwu. Noq tsa'lawqa pay sutsep haqami oomiq wupt pu' paasat pangqw tsa'lawngwu. Niikyangw pam it mooti akw yaynangwu: "Pangqe' kya uma sinom yeese, kur huvam pew tuqayvastota'a." Itakw pam yaynat pu' paasat pam mitakw so'tapnangwu: "Pay yanhaqam inumi tutaptotaqw oovi nu' yanhaqam umuy

Pövölpiki (food dish)

To prepare *pövölpiki* a woman first boils water which she then mixes with a bowlful of blue flour. Into this she adds water mixed with ashes, blending everything again. If desirable she can add sugar to make it sweeter. In the past, women used to add pulverized prickly pears as a sweetener. This recipe was then known as *yöngövövölpiki*. If the batter is still too watery she adds more flour to thicken it. When it finally has the right consistency, she takes small amounts at a time and rolls them into little balls. Then the balls are boiled.

Prayer Stick/Prayer Feather

A paho is not only made from a variety of items, but it is also fashioned in many different ways. While it is never made from the breast feather of the eagle, it can be made from turkey feathers. Pahos can be found hanging from the ceilings of kivas. For example, when kachinas are to return to their homes, they are given pahos. The members of the Kwan, Al, and Wuwtsim societies each fashion their own unique pahos. A great diversity of pahos are made at the time of Soyalangw. It is said that those for whom the paho is intended are elated upon receiving it. A paho carries with it a person's most intense wishes and prayers. A medicine man who has treated you takes what ails you along with a paho and goes to deposit that. In fact, there is nothing that the Hopi does not make a paho for. He makes it for the sun, the moon, deities who exist unseen, and all the other beings that he relies upon for his existence.

Public Announcement

In the past when a Hopi wished to inform his fellow villagers of certain things, he would petition someone to make a public announcement on his behalf. At other times, a formal announcement could be made by the *tsa'akmongwi*, or official "village crier." To broadcast his message, the crier always climbed on a rooftop. The opening formula of his announcement usually sounded as follows: "Those of you people out there heed my words." The conclusion was equally formalized: "This is the announcement I was instructed to

aa'awna. Pay yanhaqamo." Pu' tsa'lawqa piw sutsep hiita tsa'lawe' put wiisilanmangwu.

Qa'ötaqtipu

Qa'ötaqtipu pi Paaqaviy hopqöyvehaqam haqam kiiqö. Pep yaw qaa'öt taq'iwyungqat tutwaqw oovi pam pep Qa'ötaqtipu yan maatsiwa.

Qöma'wa

Pay hisat Hopiit Orayngaqw pu' Hotvelngaqw naanahoy yaktangwu. Pu' himuwa pay Orayngaqw Hotvelmoqnen pay naapvönawitningwu. Orayviy angqw kwiniwiq Atsamaliy aw pitut pu' paapiy pu' kwiniwiq Pöqangwwawarpiva pu' aw Potaventiwngwuy aw pite' pu' pep put angqe piw natwantangwu. Pantit pu' aapiy aqw teevengeningwu. Nöngakvami pite' pu' ang aapiy kwiniwi Qöma'wami pitungwu. Pephaqam piw wuyaq'owa qötsa'wa. Pangso pite' pu' pep owat hiisakw kwuse' pu' put akw put wukoqötsa'wat ang ruurukwangwu. Pu' angqw hiisa' pingqw pu' put qömatangwu. Pantit pu' aapiyningwu. Hintiqw pi piw pep put angqw qömatangwu. Sen pi qa palvo'ymaniqey ooviyo. Paniqw pam pep Qöma'wa.

Qötsasvi

Kookona

Kookona pi hiita taavot sen sowit ep pakiwtangwu. Hakiy ephaqam engem sowit sen taavot niinayaqw pu' hak put siskwangwu. Noq ephaqam hiitawat ep pam kookonanen hakiy tsawinangwu. Pay hakiy tuuniy pukyatspaqw pay angqw posngwu. Pu' pay ephaqam aw pay hihin huur'iwtangwu. Pu' pay hak angqw langaknangwu. Noq pay hak put tuuvangwu.

Kipokkatsinam

Ima katsinam talö'tikive'yyungqw pumuy amumi tsukulalwaqw pu' puma Kipokkatsinam ökingwu. Pu' puma ökye' puma tsutskutuy amumi kukyat pu' piw wuvaatotangwu. Puma pumuy powatotangwuniiqe oovi. Pay hiihinyungqam Kipokkatsinam: Mongwu pi pas Kipokmongwi. Pu' Angwusi, pu' ima Eewerot, pu' mima Yuuyuwinat, Tsorposyaqahöntaqam pu' Kipokkokoyemsim angwusmasat pootakni'yyungqam. Pu' Hoo'e, pu' Kwikwilyaqa, pu' Samoowuutaqa, pu' ephaqam Payotsim. Pu' Tseeveyo, pam piw Kipokkatsina.

make known to you. That's about it." Whenever the crier shouted out his announcement, he typically drew out the last word of each sentence.

Qa'ötaqtipu (place name)

Qa'ötaqtipu is a ruin site somewhere on the northeast side of Bacavi. Burned corn was discovered there, hence the appellation Qa'ötaqtipu, "Burned Corn."

Qöma'wa (place name)

Long ago, the Hopis used to go back and forth between Oraibi and Hotevilla. As someone traveled to Hotevilla from Oraibi, he went along a foot trail. After leaving Oraibi, he first came to Atsama-li, a place northwest of the village. From there he headed on to Pöqangwwawarpi in the northwest and Potaventiwngwu. In this area the traveler practiced his running skills. Then he continued on in a southwesterly direction. First, he reached Nöngakva and then Qöma'wa to the northwest.

At this location lies a gigantic white boulder. Upon coming to this boulder, one picks up a small rock and rubs it on the big white boulder. After grinding a small quantity off, one smears it on one's face. Then one continues one's journey. Who knows why one makes that face powder from that rock. Maybe in order not to walk with a face bathed in sweat. For this reason this place is referred to as Qöma'wa, "Face Paint Rock."

Qötsasvi (place name of unknown location)

Rabbit Worm

The rabbit worm is found in jackrabbits and cottontails. Every so often as a person receives a rabbit kill, he needs to skin the animal. Then, occasionally, a rabbit worm living in the rabbit may scare the person doing the butchering. As he removes the pelt, the insect falls out. Sometimes it is really stuck in the rabbit, so that one needs to pull it out with force. Then one discards the pest.

Raider Kachinas

Raider kachinas always appear during a kachina plaza dance when there is clowning going on. Upon their arrival they pour water on the clowns and beat them up. Their reason for this punishment is to purify them [of their evil ways].

Kipokkatsinam pumuy ökwhayat pu' ahoy ninmangwu. Pu' ahoy tsutskut yuwsiyangwu. Pu' paasat Kipokkatsinam piw ahoy ökye' pu' pumuy kwatstotangwu, amungem na'mangwuy kivayangwu. Pu' pumuy put huytotaqw pu' puma tsutskut piw naat amungem tawwisngwu. Soosoyam tawtotaqw pu' puma katsinmuy yuwsinayangwu, nakwakwusit huytotangwu. Pu' puma paasat ninmangwu.

Yooyangw

Hopi sutsep it yooyangwuy oovi hiita aw okiwlawu. Put uuyi'at hapi imuy oo'omawtuy paalayamuy hiihikwkyangw pu' nawungwni'ymangwu. Noq pu' paasat itam Hopiit putakw enang nayesni'yyungngwu. Aasakis himu pas pavanniiqa hintsakqw hakim it yooyangwuy oovi enang wuuwankyaakyangw put hiita hintsatskyangwu. Aasakis ima katsinam ninmaniqw pay naat hakim piw put amumi tuuvinglalwangwu, itaalavayiy angqe' tuu'awvayaqw yokvaniqat.

Hooma

It hoomat akw i' Hopi as hisat pas naaqavo hintsakngwu. Aasakis talavay pam kuyvate' pam naat piw putakw talpumiq naawaknangwu.

Pu' i' katsinmuy na'am pumuy tumala'yte' pay naat pam piw putakw pumuy tumala'ytangwu. Naalakyaniqw pu' amungem pöötapngwu. Put pumuy nopnaqw pu' puma tiivantivayangwu. Pu' tapkiqw yukuyaqw pay naat pam piw put enang pumuy yuwsinaqw pu' puma ninmangwu.

Pu' mö'öngna'yat yukiltiqw pu' pam mö'wi nimaniniqw paasat pu' piw put engem homvöötotangwu. Pu' hiitu yungiwte', pavasiwye', puma hoomat piw naat enang akw hintsatskyangwu. Pu' i' piw Kwaani'ytaqa Astotokpe putakw hoomat akw haqe' pöhut utatangwu. Pu' himuwa paahoy oyate' pam piw sutsep it hoomat enang kimangwu. Nen pu' pam haqam put oye' pam piw naat hoomay akw put aw naawaknat pu' paasat put oyangwu. Paniqw oovi himuwa hom'oytoqat pangqaqwangwu.

There are different types of Raider kachinas. The Owl is always their leader. Then there is the Crow, two Eeweros, the Yuuyuwinas and the Tsorposyaqahöntaqas, the many Raider Kooyemsis with fan-shaped feather arrangements on the back of their heads, the Hoo'e and the Kwikwilyaqa, the Samoowuutaqa, and once in a while the Paiute kachinas. And, of course, Tseeveyo is also a Raider kachina.

After disciplining the clowns, the Raider kachinas depart. Now the clowns can put on their clothes again [which were ripped off of them during the raid]. Then the Raider kachinas return to make friends with the clowns again. They do so by bringing them presents. When all the gifts are distributed to them, the clowns still have to sing their songs for the Raider kachinas. When all are finished, they dress the kachinas, that is, they bestow prayer feathers on them. Thereafter the Raider kachinas go home.

Rain

The Hopis are forever praying for rain. By drinking the moisture of rain-bearing clouds their plants will grow. With the resulting crops the Hopis sustain themselves. Whenever a serious ceremony is conducted, longing for rain is always on the mind of the participants. Also, whenever the kachinas are about to return home, prayers for rain are uttered so that they may carry these petitions with them.

Sacred Cornmeal

Sacred cornmeal was once used by the Hopi on an everyday basis. Each morning as he went out to pray toward the rising sun, he made it a habit to pray with *hooma*.

The kachina father, that is, the man who tends the kachinas, also uses it as he takes care of them during their dances. When the kachinas are to change dance positions, the father makes a cornmeal path for them. He ceremonially feeds them with the cornmeal, whereupon they commence dancing. In the evening, at the conclusion of their performance, sacred cornmeal is again an ingredient in ritually preparing the kachinas for their journey home.

On the occasion of a wedding, after the ceremony is completed and the bride is to return home, a cornmeal path once more is marked on the ground for her. Again, when there is a ritual in progress and prayers are being conducted, cornmeal is involved. On *astotokya*, the climactic night of the Wuwtsim initiation, a member of the Kwan society seals off the paths leading into the village with cornmeal. Finally, when one goes to deposit a paho one always takes

(No Equivalent Hopi Terms)

Hopi pay it hiita natkolawniqey puuvut hiita pay qa aw hin wuuwantangwuniiqe oovi pay naap timuy amuqlap puuvut hiita yu'a'atangwu. Pu' piw hiita pay as pi tuyoy'ewakw hintingwu, niikyangw pam pay itamumi qa himu. Noq oovi ephaqam tuuwutsit ep himuwa pay pas sonqa sisiwkuktongwu pu' piw siisitongwu. Pu' piw hiituwat naatsoptangwu. Noq i' himu tuuwutsi pantaqa yaw mumuspi'ytaqa tuuwutsiningwu. Pu' pay himuwa aw pay pas hoyoknanik pam ephaqam pay kunatwi'yte' aw hin yukuqw hakim ephaqam put aw tsutsuyngwu.

Pu' piw yep kiisonve ima tsutskut qa haamanyat put pan-'ewakw hiita hintsatskyaqw antsa hakim amumi tsutsuyngwu. Ephaqam puma Piptuqwuutit tsopyangwu. Pu' ephaqam pay hiita tuyoy'ewakw noonovangwu sen sisikuyit'ewakw hikwyangwu.

Putskoomoktaqa

Putskoomoktaqat pay hak mamqasngwu, put haqam tuwe'. Pay niinangwu. Pam pay hakiy hin'ur kuukingwu.

Pu' pay i' himu wawarkatsina piw pan maatsiwngwu, Putskoo-moktaqa. Pu' put putskohot pam yawtangwu.

Nahoytatatsiw

Hisat hakim tsaatsayomningwuniiqe hakim hinwat naataplal-waninik hakim ephaqam nahoytatatsyangwu. Niikyangw hakim pay wuuhaqniiqamyangwu, niikyangw hakim piw lööpwat too-navityangwu. Noq pu' hakim lööqmuy hakimuy mongwi'yyungqw puma pu' paasat hakimuy pumuy amungaqwyaniqamuy mooti namortaqw pu' paasat hakim nan'ivaq tatsit engem kiitotangwu. Hakim haqamiwat ki'yyungwe' hakim pangsoq tatsit panayaniqey mamavasyangwu. Pu' hakim yaynayaninik hakim mooti suusu-nasave qölötatat pu' paasat put tatsiy pangsoq amyangwu. Paasat pu' hakim lööyöm namortiwqam pep put tatsimrikhoy akw pangsoq wuvaatikyangw pu' put aqw hangwantangwu. Hisatniqw pu' puma put aqw pite' pu' put tatsit horoknaqw paasat pu' hakim pas soosoyam pan nahoytatatsyangwu. Pu' hakim pay mooti oovi piw pangqaqwangwu, haqawat hiisakis kiy mooti aqw put tatsit panaye' puma hakimuy pö'ayamantani.

Supawlavi

Supawlavi pi pay yangqw Songoopangaqw pangso kwiipilti. Yaw hisat yep Songoopavi sulawtiqw puma yaw put hiita wiimiyat aapiytotani. Niikyangw pay naat Songoopavi qa haqaminiqw pay

cornmeal along. Before the paho is deposited, one first prays to it using the cornmeal. This accounts for the expression *hom'oyto*, "he is going to deposit cornmeal."

Scatalogical and Erotic References
The Hopi does not give a second thought when referring to sex and related subjects, and he will openly talk of these things in the presence of his children. He will also do many things that may be considered filthy in the eyes of a cultural outsider, but these things are not so to him. Thus, characters in a story will urinate or defecate and engage in sexual activities. Tales of this sort are termed *mumuspiy'taqa*, that is, "stories containing arousing material." If a narrator is somewhat of a comic, he will embellish his tale along these lines and amuse his audience.

In the plaza, too, the clowns do things of the above-mentioned nature without embarrassment, and people laugh at them. Sometimes the clowns will engage in mock sexual activities with a Piptuq Woman and at other times they will eat filth or drink urine.

Scorpion
People fear scorpions when they come across them. Hence, they kill them. They say that a scorpion has a vicious bite.

One of the Runner kachinas represents a scorpion. He always carries the curved rabbit hunting stick with him.

Shinny
When we were children and wanted to entertain ourselves, we would do so by playing shinny. There were many of us and we always had two sides. We had two leaders who would choose whomever they wanted on their team. A goal was made at each end of the playing field. The object of the game was to get the ball into the opponents' goal. To start the game a hole was dug in the middle of the field and the ball buried in it. Then two players were selected to strike the dirt with their shinny sticks in order to uncover the ball. As soon as the ball was extracted from the hole, we all joined in to

ima Supawlavit pu' pew Songoopami hiihiita wiimit tuwitawis-
ngwu, Wuwtsimuy Marawuy. Pay hiita it puma pep qa tuwilalwa.
Pu' puma Tsuutsu't oovi pongyay pep oyi'yyungwa.

Songoopavi

Songoopavi pay Orayviy aatatkyahaqam. Noq peetuy navoti-
'amniqw pep yaw i' Hopi susmooti kitsokta. Niikyangw pay qa pep
oove, pay puma aapiy wuuyavotiqw pu' pangso yayva. Noq pu'
piw peetu navoti'yyungqw yaw puma hakim pep naatupkom, i'
kikmongwiniqw pu' put tupko'at Matsito yan maatsiwqa, hiita ep
pay neepewtiqw pu' pam tupko'atwat oraymiqniiqe pu' pepeq
tuwat peetuy sinmuy tsamkyangw pu' qatuptu. Noq pay hintaqat
akw pi puma Songoopavitniqw pu' Orayvit qa sun tuuqayyungwa
naamahin as puma sun hopiitniikyaakyangw.

Tsootsongo

Hisat Hopi yaw pas naaqavo hiita aw okiwlawngwuniikyangw
pam it tsoongot pas sonqa akw enangningwu. Pu' i' kikmongwi
hisat hakiy kya pi pitsine' pam put piw pas sonqa tsootsongnangwu.
Noq pu' haqaqwwat katsinamyaniqw hak nuutumninik hak aqw
pakiqw paasat pu' i' pepeq mong'iwtaqa piw hakiy pas mooti
tsootsongnaqw pu' hak pumuy amumumningwu. Pu' paasat hakim
hiita yungiwte' hakim mooti pu' piw yukuye' pu' hakim piw tso-
tsongqöniwmangwu. Pu' hakiy tsootsongnaqa aw tsoongoy taviqw
pu' paasat hak angqw hiisakishaqam tsootsongnat pu' paasat hak
put aw hin yantaqey pangqawngwu. Sen hak na'yte' hak pangqaw-
ngwu, "Ina'a." Noq pu' pam hakiy tuwat hu'wane' pu' pangqaw-
ngwu, "Iti'i." Pay hak hisat hakiy aw hinwat yantaqey pay hak put
tuwi'ytangwu. Niikyangw pay ephaqam hak hakiy qa tuwi'yte' pay
pam kur hakiy epniiqe wuuyoqniqw pay hak sen, "Ina'a," aw
kitangwu. Pu' pay sen hakiy epniiqe qa pas wuuyoqniqw pay hak
son kya qa, "Ipava," kitangwu. Noq pu' paasat pay hak qa pang-
qawninik pay hak piw ayangqawngwu, "I'unangwsungwa," pay
hak piw kitangwu.

Noq hak tsootsongye' hak mooti unangwngaqw hiita nukngwat,
hiita lolmat as okiw aw aniwtiniqat yan hak hutunvastat pu' put
kwiitsingwuy mo'angaqw nöngaknangwu. Noq pu' i' kwiitsingw
yaw hakiy hiita okiwlawqw put yaw pam haqami imuy pas pavan-
yaqamuy paasat kimangwu. Yan it Hopi navoti'ytaqe oovi pam
aasakis hiita hintsakqw i' piivaniqw pu' i' tsoongo pas son pep
sulawningwu.

play shinny. Before the game it was also decided how many times a team would have to put the ball into the other side's goal to be declared the winner.

Shipaulovi (Second Mesa village)

The village of Shipaulovi [correctly Supawlavi, untranslatable] is an offshoot of Shungopavi. It is said that if ever Shungopavi becomes extinct, the people of Shipaulovi are to carry on its ceremonies. But as Shungopavi still exists, the inhabitants of Shipaulovi go there to be initiated into the necessary societies, such as the Wuwtsim and the Maraw. Consequently, the altar pieces of the Snake society are also kept at Shungopavi.

Shungopavi (Second Mesa village)

Shungopavi [correctly Songoopavi, "Sand grass spring place"] lies approximately southeast of Oraibi. According to the traditions of some the Hopis established their first settlement there. But they did not settle on top of the mesa then. To that location they migrated much later. Tradition also has it that two brothers, the *kikmongwi* and his younger brother Matsito, had differences of opinion which resulted in the latter's moving to Oraibi. He took some people along and founded Oraibi. For some unknown reason the people of Shungopavi and the people of Oraibi do not speak the same dialect, even though they are both Hopis.

Smoking

Long ago a Hopi prayed every day, and while he did this he always smoked a pipe. Also, whenever the *kikmongwi* had a caller, he had to offer him his pipe. Likewise, when one plans to participate in a kachina dance and goes to the kiva from which the impersonators will come, the person in charge of the ceremony must first offer you a smoke before you can join in. When a ceremony is in progress, there is a round of smoking at the beginning and end of the ritual. As soon as your neighbor has finished, he hands you the pipe. You now take a few puffs and address him in the manner according to which you are related to him. If he is your father, you would say, "My father." When his turn comes to reply he would say, "My child." In the past all people knew how they were related to one another. If one is not familiar with one's neighbor and that person happens to be older than you, you may address him as, "My father." And if he is not much older than you, the proper form of address would be, "My elder brother." If one does not wish to use this

Tselew

Pay Hopi hiita katsinawuy pu' piw tselewuy wunimangwu. Pu' puma peetu tsetslet tömö' qeni'yyungwa, pu' peetu taalö'. Imuy Hopimomsayrituy Paamuyva hakim tiivangwu. Pu' imuy Poliituy pu' Tasapmuy pu' Payotsmuy, Kooninmuy pu' taalö' hakim tiivangwu. Pu' ima Nalöqvoliit pi pay tömö'yangwu piw.

Somiviki

Somiviki pay it sakwapngumnit paqwri'iwtaqat angqw yuykiwa. Pam it angvut ang mookiwkyangw pu' löökye' it moohot akw somiwtangwu. Put pan mokyaatotat pu' paasat put kwalaknayangwu.

Taatawi

Hopi hiita hintsakninik pam hisat taawit akw enang hiita hintsakngwu. Meh, taaqa hisat pasminen tawkyangwningwu. Pam yaw uuyiy navotnaniqe oovi tawkyangw pangso pitutongwu, aasavo yaw puma havivokyalniqat oovi. Pu' pam pang waynumkyangw piw tawkyangwningwu.

Noq pu' wuuti, maana piw ngumante' pam taawit akw enang ngumantangwu. Pam ngumantawiningwu. Taawit akw yaw put tumala'at pay qa pas maqsoniningwuniqw oovi pam tuwat tawkyangw ngumantangwu. Noq pu' wuuti piw tiy puupuwvitsne' pam piw put aw puwvitstawit tawlawngwu. Noq pu' hakim tsaatsayomnen hakim hohonaqye' hakim piw naat pay taawit akw enang hohonaqyangwu. Pu' piw hakim momoryaqw pep pu' piw naat suukya taawiningwu. Pu' hikis piw nukpana it hiita tuskyaptawit piw maskya'yta. Putakw pam yaw hakiy wariknangwu hakiy aw tungla'yte'.

Pu' soosoy himu wiimi taawitsa akw pasiwta. Noq pu' ima Wuwtsimt, Mamrawt, katsinam, tsetslet, tsutskut, ii'ima soosoyam nanap taawi'yyungwa. Pu' i' piw Tsu'tawiniqw pu' Lentawiniqw pu' Kwantawi. Noq pu' sosotukwyaqam piw pas naap taatawi'yyungwa. Puma pantsatsyaqam put tawkyaakyangw nanavö'yangwu. Pu' momoyam piw yungyaplalwe' puma ephaqam pay it Owaqöltatawit tawkyaakyangw pantsatskyangwu.

expression, an alternative form of address is, "Companion of my heart."

The person smoking first prays fervently from his heart that things will turn out beneficial for him and prosper before he exhales the smoke. This smoke then carries one's prayers to those who are more powerful. This is what ritual smoking means to a Hopi. Thus it is little wonder that whenever he is engaged in a certain endeavor, tobacco and pipe are ever present.

Social Dance

The Hopis perform kachina dances as well as social dances. Some of these social events have their time in the winter, others during the warm season. Thus, Hopi Buffalo dances are typically staged during the month of Paamuya (approximately January). Social dances, featuring Butterfly dancers, Navajos, Paiutes, and Havasupais, on the other hand, always take place in summertime. The Nalöq Butterfly dance, however, which consists of four pairs of male-female partners, is scheduled in winter.

Somiviki (food dish)

Somiviki is made from the batter of blue corn flour. It is wrapped in a corn husk and then tied in two places with yucca strips. After packaging it in this way, it is boiled.

Songs

In the past, when a Hopi was to do something, he usually did this to the accompaniment of a song. For example, long ago a man would go to the fields singing. The reason for the singing was to alert his crops of his approach. He wanted them fully awake before his arrival. And as he walked about his plants, he also sang. Likewise when a woman or a young girl grinds corn, she does it to the tune of a song. That is a grinding song. With the accompaniment of a song her work is not so tedious; therefore, she also sings while grinding. Whenever a woman puts her child to sleep, she also sings it a lullaby. When we were playing as children, we did so while singing a song. Also while we swam, there was still another song.

Even an evil person has a song at hand, a song that makes you go crazy. With it he causes a person to go wild when he desires that person sexually.

All rituals are complete only with song. Thus, the members of the Wuwtsim and Maraw societies, the kachinas, the social dancers, and even the clowns all have their individual songs. There is also the

Noq pu' paasat i' tuutuwutsi as hisat pay sumataq pas sonqa taawi'ytangwu. Niikyangw peehu pay pu' suutokiwa. Pu' Hopi yaw pay yaapaniiqe oovi qa suukw hiituy lavayiyamuy ang enang yeewatima. Niiqe oovi ephaqam himuwa taawi si'olalvayngwu pu' piw tasaplalvayngwu. Pu' pay aapiy piw himusinmuy lavayi'am hiita taawit pay pas son ep qa pakiwtangwu. Pu' pay peehu taatawi pay pas hisattatawiniqw oovi pay peehu kur hiita lalvayya.

Noq iisaw hiita tuuwutsit ep tawme' pam pas sonqa wukotawmangwu. Qa hisat pay pam tsaakw ang tawma, pavan pam umukni'ytangwu.

Powaqa

I' powaqa pi pay songyawnen nukpananingwuniqw oovi itam Hopiit as pumuy qa awini'ykyaakyangw pewwat atkyangaqw nöngakniniqw pay puma hin pi nanaptaqe oovi pew antsa itamum nönga. Noq pay puma haqam yaw Palangwuy epeq tuwat tsovaltingwuqat pay yan lavayta. Pu' pay hin pi puma tuwat sinot naanami tuuwiklalwa. Pu' pay puma qa naap yep yeese. Puma yaw naap sinomuy qatsiyamuy akw yaaptotingwu. Pu' pam yaw hakiy akw yaaptinik pam yaw hiita patukyat akw hakiy unangwhoroknangwu. Pu' pay puma tuwat mihikqwsa put hiita tuwiy hintsatskyangwu. Pu' pay puma piw yaw imuy hiituy popkotuy akw enang yakta.

Noq pu' piw himuwa haqam pay as naap maqsoniy akw hiita haqamniqw pay himuwa qa naane' hakiy aw qa kwangwatayte' pam hakiy a'ni powaqsasvingwu. Noq himuwa pam himunen son put nakwhangwu. Pu' yaw hak put panhaqam hintsakqat nu'ansanqw pam yaw hakiy hiita nukngwat akw uunatoynaniqey antingwu, it hiita himu'ytiwngwut sen tokoy, hak yaw put qa lalvayniqat oovi.

Soyalangw

Soyalangw pay tömölnawit it Wuwtsimuy panis yukiltiqwningwu. Niikyangw pam suukop taalat ang pan soyalangwningwu. Noq ep ima Sosyalt yungiwtangwunen pu' puma ep soosokmuy pu' piw soosok hiita akw mongvasyaqey soosok hiituy amungem paaholalwangwu. Ep pu' i' taawa piw tuwat tömö'kiy aqw pite' pu' pam paasat paapiy tala'kiwat aqw hoytangwuniqw pu' paapiy i' taawa wup'iwmangwu. Noq ep i' Soyalkatsina susmooti pitungwu. Noq pu' paasat aapiy pantaqw pu' ima Qööqöqlöm ökye' pu' puma paasat it kivat pas soosok ang hötaatotaqw pu' mimawat katsinam ökimantani.

Snake dance song, the Flute ceremonial song, and the Kwan song.

People who played the guessing game *sosotukwpi* also had songs of their own. Players sang as they competed against one another.

At times when women are weaving wicker plaques, they weave while singing the Owaqöl, or "Basket dance" songs.

Finally, it seems that folktales generally included a song, but some of them have been forgotten. It is said that the Hopi is a mockingbird. That is why he composes songs using the languages of many other people. Thus, one song might be in the Zuni language, another in Navajo. As a matter of fact, songs always include words from other Indian groups. Some are so ancient that the meaning of the words are completely obscure.

When coyote sings within a story, he always does so in a very deep voice. He never sings in a high-pitched tone. He bellows the song out.

Sorcerer/Sorceress

A sorcerer is the equivalent of an evildoer. For this reason we, the Hopis, did not inform the sorcerers that we wanted to ascend to this upper world. Somehow, however, the sorcerers found out about it and made the emergence with us. They are reputed to congregate at a place called Palangwu. Sorcerers and witches do not live on their own. They lengthen their life span through the lives of their own relatives. All witchcraft activities are carried out only at night. Whenever one of them seeks to extend his life, he extracts a person's heart with a spindle. Sorcerers are also said to go about in the guise of some animals.

Sometimes when a Hopi acquires something through his own hard work, another person who is envious and looks upon the former with disfavor, will label him a witch. If he is one, he will never admit it of course. A witch who is caught red-handed performing acts of witchery will try to entice his captor to accept some valuable possession (in the case of a sorcerer) or even her own body (in the case of a sorceress). This is to keep the captor from revealing the sorcerer's identity.

Soyal Ceremony

Soyalangw is a ceremony which takes place during the winter, not long after the Wuwtsim ritual. This entire event lasts sixteen days. During this time the *Sosyalt*, or "members of the Soyal society," carry out esoteric rites in their kiva, and they fashion prayer feathers of various kinds for everything from which the Hopi benefit. It is

Paahu

Hisat Hopi naat angqaqw haqaqw hoytaqe pam it hiita kuywi-korot enang yanma. Niiqe pu' pam haqam huruutininik pam pep put tutskwave amqw pu' pam paahu pep yamakqw pangqw pu' puma hiihikwyangwu. Noq pu' puma yukiq Hopiikimiq ökiiqe pu' puma yang pay haqam i' paahu nööngantaqw pang puma pay put ahaykye' yesva. Niiqe pu' puma yang it haqe' paahuniqw puma pang put tuwi'yvayaqe pu' put nanap tungwaatota. Pu' himuwa piw haqam paahut naat pu' yamakqat tuwe' pam put naatoylay aw tungwangwu.

Noq pu' yang it paavahut ang haaqe' piw ima katsinam ki'y-yungwa. Niiqe oovi ima Hopiit pangso enang hom'o'oyya, it yooyangwuy oovi. Noq pu' i' paahu it Hopit aw pas himuniqw oovi puma hisat piw aasakis yaasangwvaqw puma pangqw paytsinaya-ngwu.

Noq pu' pep piw it' Paalölöqangw yaw qatungwuniqw oovi hakimuy tsaatsakwmuyniqw ima wuuwuyoqam hakimuy amumi pangqaqwangwuniqw oovi yaw hak qa pangqe paavaqe hintsak-numngwu. Pu' pam yaw piw suutawanasave pepeq yamakngwu. Pu' piw yaw hak haqaqw paangaqw hikwninik hak yaw pangqw piw qa motolhikwngwu. Hak yaw hiita akw kuyt pu' pangqw hikwngwu. Pu' hak ngasta kuyapi'yte' hak yaw pay may akw pangqw kuyt pu' hikwngwu. Pu' i' piw suukyawa maqastutavo, hak yaw qa paahut aqlap piw naatsoptangwu. Hakiy yaw pantiqw yaw pam maana Paalölöqangwuy engem nö'yiltingwu.

Tiikuywuuti

Pay Tiikuywuuti pi pam himu hin'ur himuningwu. Pam hapi tilawkyangw mokqe paapiy pay pam tiikuywuutiningwu. Pam ti'at qa yamakqe ang kuytaqw pam put aw Tiikuywuuti. Pay naap haqam pam ki'ytangwu. Pay yaw pam tuutuvosiptuy yu'am.

Pay yaw pam piw himu pas wuuti, niikyangw tuviku'yta. Pam yaw pas lomawuuti aasonva. Pay yaw oovi pam piw it Qötsamanat, katsinat, an hiita ngöna'ytangwu. Pu' qöötsat pukuwtangwu. Put naami hiita ööqat poshötsit puhikni'ytangwu. Pu' poosiyat atsve tsokokotangwu, suuvu'ytangwu. Pu' söhöt naasomtangwu. Pu' angqw naasomiyat angqw söhöt paapu'at haayiwyungngwu.

Noq himuwa qa maakyanen pay pan put naawaknangwu, pam Tiikuywuuti tsopniqatnen pu' maqsohoptingwu. Noq pay hiitawat aw pam pituqw himuwa qa taqa'nangwanen pay mashuruutingwu.

also at this time that the sun reaches its winter home. From that point on it journeys toward its summer home, and the days grow increasingly longer. In addition, Soyalangw marks the beginning of the new kachina season with the appearance of the Soyal kachina. Somewhat later, the Qööqöqlö kachinas arrive to ceremonially open all the kivas so that the other kachinas, too, are now able to make their visits.

Spring

Ages ago, when the Hopis were still on their migratory route, it was customary for them to take a water vessel along. Each time they intended to settle at a site, they buried the vessel in the ground, whereupon a spring emerged, affording them a source of water supply. When they finally arrived at Hopi country, they established settlements at places situated close by springs. As soon as they became familiar with the springs in the area, they gave them names. Thus, the discoverer of a newly emerged spring would name it according to his clan totem.

Some springs are inhabited by kachinas, so the Hopis go to these sites to deposit prayer feathers to ask for rain. Obviously, water is most precious to the Hopi. For this reason they conduct communal spring-cleaning parties which take place every year.

The elders also remind children that Paalölöqangw, the Water Serpent, inhabits every spring and that one should therefore not play around these locations. The Serpent is said to make his appearance there exactly at noon. When someone wants to drink from a spring, he should not do so by bending over it. Instead, one should ladle the water out. If a ladle is lacking, the cupped hands should be used to take a drink. A third taboo relating to pools of water forbids sexual intercourse in or near the water. A consequence of breaking it is that the girl will be impregnated by the Serpent.

Tiikuywuuti (deity)

Tiikuywuuti is a being with greater than human powers. She died giving birth when her child did not come out. Hence her name "child-sticking-out woman." She makes her home just about any-where and is the mother of all the game animals.

Tiikuywuuti is a female deity endowed with a mask. Under-neath this mask is a beautiful woman. She is said to resemble the Qötsamana. Just like this kachina she wears a ruff, and her face is daubed white. Attached to the face are flat bones featuring eyeholes. Above her eyes are a number of dots which represent the brows.

Noq pu' pay hiitawat tsopngwu. Nen pay mashuruute' qa navot-
ngwu hintsanqw, tsopqw. Pu' pay yan unangwte' pu' kukhepngwu.
Pay yaw sowitsa kukyat ephaqam tuwangwu. Noq pay pam pan
kuuku'ytangwu, i' himu Tiikuywuuti. Tuwapongtumasi as pi piw
suukya pan natngwani'yta, niikyangw pay yaw piw pam pami',
Tiikuywuuti.

Tiposqötö

Toriva

Toriva Musangnuviy aatavangqöyve paahu.

Kwitavit

Ima Hopiit pay imuy hiituy kwitavituy ayangqaqw yu'a'atota-
ngwu. Puma pay it hiita tuuwutsit pay pas son ep qa nuutumya-
ngwu. Noq himuwa haqam hiita nukngwat hintiqw puma pay put
qa hisat ep tsutsuyyaqe oovi puma tuwat pay put lolmat hintsakqat
pas sonqa hinwat haqami hintsatsnaniqey pansa engem pavasiw-
yangwu. Pu' piw himuwa ephaqam pumuy kitsokiyamuy ep pas
hakiy lolmat nukngwat nöömataqw puma qa naaniye' pay puma
piw paasat put hin nömanawkiyaniqey engem yukuyangwu. Nii-
kyangw pay himuwa hin hinmakyangw ephaqam pas pavanniiqat
pa'angwniyat akw pay pumuy sonqa pö'angwu. Noq pay yaw
puma piw hiitu a'niya. Puma yaw a'ni hiita tuwi'yyungwa.

Tuuwanasavi

Tuuwanasavi Kiqötsmoviy pay hihin pas taavanghaqam.

Kwayngyavomoki

It tuuwutsit ang himuwa haqaminen sen himu pay nukpana-
'eway haqami hiitawat wikqw i' Kookyangwso'wuuti pay put paas
navoti'ytangwuniiqe oovi pam put hakiy aw naamaataknaninik pam
piw put hin kwayngyavoniqat unangwtoynangwu. Noq pu' oovi
pam hak kwayngyavomokye' pu' pam put wikqat angqw ayo'nen
pu' pep haqam kwayngyaptaniniqw paasat pu' pam Kookyangwso'-
wuuti put aw mooti hingqawngwu. Niiqe pam pay oovi sutsep
hakiy aw pangqawu, "Itse, hak yaavonitningwu." Paasat pu' pam
put aw tutaptangwu ason pam kwayngyaptat pu' put kiiyat aqw
pakiniqat. Yan pam put aa'awnangwu. Noq hintiqw pi oovi pam
hiitawat aw yansa naamaataknangwu.

Tied to both sides of her head [in *naasomi* hair style] is galleta grass. From the *naasomi* hang the pods of the grass.

A Hopi who is not a good hunter prays that Tiikuywuuti may have intercourse with him so that he can become a good hunter. Whenever the goddess comes to someone and he is not brave, he freezes with fright. As he is petrified with fear, he is not aware of her coupling with him. Upon coming to again, the man looks for tracks. Occasionally he will find some, but only the tracks of a jackrabbit. Those are the tracks Tiikuywuuti leaves behind. Tuwapongtumasi, "sand altar clan's woman," is another name for the goddess.

Tiposqötö (place name of unknown location)

Toriva
Toriva is a spring on the southwest side of Mishongnovi.

Turds (derogatory label for sorcerers)
Since the beginning of time the Hopis have been speaking of certain people as "turds" or "feces." They represent sorcerers and witches and are almost a necessary force in a narrative. Sorcerers frown upon benevolent people and, for this reason, conjure up schemes to harm or destroy them. They particularly dislike a man who marries an exceptionally beautiful girl in their village. They then plot how to take his wife away from him. Eventually, however, the man harmed by them overcomes his evil opponents with the help of a more powerful being. Nevertheless, these turds are said to be very potent themselves, for they have at their disposal a multitude of ways and means of doing things.

Tuuwanasavi (place name)
Tuuwanasavi, or "Sand Center," is a place slightly southwest of Kykotsmovi.

Urge to Defecate
Often in a story, when the hero or heroine is either on the way to an unfamiliar destination or is being taken somewhere by an evil being, Old Spider Woman knows about it. If she then intends to show herself to them, she will in some magical way cause in them the urge to defecate. As soon as the urge is felt, the male or female protagonist will step aside, and before they can empty their bowels, Old Spider Woman will speak to them. She typically begins by saying, "Phew! Can't you move farther away and then defecate?"

Poksö

I' hisatki pay pas sutsep haqaqw poksö'ytangwu. Noq hisat pi pay Hopiki qa panaptsa'ytangwuniqw oovi pam kiiki panyung-ngwu. Pu' taala' utuhu'niqw pangqw i' kosngwaw papkiqw pep kiihut aasonve qa pas utuhu'tingwu. Noq pu' haqam himuwa ngumantaqw pep piw pay pas hisat sonqa poksö'ytangwuniqw pangqw i' tiyo mantuway aw yu'a'ataqw pam pep ngumantangwu.

Kitsoki

I' Hopi haqam kitsokte' pam pay pas pepsa qatungwu. Ason pay pam pas hiita qa antaqat aw pite' pu' pam pangqw kitsokiy angqw haqamiwat qatsiheve' pu' pam piw supwat kitsoktangwu. Niiqe oovi pam qa imuy peetuy himusinmuy amun angqe' nanaa-laktinumngwu. Pu' pam piw it owatnit pu' tsöqatsa angqw kiita-ngwu, niikyangw pay i'sa kii'ami'atsa pay lestavitnit himutskitnit pu' tsöqat akw kii'amiwta. Noq pu' pam haqam kitsokte' pam piw it kiisonvit pas sonqa enangningwu. Noq put kiisonviy akwningyaqw ima honngyam, kiikyam pas sonqa ki'yyungngwu. Pu' aapiy pay naap himuwa haqam kiitaniqey pan wuuwe' pu' pep kiitangwu. Niikyangw pep kitsokive piw qa suukya kiletsiningwu. Pu' Hopi piw qa suup natsve ki'ytangwu. Haqamwat pam hiita qaa'öy pu' hiita natwaniy oyi'ytaniqey put engem piw paas kiitangwu. Pu' Hopiki piw oovi tumtsokki'ykyangw pu' piw yeyespi'ytangwu.

Kikmongwi

I' hisatkikmongwi imuy honngyamuy angqwningwu. Pam yaw pay haqam kitsokive soosokmuy na'amningwu. Pu' pam oovi hisat piw susmooti taytangwu, pu' pam piw nuutungk tuwat puwto-ngwu. Pu' pam pay qa hisat pas hakiy hiita pas nu'an ayalawu. Pam qa naamisa wuuwankyangw hiita hintsakngwu. Pam imuy timuy amungem nukngwatiniqat put wuuwankyangw hiita hintingwu. Pu' pam oovi piw qa naala hiita aw yukungwu. Pam naat piw imuy mongsungwmuy amumi maqaptsitikyangw hiita aw antsani'yma-ngwu. Noq oovi it Pahaanat mongwi'atniqw pu' Hopit mongwi'at puma qa sunta.

Next, she instructs them to enter her abode after they have finished with their business. The reason that Old Spider Woman employs this method to reveal herself to a mortal only at a time like this may be that at that moment one is all alone.

Vent Hole

The ancient dwellings were never without vent holes. Because the Hopis did not have windows in those days, vent holes were there for the same purpose. In summer, when the weather was hot, it was through this opening that a cool breeze entered the house. Then it was not so hot in the interior. The room where a person ground corn was always equipped with this opening. Through it a suitor talked to his girlfriend while courting her.

Village

Whenever the Hopis established a village, they settled there with the intention of staying permanently. As soon as some sort of disaster struck the community, however, they usually moved on in search of a place with better living conditions where they could found another village. Unlike some other Indian groups, the Hopis, therefore, were not nomads. Homes were built using only stone and mortar, except for the roof, which was constructed from log beams covered with brush and mud. Wherever a village was erected, a village center or plaza had to be part of it. In general, the northwestern end of the plaza was occupied by members of the Bear clan who constituted the Hopi elite. The three remaining sides of the plaza were open for anyone who wished to build there. Within the village were several rows of houses which were often multi-storied. They consisted of rooms especially built to store corn and other crops, a chamber where piki was made, and of course an area which served as living quarters.

Village Leader

The *kikmongwi*, or "village leader," of old came from the Bear clan. In a given village he is supposed to be the father to all. Therefore, in the olden days, he was the first to rise in the morning and the last to retire at night. The *kikmongwi* never gives orders. He does not think of himself only when he does things. On the contrary, his only concern is that as an end result his children will benefit. Therefore, he is not alone when he takes on a task. He seeks advice from his fellow leaders as he works on it. Obviously, a white man's "chief" and the *mongwi* of the Hopi are not synonymous.

Walpi

Walpi pay pas hisatkitsoki. Pay puma Walpit son oovi qa imuy Orayvituy pu' piw imuy Songoopavituy amuusaqhaqam pepeq tuwat yesvakyangw haqaqw pi puma tuwat pangsoq öki. Noq pay puma piw imuy Songoopavituy amun as atkya yesngwuniqw pu' pay i' himu tuwqa pas peqw Hopiikimiq kikiipoklawqw pu' pay puma haqam kitsoktotaqey put aa'omi yayvaqe pu' pepwat pay ngas'ewya. Noq pu' Walpiy angqw hoopowat puma peetu naakwii-payat pu' pep piw it sukwat kitsoktotaqw pamwa pep Sitsom'ovi yan natngwani'yta. Pu' pepeq sushopaq it waala'ytaqat aatavang piw ima Hopaqkingaqwyaqam piw hisat peqw ökiiqe pu' pepeq yesva. Pay pam navoti qa sunta. Noq pepeq put kitsokit i' Hopi Hanoki yan tuwi'yta.

Mö'öngtotsi

Hopi mö'wiy engem mö'öngyuyuwse' pam put engem piw it mö'öngtotsit yukungwu. Noq pam it sowi'yngwatnit pu' it wakas-vukyat angqw yukiwtangwu. Put aatöqavi'at it wakasvukyat angqw yukiwtaqw pu' put oongaqwvi'at it paas pöhiwniwtaqat qöötsat sowi'yngwat angqw yuykiwa. Pu' himuwa put totsvakqa pay pas wuuyavotat pu' put ang pakingwu. Put oongaqwvi'at pas wuupa-ningwuniqw oovi put ang pakiiqa put hokyay akw angqe qa suus nömngwu. Noq pam pas wuupanen hiitawat peep tamömi pitu-kyangw pu' piw pam oovi qa suus hiitawat hokyayat angqe toona-niltingwu. Niikyangw it pay himuwa qa sutsep ang pakiwtangwu.

Pu' pam as naamahin mö'öngtotsi yan maatsiwkyangw pay i' qa pas mö'wisa put ang pakiwtangwu. Ephaqam pay ima mamant mamanhooyam hiita pantaqat tootsi'ytaqat tiive' puma piw put ang tangawkyaakyangw nuutumyangwu.

Oova

I' oova lööpwatningwuniqw i' suukyawa pay qa mitwat aasaqa-ningwu. Noq i' oova it mö'wit engem yuykiwa. Noq pam tuwat yaw putakw haqami maskimiqningwu. Niiqe pam oovi it wuutit hahaw-pi'atningwu. Noq pam oovi as put qa huyangwu. Pu' himuwa hisat put qa huye' pam pay ephaqam put angqw it tukput yukungwu. Pu' pay puma piw put atsvewlalwangwu. Pu' yaw piw hak put as qa peenangwu. Hak yaw put pantiqw pam yaw a'ni pituute' hakiy Öngtupqamiq qa hawnangwu hak Maskimiq hoytaqw.

Pu' pam yaw piw i' paatsayanpiningwu. Putakw yaw ima oo'omawt paalay tsaayantotangwu. Noq hak yaw mookye' hak yaw oomawniikyangw pan sinmuy ahoy popte' putakw yaw hak put

Walpi (First Mesa village)

Walpi, "Gap place," is an old village. The people of Walpi may have settled at this location approximately during the same period as the people of Oraibi and Shungopavi, but one cannot say for certain where they came from. Just as the Shungopavi residents, they used to live below the mesa. But due to the constant raids of enemy groups they moved to a site above the original settlement where they were better off. In time, some relocated at a place northeast of Walpi and founded another village which is known as Sichomovi. Finally, people from a Rio Grande pueblo arrived and settled at the northeasternmost end of the mesa, just southwest of the Gap. That village is referred to as Hanoki by the Hopis.

Wedding Boots

When a Hopi prepares wedding garments for his female in-law, he also makes wedding boots for her. They are fashioned from tanned buckskin and cowhide. Cowhide is used for the soles and the uppers are produced from a piece of supple white buckskin. It takes a while to put these boots on. The uppers are usually quite long, so that the woman putting them on must wrap them around her legs several times. Extremely long uppers almost reach up to the knee and wind around the leg in several coils. But these boots are not for everyday wear.

Although termed wedding boots, they are worn by other than brides. On some occasions teenage girls, and even little girls will also wear them when they participate in a ceremony.

Wedding Robe

The *oova*, or "wedding robe," comes in two sizes, one being quite a bit larger than the other. The large one is woven for the bride so that she can journey to Maski, the "Home of the Dead." As the robe constituted a married woman's vehicle to make her descent to the underworld, she was not supposed to sell it. In previous times when the oova was never sold, the woman would sometimes fashion a sack from it. People also used the garment as a sitting mat. It was also not supposed to be decorated. Embroidery would have added weight to it, and not permitted the dead woman to ride it down the Grand Canyon on her way to the underworld.

The bridal robe is further said to function as a water sieve. With its help the clouds sift their moisture to produce the very fine rain. In Hopi belief, upon one's demise a mortal is transformed into a cloud personage, and whenever a woman checks on the people she left

yooyangwuy tsaayantangwu. Pam it yooyangwuy tsaatsayaqw pam qa lemowa yokvangwu, pam i' suvuyoyangw paasat yokvangwu. It lemowat pay Hopi qa naawakna, ispi pam hakiy uuyiyat aw yokve' pam put nukushintsanngwu. Pu' pam it meloonit kawayvatngat piw soq poromnangwu.

Noq pu' pam oova haqamwat pösöveq nanalsikip paalangput tonit akw angqe tuu'ihiwtangwu. Pam yaw put maanat ungwayat tu'awi'ytangwu. Noq pu' pepeq i' qaa'ö put aw wiwtangwu. I' pay qaa'ö qa pas i' tuu'oyit angningwuqa, pam pay it hiita nana'löngöt tonit angqw yukiwtangwu. Niikyangw pay pi antsa qaa'öt an soniwngwu.

Qötsaqaasi

Hopitaqatniqw i' wuutiniqw pu' piw maana tuwat qötsaqaasi'yte' nukngwaningwu. Noq oovi taataqt tootim sen hiitawat aw pan navoti'yyungwe' put pan yu'a'atotangwu. Niikyangw pu' pay piw it qötsatotko'ytaqat sikyavut i' Hopitaqa tuwat pas naayongni'ytangwu.

Wuwtsim

Hopit navoti'atniqw pas hak kur hin qa wuwtsimwimkyaningwu asa'. Kyelmuyva puma yungngwu, Wuwtsimt pu' puma Aa'altniqw pu' Taatawkyamniqw Kwaakwant. Puma yungninik tiingapye' nanal aqwyangwu. Pu' mooti naalös talqw ep' pu' puma yungngwu. Pu' puma pay kivaape tootokkyangw piw pang noonovangwu. Pu' piw nalöstalqw pu' puma Wuwtsimt tiikive'yyungngwu.

Pu' puma tiikive'yyungninik pay taawanasave pu' puma nöngakngwu. Hotvelpe pi Tsor'ongaqw mooti'ywisniqam nöngakngwu. Pu' pumuy amumum aa'altyangwu, pay panis naalöyömniiqam. Lööyöm moopeqniqw pu' lööyöm aakwayngyaveqningwu. Pu' puma pangqw kivay angqw aapiy tiivantiwisngwu. Pu' hakim sinom pay kits'ova yayve' pu' pay angqw pumuy tiitimayyangwu. Pu' pumuy hakimuy kiiyamuy ruupakqw paasat pu' pay hakim hanngwu, kits'ongaqw. Pu' paasat Hawi'oveq Wuwtsimt pu' tuwat nöngakngwu. Pu' piw Tsu'kivaapeq. Pu' puma nangk piw tuwat angqe tiivantiwisngwu. Pu' ahoy kivay aqw ökye' pu' pay yungngwu.

behind, she employs the *oova* as a sieve. By using the *oova* to sift the rains, a fine drizzle is produced instead of hail. Hail is dreaded by the Hopi because it ruins the corn crops and smashes holes into musk melons and watermelons.

One of the corners of the wedding robe is embroidered with sixteen stitches of red yarn. They symbolize a young woman's menstruation. Also attached at this corner is a corncob. This corncob is not a real cob but is made from varicolored yarn. However, it closely resembles a corn.

White Thigh

A woman or girl possessing light-complected thighs is sexually most desirable to the Hopi male. When men or boys know of a female with this asset, they spread the word. By the same token, men are attracted to a female who is, overall, lighter-skinned than average. The term for a woman like that is *sikyavu* which, literally translated, means "yellow person."

Wuwtsim Ceremony

According to Hopi tradition, every man must undergo initiation into the Wuwtsim society. This initiation, which pertains to members of the Wuwtsim, Al, Taw and Kwan societies, typically takes place in the month of Kyelmuya (approximately November). The event is formally announced, usually for a duration of eight days. When the first set of four days is reached, the men enter their kivas where they now eat and sleep.

Upon completion of the second set of four days the Wuwtsim societies hold their public dance. As a rule, the dancers emerge at noon. In Hotevilla, for example, the first group to dance comes out from the Tsor'ovi kiva. It is accompanied by only four Al members, two of whom are positioned in the front and two in the rear. As the men start forth from the kiva, they proceed dancing. People climb up to the rooftops of their homes to watch them dance. Once the group has passed the house, they descend again, for now the Wuwtsim group from Hawi'ovi kiva will emerge. Next follows the group from Tsu' kiva. They all move along dancing after each other. After reaching their respective kivas again, the groups reenter the ceremonial abodes.

Pu' hiituwat tawsomi'ytaqat taawi'yyungwe' pu' puma yuwsiy soosok o'yangwu. Pu' yaqahöntotangwu, pu' kuriveqsa pitkuntotangwu. Pantotit pu' ahoy piw nöngakngwu. Paasat pu' Marawmomoyam amumi kuukuyayangwu. Pu' puma piw an angqe qöniltotingwu, pu' ahoy piw yungngwu.

If one of the groups now has a song to make fun of the Maraw society women, its participants remove all of their garments except for a loin cloth. Then they tie rolled corn husk to their noses. After that they emerge again, whereupon the Maraw initiates pour water on them. This Wuwtsim group now makes its round through the village exactly where it had gone the first time.

Appendix II: The Hopi Alphabet

Hopi, an American Indian language spoken in northeastern Arizona, is a branch of the large Uto-Aztecan family of languages that covers vast portions of the western United States and Mexico. It is related to such languages as Papago, Paiute, Shoshone, Tarahumara, Yaqui, and Nahuatl, the language of the Aztecs, to mention only a few. Navajo, Apache, Havasupai, Zuni, Tewa, and many other languages in the American Southwest are completely unrelated to it, however. At least three regional Hopi dialects, whose differences in terms of pronunciation, grammar, and vocabulary are relatively minimal, can be distinguished. No prestige dialect exists.

While traditionally the Hopi, like most American Indian groups, never developed a writing system of their own, there today exists a standardized—yet unofficial—orthography for the Hopi language. Ronald W. Langacker has presented a "simple and linguistically sound writing system" (Milo Kalectaca, *Lessons in Hopi*, edited by Ronald W. Langacker, Tucson, 1978) for the Second Mesa dialect of Shungopavi (Songoopavi). My own generalized Hopi orthography is equally phonemic in nature and is based on the dialect habits of speakers from the Third Mesa communities of Hotevilla (Hotvela), Bacavi (Paaqavi), Oraibi (Orayvi), Kykotsmovi (Kiqötsmovi), and Moencopi (Munqapi), who comprise the majority of Hopis. Speakers from the First Mesa villages of Walpi and Sichomovi (Sitsom'ovi) as well as from the communities of Shungopavi (Songoopavi), Mishongnovi (Musangnuvi), and Shipaulovi (Supawlavi) simply need to impose their idiosyncratic pronunciation on the written "image" of the preponderant dialect, much as a member of the Brooklyn speech community applies his brand of pronunciation to such words as "bird" or "work."

Hopi standardized orthography is thus truly pan-Hopi; it is characterized by a close fit between phonemically functional sound and corresponding symbol. Unusual graphemes are avoided. For example, the digraph *ng* stands for the same phoneme that *ng* represents in English si*ng*. Symbols like *ñ*, as the translator of the New Testament into Hopi elected to do, or *ŋ*, which is suggested in the symbol inventory of the International Phonetic Alphabet, are not employed. In all, twenty-one letters are sufficient to write Hopi, of which only the umlauted *ö* is not part of the English alphabet. For the glottal stop, one of the Hopi consonants, the apostrophe is used.

Hopi distinguishes the six vowels *a, e, i, o, ö*, and *u*, the last of which represents the international phonetic symbol *i*. Their long counterparts are written by doubling the letter for the corresponding short vowel: *aa, ee, ii, oo, öö*, and *uu*. The short vowels are found in combination with both the *y*- and *w*-glide to form the following diphthongs: *ay, ey, iy, oy, öy, uy*, and *aw, ew, iw, öw, uw*. Only the diphthong *ow* does not occur. The inventory of consonants contains a number of sounds which have to be represented as digraphs or trigraphs (two- or three-letter combinations): *p, t, ky, k, kw, q, qw, ', 'y, m, n, ngy, ng, ngw, ts, v, r, s*, and *l*. The two semi-vowels are the glides *w* and *y*. Notably absent are the sounds *b, d*, and *g*, to mention only one prominent difference between the Hopi and English sound inventories. Because Hopi *p, t*, and *k* are pronounced without aspiration, speakers of English tend to hear them as *b, d*, and *g*. This accounts for many wrong spellings of Hopi words in the past.

The following table lists all the functional Hopi sounds, with the exception of those characterized by a falling tone—a phonetic feature not shared by First and Second Mesa speakers. Each phoneme is illustrated by a Hopi example and accompanied by phonetic approximations drawn from various Indo-European languages.

Phoneme	Sample Word	Sound Approximations English (E), French (F) German (G), Russian (R)			

1. Vowels:

(a) short vowels

a	p*a*s	very	E	c*u*t	F	p*a*tte
e	p*e*p	there	E	m*e*t	F	h*e*rbe
i	s*i*hu	flower	E	h*i*t	G	m*i*t
o	m*o*mi	forward	F	c*o*l	G	s*o*ll
ö	q*ö*tö	head	F	n*eu*f	G	L*ö*ffel
u	t*u*wa	he found it	R	Ô*bi*Tb	E	j*u*st (when unstressed)

(b) long vowels

aa	p*aa*s	carefully	F	pâte	G	St*aa*t
ee	p*ee*p	almost	F	être	G	M*äh*ne
ii	s*ii*hu	intestines	F	rire	G	w*ie*
oo	m*oo*mi	he is pigeon-toed	F	rose	G	B*oo*t
öö	q*öö*tö	suds	F	f*eu*	G	Töne
uu	t*uu*wa	sand			G	B*üh*ne (but lips spread without producing an [i] sound)

2. Diphthongs:

(a) with y-glide

ay	ts*ay*	small/young	E	fl*y*	G	Kle*id*er
ey	*ey*kita	he groans	E	m*ay*		
iy	yaap*iy*	from here on	E	fl*ea*		
oy	ah*oy*	back to	E	t*oy*	G	he*u*te
öy	h*öy*kita	he growls	F	*oe*il		
uy	*uy*to	he goes planting	G	pf*ui* (but with lips spread instead of rounded)		

(b) with w-glide

aw	*aw*ta	bow	E	f*ow*l		G	M*au*s
ew	p*ew*	here (to me)	E	met	+	E	*w*et
iw	p*iw*	again	E	h*i*t	+	E	*w*et
ow		nonexisting					
öw	ngöl*öw*ta	it is crooked	G	Löffel	+	E	*w*et
uw	p*uw*moki	he got sleepy	R	Ōb*i*Tb	+	E	*w*et

3. Consonants:

(a) stops

p	*p*aahu	water/spring	F	*p*ain
t	*t*upko	younger brother	F	*t*able
ky	*ky*aaro	parrot	E	*c*ure
k	*k*oho	wood/stick	F	*c*ar
kw	*kw*ala	it boiled	E	*qu*it
q	*q*ööha	he built a fire	G	*K*raut (but *k* articulated further back in mouth)
qw	yang*qw*	from here	E	*w*et, added to pronunciation of *q*
	pu'	now/today	G	Ver'ein
'y	ki'*y*ta	he has a house		glottal stop followed by a very brief [i]-sound

(b) nasals

m	*m*alatsi	finger	E	*m*e
n	*n*aama	both/together	E	*n*ut
ngy	*ngy*am	clan members	E	ki*ng* + E *y*es E si*ng*ular (casually pronounced)
ng	*ng*öla	wheel	E	ki*ng* G fa*ng*en
ngw	kooya*ngw*	spider	E	ki*ng* + E *w*et E pe*ng*uin (casually pronounced)

(c) affricate

ts	*ts*uku	point/clown	E	hi*ts* G Zu*ng*e

(d) fricatives

v	*v*otoona	coin/button	E	*v*eal G Winter
r	*r*oya	it turned		syllable initial position: E lei*s*ure (with tongue tip curled toward palate)

r	hin'u*r*	very (female speaking)	syllable final position: E *sh*ip F *ch*arme
s	*s*akuna	squirrel	E *s*ong
h	*h*o'apu	carrying basket	E *h*elp

(e) lateral

l	*l*aho	bucket	E *l*ot

4. Glides:

(a) preceding a vowel

w	*w*aala	gap/notch	E *w*et
y	*y*uutu	they ran	E *y*es

(b) succeeding a vowel: see diphthongs

DATE DUE

NOV 2 0 2003	
MAR 1 6 2004	

DEMCO, INC. 38-2971